악령 3

Бесы

세계문학전집 386

악령 3

Бесы

표도르 도스토옙스키

김연경 옮김

민음사

일러두기

1. 번역 대본은 아카데미판 도스토옙스키 전집(1972~1990) 10권(『악령』), 12권(『티혼의 암자에서』)이다.

2. 러시아인의 이름은 이름, 부칭(父稱), 성(姓)으로 이루어지는데 『악령』에 유달리 많은 프랑스어 애칭과 호칭은 모두 우리말로 전사했다. (예: Lise → 리즈, Nocolas → 니콜라, Marie → 마리, Pierre → 피에르, madame → 마담, mademoiselle → 마드무아젤, monsieur → 무슈)

3. 본문에 나오는 프랑스어 및 외국어의 경우, 우리말 번역 뒤에 괄호를 쳐서 원어를 병기했다.

4. 러시아어 고유 명사 표기는 모두 개정된 외래어 표기법을 따르는 것을 원칙으로 했다.

5. 작품 속에 인용, 변주되는 성경 텍스트는 대한성서공회에서 1977년 번역하여 초판된 후 2001년 2판된 공동 번역 『성서』를 토대로 옮겼다.

6. 원문의 각종 따옴표 강조와 첫 철자 대문자 강조는 작은따옴표로, 원문의 이탤릭 강조는 고딕체로 표현했다.

차례

3권

3부

주요 등장인물

스타브로긴가(家)와 주변 인물

니콜라이 프세볼로도비치 스타브로긴(니콜라, 니콜렌카) 28세, 과거의 장교이자 귀족.

바르바라 페트로브나 스타브로기나 니콜라의 어머니, 장군 부인, 이 도시의 유지.

스테판 트로피모비치 베르호벤스키 스타브로긴 집안의 가정 교사, 역사학자.

표트르 스테파노비치 베르호벤스키(피에르, 페트루샤) 스테판의 아들, 혁명가.

알렉세이 예고로비치(예고리치) 스타브로긴 집안의 하인.

안톤 라브렌티예비치 G–v 스테판의 말벗이자 이 소설의 화자.

드로즈도바가(家)

프라스코비야 이바노브나 드로즈도바 바르바라의 동창, 리자베타의 어머니.

리자베타 니콜라예브나 투시나(리자, 리즈) 프라스코비야의 딸.

마브리키 니콜라예비치(모리스) 젊은 장교, 리자의 약혼자.

도지사와 가족들

안드레이 안토노비치 폰 렘브케 신임 도지사, 독일인.

율리야 미하일로브나(줄리) 렘브케의 아내.

블륨 렘브케의 부하 직원, 독일인.

5인조와 주변 인물

알렉세이 닐로비치(닐리치) 키릴로프 27세 정도, 건축 기사.

람신, 톨카첸코, 시갈료프, 비르긴스키 표트르가 조직한 5인조의 일원.

리푸틴 관리, 자칭 푸리에주의자, 5인조의 일원.

에르켈 표트르의 앞잡이를 자처한 소년.

아리나 프로호로브나 비르긴스카야 비르긴스키의 아내, 조산사.

이반 파블로비치 샤토프(샤투시카) 스타브로긴 집안의 농노 출신, 과거의 대학생, 현재 관리.

마리야 이그나티예브나 샤토바(마리) 샤토프의 전처.

다리야 파블로브나 샤토바(다샤, 다셴카) 샤토프의 여동생, 바르바라의 수양딸.

이그나트 티모페예비치 레뱌드킨 퇴역 대위, 주정뱅이.

마리야 티모페예브나 레뱌드키나 레뱌드킨의 여동생, 지적 장애인.

그 밖의 인물들

페디카 유형수, 과거 베르호벤스키의 농노.

세묜 예고로비치 카르마지노프 대작가.

세묜 야코블레비치 이 지역의 성자로 통하는 인물.

3부

1장

축제. 전반부

1

'시피굴린'의 날 사건과 관련된 온갖 의혹에도 불구하고 축제는 개최되었다. 나는 바로 그날 밤에 렘브케가 죽었다 할지라도 어쨌든 다음 날 아침 축제는 개최되었으리라고 생각하는데 그 정도로 율리야 미하일로브나는 그것을 어떤 특별한 가치와 연결했다. 슬프게도, 그녀는 최후의 순간까지도 눈이 멀어 사교계의 분위기를 통 파악하지 못했다. 끝에 가서는 아무도 이 웅장한 날이 뭐든 어마어마한 엽기적 사건 없이, 어떤 사람들이 미리 두 손을 비비며 표현한 대로 '대단원' 없이 지나가리라고 생각하지 않았다. 사실 많은 사람이 인상을 쓰며 정치적인 표정을 지으려고 애쓰긴 했다. 그러나 대체로, 사회적인 스캔들과 야단법석이라면 그것이 뭐든 러시아인을 가없이 즐겁게 만드는 법이다. 사실, 우리에게는 단순히 스캔들에 대한 욕망보다 훨씬 더 진지한 뭔가가 있었다. 총체적인 신경질이랄까, 뭔가 해소할 길이 없을 만큼 표독스러운 뭔가가 있었다. 모두가 모든 것에 끔찍이도 싫증을 느끼는 것 같았다. 갈피를 잡을 수 없는 어떤 총체적인 냉소가, 억지로 팽팽하게 잡아당기는 듯한 냉소가 만연했다. 오직 부인들만 갈피를 잡고 있었고, 그것도 오직 한 항목, 즉 율리야 미하일로브나에 대한 무자비한 증오에 있어서만 그랬다. 그 점에 관한 한, 모든 부인의 경향이 일치했다. 하지만 이편, 즉 이 가련한 여인은 조금의 의심도 없었다. 마지막 순간까지도 자신이 여전히 '에워싸여 있고' 여전히 '열광적인 헌신'의 대상이라고 확신했던 것이다.

나는 이미 우리 도시에 온갖 인간들이 출현했음을 암시했다. 격동이나 이동으로 점철된 혼돈의 시대에는 언제나, 어디서나 다양한 인간들이 출현했다. 소위 '선두 주자들' 얘기가 아닌데, 이들은 언제나 제일 먼저(주된 근심거리다.) 서두르고 아주 자주 멍청해지지만 어쨌든 얼마간 일정한 목적이 있다. 아니, 나는 그저 부랑자들 얘기를 하는 것이다. 과도기에는 언제나 어느 사회에나 있는, 이미 어떤 목적도 없을 뿐만 아니라 사상의 징후조차 갖지 못한 채 그저 그 시대의 불안과 초조를 표현할 뿐인 이런 쌍놈들이 두각을 드러낸다. 그런데 이 부랑자들은 자신도 모르는 사이에 거의 언제나, 일정한 목적을 갖고 활동하는 저 적은 무리의 '선두 주자들'의 구령을 따르게 되고 그 무리는 그 자체가 완전한 백치로 이루어지지 않는 한, 하긴 그런 경우도 있지만, 어쨌든 이 쓰레기를 전부 자기들 편한 방향으로 이끌고 간다. 우리 도시에서도, 이미 모든 것이 끝난 지금에서야 다들 하는 말이지만, 인테르나치오날카[1]는 표트르 스테파노비치를, 표트르 스테파노비치는 율리야 미하일로브나를, 그녀 쪽에서는 또 이미 그의 구령에 따라 온갖 부랑자를 조종했다는 것이다. 우리네 지성 중 가장 엄격한 지성은 이제는 자기 자신에게 아연실색한다. 그때 어떻게 갑자기 그런 실책을 범했을까? 우리의 동란의 시대란 뭘 말하며 우리의 과도기는 어디서 시작해 어디로 향했는지 — 나는 모르고 게다가 내 생각으론 아무도 모르는데 — 제삼자나 다름없는 저 몇몇 손님이야 오죽하겠는가. 그런데 걸레쪽 같은 인간들, 이전 같으면 감히 입도 벙긋 못 하던 인간들이 갑자기 새롭게 비중을 얻더니 큰 소리로 모든 성스러운 것을 비판하기 시작했고, 그때까지 무난히 우위를 점했던 제일가는 사람들은 갑자기 그들의 말을 경청하고 정작 그 자신들은 입을 다물게 되었다. 어떤 사람들은 매우 치욕스러운 방식으로 맞장구를 치며 희희낙락하기도 했다. 럄신 같은 것들, 텔랴트니코프 같은 것들, 텐테트니코프 같은 지주들, 세상 물정 모르는 코흘리개 라디셰프 같은 것들, 서글프지만 오만하게 미소 짓는 유대인들, 깔깔대며 객지를 떠돌아다니는 여행객들, 수도에서 온

1) '인터내셔널'을 러시아어로 발음, 표기함으로써 약간 비아냥대는 느낌을 준다.

경향성 짙은 시인들, 경향성이나 재능 대신 반코트를 입고 광나는 구두를 신은 시인들, 자기 직책의 터무니없음을 비웃던 차에 1루블이라도 더 준다면 당장이라도 장검을 내던지고 철도 서기 자리라도 비집고 들어갈 태세인 소령과 대령들, 당장 변호사로 직업을 바꾸는 장군들, 머리가 발달한 중개인들, 발전 중인 상인들, 무수한 신학생들, 자신들이 여성 문제의 구현인 양 생각하는 여자들 — 이 모든 것이 갑자기 우리 도시에서 완전히 우위를 점하게 되었는데 과연 누구 위에? 바로 우리 클럽, 존경받은 위인들, 나무 의족을 단 장군들, 접근하기도 힘든 몹시 엄정한 우리 부인네들의 사교계 위에 군림한 것이다. 바르바라 페트로브나조차 아들내미와의 파국 직전까지 이 모든 부랑자를 위해 심부름이라도 할 지경이었다면 우리 미네르바 중 다른 분들이 그때 좀 멍청한 짓을 한 것쯤은 용서할 만하리라. 내가 벌써 얘기했듯, 이제는 모든 것을 인테르나치오날카 탓으로 돌린다. 이 생각이 너무 확고히 굳어져서 심지어 외지에서 몰려온 제삼자들에게도 이런 식으로 일러바친다. 아주 최근에도 목에 스타니슬라프 훈장을 단 예순두 살의 고문관 쿠브리코프가 전혀 부르지도 않았는데 찾아와서는 침통한 목소리로, 석 달 내내 틀림없이 인테르나치오날카의 영향력 아래 있었노라고 선언했다. 그런데, 그의 연세와 업적에 전적으로 존경을 보이며 보다 만족스러운 해명을 해 주십사 권유했을 때는 '자신의 모든 감각으로 느끼고 있었다'라는 것 외에는 어떤 서류도 제출할 수 없었음에도 그 선언을 꿋꿋이 고수하자 다들 더 이상 추궁하려 들지 않았다.

한 번 더 반복하고자 한다. 우리 도시에도 소수지만 시작부터 고립을 자처한, 심지어 자물쇠까지 걸어 잠근 조심스러운 일단의 인사가 있었다. 그러나 자연의 법칙 앞에서 어떤 자물쇠가 버틸 수 있겠는가. 아무리 조심성 많은 가정이라도 꼭 춤을 추어야 하는 처녀들이 자라게 마련인 것과 똑같다. 그래서 이 인사들도 모두 결국은 여성 가정 교사 운동에 서명하고 말았다. 무도회는 그 정도로 휘황찬란하고 대단한 것이 되리라고 여겨졌다. 기적 수준일 것이라는 이야기도 있었다. 오페라 안경을 든 외지의 공작들, 왼쪽 어깨에 리본을 단, 하나같이 젊은 무도회 파트너 수준의 간사들, 그리고 페테르부르크 출신의 무슨 주동자들에 관한 소문이 떠돌았다. 카르마지노프가 기부금의 액수를 증가시키기 위해 우리 도(道)의 여성 가정 교사 의상을 입고 「메르시」를 낭독하는 데 동의했다는 소문도 있었다. '문학의 카드리유'가 있을 텐데, 역시 통째로 의상을 입고 각각의 의상은 어떤 경향을 구현하리라는 것이었다. 끝으로, 무슨 '러시아의 성실한 사상'도 의상을 입고 춤을 출 것이라니 이것만으로도 완전한 뉴스거리가 되기에 충분했다. 어찌 서명하지 않을 수 있었겠는가? 모두 서명했다.

2

축제의 날은 프로그램에 따라 두 부분으로 나뉘었다. 정오부터 4시까지는 문학의 아침, 그다음 9시부터 한밤중까지는 무도회였다. 그러나 바로 이 조치 속에 이미 혼돈의 맹아가 숨어 있었다. 첫째, 시작부터 대중들 속에는 문학의 아침이 끝난 직후든 그동안 일부러 휴식 시간을 마련하든 아침이 제공되리라는 소문이 굳어졌는데 당연히 샴페인과 함께 프로그램 속에 포함된 공짜 식사였다. 티켓의 어마어마한 가격(3루블)이 이런 소문을 굳히는 데 일조했다. '그렇지 않다면 내가 미쳤다고 서명했겠어? 축제가 스물네 시간 예정이니 자, 먹여 줘, 인간들이 배가 고파서 죽을 지경이야.' 우리 도시에서는 이렇게 판단했다. 나는 율리야 미하일로브나가 너무 경솔한 탓에 스스로 이런 망할 소문이 굳어지게 했노라고 고백하지 않을 수 없다. 한 달 전 이 위대한 구상에 빠져 황홀감에 젖던 그때부터 그녀는 처음 마주친 사람에게, 축제 때 자기 집에서 온갖 건배가 울려 퍼질 것이라고 떠벌리고 심지어 수도의 한 신문에도 그렇게 알렸다. 그 무렵 그녀를 유혹한 것은 무엇보다도 저 건배였다. 그녀는 스스로 그것을 외치고 싶었고 계속 기대감에 들떠 그 내용을 지어 놓았다. 그것은 우리의 주요한 기치(어떤 기치인가? 장담하건대, 가련한 부인은 이런 건 전혀 짓지 못했다.)를 풀어 주어야 했으며 신문의 형식으로 수도 신문까지 옮아 가서 상부의 고위층을 감동과 매혹의 도가니로 몰아넣고 그다음에는 모든 도(道)로 퍼져 나가 경이와 모방 욕구를 불러일으켜야 했다. 그러나 건배를 하려면 샴페인이 불가피하고 샴페인을 빈속에 마실 수는 없으니 자연스레 아침 식사도 불가피했다. 그다음, 그녀의 노력으로 벌써 위원회가 결성되어 일에 좀 더 진지하게 접근하자, 연회를 꿈꾼다면 여성 가정 교사를 위한 돈은 아주 조금밖에 남지 않을 것이다, 기부금이 아무리 많아도 그럴 것이다, 라는 사실이 단번에 분명히 입증되었다. 이 문제를 두고 두 가지 해결 방안이 제시되었다. 즉, 벨사살의 연회[2]와 건배를 성사시키되 여성 가정 교사에게는 90루블을 주거나, 아니면 축제 때 상당한 금액을 모금하되 축제는 말하자면 형식만 갖추거나. 위원회는 그래도 오직 겁을 주려는 것이었을 뿐, 물론 알아서 절충적이고 합리적인 제삼의 해결책을 생각해 냈는데, 즉 모든 점에서 전적으로 질서 정연한 축제를 열되 샴페인은 빼고 이런 식으로 하면 90루블보다는 훨씬 많은, 극히 점잖은 금액이 남으리라는 것이었다. 그러나 율리야 미하일로브나가 동의하지 않았다. 그녀는 기질상 소시민적인 중용을 경멸했다. 그래서 그 자리에서, 첫 번째 생각이 실현될 수 있다면 즉각, 완전히 정반대의 극단으로 돌진해야 한다, 즉 다른 도(道)가 모두 부러워할 만큼 어마어마한 거금을 모아야 한다고 결정했다. "결국 대중도 이 정도는 이해해야 합니다만." 그녀는 위원회답게 예의 그 열렬한 말투로 결론을 내렸다. "인류 보편의 목적을 성취하는 것은 순간적인 육체적 쾌락과는 비교할 수도 없을 만큼 숭고한 일이라는 것, 축제는 본질상 위대한 사상의 선언일 뿐, 고로 저 참을 수 없는 무도회 없이는 도저히 안 되겠다면 가장 경제적인 독일식 천막으로 만족해야 한다는 것을 말입니다!" 이 정도로 그녀는

2) 「다니엘」 5장에 나오는 바빌론의 왕 벨사살의 연회를 말한다.

갑자기 무도회를 증오하게 되었다. 그러나 결국에는 고집을 꺾었다. 가령 그때 사람들은 육체적인 쾌락을 대체하기 위해 '문학의 카드리유'나 그와 같은 미학적인 작품을 고안하고 제안하게 되었다. 그 무렵 카르마지노프도 「메르시」를 낭독하는 데 결정적으로 동의했고(그 전까지는 사람 속을 태우면서 우물대기만 했다.) 그로써 우리네 절제력 없는 대중의 머릿속에서 음식 생각 자체를 아예 박멸하기로 했다. 이런 식으로 무도회는 더 이상 그때와 같은 종류는 아니었음에도 이번에도 아주 웅장한 축전이 되었다. 그래도 완전히 오리무중이 되지 않도록 무도회가 시작될 때 레몬을 곁들인 차와 둥근 쿠키, 그다음에는 오르자 시럽[3]과 레모네이드를 내놓기로, 끝날 무렵에는 아이스크림까지 내놓되 그게 전부인 것으로 결정했다. 반드시 언제나 어디서나 배고픔, 특히 갈증을 느끼는 사람을 위해서는 줄줄이 이어진 방의 맨 끝방에 프로호리치(클럽의 주방장)가 담당할 특별 뷔페를 열 수 있고 — 그래도 위원회의 아주 엄격한 감시하에 — 음식은 원하는 대로 제공하되 특별 비용을 내야 하며 뷔페는 프로그램에서 제외된다는 내용의 글을 홀의 문 위에 붙여 일부러 알려야 한다는 것이다. 그러나 아침에는 「메르시」 낭독에 방해가 되지 않도록 뷔페를 아예 열지 않기로 결정했는데, 뷔페를 카르마지노프가 낭독하기로 한 벨라야 홀[4]에서 다섯 칸이나 떨어진 방에 마련하기로 했음에도

3) 설탕과 아몬드를 기본 재료로 하여 오렌지 꽃물로 향을 낸 시럽.
4) '하얀 홀'이라는 뜻.

그랬다. 흥미롭게도 위원회에서는 이 사건, 즉 「메르시」 낭독에 이미 너무나 어마어마한 의미를 부여하는 것 같았고 심지어 가장 실제적인 사람들조차 그랬다. 시적인 사람들의 경우, 가령 귀족단장 부인은 카르마지노프에게 낭독이 끝난 다음 자신의 벨라야 홀 벽에 몇 년 몇 월 며칠 이곳, 장소에서 위대한 러시아 작가이자 유럽 작가가 펜을 놓으며 「메르시」를 읽고 그로써 우리 도시의 명사들이 포함된 러시아 대중에게 작별을 고했노라는 황금 문구가 쓰인 대리석 판을 박아 넣겠다고, 무도회의 모두가 그 문구를 읽을 것이라고, 즉 「메르시」를 다 읽고 나서 늦어도 다섯 시간 뒤에는 그럴 것이라고 선언했다. 나는 카르마지노프가 무엇보다도 자기가 낭독하는 아침에는 어떤 형태든 뷔페가 열리지 않도록 해 달라고 요구했다는, 그런 건 우리 정서에 맞지 않는다는 위원회의 몇몇 지적에도 그랬다는 사실을 확실히 안다.

이런 상황에서 도시에서는 여전히 위원회가 벨사살의 연회, 즉 뷔페를 진행하리라고 계속 굳게 믿었다. 최후의 시간까지도 그랬다. 심지어 귀족 아가씨들조차 많은 과자와 잼에 덧붙여 들어 보지도 못한 뭔가가 나오리라 꿈꾸었다. 모금액이 아주 많다는 것을, 온 도시가 야단법석이라는 것을, 군에서도 사람들이 몰려들어 티켓이 모자랄 지경이라는 것을 모두가 알고 있었다. 정해진 금액 외에 상당한 기부금이 들어왔다는 사실도 알려졌다. 바르바라 페트로브나는 가령 티켓값으로 300루블을 지불하고 홀 장식을 위해 자기 온실의 모든 꽃을 내놓았다. 귀족단장 부인은(위원회의 회원이었다.) 집과 조명을 내놓았다. 클럽에서는 음악과 하인들, 프로호리치를 온종일 빌려주기로 했다. 그렇게 거금은 아니어도 기부금도 또 있었고, 그래서 티켓의 최초 가격을 3루블에서 2루블로 낮추자는 생각이 떠오르기도 했다. 사실 위원회에서는 처음에는 3루블이면 아가씨들이 못 들어올까 봐 걱정되어 어떻든 가족 단위 티켓을 만들자, 다름 아니라 각각의 가족이 한 명의 아가씨에 대해서만 지불하고 그 가족에 속한 나머지 모든 아가씨는, 그런 사례가 열 개라도, 무료로 입장시키자는 안을 내놓았다. 그러나 알고 보니 모든 염려가 쓸데없는 것이었다. 오히려 아가씨들이 와 주었다. 심지어 가난에 찌든 관리들조차 과년한 처자들을 데려왔는데, 과년한 딸이 없었다면 여기에 가입할 생각도 하지 못했을 것이 너무 분명한 사람들이었다. 아주 보잘것없는 어느 비서는 일곱 딸을 모조리 데려온 데다가 당연히 부인은 셈에 넣지도 않고 조카딸까지 한 명 데려왔는데, 이들 각각은 손에 3루블짜리 입장권을 들고 있었다. 어쨌든 도시에 얼마나 대단한 혁명이 일어났는지 상상할 수 있으리라! 축제가 두 부분으로 나누어졌기 때문에 부인네들의 의상도 1인당 두 벌씩 — 낭독을 위한 아침 의상과 춤을 위한 무도회 의상이 필요했다는 점만 봐도 그렇다. 나중에 밝혀진바, 중간 계층의 다수가 이날을 위해 모든 것을, 심지어 가족의 속옷, 심지어 침대 시트, 거의 이부자리까지 우리네 유대인들에게 전당 잡혔는데, 이들은 일부러인 양 벌써 이 년째 우리 도시에서 끔찍이도 많은 수가 뿌리내렸고 시간이 갈수록 더 많이 몰려드는 형편이었다. 거의 모든 관리가 월급을 미리 받고 어떤 지주

들은 꼭 필요한 가축마저 팔았는데, 전부 오직 자기네 아가씨들을 후작 부인처럼 꾸며서 데려오기 위해서, 누구한테도 빠지지 않도록 하기 위해서였다. 이번 경우 그 의상이란 우리네 지역에서 들어 본 적이 없을 정도로 화려했다. 이 주 전부터 도시는 가족들의 일화로 가득 찼고, 그것은 우리네 냉소꾼들을 통해 당장에 모두 율리야 미하일로브나의 마당으로 흘러들었다. 가족들의 캐리커처가 나돌기 시작했다. 나도 율리야 미하일로브나의 앨범에서 직접 이런 종류의 그림을 몇 장 본 적이 있다. 이 모든 것이 그 일화의 출처까지 너무나 잘 알려졌다. 내 생각으로는 이 점 때문에 최근에도 각 가정에서 율리야 미하일로브나에 대한 증오가 그토록 커진 것 같다. 이제는 모두 그때를 회상하면서 욕을 하기도 하고 이를 갈기도 한다. 그러나 미리부터 분명한 건, 그때 위원회가 뭔가 곱지 못한 짓을 하거나 무도회에서 뭔가 실책이라도 범했다간 여태껏 들어 본 적 없는 분노의 폭발이 있으리라는 점이었다. 바로 그 때문에 누구나 속으로는 스캔들을 기대했다. 그렇게도 열심히 기대했으니 어떻게 스캔들이 일어나지 않을 수 있었겠는가?

정확히 정오, 오케스트라가 우렁차게 울려 퍼졌다. 나는 간사, 즉 열두 명의 '리본을 맨 청년' 사이에 포함되어 있었기 때문에 이 치욕스러운 기억의 날이 어떻게 시작되는지 내 눈으로 똑똑히 보았다. 입구에서부터 한없이 미어터졌다. 아니, 어떻게 이렇게, 경찰을 비롯해 모든 것이 맨 첫걸음부터 계속 헛발질이었던 것일까? 현재의 이 대중을 탓하는 것은 아니다. 가족의 가장들은 자신의 관직에도 불구하고 비집고 들어가지도, 또 남을 밀지도 않았을뿐더러, 오히려 거리에서부터 우리 도시로서는 이례적일 만큼 밀려드는 군중을, 입구를 포위한 채 그냥 들어가는 것이 아니라 돌격하듯 몸부림치는 군중을 보고서 당혹스러워했다고 한다. 그사이에 마차가 계속 도착했고 급기야는 거리를 제방처럼 막아 버렸다. 이렇게 쓰고 있는 지금, 나는 럄신과 리푸틴이, 어쩌면 나처럼 간사 일을 맡은 누군가가 우리 도시의 추잡한 부랑자 몇 명을 티켓도 없이 슬쩍 들여보냈다고 주장할 만한 확실한 증거가 있다. 적어도, 군(郡)이나 그 밖의 어딘가에서 전혀 모르는 인간들까지 등장했다. 이 야만인들은 홀에 들어서기가 무섭게 당장에 이구동성으로 (꼭 사주라도 받은 것처럼) 뷔페가 어디에 있는지 물었고 뷔페가 없음을 알고는 예의범절이고 뭐고 아랑곳하지 않고 지금까지 우리 도시에서는 이례적일 만큼 상스럽게 욕을 해 대기 시작했다. 사실 그들 중 어떤 사람들은 올 때부터 술에 취해 있었다. 몇몇 사람들은 귀족단장 부인의 홀이 너무 웅장해서 원시인처럼 충격을 받았는데 이런 것을 본 적도 전혀 없던 까닭에 들어서자마자 잠깐 쥐 죽은 듯 잠잠해져서 입을 쩍 벌린 채 주위를 둘러볼 뿐이었다. 이 커다란 벨라야 홀은, 건물은 이미 낡았지만, 정말 웅장한 곳이었다. 두 단의 창문이 난 거대한 크기에 고풍스러운 채색과 금박 장식을 한 천장, 합창석, 두 창문 사이 거울이 붙은 벽, 흰색 바탕에 붉은색 커튼, 대리석 조상(모양이야 어떻든 조상이긴 했다.), 황금을 박고 붉은 공단을 덧씌운, 나폴레옹 시대의 고풍스럽고 무게 있는 흰색 가구 등이 있었다. 지금 묘사되는 순간, 홀의 끝에는 강연이 예정된 문학가들을 위한 연단이 높게 솟아 있고 홀 전체에는 극장의 일반석처럼 의자들이 가득 배치되고 대중을 위한 넓은 통로도 마련되어 있었다. 그러나 경탄의 첫 순간이 지나자 아주 터무니없는 질문과 의견이 쏟아졌다. "우리는 아직 강연 같은 건 원하지 않는지도 몰라……. 돈을 지불했거든……. 대중은 뻔뻔한 속임수에 넘어갔어……. 우리가 주인이야, 렘브케 놈들이 아니라……." 한마디로, 꼭 이러도록 그들을 들여보낸 것 같았다. 특히 어떤 충돌이 기억나는데, 어제 아침에 옷깃을 세우고 나무 인형 같은 모습으로 율리야 미하일로브나 집에 와 있던 외지의 공작 한 명이 유난히 두각을 나타냈다. 그도 그녀의 물리치기 어려운 간청으로 왼쪽 어깨에 리본을 달고 우리네 동료인 간사가 되는 것에 동의했다. 알고 보니, 용수철 달린 이 벙어리 밀랍 인형은 말은 할 줄 몰라도 나름대로 행동은 할 줄 알았다. 어마어마한 체구의 어느 곰보 퇴역 대위가 자기를 따라 밀려온 부랑자 무리에 기댄 채 그에게 추근댔다. 뷔페는 어떻게 가냐고 물으면서 말이다. 그는 구(區) 경찰서장에게 눈을 찡긋했다. 즉각 지시가 내려졌다. 취한 대위는 줄곧 욕을 퍼붓지만 결국 홀에서 끌려 나갔다. 그사이에 드디어 '진짜' 대중이 등장하기 시작하고 의자 사이에 마련된 세 개의 통로를 따라 세 줄의 긴 실 가닥처럼 이어졌다. 불순분자들은 좀 잠잠해졌지만 대중, 심지어 가장 '순수한' 대중 속에서도 깜짝 놀란 듯 불만스러운 표정이 나타났다. 어떤 부인들은 마냥 경악하고 말았다.

드디어 모두가 자리를 잡았다. 음악도 잠잠해졌다. 코를 풀기도 하고 두리번거리기도 했다. 너무나 벌써부터 의기양양한 표정으로 기대에 부풀었는데 이것 자체가 벌써 언제나 고약한 징후다. 그러나 '렘브케 놈들'은 아직 오지 않았다. 비단, 벨벳, 다이아몬드가 사방에서 반짝반짝 빛을 발하고, 공기 중으로 방향이 퍼져 나갔다. 남자들은 죄다 훈장을 달았고 노인들은 심지어 제복까지 입었다. 마침내 귀족단장 부인이 리자와 함께 나타났다. 리자가 이날 아침처럼 눈부실 정도로 매혹적이었던 적도, 또 그렇게 화려한 화장을 한 적도 결코 없었다. 머리카락은 땋아서 정리하고 두 눈은 반짝거리고 얼굴에서는 미소가 빛났다. 그녀가 모종의 인상을 남긴 것은 분명했다. 사람들은 그녀를 훑어보기도 하고 그녀를 두고 숙덕대기도 했다. 그녀가 두 눈으로 스타브로긴을 찾는다는 말도 있었지만, 스타브로긴도, 바르바라 페트로브나도 없었다. 나는 그때 그녀의 표정을 이해하지 못했다. 그 얼굴에는 왜 그토록 많은 행복, 기쁨, 에너지, 힘이 담겨 있었던 것일까? 나는 어제의 사건을 상기하고는 미궁에 빠졌다. 그러나 '렘브케 놈들'은 여전히 그 자리에 없었다. 이것부터가 벌써 실수였다. 내가 나중에야 알게 된 바로, 율리야 미하일로브나는 최후의 순간까지 표트르 스테파노비치를 기다렸던 것인데, 그녀 자신은 의식하지 못했지만 최근에 그가 없으면 한 발짝도 내디딜 수 없었다. 겸사겸사 지적하자면, 표트르 스테파노비치가 전날 밤 위원회의 마지막 회의에서 간사 리본을 거절하자 눈물을 흘릴 만큼 심한 슬픔에 잠겼다. 놀랍게도, 나중에는 그녀도 굉장히 당혹스러워했지만(이 점은 나중에 얘기하겠다.) 그는 아침 내내 코

빼기도 보이지 않고 문학 낭독 때에는 아예 나타나지도 않았으니 저녁이 될 때까지 아무도 그를 보지 못한 것이었다. 드디어 대중은 노골적으로 초조함을 드러내기 시작했다. 연단에도 아무도 모습을 나타내지 않았다. 뒤쪽 열에서는 극장처럼 박수갈채를 보내기 시작했다. 노인들과 귀족들은 얼굴을 찌푸렸다. '렘브케 놈들'이 벌써 무게를 잡는 것이 명백했다. 심지어 최상의 대중 부류 쪽에서도 축제란 정말로 없을지도 모른다, 렘브케가 정말로 몸이 안 좋을지도 모른다 등등 터무니없는 쑥덕거림이 시작되었다. 그러나 천만다행으로, 드디어 렘브케 부부가 나타났다. 그는 그녀의 팔짱을 끼고 들어왔다. 솔직히 나도 그들의 출현을 두고 끔찍이도 염려하던 터였다. 그러나 이로써 우화는 사라지고 진실이 우위를 점했다. 대중은 한시름 놓은 것 같았다. 당사자인 렘브케도 완전히 건강해 보였고 모두가 그런 결론을 내린 것으로 기억되는데, 너무 많은 시선이 그에게로 쏠렸음은 능히 짐작할 수 있기 때문이다. 묘사를 제대로 하기 위해 지적하자면, 렘브케가 무슨 그런 이유로 건강이 별로 좋지 않으리라고 추정한 사람은 우리 상류 사회에서도 대체로 극소수에 불과했다. 사람들은 그의 행동이 완전히 정상이라고 생각했으며 심지어 어제 아침 광장의 사건조차 좋은 쪽으로 받아들였다. "진작부터 그랬어야지." 고위 인사들이 말했다. "안 그랬다가는 박애주의자로 와서 모두 그런 식으로 끝나게 마련이거든, 박애를 위해서는 그런 것이 꼭 필요하다는 것을 깨닫지도 못한 채로." 적어도 클럽에서는 이렇게 평했다. 다만, 그러면서 그가 좀 흥분했다고 비판하기는 했다. "그런 건 좀 냉담하게 처리해야 하는데, 하긴 신참이니까." 전문가인 척 구는 사람들이 말했다. 그와 같은 열렬한 욕망을 담은 시선이 모두 율리야 미하일로브나에게도 쏠렸다. 물론 아무도 이야기꾼인 나에게 어떤 사항에 관한 너무나 정확한 세부적인 것들을 요구할 권리는 없다. 이건 비밀이고 또 이건 여자이기 때문이다. 그러나 한 가지만은 안다. 즉, 어제 저녁 무렵 그녀는 안드레이 안토노비치의 서재로 들어가서 자정이 훨씬 지나도록 그와 함께 있었다. 안드레이 안토노비치는 용서를 받았고 위안을 얻었다. 부부는 모든 것에서 합의를 보았고 모든 것은 잊혔으며, 해명이 끝날 무렵 폰 렘브케가 공포에 질린 채 간밤의 핵심적이고 결정적인 에피소드를 회상하면서 무릎을 꿇자 부인의 매혹적인 손이, 이어 부인의 입술이 기사처럼 섬세하되 감동에 젖어 나약해진 사람이 토로하는 열렬한 참회의 말들을 막아 버렸다. 다들 그녀의 얼굴에서 행복을 보았다. 그녀는 휘황찬란한 의상을 입고 활짝 열린 표정으로 걷고 있었다. 그녀는 소망의 극점에 있는 것 같았다. 축제가 — 그녀의 정치적 목적이자 월계관이었다 — 실현되었으니 말이다. 연단 바로 앞에 지정된 자리에 이르자 렘브케 부부는 허리 굽혀 인사했으며 답례도 했다. 그들은 곧 에워싸였다. 귀족단장 부인이 그들을 맞이하려고 일어섰다……. 그러나 그 순간 한 가지 추악한 의혹이 발생했다. 오케스트라가 밑도 끝도 없이 축하곡을 울렸는데, 무슨 행진곡이 아니라 그저 우리네 클럽의 공식 만찬 석상에 둘러앉아 아무개의 건강을 위해 마실 때와 같은 만찬용 축하곡이었다. 람신이 홀로 들어선

'렘브케 놈들'에게 경의를 표한답시고 간사로서 이 일에 공을 들였음을 이제는 안다. 물론 그는 언제나, 원래 어리석어서 혹은 너무 질투가 나서 그랬노라고 발뺌할 수는 있었다……. 슬프게도, 그들이 발뺌 따위에는 이미 신경도 쓰지 않았고 오늘로 모든 것을 끝장내려 했다는 사실을 나도 그 당시에는 알지 못했다. 그러나 축하곡으로 끝날 일이 아니었다. 대중의 짜증스러운 의혹, 미소와 함께 갑자기 홀 뒤쪽과 합창단석에서 역시나 렘브케에게 경의를 표한답시고 만세가 울려 퍼졌다. 많은 목소리는 아니었지만, 솔직히 얼마간 계속되었다. 율리야 미하일로브나는 얼굴이 확 달아올랐고 눈이 번득였다. 렘브케는 자리에서 걸음을 멈추고 소리 지르는 쪽으로 몸을 돌려서 위엄 있는 태도로 엄격하게 홀을 둘러보았다. 사람들이 서둘러 그를 자리에 앉혔다. 나는 그의 얼굴에 번진 예의 그 위험한 미소, 어제 오전 부인의 거실에 서 있다가 스테판 트로피모비치에게 다가가기 직전 그를 바라보면서 짓던 그 미소를 알아보고는 다시 공포에 사로잡혔다. 지금도 그의 얼굴에 어떤 불길한 표정이, 제일 고약하게도, 다소 희극적인 표정이, 오직 부인의 고상한 목적을 만족시키기 위해 할 수 없이 자신을 희생양으로 내놓은 존재의 표정이 떠오른 것 같았다. 율리야 미하일로브나는 다급한 손짓으로 나를 부르더니 카르마지노프에게 달려가 시작해 주십사 간청하라고 속삭였다. 자, 그리하여 내가 몸을 돌리는 찰나, 또 다른 추잡한 일이 발생했는데 첫 번째 것보다 훨씬 더 추악했다. 연단, 텅 빈 연단에서 이 순간까지 모든 시선과 모든 기대가 집중되었고 자그마한 탁자와 그 앞에 의자가 보였고 탁자 위에는 은쟁반에 물컵 하나가 놓여 있던 — 그 텅 빈 연단에서 갑자기 연미복을 입고 하얀 넥타이를 맨 레뱌드킨 대위의 어마어마한 형상이 번득였다. 나는 너무 충격을 받아 내 눈을 믿을 수 없었다. 대위는 당황한 탓인지 연단의 아주 외진 곳에 멈추어 섰다. 좌중에서는 갑자기 외침이 들려왔다. "레뱌드킨이다! 정말 네놈이냐?" 이 부름을 듣자 레뱌드킨의 바보 같은 붉은 낯짝이(그는 완전히 취해 있었다.) 넓고 둔한 미소를 짓느라 사방으로 퍼졌다. 그는 한 손을 들어 이마를 쓱 문지르고 텁수룩한 머리통을 한 번 흔든 다음 결심이 선 듯 두 걸음 앞으로 성큼성큼 걸어 나가더니만, 갑자기 콧김을 내뿜으면서 큰 소리의 웃음이 아니라 자지러질 듯 길고 행복한 웃음을 터뜨렸고 그 때문에 비대한 그의 살집이 온통 출렁거리고 조그만 두 눈이 오그라들었다. 이 모습을 보고 청중의 거의 절반가량이 웃음을 터뜨렸고 스무 명은 박수갈채를 보냈다. 그러나 진지한 청중 쪽에서는 음울하게 눈짓만 주고받았다. 그래 본들 모든 것이 삼십 초를 넘지 않았다. 연단 위로 갑자기 간사의 리본을 단 리푸틴과 두 명의 하인이 뛰어 올라갔다. 그들은 조심스럽게 대위를 부축했고 리푸틴은 그에게 뭐라고 속닥거렸다. 대위는 얼굴을 찌푸리고 "뭐, 그렇다면야."라고 중얼거리며 한 손을 내젓더니 청중 쪽으로 거대한 등을 돌린 채 수행원들과 함께 사라졌다. 그러나 잠시 뒤 리푸틴이 다시 연단 위로 뛰어 올라갔다. 그의 입술에는 보통 설탕을 탄 식초를 연상시키는, 그가 언제나 짓는 미소 중에서도 가장 달착지근한 미소가 맴돌았고 두 손에는 편지지

한 장이 들려 있었다. 보폭은 좁지만 분주한 걸음으로 그는 연단의 앞쪽 끝으로 다가갔다.

"여러분!" 그가 청중을 불렀다. "감시가 소홀했던 탓에 희극적인 불찰이 있었지만 수습되었습니다. 그러나 저는 희망을 품고 여기 우리 지역의 시 창작자 중 한 분의 아주 공손하고 심오한 간청과 부탁을 받아들였습니다……. 인도적인 고귀한 목적에 사로잡혀…… 외모는 이 모양이지만…… 우리 모두를 결합하려는 목적으로…… 우리 도(道)의 교육받은 가난한 아가씨들의 눈물을 닦아 주려고…… 이 신사분은, 즉 이 지방의 시인 얘기를 하고 싶은 것입니다만…… 계속 익명으로 남고 싶다는 바람을 갖고 계시고·…… 무도회 시작 전에 자신의 시 작품이 읽히는 것을 몹시 보고 싶어 하셨는데…… 즉 낭독되길 바라셨다는 말씀입니다. 이 시 작품이 프로그램에 없고 또 포함될 수 없는 것일지라도…… 왜냐하면 입수된 것이 반 시간 전이니까요……. 그러나 '우리로서는'(우리가 누구란 말인가? 나는 중간중간에 끊어지는 이 두서없는 말을 토씨 하나까지 그대로 인용하겠다.) 역시나 뛰어난 즐거움과 결합한 감정이 훌륭할 정도로 순진하기 때문에 이 시 작품을 낭독해도 될 것 같은데, 즉 진지한 무언가가 아니라 축전에 맞는 무언가로서…… 한마디로, 이념에 맞는…… 더욱이 몇 줄은…… 경애하는 청중 여러분의 허락을 구하고 싶었습니다……."

"읽으시오!" 홀의 끝에서 목소리가 고래고래 소리를 질렀다.

"그냥 읽으란 말입니까?"

"읽으시오, 읽어 봐요!" 많은 목소리가 울려 퍼졌다

"그럼 청중의 허락을 얻었으니 읽겠습니다." 리푸틴은 줄곧 예의 그 설탕 같은 미소를 머금으며 다시 얼굴을 일그러뜨렸다. 그럼에도 그는 여전히 결심이 서지 않는 듯했고, 나는 심지어 그가 흥분한 것처럼 여겨졌다. 이런 작자들은 원래 아주 뻔뻔스러움에도 불구하고 우왕좌왕할 때가 가끔 있다. 그래도 신학생이라면 우왕좌왕하지 않았을걸, 리푸틴은 여전히 이전 사회에 속해 있었던 것이다.

"미리 말씀드리건대, 즉 미리 말씀드릴 영광을 가졌기에, 이 작품은 어쨌든 축제를 위해 이전에 쓰였던 송시 같은 것이 아니라 말하자면 거의 농담 같은 것이지만 장난기 어린 즐거움과 의심할 바 없는 감정이 결합한, 말하자면 아주 현실적인 진리가 담긴 것입니다."

"읽어, 읽으라고!"

그는 종이를 펼쳤다. 당연히 아무도 그를 제지하지 못했다. 게다가 간사 리본을 달고 나왔잖은가. 그는 카랑카랑한 목소리로 낭독을 이어 갔다.

"축일을 맞아 이 지역에 사는 조국의 가정 교사 아가씨에게 시인이,

안녕, 안녕, 가정 교사 아가씨!
즐거워하여라, 마음껏 날뛰어라,
보수 반동이든 조르주 상드[5]든,

---

5) George Sand(1804~1876). 프랑스의 여성 소설가로서 뮈세, 쇼팽 등 당

아무래도 좋아, 지금은 환호하라!"

"이건 레뱌드킨이다! 레뱌드킨이 분명해!" 몇 개의 목소리가 응답했다. 소수지만 웃음에다가 박수갈채가 터져 나왔다.

"코흘리개 어린애들에게
프랑스어 아베세데를 가르치고
성당지기라도 낚아 볼까,
윙크할 태세라네!"

"만세! 만세!"

"그러나 우리 위대한 개혁의 시대에는
성당지기도 어림없지.
아가씨여, '땡전 한 푼'이라도 있어야지,
아니면 다시 아베세데를 붙잡아야지."

"바로, 바로 이거야, 이게 리얼리즘이지, '땡전 한 푼'도 없으면 한 발짝도 못 나가거든!"

"그러나 이제 연회를 열면
우리는 거금을 거두었으니

대의 여러 남성과 교류했다.

우리는 춤을 추며 지참금을
이 홀에 있는 너에게 보내노라 —

보수 반동이든 조르주 상드든
아무래도 좋아, 지금은 환호하라!
지참금을 가졌으니, 가정 교사 아가씨여,
모든 것에 침을 뱉고 기고만장하시라!"

솔직히 나는 내 귀를 믿을 수 없었다. 이건 멍청하다고 비난할 수도 없을 만큼 너무 노골적으로 뻔뻔스러웠다. 그런데 리푸틴은 이미 그렇게 멍청하지 않았다. 적어도 나는 그 의도를 분명히 알았는데, 서둘러 무질서를 조장하는 것 같았다. 이 백치 같은 시 작품의 어떤 시구, 가령 바로 마지막 시구는 도저히 용납될 수 없을 법한 부류의 멍청함이었다. 리푸틴도 자신이 너무 많은 것을 떠맡았다는 느낌이 든 모양이었다. 그는 위업을 달성한 다음에도 자신의 뻔뻔스러운 짓 때문에 망연자실해서 심지어 연단을 떠날 생각도 하지 못하고 뭔가 덧붙이고 싶은 듯이 서 있었다. 분명히 어떤 식이든 다른 종류의 결말을 가정했던 것 같다. 그러나 이런 작태가 이어지는 동안에는 박수갈채를 보내던 한 무더기의 추잡한 작자마저도 역시 망연자실해져서 갑자기 쥐 죽은 듯 조용해졌다. 제일 멍청한 것은 그들 대다수가 이 작태를 감상적으로, 즉 비방이 아니라 진짜로 여성 가정 교사에 대한 진정한 진실로, 어떤 경향마저 띤 시구로 받아들였다는 점이다. 그러나 시구의 도를 넘어선 방종함이 결국은 그들에게도 충격을 주고 말았다. 청중 모두에 관해 말하자면, 홀 전체의 모든 참석자가 스캔들에 휘말렸을 뿐만 아니라 모욕감까지 느낀 기색이 역력했다. 인상을 전함에 있어 내가 오류를 범하는 건 아니다. 율리야 미하일로브나는 한순간만 더 있었으면 아마 기절했을 것이라고 훗날 말했다. 가장 존경받는 노인 중 한 사람은 자신의 늙은 부인을 일으켜 세웠고, 두 사람은 자기들을 지켜보는 청중의 불안한 시선을 한 몸에 받으며 홀을 나갔다. 그 순간, 연미복을 입고 하얀 넥타이를 맨 채 손에 노트를 든 카르마지노프가 연단에 나타나지 않았더라면 몇 명이나 더 그들의 선례를 따랐을지 모른다. 율리야 미하일로브나는 구원자라도 만난 듯 환희에 찬 시선을 그에게로 돌렸다……. 그러나 나는 이미 무대 뒤로 가 있었다. 리푸틴이 필요했던 것이다.

"고의로 이런 짓을 한 거죠!" 나는 격분한 나머지 그의 손을 움켜쥐며 말했다.

"맙소사, 이럴 줄은 몰랐어요." 그는 움츠러들면서 당장 거짓말을 하고 동시에 불행한 사람인 척 굴었다. "그 시는 진짜로 방금 건네받은 건데 그냥 즐거운 농담인 줄 알고……."

"전혀 그렇게 생각하지 않았겠지. 아니, 그 재능 없는 걸레쪽을 즐거운 농담이라고 여겼다는 겁니까?"

"그래요, 그렇게 여겼어요."

"죄다 거짓말이고, 방금 건네받은 것도 아닐 겁니다. 당신이 직접 레뱌드킨과 함께 스캔들을 일으키려고 아마 어제부터 지어 놓은 것일 테죠. 마지막 시구는 분명히 당신이 쓴 것이고, 성당지기 얘기도 그래요. 그는 왜 연미복을 입고 나온 거죠? 다시 말해, 그가 곤드레만드레 취하지만 않았어도 낭독을 시키려고 준비했던 거야."

리푸틴은 냉담하고 독살스럽게 나를 쏘아보았다.

"당신이 무슨 상관이오?" 갑자기 그는 이상스러울 정도로 평온하게 물었다.

"아니, 무슨 상관이라뇨? 당신도 이 리본을 달고 있잖아요……. 표트르 스테파노비치는 어디 있어요?"

"몰라요. 여기 어디에 있겠죠. 왜요?"

"이제는 훤히 보이는군. 이건 율리야 미하일로브나에게 맞서려는 음모에 지나지 않아요, 오늘 하루를 스캔들로 물들이려는……."

리푸틴은 다시 나를 노려보았다.

"아니, 당신이 무슨 상관이냐니까요?" 그는 싱글대면서 어깨를 으쓱하더니 저리로 물러났다.

나는 갑자기 등골이 오싹해지는 것 같았다. 나의 의심이 모두 들어맞았다. 그런데도 내가 오류를 범하는 것이라는 희망을 버리지 않았던 것이다! 무엇을 할 수 있었겠는가? 나는 스테판 트로피모비치와 상의해 볼까 하는 생각도 했지만, 그는 거울 앞에 서서 온갖 미소를 짓고 표시해 둔 종이를 끊임없이 고쳤다. 그는 카르마지노프 다음에 바로 나가야 했기 때문에 이미 나와 이야기를 나눌 상태가 아니었다. 율리야 미하일로브나에게 달려갈까? 그러나 그쪽은 아직 일렀다. 자기가 '에워싸여 있고' 모두가 자기에게 '열광적으로 헌신한다'라는 확신을 완전히 치유하려면 그녀에겐 훨씬 더 따끔한 교훈이 필요했다. 그녀는 내 말을 믿기는커녕 나를 혼령과 교통하는 사람쯤으로 생각했을 것이다. 그렇다면 어떻게 그녀를 도울 수 있었을까? '에잇.' 나는 생각했다. '정말로 나는 아무 상관도 없는 일이고 시작되면 리본을 떼 내고 집에 가 버리면 되는 거야.' '시작되면'이라는 말을 직접 발음했고 이 점을 나는 기억한다.

그런데 카르마지노프를 들으러 가야 했다. 무대 뒤에서 마지막으로 주위를 둘러보다가 나는 거기서 제삼자나 다름없는 족속들이 드나드는 것을, 심지어 여자들도 들락거리는 것을 목격했다. 이 '무대 뒤'란 커튼을 쳐서 관객으로부터는 완전히 차단되고 뒤쪽 복도를 통해 다른 방들과는 연결되는 상당히 좁은 공간이었다. 여기서 우리네 강연자들이 자기 순서를 기다리고 있었다. 그러나 이 순간 나에게 유달리 충격을 준 것은 스테판 트로피모비치 다음에 나올 연사였다. 그 역시 무슨 교수 같았는데(나는 지금도 그가 누구인지 정확히 모른다.) 어떤 학생 사건으로 어느 시설에서 자발적으로 물러났고 무슨 이유에서인지 겨우 며칠 전에 우리 도시에 온 사람이었다. 역시나 율리야 미하일로브나에게 추천된 사람인데, 그녀는 그를 경건하게 맞아들였다. 내가 이제야 아는 바로, 그는 겨우 강연 직전 하룻저녁을 그녀 집에 머물렀을 뿐이고 그나마 저녁 내내 입은 다문 채 율리야 미하일로브나를 에워싼 일당의 농담과 분위기에 모호한 미소를 지었고, 교만하고 동시에 깜짝 놀랄 만큼 화를 잘 내는 모습 때문에 모두에게 불쾌한 인상을 주었다. 그를 강연으로 끌어들인 사람은 바로 율리야 미하일로브나였다. 지금 그는 스테판 트로피모비치처럼 이 구석 저 구석을 오가며 혼자 웅얼거렸지만 거울이 아니라 땅을 보고 있었다. 자주 음탕한 미소를 지었음에도 그 미소를 가늠하기는 힘들었다. 그와도 이야기를 나눌 수 없음은 분명했다. 그는 키가 작았고 겉보기에는 마흔쯤 된 것 같았으며 머리가 벗겨진 대머리에 희끗희끗한 턱수염을 기르고 옷차림은 점잖았다. 그러나 제일 흥미진진한 것은, 그가 몸을 돌릴 때마다 오른손 주먹을 높이 치켜들고 머리 위 허공에 대고 휘두르다가 갑자기 무슨 적수를 분쇄하듯 주먹을 아래로 내리쳤다는 점이다. 이 주술을 그는 수시로 되풀이했다. 나는 소름이 끼쳤다. 어서 빨리 카르마지노프를 들으러 달려갔다.

3

홀에는 다시 뭔가 좋지 않은 기운이 감돌았다. 미리 선언한다. 나는 천재의 위대함 앞에는 고개를 숙인다. 그러나 우리네 이 천재 양반들은 멋진 세월의 막바지에 이르면 어째서 가끔 어린애 같은 행동을 하는 것일까? 그가 카르마지노프고 다섯 명의 시종을 거느린 듯 거들먹거리며 나온들 뭐 어떤가? 아니, 고작 논문 하나로 우리 같은 청중을 꼬박 한 시간이나 붙잡아 둘 수 있을까? 대체로 지적했거니와, 천재 아니라 천재 할아버지라도 대중적인 가벼운 문학 낭독회에서 아무 탈 없이 이십 분 이상 청중의 주의를 집중시키는 것은 불가능하다.

사실, 청중은 위대한 천재의 등장을 극도로 공손하게 맞이했다. 심지어 가장 근엄한 노인들조차 격려와 흥분을 표명했고, 부인네들은 심지어 다소간의 환희마저 표명했다. 그래도 박수갈채는 짧고 어쩐지 비우호적이며 갈피를 잡을 수 없었다. 그 대신, 카르마지노프 씨가 입을 여는 순간까지 뒤쪽 열에서는 단 하나의 작태도 없었을뿐더러 그때도 특별히 고약한 일은 거의 없었지만 말썽이 생긴 것 같기는 했다. 나는 벌써 전에도 그의 목소리가 너무 째지는 것 같고 심지어 약간은 여자 목소리 같은 데다가 진짜 지주 귀족답게 쉬쉬거리는 습관까지 있음을 언급했다. 그가 몇 마디 발음하자마자 갑자기 누가 감히 큰 소리로 웃음을 터뜨렸는데 — 분명히 여태껏 사교계를 전혀 구경해 본 적이 없는 데다가 천부적으로 웃는 것을 좋아하는 무슨 서투른 바보 녀석 같았다. 그러나 시위 같은 건 전혀 없었다. 오히려 청중이 그 바보에게 쉬쉬하며 주의를 주자 곧 찌그러졌다. 그러나 그때 카르마지노프 씨가 잔뜩 거드름을 피우고 청중을 휘어잡으며 '처음에는 어떤 일이 있어도 강연하지 않으려고 했다'라고(이런 선언이 어지간히도 필요했겠다!) 선언했다. '마음속 깊은 곳에서 우러나오는 것이기에 말로 할 수는 없는 구절이 있는 법이고, 따라서 이런 성스러운 것은 도저히 청중 앞에 가지고 나올 수 없다'는 것이다.(그럼 뭐 하러 갖고 나왔지?) '그러나 너무 간청들을 하시는 바람에 가지고 나왔고, 더욱이 이제 영원히 펜을 놓고 어떤 일이 있어도 더는 쓰지 않으리라 맹세했으니, 정말 어쩔 수 없이 이 최후의 작품을 쓴 것이다. 그리고 어떤 일이 있어도 더는 아무런 강연도

하지 않으리라 맹세했으니, 정말이지 어쩔 수 없이 이 마지막 논문을 청중에게 강연하려는 것이다' 등등 — 한결같이 이런 종류였다.

그러나 이 모든 것은 괜찮을 터, 누가 작가 서문을 모르겠는가? 내가 이런 지적을 할지라도, 우리 청중의 교육 수준이 형편없고 뒤쪽 열에서는 짜증스러운 초조함까지 내비치는 상황이라면 이 모든 것이 다소 영향을 줄 수는 있었다. 차라리 짧은 중편 소설을, 그가 이전에 썼던 것과 같은 조그만 단편 소설을, — 즉 너무 갈고닦아 거들먹거리지만 그래도 가끔 기지가 넘치는 소설을 낭독하는 편이 낫지 않았을까? 그랬다면 모든 것이 구원받았을 텐데. 천만의 말씀, 전혀 그렇지 못했다! 설교 말씀이 시작되었다! 맙소사, 여기에 무엇인들 없었을까! 확실히 말하건대, 우리 청중뿐만 아니라 수도에서 온 청중도 정신이 멍해졌을 것이다! 거의 두 장의 인쇄지가, 거들먹거리는 수작이 역력한 무익한 수다로 가득하다고 상상해 보라. 이 신사는 거기다가 어쩐지 위에서 아래로 내려다보듯, 꼭 자비를 베풀듯 비탄에 젖어 낭독했기 때문에 우리 청중을 모욕하는 꼴이 되었다. 주제는……. 그러나 누가 그것을, 그 주제를 파악할 수 있었을까? 이건 무슨 인상들, 무슨 회상들에 대한 어떤 보고서였다. 그러나 무엇의? 그러나 무엇에 대한? 낭독이 꼬박 절반쯤 진행되는 동안 우리네 도민들은 이마를 잔뜩 찌푸리며 안간힘을 써도 아무것도 알 수 없었고, 그래서 후반부는 그저 예의상 듣고 있었다. 사실 사랑 얘기가, 어떤 여인을 향한 천재의 사랑 얘기가 많았지만, 솔직히 이건 어딘가 서

툰 구석이 있었다. 내 시각으로는, 키도 별로 크지 않고 좀 뚱뚱한 몸매의 천재 작가가, 첫 키스 이야기를 늘어놓는 것은 어째 어울리지 않아 보였다……. 또 한 가지 성질나는 것은, 이런 키스가 모든 인류에게서 흔히 볼 수 있는 것과는 어쩐지 다른 방식으로 행해졌다는 점이다. 그곳 주변에 반드시 가시금작나무(반드시 가시금작나무거나, 아니면 식물학자에게 문의해 봐야 하는 그런 풀이다.)가 자라고 있을 것이다. 여기다가 하늘에는 반드시 무슨 보랏빛 색채가 감도는데, 물론 이 필멸의 인간 중 누구도 절대 알아채지 못한 색채, 즉 모두가 무심코 보긴 했지만 알아챌 능력이 없어서 그만 놓쳐 버린 색채를 '바로 내가 보았고 너희 바보 녀석들에게 가장 평범한 사물인 양 묘사해 준다'라는 식이었다. 지금 문제의 한 쌍이 자리 잡은 곳은 나무 밑인데, 그 나무는 반드시 무슨 오렌지색이어야 한다. 그들은 독일 어딘가에 앉아 있다. 갑자기 그들은 접전 전야의 폼페이우스나 카시우스[6]를 보게 되고 황홀경의 싸늘한 전율이 둘을 꿰뚫는다. 무슨 물의 요정이 관목 숲에서 찍찍거렸다. 글루크[7]가 갈대숲에서 바이올린을 켜기 시작했다. 그가 연주한 오페라의 곡명은 '완전히(En toutes lettres)'이지만 아무도 모

6) 마그누스 그나이우스 폼페이우스(Magnus Gnaeus Pompeius, 기원전 106~기원전 48)는 고대 로마 공화정 말기의 장군, 정치가. 가이우스 카시우스 롱기누스(Gaius Cassius Longinus, 기원전 85~기원전 42)는 고대 로마 공화정 말기의 장군, 정치가. 브루투스와 함께 카이사르 암살을 주도했다.
7) 크리스토프 빌발트 글루크(Christoph Willvald Gluck, 1714~1787). 독일의 작곡가.

르는 것, 따라서 음악 사전을 뒤져 봐야 하는 것이었다. 그러는 사이 안개가 뭉게뭉게 피어오르고 그렇게 뭉게뭉게, 또 그렇게 뭉게뭉게 피어올라 더 이상 안개라기보다는 100만 개의 쿠션과 비슷해졌다. 그러다 갑자기 모든 것이 사라지고 위대한 천재는 겨울 해빙기에 볼가를 건넌다. 두 쪽 반 동안 강을 건너가더니 어쨌든 얼음 구멍에 빠진다. 천재는 물속에 잠기고 — 여러분은 그가 빠져 죽었다고 생각하는가? 천만의 말씀. 이건 모두 그가 이미 완전히 물속에 빠져 허우적거릴 때 그의 앞에 얼음 조각이, 완두콩처럼 조그맣지만 '서리 맞아 얼어붙은 눈물방울처럼' 깨끗하고 투명한 얼음 조각이 반짝이도록 하기 위한 장치인데, 이 얼음 조각 위로 독일, 더 정확히 독일의 하늘이 어른거리고 이 반영은 자신의 무지개 유희를 통해서 그에게 예의 그 눈물을 상기시켰다. 그 눈물이란 "넌 기억할까, 우리가 에메랄드빛 나무 아래에 앉아 있을 때 그 눈물이 너의 두 눈에서 굴러떨어졌고 너는 '범죄는 없어요!'라고 기쁘게 소리쳤지. 나는 '그래.' 하고 눈물을 흘리며 말했지. '하지만 그렇다면 올바른 사람도 없다는 얘기지.' 우리는 흐느껴 울었고 영원히 헤어졌어." 속의 눈물이었다. 그녀는 해안 어딘가로, 그는 어떤 동굴로 간다. 그리고 바로 여기 그가 하강, 하강하는데 삼 년째 모스크바의 수하레바야 탑 아래로 하강하다가 갑자기 땅속의 가장 깊은 곳, 동굴 속에서 램프를, 그 램프 앞의 고행승을 발견한다. 고행승은 기도하고 있다. 천재는 조그만 격자 창문에 매달리고 갑자기 한숨 소리가 들린다. 여러분은 이 고행승이 한숨을 쉬었다고 생각하는가? 그에게 여러분의 고행승 따위가 어지간히도 필요했겠다! 아니다, 이 한숨은 그저 '그에게 삼십칠 년 전 그녀의 첫 한숨을 상기시켜' 주었을 뿐이다. 그 한숨이란 "넌 기억할까, 독일에서 우리가 마노 나무 아래 앉아 있을 때 네가 내게 말했지. '무엇 때문에 사랑해야 하는 거죠? 봐요, 주위에는 적황색 꽃이 자라고 나는 사랑하고 있지만 저 적황색 꽃이 자라기를 멈추면 난 사랑을 멈출 거예요.'"라고 말했을 때의 한숨이다. 그 순간 다시 안개가 뭉게뭉게 피어오르고, 호프만[8]이 나타나고, 물의 요정이 휘파람으로 쇼팽을 연주하고, 갑자기 안개 속에서 로마의 지붕 위로 월계관을 쓴 안쿠스 마르키우스[9]가 나타났다. "황홀경의 오싹한 전율이 우리의 등을 훑었고, 우리는 영원히 헤어졌다." 운운. 한마디로, 내가 고스란히 전달하는 것도 아니고 그럴 능력도 없지만, 수다의 의미는 정확히 그런 종류였다. 그리고 끝으로, 우리네 위대한 지성들은 고상한 의미의 흰소리를 향한 치욕스러운 열정을 지녔으니 도대체 이건 또 무슨 수작이란 말인가! 유럽의 위대한 철학자, 위대한 학자, 발명가, 근로자, 순교자 — 그러니까 이 모든, 고생하며 무거운 짐을 진 사람들이 우리 러시아의 위대한 천재에게는 결단코 그의 부엌 요리사와 비슷하다. 그는 나리이고, 그들은 두 손에 요리사 모자를 쥔 채 그의 앞에 나타나 명령을 기다린다. 사실, 교

8) 에른스트 테오도어 빌헬름 호프만(Ernst Theodor Wilhelm Hoffmann, 1776~1822). 환상적이고 괴기스러운 작품을 쓴 독일의 소설가로서 도스토옙스키에게 많은 영향을 끼쳤다.

9) Ancus Marcius(기원전 678~기원전 616). 로마 제국의 제4대 황제.

만하게 러시아를 비웃고, 그로서는 유럽의 위대한 지성들 앞에서 러시아는 모든 점에서 파산했노라고 선언하는 것보다 더 유쾌한 일은 없지만, 그 자신에 관한 한, 아니, 그 자신은 이미 유럽의 이 위대한 지성들 위에 우뚝 서 있었다. 그들 모두는 그의 휜소리를 위한 재료에 지나지 않는다. 남의 이념을 가져와 거기에 그것의 안티테제를 갖다 붙이면 휜소리가 준비된다. 범죄는 존재한다, 범죄는 존재하지 않는다. 진실은 없다, 의인은 없다. 무신론, 다윈주의, 모스크바의 경종들……. 그러나 슬프게도 그는 더 이상 모스크바의 경종들을 믿지 않는다. 로마, 월계관…… 그러나 그는 더 이상 월계관을 믿지 않는다. 이건 바이런식 우수의 판에 박힌 발작, 하이네의 찡그림, 페초린의 무언가일 뿐이고, 출발, 출발하여 자동차는 빵빵 잘도 달린다……. '그래도 나를 찬미하라, 찬미하라, 이런 것이 끔찍이도 좋으니까. 펜을 놓겠다는 말은 그냥 한 번 해 본 소리다. 잠깐만 기다리시라, 나는 아직도 300번은 더 너희를 지루하게 해 줄 테니, 읽다가 지칠 정도로…….'

당연히 곱게 끝날 리가 없었다. 그러나 그걸 자초한 사람이 그 자신이었으니 고약한 일이었다. 벌써 오래전부터 부스럭거리는 소리, 코 푸는 소리, 재채기 등 문학 낭독회에서 연사가 누구든 청중을 이십 분 이상 붙들어 둘 때면 으레 나타나는 모든 현상이 시작되었다. 그러나 천재 작가는 이런 것을 전혀 알아채지 못했다. 그가 청중 따위는 안중에도 없는 듯 여전히 쉬쉬거리고 우물거렸기 때문에 모두 어이가 없어졌다. 때마침 뒤쪽 열에서 하나이긴 했지만, 갑자기 커다란 목소리가 들려왔다.

"맙소사, 이게 무슨 헛소리람!"

부지불식간에 불쑥 튀어나온 말이었고, 무슨 시위의 의도는 없었음을 나는 확신한다. 그저 사람이 지쳤을 뿐이다. 그러나 카르마지노프는 잠깐 멈추더니 청중을 비웃듯 쳐다보고 갑자기 기분이 상한 시종관처럼 거드름을 피우며 쉬쉬거렸다.

"여러분, 좀 지겨워하시는 것 같은데요?"

자, 그가 먼저 말을 꺼낸 것 자체가 잘못이었다. 그런 식으로 대답을 유도하면서 바로 그로써 온갖 부랑자에게도 역시나 말하자면 합법적으로 말을 꺼낼 기회를 주었고, 그때 그냥 참았더라면 여기저기서 코는 팽팽 푸는 일은 있어서도 그럭저럭 무사히 끝냈을 수는 있었을 테니 말이다……. 어쩌면 자신의 질문에 대한 답으로 박수갈채를 기다렸는지도 모르겠다. 그러나 박수갈채는 울려 퍼지지 않았다. 오히려 모두가 경악한 듯 움츠러들고 잠잠해졌다.

"안쿠스 마르키우스를 본 적도 전혀 없잖소, 이건 전부 지어낸 문구일 뿐이오." 갑자기 실컷 앓은 듯, 짜증이 난 어떤 목소리가 울려 퍼졌다.

"그러게요." 당장 다른 목소리가 말을 받았다. "요즘은 환영 같은 건 없어요, 자연 과학밖에 없다고요. 자연 과학이라도 좀 들춰 봐요."

"여러분, 이런 반박은 별로 예상하지 못했습니다." 카르마지노프는 끔찍이도 놀랐다. 위대한 천재는 카를스루에에 있는 동안 조국의 관습을 완전히 잊은 것이다.

"우리 세기에는 세계가 세 마리의 물고기 위에 서 있다는 소리를 읽기가 부끄러워요." 갑자기 한 아가씨가 찍찍거렸다. "카르마지노프, 당신은 동굴 속의 은자들에게 내려갈 수 없어요. 아니, 요즘 누가 은자들 얘기를 합니까?"

"여러분, 제가 제일 놀라운 건, 이게 그렇게 심각한 일인가 하는 겁니다. 하긴…… 하긴 여러분이 전적으로 옳습니다. 그 누구도 저보다 많이 진정한 진리를 존중하지는 않으니……."

그는 아이러니 섞인 웃음을 머금긴 했지만, 심히 충격을 받았다. 그의 얼굴에는 '나는 너희가 생각하는 그런 사람이 아니다, 나는 너희 편이 아닌가, 그저 나를 찬미하기만 하라, 가능한 한 더 많이 찬미하라니까, 그런 게 끔찍이도 좋거든'이라고 쓰여 있었다…….

"여러분." 그는 이제는 완전히 기분이 상해서 소리쳤다. "저의 가련한 서사시가 그쪽에 전혀 어울리지 않는다는 것을 알겠군요. 게다가 저 자신도 그쪽에 전혀 어울리지 않는 몸이고요."

"까마귀를 겨누었는데, 암소한테 떨어졌군." 어떤 바보 녀석이 목청껏 소리쳤는데 술에 취한 것이 분명했으니 굳이 주의를 돌리지 말았어야 했다. 사실, 불손한 웃음소리가 터져 나오긴 했다.

"암소라고 했습니까?" 카르마지노프는 곧장 말을 받았다. 그의 목소리는 점점 더 째질 듯 날카로워졌다. "까마귀와 암소에 관한 한, 여러분, 제가 참도록 하겠습니다. 저는 어떤 분들이든 청중을 너무 존중하기 때문에 비록 순진무구한 것일지라도 그런 비유는 삼가도록 하겠습니다. 그러나 제 생각에…….”

“하지만, 친애하는 선생, 당신이 그렇게 심하지만 않았더라도…….” 뒤쪽 열에서 누군가가 소리쳤다.

“그러나 저는 펜을 놓으면서 독자 여러분과 작별하는 자리니만큼 여러분의 경청을 예상했는데…….”

“아니, 아니오, 우리는 듣고 싶어요, 그러고 싶다고요.” 드디어, 첫 열에서 몇몇 대담한 목소리가 울려 나왔다.

“읽어 봐요. 읽어 보라고요!” 환희에 가득 찬 몇몇 부인네의 목소리가 말을 받았고 드디어 박수갈채가 터져 나왔지만 사실 미미하고 듬성듬성한 것이었다. 카르마지노프는 삐뚜름한 미소를 지으며 자리에서 일어났다.

“믿어 주세요, 카르마지노프, 모두가 심지어 영광으로 생각하고…….” 귀족단장 부인마저 참다못해 끼어들었다.

“카르마지노프 씨.” 갑자기 홀 깊은 곳에서 새파랗게 어린 목소리 하나가 울려 나왔다. 이 목소리의 주인공은 군립 학교의 아주 젊은 교사로서 얼마 전에 우리 도시를 방문한, 조용하고 귀족적인 멋진 청년이었다. 그는 심지어 자리에서 일어났다. “카르마지노프 씨, 저라면 당신이 우리에게 묘사해 주신 것과 같은 사랑을 하는 행복을 누렸더라도, 사실 저의 사랑 얘기를 대중 강연을 위한 글 속에 집어넣지는 않았을 겁니다.”

그는 심지어 온통 새빨개졌다.

“여러분.” 카르마지노프가 소리쳤다. “끝났습니다. 결론은 생략하고 물러갑니다. 그러나 끝맺는 말 여섯 줄만이라도 읽도록 해 주십시오.”

“그럼, 독자 친구여, 안녕히!” 그는 즉시 원고를 읽기 시작했는데, 이미 자리에 앉지도 않았다. “안녕히 계시라, 독자여. 우리가 친구로 헤어져야 한다고 마냥 고집을 부리는 것도 아니다. 정말이지 무엇 하러 그대를 괴롭히겠는가? 심지어 욕을 하라, 오, 그로써 그대가 무슨 만족이라도 얻는다면 원하는 만큼 실컷 욕을 하라. 그러나 우리가 서로를 영원히 잊는다면 그보다 더 좋을 수는 없으리라. 그리고 독자들이 모두 갑자기 너무 착해져서 무릎 꿇고 눈물을 흘리며 ‘써라, 오, 우리를 위해 써 달라, 카르마지노프여 — 조국을 위해서, 후세를 위해서, 월계관을 위해서.’라고 간청할지라도, 그럴지라도, 물론 모든 존경을 표하며 감사를 드린 다음 ‘아니다. 우리는 이미 서로에게 충분히 매달려 왔다. 사랑스러운 동포여, 메르시! 우리는 각자 제 갈 길을 갈 때! 메르시, 메르시, 메르시!’라고 대답하리라.”

카르마지노프는 의식을 갖추어 몸을 숙인 다음 푹 삶긴 듯 온통 새빨개져서 무대 뒤로 갔다.

“무릎 꿇는 사람은 아무도, 한 명도 없을걸. 해괴망측한 환상이군요.”

“자존심은 또 어떻고요!”

“그냥 웃기려고 그랬겠지요.” 누군가가 좀 더 이치에 맞게 정정했다.

“아니, 당신의 그 유머에서 나는 좀 빼 줘요.”

“어쨌든 이건 아주 뻔뻔스러운 짓입니다, 여러분.”

“적어도 이제는 끝났기에 망정이지.”

"아이고, 지겨워 죽는 줄 알았네!"

그러나 뒤쪽 열에서 나온(뒤쪽 열에서만 나온 것도 아니지만) 이 모든 무식쟁이 같은 외침은 청중의 다른 쪽에서 나는 박수갈채에 묻혀 버렸다. 카르마지노프를 불러들인 것이다. 율리야 미하일로브나와 귀족단장 부인을 선두로 몇몇 부인네가 연단 쪽에 몰려 있었다. 율리야 미하일로브나의 두 손에는 하얀 벨벳 꽃받침 위에 얹힌 화려한 월계관이 들려 있었는데, 또 다른 화관은 진짜 장미로 만든 것이었다.

"월계관 아닙니까!" 카르마지노프는 다소간 독살스럽고 미묘한 냉소를 머금으며 말했다. "전 물론 감동했으며, 미리 준비해 두셨으되 아직 시들지 않은 이 화관을 신선한 감정으로 받아들이겠습니다. 그러나 분명히 말씀드리건대, 부인 여러분(mesdames), 저는 너무 갑자기 리얼리스트가 되었기 때문에 우리 세기에는 월계수가 솜씨 좋은 요리사의 손에 들려지는 것이 훨씬 더 적합할 듯싶군요, 제 손보다는……."

"그래, 요리사가 훨씬 쓸 만하지." 비르긴스키 집의 '회의'에 참석했던 그 신학생이 소리쳤다. 질서가 좀 무너졌다. 많은 열에서 월계관 의식을 보기 위해 폴짝폴짝 뛰었다.

"이제 요리사를 위해 은화 3루블을 더 내놓겠어요." 다른 목소리가 큰 소리로 말을 받았는데 심지어 너무 큰 소리, 집요할 정도로 큰 소리였다.

"나도."

"나도."

"아니, 여기에는 정말로 뷔페가 없는 거요?"

"여러분, 이건 그저 기만에 불과합니다……."

하긴, 이 모든 고삐 풀린 양반들이 우리네 고위 관직자와 홀에 와 있던 경찰서장을 여전히 굉장히 두려워하고 있었다는 점을 고백해야겠다. 십 분 정도가 지나자 모두 다시 제자리로 돌아갔지만, 이미 이전의 질서는 회복되지 않았다. 자, 이렇게 시작되는 혼돈 속에 가련한 스테판 트로피모비치가 떨어진 것이다…….

4

나는 그래도 다시 한번 무대 뒤의 그에게로 달려가, 내 견해론 모든 것이 끝장났고 아예 나가지 않는 편이 낫다고, 지금 당장 의사 콜레라 핑계라도 대고 집으로 가자고 두서없이나마 미리 말해 줄 수 있었고, 나도 리본을 떼 버리고 함께 출발할 참이었다. 그 순간에 그는 이미 연단으로 걸어가는 중이었는데 갑자기 걸음을 멈추고 나를 머리부터 발끝까지 아주 오만하게 훑어보더니 의기양양하게 말했다.

"대체 무슨 근거로 나를, 친애하는 선생, 그처럼 저열한 짓을 감행할 수 있는 자라고 생각하는 거요?"

나는 물러서고 말았다. 파국이 일어나지 않는 이상 그는 절대 거기서 나오지 않을 것을 나는 2곱하기 2처럼 확신했다. 내가 완전히 우울해하며 서 있는 동안 순서상 스테판 트로피모비치 다음에 나갈 외지에서 온 교수가 내 앞에서 얼쩡거렸는데, 그는 아까부터 줄곧 주먹을 위로 치켜들었다가 세게 흔들며 아래로 내리치고 있었다. 그는 여전히 아까처럼 자기만의 세계에 푹 빠진 채 표독스럽긴 하지만 의기양양한 미소를 지으며 혼자 입을 우물거리고 뭔가를 연신 중얼대며 계속 앞뒤로 왔다 갔다 했다. 나는 거의 어떤 의도도 없이(그때 어쩌다 그만 화를 자초했다.) 어쩌다가 그에게로 다가가게 되었다.

"아시겠지만," 내가 말했다. "많은 예를 봐도, 낭독하는 사람이 청중을 이십 분 이상 붙들어 두면 더 이상 안 듣지 않잖습니까. 제아무리 저명인사라도 삼십 분이나 붙들어 두지는 못하는……."

그는 갑자기 걸음을 멈추었고 심지어 모욕감을 느낀 듯 온몸을 부르르 떨었다. 무궁무진한 오만방자함이 그의 얼굴에 역력히 드러났다.

"염려 마시오." 그는 경멸스럽게 중얼거리며 그냥 지나가 버렸다. 그 순간 홀에서는 스테판 트로피모비치의 목소리가 울려 퍼졌다.

'에잇, 당신들을 모조리!' 나는 잠깐 생각하다가 홀로 뛰어갔다.

스테판 트로피모비치는 여전히 혼란이 가시지 않은 상황에서 대기석에 앉았다. 앞쪽 열에서 그를 곱지 않은 시선으로 맞이하는 기색이 역력했다.(최근에 클럽에서는 어쩐지 그를 더 이상 좋아하지 않았고 존경심도 전보다 훨씬 덜했다.) 하긴 청중이 야유하지 않은 것만도 다행이었다. 어제부터 나는 줄곧 이상한 생각이 들었다. 즉, 그가 모습을 드러내기만 하면 곧장 그를 향해 휘파람을 불 것만 같았던 것이다……. 그런데 여전히 혼란이 가시지 않았기 때문에 사람들은 심지어 지금 그의 존재를 인지하지도 못했다. 벌써 카르마지노프에게 그런 행동을 한 마당이니 이 사람에게 무슨 희망이 있겠는가? 그는 창백했다. 십 년 동안 청중 앞에 서 본 적이 없었으니 말이다. 내가 너무 잘 아는 그의 흥분과 모든 것으로 보아 내 눈에는, 그 자신도 현재 자신이 연단에 나타나는 것을 운명의 결정이나 그 비슷한 것으로 간주하고 있음이 분명해 보였다. 바로 이것이 나는 두려웠다. 이 사람이 나에게는 참 소중했다. 그러니 그가 입을 열어 첫 마디를 했을 때 내 기분이 어땠겠는가!

"여러분!" 그는 모든 것을 결심한 듯, 동시에 거의 툭 끊기는 듯한 목소리로 갑자기 입을 열었다. "여러분! 오늘 아침부터 제 앞에는 최근 이곳에 마구 던져진 불법적인 종잇장 중 한 장이 놓여 있는데 저는 백번이나 '이 종이의 비밀이 뭘까?' 자문해 봤습니다."

홀 전체가 일시에 잠잠해졌고 모든 시선이 그에게로 쏠렸는데, 어떤 사람은 경악을 금치 못했다. 심지어 무대 뒤에서 머리통들이 삐죽 보이기도 했다. 푸틴과 럄신이 탐욕스럽게 귀를 기울이고 있었던 것이다. 율리야 미하일로브나는 다시 나에게 한 손을 내저었다.

"저지시켜요, 무슨 수를 써서라도 저지시켜 주세요!" 그녀는 불안에 떨며 중얼거렸다. 난 그저 어깨를 으쓱했다. 결단을 내린 사람을 어떻게 저지시킬 수 있단 말인가? 슬프게도, 나는 스테판 트로피모비치를 이해했던 것이다.

"어라, 격문 얘기잖아!" 청중이 수군거렸다. 홀 전체가 들썩였다.

"여러분, 저는 비밀을 모두 풀었습니다. 종잇장들의 효과의 비밀이란 그것들의 멍청함에 있습니다! (그의 눈이 번득였다.) 그렇습니다, 여러분, 이것이 계산에 따라 조작된 인위적인 멍청함이라면, 오, 이건 심지어 천재적입니다! 그러나 그들이 완전히 정당하다는 것도 인정해 주어야 합니다. 그들은 아무것도 조작하지 않았거든요. 이건 가장 적나라하고 가장 순진무구하고 가장 생각이 짧은 멍청함이고 — 이건 본질상 화학 원소처럼 가장 순수한 멍청함입니다.(C'est la bêtise dans son essence la plus pure, quelque chose comme un simple chimique.) 이것이 손톱만큼이라도 더 똑똑하게 말해졌다면 누구나 금세 이 생각 짧은 멍청함이 얼마나 빈한한 것인지 알았을 겁니다. 그러나 지금은 모두가 의혹을 품은 채 멈추어 섭니다. 아무도 이것이 원래 그토록 멍청한 것임을 믿지 못할 겁니다. '여기에 더 이상 아무것도 없다니, 그럴 리가 있나.' 누구나 혼잣말하면서 숨은 뜻을 찾다가 비밀을 보고 행간을 읽어 내려고 난리니 효과를 거둔 것이지요! 오, 멍청함이 이토록 웅장한 포상을 받은 적은 일찍이 한 번도 없었으며, 비록 그럴 만한 성과를 낸 적이 있었음에도……. 왜냐하면 겸사겸사(en parenthèse) 멍청함이란 인류의 운명에 최고의 천재와 똑같이 유익한 것이기 때문입니다."

"40년대식 흰소리다!" 누군가의 목소리가 울려 퍼졌는데 딴에는 조심스러운 편이었지만 그 뒤를 이어 모든 것이 툭 터진 것 같았다. 소란이 일고 웅성거렸다.

"여러분, 만세! 멍청함을 위해 건배를 제의하는 바입니다!" 스테판 트로피모비치는 홀을 깡그리 무시하고 벌써 완전히 광적인 흥분에 들떠서 소리쳤다.

나는 물을 따라 준다는 궁색한 핑계를 대고서 그에게로 달려갔다.

"스테판 트로피모비치, 그만하시죠, 율리야 미하일로브나께서 간청하시고……."

"무슨 말이오, 당신이나 나를 그만 내버려 둬요, 이 할 일 없는 젊은이야!" 그는 나를 향해 목청껏 덤벼들었다. 나는 도망쳤다. "무슈!" 그는 계속했다. "제 귀에 들리는 이 흥분, 격분의 외침은 도대체 무엇 때문입니까? 저는 올리브 나뭇가지를 가지고 나왔습니다. 최후의 말을 가져왔는데, 이 일에 관한 한 최후의 말을 알고 있기 때문이니 우리 화해합시다."

"꺼져라!" 어떤 패들이 소리쳤다.

"조용히 해, 말을 하도록 내버려 둬요. 털어놓도록 하란 말이오."

다른 쪽에서 소리쳤다. 대범하게 한번 말을 꺼내더니 더 이상 가만히 있을 수 없었는지 젊은 교사가 유달리 흥분했다.

"무슈, 이 일에 관한 최후의 말은 총체적인 용서입니다. 살 만큼 산 늙은이로서, 생명의 정기가 이전처럼 몰아치고 살아 있는 힘이 젊은 세대 속에서 아직 고갈되지 않았음을 의기양양하게 선언하는 바입니다. 현대 청년의 열광은 우리 시대와 마찬가지로 순수하고 해맑습니다. 단 한 가지 일만이 일어났습니다. 목적들의 변환, 즉 하나의 미를 다른 미로 대체한 것입니다! 모든 의혹은 어느 것이 더 아름다우냐에 있지요. 즉, 셰익스피어냐 장화냐, 라파엘이냐 석유냐?"

"이건 밀고인가?" 어떤 패거리가 투덜거렸다.

"그따위 질문은 명예 훼손이다!"

"선동 요원이다!(Agent-provocateur!)"

"하지만 저는 선언합니다." 열광이 극에 달한 스테판 트로피모비치가 울부짖었다. "하지만 저는 선언하건대, 셰익스피어와 라파엘이 농노 해방보다 높고 민족성보다 높고 사회주의보다 높고 젊은 세대보다도 높고 화학보다 높고 거의 전 인류보다 높거늘, 왜냐하면 그들은 이미 열매, 전 인류의 진정한 열매, 아마 존재할 수 있는 가장 높은 열매이기 때문입니다. 이미 획득된 미의 형식, 그것이 없다면 저는 사는 것조차 거부하렵니다……. 오 맙소사!" 그는 손뼉을 탁 쳤다. "십 년 전, 페테르부르크 연단에서도 똑같은 말을 똑같이 외쳤지만, 그들은 그때도 마치 아무것도 이해하지 못한 것처럼 지금과 똑같이 비웃고 야유했습니다. 생각이 짧은 사람들 같으니, 뭐가 부족해서 저를 이해하지 못하십니까? 아시겠습니까, 아시겠냐고요, 영국인이 없어도 인류는 여전히 살 수 있고 독일이 없어도 가능하고 러시아인이 없어도 아주 그럴 수 있고 과학이 없어도 가능하고 빵이 없어도 가능하지만, 단, 미가 없다면 그것은 불가능할 텐데, 이 세상에서 할 수 있는 일이 아무것도 없을 테니까요! 여기에 모든 비밀이 들어 있고 여기에 모든 역사가 들어 있는 겁니다! 과학 자체도 미가 없으면 일 분도 버티지 못할 것인데 — 여러분은 이걸 알기나 합니까, 비웃기나 하는 자들이여, 상것으로 변해 못 하나 발명하지 못할 겁니다……! 저는 양보하지 않겠습니다!" 그는 결론이랍시고 터무니없이 외치더니 있는 힘껏 주먹으로 탁자를 내리쳤다.

그러나 그가 의미 없이, 질서 없이 부르짖는 동안 홀 안의 질서도 무너졌다. 많은 사람이 자리에서 벌떡 일어났고 어떤 사람들은 앞으로, 연단 가까이 몰려나왔다. 이 모든 것이 대체로 내가 묘사하는 것보다 훨씬 더 빠르게 일어났기 때문에 조치를 취할 겨를도 없었다. 다들 그러고 싶지 않았는지도 모르겠다.

"당신들이야 모든 것이 갖추어져 있으니 좋겠죠, 팔자 좋은 양반들!" 연단 곁에서 신학생이 쾌감에 젖어 스테판 트로피모비치를 향해 이를 드러내면서 으르렁거렸다. 그쪽에서도 알아채고 연단의 모서리 쪽으로 뛰어갔다.

"젊은 세대의 열정도 과거처럼 순수하고 해맑다고, 그저 아름다운 것의 형식을 잘못 알아서 파멸하는 중이라고 방금 선언한 건 제가 아닙니까, 제가 아니냐고요! 그걸로 부족한가요? 이 선언을 한 사람이 죽도록 얻어맞고 모욕당한 아버지라는 점을 생각하면 정말이지, — 오, 생각이 짧은 자들이여, — 정말이지 시각의 공명정대함과 평온함에 있어서 좀 더 고귀해질 수 없단 말입니까……? 배은망덕하고…… 정의롭지 못한 자들이여…… 무엇을, 무엇을 위해 화해하지 않으려는 겁니까……!"

그러고서 그는 갑자기 히스테릭하게 흐느꼈다. 그는 흘러내리는 눈물을 손가락으로 훔쳐 냈다. 그의 어깨와 가슴이 흐느끼느라 부들부들 떨렸다……. 그는 세상만사를 망각하고 말았다.

청중은 결정적으로 경악에 사로잡혔고 거의 모두가 자리에서 일어났다. 율리야 미하일로브나도 급히 벌떡 일어나 남편을 부축하며 의자에서 일으켜 세웠다……. 스캔들은 정도를 넘어섰다.

"스테판 트로피모비치!" 신학생이 기쁨에 차 으르렁거렸다. "이 도시와 근교에는 지금 유형수 페디카가 어슬렁거리고 있어요, 감옥에서 도망친 놈이죠. 놈은 강도질도 하고 최근에는 또 새로운 살인까지 저질렀어요. 어디 한번 물어봅시다. 만약 십오 년 전 당신이 카드 빚을 갚기 위해 그놈을 신병으로 보내지 않았다면, 즉, 간단히, 당신이 카드 노름에서 지지 않았다면, 말씀해 보시죠, 그놈이 감옥에 떨어졌을까요? 지금처럼 생존 투쟁을 하느라 사람을 찔러 죽였을까요? 자, 무슨 말씀을 해 주실지, 미학자 양반?"

나는 이어서 연출된 장면에 대해서는 묘사하지 않으련다. 첫째, 광포한 박수갈채가 터져 나왔다. 박수갈채를 보낸 건 전부가 아니라 기껏해야 홀의 5분의 1 정도였지만 그 박수갈채는 광포했다. 나머지 청중은 전부 입구 쪽으로 몰려갔지만, 박수갈채를 보낸 청중 패거리가 모조리 연단 쪽, 앞으로 밀집했기 때문에 총체적인 혼란이 일어나고 말았다. 부인네들은 비명을 질렀고 어떤 아가씨들은 울면서 집에 가자고 보챘다. 렘브케는 자기 자리 옆에 선 채, 원시인처럼 해괴망측한 시선으로 주위를 두리번거렸다. 율리야 미하일로브나는 완전히 어리둥절해졌는데 — 우리 도시에서 활동을 개시한 이래 처음 있는 일이었다. 그때 스테판 트로피모비치는 어땠는가 하면, 첫 순간에는 신학생의 말에 문자 그대로 짓밟힌 것 같았지만 갑자기 두 팔을 치켜들고 청중 위로 뻗는 듯하더니 울부짖었다.

"내 두 발의 먼지를 탈탈 털고 저주하노라……. 끝이야…… 끝이라고……."

그러고는 몸을 돌려서 두 손을 흔들고 위협하듯 무대 뒤로 뛰어갔다.

"그는 사교계를 모욕했어……! 베르호벤스키를 잡아라!" 광포한 자들이 으르렁거렸다. 심지어 그를 쫓으려고 몸이라도 던질 기세였다. 적어도 그 순간만이라도 진정시키는 것이 불가능했지만 — 갑자기 최종적인 파국이 폭탄처럼 모임 위로 쾅 터지고 그 파편들이 한가운데로 튀어나갔다. 다름 아니라 세 번째 강연자, 즉 무대 뒤에서 줄곧 주먹을 흔들어 대던 바로 그 편집광이 갑자기 무대로 뛰어나온 것이다.

그는 완전히 광인의 모습이었다. 한량없는 자신감에 넘쳐 의기양양하게 활짝 웃으면서 그는 흥분한 청중을 둘러보았는데, 그 자신은 이 혼란이 반가운 모양이었다. 이런 북새통에서 낭독해야 하는 것이 당혹스럽기는커녕 오히려 반가워 보였다. 이것이 너무 명백했기 때문에 금세 그에게로 주의가 집중되었다.

"아니, 이건 또 뭐야?" 질문들이 쏟아졌다. "이건 또 누구냐고? 쳇! 이놈은 또 뭘 말하려는 거야?"

"여러분!" 편집광은 연단의 가장자리에 서서 여자처럼 째지는 목소리로 있는 힘껏 소리를 질렀는데, 귀족적인 쉬쉬 발음만 없다뿐이지 카르마지노프와 똑같았다. "여러분! 이십 년 전, 유럽 절반과의 전쟁을 앞둔 전야만 해도 러시아는 모든 문관과 국가 기밀 담당 3등 문관의 눈에 이상이었습니다. 문학은 검열 기관에서 근무했습니다. 대학에서는 교련을 가르쳤습니다. 군대는 발레단으로 변했고 민중은 세금을 바치며 농노제의 채찍 아래서 입을 꽉 다물고 있었습니다. 애국주의란 산 자든 죽은 자든 가리지 않고 뇌물을 뜯어내는 것으로 변했습니다. 뇌물을 받지 않는 자들은 조화를 파괴한다는 이유로 폭도로 여겨졌습니다. 자작나무 숲은 질서 확립을 위해 파괴되었습니다. 유럽은 전율했습니다……. 그러나 러시아는 종잡을 수 없이 흘러온 1000년이라는 인생을 통틀어 이와 같은 치욕에 이른 적이 없었습니다……."

그는 주먹을 추켜들고 환희에 찬 듯 머리 위에서 위협적으로 주먹을 휘젓고 갑자기 적수를 완전히 분쇄하겠다는 듯 아래로 광포하게 내리쳤다. 사방에서 광포한 울부짖음이 울려 퍼지고 귀가 먹먹해질 만큼 거센 박수갈채가 흘러나왔다. 이미 홀의 거의 절반이 박수갈채를 보내고 있었다. 아주 순진하게 매혹당한 것이다. 러시아의 명예가 전 국민적으로, 공개적으로 훼손되었으니 어찌 환희에 차 포효하지 않을 수 있겠는가?

"바로 이거야! 바로 이거라고! 만세! 아니야, 이건 더 이상

미학이 아닌걸!"

편집광은 황홀경에 들떠 계속했다.

"그때 이후로 이십 년이 흘렀습니다. 대학이 개설되었고 그 수도 늘어났습니다. 교련은 전설로 변했습니다. 장교는 수천 명이나 정원 미달이니 말입니다. 철도는 모든 자금을 먹어 치우고 거미줄처럼 전 러시아를 뒤덮어, 십오 년쯤 지나면 아마 어디든 돌아다닐 수 있을 테지요. 다리들은 아주 간간이 타지만, 도시들은 화재 시즌이면 정해진 순서대로, 규칙적으로 타고 있습니다. 법원에서는 솔로몬의 판결을 내리고 배심원들은 오로지 굶어 죽을 지경이 될, 생존 투쟁의 장에서만 뇌물을 받습니다. 자유를 얻은 농노들은 이전의 지주들 대신 서로를 매질해 껍질을 벗깁니다. 정부 예산의 도움을 받아 바다와 대양처럼 넘쳐나는 보드카를 잔뜩 퍼마시고 노브고로드, 낡고 쓸모없는 소피야 맞은편에는 — 이미 지나가 버린 혼란과 동란의 1000년을 기념하기 위해 거대한 청동 구(球)가 의기양양하게 세워졌습니다. 유럽은 얼굴을 찌푸리며 다시 염려하기 시작합니다……. 개혁의 십오 년! 그렇지만 러시아는 가장 희화적인 대혼란의 시대에도 이 지경까지……."

마지막 말은 군중의 포효 때문에 알아들을 수도 없었다. 그가 다시 한 손을 치켜들었다가 승리감에 차서 한 번 더 내리치는 것이 보였다. 황홀경은 모든 한계선을 넘어섰다. 울부짖고 손뼉 치고 심지어 어떤 부인네들은 "됐어요! 아무 말도 안 하는 게 낫겠어요!"라고 외쳤다. 다들 술에 취한 것 같았다. 연사는 모두를 쓱 둘러보며 자신의 승리 속으로 녹아 버리는 것 같았다. 나는 렘브케가 형언할 수 없는 흥분에 휩싸여 누군가에게 뭔가를 지시하는 것을 언뜻 보았다. 완전히 창백해진 율리야 미하일로브나는 자기에게 뛰어온 공작에게 다급하게 뭐라고 말하고 있었다……. 그러나 그 순간, 대여섯 명쯤 되는 군중 한패가, 어느 정도는 관리라고 할 수 있는 인물들이 무대 뒤에서 연단으로 쏟아져 나오더니 연사를 붙잡아서 무대 뒤로 끌고 갔다. 어떻게 그들에게서 빠져나왔는지는 알 수 없지만 어쨌든 그는 용케 빠져나왔고 또다시 바로 가장자리로 뛰어가 주먹을 휘두르고 젖 먹던 힘을 모아 아직 소리를 칠 수 있었다.

"그러나 러시아는 아직 결코 이 지경까지……."

그러나 그는 벌써 다시금 끌려갔다. 나는 열다섯 명쯤 되는 사람이 그를 풀어 주려고 연단 뒤로 몰려가는 것을 보았는데, 연단을 통해서가 아니라 가벼운 칸막이를 부러뜨리며 옆으로 들어가는 바람에 그것이 기어코 넘어지고 말았다……. 그 뒤에 나는, 내 눈을 믿을 수 없지만, 어디서 나타났는지 여전히 그때와 똑같은 옷을 입고 여전히 불그스름하고 여전히 다소 살이 찐 여대생(비르긴스카야의 친척)이 여전히 겨드랑이에 두루마리를 낀 채 두세 명의 여자, 두세 명의 남자에 에워싸여, 불구대천의 원수인 그 김나지움 학생을 동반하고 갑자기 연단 위로 뛰어 올라가는 것을 보았다. 심지어 그녀의 말을 몇 마디 알아들을 수 있었다.

"여러분, 저는 불행한 대학생들의 고통을 알리고 그들이 방방곡곡에서 저항을 불러일으키게 하려고 왔습니다."

그러나 나는 달리고 있었다. 리본은 호주머니에 감추고 내가 아는 뒤쪽 통로를 통해 저택을 빠져나와 거리로 나왔다. 무엇보다도, 물론, 스테판 트로피모비치에게로.

2장

축제의 완결

1

그는 나를 받아 주지 않았다. 틀어박혀서 글을 쓰고 있었다. 내가 계속 문을 두드리며 부르자 문틈으로 대답이 들려왔다.

"나의 벗이여, 내가 모두 끝장을 본 마당에 누가 나에게 뭘 더 요구할 수 있겠소?"

"당신은 아무것도 끝내지 않았고, 그저 모든 것이 엉망이 되도록 했을 뿐입니다. 스테판 트로피모비치, 제발 흰소리는 그만하시고 문 좀 열어 주세요. 조치를 취해야죠. 또 여기로 몰려와 당신을 모욕할지도 모르고……."

나는 나 자신이 유달리 엄격하게, 심지어 까다롭게 굴 권리가 있다고 생각했다. 그가 무슨 미친 짓을 더 하지나 않을까 두려웠다. 그러나 놀랍게도, 평소와 다른 확고함에 맞닥뜨리고 말았다.

"당신이야말로 제일 먼저 나를 모욕하지 말아요. 지난 모든 일은 고맙지만, 반복하건대, 난 착한 사람이든 못된 사람이든 사람들과는 모두 끝장을 봤어요. 나는 지금까지 죄송스럽게도 잊고 있던 다리야 파블로브나에게 편지를 쓰고 있소. 괜찮으시다면 내일 그것 좀 전해 주시고, 지금은 고맙소.(merci.)"

"스테판 트로피모비치, 단언하지만, 당신이 생각하는 것보다 심각한 일입니다. 거기서 당신이 누구를 박살 냈다고 생각하시죠? 당신은 아무도 박살 내지 않았고, 오히려 당신이 텅 빈 유리병처럼 산산조각 난 거예요.(오, 내가 얼마나 무례하고 불손했는지, 지금 생각해도 슬프다!) 다리야 파블로브나에게 편지를 쓰실 이유는 단연코 하나도 없고…… 지금 나를 두고 어디로 숨으신단 말입니까? 현실적인 일에 대해 뭘 아신다고? 분명히 무엇을 더 꾸미시려는 거죠? 만약 다시 뭐든 꾸미신다면 한 번 더 추락하실 텐데요……."

그는 일어나서 문 옆으로 바싹 다가왔다.

"당신은 그들과 오래 있지 않았는데도 그들의 말과 어조에 감염됐어요. 신이 당신을 용서해 주시길. 내 벗이여, 신이 당신을 보호해 주시길.(Dieu vous pardonne, mon ami, et Dieu vous garde.) 그러나 나는 당신에게서 언제나 점잖음의 맹아를 봐 왔다오. 당신도 생각이 바뀔지도 모르지. 응당 시간이 지나면(après le temps) 우리 모든 러시아인처럼 말이오. 나의 비현실성에 대한 당신의 지적에 관한 한, 나의 최근 생각을 상기시켜 주겠소. 우리 러시아에서는 정녕 무수한 사람이, 자신만 딱 빼고 하나에서 열까지 모든 사람을 비난하면서, 여름날 파리 떼처럼 제일 포악하게, 유달리 신물이 날 만큼 남의 비현실성을 공격하는 일에 혈안이 되어 있어요. 이봐요(Cher), 내가 흥분했다는 점을 상기하고 나를 괴롭히지 말아요. 다시 한번 모든 일에 대해 당신에게 감사하고(merci) 카르마지노프가 청중과 헤어지듯 그렇게 서로 헤어지자는 것, 즉 가능한 한 관대하게 서로를 잊어 주는 거요. 이건, 그러니까 자신의 옛 독자들에게 자기를 잊어 달라고 너무나 간청한 건 잔꾀에 불과한데, 나로 말하자면(quant à moi) 그 정도로 자존심이 강하지는 않고 무엇보다도 아직 경험이 적은 당신의 마음에, 그 젊음에 희망을 거는 거요. 당신이 무용지물인 이 노인을 뭐 하러 오래 기억하겠소? 지난 생일 때 나스타샤가 바란 대로 이런 가련한 사람들도 가끔 철학이 가득 담긴 매혹적인 말을 하곤 하죠.(ces pauvres gens ont quelquefois des mots charmants et pleins de philosophie.) 내 벗이여, '만수무강하시길.' 당신이 너무 많이 행복하기를 바라지는 않겠소 — 질릴 테니까. 그렇다고 불행하길 바라는 것도 아니오. 그저 민중의 철학에 따라 반복하는 거요. '만수무강하시고' 어떻게든 너무 지겹지는 않도록 노력하시길. 이 부질없는 바람은 이미 나 자신이 덧붙이는 말이오. 그럼 안녕히 가시오, 정녕 안녕히. 그리고 내 문 옆에 서 있지 말아요, 열어 주지 않을 테니까."

그는 물러갔고 나는 더 이상 아무것도 얻어 내지 못했다. '흥분'에도 불구하고 그는 헤엄치듯 서두르지 않고 위엄을 갖추어 말했는데 감동을 주려고 애쓰는 기색이 역력했다. 물론, 그는 나로 인해 약간 신경질이 났고 그래서 어제의 '포장마차'와 '쩍 갈라지는 마룻바닥'에 대한 간접적인 복수를 한 것인지도 모른다. 이날 아침 청중 앞에서 흘린 눈물은 일종의 승리였음에도 그를 다소 희극적인 상태에 빠뜨렸으며 이 점은 그도 알았는데, 친구들과의 관계에서 스테판 트로피모비치만큼 미와 형식의 엄격함에 이토록 마음을 쓰는 사람도 없었다. 오, 나는 그를 탓하지 않는다! 그러나 이 모든 동요에도 불구하고 그가 여전히 좀스럽고 냉소적인 심술을 부릴 수 있었기 때문에 그때 나는 안심했다. 사람이 겉보기에는 평소와 다른 점이 별로 없으니 물론 그 순간 비극적이거나 이례적인 일을 저지를 기분은 아니었다. 그 당시 나는 이렇게 판단했으니, 맙소사, 얼마나 큰 착각이었던가! 너무 많은 것을 간과했던 것이다…….

사건을 기술하기에 앞서 다리야 파블로브나에게 보내는 이 편지의 첫 몇 구절을 옮겨 보겠는데, 그녀는 다음 날 정말로 편지를 받았다.

나의 아이여(Mon enfant), 나의 손은 떨리지만 나는 모든 것을 끝냈습니다. 내가 사람들과 벌인 최후의 접전에 당신은 없었습니다. 당신은 그 '낭독회'에 오지 않으셨고, 참 잘하신 일입니다. 그러나 당신은 기질상 빈약해진 우리 러시아에서 단 한 명의 원기 왕성한 사람이 일어나 사방에서 빗발치는 치명적인 협박에도 불구하고 그 바보들에게 놈들의 진실을, 즉 놈들이 바보라는 사실을 말했다는 얘기는 들으셨을 겁니다. 오, 그들은 애처롭고 하찮은 못된 놈들일 뿐, 더 이상 아무것도 아닙니다, 하찮은, 바보들 — 딱 맞는 말이군요!(O, ce sont des pauvres petits vauriens et rien de plus, des petits, 바보들 — voilà le mot!) 운명의 주사위는 던져졌습니다. 나는 영원히 이 도시를 떠나지만 어디로 갈지는 모릅니다. 내가 사랑했던 모든 사람이 내게서 등을 돌렸습니다. 그러나 당신, 순결하고 순진무구한 창조물인 당신, 온순한 당신을, 운명이 어느 변덕스럽고 방종한 마음의 의지에 따라 나와 맺어 줄 뻔했고, 당신은 성사되지 못한 결혼 전야에 내가 옹졸한 눈물을 흘릴 때 어쩌면 경멸의 시선으로 바라보았겠지요. 당신이 누구든 내 얼굴을 희극적으로밖에는 보지 못했을 당신, 오, 당신, 당신에게 내 마음의 마지막 절규를, 당신에게 내 마지막 의무를 드립니다. 오직 당신 한 사람에게만! 당신이 나를 영원토록 귀족적이지 못한 바보이자 무식쟁이, 이기주의자로 생각하도록 내버려 둔 채 당신을 떠날 수는 없는데, 분명히, 안타깝게도 내가 잊을 수 없는, 어떤 귀족적이지 못한 잔혹한 어떤 이는 내가 그런 인간이라며 당신을 설득하고 있겠지요…….

등등 큰 편지지로 꼬박 네 장이나 되었다.

나는 '열어 주지 않겠다'라는 그의 말에 대한 대답이랍시고 문을 주먹으로 세 번이나 쾅쾅 두드리며, 오늘 나를 불러오라고 세 번이나 나스타샤를 보내시겠지만 이제 나는 오지 않겠노라고 그의 뒤에다 대고 외친 다음 그를 내버려 두고 율리야 미하일로브나에게 뛰어갔다.

2

여기서 나는 혼란스러운 장면의 증인이 되었다. 가엾은 여인이 눈앞에서 빤히 속아 넘어가는데도 아무것도 해 줄 수 없었다. 사실 내가 그녀에게 무슨 말을 할 수 있었겠는가? 나는 이미 약간은 정신이 들었고 나에게는 겨우 어떤 감각밖에, 의심스러운 예감밖에 남지 않았음을, 그 이상은 아무것도 없음을 판단할 수 있었다. 와 보니 그녀는 눈물범벅이 되어 거의 히스테리 발작을 일으킨 것 같고 오드콜로뉴 찜질 도구와 물컵을 앞에 두고 있었다. 그녀 앞에는, 쉴 새 없이 말하는 표트르 스테파노비치와 입을 자물쇠로 봉한 듯 말이 없는 공작이 서 있었다. 그녀는 눈물을 흘리고 소리를 지르며 표트르 스테파노비치의 '변절'을 나무랐다. 이날 아침의 모든 실패, 모든 치욕, 한마디로 모든 것을 그녀는 오로지 표트르 스테파노비치의 부재 탓으로만 돌렸다는 사실이 내게는 대번에 충격을 안겨 주었다.

그에게서 나는 한 가지 중대한 변화를 눈치챘다. 그는 뭔가에 너무 마음을 쓰고 있는 듯했고 거의 심각한 수준이었다. 보통은 심각하게 보이는 일이 결코 없고, 언제나, 심지어, 자주 있는 일이지만, 열 받았을 때조차도 웃는 사람이 아닌가. 오, 그는 지금도 열에 받쳤고 거칠게 제멋대로, 짜증스럽고 초조하게 말했다. 그는 아침 일찍 우연히 가가노프 집에 잠깐 들렀는데 두통과 구토가 심했노라고 단언했다. 안타깝게도, 이 가련한 여인은 아직도 기만당하고 싶었던 것이다! 내가 식탁 앞에서 마주한 주요 문제는 다음과 같다. 무도회를 열 것인가, 말 것인가, 즉 축제의 2부를 모두 진행할 것인가, 말 것인가? 율리야 미하일로브나는 '조금 전에 모욕을 당한 이상' 어떤 일이 있어도 무도회에 나타나지 않겠다고 했으니, 다른 말로 하자면 기필코 그, 즉 표트르 스테파노비치의 완력으로 마지못해 끌려 나가길 원했던 것이다. 그녀는 그를 신탁의 예언자인 양 바라보았으며 만약 그가 지금 당장 떠나 버린다면 자리에 드러누울 것 같았다. 그러나 그는 떠나려고 하지 않았다. 온 힘을 다해 오늘 무도회가 성사되도록, 율리야 미하일로브나가 꼭 무도회에 참석하도록 해야만 했다…….

"아니, 왜 우시는 겁니까! 꼭 이런 장면을 연출하셔야겠습니까? 누구에게든 분을 풀어야 하는 겁니까? 그렇다면 나한테 푸시되, 단, 어서 빨리 하십시오, 시간이 가고 있고 결정은 해야 하니까요. 낭독회를 완전히 망쳤으니 무도회로 만회합시다. 여기 공작님도 같은 생각입니다. 그래, 공작님이 안 계셨더라면 그때는 어떻게 끝났겠습니까?"

공작은 처음에는 무도회에 반대했지만(즉, 율리야 미하일로브나가 무도회에 참석하는 것에는 반대했어도 무도회 자체는 어쨌든 성사되어야 했지만), 이렇게 그의 의견이라며 두세 번이나 이렇게 인용한 판이니 그도 점차 동의의 표시로 소처럼 음매 소리를 냈다.

표트르 스테파노비치의 어조가 여느 때와 달리 너무 불손한 것도 나를 놀라게 했다. 오, 훗날 율리야 미하일로브나와 표트르 스테파노비치의 관계가 어떻다는 식의 저열한 유언비어가 이미 펴졌음에도 나는 그것을 분연히 부정한다. 그와 같은 것은 전혀 없고 있을 수도 없었다. 그저 그는 처음부터 사교계와 행정부에 영향력을 행사하려는 그녀의 몽상에 장단을 맞추어 있는 힘껏 맞장구를 쳐 줌으로써 기선을 제압한 다음 그녀의 계획에 가담하여 직접 계획을 만들어 주고 아주 조잡한 아첨을 발휘하여 머리부터 발끝까지 그녀를 휘어잡더니 공기처럼 필수 불가결한 존재가 된 것에 불과했다.

나를 보자 그녀는 두 눈을 반짝이면서 소리쳤다.

"여기 이분께 물어보세요, 이분도 공작님처럼 계속 저를 떠나지 않으셨으니까요. 어디 말씀해 보세요, 이 모든 것이 음모, 나와 안드레이 안토노비치를 겨냥하여 온갖 못된 짓을 하기 위한 저열하고 간교한 음모라는 것이 뻔하지 않나요? 오, 저들은 말을 맞춘 거야! 그들에게는 계획이 있었어요. 이건 정당, 완전한 정당이에요!"

"언제나 그렇듯 너무 멀리 갔군요. 머릿속에 영원토록 서사시가 꿈틀거리니, 원. 하긴 저는 이 신사분을……(그는 내 이름을 잊어버린 척했다.) 보니 참 기쁩니다만, 이분이 우리에게 자신의 견해를 얘기해 주시겠죠."

"저의 견해란," 하고 나는 서둘러 말했다. "모든 점에 있어서 율리야 미하일로브나의 견해에 동의합니다. 음모가 있음은 너무나 뻔한 겁니다. 저는 이 리본을 가져왔습니다, 율리야 미하일로브나. 무도회가 성사되든 말든 이건 제 권한이 아니기 때문에 물론 저와 상관없는 일입니다. 그러니 간사로서의 제 역할은 끝났습니다. 너무 흥분한 것은 용서해 주시고요, 그러나 상식과 신념을 해치는 행동은 할 수 없습니다."

"들리시죠, 들리시죠!" 그녀는 두 손을 탁 쳤다.

"들리고 그래서 지금 말씀드리건대," 하고 그가 나에게 말했다. "내 생각에 당신들은 모두 뭔가 그런 것을 집어먹었기 때문에 모두 잠꼬대를 하는 겁니다. 내 생각으론, 아무 일도 일어나지 않았고, 예전에도 없었고, 또 이 도시에서 언제나 있을 수도 없었던 그런 일은 전혀 없다는 거죠. 음모라니요, 무슨 음모요? 곱지 못한 상황이, 치욕스러울 만큼 터무니없는 상황이 되었지만, 도대체 어디에 음모가 있다는 겁니까? 이것이 율리야 미하일로브나에게, 저들의 모든 어린애 같은 짓거리를 한없이 용서해 주고 응석을 받아 준 후견인에게 맞서는 것이라는 말입니까? 율리야 미하일로브나! 제가 부인께 한 달 내내 쉴 새 없이 입이 닳도록 떠든 소리가 뭡니까? 무슨 경고를 했었지요? 자, 이 모든 사람이 당신에게 무슨, 무슨 소용이었습니까? 인간 말종들과 관계를 맺었어야 했다고요! 왜요, 무엇 때문에요? 사교계를 단결시키기 위해서? 아니, 저들이 단결합니까, 어림 반푼어치도 없는 소리지!"

"대체 언제 나에게 경고를 했다는 거죠? 오히려 당신이 부추기고 심지어 요구도 하고⋯⋯ 솔직히, 너무 놀랍네요⋯⋯. 당신이 직접 그 많은 이상한 사람들을 내게로 끌고 왔잖아요⋯⋯."

"정반대로, 저는 부인을 부추긴 것이 아니라 부인과 언쟁을 했고, 데려왔다니, 그야 내가 데리고 온 건 맞지만 이미 저들이 알아서 한 다스씩 몰려왔을 때고, 그나마도 '문학의 카드리유'를 구성하기 위한 최근의 일인데 이 놈팡이들이 없으면 아무것도 안 될 판이었으니까요. 그러나 단, 내기해도 좋은데, 티켓도 없는 그따위 다른 놈팡이들을 열 명씩, 스무 명씩 들여보냈더라고요!"

"틀림없어요." 내가 말을 받았다.

"거보세요, 벌써 동의하시잖습니까. 기억해 보세요, 최근에 여기, 즉 이 도시 전체의 분위기가 어땠습니까? 정말이지 이건 고작해야 철면피 같은 후안무치한 짓거리로 변해 버렸습니다. 정말이지 이건 쉴 새 없이 초인종을 울리는 스캔들이었다고요. 그런데 누가 부추긴 겁니까? 누구의 권위로 명령한 겁니까? 누가 모두의 넋을 빼 놓은 겁니까? 누가 이 모든 조무래기에게 부아를 질렀습니까? 부인의 앨범 속에 여기 모든 가족의 비사가 재현되어 있는걸요. 당신네 시인들과 환쟁이들의 머리를 쓰다듬어 준 건 부인 아니었습니까? 람신에게 입을 맞추도록 손을 내민 것도 부인 아니었습니까? 신학생이 진짜 5등 문관에게 욕을 퍼붓고 그의 딸의 원피스를 타르 칠한 구두로 망쳐 버리는 자리에 부인도 있지 않았습니까? 아니, 그런데 대중이 부인에게 반감을 표시했다고 해서 놀라시는 이유가 뭡니까?"

"그러나 그건 모두 당신이, 당신이 직접! 오, 맙소사!"

"아니지요, 저는 부인에게 미리 주의를 주었고 우리는 말다툼했고, 듣고 계시죠, 말다툼했잖습니까!"

"아니, 눈앞에서 뻔한 거짓말을 하시는군요."

"물론 그렇지요, 부인으로서는 그런 말씀을 하는 것이 아무것도 아닐 테니까요. 부인은 지금 희생양이 필요하고 누구에게든 분을 푸셔야 하겠지요. 자, 그럼 저한테 푸세요, 그렇게 말하지 않았습니까. 차라리 이 신사분과 얘기하는 것이 낫겠군요…….(그는 여전히 내 이름을 기억해 낼 수 없었다.) 한번 따져 봅시다. 단언하건대, 리푸틴을 제외하면 어떤 음모도 없었습니다, 어-떤-것도! 내 증명해 보이겠지만, 우선은 리푸틴을 분석합시다. 그가 저 멍청이 레뱌드킨의 시를 들고 나왔는데 — 당신 생각으론 그게 무슨 음모란 말입니까? 리푸틴에게는 그것이 그냥 기발한 우스갯소리처럼만 여겨질 수 있었다는 것을 모르겠습니까? 진지, 진지한 우스갯소리였겠지요. 그는 그냥 모두를, 무엇보다도 후견인인 율리야 미하일로브나를 웃기고 즐겁게 해 주려는 목적에서 나온 것이고, 그게 전부입니다. 못 믿겠습니까? 사실, 여기서 꼬박 한 달 동안 일어난 그 모든 일이 이런 식 아니었습니까? 그럼, 원하신다면 전부 얘기하죠. 틀림없이, 상황이 달랐더라면 아마 그냥 지나갔을 테죠! 조잡하고 뭐 저기 추잡한 장난이긴 하지만 그래도 웃기지, 웃기지 않았습니까?"

"뭐라고요! 리푸틴의 행동이 기발한 우스갯소리처럼 보이나요?" 율리야 미하일로브나는 끔찍이도 격분해서 소리쳤다. "그토록 멍청한 짓, 그토록 눈치코치 없는 짓, 그 저열하고 비열한 짓, 그 음모가 말인가요, 오, 일부러 그런 거예요! 이렇게 나오는 걸 보니 당신이야말로 그들과 음모에 가담한 거로군요!"

"틀림없어요, 배후에 앉아서 몸을 숨기고 모든 기계를 조종했던 겁니다! 내가 음모에 가담했다면 — 부인이 정 이렇게 이해하신다면야! — 그랬다면 리푸틴 하나로만 끝냈겠습니까! 그러니까, 부인 생각으론, 제가 일부러 그런 스캔들을 조장하기 위해 아버지와 말을 맞추었다는 거로군요? 자, 그럼 아버지에게 낭독을 허락한 건 누구 잘못입니까? 어제 부인을 말린 사람은 누구였지요, 어제, 어제부터요?"

"오, 어제 그분은 너무나 기지가 넘쳤기 때문에(Oh, hier il avait tant d'esprit) 염두에 두었던 것이고, 게다가 그분은 예의범절도 훌륭하시잖아요. 내 생각엔, 그분과 카르마지노프가…… 그런데 이 꼴이에요!"

"예, 그런데 이 꼴이군요. 그러나 너무나 기지가 넘쳤음에도(tant d'esprit) 아버지는 난장판을 만들어 놓았고, 만약 아버지가 그렇게 난장판을 만들어 놓으리란 걸 제가 미리 알았더라면, 부인의 축제를 전복하려는 그 틀림없는 음모에 가담한 상태에서 어제 염소를 채소밭에 풀어 놓지 말라고 설득하지 않았을 테지요, 안 그렇습니까? 그런데 저는 어제 부인을 말렸고 — 어떤 예감이 있었기 때문에 그토록 말린 것입니다. 모든 것을 미리 보는 것은, 당연히, 불가능했겠지요. 분명히 아버지 자신도 일 분 전만 해도 자기가 무슨 말을 발사할지 알 수 없었을 겁니다. 이 신경질적인 노인네들한테 사람 같은 구석이 조금이라도 있습니까! 그러나 아직은 수습할 수 있습니다. 내일 아버지에게 의사 두 명을 보내, 청중을 만족시키기 위해, 행정적인 절차를 밟고 온갖 예(禮)를 갖추어 건강 상태를 알아보고, 가능하면 오늘 당장 바로 병원으로 보내 냉수 찜질이라도 받게 하세요. 적어도 모두 웃음을 터뜨리고 모욕받을 일이 전혀 아니었음을 알게 될 겁니다. 이 일에 관한 한, 제가 아들이니까 오늘 당장 무도회에서 알리겠습니다. 카르마지노프는 완전히 다른 문제인데, 이 사람은 새파란 당나귀처럼 나와서 자신의 논문을 들고 꼬박 한 시간을 질질 끌었는데 — 그 사람이 틀림없이 저와 음모를 꾸몄다는 겁니까! 그럼 이제 슬슬 율리야 미하일로브나에게 해를 끼칠 더러운 짓을 해 볼까, 이런 식으로 말입니까!"

"오, 카르마지노프, 이 무슨 수치람!(quelle honte!) 우리 청중 때문에 너무 부끄러워서 완전히, 새까맣게 타 버리는 줄 알았어요!"

"뭐, 저라면 타 버리는 것이 아니라 그 사람을 새까맣게 태워 버렸을 거예요. 사실 청중이 옳은 거라고요. 그런데 카르마지노프 건도 누구 잘못입니까? 제가 부인에게 그를 억지로 붙여 주었던가요, 예? 그의 숭배에 동참했던가요, 예? 그래, 빌어먹을, 그 작자는 그렇다 쳐도 그 세 번째 편집광, 그 정치적인 작자는 얘기가 완전히 다릅니다. 이 점에서는 우리 모두 헛다리를 짚은 것이지, 저 혼자만의 음모가 아닙니다."

"아, 얘기하지 마세요, 그건 끔찍해요, 끔찍하다고요! 그건 내 잘못, 오직 나 하나만의 잘못이에요!"

"물론 그렇지만, 그 점에 관한 한 저는 부인 편입니다. 에잇, 누가 저들을, 저 뻔뻔한 놈들을 감시하겠습니까! 페테르부르크에서도 저들 때문에 몸을 사리는걸요. 사실 그는 부인이 추천받은 사람이잖습니까, 게다가 어땠는지! 그러니 부인이 지금 무도회에 나타나야 할 의무가 있다는 데 동의하실 테죠. 정말이지 이건 아주 중대한 일이고, 정말이지 부인 스스로 그를 강단으로 끌어 올렸잖습니까. 부인은 이 작자와 한패가 아니다, 그 잘난 놈은 이미 경찰 손에 넘어갔다, 부인은 설명도 할 수 없는 방식으로 기만당했다, 라는 점을 이제 공개적으로 발표해야 합니다. 부인은 부인이 그 미친 사람의 희생양이었다는 사실을 분연히 알려야 합니다. 왜냐하면 이 사람은 진짜 미친놈일 뿐, 그 이상 아무것도 아니거든요. 그 작자에 관해서는 꼭 이렇게 아뢰어야 합니다. 난 이렇게 남을 헐뜯는 놈들은 참을 수 없어요. 하긴 내가 더 심하게 떠드는지도 모르겠지만, 강단에서 그러는 건 아니잖습니까. 한데 지금 그들은 원로원 의원에 대해 떠드는 참입니다."

"원로원 의원이라니, 누구를 말하는 거죠? 누가 떠든다는 건가요?"

"그게 말이죠, 저도 아무것도 모르겠어요. 율리야 미하일로브나, 부인도 누구든 원로원 의원에 대해 아는 것이 전혀 없습니까?"

"원로원 의원이라뇨?"

"그게 말이죠, 그들은 원로원 의원이 이쪽으로 임명되었고 페테르부르크에서 당신들을 경질할 것이라고 확신하고 있습니다. 많은 사람한테서 들은 얘기인걸요."

"저도 들었습니다." 내가 말을 받았다.

"누가 그런 말을 했죠?" 율리야 미하일로브나는 완전히 발끈했다.

"즉, 누가 맨 처음 이야기를 꺼냈냐고요? 그걸 제가 어떻게 알겠습니까. 그냥 그렇게들 말한다는 거죠. 다들 말하고 있습니다. 어제 특별히 말이 났어요. 모두가 어쩐지 매우 심각한데, 아무것도 제대로 모르면서 말이죠. 물론, 누가 더 영리하고 유능한지는 — 말하지 않지만, 저들 중 어떤 자들은 솔깃해하고 있지요."

"무슨 저열한 짓이람! 게다가…… 얼마나 멍청한 짓이에요!"

"바로 이러니까 이 바보들한테 보여 주기 위해서라도 지금 부인이 나타나셔야 한다는 겁니다."

"솔직히, 나 자신도 그럴 의무가 있다는 것을 느끼지만…… 만약 또 다른 치욕이 도사리고 있다면? 만약 사람들이 모이지 않는다면 어떡하죠? 정말이지 아무도 오지 않을 거예요, 아무도, 아무도!"

"이렇게 열을 내시다니! 아니, 그들이 오지 않을 거라고요? 새로 맞춘 드레스는 어쩌고 아가씨들의 의상은 어쩝니까? 그런 말씀을 하시다니, 부인이 여성인지 의심스럽군요. 사람을 이렇게 모르시다니!"

"귀족단장 부인은 오지 않으실 거예요, 오지 않으실 거라고요!"

"아니, 그러니까 결국 거기서 무슨 일이 일어났던 거냐고요! 왜 오지 않는다는 겁니까?" 그는 마침내 분하고 초조해하며 소리쳤다.

"망신스러운 일, 치욕스러운 일, 그런 일이 일어났죠. 무슨 일인지는 잘 몰라도 그런 일이 있었던 이상 나는 들어갈 수 없어요."

"왜요? 아니, 결국 부인이 무슨 잘못을 하셨다는 겁니까? 무엇 때문에 죄를 뒤집어쓰시려고요? 오히려 청중, 부인의 저 어르신들, 부인의 저 가장들 잘못이 아닌가요? 그들은 못된 놈들과 깡패들을 저지시켰어야 했는데요. 그들은 기껏해야 시시껄렁한 깡패들이나 못된 놈에 지나지 않을 뿐, 심각한 건 전혀 없으니까요. 어떤 모임도, 그 어디도 경찰 하나만으론 통제가 안 됩니다. 우리 나라에서는 누구나 어디 들어갈 때는 자기를 따라다니며 지켜 줄 특수 경찰을 파견해 달라고 요구합니다. 사회는 스스로 자신을 지켜야 한다는 것을 몰라요. 그런데 우리네 가장들, 고위 인사들, 부인네들, 아가씨들은 이 같은 상황에서 무엇을 하는 겁니까? 침묵하고 불퉁한 거죠. 심지어 이 사회는 장난꾸러기들을 저지시킬 만큼의 선취권도 쥐지 못한 형편입니다."

"아, 이거야말로 황금 같은 진실이군요! 침묵하고 불퉁하고…… 주위를 살피죠."

"만약 진실이라면, 부인은 이제 그것을 큰 소리로 오만하고 엄격하게 발설해야 합니다. 바로 부인이 박살 나지 않았음을 보여 주어야 합니다. 바로 이 노인네들과 어머니들에게 말이죠. 오, 부인은 그렇게 하실 수 있고, 머리가 맑을 때는 그런 재능이 있습니다. 부인이 그들을 조직하는 겁니다, 큰 소리로, 큰 소리로. 그다음에는 《목소리》와 《증권 뉴스》[10]의 통신란으

10) 각각 19세기에 발간된 신문과 잡지.

로 보내는 겁니다. 잠깐만요, 제가 직접 이 일을 맡아서 부인을 위해 모두 처리하겠습니다. 당연히 더 많은 주의가 필요하겠고 뷔페도 감시해야 하지요. 공작님에게도 부탁하고 이 신사분께도 부탁하고……. 모든 것을 새롭게 시작해야 하는 판에, 무슈, 우리를 그냥 내버려 두지는 않으실 테죠. 자, 끝으로, 부인이 안드레이 안토노비치와 팔짱을 끼고 나타나시는 거예요. 안드레이 안토노비치의 건강은 어떻습니까?"

"오, 당신은 이 천사 같은 사람을 언제나 얼마나 부당하게, 얼마나 옳지 못하게, 얼마나 언짢게 평가하셨는지!" 율리야 미하일로브나는 갑자기 뜻밖의 발작에 거의 눈물까지 흘리고 손수건을 눈에 갖다 대면서 소리쳤다. 표트르 스테파노비치도 처음에는 심지어 말문이 막혔다.

"당치도 않은 말씀이신데, 저는…… 제가 뭘 어쨌다고…… 저는 언제나……."

"당신은 결코, 결코 그러지 않았어요! 결코 그의 정당함을 인정해 주지 않았어요!"

"여자란 결코 이해하지 못할 족속이야!" 표트르 스테파노비치는 삐뚜름한 조소를 머금으며 투덜거렸다.

"이분은 가장 올바르고 가장 섬세하고 가장 천사 같은 사람이에요! 가장 선량한 사람이라고요!"

"당치도 않은 말씀이신데, 선량함에 관한 한…… 저는 선량함에 관해 언제나 인정하고……."

"결코 그러지 않았거든요! 하지만 그만둬요. 나의 옹호가 너무 서툴렀군요. 방금 저 그 예수회 교도 같은 귀족단장 부인도 어제 일을 두고 따끔한 말을 몇 마디 슬쩍 던졌어요."

"오, 오, 그분은 이제는 어제 일로 슬쩍 말을 던질 틈이 없고요, 지금의 일이 있으니까요. 그런데 그분이 무도회에 오든 말든, 왜 그렇게 염려하시는 거죠? 물론, 그런 스캔들에 연루되었다면 오지 않겠지요. 사실 그분에게는 잘못이 없지만 어쨌든 평판은 문제가 되니까요. 손이 더러워졌달까요."

"무슨 말씀인지 잘 모르겠네요. 왜 손이 더러워졌다는 거죠?" 율리야 미하일로브나가 의혹에 찬 눈길로 쳐다보았다.

"즉, 제가 그렇게 주장하는 건 아니고, 도시에서 벌써 그분이 빼돌렸다는 소문이 파다하거든요."

"무슨 말씀이세요? 누구를 빼돌렸다는 거죠?"

"어라, 정말로 아직 모르셨습니까?" 그는 놀랍다는 표정을 뛰어날 정도로 멋지게 연출하며 소리쳤다. "스타브로긴과 리자베타 니콜라예브나 말입니다!"

"뭐라고요? 예?" 우리 모두 다 소리를 쳤다.

"정말 모르십니까? 아이고, 정말 거기서 비극적인 로맨스가 일어난 겁니다. 리자베타 니콜라예브나가 귀족단장 부인의 마차에서 내리자마자 스타브로긴의 마차로 갈아타고 대낮에 '그 빌어먹을 놈'과 함께 슬그머니 스크보레시니키로 달아나 버렸어요. 겨우 한 시간 전의 일이죠, 아니, 한 시간도 안 됐어요."

우리는 어안이 벙벙했다. 응당, 그래서 어떻게 됐냐고 질문 공세를 퍼부었지만 놀랍게도, 그 자신이 '어쩌다 그만' 사건의 증인이 되었음에도, 아무것도 제대로 얘기하지 못했다. 사건은 이렇게 일어난 듯했다. 귀족단장 부인이 리자와 마브리키 니콜라예비치를 '낭독회'에서 리자의 어머니(여전히 다리가 아팠다.) 집으로 데리고 갔을 때 입구 가까이, 스물다섯 걸음쯤 떨어진 곳 한쪽에서 누군가의 마차가 대기하고 있었다. 리자는 현관 앞에 뛰어내리자마자 곧장 그 마차로 뛰어갔다. 문이 열렸다가 쾅 닫혔다. 리자는 마브리키 니콜라예비치에게 "나를 불쌍히 여겨 주세요!"라고 소리쳤고, 마차는 전속력으로 스크보레시니키로 질주했다. "이건 무슨 약속이었습니까? 마차에는 누가 있었습니까?"라는 우리의 다급한 질문에 대해 표트르 스테파노비치는 아무것도 모른다고 대답했다. 물론 약속이 있었겠지만, 마차 안에 있는 사람이 스타브로긴인지는 확인하지 못했다는, 시종 알렉세이 예고리치 영감이 있었는지도 모르겠다는 것이었다. "당신은 어쩌다 거기에 있게 되었습니까? 그녀가 스크보레시니키로 갔다는 건 어떻게 그렇게 정확히 아십니까?"라는 질문에는, 그곳을 지나갈 일이 있었기 때문에 마침 거기에 있게 되었고 리자를 보자마자 심지어 마차로 달려갔는데(그럼에도, 그렇게 호기심 많은 그가 마차 안에 누가 있는지 확인하지 못했다는 것이다!) 마브리키 니콜라예비치는 리자를 따라잡으려 하지도 않을뿐더러 심지어 말리려고도 하지 않고, "저 애는 스타브로긴에게 가는 거예요, 스타브로긴에게."라며 목청껏 외치는 귀족단장 부인을 한 손으로 만류하기까지 했다고 대답했다. 그 순간 나는 갑자기 인내심이 바닥나서 미친 듯 표트르 스테파노비치에게 소리쳤다.

"이건 네놈 짓이야, 이 못된 놈, 모든 것을 꾸몄지! 이 일을 하느라 아침을 몽땅 써 버린 거야. 네놈이 스타브로긴을 도왔고, 마차를 타고 와서 마차에 태웠어……. 네놈, 네놈, 네놈이! 율리야 미하일로브나, 이놈은 부인의 적입니다. 이놈은 부인마저도 파멸시킬 겁니다! 몸조심하십시오!"

그리고 황급히 그 집을 뛰쳐나왔다.

그때 내가 어떻게 그에게 이런 소리를 지를 수 있었는지 지금도 이해가 안 돼 나 자신도 매우 놀랍다. 그러나 내 추측은 전적으로 들어맞았다. 즉, 뒤에 밝혀진 바에 의하면, 거의 모든 일이 내가 그에게 이야기한 그대로 일어났다. 무엇보다도, 소식을 전해 줄 때 그 명백히 위조된 수법이 너무 도드라졌다. 그는 집에 오자마자 당장 제일 중요한 굉장한 뉴스라도 전하듯 얘기한 것이 아니라 이미 그가 없어도 우리가 알고 있으리라는 태도를 취했는데 — 그토록 짧은 시간 안에는 불가능한 일이었다. 만약 우리가 알았더라면, 그가 얘기하는 동안 우리가 입을 다물고 있었을 리 없잖은가. 역시나 그토록 짧은 시간 안에, 도시에선 벌써 귀족단장 부인에 대한 '소문이 자자하다'라는 얘기를 들었을 리도 없다. 그 밖에, 얘기를 하는 동안 그는 우리를 이미 완전히 속아 넘어간 바보 취급하면서 두 번쯤 어쩐지 비열하고 경박한 미소를 머금었다. 그러나 이미 난 그가 안중에도 없었다. 주된 사실을 확신하자마자 거의 앞뒤를 잃고 율리야 미하일로브나의 집을 뛰쳐나왔다. 파국이 내 마음속 폐부를 찔렀다. 나는 거의 눈물을 흘릴 만큼 고통스러웠다. 아니, 어쩌면 울었을 수도 있다. 무엇을 해야 할지 전혀 알 수 없었다. 스테판 트로피모비치에게 달려갔지만 이 짜증 나는 인간은 이번에도 문을 열어 주지 않았다. 나스타샤는 공손한 속삭임으로 그분이 몸져누워 계시다고 나를 설득하려 했지만 믿지 않았다. 리자의 집에서는 하인들을 붙들고 물어볼 수 있었다. 그들은 도주에 대해서는 확증해 주었지만, 그 자신들도 아무것도 몰랐다. 집 안은 난리가 났다. 편찮은 마님은 졸도 직전이었고, 그래도 마브리키 니콜라예비치가 함께 있어 주었다. 마브리키 니콜라예비치를 부르는 것은 불가능해 보였다. 표트르 스테파노비치에 관한 한, 내가 질문 공세를 퍼붓자 그가 최근에 줄곧 이 집을 들락날락했고 하루에 두 번 온 적도 가끔 있다고 했다. 하인들은 슬퍼했고 리자 얘기를 할 때는 어떤 특별한 공경심을 보였다. 그녀를 좋아했던 것이다. 그녀가 파멸했다는 것, 완전히 파멸했다는 것, 이것은 의심의 여지가 없었지만, 사건의 심리적인 측면이라면, 특히 어제 스타브로긴과 그녀가 연출한 장면을 생각하면 단연코 아무것도 이해할 수 없었다. 도시를 뛰어다니고, 물론 이제는 벌써 소식이 퍼졌으니 심술궂은 기쁨에 들뜬 지인들의 집에서 진상을 알아본다는 것이 나로서는 역겹게 여겨졌고, 더군다나 리자에게는 굴욕처럼 여겨졌다. 그러나 이상하게도 나는 다리야 파블로브나에게 달려갔는데, 하긴 그곳에서는 아무도 나를 만나 주지 않았다.(스타브로긴가에서는 어제부터 아무도 받아들이지 않았다.) 모르겠다, 내가 그녀에게 무슨 말을 할 수 있었을까, 무엇을 하러 달려갔던 것일까? 그녀에게서 그녀의 오빠에게로 향했다. 샤토프는 침울하게 말없이 듣고만 있었다. 내가 갔을 때 그의 기분이 전에 없이 우울했다는 점을 더 지적해야겠다. 그는 자기 생각에 너무 골몰한 나머지, 내 얘기도 안간힘을 쓰며 듣는 것 같았다. 거의 아무 말도 하지 않았고 신발을 평소보다 많이 구르며 작은 방의 이 구석 저 구석, 앞뒤를 걷기 시작했다. 내가 계단을 내려섰을 때에야 비로소 리푸틴에게 들러 보라는 외침이 뒤에서 들려왔다. "거기 가면 다 알게 될 거요." 그러나 나는 리푸틴에게 가지 않고 이미 멀리 와 버린 그 길을 되돌아 샤토프에게 온 다음 문을 반쯤 연 채 안으로 들어가지는 않고 어떤 군더더기 설명도 없이 간결하게 제안을 해 보았다. 오늘 마리야 티모페예브나에게 가 보지 않겠느냐고 말이다. 이 말에 샤토프는 욕설을 퍼부었고 나는 나와 버렸다. 잊어버리지 않기 위해 기록하자면, 그날 저녁 그는 일부러 이 도시의 끝에 있는, 최근에는 본 적도 없는 마리야 티모페예브나 집에 다녀왔다. 가 보니, 그녀는 더할 나위 없이 건강하고 기분도 좋았으며 레뱌드킨은 죽도록 취해 첫 번째 방 소파에서 자고 있었다. 이건 9시 정각의 일이었다. 다음 날 길거리에서 나와 우연히 마주쳤을 때 그가 직접 전한 바로는 그러했다. 나는 저녁 9시가 넘었을 무렵 무도회에 가 보기로 결심했는데, 이미 '젊은 간사' 자격이 아니라(더욱이 리본을 율리야 미하일로브나 집에 두고 오지 않았던가.) 우리 도시에서는 이 모든 사건을 두고 대체로 어떤 얘기를 하는지 (질문을 퍼붓지 않고) 듣고 싶은 주체할 길 없는 호기심 때문이었다. 게다가 멀리서라도 율리야 미하일로브나를 보고 싶었다. 아까 그런 식으로 그녀 집을 뛰쳐나온 것을 나는 매우 자책했다.

3

거의 터무니없는 사건들로 가득 찼고 새벽녘에야 끔찍한 '대단원'의 막을 내린 이 밤이 지금까지도 나에게는 추악한 악몽처럼 어른거리고 — 적어도 나에게는 — 내 연대기의 가장 힘겨운 부분에 해당한다. 좀 늦긴 했지만 무도회가 막바지에 접어들었을 즈음에는 도착했고 그것은 그토록 빨리 끝날 운명이었다. 벌써 10시가 지났을 때 나는 귀족단장 부인댁 현관에 이르렀는데, 낭독회가 있었던 아까 그 벨라야 홀은 시간이 촉박했음에도 이미 싹 치워져 있었고 예상대로 도시 전체를 위한 주요 무도회장으로 쓸 준비가 되어 있었다. 그러나 아까 오전에 무도회에 대해 곱지 않은 마음을 갖고 있었을지라도, 아무리 그래도 나는 이 완벽한 진실만은 예감하지 못했다. 즉, 상류층에 속하는 가족은 단 하나도 나타나지 않았던 것이다. 심지어 관리들조차 약간은 의미심장한 수준으로 불참했고, 이것만도 굉장히 강력한 특징이었다. 부인들과 아가씨들로 말하자면, 표트르 스테파노비치의 방금 계산(지금 보면 이미 명백히도 교활한 것이었다.)이 완전히 틀린 것으로 밝혀졌다. 사람이 굉장히 조금 모였다. 남자 네 명당 부인 한 명 꼴인 데다가 게다가 그 부인네들의 몰골이란! 군대 위관들의 '그렇고 그런' 마누라들, 어중이떠중이 우체국 직원이나 관리들, 딸들을 데려온 약사 부인 세 명, 가난한 지주 부인 세 명, 내가 앞에서 어쩌다가 언급한 그 비서의 일곱 딸과 조카딸 한 명, 상인 부인들인데, 율리야 미하일로브나가 이런 족속을 기대했단 말인가? 심지어 상인들조차 절반도 모이지 않았다. 남자들로 말하자면, 우리 도시의 저명인사들이 모조리 촘촘히 불참한 와중에도 어쨌든 빽빽한 무리를 이룰 수준은 되었지만, 그래도 애매하고 미심쩍은 느낌을 주었다. 물론 여기에는 아내를 동반한 극히 존경할 만한 조용한 장교도 몇 명 있었고, 가령 일곱 딸을 둔 아버지인 그 비서처럼 아주 순종적인 가장도 몇 명 있었다. 이렇게 잡초처럼 하찮고 초라한 족속도, 이런 양반 중 어떤 사람의 표현대로, '어쩔 수 없이' 나타난 것이었다. 그러나 다른 한편, 기민한 인사들 무리며, 그 밖에도 방금 나와 표트르 스테파노비치로부터 티켓도 없이 입장했다는 의심을 받은 인사들의 무리는 아까보다 훨씬 더 늘어난 것 같았다. 그들은 모두 일단 뷔페에 가 있었는데, 나타나자마자 미리 약속한 장소에 가듯 곧장 뷔페로 갔다. 적어도 나에게는 그렇게 여겨졌다. 뷔페는 쭉 이어진 방의 끝인 넓은 홀에 마련되어 있었고, 거기에서는 프로호리치가 클럽의 온갖 매혹적인 요리와 군것질거리, 음료를 떡하니 전시해 놓고 있었다. 나는 거기서 거의 갈기갈기 찢어진 프록코트를 입은, 너무 미심쩍고 전혀 무도회용이 아닌 복장을 한, 아주 잠시나마 간신히 술에서 깬 것이 분명한 인간들 몇 명을 보았는데, 어디서 굴러왔는지도 알 수 없는, 어디 다른 도시에서 들어온 작자들이었다. 나는 물론 율리야 미하일로브나의 생각에 따라 가장 민주적인 무도회를 개최할 예정임을, 즉 '소시민일지라도 누구든 티켓만 있으면 거절하지 않을' 것임을 알고 있었다. 그녀는 우리 도시의 소시민, 그 궁핍한 인간 중 누구도 티켓을 구할 생각을 못하리라는 확신에 사로잡힌 나머지 위원회에서 감히 이런 말을 할 수 있었던 것이다. 그러나 어쨌든 나는 위원회의 그 모든 민주주의에도 불구하고 저 음산한 자들, 거의 발기발기 찢어진 프로코트를 걸친 인간들을 어떻게 입장시킬 수 있었는지 의심스러웠다. 그러나 누가, 또 어떤 목적으로 그들을 입장시켰을까? 리푸틴과 럄신은 벌써 간사 리본을 빼앗긴 상태였다.('문학 카드리유'를 추기 위해 무도회에 참석하긴 했지만.) 그러나 리푸틴의 자리를 차지한 건, 정말 놀랍게도, 스테판 트로피모비치와의 접전으로 '아침'을 스캔들로 만드는 데 제일 열심이었던 아까 그 신학생이었고, 럄신의 자리를 차지한 사람은 표트르 스테파노비치 자신이었다. 이런 상황에서 무엇을 기대할 수 있었겠는가? 나는 대화에 귀를 기울이려고 애썼다. 어떤 견해들은 너무 해괴망측해서 충격적이었다. 가령, 어떤 무리는 스타브로긴과 리자 사건이 전부 율리야 미하일로브나가 꾸며 낸 것이며 이 일을 대가로 스타브로긴에게서 돈을 받았다고 확신했다. 심지어 액수까지 언급했다. 축제마저도 이런 목적으로 개최한 것이라고 주장했다. 그 때문에 도시의 절반이 무슨 일인지 알고서 나타나지 않은 것이며 렘브케 쪽도 까무러치게 놀란 나머지 '정신에 이상이 생겼고' 이제 그녀가 돌아 버린 그를 '조종한다'는 것이었다. 그러자 많은 사람이 목쉰 소리를 내면서 기괴하고 엉큼하게 깔깔댔다. 다들 무도회를 끔찍하게 비판하기도 하고 아무런 거리낌 없이 율리야 미하일로브나를 욕하기도 했다. 대체로 수다는 술에 취한 듯 정신없이 불안정하게 탁탁 끊기며 이어졌고 그 때문에 생각을 종합해서 뭐라도 끄집어내기가 어려웠다. 그 순간 뷔페에는 마냥 즐거운 족속이 진을 치고 있었는데, 더 이상 어떤 일에도 놀라거나 경악하지 않을 그런 부인네들도 몇 명 있었고 대부분 하나같이 너무 사랑스럽고 즐거움에 겨운 장교 부부들이었다. 그들은 삼삼오오 무리를 지어서 각각 다른 식탁에 자리를 잡은 뒤 굉장히 즐겁게 차를 마시고 있었다. 뷔페는 집결한 청중의 거의 절반을 위한 따뜻한 은신처로 바뀌었다. 그렇지만 조금만 있으면 이 무더기가 모두 홀로 쏟아져 나올 것이 분명했다. 생각만 해도 섬뜩했다.

그러는 동안 벨라야 홀에서는 공작의 참여로 세 차례의 헐렁한 카드리유인지 뭔지가 이루어졌다. 아가씨들은 춤을 추었고 부모들은 그들의 모습에 기뻐했다. 그러나 그 순간에도 이 존경할 만한 양반 중 많은 사람이 이미 자신의 처자들을 즐겁게 해 준 다음 어떻게 하면 '시작될' 그때가 아닌, 보다 더 시의적절한 순간에 떠날 수 있을까 궁리하기 시작했다. 결단코 모든 사람이 반드시 시작되리라고 확신했다. 그런데 나로서는 당사자인 율리야 미하일로브나의 정신 상태를 묘사하는 것이 어려울 법하다. 나는 상당히 가까이 다가갔음에도 그녀에게 말을 걸지는 않았다. 홀에 들어가며 몸을 숙여 인사를 했는데도 그녀는 답례는커녕 나를 알아보지도 못했다.(정말로 알아보지 못했다.) 그녀의 얼굴엔 병적인 기색이 역력했고 시선은 남을 경멸하는 듯 교만하지만 불안하고 초조한 듯 방황하고 있었다. 그녀는 눈에 뜨일 만큼 괴로워하며 자신을 억눌렀는데 — 이 모든 것이 무엇을, 누구를 위해서란 말인가? 그녀는 분명히 떠나야만 했고, 무엇보다도 남편을 데려가야 했지만, 계속 남아 있었다! 이미 그녀의 얼굴만 봐도 그녀의 두 눈이 '활짝 뜨였으며' 그녀로서는 더 이상 아무것도 기다릴 것이 없음을 알아챌 수 있었다. 그녀는 표트르 스테파노비치조차 불러들이지 않았다.(그쪽에서 그녀를 피한 것 같았는데, 나는 그가 뷔페에 있는 걸 보았고 그는 굉장히 즐거운 상태였다.) 그러나 어쨌든 그녀는 무도회에 남아 있었고 단 한순간도 안드레이 안토노비치를 자기에게서 떼 놓지 않았다. 오, 그녀는 최후의 순간까지도 가장 진실한 분노를 품은 채 그의 건강에 대한 어떤 암시도 부정했을 것이며 아까 아침만 해도 그랬으리라. 그러나 이제는 이 문제에 관해서도 그녀의 눈이 완전히 뜨인 것이 분명했다. 내 생각을 말하자면, 안드레이 안토노비치의 시선은 첫눈에도 아까 오전보다 훨씬 더 나빠 보였다. 그는 어떤 망각 상태에 빠져서 자기가 어디에 있는지도 제대로 의식하지 못하는 것 같았다. 갑자기 뜻밖의 엄격함을 갖추고 주위를 둘러보는 일이 가끔 있었는데, 가령 나를 두어 번 쳐다보기도 했다. 한번은 뭔가에 대해 말을 꺼내려고 시도하며 큰 소리로 우렁차게 운을 띄웠지만 다 끝내지 못했고, 옆에 있던 어떤 얌전한 늙은 관리를 거의 경악으로 몰아넣고 말았다. 그러나 벨라야 홀의 절반인 이 얌전한 청중조차 겁먹은 듯 음울하게 율리야 미하일로브나를 피하면서 동시에 그녀의 남편에게 굉장히 이상한 시선을 던졌는데, 너무 집요하고 노골적인 시선이어서 이 사람들의 경악한 상태와 전혀 어울리지 않았다.

"그때 그 시선이 나를 찔렀고, 나는 갑자기 안드레이 안토노비치의 상태를 깨닫기 시작했어요." 훗날 율리야 미하일로브나는 직접 나에게 이렇게 털어놓았다.

그렇다, 이번에도 그녀의 잘못이었다! 분명히 조금 전 내가 뛰쳐나간 다음, 표트르 스테파노비치와 함께 무도회를 열기로, 또 무도회에 참석하기로 결심한 것도 그녀고 이번에도 분명히 그녀가 '낭독회'에서 이미 결정적으로 '흔들린' 안드레이 안토노비치의 서재로 갔고 이번에도 예의 그 온갖 유혹을 동원해 그를 끌고 나왔던 것이리라. 그러나 그녀는 얼마나 괴로웠을까, 이제는 정말 그랬을 것이다! 그럼에도 떠나지 않고 있었다! 오만함이 그녀를 괴롭혔는지 그냥 그녀도 곤혹스러웠는지 — 나도 모르겠다. 그녀는 예의 그 교만함에도 불구하고 몸을 낮추고 미소를 지으면서 몇몇 부인에게 말을 걸어 보려고 시도했지만, 그쪽에서는 당장 곤혹스러워하며 '예', '아니오' 같은 단음절로 얼버무리고 그녀를 피하는 기색이 역력했다.

우리 도시에서 논의의 여지가 없는 고위 인사 중에서 이 순간 무도회에 나타난 사람은 오직 한 명이었는데, 내가 벌써 한 번 묘사한 적이 있고 스타브로긴과 가가노프의 결투 이후 귀족단장 부인의 집에서 '사회적인 초조함에 문을 열어 준' 가장 영향력 있는 그 퇴역 장군이었다. 그는 근엄하게 홀을 오가며 살펴보기도 하고 귀를 기울이기도 했으며, 의심할 바 없는 만족을 위해서라기보다는 풍기 문란을 감시하기 위해서 온 것처럼 보이려고 애썼다. 마침내는 율리야 미하일로브나 옆에 완전히 합류한 다음 한 발짝도 떨어지지 않았는데 그녀를 격려하고 안정시키려고 애쓰는 기색이 역력했다. 의심의 여지 없이 몹시 선량하고 매우 위풍당당한 사람이었으며 이미 너무 늙었기 때문에 그의 동정쯤은 그러려니 참아 줄 만했다. 그러나 그녀로서는, 이 늙은 수다쟁이가 자기가 이 자리에 있어 주는 것만도 그녀에겐 영광이라고 생각하여 감히 그녀를 동정하고 심지어 거의 보호하려 드는 것을 인정하자니, 너무 짜증 났다. 그런데도 장군은 물러서지 않고 계속 쉴 새 없이 수다를 떨었다.

"도시란 일곱 명의 의인이 없이는 제대로 서지 못한다고들 하는데…… 일곱인 것 같지만 정확한 숫자는 기억이 안 나는군요. 우리 도시에서 의심의 여지가 없는 일곱 명의 의인 중 몇 명이나…… 이 무도회를 방문할 영광을 누렸는지 모르겠지만 그들이 참석한들 저는 저 자신이 안전하다는 느낌은 들지 않는군요. 이 정도는 봐주시겠지요, 아름다운 부인?(Vous me pardonnerez, charmante dame, n'est-ce pas?) 우--의-적으로 드리는 말씀이지만, 잠깐 뷔페에 다녀왔는데 아무 탈 없이 돌아와서 기쁠 따름입니다……. 저 소중한 우리의 프로호리치는 아마 제자리에 있지 않을 테고, 아침 무렵에는 사람들이 그의 장터를 싹 거둬 갈 테지요. 그래도 저는 웃습니다. 그저 이 '문-학의 카드리유'가 어떤 것일지 기다리다가 그다음에는 잠자리로 가려고요. 수족 통풍을 앓고 있는 늙은이니 좀 봐줘요, 일찍 잠자리에 들거든요, 아니, 부인께도 흔히 아이들(aux enfants) 대하듯 그만 가서 "자려무나." 하고 권하고 싶군요. 사실 저는 젊은 미녀들을 위해서 왔는데…… 물론, 이런 장소가 아니면 미녀들이 한꺼번에 이토록 많이 모인 건 어디서도 볼 수 없으니까요……. 모두 강 너머에서 왔지만 저는 그곳에는 가진 않습니다. 아마 사냥 담당인…… 어느 장교의 아내가 매우, 매우 예쁘고…… 그녀 자신도 그런 줄 압니다. 그 꾀순이와 이야기를 나눠 봤어요. 쾌활하고…… 어쨌든 소녀들도 신선합니다. 그러나 그뿐이에요. 신선함을 빼면 아무것도 없습니다. 그래도 저는 만족합니다. 꽃봉오리들도 있답니다. 다만, 입술이 두껍지요. 대체로 러시아 여성의 얼굴에는 그 미의 규칙성이 부족하고…… 다소 블린[11] 같다고 할까요. 이 정도는 봐주시겠지요, 안 그렇습니까…….(Vous me pardonnerez, n'est-ce pas…….) 그래도 예쁜 눈망울을…… 웃고 있는 그 눈망울을 보면 말이죠. 이 꽃봉오리들은 젊음의 초반 이 년, 어쩌면 삼 년쯤은 매-력-적이지만…… 하지만 그다음엔 영원히 펑퍼짐해져서 남편들에게 저 슬픈 무-관-심을 불러일으키고, 그것이 여성 문제의 발전을 그토록 촉진하고…… 단, 제가 여성 문제를 제대로 이해하고 있다면요……. 음. 홀이 멋있군요. 방들도 잘 꾸몄고요. 더 나쁠 수도 있었을 텐데. 음악도 훨씬 더 나쁠 수 있었을 텐데……. 그렇다고 반드시 그래야 한다는 말은 아니고요. 대체로 부인네들이 적은 것이 흠이랄까요. 차림새는 언-급하지 않으렵니다. 회색 바지를 입은 저 사람은 저토록 노골적으로 캉-캉-춤을 추다니, 볼썽사납군요. 그가 기뻐서 저런다면 이곳의 약사니까 용서하지만…… 10시가 좀 지

---

11) 밀가루, 우유, 버터 등을 반죽하여 구운 러시아의 팬케이크. 고기, 버섯, 치즈, 햄 등을 넣어 접거나 말아 먹는다.

났을 뿐이니 어쨌든 약사에게도 이른 시각이죠……. 저기 뷔페에서는 두 명이 주먹다짐을 했는데도 끌려 나가지 않았습니다. 10시가 지난 시각이라도 청중의 풍습이 어떻든 그 싸움꾼들을 끌어내야 하고…… 2시가 지났다면 그때는 벌써 말할 것도 없이 사회 여론도 양보해야 하지요, 물론 이 무도회가 2시가 지나도록 계속될 수만 있다면. 바르바라 페트로브나는 그나저나 약속을 지키지 않았군요, 꽃을 보내지 않으셨으니. 음, 꽃에 신경 쓰실 여유가 있겠습니까, 가련한 어머니여!(pauvre mère!) 그런데 저 가련한 리자 얘기는 들으셨습니까? 은밀한 사건이라고들 하는데…… 이번에도 스타브로긴이 무대로 나섰다고……. 음. 전 그만 자러 가야겠군요……. 자꾸 코를 박아서요. 그런데 이 '문-학의 카드리유'는 언제 시작됩니까?"

드디어 '문학의 카드리유'도 시작되었다. 최근 도시 어디서든 곧 임박한 무도회 얘기가 시작되기만 하면 어김없이 당장 이 '문학의 카드리유'가 화제였고, 그것이 어떤 것인지 아무도 상상할 수 없었기 때문에 무한한 호기심을 불러일으켰다. 성공에 있어서 이보다 더 위험한 것은 있을 수 없었으니, 그 환멸이 어떠했겠는가!

지금까지 닫혀 있던 벨라야 홀의 옆문이 열리고 갑자기 몇 개의 가면이 나타났다. 청중은 탐욕스럽게 그들을 에워쌌다. 뷔페에 있던 사람이 하나에서 열까지 모조리 한꺼번에 홀로 굴러들어왔다. 가면들은 춤을 추기 위해 제각기 자리를 잡았다. 나는 용케 헤치고 나가 제일 앞자리로 갔고, 율리야 미하일로브나와 폰 렘브케, 그리고 장군의 바로 뒤에 자리를 잡았다. 그 순간 지금까지 코빼기도 보이지 않던 표트르 스테파노비치가 율리야 미하일로브나 앞으로 튀어나왔다.

"저는 계속 뷔페에서 감시하고 있습니다." 그는 뭔가 잘못한 학생 같은 표정을 지으며 속삭였지만, 그녀를 더욱더 골려 주려고 일부러 지어낸 표정이기도 했다. 그녀 쪽에서는 분노한 나머지 확 달아올랐다.

"이제라도 나를 속이지 않으면 좋으련만, 뻔뻔한 작자 같으니!" 그녀의 입에서는 청중도 들을 수 있을 만큼 큰 소리가 불쑥 튀어나왔다. 표트르 스테파노비치는 스스로 굉장히 만족한 채 폴짝폴짝 뛰어나갔다.

이 '문학의 카드리유'보다 더 애처롭고 속물적이고 무능하고 무미건조한 알레고리는 상상하기도 힘들 것이다. 우리 청중에게 이보다 안 어울리는 것은 전혀 생각해 낼 수 없을 정도였다. 그런데 이것을 생각해 낸 사람이 카르마지노프라는 얘기가 있었다. 사실인즉, 리푸틴이 비르긴스키 집의 저녁 모임에 왔던 그 절름발이 교사와 상의해서 조직한 것이었다. 그러나 어쨌든 카르마지노프가 착상을 내놓았고 심지어 몸소 가장하여 어떤 특별하고 독자적인 역할을 맡고 싶어 했다. 카드리유는 여섯 쌍의 애처로운 가면으로 구성되었는데, 그 쌍들은 모두와 다를 바 없는 옷차림이어서 가면 같지도 않았다. 그러니까 가령, 키가 크지 않은 어떤 중년 신사는 연미복을 입고 — 한마디로, 모두가 그런 차림새인데 — 공경할 만한 희끗희끗한 턱수염을 달고(붙인 것인데, 이것이 의상의 전부다.) 얼굴에는 엄격한 표정을 띤 채 한자리에 서서 두 발로 종종 잔걸음을 치며 춤을 추는데 거의 한자리를 벗어나지 못했다. 그는 절도는 있지만 목쉰 듯한 무슨 저음을 냈는데 이 목쉰 소리가 어느 유명한 신문을 의미해야 했다. 이 가면의 반대편에는 X와 Z라는 무슨 거인 두 명이 춤을 추는데, 이 철자들이 그들의 연미복에 부착되어 있었지만 이 X와 Z가 무엇을 의미하는지는 여전히 설명되지 않은 채였다. '성실한 러시아 사상'은 안경을 쓰고 연미복을 입고 장갑을 낀 중년 신사의 모습이었는데, 수갑까지(진짜 수갑이었다.) 차고 있었다. 이 사상의 겨드랑이에는 《사건》[12]이 담긴 서류 가방이 들려 있었다. 호주머니 밑으로 해외에서 온, 뜯어진 편지가 빠끔히 보였고, 이 편지는 '성실한 러시아 사상'의 성실성을 의심하는 모든 자를 위한 증명서를 의미했다. 이 모든 것을 이미 간사들이 말로 설명해 주었는데, 호주머니에서 삐져나온 편지를 읽는 것이 불가능했기 때문이다. '성실한 러시아의 사상'은 건배를 외치고 싶은 듯 높이 쳐든 오른손에 술잔을 들고 있었다. '성실한 러시아 사상'의 양쪽에는 그와 나란히 머리 깎은 여성 허무주의자 두 명이 종종걸음을 치고, 그들과 마주 보며(vis-à-vis) 중년인 어떤 신사도 춤을 추는데 연미복을 입었으되 손에 육중한 몽둥이를 든 것이, 페테르부르크 출판물은 아니어도 위협적인 어떤 출판물을 나타내는 것 같았다. '쾅 쳐서 곤죽을 만들테다' 하는 식 말이다. 그러나 몽둥이에도 불구하고 그는 자기

12) 1866년부터 1888년까지 러시아에서 발행된 잡지.

에게 집중된 '성실한 러시아 사상'의 안경을 도무지 참아 내지 못해 먼산을 바라보려고 안간힘을 썼고, 파 드 되(pas de deux)를 출 때는 몸을 구부리고 빙빙 돌더니 몸 둘 바를 몰라 안절부절못했으니 분명히 그 정도로까지 양심의 가책을 느꼈던 것이리라……. 그래도 이 모든 터무니없는 이야기를 언급하지는 않겠다. 모두 이와 같은 종류였고, 따라서 나는 마침내 고통스러울 만큼 부끄러워졌다. 바로 그 수치의 인상이 모든 청중, 심지어 뷔페에서 나온 가장 험악한 얼굴에도 어린 듯했다. 얼마간은 모두 입을 다물고 성난 의혹의 시선으로 지켜보고 있었다. 수치심에 휩싸인 인간은 보통 슬슬 성질이 나서 냉소주의로 가는 경향이 있다. 우리 청중은 조금씩 웅성거렸다.

"이건 대체 뭐야?" 어느 무리 속에서 뷔페의 사환 하나가 중얼거렸다.

"멍청한 짓거리겠지."

"문학이야. 《목소리》가 비평을 하고 있잖아."

"그게 나랑 무슨 상관이람."

다른 무리에서는 이랬다.

"당나귀들이다!"

"아니, 당나귀는 저들이 아니고, 우리가 당나귀야."

"어째서 네가 당나귀라는 거냐?"

"난 당나귀가 아니야."

"네가 당나귀가 아니면 나는 더 아니지."

세 번째 무리에서는 이랬다.

"죄다 묵사발을 내 버려야 해, 젠장!"

"홀을 통째로 흔들어 버려라!"

네 번째에서는 이랬다.

"렘브케 놈들은 보고 있는 게 창피하지도 않나?"

"저놈들이 왜 창피하지? 아니, 너도 창피하지 않잖아?"

"물론 나도 창피하지만, 저 사람은 도지사잖아."

"그럼 넌 돼지야."

"내 평생 이렇게 평범한 무도회는 본 적이 없어." 율리야 미하일로브나 바로 옆에 어느 부인이 분명히 자기 소리가 들리길 원하면서 독살스럽게 말했다. 마흔 살쯤 된 부인이었는데, 탄탄하고 건강한 체구에 반짝반짝 빛나는 비단 드레스를 입고 얼굴에 짙은 화장을 하고 있었다. 도시 사람 대부분이 그녀를 알았지만 아무도 받아들이지 않았다. 그녀는 퇴역 5등관의 미망인으로서 유산으로 목조 가옥과 형편없이 인색한 연금만 받았지만 그래도 잘살았고 말도 있었다. 두 달쯤 전 그녀가 먼저 율리야 미하일로브나를 방문했는데도 그녀 쪽에서는 그녀를 받아 주지 않았다.

"정말로 이럴 줄 진즉에 알았어요." 그녀는 율리야 미하일로브나의 눈을 뻔뻔스럽게 쳐다보며 덧붙였다.

"진즉에 알았다면 뭐 하러 오셨어요?" 율리야 미하일로브나도 더 이상 참지 못했다.

"그야 순진해서죠." 날렵한 부인은 냉큼 딱 잘라 말했는데 (싸움판을 벌이려고 안달하며) 한바탕 소란을 피울 기세였다. 그러나 장군이 그들 사이로 끼어들었다.

"친애하는 부인(Chère dame)," 그는 율리야 미하일로브나에게 몸을 기울였다. "자리를 뜨는 것이 맞을 것 같습니다. 우리가 저들을 구속하는 꼴밖에 안 되고, 우리가 없으면 저들은 멋들어지게 즐길 겁니다. 부인은 모든 것을 성사시켜 저들에게 무도회를 열어 주셨으니, 자, 가만히 내버려 두시고…… 게다가 안드레이 안토노비치는 어째 기분이 썩 만-족-스-럽-지 않은 것 같은데……. 큰일이 일어나지 않도록?"

그러나 이미 늦었다.

안드레이 안토노비치는 카드리유 내내 춤추는 사람들을 어떤 분노 섞인 의혹의 시선으로 쳐다보았고 청중이 품평회를 시작하자 주위를 불안하게 둘러보기 시작했다. 그 순간 그의 시선은 처음으로 뷔페 인사 몇 명에게로 떨어졌다. 그의 시선에는 굉장한 놀라움이 표현되었다. 갑자기 카드리유의 어떤 수작 때문에 갑자기 큰 웃음이 터져 나왔다. 손에 몽둥이를 들고 춤추던 '위협적인 비(非)페테르부르크 출판물'의 발행인은 결국 '성실한 러시아 사상'의 안경을 더 이상 참을 수 없음을 감지한 다음, 그것을 피해 어디로 숨어야 할지도 모르는 상태에서, 갑자기 마지막 자세로 물구나무선 채 안경을 맞으러 나아갔는데, 이 동작은 '위협적인 비(非)페테르부르크 출판물'이 그 안에 들어 있는 건전한 상식을 꾸준히 물구나무서듯 왜곡한다는 것을 의미해야 했다. 오직 럄신만 물구나무선 채 걸을 수 있었으므로 그가 몽둥이를 든 발행인 역을 맡기로 했다. 율리야 미하일로브나는 저들이 물구나무선 채 걸어 다닐 줄은 단연코 몰랐다. "나한테 이걸 숨겼어요, 숨겼다고요." 나중에 그녀는 절망과 분노를 느끼며 나에게 되뇌었다.

군중의 깔깔거림은, 물론 그들로서는 안중에도 없는 알레고리가 아니라, 그저 연미복의 소맷자락을 길게 늘어뜨린 채 물구나무서서 걸어 다니는 몰골에 환호하는 것이었다. 렘브케는 펄펄 끓어오르며 전율했다.

"이 못된 놈!" 그는 랼신을 가리키며 소리쳤다. "저 추잡한 놈을 잡아서 획 돌려놓아라……. 저놈의 다리를 획 돌려놓으라고……. 머리도…… 머리가 위로 가도록……. 위로!"

랼신은 펄쩍 뛰어 얼른 바로 섰다. 깔깔거림은 더욱더 심해졌다.

"깔깔대는 추잡한 놈들을 모조리 쫓아 버려라!" 렘브케가 갑자기 명령했다. 군중은 홀이 울릴 만큼 웅성거렸다.

"그럴 수는 없습니다, 각하."

"군중을 욕할 수는 없습니다."

"네놈이야말로 바보다!" 어딘가 구석에서 이런 목소리가 울려 퍼졌다.

"해적들!" 다른 쪽 끝에서 누군가가 소리쳤다.

렘브케는 소리 나는 쪽으로 몸을 획 돌렸고 온통 새하얗게 질려 버렸다. 입술에 둔한 미소가 어렸고 — 그는 갑자기 뭔가를 알아챈 듯, 기억해 낸 듯했다.

"여러분," 율리야 미하일로브나는 쇄도하는 군중 쪽으로 몸을 돌리면서 동시에 남편을 자기 쪽으로 끌어당겼다. "여러분, 안드레이 안토노비치를 양해해 주세요, 안드레이 안토노비치는 몸이 좋지 않아서…… 양해해 주세요……. 이분을 용서해 주세요, 여러분!"

나는 그녀가 "용서해 주세요."라고 말하는 것을 똑바로 들었다. 이 장면은 아주 빠르게 진행되었다. 그러나 내가 또렷이 기억하건대, 이 순간 벌써 율리야 미하일로브나의 말이 떨어지기가 무섭게 일부 청중이 경악한 듯 홀을 나가 거리로 질주했다. 심지어 눈물을 흘리며 히스테릭하게 외치던 한 여성의 목소리도 기억한다.

"아, 이번에도 아까와 똑같아!"

그러자 진작부터 이렇게 밀고 당기는 가운데 갑자기 정말 '이번에도 아까와 똑같이' 폭탄이 터졌다.

"불이다! 자레치예가 전부 타고 있다!"

내가 기억나지 않는 것은 오직 이 끔찍한 외침이 맨 처음에 어디서 울려 나왔는가 하는 점이다. 홀 안의 외침인지, 누군가가 현관 쪽 계단에서 뛰어 들어오며 외친 것인지 모르겠지만 그에 이어 차마 말도 꺼낼 수 없을 만큼 큰 소요가 일었다. 무도회에 모인 청중의 절반 이상이 자레치예 사람들, 즉 그곳에 목조 건물이 있거나 거기에 거주하는 사람이었다. 그들은 창가로 돌진하여 얼른 커튼을 걷어 젖히고 창 덮개를 뜯어 버렸다. 자레치예는 활활 타오르고 있었다. 사실, 화재는 이제 막 시작되었지만 서로 전혀 다른 세 군데서 활활 타올랐으니, 이 점에 다들 경악한 것이다.

"방화다! 시피굴린 놈들이다!" 군중 속에서 울부짖음이 들렸다.

나는 극히 특징적인 외침을 몇 개 기억한다.

"놈들이 불을 지를 줄 내 심장으로 예감했어, 요즈음 쭉 그런 예감이 들었어!"

"시피굴린 놈들, 시피굴린 놈들 짓이야, 아니면 누구겠어!"

"저기에 불을 지르려고 일부러 우리를 여기에 모아 놓은 거야!"

이 마지막 외침, 한 여자의 입에서 나온 놀랄 만한 이 마지막 외침은, 화재를 당한 코로보치카의 꾸밈없는 우발적인 외침이었다. 모두가 입구로 쇄도했다. 외투와 머플러, 부인용 외투를 찾아내느라 현관에서 벌어진 한바탕의 소동, 경악한 여자들의 째지는 비명, 아가씨들의 울음은 묘사하지 않겠다. 도둑질 같은 건 거의 없었지만, 워낙 정신이 없다 보니 몇몇 사람이 자기 옷을 찾지 못해 따뜻한 겉옷도 걸치지 못한 채 그냥 떠난 것은 놀랄 일도 아니었으니, 이 일은 훗날 도시에서 전설처럼 양념이 가미되어 오랫동안 얘기되었다. 렘브케와 율리야 미하일로브나는 문간에서 군중에게 깔려 죽을 뻔했다.

"모두를 저지시켜라! 단 한 놈도 내보내지 마라!" 렘브케는 빽빽이 몰려나오는 사람들을 향해 한쪽 팔을 위협적으로 뻗으면서 울부짖었다. "모두 하나하나 엄중히 수색하라, 즉시!"

홀에서는 독한 욕설이 쏟아졌다.

"안드레이 안토노비치! 안드레이 안토노비치!" 율리야 미하일로브나는 완전히 절망에 휩싸여 소리쳤다.

"이 여자를 제일 먼저 체포하라!" 그는 손가락으로 그녀를 위협적으로 가리키며 소리쳤다. "이 여자를 제일 먼저! 무도회는 방화를 목적으로 개최된 것이다……."

그녀는 비명을 지르더니 그만 기절하고 말았다.(오, 물론 진짜 기절이었다.) 나와 공작, 그리고 장군은 그녀를 도와주려고 달려들었다. 이 어려운 순간에도 우리를 도와준 다른 사람들이, 심지어 부인네들 중에도, 있었다. 우리는 이 불운한 여인을 생지옥에서 꺼내 마차로 데리고 갔다. 그러나 집에 도착할 무렵에야 정신을 차렸고 그녀의 첫 비명은 이번에도 안드레이 안토노비치에 관한 것이었다. 모든 환상이 자기 눈앞에서 파괴되자 그녀에게 남은 건 오직 안드레이 안토노비치뿐이었다. 의사를 부르러 사람을 보냈다. 나는 꼬박 한 시간 동안 그녀 옆에 있었고 공작도 그랬다. 장군은 관대함의 발작에 사로잡혀(그 자신도 매우 놀랐음에도) 밤새도록 '불운한 여인의 침대'를 떠나려 하지 않았지만 십 분 뒤 여전히 의사를 기다리며 홀의 소파에서 그냥 잠들어 버렸는데, 우리는 그를 그대로 내버려 두었다.

무도회장을 나와 서둘러 화재 현장으로 가던 경찰서장은 우리 뒤를 따라온 안드레이 안토노비치를 용케 끄집어내 '안정을 취하셔야 한다'며 있는 힘껏 각하를 설득하고 율리야 미하일로브나의 마차에 태우려고 했다. 그러나 왠지 모르겠지만, 별로 고집을 부리지 않았다. 물론, 안드레이 안토노비치가 안정 얘기는 들을 생각도 하지 않고 화재 현장에 가려고 발버둥 치긴 했다. 그러나 이건 이유가 되지 않았다. 결국 경찰서장이 자기 마차에 그를 싣고 화재 현장에 가게 되었다. 나중에는 렘브케가 가는 내내 온갖 손짓 발짓을 하며 '너무 특이해서 실행에 옮길 수도 없는 그런 생각을 외쳐 댔다'라고 이야기했다. 훗날 각하는 이 순간에 벌써 '돌발적인 경악' 때문에 섬망 상태였노라고 보고되었다.

무도회가 어떻게 끝났는지는 이야기할 것이 없다. 건달 몇십 명, 그들과 함께 심지어 부인네 몇 명도 홀에 남아 있었다. 경찰은 하나도 없었다. 악대도 놓아주지 않았고, 떠나려는 음악가들은 두들겨 맞았다. 아침 무렵에는 '프로호리치의 장터'를 싹 거두어 가고 인사불성이 될 만큼 퍼마시고 검열도 없이 코마린스키를 추고 방을 죄다 더럽혀 놓더니, 날이 밝자마자 이 도당의 일부는 완전히 술에 취한 채 새로운 혼돈을 찾아 싹 다 타 버린 화재 현장으로 서둘러 갔다……. 또 다른 절반은 죽은 사람처럼 술에 잔뜩 취해서 홀 안의 벨벳 소파나 마룻바닥에 나자빠져 밤을 보냈으니, 결과는 안 봐도 뻔했다. 아침이 되자 가능한 한 제일 먼저 이들의 다리를 붙들고 길거리로 끌어냈다. 우리 도(道)의 여성 가정 교사를 위한 축제는 이렇게 끝났다.

4

이 화재가 방화임이 분명했기 때문에 우리 자레치예 사람들은 경악을 금치 못했다. "불이야."라는 첫 외침에 당장 "시피굴린 놈들이 지른 거다."라는 외침이 터져 나온 것은 실로 의미심장하다. 이제는 시피굴린 직공 세 명이 정말로 방화에 가담했으되, 그 셋뿐이었음은 이미 너무나 잘 알려졌다. 공장의 나머지 직공은 모두 여론으로도, 공식적으로도 무죄를 입증받았다. 이 세 명의 건달(그중 한 명은 잡혀서 자백하고 두 명은 지금까지 도망 중이다.) 외에 의심할 바 없이 방화에 가담한 자로 유형수 페디카도 있다. 바로 이것이 일단 화재 사건에 대해 정확하게 알려진 전부다. 이런저런 억측이라면 완전히 다른 문제다. 이 세 건달은 무엇에 의해 움직였던 것일까, 누군가의 사주를 받은 것은 아니었을까? 지금도 이 모든 것에 대답하기는 매우 힘들다.

불길은, 바람이 강하고 자레치예의 거의 모든 건물이 목조이고 끝으로 방화가 서로 다른 세 군데서 일어난 덕분에, 급속도로 번져 나가 제어할 수 없는 힘으로 구역 전체를 휘감고 말았다.(하긴 방화는 차라리 두 곳의 극단에서 발생한 것으로 봐야 한다. 세 번째 것은 거의 불이 붙자마자 불길이 잡히고 진화되었는데, 이 얘기는 나중에 하자.) 수도의 통신란에서는 그럼에도 우리의 환란을 과장했다. 대략, 아무리 많아야 자레치예 전체의 4분의 1(어쩌면 그 이하인지도 모른다.)이 탔는데 말이다. 우리네 소방대원들은, 도시의 면적과 인구에 비하면 보잘것없지만, 그래도 자기 몸을 아끼지 않고 일사불란하게 움직였다. 그러나 주민들의 성의 있는 협동에도 불구하고, 아침 무렵에 돌변하여 동트기 직전 갑자기 잠잠해진 바람이 아니었더라면 그들도 별수 없었을 것이다. 내가 무도회장을 뛰어나온 다음 고작 한 시간쯤 지나서 자레치예에 도착했을 때 불꽃은 이미 최고조였다. 강과 나란히 이어지는 거리가 온통 활활 타오르고 있었다. 밝기는 또 대낮처럼 밝았다. 화재 장면을 일일이 묘사하지는 않겠다. 루시의 누가 그것을 모르겠는가? 불타오르는 길거리에서 가장 가까운 골목길은 어수선했고 서로 밀치느라 정신이 없었다. 당장 불길이 덮칠 것을 알면서도 거주자들은 세간을 끌어냈지만, 다들 여전히 거주지를 떠나지 못한 채 창문 밑, 끌어낸 트렁크나 깃털 이불 위에 앉아 하나같이 실낱같은 희망을 붙들고 있었다. 남자 주민 일부는 힘겨운 작업 중이었는데 바람에도 아랑곳하지 않고 담장을 무자비하게 뜯어냈고 심지어 불 가까이에 있는 오두막을 들어 날랐다. 막 깨어난 어린것들은 울고 벌써 잡동사니를 챙겨 나올 수 있었던 여자들도 통곡하며 울부짖었다. 미처 그러지 못한 사람들은 일단 말없이, 정력적으로 꺼내고 있었다. 불꽃과 조약돌이 멀리까지 퍼져 갔다. 사람들은 할 수 있는 한 열심히 불을 껐다. 화재의 진원지는 도시의 사방팔방에서 모여든 구경꾼들로 북적댔다. 어떤 사람들은 불 끄는 것을 도와주고 어떤 사람들은 애호가처럼 눈알만 굴렸다. 한밤중의 큰불은 언제나 신경을 자극하면서도 즐거운 느낌을 준다. 불꽃놀이가 여기에 근거한 것 아니겠는가. 그러나 그 불꽃은 우아하고 규칙적인 윤곽에 따라 배치되고 전적으로 안전하여 샴페인 잔을 들이켠 이후처럼 장난기 있고 경쾌한 느낌을 준다. 진짜 화재라면 다른 문제다. 여기에는 공포, 그리고 어쨌든 개인적인 위험에 대한 어떤 감각, 한밤의 불꽃이 불러일으키는 저 유명한 즐거운 느낌과 함께 구경꾼에게(당연히 화재를 입은 거주자는 아니다.) 어떤 뇌의 전율을 불러일으키고 자신의 파괴 본능을 도발하는데, 그 본능이란, 슬프게도! 모든 영혼, 심지어 가장 얌전하고 가정적인 9등관의 영혼 속에도 숨어 있는 것이다……. 이 음울한 감각은 거의 언제나 황홀한 것이다. "실은 나도 잘 모르겠는데, 만족감 없이 화재를 바라볼 수 있을까요?" 이건 단어 하나 틀리지 않고 스테판 트로피모비치가 어느 날 한밤중에 우연히 화재 현장에 있게 되었다가 그 광경의 첫인상을 간직한 채 집에 돌아와 내뱉은 말이다. 야밤의 화재 애호가도, 응당, 불타는 어린애나 노파를 구하러 직접 불 속에 뛰어든다. 그러나 이건 이미 전혀 다른 얘기다.

호기심에 사로잡힌 군중의 틈새를 비집고 나아가 나는 이것저것 캐묻지도 않고 가장 중요하고 위험한 지점에 이르렀고, 거기서 드디어 바로 율리야 미하일로브나의 지시에 따라 열심히 찾아 헤맨 렘브케를 발견했다. 그의 상황은 놀랍고 굉장한 것이었다. 그는 무너진 담장 조각 위에 서 있었다. 그의 왼쪽으로 서른 걸음쯤 떨어진 곳에는 벌써 거의 다 탄 이층짜리 목조 건물의 검은 골조가 우뚝 솟아 있었는데 두 층에는 모두 창문 대신 구멍이 뚫려 있고 지붕이 나뒹굴고 둘레가 온통 시커멓게 탄 통나무들을 따라 어디선가 여전히 붉은 혀를 날름거리는 뱀 같은 불꽃이 줄기차게 타올랐다. 마당 깊은 곳, 타버린 건물에서 스무 걸음쯤 떨어진 곳에서 역시나 이층짜리인 곁채가 활활 타오르기 시작했고, 소방대원들은 불을 끄느라 안간힘을 쓰고 있었다. 오른쪽에는 소방대원과 사람들이 아직 본격적으로 타지는 않았지만 벌써 몇 번씩 불이 붙었던, 불에 타 버릴 운명을 피할 길 없는 상당히 큰 목조 건축물을 수호하고 있었다. 렘브케는 얼굴을 곁채 쪽으로 향한 채 고함을 지르고 손짓, 발짓하며 명령을 내렸지만 아무도 이행하지 않았다. 사람들이 그를 거기에 그냥 내버려 두고 그에게서 완전히 물러난 것이 아닌가 하는 생각도 들었다. 적어도 그를 에워싼, 빽빽하게 들어찬 굉장히 다양한 종류의 군중, 온갖 어중이떠중이와 양반들, 심지어 성당의 주임 사제까지 포함된 그 군중은 호기심과 놀라움을 갖고 그의 얘기를 듣긴 했지만, 그중 아무도 그와 얘기를 하지도 않고 그를 끌어내려고도 하지 않았다. 창백해진 렘브케는 두 눈을 번득이며 아주 놀라운 말을 내뱉었다. 그것도 모자라 모자도 안 쓰고 있었는데, 진작에 잃어버린 것이다.

"전부 방화다! 이건 허무주의다! 무언가가 불타오른다면 이건 허무주의다!" 나는 이 말을 듣자 거의 소름이 돋았는데, 더 이상 놀랄 것이 전혀 없음에도 적나라한 현실은 언제나 사람을 전율케 하는 뭔가를 내포하고 있지 않은가.

"각하." 그의 곁으로 순경이 나타났다. "댁으로 가셔서 안정을 취하시는 것이……. 여기에 서 계시는 것만으로도 각하께는 위험합니다."

이 순경은, 내가 훗날 알게 된 바로는, 안드레이 안토노비치를 감시하다가 있는 힘껏 집으로 데려가라는, 위험할 경우 완력을 써서라도 그렇게 하라는 경찰서장의 명령을 받고 일부러 여기에 남아 있었다. 그러나 그 임무가 수행자의 힘을 넘어서는 것이 분명했다.

"집이 불탄 사람들의 눈물은 닦이겠지만 도시는 다 타 버릴 것이다. 이건 모두 추잡한 놈 넷, 네 놈 반의 짓이다. 추잡한 놈을 체포하라! 이건 그놈 혼자 한 짓이고, 네 놈 반은 그놈한테 중상모략을 당한 거야. 그놈은 가족들의 명예 속으로 비집고 들어간다. 건물에 불을 지르려고 여성 가정 교사를 이용했어. 이건 비열해, 비열하다! 아, 저놈은 무슨 짓을 하는 거야!" 그는 불타는 곁채의 지붕 위에 있는 소방대원을 보자 갑자기 소리쳤는데, 불길은 벌써 지붕 위까지 번져 그 주변이 온통 화염에 휩싸였다. "저놈을 끌어 내려, 끌어 내려라! 저놈은 떨어질 거야, 몸에 불이 붙을 거야, 저 불을 꺼라……. 대체 저기서 뭘 하는 거지?"

"불을 끄고 있습니다, 각하."

"그럴 리가 있나. 화재란 머릿속에 있지, 집의 지붕에 있는 게 아니야. 저놈을 끌어내고 전부 버려라! 버리는 게 낫다, 버리는 게 낫다고! 제멋대로 되게 내버려 둬! 아, 누가 또 우는 거지? 노파로군! 노파가 소리치는데 어째서 사람들은 노파를 잊은 거냐?"

불타는 곁채의 아래층에서는 정말로 잊힌 노파가, 즉 불난 집 주인인 상인의 여든 살 먹은 친척이 소리를 질렀다. 그러나 사람들이 그녀를 잊은 것이 아니라 그녀 자신이 아직도 용케 살아남은 조그만 구석방에서 깃털 이불을 꺼내려는 정신 나간 목적에서 불난 집으로 되돌아간 것이었다. 방도 이미 불붙었기 때문에 그녀는 연기에 숨이 막히고 너무 뜨거워 소리를 질렀고 창틀에 간신히 매달린 박살 난 유리 틈새로 늙은 두 손을 내밀어 죽을힘을 다해 이불을 빼내려고 무진장 애쓰고 있었다. 렘브케는 그녀를 도와주러 달려들었다. 그가 창가로 달려가 이불의 귀퉁이를 붙들고서 죽을힘을 다해 창문에서 잡아당기는 것을 다들 보았다. 하필 재수 없게도 바로 그 순간 지붕 위에서 떨어진 판자 조각이 날아와 그만 불행한 사람을 치고 말았다. 판자 조각은 그를 죽이지는 않고 그저 떨어질 때 모서리로 그의 목을 살짝 건드렸을 뿐이지만 안드레이 안토노비치의 활동 무대는, 적어도 우리 도시에서는, 이것으로 끝나 버렸다. 그 타격에 그만 다리가 꺾였고 그는 의식을 잃고 쓰러졌다.

드디어 음침하고 우울한 새벽이 다가왔다. 불길은 좀 잠잠해졌다. 바람이 지나가자 갑자기 고요가 엄습했고 그다음에는 가는 보슬비가 마치 체로 거르듯 천천히 내렸다. 나는 벌써 렘브케가 쓰러진 곳에서 멀리 떨어진, 자레치예의 다른 쪽에 와 있었는데, 그곳 군중 사이에서 매우 이상한 대화를 들었다. 한 가지 이상한 사실이 드러난 것이다. 즉, 이 구역의 완전 변두리인 채소밭 뒤의 공터, 다른 건물에서 쉰 걸음도 채 떨어지지 않은 그곳에 바로 얼마 전 지어진 별로 크지 않은 목조 건물이 하나 있는데, 불이 나자마자 바로 이 고립된 건물이 거의 제일 먼저 타기 시작했다는 것이다. 다 타 버렸을지라도 거리가 멀어서 도시의 어떤 건축물로도 불길 한 점 옮겨 가지 못했을 것이고, 그 반대로 자레치예가 전부 타 버렸을지라도, 또 바람이 아무리 강하게 불었을지라도 이 집 하나만은 무사했을 것이다. 이 집은 따로, 독자적으로 불붙었고 그러니까 그럴 만한 이유가 있다는 결론이 나왔다. 그러나 핵심은, 그 집이 다 타지는 못했지만 동틀 녘 집 내부에서 놀랄 만한 사건이 밝혀졌다는 점이다. 인근 마을에 살고 있던 이 새집의 주인인 소시민이 자기 새집에 불이 난 것을 보자마자 즉시 달려와, 이

웃들의 도움으로 옆쪽 벽에 쌓아 놓은 불붙은 장작들을 던져 내 그나마 집을 구할 수 있었다. 그러나 이 집에는 거주자들, 그러니까 이 도시에 널리 알려진 대위와 여동생, 중년의 가정부가 살고 있었는데, 이 거주자들, 즉 대위와 그의 여동생, 가정부 등 세 명이 모두 이날 밤 칼에 찔려 죽었으며 명백히 강도를 당한 것 같았다.(바로 여기에 오느라고 경찰서장은 렘브케가 깃털 이불을 구하고 있을 때 화재 현장을 떠난 것이었다.) 아침 무렵 이 소식이 널리 퍼져 나갔고, 온갖 어중이떠중이로 이루어진 거대한 무리가, 심지어 자레치예의 이재민들까지 공터의 새 집으로 몰려들었다. 너무 많이 들어차서 뚫고 지나가기도 힘들었다. 나는 당장, 대위가 옷을 입은 채 목구멍을 여러 번 칼에 찔린 모습으로 의자에서 발견되었고 분명히 죽은 사람처럼 취해 있을 때 찔렸기 때문에 아무 소리도 듣지 못했을 것이고 '도살당한 황소처럼' 피가 흘러내렸다는 이야기를 들었다. 그의 여동생인 마리야 티모페예브나는 온몸이 '여기저기 칼에 찔린 채' 문 쪽의 마룻바닥에 누워 있는 것으로 봐서 정신이 말짱할 때부터 이미 살인자와 치고받고 드잡이한 것이 분명했다. 역시 잠에서 깨어난 것이 분명한 하녀는 머리가 완전히 박살 난 상태였다. 주인의 이야기에 의하면, 대위는 그 전날 아침부터 한잔 걸친 채로 그의 집에 들러 200루블쯤 되는 많은 돈을 보여 주며 자랑했다고 한다. 이미 너덜너덜할 만큼 낡아 빠진 대위의 초록색 지갑은 텅 빈 상태로 마루에서 발견되었다. 그러나 마리야 티모페예브나의 트렁크는 손도 대지 않고 성상에 걸쳐진 은빛 장식 역시 손대지 않은 상태였다. 대위의 옷도 모두 온전했다. 도둑은 매우 다급했으며 대위의 일거수일투족을 잘 아는 자로서 오직 돈 때문에 왔으며 돈이 어디에 있는지도 알았음이 분명했다. 만약 그 순간에 집주인이 달려오지 않았더라면 장작이 확 타올라서 집을 모조리 태워 버렸을 것이고 '온몸이 다 타 버린 시체만으로는 진상을 규명하기 어려웠을 것이다.'

이런 식으로 사건이 전해졌다. 아직 덧붙일 정보가 더 있다. 즉, 대위와 그 여동생을 위해서 이 집을 빌린 사람은 다름 아닌 스타브로긴 씨, 즉 장군 부인인 스타브로기나의 아들인 니콜라이 프세볼로도비치였고, 집을 빌리러 친히 주인을 찾아왔지만 이 집을 선술집으로 점찍은 주인 쪽에서 좀처럼 내놓으려고 하지 않았기 때문에 오랫동안 실랑이를 벌였다. 결국 니콜라이 프세볼로도비치는 집세로 고집을 부리지 않고 반년 치를 미리 내놓음으로써 주인을 설득할 수 있었다.

"불이 괜히 났을 리 없지." 군중 속에서 이런 소리가 들려왔다.

그러나 대부분이 침묵했다. 음울한 얼굴이었지만 눈에 뜨일 만큼 큰 짜증은 찾아볼 수 없었다. 그렇지만 주위에서는 니콜라이 프세볼로도비치 관련 이야기, 즉 피살된 여인이 그의 아내다, 이곳에서 제일가는 집안 출신인 그가 어제 드로즈도바 장군 부인의 딸인 아가씨를 '불명예스러운 방식으로' 유혹했다, 그 집에서는 페테르부르크로 가서 그에게 소송을 제기할 것이다, 아내가 찔려 죽었으니 이건 분명히 드로즈도바[13]와

13) 리자를 말한다.

결혼을 하기 위해서다, 라는 이야기가 계속 나왔다. 스크보레시니키는 이곳에서 길어야 2.5베르스타 정도 되는 곳이었고, 거기로 가서 이 사실을 알려 줄까 하는 생각이 들었던 기억이 난다. 그래도 특별히 누구든 군중을 선동하는 것을 알아채지 못했고 그런 죄는 짓고 싶지 않은데, '뷔페 놈들' 중 아침 무렵에 화재 현장에 있었고 내가 곧바로 알아본 두세 명의 낯짝이 눈에 뜨이긴 했지만 말이다. 그러나 키가 크고 여윈 소시민 출신으로 검댕을 바른 듯 새까맣고 녹초가 된 곱슬머리 청년만은 유달리 기억에 남는데, 나중에 알게 된 바로는 기술공이었다. 그는 술에 취하지는 않았지만 음울하게 서 있는 군중 반대편에 정신 나간 사람처럼 서 있었다. 그는 줄곧 사람들을 향해 뭐라고 중얼거렸지만 그의 말은 기억나지 않는다. 그중 그나마 조리가 있는 말을 다 합쳐 봐도 "형제들이여, 이게 도대체 무슨 일입니까? 아니, 정말 이렇게 될까요?"보다 길지 않았다. 이 말을 하면서 그는 연신 두 손을 내저었다.

3장

종결된 연애

1

스크보레시니키의 큰 홀에서는(바르바라 페트로브나와 스테판 트로피모비치의 마지막 밀회가 있었던 그 홀이다.) 화재가 손바닥처럼 잘 보였다. 날이 밝고 새벽 5시가 지날 무렵, 리자는 맨 끝 창문의 오른쪽에 서서 꺼져 가는 붉은 노을을 주의 깊게 바라보고 있었다. 그녀는 방 안에 혼자 있었다. 드레스는 어제 낭독회에 입고 나왔던 그 축제용 드레스로서 밝은 초록색에 온통 레이스로 장식된 화려한 옷이지만, 서둘러 아무렇게나 입느라 이미 구겨져 있었다. 그녀는 갑자기 가슴의 단추가 제대로 잠겨 있지 않은 것을 알아채고는 얼굴을 붉히며 서둘러 드레스를 매만지고, 어제 들어올 때 소파에 던진, 아직 그대로 널브러져 있는 붉은 머플러를 집어서 목에 둘렀다. 곱게 땋은 머리채는 이미 흐트러져, 탐스러운 머리카락이 오른쪽 어깨를 덮은 머플러 밑으로 삐져나와 있었다. 얼굴은 마음 쓸 일이 많은지 피곤해 보였지만, 두 눈은 잔뜩 찌푸린 눈썹 밑으로 타오르고 있었다. 그녀는 다시 창가로 다가가 뜨거운 이마를 차가운 유리창에 갖다 댔다. 문이 열리고 니콜라이 프세볼로도비치가 들어왔다.

"급사를 말에 태워 보냈어." 그가 말했다. "십 분 뒤면 모든 것을 알게 될 테지만, 일단 사람들 말로는, 다리에서 해안에 가까운 오른쪽, 자레치예의 일부가 타 버렸다는군. 11시가 좀 지났을 때 불붙었대. 지금은 잠잠해진 모양이야."

그는 창가로 다가가지 않고 그녀 뒤편, 세 걸음쯤 떨어진 곳에 멈추어 섰다. 그러나 그녀는 그를 향해 몸을 돌리지 않았다.

"달력에 따르면 벌써 한 시간 전에는 날이 밝아야 하는데 거의 한밤중이군요." 그녀는 짜증스러운 듯 말했다.

"달력은 엉터리야."[14] 그는 상냥한 냉소를 머금으며 말을 꺼냈지만 부끄러워하며 서둘러 이렇게 덧붙였다. "달력에 따라 사는 건 지겨운 일이지, 리자."

그러고는 새로 꺼낸 이 속물적인 얘기에 짜증이 난 듯 완전히 입을 다물었다. 리자는 삐뚜름한 미소를 지었다.

"당신은 나와 있으면 무슨 말을 해야 할지 모를 만큼 슬퍼지나 보군요. 그러나 안심해요, 당신의 그 말은 때마침 잘됐어

---

14) 이하, 스타브로긴은 리자에게 반말과 높임말을 혼용한다.

요. 나는 언제나 달력에 따라 살고 있고 내 발걸음 하나하나는 달력에 따라 계산된 것이죠. 놀라운가요?"

그녀는 급히 창문에서 몸을 돌려 소파에 앉았다.

"당신도 앉아요, 제발. 우리가 함께 있을 시간은 잠깐이고, 난 내키는 대로 모두 말하고 싶어요……. 당신도 내키는 대로 모두 말하면 왜 안 되죠?"

니콜라이 프세볼로도비치는 그녀와 나란히 앉아서 조용히, 거의 겁을 먹은 듯 그녀의 손을 잡았다.

"그 말은 뭘 의미하는 거지, 리자? 갑자기 어디서 튀어나온 거야? '우리가 함께 있을 시간은 잠깐'이라니, 뭘 의미하는 거야? 당신이 잠에서 깨고 나서 삼십 분 동안 그런 수수께끼 같은 말을 한 게 벌써 두 번째야."

"나의 수수께끼 같은 말을 세려고요?" 그녀가 웃었다. "기억나요? 어제 여기로 들어서면서 나를 죽은 사람이라고 소개했던 것 말이에요. 그런데 당신은 그걸 잊어야 한다고 생각했죠. 잊거나 아예 지나치거나."

"기억나지 않아, 리자. 왜 죽은 사람이라는 거지? 살아야 해."

"그래서 입을 다물었나요? 당신의 그 화려한 웅변은 완전히 사라졌어요. 나는 이 세상에서 내 시간을 다 살았으니까, 됐어요. 흐리스토포르 이바노비치 기억나요?"

"아니, 안 나." 그는 얼굴을 찌푸렸다.

"로잔나의 흐리스토포르 이바노비치 말인데요? 그 사람 때문에 당신은 아주 넌덜머리가 났죠. 그는 문을 열고 언제나 '잠깐이면 됩니다.'라고 해 놓고서는 온종일 죽치고 앉아 있었잖아요. 나는 흐리스토포르 이바노비치처럼 되기 싫으니까 온종일 앉아 있지는 않겠어요."

그의 얼굴에는 병적인 기색이 역력히 어렸다.

"리자, 그 피로에 전 말 때문에 마음이 아프군. 그렇게 인상을 쓰면 당신도 꽤 버거울 텐데요. 왜 그렇게 인상을 쓰지? 무엇을 위해서?"

그녀의 눈이 불타올랐다.

"리자," 하고 그가 외쳤다. "맹세코, 난 지금 당신을 어제 당신이 내 방에 들어왔을 때보다 더 사랑해!"

"고백 한번 참 이상하네! 어째서 여기에 어제와 오늘이 있는 거죠, 왜 둘을 비교하죠?"

"당신은 나를 버리지 않을 거야." 그는 거의 절망에 휩싸여서 말을 계속했다. "우리는 오늘 당장 함께 떠날 거야, 안 그래? 안 그러냐고?"

"아, 손 좀 그렇게 아프게 누르지 말아요! 우리가 오늘 당장 함께 어디로 간다는 거예요? 이번에도 '부활하기 위해서' 어디로든? 아뇨, 시험이라면 이걸로 충분하고…… 더욱이 나에게는 너무 느릿느릿인걸요. 더욱이 난 능력도 없어요. 나에게는 너무 높아서. 간다면 모스크바로 가요, 거기라면 여기저기 방문도 하고 직접 방문을 받기도 하고 당신도 알다시피, 그게 나의 이상이죠. 스위스에 있을 때부터 나는 내가 어떤 여자인지 당신에게 숨기지 않았어요. 우리는 모스크바로 갈 수도 없고 누구를 방문할 수도 없으니까, 왜냐하면 당신은 결혼한 몸이니까, 결국 더 이상 할 얘기가 없군요."

"리자! 대체 어제 무슨 일이 있었던 거야?"
"있었던 그 일이 있었죠."
"그럴 순 없어! 이건 너무 잔인해!"
"잔인해도 어쩌겠어요, 잔인하다면 그냥 참아요."
"어제의 환상 때문에 내게 복수를 하는 거로군요……." 그는 표독스럽게 웃으며 중얼거렸다. 리자는 발끈해서 확 달아올랐다.
"생각 한번 저열하군요!"
"그럼 왜 나에게…… '그토록 어마어마한 행복'을 선사한 거죠? 내게도 알 권리가 있는 건가?"
"아뇨, 그놈의 권리는 어떻든 좀 빼 줘요. 당신의 그 저열한 제안에다 멍청함까지 덧붙이지는 말아 줘요. 오늘은 어쩐지 일이 잘 안 풀리나 봐요. 겸사겸사, '그토록 어마어마한 행복' 때문에 지탄받을까 봐 사교계의 여론을 두려워하지는 않겠죠? 오, 그렇다고 해도 부디 속태우지 말아요. 당신은 이 일에 아무 잘못도 없으니까 누구에게도 책임이 없어요. 어제 내가 당신의 방문을 열었을 때 누가 들어오는지도 몰랐잖아요. 이건 바로, 당신의 방금 표현대로, 오직 나의 환상일 뿐, 더 이상 아무것도 아니에요. 당신은 모두의 눈을 승리감에 차서 대범하게 쳐다봐도 돼요."
"너의 말, 그 웃음이 벌써 한 시간째 나에게 공포의 냉기를 뿜어내고 있어. 네가 그토록 광포하게 말하는 그 '행복'이 내게는…… 모든 것을 요구하는군. 아니, 내가 지금 널 잃어버릴 수 있을까? 맹세코, 어제 나는 너를 덜 사랑했어. 어째서 너는 오늘 나에게서 모든 것을 빼앗는 거지? 이 새 희망이 나에게 어떤 대가를 요구하는지 알기나 해? 나는 그 희망에 내 삶 자체를 지불했어."

"자신의 삶과 타인의 삶을?"

그는 급히 일어섰다.

"그건 무슨 의미야?" 그는 꼼짝도 하지 않고 그녀를 바라보면서 말했다.

"당신의 삶과 나의 삶을 지불한 거냐, 이게 내가 물어보고 싶었던 거예요. 아니면, 이제 아예 이해하는 것을 멈추었나요?" 리자가 발끈했다. "왜 그렇게 갑자기 벌떡 일어났어요? 어째서 그런 표정으로 날 쳐다보는 거예요? 내게 겁을 주려는 거군요. 계속 뭘 두려워하는 거죠? 난 벌써 오래전에 당신이 두려워하는 것을 알아챘는데, 바로 이제야, 바로 지금……. 맙소사, 창백해졌군요!"

"당신이 뭘 안다면, 리자, 맹세코, 난 모르겠어……. 내가 지금 삶을 지불했다고 말한 건 그 얘기가 전혀 아니야……."

"당신이 전혀 이해가 안 돼요." 그녀는 겁먹은 듯 우물쭈물 말했다.

드디어 생각에 잠긴 듯한 미소가 천천히 그의 입술에 떠올랐다. 그는 조용히 자리에 앉아 팔꿈치를 무릎에 올려놓고 두 손으로 얼굴을 가렸다.

"고약한 꿈이고 미망이야……. 우리는 전혀 다른 두 얘기를 했던 거야."

"난 당신이 무슨 말을 했는지 전혀 모르겠어요……. 내가 오늘이면 당신을 떠나리라는 걸 어제는 정말 몰랐나요, 몰랐냐고요, 예? 거짓말하지 말고요, 몰랐어요, 예?"

"알았어……." 그가 조용히 말을 꺼냈다.

"그럼 더 이상 뭐가 필요할까. 당신은 알았고 '그 순간'을 자신에게 남겨 두었어요. 여기에 무슨 계산이 필요한 거죠?"

"나에게 모든 진실을 말해 줘." 그는 깊은 고통을 담아 소리쳤다. "어제 내 방문을 열었을 때 당신은 자기가 오직 한 시간을 위해서 문을 연다는 걸 알았어?"

그녀는 증오 가득한 시선으로 그를 바라보았다.

"가장 진지한 사람이 가장 놀라운 질문을 던진다더니, 맞는 말이군요. 왜 그렇게 불안해하는 거죠? 설마 자존심 때문에, 당신이 여자를 찬 게 아니라 여자가 먼저 당신을 찼다는 것 때문에? 이봐요, 니콜라이 프세볼로도비치, 나는 당신 집에 있는 동안 어쨌든 당신이 내게 끔찍이도 관대하다는 걸 확신했지만, 바로 당신의 그 점을 참을 수가 없어요."

그는 자리에서 일어나 방 안에서 몇 걸음 성큼성큼 걸었다.

"좋아, 이렇게 끝나야 한다고 치자……. 그러나 어떻게 이 모든 일이 일어날 수 있었던 거지?"

"걱정도 팔자군요! 무엇보다도, 당신이 이것을 손가락으로 세듯 다 알고 세상에서 제일 잘 이해하고, 당신이 직접 계산한 일이죠. 나는 귀족 아가씨로서 나의 마음은 오페라에서 자랐으니, 바로 여기서 모든 것이 시작되었고 이렇게 수수께끼는 다 풀린 거죠."

"아니."

"여기에 당신의 자존심을 찢어 놓을 건 아무것도 없어요. 모든 것이 완전한 진실이니까요. 내가 참지 못한 아름다운 순간이 시발점이 되었죠. 그저께 내가 모두가 보는 데서 당신을 '모욕했을' 때 당신은 대단한 기사처럼 응수했고 나는 집에 도착하자마자 당장 당신이 내게서 도망친 건 결혼했기 때문이라는 것을, 사교계 아가씨로서 제일 두려워한, 나에 대한 경멸 때문이 전혀 아니라는 것을 깨달았어요. 당신이 무분별한 나를 피함으로써 오히려 나를 지켜 주었음을 이해한 거죠. 봐요, 내가 당신의 관대함을 얼마나 높이 평가하는지. 그러던 차에 표트르 스테파노비치가 불쑥 나서서 즉시 모든 것을 설명해 줬어요. 당신이 나와 그, 우리 두 사람을 완전히 하찮은 것으로 만들 만큼 위대한 사상 때문에 동요하고 있지만 어쨌든 나는 당신의 길에 걸림돌이 된다는 것을 알려 주더군요. 그 자신도 그렇게 간주했어요. 그는 틀림없이 세 명이 함께하길 원했고 무슨 러시아 민요에 나오는 작은 배와 단풍나무로 만든 노처럼 아주 환상적인 얘기를 했어요. 나는 그를 칭찬하며 당신은 시인이라고 말해 주었고, 그는 저 바꿀 수 없는 동전[15] 처럼 받아들였어요. 그런데 그가 아니었더라도 오래전에 겨우 한순간이면 충분하다는 것을 알았고 그랬기에 갑자기 결심한 거예요. 자, 이게 전부이고 됐으니까 더 이상 아무 변명도 하지 말아요. 또 말다툼이나 할 테니까. 아무도 두려워하지 말아요, 내가 모든 걸 떠맡을 테니까. 난 고약하고 변덕스러운 여

15) 일종의 화수분 같은, 러시아 민화 속의 동전.

자고 오페라의 작은 배에 유혹되었고 귀족 아가씨니까…….
그런데 말이죠, 난 어쨌든 당신이 나를 끔찍이도 사랑한다고
생각했어요. 이 바보를 경멸하지도 말고 지금 떨어진 이 눈물
방울을 비웃지도 말아요. 나는 '자신이 가엾어서' 우는 걸 끔
찍이도 좋아하거든요. 어쨌든 됐어요, 됐어. 난 아무것도 할
능력이 없고, 당신도 아무것도 해 줄 능력이 없어요. 양쪽에서
탁 부딪친 거니까 서로 그걸로 위안 삼아요. 적어도 자존심의
상처는 없을 테죠."

"꿈이야, 미망이야!" 니콜라이 프세볼로도비치는 두 손을
비비고 방 안을 오가며 이렇게 소리쳤다. "리자, 이 불쌍한 것,
대체 너 자신에게 무슨 짓을 한 거야?"

"촛불에 뎄을 뿐, 더 이상 아무것도 아니에요. 당신도 우는
건 아니죠? 좀 점잖게 굴어요, 좀 무감각하게……."

"어째서, 당신은 어째서 나한테 온 거야?"

"아니, 그런 질문을 해 본들 결국 당신 자신을 사교계의 통념
앞에서 우스꽝스러운 몰골로 만든다는 거, 이해가 안 돼요?"

"어째서 그렇게 병신같이, 바보같이 자신을 파멸시킨 거야,
또 이제 무엇을 하려고?"

"이게 스타브로긴인가요, 당신한테 홀딱 반한 이곳의 어느
부인이 부른 대로 '흡혈귀 스타브로긴'이냐고요! 잘 들어요,
당신에게 벌써 했던 말이니까요. 난 오직 이 한 시간을 위해서
내 인생을 송두리째 걸었고 평온해요. 당신도 그렇게 걸어 봐
요, 자신의……. 하긴 그럴 이유가 없겠죠. 당신에게는 여전히
너무 많은 온갖 종류의 '시간들'과 '순간들'이 있을 테니까."

"당신한테 있는 그것만큼만 있어. 당신에게 정말 맹세하지만, 당신보다 단 한 시간도 더 없어!"

그는 줄곧 걷느라 폐부를 찌르는 그녀의 재빠른 시선, 갑자기 희망의 빛으로 환히 밝아진 듯한 그 시선을 보지 못했다. 그러나 그 빛줄기는 그 순간 곧 꺼지고 말았다.

"당신이 지금 나의 불가능한 진실함의 가치를 알아준다면, 리자, 당신에게 내 마음을 열어 보일 수만 있다면……."

"열어 보인다? 나에게 뭔가를 열어 보이고 싶다고요? 당신이 열어 보이는 거라면 사양하겠어요!" 그녀는 거의 경악하며 그의 말을 막아 버렸다.

그는 걸음을 멈춘 채 불안하게 기다렸다.

"스위스에 있을 때부터 나는 한 가지 생각을 굳혔다는 것을 고백해야겠는데, 바로 당신의 영혼 속에는 뭔가 끔찍하고 더럽고 피비린내 나는 것이 들어 있고…… 그것이 동시에 당신을 끔찍이도 우스꽝스러운 몰골로 몰아간다는 생각 말이에요. 이게 사실이라면, 나에게 열어 보이는 건 삼가요. 난 당신을 웃음거리로 만들 테니까. 당신이 죽을 때까지 평생 당신을 보며 깔깔거릴걸요……. 아, 또 창백해지는 건가요? 그만할게요, 그만하고 지금 떠날게요." 그녀는 귀찮고 경멸스러운 듯한 몸짓으로 의자에서 벌떡 일어났다.

"나를 괴롭히고 나를 벌하고 나한테 화를 풀어!" 그는 절망에 빠져 소리쳤다. "당신은 그럴 권리가 있으니까! 난 내가 당신을 사랑하지 않는다는 걸 알면서도 당신을 파멸시켰거든. 그래, '나는 그 순간을 나 자신에게 남겨 두었지.' 이미 오래전부터…… 희망을…… 최후의 희망을 가졌으니까. 어제 네가 스스로 혼자, 네가 먼저 내 방에 들어왔을 때 나는 내 심장을 환히 비추는 빛을 마주하며 버틸 수가 없었어. 갑자기 나는 믿게 되었어. 지금도 여전히 믿는지도 몰라."

"그렇게 귀족적인 고백에 대해서는 나도 똑같이 보답해야죠. 나는 당신의 자애로운 간호사가 되고 싶지 않아요. 내친김에 오늘 당장 죽어 버릴 능력이 없다면 정말로 간병인이 될지도 모르죠. 아무리 그래도 당신에게 가진 않을걸요, 물론 당신도 어떤 팔 병신, 어떤 다리 병신 못지않지만. 나는 언제나 당신이 나를 사람 키만큼 거대하고 사악한 거미가 사는 어떤 곳으로 데리고 갈 것 같았는데, 그곳에서 우린 평생 그놈을 쳐다보며 두려워할 테죠. 우리가 서로 사랑하면 그런 데로 가게 될 거예요. 다셴카[16]에게나 가 보세요. 그 여자라면 당신이 원하는 곳 어디든 함께 가 줄 테니까."

"여기서도 그녀를 상기하지 않을 수 없는 모양이군요?"

"불쌍한 개 같으니! 그녀에게 안부나 전해 줘요. 당신이 스위스에 있을 때부터 그녀를 늘그막에 함께 지낼 상대로 정해 놓았다는 것을 그녀는 알아요? 꼼꼼하기도 해라! 대단한 선견지명이셔! 아, 이건 누구죠?"

홀의 깊은 곳에서 문이 살짝 열렸다. 누군가가 머리를 내밀더니 서둘러 감추었다.

"알렉세이 예고리치, 자넨가?" 스타브로긴이 물었다.

---

16) 다리야 파블로브나의 애칭.

"아뇨, 나뿐입니다." 표트르 스테파노비치가 다시 반쯤 몸을 내밀었다. "안녕하십니까, 리자베타 니콜라예브나. 아무튼 좋은 아침이군요. 두 사람 모두 이 홀에 있을 줄 알았어요. 정말 이지 일 분이면 되는데요, 니콜라이 프세볼로도비치, 무슨 일이 있어도 서둘러 두어 마디 해야 하니까…… 꼭 필요한 말인데…… 딱 두 마디만!"

스타브로긴은 걸음을 뗐지만 세 걸음쯤 가다가 리자에게 돌아왔다.

"지금 무슨 말을 듣게 된다면, 리자, 알아 둬. 그건 내 잘못이야."

그녀는 온몸을 부르르 떨며 겁에 질린 듯 그를 쳐다보았다. 그러나 그는 서둘러 나가 버렸다.

2

표트르 스테파노비치가 몸을 드러냈던 방은 큰 타원형의 객실이었다. 거기에는 그가 오기 전까지 알렉세이 예고리치가 앉아 있었지만, 그가 내보냈다. 니콜라이 프세볼로도비치는 홀의 문을 닫고 기대감에 차서 걸음을 멈추었다. 표트르 스테파노비치는 재빨리, 탐색하듯 그를 훑어보았다.

"그래서?"

"즉, 당신이 벌써 알고 있다면," 하고 표트르 스테파노비치는 호들갑을 떨었는데, 자기 눈으로 영혼을 들여다보고 싶다는 투였다. "응당 우리 중 누구도 죄가 없고 누구보다도 당신이 그러한데, 왜냐하면 이건 우연의 합류랄까…… 아니, 우연의 일치인데…… 한마디로, 법적으로는 당신과 상관이 있을 수 없고, 미리 알려 주려고 이렇게 날아왔어요."

"타 버렸나요? 살해됐고?"

"살해됐지만 타지는 않았는데, 이게 참 고약하지만, 약속하건대, 당신이 아무리 의심해도 난 이 일에 아무 잘못도 없고, 왜냐하면 날 의심할 테죠, 예? 당신이 모든 진실을 원한다면 말이죠. 이봐요, 나에게 어떤 생각이 떠오른 건 사실이지만, 당신이 직접, 진지한 건 아니고 그저 약을 올리기 위해서였겠지만(왜냐하면 진지하게 던져 주지는 않았을 테니까요.), 그 생각을 슬쩍 던져 주었던 것이지만, 나는 결단을 내리지 못했고, 무엇을 준다 해도, 100루블을 준다 해도 결단을 내리지 못했을 텐데, 사실 나에게 무슨 이득이 있느냔 말이죠, 그러니까 나에게……(그는 끔찍이도 촐싹대며 딸랑이처럼 말했다.) 그러나 상황이 딱 들어맞았어요. 나는 내 돈에서(들리죠, 내 돈이고요, 당신 돈은 단 1루블도 없고, 무엇보다도, 이 점은 당신이 더 잘 알죠.) 저 술 취한 멍청이 레뱌드킨에게 그저께 저녁에 이미 230루블을 주었어요. 들리죠, 그저께라고요, '낭독회'가 끝난 어제가 아니라 그저께라는 점, 명심해요. 이건 극히 중대한 일치인데, 그때는 리자베타 니콜라예브나가 당신에게 갈지 안 갈지 아무것도 정확히 알 수 없었기 때문이죠. 내 돈을 준 건 당신이 그저께 탁월하게 굴었기 때문, 즉 당신의 비밀을 모두에게 공표할 생각을 했기 때문입니다. 뭐, 저기 난 개입하지 않겠어요…… 당신 일이니까…… 기사니까……. 그러나, 솔직히, 전 몽둥이로 이마를 얻어맞은 것처럼 깜짝 놀랐습니다. 그러나 이따위 비극은 진실로 신물이 났고 — 비록 교회 슬라브어[17]를 사용하긴 했지만 진지하게 드리는 말씀인데, 명심하세요 — 이 모든 것이 결국엔 내 계획에 해를 끼치기 때문에 나는 레뱌드킨 오누이를 어떤 일이 있더라도 당신에게 알리지 않고 페테르부르크로 쫓아 버리기로 혼자 다짐했고, 더욱이 레뱌드킨이 먼저 페테르부르크에 가고 싶어 안달이었으니까요. 그런데 한 가지 실수가 있었어요. 당신의 이름으로 돈을 준 건데, 실수였죠, 예? 아니면 실수가 아닐까요, 예? 이제 들어 봐요, 잘 들어 보라고요, 이 모든 것이 이렇게 돌변했으니…….” 그는 연설에 너무 열을 올린 나머지 스타브로긴에게 바싹 다가가며 그의 프록코트 앞깃을 붙잡으려고 했다.(맹세코 일부러 그랬을 것이다.) 스타브로긴은 거센 동작으로 그의 팔을 때렸다.

“아니, 이거 왜 이래요……. 됐어요……. 이러다 팔 부러지겠네……. 여기서 중요한 것은 이것이 완전히 돌변한 것인데요.” 그는 다시 톡톡 튀는 소리를 냈는데, 심지어 일격에는 조금도 놀라지 않는 기색이었다. “나는 그와 여동생이 내일 날이 밝기 전에 떠난다는 조건으로 저녁에 돈을 내놓고, 이 일을 비열한 리푸틴에게 위임해서 그놈이 직접 태워서 떠나보내는 것

---

17) 앞에 ‘진실로’로 번역한 단어 ‘vel’mi’가 고대와 중세 러시아의 문어인 교회 슬라브어다.

으로 했습니다. 그러나 그 추잡한 리푸틴은 청중을 어린애처럼 갖고 놀아야 했던 거죠, 들었겠죠? '낭독회' 말입니다. 들어 봐요, 들어 봐요. 두 놈은 술을 마시고 시를 짓고 그 시의 절반은 리푸틴 것입니다. 리푸틴이 그놈에게 연미복을 입혀 놓고는 나에게는 벌써 아침에 떠나보냈노라고 주장한 다음 실은 연단 위로 올리려고 어디 조그만 골방에 모셔 놓은 거죠. 그러나 레뱌드킨이 뜻밖에도 재빨리 술에 취한 겁니다. 그다음 저 유명한 스캔들이 일어나고 그다음 거의 반송장이 된 그를 집으로 보내고, 리푸틴은 그놈에게서 몰래 200루블을 꺼내고 잔돈 몇 푼만 남겨 놓습니다. 그러나, 불행히도, 알고 보니 이놈은 벌써 아침에 이 200루블을 역시나 호주머니에서 꺼내 자랑하고 아무 데서나 보여 준 겁니다. 페디카는 바로 그걸 기다렸고 키릴로프 집에서 뭔가 들은 것이 있었을 테니까(기억하죠, 당신의 그 암시.) 그놈은 그걸 누리기로 마음먹은 겁니다. 이게 진실의 전부입니다. 나는 적어도 페디카가 돈을 찾아내지 못한 것이 기쁜데, 이 비열한 놈은 1000루블이나 염두에 두었더라고요! 서둘러 갔는데 나도 화재 현장에 경악하겠더라고요……. 정말이지, 이 화재는 나로서도 장작으로 머리를 한 대 얻어맞은 셈입니다. 아니, 이건 뭔지, 귀신이 곡할 노릇이죠! 이건 너무나 제멋대로…… 자, 봐요, 나는 당신에게 너무 어마어마한 것을 기대하기 때문에 당신 앞에서 아무것도 감추지 않으렵니다. 사실, 내 머릿속에서 불에 대한 생각이 무르익은 것은 이미 오래전부터인데, 불은 워낙 민중적이고 인기 있으니까요. 그러나 정말이지 그 불을 절박한 시간을 위해, 우리가 모두 일어설 저 귀중한 순간을 위해 아껴 두었건만……. 이놈들이 지금 명령도 없이 갑자기 제멋대로 생각해 낸 건데, 몸을 숨기고 숨도 주먹으로 입을 틀어막고 쉬어야 할 판에 말입니다! 아니, 이건 너무 제멋대로예요……! 한마디로, 나는 아직 아무것도 모르고 거기서는 시피굴린 놈 둘에 관해 얘기하지만…… 거기에 우리 편도 연루되어 있다면, 그중 한 명이라도 뭘 슬쩍 했다면 그놈은 정말 난리 난 거죠! 자, 봐요, 조금이라도 풀어 주면 이 모양이라니까요! 아니, 5인조를 낀 이 민주적인 부랑자들은 나쁜 버팀목입니다. 여기에는 우상같이 훌륭하고 전제적인 단 하나의 자유 의지가, 우연한 것이 아니라 바깥에 서 있는 어떤 것에 의존하는 그런 자유 의지가 필요합니다……. 그때는 5인조도 얌전히 아첨하며 꼬리를 내릴 것이고 무슨 일이 생길 때 쓸모도 있겠지요. 하지만 어쨌든 지금 벌써 저기서는 스타브로긴이 아내를 태워 죽여야 했다고, 그 때문에 도시에도 불을 질렀다고 줄곧 나발을 불어 대지만……."

"정말로 줄곧 나발을 분다고요?"

"즉, 아직은 전혀 그렇지 않고, 솔직히, 난 아무 얘기도 못 들었지만 민중, 특히 화재를 입은 사람들을 어쩌겠어요. 민심이 천심이죠.(Vox populi vox dei.) 바람 따라 떠도는 저 어리석은 풍문이 오래갈까요……? 그러나 사실 당신은 본질상 두려워할 게 전혀 없어요. 법적으로는 완전히 옳고 양심에 있어서도 그런데 정말이지 당신이 원했던 건 아니잖습니까? 원하지 않았죠? 증거는 전혀 없고, 우연의 일치만……. 저 페디카가 그때 당신이 키릴로프 집에서 부주의하게 내뱉은 말을 기억할 테지만(어째서 그때 그런 말을 했습니까?) 이건 아무것도, 전혀 증명하지 못할 테고 그놈의 페디카라면 우리가 처리할 겁니다. 내가 오늘 당장 처리하려고…….”

“그럼 시신들이 전혀 타지 않았군요?”

“조금도요. 이 악당은 아무것도 제대로 하는 게 없는 놈이라니까요. 그러나 나는 적어도 당신이 이토록 평온하니 기쁘군요……. 그러니까 당신이 이 일에 아무 죄가 없다고 해도, 심지어 생각조차 하지 않았다고 해도 어쨌든 말이죠. 게다가 동의하겠지만, 이 모든 것 덕분에 당신의 사정은 훌륭하게 돌변하고 있어요. 갑자기 자유로운 홀아비가 되었으니 이 순간에 거금을 가진 아름다운 아가씨와 결혼할 수 있고 더구나 그녀는 이미 당신 손아귀에 있으니까요. 상황들의 단순하고 조잡한 일치 덕분에 일이 이렇게도 되는군요. 예?”

“나를 협박하는 거요, 그 멍청한 머리로?”

“뭐, 됐어요, 됐고요, 지금도 멍청한 머리라니, 그 어조는 또 뭡니까? 기뻐해도 뭣할 때 당신은…… 어서 빨리 알려 주려고 일부러 날아온 사람한테……. 게다가 내가 무엇으로 당신을 협박하겠어요? 협박해서 당신한테 뭐 대단한 걸 얻겠다고! 당신의 선량한 자유 의지가 필요한데, 공포 때문이 아닙니다. 당신은 빛이고 태양입니다……. 내가 당신을 죽도록 두려워하는 것이지, 당신이 나를 그럴 게 아니죠! 나는 마브리키 니콜라예비치가 아니잖습니까……. 그리고 생각 좀 해 봐요, 내가 경주용 마차를 타고 여기로 날아오는데, 마브리키 니콜라예비치가 여기 당신네 정원 격자 옆, 정원 뒤쪽 구석에 있더군요……. 제복 외투를 입고 있는데, 온몸이 흠뻑 젖은 것으로 봐서 밤새도록 앉아 있었던 거죠! 기적입니다! 인간이란 어느 지경까지 정신이 나갈 수 있을지!"

"마브리키 니콜라예비치라고요? 정말인가요?"

"정말입니다, 정말이에요. 정원의 격자 울타리 곁에 앉아 있어요. 여기서, — 여기서부터 300보쯤 떨어진 곳으로 생각되네요. 나는 서둘러 지나쳐 왔지만, 그가 나를 보았어요. 몰랐습니까? 그렇다면 잊지 않고 전해 주게 돼서 매우 기쁘군요. 혹시 권총을 갖고 있다면 그런 사람보다 더 위험한 건 없을 테고, 끝으로, 한밤중이지, 질퍽질퍽하지, 자연스레 신경은 곤두서 있지, 그의 상황이 말이 아니니까요, 하-하! 그가 어째서 죽치고 있다고 생각합니까?"

"당연히 리자베타 니콜라예브나를 기다리고 있겠죠."

"옳-거니! 아니, 그녀가 뭐 하러 그에게로 갑니까? 게다가…… 이렇게 비가 오는데…… 바보가 따로 없죠!"

"그녀는 지금 그에게 갈 거요."

"어럽쇼! 참 대단한 소식이군요! 그러니까……. 그러나 좀 들어 봐요, 지금 그녀의 사정은 완전히 변하고 말았거든요. 지금 그녀에게 마브리키가 무슨 소용이 있겠어요? 당신은 자유로운 홀아비고 내일이라도 당장 그녀와 결혼할 수 있잖습니까? 그녀가 아직 모르는군요, 내게 맡기면 당신을 위해 당장 모든 걸 처리하리다. 어디 있나요, 그녀도 기쁘게 해 줘야죠."

"기쁘게 한다고?"

"여부가 있나요, 갑시다."

"그럼 그녀가 이 시신에 대해 짐작도 못 하고 있다고 생각하는지?" 스타브로긴은 어쩐지 유달리 눈을 가늘게 떴다.

"물론 짐작도 못 하고 있겠죠." 표트르 스테파노비치는 돌대가리처럼 말을 받았다. "왜냐하면 법적으로…… 에잇, 당신도 참! 설령 짐작했더라도 무슨 상관입니까! 여자들에게서는 모든 일이 감쪽같이 무마되는 법인걸, 아직도 여자를 잘 모르는군요! 그 밖에도, 그녀로선 지금 당신한테 시집가는 것이 전적으로 남는 장사죠, 어쨌든 스캔들을 일으켰으니까요. 그 밖에도, 나는 그녀에게 '작은 배' 이야기를 잔뜩 해 주었어요. 이 '작은 배'가 효력을 발휘하는 것을 보니, 이 정도밖에 안 되는 아가씨구나 싶더라고요. 염려 말아요, 그녀는 얼씨구나 이 시신들을 그냥 밟고 지나갈 테니까! 게다가 당신은 전적으로, 전적으로 무죄고요, 그렇지 않습니까? 그녀는 그저 훗날, 그러니까 결혼 생활이 이 년쯤 지났을 때 바가지를 긁기 위해 이 시신들을 보관해 놓겠죠. 여자란 결혼식을 할 때 하나같이 남편의 과거에서 뭐든 이런 것을 꺼내 모아 두지만 정작 그때는…… 일 년만 지나도 어떻게 되겠습니까? 하-하-하!"

"경주용 마차를 타고 왔다면 그녀를 지금 당장 마브리키 니콜라예비치에게로 데려다줘요. 그녀는 지금 더 이상 나를 참을 수 없다고, 나를 떠나겠다고 말했으니까 물론 내 마차를 쓰진 않을 거요."

"옳-거니! 아니, 말로 떠난답니까? 어쩌다가 그렇게 됐어요?" 표트르 스테파노비치는 다소 멍청한 시선으로 쳐다보았다.

"간밤에 어떻게든 짐작하게 됐겠죠, 내가 자기를 전혀 사랑하지 않는다는 것을……. 물론, 언제나 알고 있었겠지만."

"아니, 정말 그녀를 사랑하지 않는 건가요?" 표트르 스테파노비치는 무진장 놀랐다는 표정을 지으며 말을 받았다. "아니, 그렇다면 어제 그녀가 들어왔을 때 어째서 당신 집에 그냥 두었으며 어째서 사랑하지 않는다고 점잖은 사람답게 단도직입적으로 알려 주지 않은 겁니까? 당신 쪽에서 끔찍이도 비열한 짓을 한 거죠. 게다가 어쩌자고 나까지도 그녀 앞에서 엄청난 비열한으로 만든 겁니까?"

스타브로긴은 갑자기 웃음을 터뜨렸다.

"난 나의 원숭이를 비웃고 있는 거요." 그는 곧바로 설명했다.

"아! 내가 광대처럼 굴고 있다는 걸 짐작했군요." 표트르 스테파노비치도 끔찍이도 즐겁게 웃음을 터뜨렸다. "당신을 웃기려고 그런걸요! 생각해 봐요, 당신이 나를 맞이하러 나왔을 때 얼굴을 보고 즉시 당신에게 '불행'이 일어난 것을 짐작했어요. 설마 완전히 실패한 건 아니겠죠, 예? 뭐, 내기해도 좋지만." 하고 그는 황홀한 나머지 거의 숨까지 헐떡이며 소리쳤다. "둘이 밤새도록 홀 의자에 나란히 죽치고 앉아 그 귀중한 시간을 내내 무슨 극히 고상하고 점잖은 토론을 하며 보냈나 보군요……. 뭐, 좀 봐줘요, 봐달라고요. 내가 알 바 아니죠. 어제부터 둘의 일이 멍청하게 끝나리라는 것을 대략 알았거든요. 내가 그녀를 데려다준 건 오로지 당신도 좀 즐기라고, 나와 있으면 그렇게 지루하지는 않으리라는 것을 증명하기 위해서였어요. 이런 종류의 일이라면 이 몸은 300번은 더 쓸모 있을 겁니다. 남에게 유쾌한 존재가 되는 것이 좋거든요. 이제 당신에게 그녀가 필요 없다면, 나도 그 생각을 하긴 했고 그 때문에 온 것이지만, 그렇다면……."

"그럼 오직 나의 즐거움을 위해 그녀를 데려왔다는 말인가요?"

"아니면 무엇 때문이겠어요?"

"나에게 아내를 죽이도록 강요하기 위해서가 아니라?"

"어-럽쇼, 아니, 정말로 당신이 죽였습니까? 이 얼마나 비극적인 인간인가!"

"아무래도 상관없어, 당신이 죽였으니까."

"아니, 정말로 내가 죽였다고요? 분명히 말하지만, 나는 손도 대지 않았어요. 그나저나 당신 때문에 슬슬 불안해지는군요……."

"계속해 봐요, '이제 당신에게 그녀가 필요 없다면, 그렇다면…….'이라고 말했죠."

"그렇다면 당연히 나한테 일임해요! 그녀를 멋지게 마브리키 니콜라예비치에게 넘겨줄 텐데, 그나저나 그를 정원 옆에 앉혀 둔 건 절대 내가 아니니까 그런 건 아예 생각도 하지 말아요. 지금은 나도 그가 두렵거든요. 방금 당신 말인즉, 경주용 마차로 왔고, 내가 어쩌다 그의 옆을 지나쳐 왔고…… 정말로 그가 권총을 갖고 있다면……? 나도 내 걸 가져왔으니 잘됐군요. 바로 이놈인데(그는 호주머니에서 권총을 꺼내서 보여 주고는 곧장 다시 감추었다.) — 갈 길이 머니까 가져온 거죠……. 그래도 당신의 이 일은 순식간에 손보겠어요. 그녀도 바로 이제는 마브리키 생각에 마음 한구석이 아리겠지요……. 적어도 아리기는 하겠고…… 그런데 있잖습니까, 맹세코 그녀가 심지어 조금은 불쌍하군요! 마브리키에게 붙여 주면 당장 당신 생각을 할 테고 — 그에게 당신 칭찬을 해 대고 그의 눈에다 대고 욕설을 퍼붓겠죠 — 여자의 마음이란! 자, 또 비웃는 건가요? 당신이 이토록 즐거워하니 나는 좋아 죽겠어요. 어쨌든 갑시다. 당장 마브리키부터 시작하고, 저들…… 살해된 자들은…… 그러니까 이제는 입 다물지 않아도 되겠죠? 어차피 나중에 알게 될 테니까."

"뭘 알게 된다는 거죠? 누가 살해된 거예요? 마브리키 니콜라예비치에 대해서는 무슨 말을 했나요?" 갑자기 리자가 문을 열었다.

"아! 엿들었군요?"

"지금 마브리키 니콜라예비치에 대해 뭐라고 했어요? 그가 살해됐나요?"

"아! 그러니까 제대로 알아듣진 못했군요! 진정해요, 마브리키 니콜라예비치는 살아 있고 건강하며, 그 점이라면 금방 확인할 수 있어요. 지금 길가에, 정원 울타리 옆에 있으니까요……. 밤새도록 죽치고 있었던 것 같더군요. 흠뻑 젖었어요, 제복 외투를 입은 채……. 내가 지나올 때 그가 나를 봤죠."

"거짓말이에요. '살해됐다'고 했잖아요……. 누가 살해됐죠?" 그녀는 괴로울 만큼 의혹에 휩싸여 고집을 부렸다.

"살해된 건 그저 나의 아내, 그녀의 오빠인 레뱌드킨과 그들의 하녀일 뿐입니다." 스타브로긴이 단호하게 알렸다.

리자는 온몸을 부르르 떨고 끔찍이도 창백해졌다.

"짐승 같은 이상한 사건입니다, 리자베타 니콜라예브나, 아주 멍청한 강도 사건이죠." 표트르 스테파노비치가 곧장 톡톡 튀는 소리를 냈다. "화재를 이용한 강도 사건요. 강도인 유형수 페디카, 그리고 모두에게 자기 돈을 보여 준 멍청이 레뱌드킨 짓이고…… 난 그 때문에 날아온 건데…… 돌멩이로 이마를 얻어맞은 것 같군요. 이 소식을 전했을 때 스타브로긴은 제대로 서 있지도 못했어요. 우리는 여기서 의논했어요, 지금 당신에게 알릴까 말까 하고요."

"니콜라이 프세볼로도비치, 이 사람 말이 사실인가요?" 리자가 간신히 입을 열었다.

"아니, 사실이 아니오."

"사실이 아니라니!" 표트르 스테파노비치는 몸을 부르르 떨었다. "이건 또 무슨 소리람!"

"맙소사, 정말 미치겠군!" 리자가 소리쳤다.

"적어도 지금은 그가 미친 사람이라는 것을 이해해야죠!" 표트르 스테파노비치가 있는 힘껏 소리쳤다. "어쨌든 아내가 살해됐잖습니까. 봐요, 얼마나 창백한지……. 이 사람은 밤새도록 당신과 함께 있었고 단 일 분도 떠나지 않았는데 어떻게 의심하겠어요?"

"니콜라이 프세볼로도비치, 당신이 죄가 있는지 없는지 신 앞에서 똑똑히 말해 줘요, 나는 맹세코 당신 말을 신의 말처럼 믿을 테고 세상 끝이라도 당신을 따라가겠어요, 오, 가고말고요! 개처럼 따라가겠어요……."

"무엇 때문에 그녀를 괴롭히는 겁니까, 환상으로 똘똘 뭉친 사람 같으니!" 표트르 스테파노비치는 격분하고 말았다. "리자베타 니콜라예브나, 틀림없어요, 나를 절구통에 쑤셔 박아도 좋으니, 이 사람은 죄가 없고 오히려 살인을 당한 셈인데, 미망에 들뜬 겁니다, 보다시피요. 아무, 아무 죄도 없고, 심지어 생각만 놓고 따져도……! 모든 것이 강도 놈들 짓일 뿐이라, 분명히 일주일 뒤면 찾아내서 채찍질로 처벌할 테죠……. 이건 유형수 페디카와 시피굴린 놈들 짓이거든요. 온 도시가 이렇게 떠들고 있고, 나도 그래요."

"정말인가요? 정말 그런가요?" 리자는 온몸을 파르르 떨면서 최후의 선고를 기다렸다.

"나는 살해하지도 않고 오히려 반대했지만, 그들이 살해될 것을 알면서도 살인자들을 말리지 않았어요. 나를 떠나요, 리자." 스타브로긴은 이 말을 내뱉은 다음 홀로 갔다.

리자는 두 손으로 얼굴을 감싸고 집을 나갔다. 표트르 스테파노비치는 그녀를 쫓아가려다가 곧장 홀로 되돌아왔다.

"아니, 정말 이러깁니까? 정말 이러긴가요? 정말 아무것도 두렵지 않다는 말이죠?" 그는 완전히 미친 듯 앞뒤가 안 맞는 말을 중얼거리고 무슨 말을 해야 할지 거의 모른 채 입에 거품을 물고 스타브로긴에게 달려들었다.

스타브로긴은 홀 한가운데 서서 한마디도 대답하지 않았다. 그는 왼손으로 머리카락 한 움큼을 살짝 움켜쥐더니 멍하게 씩 웃었다. 표트르 스테파노비치는 그의 소매를 거세게 잡아당겼다

"진짜 정신 나갔어요, 예? 정말 뭘 할 작정입니까? 죄다 밀

고하고 당신은 수도원에 들어가거나 젠장……. 그러나 당신이 나를 두려워하지 않는다고 해도 어쨌든 나는 당신을 작살내겠어!"

"아, 꽥꽥거리는 것이 당신인가요?" 스타브로긴은 마침내 그를 알아보았다. "어서 달려가 봐요." 그는 갑자기 정신이 들었다. "그녀 뒤를 따라가라고요, 마차를 대령하고, 그녀를 저렇게 버려두지 말아요……. 어서, 어서 달려가요! 집까지 데려다줘요, 아무도 못 보도록, 그녀가 거기에 가지 않도록……. 그 시신…… 시신을 보러 가지 않도록……! 완력을 써서라도 마차에 태워요……. 알렉세이 예고리치! 알렉세이 예고리치!"

"잠깐만요, 소리 좀 지르지 말아요! 그녀는 지금 마브리키의 품에 안겨 있을 거예요……. 마브리키는 당신 마차에 타지 않을 테고……. 잠깐만요! 이건 마차보다 더 소중하다고요!"

그는 다시 권총을 꺼냈다. 스타브로긴은 그것을 진지하게 쳐다보았다.

"그럼 죽여 봐요." 그는 조용히, 거의 평화스럽게 말했다.

"풋, 젠장, 인간이 이렇게 허위로 치장하길 좋아하다니!" 표트르 스테파노비치는 몸을 부르르 떨었다. "맹세코 죽일 거야! 진짜로 그 여자는 당신한테 침을 뱉어야만 했어……! 당신은 '작은 배'에 불과해, 다 부서지고 낡아 빠져 구멍투성이에, 장작이나 싣는 짐배……! 자, 악에 받쳐서라도, 이제 악에 받쳐서라도 정신을 차리시겠지! 에-잇! 정말 자기 이마에 총알을 박아 달라고 부탁할 정도니 아무래도 상관없는 모양이죠?"

스타브로긴은 이상야릇한 미소를 지었다.

"당신이 그런 어릿광대가 아니라면, 난 어쩌면 지금 그렇다고 말했을 텐데……. 그저 조금이라도 더 똑똑하다면……."

"난 어릿광대에 불과하지만, 나의 주된 반쪽인 당신이 어릿광대가 되는 건 싫어요! 내 말 알아듣겠어요?"

스타브로긴은 알아들었고, 아마 오직 그 한 명만 그랬으리라. 스타브로긴이 표트르 스테파노비치에게는 어떤 열광적인 성향이 있다고 샤토프에게 얘기했을 때 샤토프는 깜짝 놀란 적이 있었다.

"이제 나를 떠나요, 젠장, 내일쯤에는 나도 뭘 짜낼지도 모르지. 내일 와요."

"정말인가요? 정말로?"

"내가 어떻게 알겠어……! 젠장, 젠장!"

그리고 홀에서 휙 나가 버렸다.

"어쩌면 더 잘될지도 몰라." 표트르 스테파노비치는 권총을 숨기면서 혼자 중얼거렸다.

3

그는 리자베타 니콜라예브나를 따라잡으러 돌진했다. 그녀는 아직 멀리 가지 못하고 집에서 겨우 몇 걸음 떨어진 곳에 있었다. 그녀를 좇아온 알렉세이 예고로비치가 모자도 쓰지 않고 연미복만 입은 채 공손하게 몸을 숙이고 한 걸음쯤 뒤에서 지금까지 그녀를 붙들어 두고 있었다. 그는 물러서지 않고 마차를 기다렸다가 타고 가라고 사정 중이었다. 노인은 경악한 나머지 거의 울먹이고 있었다.

“어서 가 보게, 나리께서 차를 드시려는데 내다 줄 사람이 있어야지.” 표트르 스테파노비치는 그를 떠밀고 곧장 리자베타 니콜라예브나의 팔짱을 끼었다.

그녀 쪽에서는 팔을 빼지는 않았지만, 판단력이 온전치 못하고 아직 정신을 차리지 못한 것 같았다.

“첫째, 거기 가면 안 됩니다.” 표트르 스테파노비치가 중얼거렸다. “우리는 정원 옆이 아니라 이쪽으로 가야 합니다. 둘째, 어쨌든 걸어서 갈 수는 없는데, 당신 댁까지는 3베르스타나 되고 당신은 옷도 없거든요. 아주 조금만 기다려 주면 좋을 텐데. 사실 나는 경주용 마차를 타고 왔고 말이 지금 마당에 있는데, 금방 대령할게요, 내가 당신을 태워서 데려다주니까 아무도 보지 못할 겁니다.”

“정말 선량한 분이시네요…….” 리자가 상냥하게 말했다.

“당치도 않은 말씀을, 이런 경우에는 인정 있는 사람이 내 입장이라면 누구나 이렇게…….”

리자는 그를 쳐다보고는 깜짝 놀랐다.

“아, 맙소사, 나는 계속 그 할아범인 줄 알았어요!”

“잘 들어 봐요, 당신이 그렇게 생각한다니 끔찍이도 기쁜데, 이 모든 것이 아주 끔찍한 편견에 불과하고, 기왕지사 이렇게 됐으니 내가 방금 할아범에게 마차를 준비하라고 명령한 건 참 잘한 일이고, 십 분이면 되니까 돌아가서 현관에서 좀 기다리는 겁니다, 예?”

“내가 무엇보다 원하는 건……. 그 살해된 사람들은 어디에 있나요?”

“아, 이건 또 다른 환상이군요! 그렇게 염려를 했건만……. 아니, 우리로서는 그 걸레쪽은 그만 한쪽으로 제쳐 두는 게 좋겠어요. 더욱이 당신이 봐서 좋을 게 하나도 없거든요.”

“난 그들이 어디 있는지 알아요, 그 집을 알아요.”

“아니, 안다니! 당치도 않은 말씀, 비도 오고 안개도 자욱한데(아니, 그나저나 어쩌다 이런 성스러운 의무를 짊어지게 됐담!)……. 들어 봐요, 리자베타 니콜라예브나, 둘 중 하나예요. 당신이 나와 같은 마차를 탄다면 그럼 한 걸음도 떼지 말고 잠깐만 기다려요, 스무 걸음만 더 가도 틀림없이 마브리키 니콜라예비치가 우리를 보게 될 테니까.”

“마브리키 니콜라예비치! 어디? 어디에요?”

“뭐 당신이 그와 함께 있길 원한다면 당신을 좀 더 데리고 가서 그가 어디에 앉아 있는지 가르쳐 주겠는데요, 그는 그야말로 고분고분한 하인이니까. 지금 난 그의 근처에도 가고 싶지 않아요.”

“그는 나를 기다리는 거야, 맙소사!” 그녀는 갑자기 걸음을 멈추었는데 얼굴 위로 홍조가 번졌다.

“그러나 당치도 않은 말씀, 그가 편견이 없는 사람이라면 모를까! 알겠죠, 리자베타 니콜라예브나, 이건 전혀 내 일이 아닙니다. 난 이 일에서 전적으로 제삼자이고 이 점은 당신이 더 잘 알겠죠. 그러나 어쨌든 당신이 잘되길 바랍니다……. 만약 우리의 ‘작은 배’가 잘되지 않았다면, 이것이 그저 낡고 썩은,

부서질 수밖에 없는 작은 증기선으로 판명된다면…….”

“아, 경이롭군요!” 리자가 소리쳤다.

“경이롭다면서도 정작은 눈물을 흘리는군요. 여기에는 용기가 필요합니다. 어떤 일도 남자에게 양보해서는 안 돼요. 우리 세기에는 여성이…… 푸, 젠장!(표트르 스테파노비치는 침을 탁 뱉을 뻔했다.) 그런데 무엇보다도 안타까워할 게 전혀 없어요. 사태가 훌륭하게 돌변할지도 모르니까요. 마브리키 니콜라예비치라는 사람은…… 한마디로, 말수가 적긴 하지만 감수성이 예민하고, 하긴 이것도 그가 편견이 없는 인물이라면, 물론 그런 조건이라면 아주 좋겠지만…….”

“경이롭군요, 경이로워!” 리자는 히스테릭하게 웃어 댔다.

“아, 에잇, 젠장……. 리자베타 니콜라예브나.” 표트르 스테파노비치는 갑자기 거친 욕을 입에 담았다. “난 정말이지, 원래 당신을 위해서 여기에…… 나는 정말이지……. 어제 당신이 원하는 것이 있을 때 그 시중을 들어 주었고, 오늘은……. 자, 여기서 마브리키 니콜라예비치가 보이잖아요, 저쪽에 앉아 있는데 우리를 보지는 못할 겁니다. 있잖습니까, 리자베타 니콜라예브나, 「폴린카 삭스」[18] 읽었어요?”

“뭐라고요?”

“「폴린카 삭스」라는 중편 소설이 있어요. 대학생 때 읽었는데요…… 거기에 삭스라는 재산이 아주 많은 어떤 관리가 나

---

18) 알렉산드르 바실리예비치 드루지닌(Aleksander Vasilyevich Druzhinin, 1824~1864)이 쓴 자연파 계열의 중편 소설.

오는데 아내가 부정을 저질렀다고 별장에 감금해 두죠…….
아, 에잇, 젠장, 침이나 뱉으라지! 자, 두고 봐요, 마브리키 니콜라예비치는 집에 도착하기도 전에 당신에게 청혼할걸요. 그는 아직도 우리가 안 보이나 보군요."

"아, 보지 못하게 둬요!" 리자는 갑자기 정신 나간 여자처럼 소리쳤다. "갑시다, 그냥 가요! 숲속으로, 들판으로!"

그리고 그녀는 다시 뒤쪽으로 뛰어갔다.

"리자베타 니콜라예브나, 이 무슨 옹졸한 짓입니까!" 표트르 스테파노비치도 그녀의 뒤를 따라 뛰었다. "왜 그가 당신을 보지 않았으면 하는 겁니까? 정반대라고요, 그의 눈을 똑바로, 오만하게 쳐다봐요……. 그 일…… 처녀성에 관해서라면…… 그건 편견에 불과해요, 케케묵은……. 아니, 어딜 가려고요, 어디 가요? 에잇, 달아나는군! 차라리 스타브로긴한테로 돌아가는 것이 낫겠어요, 내 마차를 탑시다……. 아니, 어디 갑니까? 저쪽 들판은…… 어라, 넘어졌군……!"

그는 걸음을 멈추었다. 리자는 어디로 가는지도 모른 채 새처럼 날았고 표트르 스테파노비치는 벌써 쉰 걸음 정도나 뒤처졌다. 그녀가 불룩 솟은 흙더미에 걸려 넘어졌다. 그 순간, 뒤쪽 저편에서 끔찍한 비명이, 마브리키 니콜라예비치의 비명이 울려 퍼졌는데, 그는 그녀가 달리다가 넘어지는 것을 보고 들판을 가로질러 그녀에게로 달려오고 있었다. 표트르 스테파노비치는 어서 빨리 마차에 타기 위해 이내 스타브로긴 집의 대문 쪽으로 물러간 상태였다.

무서운 경악에 사로잡힌 마브리키 니콜라예비치는 이미 몸을 일으킨 리자 옆에 서 있었고 그녀 위로 몸을 드리우고 두 손으로 리자의 손을 쥐었다. 이 만남의 도저히 믿어지지 않는 상황이 그의 이성을 완전히 뒤흔들었고 눈물이 그의 얼굴을 따라 줄줄 흘러내렸다. 그토록 경애하는 그녀가 미친 듯 들판을 가로질러 뛰어가는 것을 보았다, 그것도 이런 시각, 이런 날씨에 드레스 하나만, 어제는 그토록 화려했건만 이제는 넘어지는 바람에 구겨지고 진흙투성이가 된 드레스만 입은 채……. 아무 말도 하지 못하고 자기 외투를 벗어 떨리는 손으로 그녀의 어깨를 덮어 주었다. 갑자기 그는 그녀가 자기 손에 입술을 갖다 대는 것을 느끼고 외쳤다.

"리자!" 그가 소리쳤다. "난 아무것도 할 수 없는 놈이지만 부디 나를 떼 놓지 말아 줘요!"

"오, 그럼요, 어서 여기를 떠나요, 나를 버리지 말아 줘요!" 그녀 자신이 그의 손을 잡아 자기 쪽으로 끌어당겼다. "마브리키 니콜라예비치." 경악한 그녀는 갑자기 목소리를 낮추었다. "난 그곳에서는 언제나 자신에 넘쳤지만 여기서는 죽음이 무서워요. 난 죽을 거예요, 그것도 아주 빨리 죽을 테지만 무서워요, 죽을까 봐 무서워요……." 그녀는 그의 손을 꽉 쥐면서 속삭였다.

"오, 누구든!" 그는 절망에 휩싸여 주위를 둘러보았다. "누구든 지나가는 사람이 있다면! 발이 흠뻑 젖고…… 정신을 잃겠어요!"

"괜찮아요, 괜찮아." 그녀가 그를 위로했다. "옳지, 당신이 있으니까 별로 무섭지 않아요, 내 손을 잡고 나를 이끌어 줘요……. 우리 이제 어디로 가죠, 집으로? 아니, 우선 살해된 사람들을 보고 싶어요. 그들이 그의 아내를 찔러 죽였다고 하던데, 그는 자신이 죽였다고 말하더라고요. 이건 사실이 아니겠죠, 사실이 아닐 테죠? 살해된 사람들을 직접 보고 싶어요……. 나를 위해…… 그들 때문에 그는 간밤에 나에 대한 사랑이 식었어요……. 내 눈으로 보면 모두 알게 되겠죠. 어서 빨리, 어서 빨리 가요, 나는 그 집을 알아요……. 그곳에는 화재…… 마브리키 니콜라예비치, 나의 친구, 나를, 이 부정한 계집을 용서하지 말아요! 뭐 하러 나를 용서하겠어요? 왜 울어요? 내 따귀라도 갈겨요. 여기 들판에서 개처럼 죽이라고요!"

"이제 누구도 당신을 심판할 수 없어요." 마브리키 니콜라예비치가 단호하게 말했다. "신이 당신을 용서하시길, 나야말로 제일 당신을 심판할 수 없는 몸입니다!"

그러나 그들의 대화를 묘사하는 것은 이상한 일이리라. 그러는 사이에 둘은 손을 맞잡고 반쯤 정신 나간 사람처럼 서둘러 걷고 있었다. 그들은 곧바로 화재 현장으로 향했다. 마브리키 니콜라예비치는 줄곧 어떤 것이든 간에 마차를 만나게 되리라는 희망을 버리지 않았지만, 아무도 나타나지 않았다. 가늘고 섬세한 가랑비가 이 근방 곳곳에 스며들어 온갖 광채와 온갖 음영을 집어삼키고 모든 것을 형체를 구분할 수 없는 안개 자욱한 납빛 덩어리로 바꾸어 놓았다. 벌써 오래전에 날이 밝았지만, 아직 동이 트지 않은 것만 같았다. 그런데 갑자기 이 안개 자욱한 차가운 어둠을 가로지르며 어떤 이상하고 어처구니없는 형상이 그들을 향해 걸어오고 있었다. 지금 상상해 봐도, 내가 리자베타 니콜라예브나의 처지였더라도 자기 눈을 믿을 수 없었으리라는 생각이 든다. 그런데도 그녀는 기쁘게 소리를 질렀으며 다가오는 사람을 금방 알아보았다. 그는 스테판 트로피모비치였다. 그가 어떻게 떠났는지, 머릿속에서만 맴돌던 도주에 대한 미친 생각이 어떤 식으로 실현될 수 있었는지는 나중에 얘기하기로 하자. 이날 아침부터 열병을 앓고 있었지만 병조차 그를 붙잡지 못했다는 사실만 언급하겠다. 그는 축축한 땅 위로 확고하게 발걸음을 내디뎠다. 어떻게 하면 이 계획을 더 멋지게 실행할 수 있을까, 책상물림다운 미숙함으로 열심히 생각한 것이 분명했다. '여장'을 갖추었는데, 즉 소매 달린 코트를 입고 버클이 달리고 래커 칠을 한 넓은 가죽 혁대를 허리에 두르고 거기다가 목이 긴 새 장화를 신고 바짓자락을 신발의 목 부분에 집어넣은 채였다. 아마도 그는 이미 오래전부터 자신을 이런 나그네의 모습으로 상상하면서 혁대, 그리고 목이 길고 번쩍거리는, 신고 다니기 불편한 이 장화를 벌써 며칠 전에 준비해 둔 모양이었다. 챙이 넓은 모자, 목을 친친 휘감은 털목도리, 오른손에는 지팡이, 왼손에는 굉장히 작지만 물건을 잔뜩 쑤셔 넣은 여행용 손가방이 여장을 완성해 주었다. 덧붙여, 바로 그 오른손에 활짝 펼쳐진 우산이 들려 있었다. 이 세 물건 — 우산, 지팡이, 여행용 손가방 — 은 처음 1베르스타는 들기가 아주 불편한 수준이었지만 2베르스타째부터는 힘겨웠다.

"아니, 정말로 선생님이신가요?" 리자는 소리치며 그를 살펴보았는데, 그녀의 무의식적인 기쁨의 첫 격발은 서글픈 놀라움으로 바뀌었다.

"리즈!" 스테판 트로피모비치 역시 거의 미망에 들뜬 듯 그녀에게로 돌진하면서 소리쳤다. "친애하는, 친애하는 아가씨(Chère, chère), 정말 당신이…… 안개가 이렇게 자욱한데? 봐요, 노을이군요! 당신은 불행하군요, 그렇죠?(Vous êtes malheureuse, n'est-ce pas?) 나는 알아요, 알겠으니까 아무 말도 말아요, 그러나 나에게도 아무 말도 묻지 말아요. 우리 모두 불행하지만 그들을 모두 용서해야 합니다. 용서합시다, 리즈.(Nous sommes tous malheureux, mais il faut les pardonner tous. Pardonnons, Lise.) 그러면 우리는 영원히 자유로워질 겁니다. 세계와 떨어져 전적으로 자유로워지기 위해서는 — 용서, 용서하고 또 용서해야 합니다!(il faut pardonner, pardonner et pardonner!)"

"그러나 왜 무릎을 꿇으세요?"

"왜냐하면, 세계와 작별하면서 당신의 형상 속에 깃든 내 모든 과거와 헤어지고 싶기 때문입니다!" 그는 울음을 터뜨렸고 그녀의 두 손을 눈물 젖은 자신의 눈으로 가져갔다. "내 인생에서 아름다웠던 모든 것 앞에 무릎을 꿇고 입 맞추고 감사드립니다! 이제 나는 자신을 두 동강 내고 말았어요. 그곳에는 — 하늘로 날아오르려는 꿈을 꾸던 광인이 있어요, 이십이 년 동안이나!(vingt deux ans!) 이곳에는 살해된, 꽁꽁 언 늙은 가정 교사가…… 이 상인 집에, 어쨌든 이 상인이 존재하기만 한다면…….(chez ce marchand, s'il existe pourtant ce marchand…….) 그런데 흠뻑 젖었군요, 리즈!" 그는 젖은 땅 위에서 자기 무릎도 젖는 것을 느끼고는 벌떡 일어나며 소리쳤다. "어떻게 이런 일이, 그런 드레스를 입은 채……? 그것도 걸어서, 이런 들판을……. 우는 겁니까? 불행한 거죠?(Vous êtes malheureuse?) 아, 뭔가 듣긴 했지만……. 그런데 지금 어디서 오는 길입니까?" 그는 겁먹은 표정으로 질문에 속도를 더했고, 깊은 의혹에 사로잡혀 마브리키 니콜라예비치를 쳐다보았다. "그런데 지금 몇 시나 됐는지 알고 있나요?(Mais savez-vous l'heure qu'il est?)"

"스테판 트로피모비치, 혹시 저기 살해된 사람들에 대해 들은 얘기가 있으신지……. 그게 정말인가요? 정말이냐고요?"

"이놈의 인간들! 난 밤새도록 그놈들의 짓거리인 저 붉은 노을을 봤어요. 다른 식으론 끝낼 수가 없었던 겁니다…….(그의 눈이 다시금 번득였다.) 난 미망을, 열병에 들뜬 꿈을 피해서 달아나는 것이며 러시아를 찾기 위해 달아나는 것인데, 러시아는 존재하는 걸까요?(existet-elle la Russie?) 아하, 당신이로군요, 친애하는 대위!(Bah. c'est vous, cher capitaine!) 난 어디서든 당신이 고귀한 위업을 행하는 모습을 보리라는 걸, 결코 의심하지 않았어요. 그런데 내 우산 받으시고 — 왜 꼭 걸어가야 합니까? 부디 우산이라도 받아요, 난 어쨌든 어디서든 마차를 빌릴 테니까요. 사실 난 스타시(Stasie)[19]가 내가 떠나는 것을 알고서 온 길거리가 떠나가라 소리칠까 봐 걸어가는 겁니다. 가능한 한 눈에 띄지 않게(incognito) 빠져나왔거든요. 난 모르

19) 하녀 나스타샤를 말한다.

겠지만, 저기 《목소리》는 방방곡곡에서 벌어지는 강도질에 관해 쓰고 있는데, 정말이지 내 생각으론 있을 수 없는 일이고, 지금 당장 이 길로 강도가 튀어나온단 말인가요? 친애하는 리즈(Chère Lise), 누군가가 누군가를 죽였다고 말한 것 같데요? 오, 맙소사(O mon Dieu), 정말 몸이 안 좋은 모양이군요!"

"가요, 가자고요!" 리자는 마브리키 니콜라예비치를 다시 자기 쪽으로 끌어당기며 히스테리라도 일으킨 듯 외쳤다. "잠깐만요, 스테판 트로피모비치." 그녀가 갑자기 그에게 돌아왔다. "잠깐만요, 가엾은 선생님, 선생님께 성호를 긋도록 해 주세요. 선생님을 붙잡는 게 나을지도 모르겠지만, 차라리 성호를 그어 드리겠어요. 선생님도 '가엾은' 리자를 위해서 기도해 주시고 — 그렇게 조금만요, 너무 무리하지는 마세요. 마브리키 니콜라예비치, 이 어린아이에게 우산을 돌려줘요, 꼭 돌려줘요. 옳지……. 이제 가요! 가자고요!"

그들이 이 숙명적인 집에 도착한 그 순간, 집 앞으로 빽빽이 몰려든 군중은 벌써 스타브로긴 얘기를, 그로서는 아내를 찔러 죽이는 것이 이로웠으리라는 얘기를 신물 나도록 들은 터였다. 하지만 그럼에도, 반복하건대, 엄청난 대다수는 계속해서 말없이 꼼짝도 하지 않고 귀를 기울였다. 제정신이 아닌 듯 떠드는 사람들은 술 취해 고래고래 소리를 치거나 두 손을 내젓던 저 소시민처럼 '불쑥 튀어나오는' 것이었다. 이 사람은 모두 심지어 얌전한 사람으로 알려졌지만, 뭐든 어떤 식이든 충격을 받으면 갑자기 불쑥 튀어나온 듯싶다가 어디론가 날아가는 그런 사람이었다. 나는 리자와 마브리키 니콜라예비치가 도착하는 장면을 보지 못했다. 먼저는 벌써 나에게서 멀리 떨어진 군중 속에 파묻힌 리자를 알아보고서 너무 놀라 어리둥절했고, 마브리키 니콜라예비치라면 처음에는 알아보지도 못했다. 아마 너무 북적대서 그녀에게서 두어 걸음 뒤처졌거나 사람들한테 떠밀린 순간이었던 것 같다. 리자는 주변에 아무것도 보이지 않는다는 듯 뭐 하나 거들떠보지도 않고 열병에 걸린 사람처럼, 병원에서 도망친 사람처럼 용케 군중 속을 비집고 들어갔고, 당연히 너무나 빨리 사람들의 이목을 집중시켰다. 다들 큰 소리로 말하고 웅성대기 시작했다. 그 순간 누군가가 소리쳤다. "저건 스타브로긴의 계집이다!" 그러자 다른 쪽에서 이랬다. "죽인 걸로 성이 안 차 구경까지 오다니!" 나는 뒤쪽에서 갑자기 그녀의 머리 위로 누군가의 손이 올라갔다가 내리쳐지는 것을 보았다. 리자는 쓰러졌다. 도와주러 돌진한 마브리키 니콜라예비치의 끔찍한 비명이 울려 퍼졌는데, 그는 자신을 리자에게서 가로막는 사람을 있는 힘껏 내리친 터였다. 그러나 바로 그 순간 뒤에서 그 소시민이 그를 두 손으로 움켜잡았다. 이미 난투가 시작되었기 때문에 얼마 동안은 아무것도 제대로 분간할 수 없었다. 리자는 몸을 일으켰지만 한 대 더 얻어맞고 다시 쓰러진 것 같았다. 갑자기 군중이 확 갈라지자 누워 있는 리자 주위로 크지 않은 텅 빈 원이 형성되었고, 정신이 나간 피투성이의 마브리키 니콜라예비치가 소리치고 울부짖으며 절망에 사로잡혀 양손을 비비며 그녀를 내려다보고 서 있었다. 그 뒤에 어떻게 되었는지는 정확히 기억나지 않는다. 단, 사람들이 갑자기 리자를 데려간 것만 기억난다. 나는 그녀를 좇아 뛰어갔다. 그녀는 아직 살아 있었고 의식이 있었는지도 모르겠다. 군중 가운데서 소시민과 세 사람이 더 붙잡혔다. 이 세 사람은 지금까지도 이 악행에 가담한 것을 한사코 부인하며 자기들은 실수로 잡힌 것이라고 집요하게 주장한다. 그들이 옳을 수도 있겠다. 소시민은 명백히 죄상이 밝혀졌음에도 워낙에 종잡을 수 없는 사람인지라 지금까지도 그 사건을 조리 있게 설명하지 못한다. 나 역시 비록 멀리 떨어져 있긴 했지만 예심에서 증인으로서 증언해야 했다. 나는 모든 것이 분위기가 심상치 않았으나 거의 의식이 없을 만큼 술에 취하고 이미 앞뒤를 잃은 사람들 때문에 극도로 우발적으로 일어났다고 진술했다. 지금도 그런 견해를 갖고 있다.

4장

최후의 결단

1

이날 아침 많은 사람이 표트르 스테파노비치를 보았다. 그 사람들은 그가 굉장히 흥분한 상태였노라고 언급했다. 오후 2시, 그는 겨우 하루 전에 시골에서 돌아온 가가노프에게로 달려갔는데, 그의 집을 가득 메운 방문객들은 방금 일어난 사건에 대해 열렬히 많은 이야기를 나누고 있었다. 표트르 스테파노비치는 제일 말이 많고 또 자기 말을 듣도록 강요했다. 우리 도시에서 그는 언제나 '머리에 구멍 난 수다쟁이 대학생'으로 여겨졌지만, 지금은 그가 율리야 미하일로브나 얘기를 하고 있었고 또 모든 게 뒤죽박죽인 상황이니만큼 그의 이야기는 청중을 휘어잡았다. 그녀에 대해 그는 얼마 전만 해도 그녀의 아주 내밀한 상담역이었던 자로서 극히 새롭고 예기치 못한 일을 상세히 많이도 알려 주었다. 어쩌다 그만(물론 부주의하게) 도시의 모든 사람에게 알려진 인물들에 대한 그녀의 개인적인 평도 몇 마디 알려 주었고 그로써 그들의 자존심을 콕 찔러 버렸다. 그는 교활하지는 않지만 산더미처럼 쌓인 의혹을 반드시 한꺼번에 설명해야 하는 괴로운 상황에 놓인 정직한 사람처럼, 본디 순박하고 서툴러서 어디서 시작해야 할지, 어떻게 끝내야 할지 그 자신도 잘 모르겠는 사람처럼 갈피를 잡지 못하고 불분명하게 이야기했다. 율리야 미하일로브나는 스타브로긴의 비밀을 다 알고 있으며 그녀가 직접 이 모든 음모를 꾸몄다는 말도 너무 부주의하게 튀어나왔다. 그녀가 그, 즉 표트르 스테파노비치를 끌어들였고 그건 그 자신도 이 불행한 리자에게 홀딱 반했기 때문이고, 어쨌든 저쪽에서 그를 얼마나 '족쳤는지' 그가 거의 제 손으로 그녀를 마차에 태워 스타브로긴에게 데려다주었다는 것이다. "그래요, 그래, 여러분, 여러분은 비웃을 수 있으니 좋겠지만, 내가 그저 알기만 했더라면, 이 일이 어떻게 끝날 줄 알기만 했더라면!" 그는 이렇게 끝맺었다. 스타브로긴에 대한 불안 섞인 다양한 질문에 레뱌드킨의 파국은 자신의 견해론 순전한 우연이며 전적으로 돈을 보여 주고 다닌 레뱌드킨 잘못이라고 단도직입적으로 선언했다. 그는 이 점을 유달리 훌륭하게 설명했다. 청자 중 한 명이 어쩌다 그렇게 '연기하는 건' 쓸데없는 짓이라고 못 박았다. 율리야 미하일로브나 집에서 먹고 마시고 거의 잠까지 자는 처지였으면서 이제는 제일 먼저 그녀의 얼굴에 똥칠을 하다니, 이건 그의 생각처럼 아름다운 일은 못 된다고 말이다. 그러나 표트르 스테파노비치는 곧장 자기를 변호했다. "내가 먹고 마신 건 돈이 없어서가 아니라 그쪽에서 나를 초대했기 때문이니 내 잘못이 아니죠. 그 일에 내가 얼마만큼의 감사를 표명해야 할지는 나 자신이 알아서 판단할 일이오."

대체로 분위기는 그에게 유리한 편이었다. '그가 하찮고 좀 덜떨어진 데다 물론 속이 빈 사람이긴 하지만 율리야 미하일로브나의 멍청한 짓거리에 무슨 잘못이 있겠는가? 오히려 결국에는 그가 그녀를 말리지 않았던가…….'

2시쯤 갑자기, 그토록 많은 구설수를 낳은 스타브로긴이 정오 기차를 타고 돌연히 페테르부르크로 떠났다는 소식이 퍼졌다. 이것은 대단한 관심을 끌었다. 많은 사람이 얼굴을 찌푸리기도 했다. 표트르 스테파노비치는 너무 충격을 받은 나머지, 사람들 얘기로는, 심지어 얼굴색이 변하고 이상하게 부르짖었다고 한다. "아니, 누가 그를 빠져나가게 할 수 있었지?" 그는 가가노프 집을 금방 뛰쳐나왔다. 그래도 두세 군데 집에서 그의 모습을 더 볼 수 있었다.

땅거미가 질 무렵 그는, 율리야 미하일로브나가 한사코 그를 받아들이지 않겠노라고 했기 때문에 아주 고생하긴 했지만 어쨌든 그녀의 방에 침투할 가능성을 찾아냈다. 삼 주가 지난 다음에야 나는 페테르부르크로의 출발을 앞둔 그녀를 통해 직접 이 정황에 대해 알게 되었다. 그녀는 자세한 것은 알려 주지 않았지만, 전율을 느끼며 그가 '그때 정말 너무한다 싶을 정도로 그녀를 깜짝 놀라게 했다'고 말했다. 추측하건대,

그녀가 '입을 뺑긋'할 생각이라도 하면 공범이 되는 것이라고 협박해서 그녀를 경악하게 했으리라. 반드시 겁을 주어야 했던 것은 당시의 그녀로서는 당연히 알지 못했던 그의 어떤 계략과 밀접히 관련되어 있었는데, 그 후 닷새쯤 지나고서야 그녀는 그가 그녀의 침묵을 왜 그토록 의심했는지, 그녀의 새로운 분노 폭발을 왜 그토록 두려워했는지 알 수 있었다…….

저녁 7시가 지나 이미 완전히 어두워졌을 때 도시의 변두리인 포민 골목, 찌그러진 작은 오두막, 소위보(少尉補) 에르켈 집에 우리 편 다섯이 전부 모였다. 총회합을 정한 건 바로 표트르 스테파노비치였다. 그런데도 그는 지각하는 용서받지 못할 짓을 저질렀고 회원들은 한 시간이나 그를 기다려야 했다. 이 소위보 에르켈은 바로 그 외지의 장교로서 비르긴스키 집의 저녁 모임에서 계속 연필을 손에 쥐고 수첩을 앞에 두고 앉아 있던 자다. 그는 최근에 이 도시로 와서 인적이 드문 골목, 소시민이자 자매인 두 노파가 사는 곳에 외따로 방을 얻었고 곧 떠나야 했다. 그의 집에서 모이는 편이 제일 눈에 띄지 않았다. 이 이상한 소년은 이례적으로 과묵하기로 유명했다. 소란스러운 모임에서 아무리 특이한 대화가 오가도 그 자신은 한 마디도 하지 않고 오히려 굉장한 주의를 기울여 예의 그 어린애 같은 눈으로 화자들을 주시하고 경청하면서 꼬박 열흘 저녁도 앉아 있을 수 있었다. 얼굴은 상당히 잘생겼고 심지어 똑똑해 보이는 듯도 했다. 5인조에 속한 건 아니었다. 그러나 우리 편은 그가 순전히 실행 부분에서 어디선가 어떤 특수 위임을 받았으리라고 추정했다. 이제야 그에겐 위임 따위는 어떤 것도 없었을뿐더러 그가 자신의 처지를 거의 이해하지 못했다는 사실이 알려졌다. 그는 그저 만난 지 얼마 되지도 않은 표트르 스테파노비치를 숭배했을 뿐이다. 만약 누구든 이른 나이에 타락한 괴물을 만났고 그 괴물이 무슨 사회주의적 낭만주의를 구실로 강도질을 일삼는 도당을 만들도록 부추겨서 시험 삼아 제일 먼저 마주치는 농부를 죽이고 강탈하라고 명령했다면 그는 틀림없이 순순히 복종했을 것이다. 그는 어딘가에 병든 어머니가 있었고 그녀에게 형편없는 월급의 절반을 부쳐 주었는데 그녀는 필경 이 가련한 금발 머리에 수없이 입을 맞추고 그 생각에 수없이 전율하고 그를 위해 수없이 많은 기도를 드렸으리라! 그의 얘기를 이토록 많이 늘어놓는 것은 나로서는 그가 너무도 안쓰럽기 때문이다.

우리 편은 흥분 상태였다. 지난밤의 사건에 충격을 받아 심히 겁을 먹은 것 같았다. 지금까지 그들이 그토록 열심히 참여한, 체계적이긴 하되 단순한 스캔들이 그들로서는 너무 뜻밖의 파국을 맞이했다. 야밤의 화재, 레뱌드킨 오누이의 죽음, 리자에게 가한 군중의 만행, 이 모든 것이 그들이 자신의 프로그램에서 예상하지 못한 놀라운 일이었다. 그들은 자기들을 조정하는 손을, 독재와 감추려는 태도를 이유로 열렬히 비난했다. 한마디로, 표트르 스테파노비치를 기다리는 동안, 서로 똘똘 뭉쳐서 다시 최종적으로 정언적인 해명을 요구하기로, 만약 그가 지난번처럼 또다시 거절한다면 심지어 5인조를 해체하기로, 그 대신 평등한 권리와 민주주의의 원칙에 근거한 '이념의 선전'을 위해 새 비밀 조직을, 이제는 자기들의 이름으로 설립하기로 결의한 것이다. 리푸틴, 시갈료프, 그리고 민중 전문가가 특히 이 생각을 지지했다. 럄신은 동의하는 표정을 지었지만 입은 다물고 있었다. 비르긴스키는 주저하면서 우선 표트르 스테파노비치의 얘기를 듣고 싶어 했다. 표트르 스테파노비치의 얘기를 듣기로 결정되었다. 그러나 그는 여전히 나타나지 않았다. 이렇게 제멋대로 굴었으니 불에 기름을 들이붓는 격이었다. 에르켈은 완전히 입을 다물고 오직 차 내오는 일만 맡도록 했는데, 사모바르도 들여오지 않고 하녀를 들여보내지도 않고 여주인에게서 찻잔이 담긴 쟁반을 받아 자기 손으로 날라 왔다.

표트르 스테파노비치는 8시 30분이 되어서야 나타났다. 그는 빠른 걸음으로 소파 앞 원탁으로 다가갔는데, 그 뒤로 일행이 자리 잡고 있었다. 그는 모자를 손에 든 채였고 차는 거절했다. 못되고 엄격하고 교만한 표정이었다. 필경 사람들의 얼굴을 보고서 '폭동을 꾀한다'는 것을 눈치챘던 것이리라.

"내가 입을 열기 전에 여러분 것을 꺼내 보시죠, 뭔가 단단히 벼르고 있잖습니까." 그는 표독스러운 조소를 머금은 채 두 눈으로 표정들을 쭉 살피며 말했다.

리푸틴이 '일동을 대표해' 말문을 열었고 모욕감에 부들부들 떨리는 목소리로 '계속 이런 식이면 제 손으로 이마를 박살 낼 수도 있다'고 선언했다. 오, 그들은 제 손으로 이마를 박살 낼 것을 전혀 두려워하지 않고 심지어 그럴 각오도 돼 있지만, 오로지 공동의 과업을 위해서만이다.(전체적인 술렁임과 격려) 그러므로 언제나 그들이 먼저 알 수 있도록 탁 털어놓고 얘기하라, '안 그러면 어떻게 되겠는가?'(또다시 술렁임, 몇몇 목구멍에서 울려 나오는 큰 소리) 이렇게 행동하는 것은 굴욕적이고 위험하다……. 우리는 두려워서 이러는 것이 아니다, 한 사람만 행동하고 나머지는 병졸에 불과하다면 그 한 사람이 거짓말할 경우 모두 걸려들 것이다.(탄식. 옳소, 옳소! 전체적인 지지.)

"젠장, 도대체 필요한 게 뭐요?"

"공동의 과업과," 하고 리푸틴이 펄펄 끓었다. "스타브로긴 씨의 하찮은 음모가 무슨 관계가 있는 거요? 그가 뭔가 비밀스러운 방식으로 저쪽 중앙에 소속되어 있다고 쳐요. 이 환상적인 중앙이 정말로 존재한다고 해도 우리는 그런 건 알고 싶지 않아요. 그런데 살인 사건이 일어났고 경찰이 흥분했어요. 실마리를 좇다 보면 이 조직까지 올 겁니다."

"당신과 스타브로긴이 걸려들면 우리도 걸려들 거요." 민중전문가가 덧붙였다.

"게다가 공동의 과업을 위해서는 전혀 쓸모도 없고요." 비르긴스키가 우울하게 끝맺었다.

"무슨 헛소리람! 살인은 우연히 벌어진 일, 페디카가 돈을 훔치려고 한 짓이라니까요."

"음. 그래도 수상한 일치인걸요." 리푸틴이 몸을 움츠렸다.

"정 그러시다면 바로 당신들을 통해 일어난 일이오."

"아니, 어째서 우리를 통해서라는 거요?"

"첫째, 리푸틴, 당신이 직접 이 음모에 가담했고, 둘째, 무엇보다도 당신에게 레뱌드킨을 떠나보내라는 명령이 떨어졌고 돈까지 제공되었건만 무슨 짓을 했소? 만약 떠나보냈다면 아무 일도 없었을 거요."

"그놈을 내보내 낭독시키면 좋겠다는 생각을 제공한 사람은 당신이잖아요?"

"생각은 명령이 아니오. 명령은 떠나보내라는 것이었지."

"명령이라, 상당히 이상한 단어로군……. 오히려 떠나는 걸 저지하라고 명령해 놓고선."

"당신이 오해하고서 제멋대로 멍청한 짓을 저지른 거요. 살인은 — 페디카 짓이고 돈을 훔치려고 그놈 혼자 행동한 거요. 당신은 사람들의 입방아를 듣고 곧이곧대로 믿어 버렸어요. 겁을 먹은 거죠. 스타브로긴은 그렇게 멍청하지 않고 그 증거가 바로, 낮 12시, 부지사를 만난 직후에 떠났다는 거요. 만약 뭐든 꼬투리가 있었다면 백주에 그를 페테르부르크로 보내 주었을 리 없잖소."

"우리도 스타브로긴 씨가 직접 죽였노라고 주장하는 건 아니오." 리푸틴은 거리낌 없이 독살스럽게 말을 받았다. "그도 나처럼 아무것도 몰랐을 수 있어요. 하지만 당신은 내가 숫양이 가마솥에 기어들듯이 그 일에 가담하면서도 아무것도 몰랐음을 너무나 잘 알잖아요."

"그럼 누굴 탓하는 거요?" 표트르 스테파노비치가 무뚝뚝하게 쳐다보았다.

"바로 도시에 불을 질러야 한 자들이죠."

"당신이 그렇게 발뺌하다니 제일 고약한 일이오. 그나저나 한번 읽어 보고 다른 사람들에게도 보여 주는 게 좋을 것 같은데. 그저 정보 제공 차원에서요."

그는 호주머니에서 레뱌드킨이 렘브케에게 보낸 익명의 편지를 꺼내 리푸틴에게 건넸다. 다 읽고 나자 깜짝 놀란 기색이 역력했으며, 생각에 잠긴 듯 옆 사람에게 건넸다. 편지는 재빨리 한 바퀴를 돌았다.

"이게 정말로 레뱌드킨의 필체요?" 시갈료프가 말했다.

"맞아요." 리푸틴과 톨카첸코(즉, 민중 전문가)가 단언했다.

"나는 당신이 레뱌드킨에게 깊은 감동을 받았음을 알기 때문에 그저 정보 제공 차원에서……." 표트르 스테파노비치가 편지를 돌려받으며 반복했다. "이런 식으로, 여러분, 페디카라는 놈이 전적으로 우연히 우리를 위험한 인간에게서 구원해 준 거요. 가끔 우연이란 이런 의미를 지니죠! 교훈적이죠, 그렇지 않소?"

회원들은 재빨리 시선을 주고받았다.

"여러분, 이제 내가 질문을 던질 차례가 왔군요." 표트르 스테파노비치는 다소 거들먹거렸다. "좀 알고 싶은데, 무슨 연유에서 허락도 없이 도시에 불을 지른 거요?"

"뭐라고요! 우리, 우리가 도시에 불을 질렀다고요? 미쳐도 단단히 미쳤군!" 탄식이 터져 나왔다

"여러분이 지나치게 즐긴 건 이해해요." 표트르 스테파노비치는 집요하게 계속했다. "그러나 이건 율리야 미하일로브나를 상대로 한 스캔들은 아니잖소. 내가 여러분을 여기에 불러 모은 것은, 여러분, 여러분이 그토록 멍청하게 책임을 뒤집어쓰게 된 짓거리, 여러분 말고도 너무 많은 사람에게 위협을 안겨 주는 그 짓거리가 어느 정도로 위험한 것인지 설명하기 위

해서요."

"잠깐만요, 우리는 정반대로, 지금 회원들을 싹 따돌리고 그토록 심각하면서도 동시에 이상한 조치를 취한 그놈의 독재와 불평등이 어느 정도인지를 선언하려던 참이었소." 지금까지 입을 다물고 있던 비르긴스키가 거의 격분하며 선언했다.

"그럼, 부정하신다? 하지만 난 여러분이, 다른 누구도 아닌 여러분만이 불을 질렀노라고 주장하는 바요. 여러분, 거짓말하지 말아요, 정확한 정보가 있소. 여러분의 횡포 때문에 공동의 과업마저 위험에 처했소. 여러분은 매듭들로 이어진 무한한 그물망에서 단 하나의 매듭에 지나지 않고 중앙에 맹목적으로 복종해야 합니다. 그런데도 여러분 중 세 사람이 어떤 지시도 받지 않은 상태에서 시피굴린 놈들에게 불을 지르라고 꼬드겼고, 불이 난 거요."

"그 세 사람이 누구요? 우리 중 그 세 사람이 누구냐고요?"

"그저께 새벽 3시가 지났을 무렵, 톨카첸코, 당신이 폼카 자비알로프를 '니자부드카'에서 꼬드겼지."

"당치도 않은 말씀." 그쪽에서는 펄쩍 뛰었다. "나는 그저 한마디를, 그나마도 아무 의도 없이 그냥 했을 뿐인데, 아침에 그가 실컷 두들겨 맞길래 그런 거고, 당장 그만두었어요. 보니까 너무 취했더라고요. 당신이 상기시켜 주지 않았다면 전혀 기억도 못 했을 거요. 말 한마디로 불이 날 리는 없잖아."

"당신은 조그만 불씨 때문에 화약 공장 전체가 공중에 흩어지는 것을 보고서야 놀랄 사람 같군요."

"나는 구석에서 그의 귀에다 속닥댔는데, 당신이 어떻게 알 수 있었죠?" 톨카첸코가 갑자기 생각을 떠올렸다.

"난 거기 탁자 밑에 앉아 있었소. 염려는 붙들어 매요, 여러분, 여러분의 일거수일투족을 다 알고 있으니까. 지금 약삭빠르게 웃는 거요, 리푸틴 씨? 하지만 나는 가령, 당신이 나흘 전 자정에 침실에서 잠자리에 들면서 부인을 꼬집은 일도 알아요."

리푸틴은 입을 쩍 벌렸고 창백해졌다.

(훗날 리푸틴의 이 위업 얘기는 아주 처음부터 돈을 받고 간첩 노릇을 해 온 리푸틴의 하녀 아가피야를 통해서 들었음이 알려졌는데, 나중에 가서야 밝혀진 사실이다.)

"내가 사실을 논증해 봐도 되겠소?" 갑자기 시갈료프가 일어섰다.

"논증해 보시죠."

시갈료프는 자리에 앉더니 옷깃을 여몄다.

"내가 이해하는 한, 게다가 이해하지 않을 수도 없지만, 당신이 직접 처음에 한 번, 그다음에 다시 한번, 아주 멋진 언변으로 — 지나치게 이론적이긴 했음에도 — 매듭들로 이어진 무한한 그물망이 러시아를 뒤덮은 그림을 펼쳐 보였소. 활동 중인 무리는 모두 제각기 새 추종자들을 만들고 하위 지부를 통해 무한히 확장하면서 체계적인 폭로성 선전을 통해 끊임없이 지방 권력의 의의를 실추시키고 주민들 사이에 의혹을 불러일으키고 냉소주의와 스캔들, 대상이 무엇이든 완전한 불신, 최상의 것에 대한 갈망을 조장하며, 끝으로, 특히 필요하다면 예정된 순간에 민중적인 수단인 화재를 일으켜 국가를 심지어 절망 상태로까지 몰아간다는 것을 과제로 삼습니다. 당신의 말을 그대로 기억해 내려고 애썼는데, 어떻습니까? 중앙 위원회에서 전권을 부여받은 자로서 당신이 우리에게 알려 준 활동 프로그램은 지금까지도 우리에게는 전혀 미지의 것이라 거의 환상적이기까지 한데, 이게 맞습니까?"

"맞습니다만, 단, 말을 너무 끄는군요."

"누구에게나 발언권이 있습니다. 당신은 이미 러시아를 덮은 전체적인 그물망의 개별적인 매듭이 이제는 수백 개에 이른다고 우리에게 넌지시 알려 주고 모종의 가정을 펼치길, 각자가 자신의 과업을 잘 수행하면 러시아 전체가 신호에 따라 정해진 때에……."

"에잇, 젠장, 당신이 아니라도 할 일이 산더미 같은데!" 표트르 스테파노비치는 의자에 앉은 채 몸을 돌렸다.

"그럼, 줄여서 질문 하나로 끝내겠습니다. 우리는 벌써 스캔들을 보았고, 주민들의 불만을 보았고, 이곳 행정부의 몰락에 참석도, 가담도 했고, 끝으로, 우리 눈으로 화재도 보았습니다. 한데 당신은 뭐가 못마땅한 거죠? 이게 당신의 프로그램이 아니었던가요? 도대체 뭘 두고 우리를 탓하는 겁니까?"

"그 횡포!"[20] 표트르 스테파노비치가 분기탱천해서 소리쳤다. "내가 여기 있는 동안, 여러분은 내 허락이 없으면 감히 행동할 수도 없었습니다. 됐어요. 밀고가 준비되었고, 내일, 아니 오늘 밤에라도 여러분을 체포할지도 모릅니다. 이게 여러분에

---

20) 키릴로프의 사상이 설파되는 장면에서는 '자유 의지'로 번역되었다.

게 주는 선물이오. 믿을 만한 소식이지."

그러자 모두 진작에 입을 쩍 벌렸다.

"방화를 사주한 자일 뿐만 아니라 5인조로 체포되는 거요. 밀고자는 그물망의 비밀을 다 알고 있어요. 이게 여러분이 저질러 놓은 일이요!"

"분명히, 스타브로긴이다!" 리푸틴이 소리쳤다.

"어떻게…… 스타브로긴이 왜요?" 표트르 스테파노비치는 갑자기 말문이 탁 막힌 것 같았다. "에, 젠장." 그는 당장 빠져나갈 길을 찾아냈다. "그건 샤토프라고요! 다들, 다들 이제 이미 샤토프가 한때 과업에 가담했다는 사실을 알 거요. 나는 그의 의심을 받지 않는 인물들을 통해 그의 동정을 살피면서, 놀랍게도, 그가 그물망의 구조고 뭐고…… 한마디로, 죄다 꿰고 있다는 사실을 알게 되었음을 털어놓아야겠군요. 자기가 예전에 가담했다는 죄목을 벗기 위해서 모두를 밀고할 거요. 지금까지는 그가 계속 망설여서 나도 봐주고 있었소. 이제 여러분은 이놈의 화재로 그를 풀어 준 셈이오. 충격이 큰 나머지 더 이상 망설이지도 않거든요. 내일이면 우리는 방화범으로서, 정치범으로서 체포될 거요."

"그럴 리가 있나? 샤토프가 어떻게 알죠?"

이루 말할 수 없는 흥분이었다.

"모든 것이 전적으로 믿을 만한 얘기요. 여러분에게 내 발자취를 일러 주며 어떻게 알아냈는지 공표할 이유는 없지만 여러분을 위해서 이 정도는 해 줄 수 있소. 즉, 한 인물을 통해서 나는 샤토프에게 영향력을 행사할 수 있고, 그래서 그는 조금도 의심하지 않은 채 밀고를 늦출 테지만 그래 봐야 겨우 스물네 시간이오. 스물네 시간 이상은 못 해요. 그러니까 여러분은 모레 아침까지 신변의 안전이 보장된다고 생각하면 되죠."

모두 말이 없었다.

"결국엔 그놈을 악마한테로 보내 버려야 해!" 톨카첸코가 제일 먼저 소리쳤다.

"진작에 그랬어야 했어!" 럄신이 악의에 차서 끼어들더니 주먹으로 탁자를 쾅 내리쳤다.

"그러나 어떻게 하죠?" 리푸틴이 중얼거렸다.

표트르 스테파노비치는 당장 그 질문을 되받아서 자신의 계획을 늘어놓았다. 내일 밤이 깊어 갈 무렵 샤토프가 비밀리에 보관 중인 인쇄기를 양도받기 위해 그것이 묻힌 외진 장소로 그를 유인한 다음 '거기서 처리하자'는 것이었다. 그는, 지금 우리는 생각하는바, 꼭 필요한 세부적인 사항으로 들어갔고, 독자가 이미 아는, 샤토프가 중앙 조직에 대해 가진 현재의 모호한 태도를 자세히 설명했다.

"모두 그렇더라도," 하고 리푸틴이 힘없이 지적했다. "이번에도…… 그와 같은 새로운 엽기적 사건이 일어나면…… 사람들 머리가 돌지나 않을지."

"그야 의심의 여지가 없죠." 표트르 스테파노비치가 말을 받았다. "그러나 그것도 미리 참작해 두었어요. 혐의를 전혀 받지 않을 방법이 있거든요."

그러고서 그는 키릴로프와 그의 권총 자살 결의에 대해, 신호를 기다리라고, 죽으면서 쪽지를 남기겠다고, 그가 불러 주는 대로 받아쓰고 모든 것을 자기가 떠맡겠다고 약속했다고 아까처럼 정확히 이야기했다.(한마디로, 독자가 벌써 다 아는 내용이다.)

"자신의 목숨을 끊으려는 그의 확고한 결의는 — 철학적인 것인데, 물론 내 생각엔 미친 짓이지만 — 그곳에도 알려졌소.(표트르 스테파노비치는 계속 설명했다.) 그곳에서는 머리카락 한 가닥, 티끌 한 조각도 잃어버리는 법이 없고 모든 것이 공동의 과업을 위해 사용되죠. 이 유용성을 예견하고 그의 의도가 전적으로 진지한 것임을 확신했기에 그에게 러시아까지 오는 경비를 대 주었고(그는 뭔가를 위해서 꼭 러시아에서 죽고 싶어 했거든요.) 그가 반드시 실행해야 하는(그래서 실행했죠.) 임무를 맡겼으며 여기에다 벌써 여러분도 아는 약속인 명령이 떨어지는 그때 자살해야 한다는 의무를 부과했던 거요. 그는 모두 약속했소. 그가 특수한 근거에 따라 과업에 속해 있으며 유용한 존재가 되고 싶어 한다는 점, 유념해요. 더 이상은 털어놓을 수가 없군요. 내일 샤토프 이후에 나는 샤토프의 죽음의 원인이 그에게 있다는 쪽지를 받아 적게 할 거요. 아주 그럴듯할 테죠. 그들은 친구였고 함께 아메리카에 다녀왔고 거기서 다투었고, 이 모든 것이 쪽지에서 설명되겠고…… 또…… 여러 정황을 봐서 키릴로프에게 뭔가 좀 더 받아쓰도록 할 수도 있을 텐데, 가령 격문이나 부분적으로는 화재도 그렇고요. 이건, 하긴, 좀 생각해 보려고요. 염려 말아요, 편견이 없는 사람이니까 모든 것에 서명할 거요."

의구심이 퍼져 나왔다. 환상 소설 같았다. 키릴로프라면, 하긴, 많든 적든 들은 얘기도 좀 있고 리푸틴은 제일 그랬다.

"갑자기 생각이 바뀌어서 싫다고 할 수도 있잖소." 시갈료프가 말했다. "이러나저러나 어쨌든 그는 미치광이니까, 고로, 희망은 희박한 겁니다."

"염려 말아요, 여러분, 그는 하려고 할 거요." 표트르 스테파노비치가 딱 잘라 말했다. "협약에 의하면, 나는 전날 밤에 미리 그에게 알려 줘야 하는데, 그러니까 바로 오늘이죠. 지금 리푸틴에게 나와 함께 그에게 가서 확인해 주십사 청하는 바이고, 여러분, 그가 돌아온 다음 필요하다면 오늘 당장 내 말이 사실인지 아닌지 알려 줄 겁니다. 하긴." 갑자기 무한한 짜증을 내며 불쑥 내뱉었는데, 갑자기 이런 인간들과 이렇게 노랜 시간을 노닥거리면서 이렇게 확신을 주는 것이 놈들한테는 너무 과분한 명예라는 느낌이 든 모양이었다. "하긴 여러분 좋을 대로 행동해요. 여러분이 결정하지 않으면 연맹은 파기되지만 그건 오로지 여러분의 불복종과 변절 때문이오. 그런 식으로 우린 이 순간부터 각자 따로 가는 거요. 그러나 그 경우, 여러분은 샤토프의 밀고와 그것이 초래할 불미스러운 일 말고도 연맹이 결성될 때 단호하게 선언된 작은 불미스러운 일 한 가지를 떠맡아야 할 거요. 나에 관한 한, 여러분, 여러분이 별로 두렵지 않지만…… 내가 여러분과 그렇게 긴밀히 연결되어 있다고는 생각지 말고……. 하긴, 이건 아무래도 상관없어요."

"아니, 우리 결단을 내립시다." 럄신이 선언했다.

"다른 출구가 없군요." 톨카첸코가 중얼거렸다. "리푸틴이 키릴로프에 대해 확증해 준다면, 그러면……"

"난 반대합니다. 내 영혼의 힘을 전부 동원해서 이런 피의 결단은 반대요." 비르긴스키가 자리에서 일어섰다.

"그러나?" 표트르 스테파노비치가 물었다.

"그러나라뇨?"

"당신이 그러나라고 말했고…… 난 기다리는 거요."

"그러나라는 말은 하지 않은 것 같은데요……. 나는 그저 결단을 내린다면, 그러면, 이라고 말하고 싶었던 거요."

"그러면?"

비르긴스키는 입을 다물었다.

"자기 목숨의 안위는 무시할 수 있다고 생각합니다." 갑자기 에르켈이 입을 열었다. "그러나 공동의 과업이 위기에 처할 수 있다면 자기 목숨의 안위를 감히 무시해서는 안 된다고 생각합니다……."

그는 갈피를 잡지 못하고 얼굴을 붉혔다. 다들 하나같이 자신의 상념에 몰두하고 있었음에도 다들 깜짝 놀라 그를 쳐다보았는데, 저놈도 말을 꺼낼 수 있다는 사실이 그토록 뜻밖이었던 것이다.

"난 공동의 과업에 찬성이오." 비르긴스키가 갑자기 말했다.

모두 자리에서 일어났다. 내일 정오에 모두 함께 다시 모이지는 않더라도 다시 한번 정보를 종합하고 그때는 이미 최종적인 조건에 합의하자고 결정했다. 인쇄기가 묻힌 장소가 공표되었고 역할과 의무가 분배되었다. 리푸틴과 표트르 스테파노비치는 함께 서둘러 키릴로프에게 갔다.

2

샤토프가 밀고하리라는 점을 우리 편 모두 믿었다. 그러나 표트르 스테파노비치가 자기들을 졸병처럼 마구 갖고 노는 점 또한 믿고 있었다. 그다음, 어쨌든 내일 한 세트로 그 장소에 나타날 것이고 샤토프의 운명이 결정되었다는 점도 모두 알았다. 갑자기 파리들이 거대한 거미가 떡 버티고 있는 거미줄에 걸려든 것 같은 느낌이 들었다. 성질이 났음에도 무서워서 벌벌 떨었으니 말이다.

표트르 스테파노비치는 의심의 여지 없이 그들에게 잘못을 저질렀다. 만약 그가 현실을 장식하는 데 손톱만큼이라도 마음을 썼더라면 모든 것이 훨씬 더 조화롭고 수월했으리라. 모종의 사실을 점잖은 방식, 즉 로마 시민다운 방식 같은 것으로 설명해 주지 않고 그저 조잡한 공포만 조장하고 네놈들 살가죽을 벗기겠노라고 협박했으니, 이미 너무 무례했던 것이다. 물론, 모든 것이 생존 경쟁이고 또 다른 원칙이 있을 수 없으며 모두 그런 줄 알지만, 정말이지 그럼에도…….

그러나 표트르 스테파노비치는 로마 시민을 주무르고 있을 여유가 없었다. 그 자신이 이미 궤도에서 벗어나 있었다. 스타브로긴의 도주는 그의 넋을 빼놓았을 뿐만 아니라 아예 짓눌러 버렸다. 스타브로긴이 부지사를 만났다는 건 그의 거짓말이었다. 그러니까 그가 아무도 만나지 않고 심지어 어머니도 만나지 않고 떠났다는 점이 문제였으며, 정말 이상하게도, 누구 하나 그를 성가시게 하지 않았다.(나중에 당국은 이 일에 대해 특별 해명을 해야 했다.) 표트르 스테파노비치는 하루 종일 수소문을 했음에도 일단은 아무것도 알아내지 못했기 때문에 전에 없이 심한 불안에 휩싸였다. 아니, 그가 그렇게 단칼에 스타브로긴을 단념할 수 있었겠는가, 어떻게 그럴 수 있으랴! 바로 이 때문에 우리 편을 별로 부드럽게 어루만져 줄 수 없었던 것이다. 게다가 그들은 그에게 두 손이 꽁꽁 묶여 있는 상태였다. 즉시 스타브로긴을 쫓아가리라고 이미 결정된 판에 샤토프가 발목을 잡고 있으니 만일에 대비해 5인조를 결정적으로 옭아매 놓아야 했다. '5인조도 그냥 버려둘 순 없지, 쓸모가 있을지도 모르는데.' 그가 이렇게 판단했으리라는 것이 내 추측이다.

그런데 샤토프에 관한 한, 그가 밀고하리라고 전적으로 확신했다. 우리 편에게 밀고에 관해 한 말은 몽땅 거짓말이었다. 그런 밀고장을 본 적도, 그런 얘기를 들은 적도 결코 없었지만, 그것을 2 곱하기 2처럼 확신했다. 그가 보기에는 샤토프가 무슨 일이 있어도 지금 이 순간을 — 리자의 죽음, 마리야 티모페예브나의 죽음을 — 견뎌 내지 못해서 바로 지금 기어코 결단을 내릴 것만 같았다. 이렇게 가정할 만한 무슨 증거가 있었는지 누가 알겠는가. 그가 샤토프를 개인적으로 증오한다는 것도 널리 알려진 사실이었다. 언젠가 그들 사이에 다툼이 있었고 표트르 스테파노비치는 그 모욕을 결코 용서하지 않았다. 나는 심지어 이것이 가장 주된 원인이었다고 확신한다.

우리 도시의 보도는 벽돌이 깔린 좁다란 길인데 어쩌다 널빤지를 깔아 놓은 곳도 있었다. 표트르 스테파노비치는 보도를 전부 혼자 차지한 채 리푸틴에게는 손톱만큼도 주의를 기울이지 않고 한가운데를 성큼성큼 걷고 있었으며, 리푸틴은 나란히 걸을 공간이 전혀 없는 탓에 한 걸음쯤 뒤처져서 발걸음을 재촉하거나 나란히 걸으며 무슨 얘기라도 나누려면 길거리의 진흙탕으로 내려가야만 했다. 표트르 스테파노비치는 갑자기, 불과 얼마 전에 바로 지금의 자신처럼 보도를 전부 차지하고 한가운데로 성큼성큼 걷는 스타브로긴을 쫓아가기 위해 그 자신이 꼭 이처럼 진흙탕을 밟으면서 걸음을 재촉했던 일을 떠올렸다. 그 장면이 전부 떠오르자 너무도 열이 받쳐 숨이 막힐 것만 같았다.

그러나 리푸틴도 울화통이 터져 숨이 막힐 것만 같았다. 표트르 스테파노비치가 우리 편 따위야 좋을 대로 취급한다고 해도, 그에게는? 정말이지 그는 모든 우리 편보다 더 많이 알고 과업에도 제일 가까이, 제일 친밀하게 연결되어 있고 지금까지 비록 간접적이지만 끊임없이 과업에 참가해 왔다. 오, 그는 표트르 스테파노비치가 극단적인 경우에는 심지어 지금도 자기를 파멸시킬 수 있음을 알았다. 안 그래도 그는 표트르 스테파노비치를 벌써 오래전부터 증오해 왔는데, 어떤 위험 때문이 아니라 그의 거만한 태도 때문이었다. 이런 과업을 결행해야 하는 지금, 그는 우리 편을 전부 합친 것보다 훨씬 더 악에 받쳐 있었다. 오, 슬프게도, 그는 내일 자기가 틀림없이 '노예처럼' 제일 먼저 그 장소에 가 있을 것을, 더욱이 나머지 모두를 데리고 갈 것을 알았고, 지금부터 내일까지 어떻게든 표트르 스테파노비치를 죽일 수 있었더라면 반드시 죽였으리라.

자기만의 느낌에 빠진 그는 침묵한 채 종종걸음으로 자신의 고문자를 쫓아갔다. 그 고문자는 그를 잊은 것 같았다. 간간이 그저 부주의하고 무례하게 팔꿈치로 그를 찌를 뿐이었다. 표트르 스테파노비치는 갑자기 우리 도시에서 가장 이름난 거리에서 걸음을 멈추더니 술집으로 들어갔다.

"어디 가는 거죠?" 리푸틴이 펄펄 끓었다. "아니, 술집이잖아요."

"비프스테이크가 먹고 싶어서요."

"당치도 않은 소리, 여기는 언제나 사람이 들끓는다고요."

"그게 뭐 어때서."

"그러나…… 우리는 늦었어요. 벌써 10시인걸요."

"그곳이라면 늦을 것도 없죠."

"하지만 내가 늦잖아요! 저들은 내가 돌아오길 기다리는데."

"그게 뭐 어때서요. 당신이 저들한테 간다는 것은 멍청한 짓이지. 난 당신들이 난동을 부리는 바람에 오늘 밥도 못 먹었어요. 그리고 키릴로프라면 늦을수록 더 믿을 만해요."

표트르 스테파노비치는 특실을 차지했다. 리푸틴은 분하고 골이 난 상태로 저쪽 어딘가에 앉아 그가 먹는 꼴을 쳐다보았다. 반 시간도 더 지났다. 표트르 스테파노비치는 서두르지도 않고 맛있게 먹었으며 벨을 눌러 겨자를 더 달라고 하고 그다음에는 맥주를 요구했으며 그 와중에도 말 한마디 하지 않았다. 깊은 생각에 잠겨 있기도 했다. 그는 두 가지 일, 즉 맛있게 먹는 일과 깊은 생각에 잠기는 일을 할 수 있었다. 리푸틴은 마침내 그가 너무 미워서 그에게서 떨어져 나갈 힘조차 없었다. 이건 일종의 신경 발작 같은 것이었다. 그는 표트르 스테파노비치가 입안으로 가져간 비프스테이크 조각을 하나하나 셌고 그가 입을 벌리는 꼬락서니, 씹어 먹는 꼬락서니, 입맛을 다시며 고기 조각의 즙을 더 쪽쪽 빨아 먹는 꼬락서니가 정말로 미웠고, 비프스테이크마저도 미웠다. 마침내 눈앞이 핑핑 도는 듯싶었다. 머리도 살짝 돌기 시작했다. 열기와 냉기가 번갈아 그의 등골을 훑고 지나갔다.

"아무것도 하지 않고 있으니 읽어 봐요." 표트르 스테파노비치가 갑자기 종이 한 장을 던져 주었다. 리푸틴은 촛불 쪽으로 다가갔다. 종이에는 깨알 같은 글자가 가득했는데 필체가 아주 엉망이고 행마다 수정한 자국이 있었다. 그가 간신히 다 읽었을 때 표트르 스테파노비치는 벌써 계산을 하고 나가는 참이었다. 보도에서 리푸틴은 그에게 종이를 다시 내밀었다.

"당신이 가지고 있어요. 나중에 얘기해 주겠어요. 그나저나, 어떻게 생각해요?"

리푸틴은 온몸을 부르르 떨었다.

"내 견해로는…… 이런 격문은…… 웃긴 바보짓에 지나지 않아요."

분노가 치밀어 올랐다. 그는 자기가 사람들한테 잡혀서 끌려가는 것 같은 느낌이 들었다.

"만약 우리가 이런 격문을," 하며 그는 온몸에 자잘한 전율을 느꼈다. "뿌리기로 결정한다면, 우리 자신의 멍청함과 사태에 대한 무지로 인해 경멸의 대상이 될 뿐입니다."

"음. 나는 생각이 달라요." 표트르 스테파노비치는 단호하게 걸음을 내디뎠다.

"나야말로 생각이 다른데요. 정말로 이걸 직접 작성했나요?"

"그건 당신이 상관할 일이 아니지."

"내 생각에는 또 「빛나는 인물」이라는 시 나부랭이, 세상에서 제일 걸레쪽 같은 그 시는 절대 게르첸이 쓴 것일 리 없어요."

"거짓말도 참. 훌륭한 시던데."

"내가 또 놀라는 건, 가령," 하고 리푸틴은 기운이 펄펄 나는지 줄곧 폴짝폴짝 뛰며 설쳐 댔다. "우리에게 모든 것을 전복시키려는 목적으로 행동할 것을 제안한다는 사실입니다. 유럽이라면, 그곳에는 프롤레타리아가 있으니까, 모든 것이 전복되길 바라는 것이 자연스러운데, 여기 우리는 아마추어에 지나지 않아서 내 생각으로는 먼지만 일으키고 있어요."

"난 당신이 푸리에주의자라고 생각했는데."

"푸리에는 이러지 않았어요, 전혀 이러지 않았다고요."

"헛소리라는 건 알아요."

"아니, 푸리에는 헛소리가 아닙니다……. 죄송하지만, 5월에 봉기가 일어난다는 건 절대 믿을 수 없어요."

리푸틴은 심지어 단추까지 풀었는데, 그 정도로 더운 모양이었다.

"뭐, 됐고, 이제는 잊어버리지 않도록," 하며 표트르 스테파노비치는 끔찍이도 냉정하게 훌쩍 건너뛰었다. "이 종이를 당신 손으로 직접 타자해서 인쇄해야 할 거요. 우리가 샤토프의 인쇄기를 파 내면 그건 내일 당신이 맡도록 하시오. 가능한 한 이른 시일 안에, 가능한 한 많은 양을 타자해서 인쇄한 다음 겨울 내도록 뿌리는 거요. 자금에 대해서는 지시가 있을 거요. 가능한 한 많은 양을 인쇄해야 하는데, 다른 곳에서도 당신에게 요구할 테니까."

"싫어요, 정말 죄송하지만, 나는 그런 책임은 맡을 수 없어요……. 거절하겠어요."

"그래도 맡게 될걸요. 나는 중앙 위원회의 지시에 따라 행동하고 당신은 복종해야 하니까."

"하지만 외국에 있는 우리 중앙 본부가 러시아의 현실을 잊고 온갖 관계망을 파괴했고 그 때문에 잠꼬대만 하는 게 아닌가 싶고……. 나는 심지어 러시아에 수백 개의 5인조가 있기는커녕 우리만이 유일한 5인조이며 그물망이란 아예 없다는 생각마저 들어요." 마침내 리푸틴이 한숨을 쉬었다.

"당신으로서는 과업을 믿지도 않으면서 그것을 위해 뛰기 시작했으니 참 경멸할 일이고, 이제는 비열한 개새끼처럼 내 뒤를 졸졸 따라 뛰고 있군요."

"아니, 안 가요. 우리는 떨어져 나가서 새로운 조직을 결성할 권리가 충분히 있어요."

"멍-청이!" 표트르 스테파노비치는 갑자기 위협적으로 으르렁거렸고 두 눈을 번득였다.

두 사람은 잠깐 서로를 노려보며 서 있었다. 표트르 스테파노비치는 몸을 돌린 다음 자신감에 차서 가던 길을 계속 갔다.

리푸틴의 머릿속에서는 '몸을 돌려서 되돌아가겠어. 지금 돌리지 않으면 결코 되돌아가지 못할 거야.'라는 생각이 번개처럼 스쳐 지나갔다. 이런 생각을 하며 그는 꼭 열 걸음을 걸어갔지만, 열한 번째 걸음에서 어떤 새롭고 절망적인 생각이 머릿속에서 타올랐다. 그는 몸을 돌리지도, 되돌아가지도 못했다.

필리포프 집에 다 왔지만, 아직 도달하지는 못한 상태에서 골목을, 아니 더 정확히, 눈에 띄지 않는 담장 옆 오솔길을 따라 걷고 있었고, 그 때문에 얼마 동안 경사가 급한 도랑 옆을 지나가야 했고 발이 미끄러지지 않도록 담장을 꼭 잡아야 했다. 비뚤어진 담장의 가장 어두운 모퉁이에서 표트르 스테파노비치가 나무판자를 꺼냈다. 구멍이 생겨났고 그는 당장 그리로 기어들어 갔다. 리푸틴은 깜짝 놀랐지만, 이번에는 자기도 기어들어 갔다. 그다음엔 아까처럼 나무판자를 끼워 놓았다. 이것이 바로 페디카가 키릴로프 집으로 드나들던 비밀 통로였다

"샤토프는 우리가 여기 있는 것을 알면 안 돼요." 표트르 스테파노비치가 리푸틴에게 엄격하게 속삭였다.

3

키릴로프는, 이 시각이면 언제나 그렇듯, 가죽 소파에 앉아서 차를 마시고 있었다. 그는 들어오는 사람들을 맞이하러 일어나지는 않았지만 어쩐지 온몸을 앞으로 내밀며 그들을 불안한 눈으로 쳐다보았다.

"빈틈이 없군요." 표트르 스테파노비치가 말했다. "바로 그 일 때문에 왔거든요."

"오늘?"

"아니, 아니오. 내일…… 이 시간쯤에."

그리고 그는 서둘러 탁자 옆에 붙어 앉았고 불안에 떠는 키릴로프를 좀 염려스러운 듯 들여다보았다. 하지만 상대방은 벌써 진정하고 평소와 다름없는 시선으로 쳐다보고 있었다.

"바로 이 사람들이 통 안 믿어요. 내가 리푸틴을 데려와서 화난 건 아니죠?"

"오늘은 화가 안 나지만, 내일은 혼자 있고 싶소."

"그러나 내가 오기 전에는 안 되고 내가 보는 데서."

"당신이 보는 데서는 싫은데."

"당신은 내가 불러 주는 대로 모두 쓰고 서명하겠다고 약속한 거, 기억할 테죠."

"난 아무래도 좋아요. 지금은 오래 있을 거요?"

"어떤 사람을 만나야 해서 삼십 분쯤 여유가 있는데, 정 원하신다면야, 그 삼십 분 동안 앉아 있도록 하죠."

키릴로프는 침묵했다. 리푸틴은 그러는 사이 저쪽, 대주교의 초상화 밑에 자리를 잡았다. 좀 전의 절망적인 생각이 점점 더 그의 머리를 사로잡았다. 키릴로프는 거의 그를 인지하지도 못했다. 리푸틴은 이전부터 키릴로프의 이론을 알고 언제나 그를 비웃었다. 그러나 지금은 침묵한 채 음울하게 주변을 둘러보았다.

"그런데 차라면 사양하지 않겠는데." 표트르 스테파노비치가 몸을 움직였다. "지금 비프스테이크를 먹었고 차는 당신 집에서 마실 요량이었거든요."

"마셔요, 그럼."

"전에는 당신이 먼저 대접했죠." 표트르 스테파노비치는 다소 신랄하게 지적했다.

"그건 아무래도 좋아요. 리푸틴 씨도 마셔요."

"아닙니다, 난…… 그럴 수 없어요."

"싫은 거요, 그럴 수 없는 거요?" 표트르 스테파노비치는 잽싸게 몸을 돌렸다.

"난 이분 집에선 마시지 않을 겁니다." 리푸틴은 인상을 쓰며 거절했다. 표트르 스테파노비치는 양미간을 찌푸렸다.

"신비주의 냄새가 나는군. 젠장, 당신들이 죄다 어떤 사람들인지 누가 알겠어!"

아무도 그에게 대답하지 않았다. 꼬박 일 분 동안 침묵했다.

"그러나 나는 하나는 알아요." 그가 갑자기 예리하게 덧붙였다. "어떤 편견을 갖든 우리 중 누구도 의무 수행을 면제받을 수 없다는 사실이죠."

"스타브로긴은 떠났소?" 키릴로프가 물었다.

"그래요."

"거참 잘했군요."

표트르 스테파노비치는 두 눈을 번득이는 듯했지만 꾹 참았다.

"당신이 어떻게 생각하든 아무래도 좋지만, 단, 각자 자신의 약속은 지켜야지."

"나는 내 약속을 지킬 거요."

"하긴 나는 당신이 독립적이고 진보적인 사람으로서 자신의 의무를 수행하리라고 언제나 확신했어요."

"당신은 웃겨요."

"그건 그렇다 치고, 당신을 웃기게 돼서 매우 기쁘군요. 난 내가 쓸모가 있다면 언제나 기쁘거든요."

"내가 권총으로 나 자신을 쏴 주면 아주 좋겠는데, 갑자기 안 할까 봐 무섭죠?"

"그야 그러니까, 당신이 직접 당신의 계획을 우리 활동과 연결했잖습니까. 우리는 당신의 계획을 염두에 두고 벌써 다소 진행을 했고, 때문에 당신은 절대 거절할 수 없을 겁니다, 당신이 우리를 끌어들였으니까."

"그럴 권리는 전혀 없을 텐데."

"알아요, 안다고요, 완전히 당신의 자유 의지에 달린 것이고 우린 아무것도 아니지만, 단, 당신의 그 완전한 자유 의지가 완성되었으면 하는 거죠."

"그럼 내가 당신들의 모든 추잡한 짓을 책임져야 한다는 말이오?"

"들어 봐요, 키릴로프, 겁먹은 건 아니죠? 거절하고 싶으면 지금 당장 그렇게 알려요."

"난 겁먹지 않아요."

"당신이 너무도 많이 캐물어서 그런 겁니다."

"곧 떠날 거요?"

"또 물어보는 겁니까?"

키릴로프는 경멸적으로 그를 훑어보았다.

"거참, 이봐요." 표트르 스테파노비치는 점점 더 화가 나고 불안해져서 적절한 어조를 못 찾고 계속했다. "고립되기 위해서, 집중하기 위해서 내가 떠나 주길 바라는군요. 그러나 이 모든 것이 당신에게, 누구보다도 당신에게 위험한 징조예요. 당신은 생각을 많이 하고 싶어 하죠. 내 생각엔 생각하지 않고 그냥 그러는 편이 더 낫거든요. 사실, 내 속을 어지간히도 썩이네요."

"난 오직 한 가지, 그 순간 당신 같은 파충류가 내 옆에 있으리라는 것이 아주 추악할 따름이오."

"뭐, 그야 아무려면 어때요. 그럼 그 시간에는 밖으로 나가 현관에 서 있도록 하죠. 당신이 죽으면서 이처럼 무심하게 굴지 않으면…… 이 모든 것이 매우 위험합니다. 난 현관에 나가 있을 테니까, 나는 아무것도 이해하지 못하는 놈이고 당신보다 무한히 더 저열한 놈이라고 생각해요."

"아니, 당신은 무한히 그런 정도는 아니오. 당신은 수완은 대단하지만, 이해하지 못하는 것이 매우 많은데, 저열한 인간이기 때문이오."

"매우 기뻐요, 매우 기쁘다고요. 즐거움을 주다니 매우 기쁘다고 벌써 얘기했죠…… 이런 순간에."

"당신은 아무것도 이해하지 못하고 있소."

"즉, 나는…… 어떤 경우든 존경심을 갖고 듣고 있어요."

"당신은 아무것도 할 수 없어. 심지어 지금도 그 하찮은 분노조차 감출 줄 모르잖아요, 드러내는 것이 당신에게 이롭지 않음에도. 당신이 나를 열 받게 만드는 바람에 갑자기 반년은 족히 더 살고 싶을 거요."

표트르 스테파노비치는 시계를 쳐다보았다.

"난 당신의 이론이라면 아무것도 이해하지 못했지만, 당신이 우리를 위해 그것을 고안한 것이 아니며 고로 우리가 없어도 수행하리라는 것은 알아요. 또 당신이 관념을 먹어 치운 것이 아니라 관념이 당신을 먹어 치운 것이며 고로 연기하지 못하리라는 것도 알아요."

"뭐라고요? 관념이 나를 먹어 치웠다고요?"

"그래요."

"내가 관념을 먹어 치운 것이 아니라? 거참 좋군요. 당신은 새대가리야. 당신은 오직 약을 올릴 뿐이지만 나는 자랑스러워요."

"멋지군요, 멋져요. 그래야죠, 당신은 자랑스러워해야 해요."

"됐어요. 다 마셨으면 가시오."

"젠장, 그래야겠군." 표트르 스테파노비치가 일어섰다. "그렇지만 어쨌든 너무 일러. 들어 봐요, 키릴로프, 내가 먀스니치하 집에서 그 인간을 만날 수 있을까요, 알겠죠? 아니면 그녀도 거짓말을 한 건가요?"

"못 만날 거요, 그는 그곳이 아니라 여기 있으니까."

"아니, 여기라니, 젠장, 어디요?"

"부엌에 앉아서 먹고 마시고 있소."

"아니, 그놈이 어떻게 감히?" 격노한 표트르 스테파노비치는 얼굴이 벌게졌다. "그놈은 기다려야 했을 텐데…… 헛소리야!

그놈은 여권도, 돈도 없거든!"

"모르겠어요. 그는 작별 인사를 하러 왔어요. 옷도 입고 채비도 하고. 떠나면 돌아오지 않을 테죠. 당신이 비열한 놈이기 때문에 당신의 돈 따윈 기다리고 싶지 않다고 하더군요."

"아-아! 그놈은 두려운 거로군. 내가…… 이제 내가 그놈을 어쩔 수 있으니까. 만약……. 그놈이 어디, 부엌에 있다고요?"

키릴로프는 작고 어두운 방으로 통하는 옆문을 열었다. 이 방에서 세 계단 아래로 내려가면 부엌, 곧장 칸막이가 쳐진 작은 방이었는데, 보통 하녀의 침대가 놓여 있었다. 바로 이곳 한구석의 성상 밑, 아무것도 씌우지 않은 널빤지 탁자 앞에 지금 페디카가 앉아 있는 것이었다. 탁자 위, 그의 앞에는 보드카 병이 있고 접시에는 빵이, 점토 그릇 속에는 감자가 들어간 싸늘한 쇠고기 조각이 담겨 있었다. 그는 썰렁한 표정으로 음식물을 씹어 먹었고 벌써 반쯤 취해 있었으나, 모피 외투를 입고 앉아 있는 것으로 보아 길 떠날 채비를 완전히 갖추었음이 분명했다. 칸막이 뒤에서는 사모바르가 끓고 있지만 페디카를 위한 것이 아니라 틀림없이 페디카가 직접 바람을 불어 불을 붙이고 올려놓은 것인데, 벌써 일주일쯤 전부터 매일 밤 '밤마다 차를 드시는 습관이 있는 알렉세이 닐리치를 위해서'였다. 쇠고기와 감자는 하녀를 두지 않은 까닭에 키릴로프가 벌써 아침에 페디카를 위해 구웠으리라는 것이 나의 확고한 생각이다.

"네놈이 생각해 낸 게 바로 이거냐?" 표트르 스테파노비치는 공처럼 아래로 뛰어 내려갔다. "왜 명령한 장소에서 기다리지 않았지?"

그는 주먹을 휘둘러 탁자를 쾅 내리쳤다.

페디카는 거들먹거렸다.

"잠깐만, 표트르 스테파노비치, 잠깐만." 그는 멋을 부리듯 단어마다 강세를 주면서 말문을 열었다. "당신이 여기서 제일 먼저 꼭 알아야 할 것은 당신이 키릴로프 씨를 점잖게 방문한 상태라는 사실이고, 당신은 알렉세이 닐리치 집에서 언제나 구두나 닦으면 제격이지, 이분은 당신에 비하면 교양 있는 지성이지만 당신은 고작해야, 쳇!"

그는 멋을 부리듯, 저쪽으로 마른침을 탁 뱉었다. 교만, 결의, 첫 폭발 직전에 이른, 다소간 극히 위험하고 가장된, 평온하게 조곤조곤 따지는 태도가 엿보였다. 그러나 표트르 스테파노비치는 이미 이런 위험을 인지할 여유도 없었고 더욱이 그의 세계관과 맞지도 않았다. 그날의 사건들과 실패들 때문에 머리가 빙빙 돌았다……. 리푸틴은 호기심을 갖고 세 번째 계단 위, 어두운 골방에서 아래쪽을 엿보고 있었다.

"미리 얘기된 곳으로 가는 기차 생각이, 믿을 만한 여권과 충분한 돈을 받을 마음이 있는 거야, 없는 거야? 그래, 안 그래?"

"이봐, 표트르 스테파노비치, 당신은 아주 처음부터 나를 비난하기 시작했는데, 당신은 나에 비하면 진짜 비열한 놈이거든. 어쨌든 당신은 더러운 인간의 탈을 쓴 이[蝨]에 불과해. 내가 생각하는 당신은 이렇단 말씀. 무고한 피의 대가로 나에게 거금을 준다고 했고 스타브로긴 씨를 대신해서 맹세도 했지만 실은 당신이 제멋대로 말한 것에 불과했어. 나는 손톱만큼도 가담하지 않았지만, 1500루블은 고사하고 스타브로긴 씨가 얼마 전에 당신의 따귀를 찰싹찰싹 갈겼다는 거, 우리도 벌써 알아. 이제 당신은 다시 나를 협박하면서 돈을 주겠다고 하지만, 무슨 일이냐고 하면 입을 다물지. 그런데 내가 머리를 굴려 보니까 나를 페테르부르크로 보내는 건, 내가 뭐든 쉽게 믿는 놈이라는 점에 기대서 어떻게든 스타브로긴 씨, 즉 니콜라이 프세볼로도비치에게 분풀이를 하기 위해서야. 이걸 보면 당신이야말로 제일의 살인자라는 결론이 나오지. 당신의 그 못돼 먹은 짓거리 때문에 하느님을, 저 참된 조물주를 더 이상 믿지 않게 되었다는 한 가지 사실만으로도 벌써 당신이 어떤 놈인지 알겠지? 고작해야 우상 숭배자에 지나지 않고 타타르 놈이나 모르다바 놈과 똑같은 수준인 거지. 알렉세이 닐리치는 철학자니까 진정한 하느님, 조물주, 창조주에 대해, 세계의 창조, 묵시록의 온갖 피조물과 온갖 짐승의 변형에 대해, 마찬가지로 그들의 미래의 운명에 대해 당신한테 수차례에 걸쳐 설명해 주었어. 그러나 당신은 돌대가리 우상처럼 귀도 먹고 말도 못 해서 계속 고집만 부리고 소위보 에르켈레프[21]를 소위 무신론자인 저 악당-유혹자로 이 일에 끌어들인 거야."

"아, 이놈, 이 주정뱅이 상판대기야! 네놈이 성상을 훔쳐 놓고서는 지금 하느님이 어쩌고저쩌고 설교를 해!"

"난, 이봐, 표트르 스테파노비치, 내가 훔쳤다고 분명히 말

21) 에르켈을 잘못 발음한 것.

할 수 있어. 그러나 그저 진주만 뜯어냈을 뿐인데, 내 눈물이 내가 받은 모욕 때문에 그 순간 하느님의 도가니 앞에서 진주로 변했을지도 모른다는 걸 당신이 어떻게 알겠어, 이 몸은 당장 피난처도 없는 고아나 다름없거든. 당신도 책을 통해 알겠지만 언젠가 옛날 옛적에 어떤 상인이 꼭 이렇게 눈물을 흘리고 한숨을 쉬고 기도를 하면서 성스러운 성모의 후광을 만들어 주는 진주를 약탈한 다음 나중에 모두가 보는 앞에서 무릎을 꿇고 경배하면서 훔친 물건을 죄다 그 받침대 앞에 다시 갖다 놓았더니, 중재자인 성모 마리아가 모든 사람 앞에서 그를 성의(聖衣)로 가려 주었고, 그래서 그것에 따라 심지어 그 당시에도 기적이 일어났고 당국에서는 모두 정확하게 국서에 기록하라고 명령했다더군. 그런데 당신은 쥐를 풀어놓았고, 즉 바로 신의 손가락에 상욕을 퍼부은 격이야. 만약 당신이 원래부터 나의 주인이 아니었다면, 내가 당신을 소년 시절부터 품에 안고 키운 사이가 아니었다면 지금 당장 여기서 한 발짝도 물러서지 않고 네놈을 처치해 버렸을 거야!"

표트르 스테파노비치는 분해서 죽을 지경이었다.

"말해, 오늘 스타브로긴을 만났지?"

"당신이 감히 나한테 그걸 캐물을 순 없을걸. 스타브로긴 씨는 당신이라면 까무러칠 정도인데, 자신의 의향으로 가담한 것도 아니고, 무슨 지시는커녕 돈도 어림없었어. 당신이 멋대로 나를 끌어들인 거야."

"넌 돈을 받을 테고, 2000루블도 받을 거다, 페테르부르크의 그 장소에서 전부 다, 거기다 더 받을 거야."

"이봐, 친애해 마지않는 선생, 잘도 시부렁거리는데, 내 눈엔 당신이 우스워 보여. 어쩜 그렇게 생각이 짧은지. 스타브로긴 씨는 당신에 비하면 계단 위에 서 있는 반면 네놈은 계단 저기 아래쪽에서 멍청한 개새끼처럼 짖어 대는 꼴이라, 그분이 위에서 침을 뱉어 주는 것도 당신한테 과분한 영광이라고 생각하시지."

"아는지 모르겠는데," 하고 표트르 스테파노비치는 분해서 날뛰었다. "내 네놈을, 이 추잡한 놈아, 여기서 한 발짝도 못 나가게 하고 곧장 경찰에 넘겨줄 텐데?"

페디카는 벌떡 일어나더니 분노가 차오르는 두 눈을 번득였다. 표트르 스테파노비치는 권총을 꺼냈다. 그 순간, 눈 깜짝할 사이에 혐오스러운 일장 소극이 연출되었다. 표트르 스테파노비치가 권총을 겨누기도 전에 페디카가 순간적으로 잽싸게 몸을 빼더니 있는 힘껏 그의 뺨을 때렸다. 그 순간 또다시 뺨을 때리는 저 끔찍한 소리가, 세 번째, 네 번째 찰싹 소리가 들려왔다. 표트르 스테파노비치는 완전히 정신이 나간 채 눈알을 부라리며 뭐라고 중얼거리더니 갑자기 쿵 소리를 내며 선 자세 그대로 마룻바닥에 쓰러졌다.

"당신에게 바치는 거요, 이놈을 가져가요!" 페디카는 승리감에 가득 차서 몸을 배배 꼬면서 소리쳤다. 그리고 눈 깜짝할 새에 모자를 거머쥐고 의자 밑에서 보따리를 챙겨 싹 사라졌다. 표트르 스테파노비치는 의식을 잃고 신음했다. 리푸틴은 심지어 살인이 일어났다고 생각했다. 키릴로프가 황급히 부엌으로 달려왔다.

"이 사람에게 물 좀!" 하고 소리친 다음 양동이에서 쇠 국자로 물을 퍼 그의 머리에 들이부었다. 표트르 스테파노비치는 좀 꿈틀대더니 고개를 들었고 앉은 다음에는 앞을 멍하니 바라보았다.

"그래, 어때요?" 키릴로프가 물었다.

그는 여전히 아무것도 못 알아보겠다는 듯 주의 깊게 상대를 쳐다보았다. 그러나 부엌에서 몸을 내민 리푸틴을 발견하자 예의 그 흉측한 미소를 짓더니 갑자기 벌떡 일어나 마룻바닥에 떨어진 권총을 잡았다.

"내일 저 비열한 스타브로긴처럼 도망갈 생각을 한다면……" 그는 완전히 창백해진 채 말도 더듬더듬 부정확한 단어를 내뱉으며 미친 듯 키릴로프에게 달려들었다. "난 지구 끝까지라도 쫓아가서 당신을…… 파리 새끼처럼 매달아…… 눌러 죽일 거요…… 알겠냐고요!"

그는 권총을 곧바로 키릴로프의 이마에 갖다 댔다. 그러나 거의 바로 그 순간 마침내 완전히 정신을 차려 손을 거두고 권총을 호주머니 속에 집어넣은 다음 더 이상 한마디도 하지 않고 집을 뛰어나갔다. 리푸틴은 그를 따라갔다. 그들은 아까 그 개구멍으로 기어나가 다시 담장에 의지해 비탈을 지나갔다. 표트르 스테파노비치가 골목을 재빨리 성큼성큼 걸어갔기 때문에 리푸틴은 따라가기도 힘들었다. 첫 교차로에서 갑자기 그가 걸음을 멈추었다.

"자, 어때요?" 그는 도전하듯 리푸틴에게로 몸을 돌렸다.

리푸틴은 권총을 기억했고 아까의 장면 때문에 여전히 온

몸을 벌벌 떨고 있었다. 그러나 대답이 어쩐지 갑자기, 억누르지 못한 채 그의 혓바닥에서 튀어나왔다.

"내 생각엔…… 내 생각엔 '그런 초조한 마음으로는 스몰렌스크에서 타시켄트까지 대학생을 도저히 못 기다릴 겁니다.'"

"페디카가 부엌에서 뭘 마셨는지 봤소?"

"뭘 마셨냐고요? 보드카죠."

"자, 그럼, 그놈이 인생에서 마지막으로 보드카를 마셨다는 걸 명심해 둬요. 앞으로 생각을 잘 정리하도록 기억하라고 충고하는 거요. 이제는 꺼져 버리시지, 내일까지는 필요 없으니까……. 그러나 나를 잘 봐요. 바보짓 하지 말 것!"

리푸틴은 쏜살같이 집으로 내달았다.

4

그는 벌써 오래전부터 타인 명의의 여권을 마련해 두었다. 생각만 해도 해괴망측하지만, 가족에게야 하찮은 폭군이지만 어쨌든 관리이고(푸리에주의자임에도) 꼼꼼한 사람, 끝으로 무엇보다도 자본가에 고리대금업자인 그가 벌써 오래전부터 만일의 경우에 대비해 여권을 마련해 둘 환상적인 생각을 품었으며, 혹시…… 그 도움을 받아 외국으로 빠져나갈 요량이었고, 물론 그 자신도 이 혹시!가 정확히 뭘 의미할 수 있는지 공식화할 순 없었음에도 이 혹시……의 가능성만은 인정했다.

그러나 이제 갑자기 저절로 공식이, 그것도 가장 예기치 못한 종류의 공식이 나왔다. 보도에서 표트르 스테파노비치에게서 그 '바보' 소리를 듣고 키릴로프의 집에 들어갈 때 들었던 절망적인 생각이란 바로, 내일 당장 날이 밝기 전에 모든 것을 내팽개치고 외국으로 망명하자는 것이었다! 이런 환상적인 일이 우리의 흔해 빠진 현실 속에서 종종 일어난다는 점을 믿지 못하는 사람은, 진짜로 외국으로 이민 간 모든 러시아인의 전기를 조사해 보도록 하라. 단 한 사람도 이보다 현명하고 현실적인 계산을 한 채 도망친 적은 없었다. 모든 것이 하나같이 환영들이 설쳐 대는 고삐 풀린 왕국일 뿐, 더 이상 아무것도 아니었다.

집에 도착하자마자 그는 방 안에 틀어박혀 가방을 꺼내고 부들부들 떨며 짐부터 싸기 시작했다. 그의 주된 근심거리는 돈, 즉 그것을 얼마나, 또 어떻게 구하느냐는 것이었다. 정말로 구해야 하는데, 그의 개념으로는 더 이상 한 시간도 지체할 수 없고 날이 밝기 전에 큰길에 나가 있어야 했기 때문이다. 또한 기차는 어떻게 타야 할지도 몰랐다. 그는 혼란스러운 가운데 어디든 도시에서 두세 역쯤 떨어진 큰 역에서 기차를 타기로, 거기까지는 걸어서라도 가기로 결정했다. 이런 식으로, 머릿속에서 온갖 상념이 회오리치는 가운데 본능적이고 기계적으로 가방과 씨름하다가 갑자기 멈추더니 모든 걸 내팽개치고 깊은 신음 소리를 내면서 소파 위에 쭉 뻗었다.

그는 자기가 도망치는 것임을 분명하게 깨닫고 또 갑자기 의식했는데, 도망은 도망이고 도망치더라도 샤토프 이전에 해야 할까, 이후에 해야 할까? 이 문제를 해결할 힘이 더 이상 없었다. 지금 그는 자신이 그저 무감각하고 변변치 못한 몸뚱이, 타성에 젖은 살덩어리에 불과하다는 것, 외부의 끔찍한 힘에 조종되고 있다는 것, 외국으로 갈 여권이 있을지라도, 샤토프로부터 도망칠 수 있을지라도(이 일이 아니라면 이렇게 서두를 필요가 어디 있겠는가?) 그가 도망치는 건 샤토프 이전도 아니고, 샤토프로부터도 아니고, 바로 샤토프 이후라는 것, 벌써 그렇게 결정하고 서명하고 봉인까지 하지 않았던가. 그는 참을 수 없는 고뇌에 빠져 시시각각 벌벌 떨고 자신에게 놀라고 끙끙 앓기와 완전히 숨 멎기를 번갈아 되풀이하면서도 용케 틀어박혀 소파에 누운 채 다음 날 오전 11시까지 어떻게 버텼고, 그때 갑자기 학수고대한 자극이 잇따랐고 그것이 갑자기 그의 결단에 방향을 잡아 주었다. 11시, 그가 방문을 열고 식구들을 만나러 나가자마자 갑자기 알게 된 사실인바, 그 강도, 모두를 공포의 도가니로 몰아넣은 탈옥한 유형수 페디카, 교회를 털고 얼마 전에는 살인과 방화를 저지른 자, 우리 경찰이 계속 추적했음에도 여전히 잡지 못한 그자가 날이 새기가 무섭게 도시에서 7베르스타 떨어진 곳, 큰길에서 자하린 쪽 오솔길로 꺾어지는 지점에서 살해된 채 발견되었고, 이미 온 도시가 이 얘기로 떠들썩하다는 것이다. 당장 그는 자세히 알아보려고 쏜살같이 집을 뛰어나왔고, 곧 알게 된 사실인즉, 첫째, 머리가 깨진 채 발견된 페디카는 모든 특징으로 봐서 강도를 당했고, 둘째, 경찰은 벌써 폼카에게 강한 혐의를 두고 있으며 살인자가 시피굴린의 폼카라는 사실에 얼마간의 확실한 증거도 있다는 것, 페디카는 의심할 바 없이 폼카와 함께 레뱌드킨 오누이를 찔러 죽이고 불을 질렀으며 레뱌드킨 오누이에게서 약탈한, 페디카가 감춰 둔 거액 때문에 벌써 도중에 그들 사이에 말다툼이 있었다는 것이다……. 리푸틴은 표트르 스테파노비치의 집으로 달려갔고 표트르 스테파노비치가 어제, 그것도 벌써 자정 무렵에 집으로 돌아오긴 했지만 밤새도록, 거의 아침 8시가 다 되도록 너무도 평온하게 집에서 주무셨다는 사실을 뒤편 현관에서 몰래 알아낼 수 있었다. 당연히, 강도 페디카의 죽음에서 특이한 것이라고는 정말 어떤 것도 없고 그와 같은 인생 경력을 가진 경우 이런 대단원은 워낙 자주 있다는 점 역시 의심의 여지가 있을 수 없었지만, '페디카는 이날 밤 마지막으로 보드카를 마신 거'라는 숙명적인 말과 그 예언의 즉각적인 실현 사이의 일치가 너무 의미심장했기 때문에 리푸틴의 동요는 갑자기 온데간데없이 사라졌다. 자극이 왔다. 꼭 돌덩어리가 떨어져 영원히 그를 짓눌러 버린 것 같았다. 집에 돌아온 다음 그는 말없이 가방을 한 발로 차서 침대 밑으로 밀어 넣었고, 저녁때 정해진 시각에 샤토프와 만나기로 한 장소에 제일 먼저 나타났는데, 사실 여전히 여권을 호주머니에 넣은 채였다.

5장

여자 여행자

1

리자의 파국과 마리야 티모페예브나의 죽음은 샤토프에게 압도적인 인상을 남겼다. 벌써 언급했거니와 나는 그날 아침에 그를 잠깐 만났고 그는 제정신이 아닌 것 같았다. 그 와중에도 나에게 전날 밤(즉 화재가 발생하기 세 시간쯤 전) 마리야 티모페예브나의 집에 갔었다는 사실을 알려 주었다. 그는 아침에 시체를 보러 갔다 왔지만, 내가 아는 한, 그날 아침 어디서도 어떤 증언도 하지 않았다. 그날이 저물 무렵, 그의 영혼 속에서는 그야말로 폭풍이 일고…… 그리고 황혼쯤 당장 일어나서 출두한 뒤 모든 것을 불어 버리고 싶은 그런 순간이 있었으리라고 나는 자신 있게 말할 수 있다. 이 모든 것이 대체 무엇이냐 하면 그 자신이 알고 있는 바로 그것이었다. 당연히 얻는 것은 아무것도 없고 오직 자신을 배반하는 꼴만 되리라. 지금 막 이루어진 악행을 폭로할 만한 어떤 증거도 없이 흐릿한 추측만 있었지만, 그 자신에게만은 완전한 확신이나 다름없었다. 그러나 그는 자신의 말을 빌려 '추잡한 놈들을 콱 눌러 죽일' 수만 있다면 자신을 파멸시킬 준비도 되어 있었다. 표트르 스테파노비치는 샤토프의 이런 격정을 일정 부분 정확하게 예상했기에 새로운 그 끔찍한 계략의 실행을 내일까지 연기하는 것이 대단한 모험을 감행하는 셈임을 알고 있었다. 그의 편에서는, 보통 그렇듯, 여기엔 나름대로 이 '인간들'에 대한 경멸과 자신감이 존재했고 샤토프에 대해서는 특히 그랬다. 그는 벌써 오래전부터 샤토프를, 그가 외국에서 있을 때 사용한 표현을 빌리자면, '걸핏하면 등신처럼 징징거린다'며 경멸했으며, 이 둔한 인간을 처리할 수 있다는, 즉 이날만 종일 감시의 끈을 조이다가 위험의 기미가 보이면 즉시 그의 길을 차단할 수 있다는 확고한 희망에 사로잡혔다. 그런데 그들이 전혀 예상하지 못한, 정말 뜻밖의 어떤 상황 하나가 이 '추잡한 놈들'을 잠깐이나마 구원해 주었다…….

저녁 7시가 지날 무렵(바로 우리 편이 에르켈 집에 모여 표트르 스테파노비치를 기다리면서 분통을 터뜨리고 흥분하던 그때였다.) 샤토프는 두통도 있고 오한도 좀 나서 촛불도 켜지 않은 채 어둠 속에서 몸을 쭉 뻗고 침대에 드러누워 있었다. 이런저런 의혹 때문에 괴롭고 화도 나고 결단도 내리고 싶었지만 어떻게 해도 최종적인 결단을 내리지 못한 채 이 모든 것이 어쨌든 아무 소득도 없으리라는 예감이 들어 저주스럽기만 했다. 그는 시나브로 잠깐 가벼운 잠속으로 빠져들어 갔다가 악몽 같은 것을 꾸었다. 그 자신은 온몸이 밧줄로 휘감긴 채 침대에 묶여 꼼짝도 할 수 없고 그동안에도 키릴로프의 곁채에서는 담장, 대문, 그의 방문을 내리치는 끔찍한 타격 소리가 온 집 안에 울려 퍼지고 그 때문에 집 전체가 떨리고 어디선가 멀리서 그에게 익숙한, 그러나 고통스러운 목소리가 애원하듯 그를 부르는 꿈이었다. 그는 갑자기 정신이 번쩍 들어서 침대에서 몸을 일으켰다. 놀랍게도 대문을 두드리는 소리는 계속되었으며 꿈속에서처럼 강하지는 않았지만 빈번하고 집요했으며 이상하고 '고통스러운' 목소리는 전혀 애원이 아니라 오히려 초조와 짜증이 깃든 것으로서 어쨌든 억제되고 일상적인 누군가 다른 사람의 목소리와 엇갈리며 아래쪽 대문 옆에서 계속 들려왔다. 그는 벌떡 일어나 통풍창을 열고 얼굴을 내밀었다.

"거기 누구요?" 그는 너무 놀란 나머지 문자 그대로 얼어붙은 채 소리쳤다.

"당신이 샤토프가 맞다면," 하고 아래쪽에서 날카롭고, 단호하게 대답했다. "그럼, 부디 단도직입적으로, 정직하게 알려 주었으면 하는데요, 나를 들여보낼 거예요, 말 거예요?"

그럼! 그렇지. 그는 이 목소리의 주인공이 누구인지 알았다!

"마리……! 정말 너야?"

"그래요, 나라고요, 마리야 샤토바고요, 분명히 말하지만, 더 이상은 일 분도 마부를 더 붙잡아 둘 수 없어요."

"지금…… 일단 촛불만……." 샤토프는 힘없이 소리쳤다. 그

다음에는 성냥을 찾느라고 돌진했다. 성냥은, 이런 경우에 흔히 그렇듯 좀처럼 찾아지지 않았다. 양초를 꽂은 촛대를 마룻바닥에 떨어뜨렸고, 아래쪽에서 다시 초조한 목소리가 울려 퍼지자마자 그는 당장 모든 걸 내팽개치고 쪽문을 열기 위해 경사가 급한 계단을 따라 쏜살같이 아래로 날아갔다.

"부탁이에요, 내가 이 얼간이와 끝을 보는 동안 가방부터 좀 들어 줘요." 마리야 샤토바 부인은 아래쪽에서 그를 보자 캔버스로 만든, 상당히 가볍고 청동 카네이션이 박힌 드레스덴제(製) 싸구려 손가방을 그의 손에다 쥐어 주었다. 그녀 자신은 짜증스럽게 마부에게 달려들었다.

"분명히 말하지만, 쓸데없이 많은 돈을 요구하는 거예요. 꼬박 한 시간이나 헛고생을 하면서 이곳의 진창 거리를 돌아다녔다면 그건 당신 잘못이고요, 당신이 그러니까 이 멍청한 거리와 이 등신 같은 집이 어디 붙어 있는지 몰랐던 거니까요. 당신의 이 30코페이카나 받으세요, 분명히 말하지만 더 이상은 한 푼도 못 받을 거예요."

"에잇, 부인, 부인이 직접 보즈네센스카 거리로 가자고 해 놓고서는, 여기는 보고야블렌스카잖아요. 보즈네센스카 골목은 여기서 멀리 떨어져 있는걸요. 거세마만 생고생시켰지 뭐요."

"보즈네센스카야든 보고야블렌스카야든 — 이 멍청한 지명들이라면 당신이 여기 사람이니까 나보다는 훨씬 잘 알아야 하고, 게다가 당신은 진작에 글러 먹었어요. 난 무엇보다도 필리포프 집이라고 이야기했고 당신은 그 집을 안다고 장담했잖아요. 어쨌든 내일 치안 재판소에 가서 소송을 걸든 말든 지금은 부디 나를 좀 내버려 둬요."

"자, 여기 5코페이카 더 드릴게요!" 샤토프는 호주머니에서 다급하게 5코페이카짜리 동전을 꺼내 마부에게 주었다.

"제발 부탁인데, 이러지 좀 말아요!" 마담 샤토바는 펄펄 끓을 지경이었지만 마부는 '거세마'를 몰고 가 버렸고 샤토프는 그녀의 손을 잡고 대문 안쪽으로 이끌었다.

"어서, 마리, 어서……. 쓸데없는 일을 갖고……. 그런데 흠뻑 젖었구나! 쉿, 여기서 올라가야 하는데 불이 없어서 참 유감이네, 계단이 가파르니까 더 꼭, 꼭 잡고, 자, 이제 내 골방이야. 미안해, 불이 없어서……. 지금!"

그는 촛대를 세웠지만, 성냥은 여전히 한참 동안 찾아지지 않았다. 샤토바 부인은 방 한가운데 말없이 서서 꼼짝도 하지 않고 기다리기만 했다.

"천만다행이야, 드디어!" 그는 골방에 불을 밝히고 기쁨에 겨워 소리쳤다. 마리야 샤토바는 얼른 거처를 휙 둘러보았다.

"당신이 형편없이 살고 있다는 얘기는 들었지만 그래도 이 정도일 줄은 몰랐어요." 그녀는 꺼림칙한 듯 말을 내뱉고는 침대 쪽으로 갔다.

"아, 피곤하다!" 그녀는 힘없는 표정을 지으며 딱딱한 침대에 앉았다. "저기, 가방을 내려놓고 당신도 의자에 앉아요. 하긴, 좋을 대로 해요, 당신은 계속 눈앞에서 얼쩡거리는군요. 난 잠깐만, 일자리를 찾을 동안만 당신 집에 있을 텐데요, 여기 물정도 전혀 모르고 돈도 없거든요. 하지만 당신에게 누가 된다면, 다시 부탁하지만, 부디 지금 당장 얘기해 줘요, 당신이 정직한 사람이라면 그럴 의무가 있어요. 난 어쨌든 내일 뭐라도 팔아서 여관비 정도는 지불할 수 있을 테고 당신이 직접 나를 여관으로 데려다주면 고맙겠는데……. 아, 정말 피곤하다!"

샤토프는 온몸을 마냥 떨었다.

"그럴 필요 없어, 마리, 여관 따위는 필요 없어! 여관이라니 무슨 소리야? 어째서, 어째서?"

그는 간청하듯 두 손을 모았다.

"뭐, 여관에 안 가도 된다 해도 어쨌든 상황은 꼭 설명해야겠죠. 기억나죠, 샤토프, 나와 당신은 제네바에서 이 주하고 며칠 동안 결혼생활을 했고, 이제 우리가 특별한 싸움도 없이 헤어진 지 벌써 삼 년이나 됐어요. 그러나 내가 뭐든 이전의 그 바보짓을 다시 하려고 돌아왔다고는 생각하지 말아요. 난 일을 찾으러 돌아왔고 곧장 이 도시로 온 건 나한테는 아무래도 상관없기 때문이에요. 뭐든 회개하러 온 건 아니에요. 제발 그런 바보짓은 생각도 하지 말아요."

"오, 마리! 그건 괜한 걱정이야, 정말 괜한 걱정이라고!" 샤토프는 불분명하게 중얼거렸다.

"만약 그렇다면, 당신이 이것도 이해할 수 있을 만큼 지성이 발전했다면 덧붙일 말이 있는데, 지금 내가 곧장 당신에게로 향하고 당신의 집으로 왔다면, 일정 부분 내가 당신을 언제나 비열한이 절대 아닌, 어쩌면 다른…… 추잡한 사람들보다 훨씬 훌륭한 사람으로 생각했기 때문이에요……!"

그녀의 눈이 반짝였다. 필경 무슨 '추잡한 놈들' 때문에 뭔가 많은 고통을 감내했던 것이리라.

"그리고 믿어도 되지만, 내가 지금 당신이 착하다고 말한다고 해서 당신을 비웃는 건 절대 아니에요. 어떤 꾸밈도 없이 직설적으로 말한 건데, 난 참을 수가 없군요. 어쨌든 이건 모두 헛소리예요. 난 당신이 사람을 질리지 않게 할 만한 지성은 충분히 가졌으리라 언제나 기대해 왔는데…… 오, 됐어요, 피곤해요!"

그리고 그녀는 고통에 전 길고 피곤한 시선으로 그를 바라보았다. 샤토프는 방을 가로질러 다섯 걸음 떨어진 곳, 그녀 앞에 서서 수줍고도 어쩐지 생기를 되찾은 모습에 어째 얼굴마저 전에 없이 빛을 발하며 그녀의 말을 듣고 있었다. 억세고 꺼칠한 이 인간은 언제나 머리털이 쭈뼛 서 있었으나 갑자기 온몸이 부드러워지고 반짝반짝 빛났다. 그의 영혼 속에서 뭔가 완전히 뜻밖의 특이한 것이 전율하기 시작했다. 이별의 삼 년, 파탄 난 결혼의 삼 년은 그의 마음속에서 아무것도 밀어내지 못했다. 그리고 이 삼 년을 하루같이 그는 그녀를, 언젠가 그에게 "사랑해요."라고 말해 준 이 귀중한 존재를 매일 꿈꾸었는지도 모르겠다. 나는 샤토프를 아니까 확실히 말하거니와, 그는 주제에 감히 누구든 어떤 여자가 "사랑해요."라고 말해 줄 수 있으리라고 꿈도 꿀 수 없었으리라. 그는 해괴망측할 만큼 수줍음이 많고 숫기가 없어서 자기가 끔찍한 불구라고 생각했고 자신의 얼굴과 기질을 증오했고 자신을 고작해야 장터에서 질질 끌려다니며 남의 구경거리나 되는 무슨 괴물에 비유했다. 이 모든 것 때문에 정직을 가장 높이 평가했고 자신의 확신에 광적으로 몸을 내맡겼으며 음울하고 오만하고 화를 잘 내고 말수가 적었다.

그러나 바로 지금 이 주 동안 그를 사랑해 준(그는 언제나, 언제나 그랬노라고 믿었다!) 이 유일한 존재가 — 비록 그녀의 방황을 완전히 명민하게 이해했음에도 언제나 그 자신에 비하면 한량없이 높은 곳에 있다고 여겨 온 이 존재가 나타났다. 정말 모든 것을, 모든 것을 완전히 용서해 줄 수 있는(이것은 의문의 여지가 있을 수 없고 오히려 적반하장격의 뭔가가 있었는데, 그의 생각으로는 자신이야말로 모든 일에서 그녀 앞에 죄인이라는 결론이 나왔다.) 그런 존재, 그 여자가, 그 마리야 샤토바가 갑자기 다시 그의 집에, 다시 그의 눈앞에 나타난 것이며…… 이건 거의 이해할 수도 없는 일이다! 그는 너무 충격을 받았고, 그 사건 속에 그로서는 너무 끔찍한 뭔가가, 더불어 어마어마한 행복이 들어 있었기 때문에 물론 그는 정신을 차릴 수도 없었고 아마 그러길 원하지 않았는지도, 그럴까 봐 두려워했는지도 모른다. 이건 꿈이었다. 그러나 그녀가 저 고통에 전 시선으로 그를 바라보았을 때 갑자기 그는 이토록 사랑하는 존재가 고통스러워하고 있으며 모욕을 받았을지도 모른다는 사실을 깨달았다. 심장이 멎는 것 같았다. 그는 그녀의 모습을 들여다보며 가슴 아파했다. 이 피곤한 얼굴에서는 한창때의 광채가 벌써 오래전에 사라지고 없었다. 사실 그녀는 여전히 아름다웠고 그의 눈에는 예전처럼 미인이었다.(스물다섯 살쯤 된 그녀는 정말로 상당히 탄탄한 몸매에 키도 평균보다(샤토프보다도) 컸고 짙은 황갈색의 탐스러운 머리카락, 달걀형의 창백한 얼굴에 크고 검은 눈은 지금 열병을 앓는 듯 광채를 뿜어냈다.) 그러나 경박하고 순진무구하며 천진난만한 이전의 에너지, 그가 그토록 잘 아는 그녀의 그 에너지는 음울한 짜증과 환멸로, 냉소 같은 것으로 바뀌어 있었는데, 그녀 자신도 아직 그것에 익숙해지지 않은 탓에 부담을 느끼고 있었다. 그러나 무엇보다도, 그녀는 아팠다, 이 점을 그는 분명히 알아보았다. 그녀 앞에서 예의 그 불안을 느꼈음에도, 그는 갑자기 다가가 그녀의 두 손을 잡았다.

"마리…… 있잖아…… 몹시 피곤한 것 같으니까, 제발 화내지 말고……. 혹시 네가 괜찮다면, 가령 차라도 어때, 응? 차를 마시면 힘이 날 텐데, 응? 네가 괜찮다면……!"

"여기에 괜찮고 말고가 어디 있어요, 당연히 괜찮죠, 예나 지금이나 어린애로군요. 할 수만 있으면 좀 줘요. 정말 집은 왜 이리 좁은지! 춥기는 또 엄청 춥네!"

"오, 내가 지금 당장 장작을, 장작을…… 나한테 장작이 있거든!" 샤토프는 정신없이 허둥댔다. "장작이라…… 즉…… 어쨌든 그래도 일단은 차부터!" 그는 필사적인 결의를 다지듯 손을 내젓더니 모자를 쥐었다.

"어디 가요? 그러니까 집에 차가 없다는 거군요?"

"있을 거야, 있을 거야, 있을 거라고, 지금 당장 모든 게 있을 테고…… 난……." 그는 선반에서 권총을 집었다.

"지금 당장 이 권총을 팔아서…… 아니면 전당 잡히거나……."

"진짜 바보짓일뿐더러 엄청 오래 걸리겠군요! 당신한테

아무것도 없다면 여기 내 돈을 가져가요, 이건 8그리브나[22] 정도 되겠군요. 내 전 재산이에요. 당신 집은 꼭 정신 병원 같아요."

"필요 없어, 네 돈은 필요 없고, 내가 지금 당장, 냉큼, 권총은 없어도 되거든……."

그는 곧장 키릴로프에게 돌진했다. 분명히, 표트르 스테파노비치와 리푸틴이 키릴로프를 방문하기 두 시간쯤 전의 일이었을 터다. 샤토프와 키릴로프는 한집에 살면서도 서로 만나는 일이 거의 없었고, 만난다고 해도 인사도, 말도 하지 않았다. 아메리카에서 너무 오랫동안 함께 '누워 있었던' 것이다.

"키릴로프, 당신 집에는 언제나 차가 있죠. 차와 사모바르가 있나요?"

방 안을 거닐던(평소처럼 밤새도록 이 구석에서 저 구석으로) 키릴로프는 갑자기 걸음을 멈추고 막 뛰어들어 온 사람을 주의 깊게, 그래도 별로 놀라지는 않고 바라보았다.

"차도 있고 설탕도 있고 사모바르도 있어요. 그러나 사모바르는 필요 없을 거요, 차가 뜨거우니까. 앉아서 그냥 마셔요."

"키릴로프, 우리는 아메리카에서 함께 누워 있었죠……. 나한테 아내가 왔어요……. 나는…… 차 좀 줘요. 사모바르도 필요해요."

"아내가 왔다면 사모바르도 필요하겠네요. 그러나 사모바르는 나중에. 나는 두 개가 있거든요. 우선은 탁자에 있는 찻주

22) 10코페이카짜리 은화.

전자를 가져가요. 뜨거워요, 아주 뜨거워요. 전부 가져가요. 설탕도 가져가요. 전부. 빵도…… 빵이 많거든요. 전부. 송아지 고기도 있어요. 돈도 1루블 있어요."

"어서 줘, 친구야, 내일 돌려줄게! 아, 키릴로프!"[23]

"그럼 스위스에 있던 그 아내인가요? 거참 좋은 일이네요. 당신이 이렇게 뛰어들어 온 것도 좋은 일이고."

"키릴로프!" 샤토프는 팔꿈치와 겨드랑이 사이에 찻주전자를 끼고 두 손에 설탕과 빵을 든 채 소리쳤다. "키릴로프! 만약…… 만약 당신이 그 끔찍한 환상을 부정하고 무신론의 미망을 내팽개칠 수만 있다면…… 오, 정말 아름다운 사람이 될 텐데, 키릴로프!"

"스위스에서의 일 이후에도 당신은 아내를 사랑하는 게 분명하군요. 스위스에서의 일 이후라면, 거참 좋은 일이오. 차가 필요하면 다시 와요. 밤새도록 와도 좋아요, 아예 안 자거든요. 사모바르도 있을 거요. 1루블도 가져가요, 여기. 어서 아내한테 가 봐요, 난 여기 남아서 당신과 당신의 아내 생각을 할 테니까."

마리야 샤토바는 샤토프의 민첩함에 만족한 기색이 역력했고 거의 탐욕스럽게 차를 마시기 시작했지만, 사모바르를 가지러 뛰어갈 필요는 없었다. 그녀는 겨우 반 잔 정도만 마셨고 빵도 조그만 조각 하나만 삼켰을 뿐이다. 송아지 고기는 꺼림칙한 듯 짜증스럽게 거절했다.

"넌 아픈 거야, 마리, 너의 모든 것이 너무도 아파 보여……."

---

23) 작가의 실수인지, 샤토프의 감정이 격해져서인지 이 대사만 반말이다.

샤토프는 수줍게 그녀 주위를 맴돌면서 정말 수줍게 말했다.

"물론, 아파요, 제발 좀 앉아요. 없던 차를 어디서 가져온 거죠?"

샤토프는 가볍게, 짧게 키릴로프 얘기를 했다. 그녀는 그에 대해서 뭔가 들은 얘기가 있었다.

"알아요, 미친 사람이죠. 이제 됐어요. 세상에 바보가 좀 많아야 말이죠, 예? 당신들 그래서 아메리카에 갔다면서요? 들은 적이 있는데, 당신이 편지를 썼죠."

"그래, 내가…… 파리로 보냈지."

"됐고요, 이제 뭐든 다른 얘기를 해요. 당신은 신념에 있어서 슬라브주의자인가요?"

"난…… 난 그런 게 아니라 러시아인이 될 수 없어서 슬라브주의자가 됐어." 그는 때와 장소에 맞지 않게 썰렁한 농담을 한 사람처럼 긴장해서 간신히 삐뚜름한 미소를 지었다.

"그럼 러시아인이 아니라고요?"

"그래, 러시아인이 아니야."

"뭐, 전부 멍청한 소리예요. 제발 좀 앉으라니까요. 왜 자꾸 이리저리 왔다 갔다 해요? 내가 미망에 들떠 있다고 생각해요? 미망에 들뜰지도 모르죠. 말해 봐요, 이 집에는 당신들 둘만 사는 거예요?"

"그래, 둘만…… 아래층에는……."

"죄다 그런 잘난 사람들이겠죠. 아래층은 뭐요? 아래층이라고 했죠?"

"아니야, 아무것도."

"뭐가 아무것도 아니라는 거죠? 알고 싶어요."

"난 그저 지금은 여기 이 집에 둘만 있지만 전에는 아래층에 레뱌드킨 오누이가 살았다고 말하려고……."

"오늘 새벽 살해당한 그 여자 말인가요?" 그녀가 갑자기 달려들었다. "들었어요. 도착하자마자 들었죠. 당신 도시에 화재가 났다면서요?"

"그래, 마리, 그래, 나는 이 순간 아주 끔찍하게 비열한 짓을 저지르는 건지도 모르겠어, 비열한 놈들을 용서하는 그런……." 그는 갑자기 일어났고 미친 듯 두 손을 위로 치켜들고 방을 성큼성큼 오갔다.

그러나 마리는 그의 말을 완전히 이해하지는 못했다. 그녀는 대답을 멍하니 듣고 있었다. 묻기는 해도 듣지는 않았다.

"당신들은 멋진 일만 골라서 하는군요. 오, 모두 정말 비열해요! 모두 어찌나 비열한 작자들인지! 제발 좀 앉아요, 부탁이에요, 당신 때문에 짜증 나 죽겠어요!" 그러고서는 힘이 다 빠졌는지 머리를 베개 위로 떨구었다.

"마리, 알았어, 안 할게……. 좀 눕는 게 좋겠는데, 마리?"

그녀는 대답도 하지 않고 무기력하게 눈을 감았다. 그녀의 창백한 얼굴이 꼭 죽은 사람 같았다. 그녀는 거의 눈 깜짝할 사이에 잠이 들었다. 샤토프는 주위를 둘러보고 촛불을 바로 잡은 다음 다시 한번 불안하게 그녀의 얼굴을 들여다보고 자신의 두 손을 꽉 쥔 채 발뒤꿈치를 들고 방에서 현관으로 나갔다. 계단 위쪽에서 얼굴을 구석에다 처박았고 그대로 십 분쯤 아무 말 없이, 꼼짝도 하지 않고 서 있었다. 좀 더 서 있었으련만, 갑자기 아래쪽에서 조용하고 용의주도한 발소리가 들려왔다. 누군가가 위로 올라오고 있었다. 샤토프는 쪽문 잠그는 것을 깜박 잊은 것이 생각났다.

"거기 누구요?" 그가 속삭이듯 물었다.

미지의 방문객은 서두르지도 않고 대답도 하지 않고 올라오고 있었다. 위쪽으로 올라오더니 걸음을 멈추었다. 어둠 속이라 누구인지 알아볼 수가 없었다. 갑자기 그의 용의주도한 목소리가 들려왔다.

"이반 샤토프입니까?"

샤토프는 그렇다고 대답했지만 그를 저지하기 위해 즉시 손을 내밀었다. 그러나 상대편이 직접 자기 손을 잡자 샤토프는 무슨 끔찍한 파충류라도 건드린 듯 몸을 떨었다.

"여기 서 있어요." 그는 재빨리 속삭였다. "들어오지 말아요, 지금은 당신을 들일 수 없으니까. 나한테 아내가 돌아왔어요. 촛불을 내오리다."

그가 촛불을 들고 돌아왔을 때 어떤 앳된 풋내기 장교가 서 있었다. 이름은 몰랐지만 어디선가 본 얼굴이었다.

"에르켈입니다." 상대편이 자기를 소개했다. "비르긴스키 집에서 본 적이 있죠."

"기억나요. 당신은 앉아서 뭔가를 쓰고 있었죠. 이봐요." 샤토프는 갑자기 펄펄 끓으며 미친 듯 그에게로 다가가면서도 여전히 방금처럼 속삭이듯 말했다. "당신은 지금 내 한 손을 잡을 때 한 손으로 신호를 보냈어요. 그러나 알아 둬요, 난 이 놈의 신호 따위라면 침을 뱉을 수도 있어요! 인정하지도 않거니와…… 원하지도 않거니와……. 나는 지금 당장 당신을 계단에서 밀어 떨어뜨릴 수도 있어요, 이 말 알겠소?"

"아니요, 나는 그런 건 전혀 모르고, 당신이 도대체 무엇 때문에 이렇게 화가 났는지 전혀 모르겠습니다." 어떤 악의도 없이, 거의 천진난만하게 손님은 대답했다. "나는 그저 당신에게 전해 줄 것이 있어 온 것이므로 무엇보다도 시간을 낭비하고 싶지 않습니다. 당신에게는 당신 소유가 아닌 기계가 있으며, 당신도 잘 알겠지만, 보고할 의무가 있습니다. 나는 당신에게 그 기계를 내일 당장 저녁 7시 정각에 리푸틴에게 양도하도록 요구하라는 명령을 받았습니다. 그 밖에는 더 이상 아무것도 절대 요구하지 않으리라는 것도 알리라는 명령도 받았습니다."

"아무것도?"

"그야말로 아무것도. 당신의 청원은 처리되고 당신은 영원히 제명되는 겁니다. 나는 이 사실을 분명히 당신에게 전하라는 명령을 받았습니다."

"누가 그렇게 전하라고 명령했소?"

"나에게 신호를 전해 준 그들이오."

"당신은 외국에서 왔소?"

"이건…… 이건 내 생각에는 당신과 관련 없는 일인데요."

"에잇, 제기랄! 명령을 받았다면 왜 좀 더 일찍 오지 않은 거요?"

"나는 어떤 지시를 따랐고 혼자가 아니었습니다."

"알겠어요, 혼자가 아니었다는 말, 알겠다고요. 에잇, 제기랄! 그런데 왜 리푸틴이 직접 오지 않은 거요?"

"그럼, 내일 저녁 6시 정각에 당신을 데리러 올 테니 그곳까지 걸어서 갑시다. 우리 세 사람 외에는 아무도 없을 겁니다."

"베르호벤스키는 있을 테죠?"

"아니요, 없을 겁니다. 베르호벤스키는 내일 오전 11시에 도시를 떠납니다."

"내 그럴 줄 알았지." 샤토프는 미친 듯 속삭이곤 자기 허벅지를 주먹으로 쳤다. "도망쳤군, 나쁜 새끼!"

그는 심히 흥분한 채 생각에 골몰했다. 에르켈은 주의 깊게 그를 들여다보며 아무 말 없이 기다렸다.

"어떻게 가져갈 거요? 손으로 잡고 운반할 수는 없는 건데."

"그럴 필요도 없을 겁니다. 당신은 그저 장소를 가리켜 주고 우리는 그저 거기에 정말로 묻혀 있는지를 확인하기만 하면 되니까요. 우리는 그 장소가 어디인지는 알지만 정확한 지점은 모릅니다. 설마 누구든 다른 사람에게 그 장소를 가르쳐 준 건 아니겠죠?"

샤토프는 그를 쳐다보았다.

"당신, 당신은 이토록 어린 소년이 — 이토록 어리석은 소년이 — 당신도 숫양처럼 머리까지 그 일에 빠져든 건가요? 에잇, 저놈들은 이런 애송이의 즙까지 빨아먹으려고! 자, 어서 가 봐요! 에-잇! 저 비열한 놈이 당신들 모두에게 허풍을 치고 도망친 거야."

에르켈은 분명하고 차분하게 쳐다보고 있었지만, 잘 이해하지 못하는 것 같았다.

"베르호벤스키가 도망쳤어, 베르호벤스키가!" 샤토프는 분해서 이를 갈았다.

"아니, 그는 아직 여기 있습니다, 안 떠났다고요. 내일이 되어야 떠날 겁니다." 에르켈은 확신에 찬 어조로 부드럽게 말했다. "나는 그에게 특별히 증인의 자격으로 참석해 달라고 권했습니다. 나의 지시는 모두 그에게서 나온 것입니다.(앳되고 미숙한 소년답게 그는 죄다 털어놓았다.) 그러나 그는, 유감스럽게도, 출발을 이유로 동의하지 않았습니다. 정말로 뭣 때문인지 서두르더라고요."

샤토프는 다시 한번 참으로 딱하다는 듯 그 얼뜨기에게 시선을 던지다가 갑자기 한 손을 내저었는데, '참 안쓰러운 일이군'이라고 생각하는 듯했다.

"좋아요, 가겠소." 그가 갑자기 말을 내뱉었다. "하지만 지금은 어서 가 줘요, 어서!"

"그럼 나는 6시 정각에." 에르켈은 정중하게 몸을 숙여 인사한 다음 서두르는 기색 없이 계단을 내려갔다.

"이 바보야!" 샤토프는 더 이상 못 참고 계단 아래쪽에다 대고 소리쳤다

"뭐라고요?" 상대편은 벌써 아래쪽에서 대답을 해 왔다.

"아무것도 아니오, 어서 가요."

"당신이 뭔가 말을 한 것 같은 생각이 들어서요."

2

에르켈은 머릿속에 주된 분별력만 쏙 빠진 '바보'로서, 즉

머릿속에 황제는 없으되 하찮은 부하의 분별력만 상당히, 심지어 간교할 정도로 많이 들어 있는 바보였다. 어린애답게 열광적으로 '공동의 과업'에, 본질적으로 표트르 베르호벤스키에게 몸을 맡긴 그는 우리 편의 회의에서 내일을 위해 약속하고 각자의 역할을 정했던 그때 자기에게 주어진 표트르 스테파노비치의 지시대로 행동했다. 표트르 스테파노비치는 그에게 사자의 역할을 준 다음 한쪽 구석에서 십 분쯤 얘기를 나누었다. 실행 분야야말로 이처럼 하찮고 판단력이 빈약하며 영원토록 타인의 의지에 복종하길 갈망하는 천성의 욕구였으며 — 오, 물론 반드시 '공동'이나 '위대한' 과업을 위해서였다. 그러나 이것도 아무래도 상관없었는데, 에르켈 같은 조무래기 열광자들은 이념에 대한 봉사를 반드시 그들 자신이 이념을 구현한다고 여기는 인물과 융합해서만 이해하기 때문이다. 감수성이 예민하고 사랑스럽고 선량한 에르켈은 샤토프를 처치하기 위해 모인 살인자 중 가장 무감각한 살인자였으며 어떤 개인적 증오도 없이 눈 하나 깜짝하지 않고 살해에 동참했을 것이다. 가령 그는 임무를 수행하는 동안 샤토프의 동태를 잘 살펴보라는 명령을 받았는데, 샤토프가 그를 계단에서 맞이할 때 열에 들떠서 얼떨결에, 분명히 스스로 인지하지도 못한 채, 자기에게 아내가 돌아왔다고 떠벌렸을 때, — 에르켈은 비록 아내가 돌아왔다는 사실이 그들의 계획에 큰 의미를 지닌다는 추측이 머릿속에서 번득였음에도, 당장은 어떤 호기심도 더 내비치지 않을 만큼의 본능적인 간교함은 갖추고 있었다…….

본질상 그렇기도 했다. 즉, 오직 이 사실 하나만 '추잡한 놈들'을 샤토프의 결심에서 구원했으며 이와 더불어 그에게서 '목숨을 구할 수 있도록' 그들을 도와준 셈이었다……. 첫째, 이 사건은 샤토프를 흥분시켜서 궤도에서 이탈하도록 만들고 평소의 형안과 용의주도함을 빼앗아 버렸다. 신변의 안전에 관한 생각이라면 뭐든 지금 다른 일에 몰두한 그의 머릿속에 떠오를 가능성이 아주 희박했다. 오히려 그는 표트르 베르호벤스키가 내일 도망가리라고 열렬하게 믿어 버렸다. 이거야말로 그의 의혹들과 절묘하게 맞아떨어지는 일 아닌가! 방으로 돌아온 그는 다시 구석에 앉아 팔꿈치를 무릎에 대고 두 손에 얼굴을 묻었다. 쓰라린 상념들이 그를 괴롭혔다…….

그러다가 그는 다시 고개를 들고 발뒤꿈치를 세운 다음 살금살금 그녀를 보러 갔다. '맙소사! 그녀는 내일 당장 아침만 돼도 열이 기승이 부릴 거야, 지금 벌써 시작되었는지도 몰라! 물론, 감기에 걸린 거야. 이 끔찍한 기후에 익숙하지도 않은 데다가 여기서 열차를, 그것도 삼등칸을 타고 주위에는 온통 회오리바람에 비까지 오는데 썰렁한 망토만 달랑 걸쳤을 뿐, 변변한 옷 한 벌 없으니. 이런 판에 그녀를 내버려 두다니, 돌봐 주지도 않고 내팽개치다니! 가방은, 가방은 또 어찌나 작고 가벼운지, 완전히 구겨져서 10푼트도 안 될 거야! 이 가엾은 것이 얼마나 고생했으면 완전히 녹초가 된 거야! 그녀는 오만해, 그 때문에 불평하지 않는 거야. 그러나 짜증을 어찌나 많이 내는지! 이건 병 때문이야. 천사라도 병에 걸리면 짜증을 내게 되지. 저 이마는 얼마나 건조하고 뜨거울까, 눈 밑은 또

어찌나 어둡고…… 그래도 이 달걀형 얼굴이며 이 탐스러운 머리칼이며 너무 아름다워, 너무…….'

그리고 그는 어떤 생각에 화들짝 놀란 듯 서둘러 시선을 돌리고 차라리 그녀에게서 물러났는데, 그녀에게서 도움이 필요한, 고통에 전 뭔가 불행한 존재의 모습을 볼지도 모른다는 생각 때문이었다. '여기에 무슨 희망이 있단 말인가! 오, 인간이란 얼마나 저열한가, 얼마나 비열한가!' 그는 다시 자신의 구석 자리로 걸어가 앉은 다음 두 손에 얼굴을 묻고 다시 꿈을 꾸고 다시 회상에 잠겼고…… 그러자 다시 희망들이 어른거렸다.

'"아, 피곤하다, 아, 피곤해!"' 그는 그녀의 탄식을, 만신창이가 된 그녀의 연약한 목소리를 떠올렸다. '맙소사! 지금 그녀를 내팽개치다니, 그녀에겐 8그리브나밖에 없는데. 그녀는 낡아 빠진 조그만 지갑을 내밀었지! 일자리를 찾으러 왔다지만 — 일자리가 뭔지 그녀가 알기나 할까, 저들이 러시아의 뭘 이해하겠어? 정말이지 지극히 행복한 아이와 다름없어, 저들의 모든 것이 저들이 창조한 자기들만의 환상에 지나지 않으니까. 가엾은 것, 이제 화를 내는 거야. 도대체 러시아는 왜 저들이 외국에서 꿈꾸었던 것과 다른 거냐면서! 오, 불행한 사람들, 오, 순진무구한 사람들……! 그나저나 여긴 정말 춥군…….'

그는 그녀가 투덜대던 것과 난로를 때겠다고 약속했던 일이 떠올랐다. '여기에 장작이 있으니 가져오면 되겠군. 단, 깨우지 않도록 해야지. 하지만 깨울 수도 있겠어. 그런데 송아지 고기는 어떻게 해야 하지? 일어나면 먹고 싶어 할지도 몰라……. 뭐, 이건 나중에 하자. 키릴로프는 밤새도록 자지 않으니까. 뭘로 좀 덮어 줘야겠는데, 저렇게 깊이 잠들어 있긴 해도 분명히 추울 거야, 아이고, 추워라!'

그리고 그는 다시 한번 그녀를 보려고 다가갔다. 원피스가 약간 감겨 올라가서 오른쪽 다리의 절반이 무릎까지 드러나 있었다. 그는 갑자기 몸을 돌렸다가 거의 기겁하면서 자신의 따뜻한 외투를 벗어, 낡아 빠진 프록코트만 달랑 입은 채로, 그녀의 드러난 부분을 보지 않으려고 애쓰면서 덮어 주었다.

장작에 불을 붙이고 발뒤꿈치를 든 채 왔다 갔다 하고 잠자는 여인을 살펴보고 구석에서 몽상하고 그런 다음 다시 잠자는 여인을 살펴보고 하는 데 많은 시간이 들었다. 두세 시간이 지났다. 그리고 바로 그 시각, 키릴로프의 집에는 베르호벤스키와 리푸틴이 와 있었다. 마침내 그도 구석에서 꾸벅꾸벅 졸기 시작했다. 그녀의 신음이 들려왔다. 그녀는 잠에서 깨어 그를 불렀다. 그는 죄인처럼 벌떡 일어났다.

"마리! 난 잠이 들 뻔했어……. 아, 난 정말 비열한 놈이야, 마리!"

그녀는 몸을 일으키더니 자기가 어디 있는지 모르겠다는 듯 깜짝 놀라 주변을 둘러보더니 갑자기 발끈하며 신경질을 내고 분개했다.

"내가 당신의 침대를 차지했군요, 너무 피곤해서 정신없이 잠든 거예요. 어떻게 감히 나를 깨우지 않은 거죠? 아니, 어떻게 내가 당신에게 짐이 될 속셈이었다고 생각할 엄두를 낸 거냐고요?"

"어떻게 널 깨울 수 있었겠어, 마리?"

"그럴 수 있었죠. 그래야만 했다고요! 여기에는 당신을 위한 다른 침대도 없는데, 내가 당신 것을 차지했잖아요. 당신은 나를 사기꾼 같은 처지로 내몰지 말았어야 해요. 아니면, 혹시 내가 당신의 그 자비를 구하러 왔다고 생각하는 거예요? 당장 당신의 침대를 차지하라고요, 난 의자를 붙여서 저기 구석에 누울 테니까……."

"마리, 의자도 그만큼 없고, 게다가 그 위에 깔 것도 전혀 없어."

"뭐 그렇다면 그냥 마룻바닥에라도 눕죠. 당신이야말로 마룻바닥에서 자게 생겼잖아요. 내가 마룻바닥에서 잘래요, 지금, 지금 당장!"

그녀는 일어나서 걸으려고 했지만, 갑자기 아주 극심한 경련이 섞인 통증이 그녀의 모든 힘과 결의를 일시에 빼앗아 버렸고, 그녀는 큰 신음 소리를 내면서 다시 침대 위로 쓰러졌다. 샤토프가 얼른 뛰어갔지만 마리는 베개 위에 얼굴을 묻고 그의 손을 잡더니 자기 손안에 있는 그 손을 힘껏 꽉 움켜쥐었다. 그렇게 일 분 정도가 계속되었다.

"마리, 자기야, 필요하면 여기에 프렌첼이라는 의사가 있는데, 내가 아주 잘 아는 사람인데…… 그 사람한테 달려가 보면 어떨까 싶은데."

"헛소리!"

"헛소리라니? 말해 봐, 마리, 어디가 아픈 거야? 찜질이라도 할 수 있으면…… 가령 배라도……. 그런 건 의사 없이 나 혼자도 할 수 있어……. 아니면 겨자라도."

"아니, 이건 뭐예요?" 그녀는 머리를 들고서 깜짝 놀란 듯 그를 쳐다보며 이상하게 물었다.

"그러니까 도대체 뭘 말하는 거야, 마리?" 샤토프는 이해가 안 됐다. "뭘 묻는 거야? 오, 맙소사, 내가 정신이 완전히 오락가락하는지, 마리, 미안한데, 아무것도 이해가 안 돼."

"에잇, 그만둬요, 이해는 당신 몫이 아닌가 봐요. 게다가 아주 우습기도 할 테고……." 그녀는 쓴웃음을 지었다. "무슨 얘기든 해 줘요. 방을 이리저리 거닐면서 얘기해 줘요. 내 옆에서 있지도 말고 나를 쳐다보지도 말고요, 이런 건 벌써 500번째 특별히 부탁하는 거잖아요!"

샤토프는 마룻바닥을 보면서, 그녀를 보지 않으려고 애쓰면서 방 안을 이리저리 거닐기 시작했다.

"여기에 — 그러니까 화내지 마, 마리, 정말 부탁인데 — 여기, 가까이에 송아지 고기가 있고 차도 있는데 말이야…… 네가 방금 너무 조금만 먹었잖아……."

그녀는 꺼림칙한 듯 성질을 내면서 한 손을 저었다. 샤토프는 절망에 가득 차 혀를 살짝 깨물었다.

"들어 봐요, 난 조합의 합리적인 원칙에 따라 여기에 제본소를 열 계획이에요. 당신이 여기 사니까, 당신 생각은 어때요. 잘될까요, 예?"

"에잇, 마리, 우리 도시에서는 책을 읽지도 않거니와 책이라는 것이 전혀 없어. 게다가 그가 책을 제본할 거래?"

"그가 누구예요?"

"이곳의 독자와 이곳의 거주자 전부지, 마리."

"그럼 좀 더 분명히 말해야지, 그냥 그라고 하니 누구인지 모르겠잖아요. 문법도 통 모르는 사람이야."

"이건 언어의 정신이야, 마리." 샤토프가 중얼거렸다.

"아이, 또 그놈의 정신 타령이로군요, 지겨워 죽겠어. 이곳의 거주자와 독자는 왜 제본하지 않을까요?"

"왜냐하면 책을 읽는 것과 그것을 제본하는 것은 — 꼬박, 그것도 거대한 두 시대에 걸친 발전 단계를 말하기 때문이야. 우선은 조금씩 읽는 법을, 물론 수세기에 걸쳐 배우고, 책을 시시한 물건으로 간주해 잡아 찢고 내동댕이치는 거야. 반면 제본이란 이미 책에 대한 존경을 의미하고, 그 시대가 책 읽기를 좋아했을 뿐만 아니라 어떤 일로 인정했다는 사실을 의미해. 러시아는 아직 그 시대까지 이르지 못했어. 유럽에서는 오래전부터 제본하고 있지만."

"현학적이긴 해도 적어도 말은 그럴듯해서 삼 년 전을 상기시켜 주네요. 당신은 삼 년 전에는 가끔 상당히 재기발랄한 말을 하곤 했죠."

그녀는 이 말을 내뱉을 때 아까의 그 모든 변덕스러운 어구를 말할 때처럼 꺼림칙하다는 투였다.

"마리, 마리," 샤토프는 간청하듯이 그녀에게 말했다. "오, 마리! 저 삼 년 동안 얼마나 많은 일이 있었는지 네가 알기만 한다면! 나중에 네가 나를 신념의 변화 때문에 경멸한다는 식의 얘기를 들은 적이 있어. 대체 내가 누구를 버렸다는 거야?

살아 있는 삶의 적들, 자신의 독립을 두려워하는 낡아 빠진 자유주의자들, 사상의 종놈들, 인격과 자유의 적들, 죽은 고깃덩어리와 썩은 살덩어리를 선전하는 걸레 같은 자들이라고! 그들에게 뭐가 있냐 하면, 노쇠, 중용, 가장 소시민적이고 비열한 무능력, 질투 섞인 평등, 어떠한 자존감도 갖추지 못한 평등, 종놈이 의식하는 것 같거나 93년의 프랑스인이 의식했던 것과 같은 평등뿐이야……. 무엇보다도, 곳곳에 추잡한, 추잡한, 추잡한 놈들뿐이라는 거야!"

"맞아요, 추잡한 놈들은 많아요." 그녀는 말을 탁탁 끊으며 병적으로 말했다. 그녀는 몸을 쭉 펴고 누운 채 사부작대는 것도 무서운 듯 꼼짝도 하지 않고 머리를 약간 비스듬히 베개 위에 얹고 기진맥진했으되 뜨거운 시선으로 천장을 바라보고 있었다. 얼굴은 창백했고 입술은 바싹 마르고 갈라졌다.

"인정하는구나, 마리, 인정하는구나!" 샤토프는 고함을 질렀다. 그녀는 머리를 흔들어 그렇지 않다는 표시를 하려고 했지만, 갑자기 좀 전의 그 경련이 일어났다. 다시 그녀는 얼굴을 베개에 파묻었고, 공포에 질려 그녀 옆으로 달려와 미쳐 날뛰는 샤토프의 손을 다시 있는 힘껏, 꼬박 일 분이나 아플 만큼 꽉 움켜쥐었다.

"마리, 마리! 그러나 이건 정말이지 너무 심각한 것 같아, 마리!"

"입 다물어요……. 난 싫어요, 싫다고요." 그녀는 거의 격분해서 소리치면서 다시 얼굴을 위로 향했다. "감히 나를 쳐다보지 말아요, 당신의 그 연민 가득한 표정으로! 방이나 거닐고 뭐든 말해요, 말하라고요."

샤토프는 정신 나간 사람처럼 다시 뭐라고 웅얼거리기 시작했다.

"여기서 무슨 일을 해요?" 그녀는 성가시다는 듯 초조하게 그의 말을 가로막으며 물었다.

"어느 상인의 사무소에 다녀. 난, 마리, 특별히 마음만 내키면 여기서 괜찮은 돈벌이를 구할 수 있을 거야."

"그러면 당신으로서는 더 좋을 텐데……."

"아, 무슨 생각을 하는 거야, 마리, 내가 이런 말을 한 건……."

"또 뭘 해요? 뭘 선전하냐고요? 선전 따위는 할 수도 없겠지만요. 성격이 그 모양이라!"

"신을 선전하고 있어, 마리."

"자기도 믿지 않는 신을. 그놈의 관념을 나는 절대 이해할 수 없었죠."

"그만하자, 마리, 그건 다음에."

"여기 살았던 그 마리야 티모페예브나는 어떤 여자였어요?"

"그것도 우리 다음에 얘기해, 마리."

"나한테 감히 그런 지적은 하지 말아요! 그 죽음이 그 못된 짓…… 그러니까 그 사람들의 못된 짓과 관계 있다는 것이 사실인가요?"

"틀림없이 그래." 샤토프가 이를 갈았다.

마리는 갑자기 머리를 들더니 병적으로 소리를 질렀다.

"감히 나한테 그 얘기는 더 이상 하지 말아요, 절대, 절대로!"

그리고 그녀는 다시 아까와 같은 경련 섞인 통증의 발작을 일으키며 침대로 쓰러졌다. 벌써 세 번째였지만 이번에는 신음이 더 커져서 절규에 가까웠다.

"오, 참을 수 없는 인간! 오, 견딜 수 없는 인간이야!" 그녀는 몸부림쳤는데, 더 이상 자신을 애처롭게 여기지도 않고, 자기 위에 서 있는 샤토프를 밀어냈다.

"마리, 네가 원하는 대로 할게…… 나는 걷고 말하고 할게……."

"아니, 정말로 뭐가 시작됐는지 몰라요?"

"뭐가 시작됐다는 거야, 마리?"

"난들 어떻게 알아요? 정말이지 이런 쪽으로 내가 뭘 알겠어……. 오, 빌어먹을 넌! 오, 죄다 미리 저주받아라!"

"마리, 네가 뭐가 시작되는지 말했다면…… 그럼 내가…… 만약 그렇다면 내가 뭘 이해해야 해?"

"당신은 추상적이고 백해무익한 수다쟁이예요. 오, 이 세상 모든 것이 저주받아라!"

"마리, 마리!"

그는 그녀에게 정신 이상이 시작되는 것이 아닌가 진지하게 생각했다.

"그래, 결국엔 정말로, 내가 산고를 겪는 중이라는 것을 모르는 건지." 그녀는 몸을 일으켰는데, 무섭고 병적인 분노로 인해 얼굴이 완전히 일그러진 채 그를 쳐다보았다. "이놈도 미리 저주받아라, 이 갓난애도!"

"마리," 하고 샤토프는 외쳤는데, 드디어 문제가 무엇인지 알아챘다. "마리……. 그러나 왜 미리 말해 주지 않았어?" 그는 갑자기 정신을 차리고 정력적인 결의를 한 듯 모자를 집었다.

"하지만 여기 들어올 때만 해도 내가 어떻게 알았겠어요? 그랬으면 설마 당신한테 왔겠어요? 나한테는 아직 열흘이나 남았다고 말했는걸요! 어디 가요, 어디 가는 거예요, 감히 그러지 마요!"

"산파를 불러와야겠어! 권총을 팔 거야. 지금은 무엇보다도 돈이 필요하잖아!"

"감히 아무 짓도 하지 말아요, 산파도 부르지 말아요, 그저 늙은 아줌마면 돼요, 내 지갑 속에 8그리브나가 있으니까……. 시골 아낙들은 산파 없이도 낳는데……. 차라리 콱 뒈지면 더 좋겠는데……."

"산파도 오고 할멈도 올 거야. 단, 내가 어떻게, 어떻게 너를 혼자 두고 간담, 마리!"

그러나 나중에 아무 도움도 주지 않고 내버려 두는 것보다는 차라리 그녀가 이렇게 미친 듯 굴어도 지금 혼자 내버려 두는 것이 낫겠다고 생각한 다음, 그는 그녀의 신음도, 분노 가득한 탄식도 듣지 않으려 하면서 자기의 두 발에 희망을 걸고 쏜살같이 층계를 뛰어 내려갔다.

3

누구보다 먼저 키릴로프에게로 갔다. 벌써 새벽 1시경이었다. 키릴로프는 방 한가운데에 서 있었다.

"키릴로프, 아내가 출산하고 있어요!"

"즉, 뭐라고요?"

"출산, 아이를 출산한다고요!"

"당신…… 오해한 건 아니고요?"

"오, 아니에요, 아니고요, 아내는 진통이……! 아줌마나 무슨 할멈이라도 있어야 하는데 꼭 지금 당장……. 지금 어디서 구할 수 있을까요? 당신은 할멈들이……."

"내가 낳을 줄 몰라서 참 안됐군요." 키릴로프는 생각에 잠긴 듯 대답했다. "즉, 내가 출산할 줄 모른다는 것이 아니라 출산하도록 해 줄 수가, 그런 능력이 없어서…… 아니면…… 아니, 이런 얘기를 어떻게 해야 할지 모르겠군요."

"즉, 직접 출산을 도와줄 수 없다는 거잖아요. 그러나 난 그 얘기가 아니라, 할멈을, 어디 할멈이나 아줌마나 간호사나 하녀를 부탁하는 거예요!"

"할멈은 있겠지만, 지금은 안 될걸요. 정 그렇다면 내가 대신……."

"오, 그건 안돼요. 난 지금 비르긴스카야, 그 산파에게 가야겠어요."

"추잡한 년인걸요!"

"오, 그래요, 키릴로프, 그러나 그녀가 솜씨는 제일 뛰어나잖아요! 오, 그래요, 이 모든 것이 경건함도 없이, 기쁨도 없이 꺼림칙하다는 듯 욕설을 퍼붓고 신을 저주하면서 이루어질 거요 — 이토록 위대한 신비가 이루어지는 순간, 새로운 존재가 출현하는 이 순간에……! 오, 아내는 지금도 벌써 그 존재를 저주하고 있어요……!"

"정 그러시면 내가……."

"아니, 아니오, 내가 뛰어갔다 올 동안(오, 비르긴스카야를 끌고 올 거예요!) 당신은 가끔 내 방 계단 쪽으로 가서 조용히 귀를 기울이되, 아내가 깜짝 놀랄 테니 절대 안으로 들어가서는 안 돼요, 어떤 일이 있어도 들어가지는 말고 그냥 듣기만……무슨 끔찍한 일이 있을까 싶어서요. 뭐, 극단적인 상황에서는 들어가 봐야죠."

"알겠어요. 돈이 1루블 더 있어요. 자, 여기. 내일 이 돈으로 암탉을 살까 했지만 이제는 됐어요. 어서 가 봐요, 있는 힘껏 달려요. 사모바르는 밤새도록 끓고 있을 테니."

키릴로프는 샤토프를 둘러싼 음모에 대해 아무것도 알지 못했고, 게다가 이전에도 그를 위협하는 위험이 어느 정도인지 결코 알지 못했다. 그가 아는 것은 오직, 그와 '그 인간들' 사이에 뭔가 오래된 셈이 남아 있다는 것 정도였으며, 비록 그 자신이 외국에서 내려온 지시(하긴 그가 어떤 일에도 밀접히 관여한 적이 없던 탓에 전적으로 피상적인 것이었다.) 때문에 일정 부분 이 일에 연루되었음에도 최근에는 모든 것, 모든 임무를 버리고 온갖 과업, 무엇보다 '공동의 과업'을 완전히 멀리하고 관조적인 생활에만 몰두했다. 표트르 베르호벤스키는 회의 때 키릴로프가 주어진 순간에 '샤토프 일'을 떠맡을 것임을 보증하기 위해 리푸틴에게 키릴로프 집에 함께 가자고 했지만, 그러면서도 키릴로프와 얘기하는 동안에는 샤토프에 대해 단 한마디도, 심지어 암시도 하지 않았는데, — 분명히 그건 정략

적이지 못할뿐더러 키릴로프도 기대할 만한 인간은 못 된다고 생각했던 탓이리라. 따라서 표트르 베르호벤스키는 모든 일이 처리될 내일까지, 키릴로프로서는 '아무래도 상관없다'가 될 때까지 그냥 내버려 두려고 했다. 적어도, 표트르 스테파노비치는 키릴로프를 그렇게 판단했다. 리푸틴 역시 약속에도 불구하고 표트르 스테파노비치가 샤토프에 대해서는 입도 뻥긋하지 않았음을 인지했지만, 리푸틴은 저항하기에는 너무 흥분해 있었다.

샤토프는 회오리처럼 무라빈나야 거리로 달려갔는데, 멀다고 저주를 퍼부어도 거리의 끝은 보이지 않았다.

비르긴스키 집에서는 문을 오랫동안 두드려야 했다. 모두 벌써 오래전에 잠든 까닭이다. 그러나 샤토프는 아무 거리낌없이, 있는 힘껏 덧창을 사정없이 두들겼다. 쇠사슬에 묶인 개가 마당에서 달려들 기세로 연신 악의에 찬 듯 으르렁거렸다. 온 거리의 개들이 덩달아 짖어서 개들의 함성이 울려 퍼졌다.

"문을 왜 이렇게 두드리는 거요, 대체 무슨 용건으로?"

드디어 창문 곁에서 이런 '모욕'에는 어울리지 않는 비르긴스키의 부드러운 목소리가 울려 퍼졌다. 덧창이 살짝 들리고 통풍창이 열렸다.

"거기 누구예요, 어떤 비열한 인간이냐고요?" 이미 모욕에 완전히 부합하는, 비르긴스키의 친척인 노처녀의 여자다운 목소리가 표독스럽게 찍찍거렸다.

"난 샤토프인데, 나한테 아내가 돌아왔고 지금 출산하고 있는데……."

"그럼 출산이나 하라고 하고 썩 꺼져요!"

"아리나 프로호로브나를 데리러 왔어요, 아리나 프로호로브나가 안 가면 나도 안 가겠어요!"

"그녀는 아무나 찾아가는 사람이 아니에요. 밤마다 특수 시술이 있거든요……. 어서 마크셰예바한테나 가 볼 것이지, 어디서 소란이에요!" 신경질 난 여자의 째지는 듯한 목소리가 들려왔다. 만류하는 비르긴스키의 소리가 들렸다. 그러나 노처녀는 그를 밀쳐 내고 한 치도 양보하지 않았다.

"난 가지 않을 거요!" 샤토프가 다시 소리쳤다.

"잠깐만 기다려요, 잠깐만요!" 드디어 비르긴스키가 노처녀를 제압하고 소리쳤다. "부탁이오, 샤토프, 오 분만 기다려 줘요, 아리나 프로호로브나를 깨울 테니까, 제발 문 좀 두드리지 말고 소리 좀 지르지 말아요……. 오, 이 모든 것이 끔찍하군!"

끝이 없는 오 분이 지나자 아리나 프로호로브나가 나타났다.

"당신한테 아내가 왔다고요?" 통풍창 쪽에서 그녀의 목소리가 들려왔는데, 샤토프가 놀랍게도, 그 목소리는 전혀 악에 받친 것이 아니라 그저 평소처럼 명령조에 불과했다. 그런데 아리나 프로호로브나는 다른 방식으로는 말할 수 없는 사람이었다.

"그래요, 아내가 왔고 출산하고 있어요."

"마리야 이그나티예브나[24] 말인가요?"

"예, 마리야 이그나티예브나예요. 당연히, 마리야 이그나티

24) 마리의 정식 이름.

예브나죠!"

침묵이 찾아왔다. 샤토프는 기다렸다. 집 안에서는 숙덕거림이 오갔다.

"온 지 오래됐나요?" 마담 비르긴스카야가 다시 물었다.

"오늘 저녁 8시에 왔어요. 제발 서둘러 줘요."

다시 숙덕거리며 다시 상의하는 것 같았다.

"이봐요, 뭔가 오해한 건 아닌가요? 그녀가 직접 나를 데려오라고 당신을 보낸 건가요?"

"아니, 그녀는 당신을 데려오라고 하지 않았고, 아줌마를, 나한테 비용 부담을 지우지 않으려고 그냥 아줌마를 원하지만, 염려 말아요, 돈은 내가 내겠어요."

"좋아요, 돈을 내든 안 내든 가겠어요. 난 마리야 이그나티예브나의 독립심을 언제나 높이 평가해 왔어요, 그녀는 나를 기억하지도 못하겠지만. 당신 집에 꼭 필요한 물건들은 갖춰져 있나요?"

"아무것도 없지만 죄다 있을 겁니다. 있을, 있을 거예요……."

'이런 사람들한테도 관대함이라는 게 있는 거야!' 샤토프는 럄신의 집으로 향하며 생각했다. '신념과 인간 — 이건 많은 점에서 전혀 별개의 것이다. 난 그들에게 많은 죄를 지었는지도 몰라……! 모두 죄를 지었어, 모두가 죄를 지었다고…… 모두 이 점을 확신하다면……!'

럄신 집에서는 문을 오래 두드릴 필요가 없었다. 놀랍게도 그는 침대에서 벌떡 일어나 맨발에 속옷만 입은 채 감기를 무릅쓰고 금세 통풍구를 열었다. 매우 까다롭고 끊임없이 자신의 건강에 신경을 쓰는 사람이 말이다. 그러나 이렇게 예민하게 서둘러 댄 데에는 특별한 이유가 있었다. 람신은 우리 편의 회의 결과 저녁 내내 너무 떨렸던 나머지 그때까지도 잠들지 못하고 있었다. 줄곧 초대하지도 않은, 전혀 달갑지 않은 불청객이 찾아올 거리는 예감에 시달렸던 것이다. 샤토프의 밀고에 대한 소식이 그를 제일 괴롭히는 것이었다……. 그런데 지금 갑자기, 일부러 꾸민 듯, 누가 끔찍이도 큰 소리로 창문을 두들기며 소리를 지르는 것이 아닌가……!

그는 샤토프를 보자마자 너무 겁을 먹은 나머지 당장 통풍창을 쾅 닫고 침대로 달려갔다. 샤토프는 광포하게 노크하면서 소리쳤다.

"아니, 어떻게 한밤중에 이렇게 문을 두들겨 댈 수 있는 거요?" 람신은 최소한 이 분 정도는 지나고서야 다시 통풍창을 열 결심이 섰는데 샤토프가 혼자 왔다는 것을 마침내 확인하게 되자 위협적으로, 하지만 실은 무서워서 거의 까무러치며 이렇게 소리쳤다.

"여기 당신의 권총이오. 다시 가져가고 15루블을 줘요."

"이게 무슨 짓이오, 취한 거요? 날강도가 따로 없군. 이러다가는 내가 감기에 걸리겠어. 잠깐만요, 금방 담요라도 걸치고 오겠어요."

"지금 15루블을 줘요. 안 주면 동틀 때까지 두드리면서 소리를 지를 거요. 당신 집 창틀을 부숴 버리고."

"그럼 난 소리쳐 경찰을 부르고 당신은 유치장에 들어갈걸."

"내가 벙어리인 줄 알아, 엉? 나라고 경찰을 못 부를 줄 알고? 누가 경찰을 무서워하겠어, 당신이야, 나야?"

"그토록 저열한 확신을 품을 수 있는 양반이……. 난 당신이 뭘 암시하는지 알아요. 잠깐, 잠깐만, 제발 좀 두드리지 말아요! 당치도 않은 말씀, 이 한밤중에 돈이 어디서 나오겠어요? 술에 취한 게 아니라면, 왜 돈이 필요한 거요?"

"나한테 아내가 돌아왔어요. 난 당신한테 10루블은 깎아 준 거요, 한 번도 쏜 적이 없거든. 권총을 가져가요, 지금 당장 가져가요."

럄신은 기계적으로 통풍창으로 손을 내밀어 권총을 받았다. 좀 기다렸다가 갑자기 서둘러서 통풍창으로 머리를 내밀고는 등골이 오싹함을 느끼며 정신 나간 듯 중얼거렸다.

"거짓말이야, 당신한테 아내가 왔다니 절대 그럴 리 없어. 이건…… 이건 그냥 어디로든 도망치고 싶어서 그러는 거요."

"바보 같으니, 내가 어디로 도망친다는 거요? 당신의 표트르 베르호벤스키나 그렇게 도망치지, 난 아니오. 방금 산파인 비르긴스카야 집에 갔는데, 당장 우리 집으로 가 주겠다고 했어요. 알아보면 되잖아요. 아내가 진통을 하고 있어요. 돈이 필요해요. 돈을 줘요!"

온갖 생각의 불꽃이 럄신의 민첩한 머릿속에서 번쩍 일었다. 모든 것이 갑자기 180도로 바뀌었지만 여전히 공포심에 사로잡힌 나머지 그는 제대로 판단할 수가 없었다.

"아니, 어떻게…… 당신은 아내와 함께 살지도 않잖아요?"

"그런 질문을 하면 머리통을 부숴 버리겠어요."

"아이고, 맙소사, 용서해 줘요, 이해합니다, 난 그저 어이가 없어서……. 그러나 이해, 이해합니다. 그러나…… 그러나 아리나 프로호로브나가 정말 가 준답니까? 지금 그녀가 출발했다고 말했죠? 있잖아요, 그건 사실이 아니오. 봐요, 보라고요, 입만 열면 거짓말이라니까요."

"그녀는 분명히 지금쯤은 아내 옆에 있을 거요. 시간 끌지 말아요, 당신이 멍청한 건 내 잘못이 아니니까."

"또 거짓말, 난 멍청하지 않거든요. 미안하지만, 도저히 못 하겠어요……."

그는 앞뒤를 완전히 잃은 채 세 번째로 다시 통풍창을 닫으려 했지만, 샤토프가 너무 울부짖는 바람에 곧 다시 얼굴을 내밀었다.

"그러나 이건 완전히 인권 침해잖아요! 내게 뭘 요구하는 거요, 대체 뭘, 뭘? 똑똑히 말해 보라고요! 그리고 명심, 또 명심할 건 지금은 한밤중이라고요!"

"15루블을 요구하는 거야, 이 닭대가리야!"

"그러나 난 권총을 돌려받고 싶은 마음이 전혀 없는걸요. 당신은 이럴 권리가 없어요. 물건을 샀으면 그걸로 끝인 거지, 이럴 권리는 없는 거라고요. 이 한밤중에 어떻게 해도 그 돈을 구할 수도 없고요. 아니, 내가 어디서 그런 돈을 얻어 오겠어요?"

"네놈한테는 언제나 돈이 있잖아. 내가 10루블이나 깎아 줬는데 저 유명한 유대인처럼 굴다니."

"모레 와요. 들리죠, 모레 아침 12시 정각에 오면 전부 내놓겠어요, 전부, 어때요?"

샤토프는 세 번째로 광포하게 창틀을 두들겼다.

"10루블을 내놓고 내일 아침 날이 새기가 무섭게 5루블 더 내놓고."

"안 돼요, 모레 아침에 5루블, 내일은 절대로 안 될걸요. 오지 않는 게 좋을 거요, 차라리 오지 말아요."

"10루블 내놔. 오, 비열한 놈!"

"도대체 무엇 때문에 그렇게 욕을 하는 거요? 잠깐만 기다려요, 불을 좀 켜야겠어요. 여기 유리창을 깼군요……. 아니, 누가 한밤중에 이렇게 욕을 해요? 자!" 그는 창문으로 지폐 한 장을 내밀었다.

샤토프가 받고 보니 5루블짜리 지폐였다.

"절대로, 못 해요, 찔러 죽여도 못 해요. 모레는 두 배라도 할 수 있지만 지금은 아무것도 못 해요."

"안 가!" 샤토프가 으르렁거렸다.

"그럼 이것도 가져가요, 여기 더 있으니까, 이봐요, 하지만 더 이상은 안 줘요. 목이 터져라 외쳐도 못 줘요, 무슨 일이 있어도 못 줘요. 못 줘, 못 준다고요!"

그는 미친 듯 흥분하고 절망에 빠진 채 땀까지 뻘뻘 흘렸다. 그가 더 내놓은 지폐 두 장은 1루블짜리였다. 샤토프에게는 전부 7루블이 모였다.

"에잇, 벌어먹을 자식, 내일 오겠어. 8루블을 준비해 놓지 않으면, 럄신, 흠씬 두들겨 패 줄 테다!"

'하지만 난 집에 없을걸, 바보 녀석!' 럄신은 속으로 얼른 이렇게 생각했다.

"잠깐, 잠깐만요!" 그는 벌써 뛰기 시작한 샤토프의 등 뒤에다 소리쳤다. "잠깐만요, 돌아와요. 제발 말해 줘요, 당신한테 아내가 돌아왔다는 게 정말이오?"

"바보!" 샤토프는 침을 탁 뱉고 젖 먹던 힘까지 짜내 집으로 뛰어갔다.

4

일러 두건대, 아리나 프로호로브나는 어제 회의에서 내린 결정에 대해 아무것도 몰랐다. 충격을 받은 나머지 힘이 빠진 채 집으로 돌아온 비르긴스키는 그 결정을 그녀에게 전할 용기가 나지 않았다. 그럼에도 참지 못하고 반쯤은 털어놓았는데 — 즉, 샤토프가 틀림없이 밀고할 생각을 한다는, 베르호벤스키가 전해 준 소식 전부를 말이다. 그러나 곧바로, 자기가 이 소식을 전적으로 믿는 건 아니라고 덧붙였다. 아리나 프로호로브나는 끔찍이도 경악하고 말았다. 바로 그 때문에 샤토프가 그녀를 부르러 뛰어왔을 때, 비록 지난밤 내내 어떤 산모와 씨름하느라 녹초가 됐음에도 즉각 가기로 결심했던 것이다. 그녀는 '샤토프 같은 걸레짝은 시민적인 비열한 짓을 저지르고도 남을 인간이다'라고 언제나 확신했다. 그러나 마리야 이그나티예브나의 도착으로 인해 사태는 새로운 관점에서 조망되었다. 샤토프의 경악, 간청할 때의 그 절망적인 어조, 도와

달라는 애원은 변절자의 감정에 변화가 일어났음을 의미하는 것이었다. 오직 다른 사람을 파멸시킬 목적으로 자신까지 배반하기로 결심한 사람이라면, 샤토프가 실제로 보여 준 것과는 다른 모습에 다른 어조였을 것 같았다. 한마디로, 아리나 프로호로브나는 모든 것을 직접 두 눈으로 살펴보기로 결심했다. 비르긴스키는 그녀의 결의에 매우 만족했으며 5푸드나 되는 짐을 내려놓은 것 같았다! 그에게는 희망마저 생겨났다. 샤토프의 모습이 베르호벤스키의 제안과 극도로 어긋나는 것처럼 보였기 때문이다…….

샤토프의 생각이 맞았다. 돌아와 보니 아리나 프로호로브나는 벌써 마리 옆에 와 있었다. 그녀는 도착하자마자 계단 아래쪽에서 몸을 들이밀고 있던 키릴로프를 경멸하듯 쫓아 버렸다. 서둘러 마리와 인사를 나누었는데, 그녀는 예전에 서로 만난 사이임을 인정하지 않았다. 그녀는 마리가 '최고로 고약한 상태'에 있음을, 즉 악에 받쳐 정신이 온통 교란되고 '가장 옹졸한 절망'에 빠져 있음을 보자 오 분 만에 그녀의 온갖 반론을 완전히 제압했다.

"왜 계속 비싼 조산사는 싫다고 한 거예요?" 그녀는 샤토프가 들어온 그 순간에 이렇게 말했다. "완전히 헛소리예요. 지금 당신 상태가 여의치 않아 거짓된 생각이 든 거죠. 무슨 평범한 할멈이나 평민 산파의 도움을 받으면 십중팔구 끝이 고약해질 거예요. 그러면 비싼 조산사를 쓴 것보다 탈도 더 많고 돈도 더 많이 들어요. 그런데 왜 내가 비싼 조산사라고 생각해요? 돈은 나중에 내도 되고, 나는 당신한테서 여분의 돈은 받지 않을 것이고 순산이라면 보증해요. 나와 함께라면 죽을 일은 없을 거예요, 그런 산모는 본 적이 없거든요. 게다가 아이는 내가 내일 당장 당신을 위해서 보육원으로 보내 줄 테고, 그다음엔 시골로 보내 양육을 맡기면 그로써 일이 다 끝나잖아요. 그러면 당신도 건강을 회복하고 합리적인 일감을 찾고 매우 빠른 시일 안에 샤토프에게 이렇게 거처와 여러 비용을 대준 것에 보상하는 거죠, 그리 큰 비용은 아닐 테지만…….”

“그게 아니라……. 난 그렇게 짐을 지울 권리가 없어요…….”

“이성적이고 시민적인 감정이지만, 믿어요, 샤토프가 환상에 빠진 인간에서 올바른 생각을 가진 인간으로 돌아설 마음이 손톱만큼이라도 있다면 그로서는 손해 볼 게 거의 전혀 없는 셈이죠. 단, 멍청한 짓만 하지 않으면 되는데, 혀를 늘어뜨리고 동네방네 헐레벌떡 돌아다니면서 북을 치지만 않으면 된다고요. 그의 두 팔을 잡고 있지 않으면 아침 무렵에는 아마 이 동네 의사를 죄다 깨울걸요. 우리 거리에서는 개들을 죄다 깨웠거든요. 의사 따위는 필요 없어요, 내가 모든 걸 보증한다고 벌써 말했잖아요. 물론 시중드는 할멈을 더 둘 수는 있겠죠, 돈도 전혀 안 들고. 하긴 그 사람도 나름대로 뭐든 도움이 되겠죠, 맨날 멍청한 짓만 하지는 않을 테니까. 손도 있고 발도 있으니 약국도 뛰어갔다 오고 착한 일 한답시고 당신의 감정을 모욕하는 일도 전혀 없을 테죠. 사실 착한 일은 무슨 얼어 죽을! 사실 당신을 이 지경으로 몰고 간 장본인이 그 사람 아니던가요? 당신과 결혼하려는 이기적인 목적 때문에 당신이 가정 교사로 있던 그 가족과 싸움을 벌인 장본인도 바로 그 사람이잖아요? 우리도 들은 얘기가 있거든요……. 하긴 지금 그는 완전히 얼빠진 사람처럼 달려와서 온 거리가 떠나가라 고함을 질러 댔죠. 나는 누구에게도 얽매여 있지 않고, 오직 당신을 위해 우리 편 모두가 연대의 의무가 있다는 원칙 때문에 온 거예요. 집을 나오기 전부터 그에게 이 점을 분명히 밝혔어요. 당신 생각에 내가 쓸데없는 여자라면, 안녕히 계세요. 단, 그토록 쉽게 피할 수 있었던 큰일이 일어나지 않기만 바랄 뿐이에요."

그러고서 그녀는 심지어 의자에서 일어나기까지 했다.

마리는 정말로 의지할 데가 없고 너무도 고통스럽고, 사실대로 말하자면 지금 임박한 일에 너무 놀랐기 때문에 그녀를 그냥 보낼 용기가 나지 않았다. 그러나 갑자기 이 여자가 미워졌다. 마리의 영혼 속에 든 것과는 전혀, 전혀 다른 얘기를 했던 것이다! 그러나 솜씨 없는 산파의 손에서 죽을 수도 있다는 예언이 혐오감을 눌러 버렸다. 그 대신 그녀는 이 순간부터 샤토프에게 더욱더 까다롭고 무자비하게 굴었다. 결국, 자기를 바라보는 것뿐만 아니라 자기 쪽으로 얼굴을 보이고 서 있는 것조차 금지했다. 진통은 점점 더 심해졌다. 저주, 심지어 욕지거리까지 더욱더 광포해졌다.

"에잇, 저 양반을 내보냅시다." 아리나 프로호로브나가 딱 잘라 말했다. "저 양반 얼굴이 말이 아니어서 당신을 놀랠 뿐이에요. 죽은 사람처럼 새하얘졌네! 당신은 뭐예요, 제발 말 좀 해 봐요, 이 웃긴 괴짜 양반? 이거야말로 코미디구먼!"

샤토프는 대답하지 않았다. 아무것도 대답하지 않을 작정이었다.

"이런 경우에 멍청한 애 아빠들을 본 적이 있어요, 역시나 저렇게 제정신이 아니거든요. 그러나 적어도 그들은……."

"그만하든지, 아니면 내가 뒈지도록 내버려 두란 말이에요! 한마디도 벙긋하지 말아요! 싫어, 싫다고요!" 마리는 고함을 질러 댔다.

"당신이 의식을 잃지 않는 이상 내 쪽에서 한마디도 벙긋하지 않을 수는 없잖아요. 어쨌든 당신이 이런 상태에 있으니 나는 이해해요. 적어도 일에 관해선 얘기해야죠. 말해 봐요, 당신 집에 뭐든 준비된 것이 있나요? 어서 대답해 봐요, 샤토프, 이 부인은 그런 건 안중에도 없으니까요."

"정확히 뭐가 필요하다는 겁니까?"

"그러니까 아무것도 준비되지 않았다는 소리군요."

그녀는 꼭 필요한 것만 모두 열거했는데, 이 점에 관한 한 그녀의 정당함을 인정해 주어야 할 것이 정말로 빈한하다 싶을 만큼 꼭 필요한 것에 한정해 주었다. 샤토프 집에도 뭐가 좀 있긴 했다. 마리는 열쇠를 꺼내, 그녀의 여행용 가방을 좀 뒤져 보라고 내밀었다. 그의 손이 덜덜 떨렸기 때문에 익숙하지 않은 자물쇠를 여느라고 보통 걸리는 시간보다 좀 더 오래 꾸물거렸다. 마리는 완전히 앞뒤를 잃고 날뛰었지만, 아리나 프로호로브나가 열쇠를 빼앗으려고 벌떡 일어나자 어떤 일이 있어도 그녀가 자신의 가방 속을 들여다보는 것을 용납하지 않으려 했고 사정없이 울고불고하면서 샤토프 혼자 가방을 열라고 고집을 부렸다.

어떤 물건들을 얻기 위해서는 키릴로프 집으로 달려가야 했다. 샤토프가 가려고 몸을 돌리기가 무섭게 그녀는 당장 다시 돌아오라고 광포하게 불러 댔고 계단에서 황급히 돌아온 샤토프가 꼭 일 분만, 꼭 필요한 물건들을 가지러 가는 것이라고, 곧 다시 돌아오겠다고 설명하고서야 겨우 진정했다.

"정말, 당신 비위를 맞추긴 진짜 어렵군요, 부인." 아리나 프로호로브나가 웃음을 터뜨렸다. "벽에다 얼굴을 대고 서 있어라, 쳐다보지도 마라, 그런가 하면 단 일 분도 옆에서 떠나지 마라, 그러면서 엉엉 울어 버리니까요. 이런 식이면 정말이지 그가 무슨 엉뚱한 생각을 할지도 몰라요. 자, 자, 억지 좀 부리지 말고 그만 칭얼거려요, 정말 우스워 죽겠네."

"저 주제에 엉뚱한 생각은 어림도 없어요."

"에-고-고. 사실 저렇게 숫양처럼 당신한테 홀딱 빠지지 않았더라면 혓바닥을 쑥 내밀고 헐레벌떡 동네방네를 뛰어다니지도 않았을 테고 이 도시의 모든 개를 깨우지도 않았을 거예요. 우리 집 창틀도 부숴 버렸어요."

5

샤토프가 들어섰을 때 키릴로프는 여전히 방 안을 이 구석 저 구석 왔다 갔다 하고 있었는데, 어찌나 넋이 나갔는지 샤토프의 아내가 왔다는 사실도 잊었고 말을 들으면서도 이해하지 못했다.

"아, 그렇지." 그는 자신을 몰입시킨 어떤 관념에서 순간이나마 힘겹게 떨어져 나오듯 갑자기 기억해 냈다. "그래요…… 할멈이…… 아내였나요, 할멈이었나요? 잠깐만, 아내와 할멈이죠, 예? 기억나요. 다녀갔는데. 할멈이 오겠지만, 단, 지금은 아닙니다. 베개를 가져가요. 뭐 또? 그래요……. 잠깐만, 샤토프, 당신에겐 혹시 영원한 조화의 순간들이 있습니까?"

"이봐요, 키릴로프, 더 이상 한밤에 잠을 자지 않는 일은 없도록 해요."

키릴로프는 정신이 번쩍 들었고 — 이상한 노릇이다 — 심지어 평소보다 훨씬 더 조리 있게 말하기 시작했다. 벌써 오래전부터 이 모든 것을 공식처럼 만들어 놓은 것이 분명했고 기록해 뒀는지도 모를 일이다.

"몇 초가 있는데, 다 합쳐도 오륙 초면 지나가지만, 갑자기 완전히 성취된 영원한 조화의 존재를 느낍니다. 이건 지상의 것이 아닙니다. 내 말은 그것이 천상의 것이란 얘기가 아니라 인간이 지상의 모습으로는 견딜 수 없는 어떤 것이란 얘기입니다. 물리적으로 변화하든지 아니면 죽어야 합니다. 이건 선명하고 논란의 여지가 없는 감각입니다. 당신은 갑자기 자연 전체를 느낀 것처럼 갑자기 말합니다. 그래, 이것이 진실이다, 라고. 신은 세계를 창조하면서 하루가 끝날 때마다 말했습니다. '그래, 이것이 진실이다, 이것 참 좋군.'이라고. 이건…… 이건 감동이 아니라 그저, 그냥 기쁨입니다. 당신은 아무것도 용서하지 않는데, 더 이상 용서할 것이 전혀 없기 때문이죠. 당신은 사랑하는 것이 아니라, 오 — 이건 사랑보다 더 높은 것입니다! 제일 무서운 것은 이런 기쁨이 너무 끔찍이도 선명하다는 점입니다. 오 초 이상 지속한다면 영혼은 더 이상 참지 못하고 사라질 것이 분명합니다. 이 오 초 동안 나는 삶을 사는 것이고 이 오 초를 위해서라면 내 삶 전체를 내줄 텐데, 그만한 가치가 있기 때문입니다. 십 초를 참기 위해서는 물리적으로 변화해야 합니다. 난 인간이 출산을 중단해야 한다고 생각합니다. 목표가 성취되었다면 아이가 무슨 소용이며 발전이 무슨 소용입니까? 복음서에는 부활 때에는 출산하지 않고 신의 천사처럼 될 것이라고 쓰여 있습니다. 암시죠. 당신의 아내가 출산한다고요?"

"키릴로프, 그게 자주 찾아옵니까?"

"사흘에 한 번씩, 일주일에 한 번씩."

"당신한테 간질이 있는 건 아니오?"

"아니요."

"그렇다면 생길 거요. 조심해요, 키릴로프, 간질이 그렇게 시작된다는 얘기를 들은 적이 있거든요. 어느 뇌전증[25] 환자가 발작 직전의 그 예비적인 감각을 상세히 묘사해 준 적이 있는데, 꼭 당신 같았어요. 그도 오 초라고 정해 주었지만, 더 이상은 견딜 수 없다고 말했어요. 물 주전자에서 물이 흘러나오기도 전에 말을 타고 천국을 질주했다는 마호메트, 그 물 주전자를 기억해 봐요, 이건 바로 그 오 초를 말해요. 당신의 그

---

25) 러시아어는 '간질'로, 라틴어에서 온 단어는 '뇌전증'으로 옮겼다.

조화와 너무 비슷한데, 마호메트는 뇌전증 환자였거든요. 조심해요, 키릴로프, 간질이에요!"

"이미 글렀군요." 키릴로프가 조용히 미소를 머금었다.

6

밤이 지나가고 있었다. 샤토프는 심부름을 가기도 하고 욕을 먹기도 하고 불려가기도 했다. 마리는 목숨에 대한 공포가 최후의 극에 달했다. 그녀는 "반드시, 반드시!" 살고 싶다고, 죽는 게 무섭다고 소리쳤다. "안 돼, 안 돼!" 그녀는 되뇌었다. 아리나 프로호로브나가 없었더라면 상황은 매우 나빴을 것이다. 차츰차츰, 그리고 완전히 그녀는 환자를 제압했다. 환자는 어린애처럼 그녀의 말 하나하나, 비명 하나하나에 고분고분해졌다. 아리나 프로호로브나는 부드러운 것이 아니라 엄격하게 처리했지만, 대신 일솜씨가 능수능란했다. 날이 밝았다. 아리나 프로호로브나는 갑자기 샤토프가 지금 막 계단으로 달려 내려가 신에게 기도하고 있다는 생각이 들어 웃음을 터뜨렸다. 마리도 악의에 차 표독스러운 웃음을 터뜨렸는데, 이렇게 웃음으로써 좀 수월해진 것 같았다. 드디어 샤토프는 완전히 쫓겨났다. 축축하고 차가운 아침이 찾아왔다. 그는 전날 밤 에르켈이 찾아왔을 때와 꼭 마찬가지로 구석 벽에 얼굴을 떨구고 있었다. 나뭇잎처럼 떨며 생각하는 것을 무서워했지만 그의 머리는 마치 꿈결인 양 눈앞에 떠오르는 모든 것을 상념

속에 붙들고 있었다. 몽상은 그를 끊임없이 유혹했다가 썩은 실오라기처럼 툭툭 끊임없이 끊어지는 것이었다. 방 안에서는 드디어, 이미 신음도 아닌 도저히 참을 수도, 듣고 있을 수도 없을 만큼 끔찍하고 그야말로 동물적인 비명이 울려 나왔다. 그는 귀를 틀어막고 싶었지만 그러지도 못한 채 무의식적으로 '마리, 마리!'만 되뇌며 무릎을 꿇고 쓰러졌다. 그러자 드디어 비명이, 새로운 비명이 울려 나왔고 그 때문에 샤토프는 몸을 부르르 떨며 무릎을 펴고 벌떡 일어났는데, 바로 응애 하는 연약한 갓난아이 소리였다. 그는 성호를 긋고 방으로 달려갔다. 아리나 프로호로브나의 품에서는 조그맣고 불그죽죽한 주름투성이 존재가 소리치며 자그마한 손발을 꼼지락거리고 있었는데, 바람만 한번 불어도 흔들릴 먼지처럼 끔찍이도 연약하지만 자기도 삶에 대한 어떤 온전한 권리가 있다는 식으로 선언하며 소리치는 존재였다……. 마리는 아무 감각도 없는 것처럼 누워 있었지만 일 분쯤 지나자 눈을 뜨고 이상하고도 이상한 시선으로 샤토프를 바라보았다. 이 시선은 완전히 새로운 어떤 것, 그로서는 아직 이해할 능력이 없는 어떤 것으로서 이전에는 그녀에게 이런 시선이 있는 줄 결코 알지도 못했고 기억도 안 났다.

"사내애인가요? 사내애?" 그녀는 고통스러운 목소리로 아리나 프로호로브나에게 물었다.

"사내 녀석이에요!" 상대편은 아이를 싸면서 대답으로 고함을 질렀다.

벌써 아이를 다 쌌고 침대를 가로질러 놓여 있는 두 베개

사이에 누일 준비를 하는 동안, 아이를 잠깐 좀 안고 있으라고 샤토프에게 건네주자 마리는 아리나 프로호로브나가 두려운 듯 용케 곁눈질을 하며 그에게 고개를 까딱했다. 그는 당장 알아듣고 갓난애를 안아서 그녀에게 보여 주었다.

"정말…… 너무 예뻐요……." 그녀는 미소를 머금으며 힘없이 속삭였다.

"쳇, 저 양반 쳐다보는 꼴 좀 봐!" 의기양양해진 아리나 프로호로브나는 샤토프의 얼굴을 들여다보며 즐겁게 웃었다. "저 양반 얼굴, 정말 가관이야!"

"즐거워하세요, 아리나 프로호로브나……. 이건 위대한 기쁨입니다……." 샤토프는 아이에 대한 마리의 두 마디에 반짝반짝 빛났고 백치처럼 행복한 표정을 지으며 중얼거렸다.

"이게 당신한테 무슨 위대한 기쁨이라는 거예요?" 아리나 프로호로브나는 유형수처럼 부산스럽게 뒤치다꺼리를 하고 노동을 하며 즐거워했다.

"새로운 존재의 출현이라는 신비, 설명할 수 없는 위대한 신비죠. 아리나 프로호로브나, 이걸 모르신다니 정말 유감입니다!"

샤토프는 갈피를 못 잡고 환희에 빠져 정신없이 중얼거렸다. 그의 머릿속에서 뭔가가 뒹굴다가 그의 의지와는 상관없이 저절로 그의 영혼 속에서 흘러나오는 것 같았다.

"두 인간이 있었고 갑자기 세 번째 인간이, 더할 나위 없이 완전무결한 새로운 정신이 생겨났는데, 인간의 손으론 어쩔 수 없는 일입니다. 새로운 사상, 새로운 사랑, 심지어 무섭군요……. 세상에 이보다 더 높은 건 아무것도 없어요!"

"에잇, 헛소리 좀 작작 해요! 이건 단순히 유기체의 발전에 지나지 않는다고요. 여기엔 아무것도, 어떤 신비도 없어요." 아리나 프로호로브나는 진정 즐겁게 깔깔거렸다. "그런 식이면 파리도 모조리 신비겠네요. 그러나 이게 문제예요. 즉 잉여 인간들은 태어나서는 안 된다는 거죠. 우선은 그들이 잉여 인간이 되지 않도록 줄곧 담금질하고 그다음에는 그들을 낳는 거죠. 안 그러면 이 어린 것을 모레라도 보육원에 데려가야 하니까……. 하긴 진짜로 그래야겠군요."

"이 아이가 나를 떠나 보육원에 가는 일은 절대 없을 겁니다!" 샤토프는 마룻바닥을 응시하며 단호하게 말했다.

"양자로 삼는다고요?"

"이 아이는 내 아들입니다."

"물론, 이 아이는 샤토프, 법적으로 샤토프지만, 당신이 인간이라는 종의 은인인 양 나설 건 없잖아요. 미사여구 없이는 도저히 안 된다니까요. 자, 자, 좋아요, 단, 이제는, 여러분." 그녀는 드디어 뒤치다꺼리를 끝마쳤다. "난 그만 가 봐야 해요. 아침에 한 번 더 오고 필요하면 저녁에도 오겠지만, 지금은 모든 것이 순조롭게 끝났고 다른 데도 가 봐야 해요, 오래전부터 기다리고들 있어요. 저기, 샤토프, 어딘가 할멈이 와 있대요. 할멈도 할멈이지만, 당신도 자리를 비워서는 안 돼요, 남편 나리. 옆에 있다 보면 쓸모가 있겠죠. 마리야 이그나티예브나도 당신을 쫓아내지는 않을 것 같고요……. 뭐, 뭐 나는 웃겨서……."

그녀는, 샤토프가 그녀를 대문까지 배웅하러 나갔을 때 이미 혼자 있게 된 그에게 덧붙였다.

"당신은 나를 평생토록 웃겼어요. 돈은 안 받을게요. 꿈속에서도 웃을걸요. 오늘 밤의 당신만큼 우스운 건 정말 본 적이 없어요."

그녀는 완전히 만족해서 떠났다. 샤토프의 모습과 대화 내용으로 봐서 이 사람은 '아비가 되고 싶어 안달하는, 닳아빠진 걸레쪽'이라는 것이 대낮처럼 분명해졌다. 여기서 다른 환자의 집으로 곧장 가면 지름길이었지만 그녀는 이 일을 비르긴스키에게 알리려고 일부러 집으로 달려갔다.

"마리, 그녀가 너한테 좀 자는 게 좋을 거라고 명령했잖아, 물론 이게 끔찍이도 어려운 일인 걸 나도 알지만……." 샤토프는 수줍게 말을 꺼냈다. "난 여기 창문 옆에 앉아서 너를 지켜줄게, 응?"

그러고서 그가 창문 옆 소파 뒤에 앉았기 때문에 그녀는 어떻게 해도 그를 볼 수 없었다. 그러나 일 분도 지나지 않아 그녀는 그를 불러 베개를 바로잡아 달라고 까탈스럽게 부탁했다. 그는 바로잡기 시작했다. 그녀는 화를 내면서 벽을 쳐다보았다.

"그게 아니라, 아이, 그게 아니라니까요……. 그놈의 손놀림 하고는!"

샤토프는 다시 바로잡았다.

"내 쪽으로 몸을 숙여 봐요." 갑자기 그녀는 그를 보지 않으려고 애쓰면서 생경한 어조로 말했다.

그는 부르르 떨렸지만 몸을 굽혔다.

"좀 더…… 그게 아니라…… 좀 더 가까이" 그러고서 갑자기 그녀의 왼손이 저돌적으로 그의 목을 휘감았고, 그는 이마에서 진하고 촉촉한 키스를 느꼈다.

"마리!"

입술이 파르르 떨리는 가운데 그녀는 몸을 다잡았지만, 갑자기 몸을 일으키더니 눈을 번득이며 말했다.

"니콜라이 스타브로긴은 비열한 인간이에요!"

그러고는 몸이 싹둑 잘린 듯 힘없이 쓰러져 베개에 얼굴을 파묻고 히스테릭하게 흐느끼면서 샤토프의 손을 꽉 쥐었다.

그 순간부터는 이미 그를 더 이상 자기한테서 떼 놓지 않으려 했고 자기 머리맡에 있어 달라고 요구했다. 그녀는 말은 거의 하지 않아도 계속 그를 쳐다보며 행복에 겨운 여자처럼 미소를 보냈다. 갑자기 꼭 무슨 바보로 돌변한 것 같았다. 모든 것이 다시 태어난 듯했다. 샤토프는 작은 소년처럼 울기도 하고 영감에 차서 희뿌옇게 무슨 소리인지도 모를 생경한 말을 하기도 했다. 그녀의 손에 입을 맞추기도 했다. 그녀는 환희에 차서 그의 얘기를 들었으며 어쩌면 아무것도 이해하지 못한 채 힘이 빠진 손으로 상냥하게 그의 머리카락을 어루만지고 쓰다듬고 다정스레 감상하기도 했다. 그는 그녀에게 키릴로프 얘기도 했고 이제 자기들은 '새롭게 그리고 영원히' 살기 시작할 것이라고, 신의 존재에 대해서, 모두 좋은 사람들이라고……. 그들은 환희에 들떠 다시 갓난애를 꺼내 와서 쳐다보았다.

"마리." 아이를 품에 안은 채 그는 소리쳤다. "낡은 미망도, 치욕도, 죽음 같은 침체도 끝났어! 새로운 길을 향해 우리 셋이 함께 노력하는 거야, 그래, 그렇고말고……! 아, 그래. 우리, 아이 이름을 어떻게 짓지, 마리?"

"이 아이 이름요? 어떻게 짓냐고요?" 그녀는 깜짝 놀라서 되풀이했는데, 갑자기 얼굴에 섬뜩한 고뇌가 어렸다.

그녀는 손뼉을 딱 치고 샤토프를 나무라듯 바라보더니 베개에다 얼굴을 파묻었다.

"마리, 왜 그래?" 그는 괴로울 정도로 경악하며 소리쳤다.

"그러니까 당신은 어떻게 그럴, 그럴 수가……. 오, 너무 점잖지 못해요!"

"마리, 용서해 줘, 마리……. 그냥 어떻게 지을지 물어본 거야. 난 몰라서……."

"이반, 이반이라고 해요." 그녀는 발갛게 상기되고 눈물범벅이 된 얼굴을 들었다. "아니, 다른 무슨 끔찍한 이름을 생각했던 건가요?"

"마리, 진정해, 오, 넌 정신이 완전히 흐트러졌어!"

"또 되는대로 말하는군요. 내가 정신이 흐트러져서 이런다고 생각해요? 내기해도 좋지만, 당신은 내가 이 아이를…… 저 끔찍한 이름으로 부르겠다고 말했을지라도 당장 동의했을 테죠, 심지어 눈치도 못 채고! 오, 점잖지 못한 사람, 저열한 사람, 전부, 전부!"

일 분 뒤에는 당연히 화해했다. 샤토프는 그녀에게 자라고 말했다. 그녀는 잠들었지만, 여전히 그의 손을 놓지 않은 채 간간이 잠을 깨면 혹시 그가 떠나지나 않을까 두려운 듯 그를 올려다보고는 다시 잠들었다.

키릴로프는 '축하'하기 위해서 할멈을 보냈고 그 밖에도 '마리야 이그나티예브나'를 위해서 뜨거운 차와 막 구워 낸 커틀릿, 흰 빵을 곁들인 불리온[26]을 보내왔다. 환자는 불리온을 허겁지겁 먹어 치웠고, 할멈은 아이의 기저귀를 갈아 주었고, 마리는 샤토프에게도 커틀릿을 먹으라고 강요했다.

시간이 흘렀다. 샤토프는 힘이 빠져 의자에 앉은 채 베개에 머리를 파묻고 잠들었다. 아리나 프로호로브나가 약속대로 찾아왔을 때 그들은 이런 모습이었는데, 그녀는 즐겁게 그들을 깨웠고 마리에게 필요한 몇 가지를 이야기하고 아이를 살펴보았지만 이번에는 샤토프에게 나가 있으라고 명령하지는 않았다. 그런 다음 약간의 경멸과 오만함의 뉘앙스를 섞어 이 '부부'를 놀려 준 다음 아까처럼 만족해서 떠났다.

샤토프가 잠에서 깼을 때는 벌써 완전히 어두웠다. 그는 서둘러 촛불을 켜고 할멈을 부르러 달려갔다. 계단을 내려서자마자 자기를 향해 올라오는 어떤 사람의 조용하고 차분한 발자국에 충격을 받고 말았다. 안으로 들어온 자는 에르켈이었다.

"들어오지 말아요!" 이렇게 중얼거린 샤토프는 저돌적으로 그의 손을 거머쥐고 다시 문 쪽으로 끌고 나갔다. "여기서 기다려요, 지금 나갈 테니. 당신들을 까맣게, 까맣게 잊었어요!

---

26) 고기나 생선을 넣고 끓인 육수 또는 묽은 수프.

오, 당신을 보니 생각나는군!"

그는 너무 다급해서 키릴로프에게는 달려가지도 못하고 할멈만 불렀다. 마리는 '어떻게 자기를 혼자 내버려 둘 생각을 하느냐'며 절망과 분노에 휩싸였다.

"그러나," 하고 그는 환희에 들떠 외쳤다. "이건 진짜 마지막 일보야! 그다음에는 새로운 길이 열리는 거야, 우리 지난날의 공포는 절대, 절대 생각하지 말자!"

가까스로 그녀를 설득한 그는 9시 정각에 돌아오겠다고 약속했다. 그녀에게 진한 키스를 하고서, 또 아이에게도 키스하고 재빨리 에르켈에게 뛰어갔다.

두 사람은 스크보레시니키에 있는 스타브로긴스키 공원으로 향했는데, 공원의 바로 끝인 외진 장소, 이미 소나무 숲이 시작되는 그곳에 일 년 반 전에 그가 위임받은 인쇄기가 묻혀 있었다. 인적이 드물고 황량한 야생의 장소로서 스크보레시니키의 집들에서 상당히 멀리 떨어져 있어 전혀 눈에 띄지 않았다. 필리포프 집에서도 3.5베르스타, 어쩌면 4베르스타는 떨어진 곳이었다.

"정말 계속 걸어간다는 거요? 내가 마부를 부르겠소."

"제발 그러지 말아 주십시오." 에르켈이 반대했다. "그들은 바로 이 점에 대해 완강했습니다. 마부도 증인이 되니까요."

"뭐…… 제기랄! 아무래도 좋아, 끝낼 수만, 끝낼 수만 있다면!"

그들은 매우 빨리 걸어갔다.

"에르켈, 당신은 정말 어린 소년이군요!" 샤토프가 소리쳤다. "언제든 행복해 본적이 있소?"

"그런데 당신은 지금 매우 행복한 것 같군요." 에르켈은 호기심을 내보이며 지적했다.

6장

다사다난한 밤

1

비르긴스키는 그날 우리 편 모두의 집을 일일이 돌며 자기의 생각을 알리는 데 꼬박 두 시간을 소비했는데, 즉 샤토프에게 아내가 돌아왔고 아이마저 태어난 상황이니 분명히 밀고하지 않을 것이다, '인지상정'으로 이럴 때 그가 위험인물이 될 수 있으리라고는 상상할 수 없다는 것이었다. 그러나 에르켈과 람신을 제외하곤 아무도 집에 없었기 때문에 그도 곤혹스러웠다. 에르켈은 말없이, 그의 눈을 분명히 쳐다보면서 그 얘기를 들었다. "6시에 갈 건가, 말 건가?"라는 비르긴스키의 직설적인 질문에는 예의 그 분명한 미소를 띠면서 '당연히 갈 거다'라고 대답했다.

람신은 보아하니 진짜 중병에 걸렸는지, 머리까지 담요를 뒤집어쓰고 누워 있었다. 안으로 들어온 비르긴스키를 보자 깜짝 놀랐고 그가 말을 꺼내자마자 갑자기 담요 밑에서 두 손을 내저으며 제발 가만히 내버려 달라고 애원했다. 그래도 샤토프에 관한 얘기는 모두 들었으며 아무도 집에 있지 않더라는 소식에는 어쩐지 굉장히 충격을 받은 것 같았다. 또한 그는 벌써 (리푸틴을 통해서) 페디카의 죽음을 알고 있고 자기가 나서서 서둘러 두서없이 이 얘기를 해 주었는데, 이번에는 비르긴스키 쪽에서 충격을 받고 말았다. "가야 할까요, 말아야 할까요?"라는 비르긴스키의 단도직입적인 질문에는 갑자기 다시 두 손을 내저으며 '완전히 제삼자라서 아무것도 모르니까 제발 좀 내버려 달라'라고 애원하기 시작했다.

비르긴스키는 녹초가 된 채, 심히 불안에 떨며 집으로 돌아왔다. 가족에게 숨겨야 한다는 사실도 그에게는 너무 힘들었다. 그는 아내에게 모든 것을 털어놓는 습관이 있었고, 만약 그 순간 잔뜩 달구어진 그의 뇌 속에서 어떤 새로운 생각이, 즉 앞으로의 행동에 관한 어떤 화해적인 새로운 계획이 타오르지 않았더라면, 그도 럄신처럼 침대에 드러눕고 말았을 것이다. 그러나 새로운 생각이 힘을 주었고, 더욱이 그는 조바심마저 느끼며 정해진 시각을 기다렸다가 심지어 필요 이상으로 일찍 집합 장소로 갔다.

그곳은 매우 음산한 장소로서 거대한 스타브로긴스키 공원의 끝에 있었다. 훗날 나는 한번 둘러보려고 일부러 그곳에 가 보았다. 그 냉혹한 가을날 저녁에는 분명히 매우 을씨년스러웠으리라. 여기서 오래된 보호림이 시작되었다. 이곳에는 수백 년 묵은 거대한 소나무들이 어둠 속에 음침하고 불분명한 반점처럼 찍혀 있었다. 어찌나 어두운지 두 발짝 떨어진 곳에서도 서로를 거의 알아볼 수 없을 지경이었지만 표트르 스테파노비치, 리푸틴, 에르켈은 각자 등불을 들고 있었다. 무엇을 위해서, 또 언제인지는 알려지지 않았으나 태곳적부터 이곳에는 깎지 않은 야생의 돌로 만든 상당히 웃긴 동굴이 있었다. 동굴 안의 탁자와 벤치는 벌써 오래전에 썩고 흩어졌다. 오른쪽으로 200걸음쯤 떨어진 곳에는 공원의 세 번째 연못이 제 수명을 다해 가는 중이었다. 이 세 연못은 저택에서 시작해 1베르스타 남짓한 간격을 두고 잇달아 공원 끝까지 이어졌다. 무슨 소음이나 비명, 심지어 총성이 들린다 해도 버려진 스타브로긴 저택의 거주자들에게까지 도달할 수 있으리라 가정하기는 힘들었다. 어제 니콜라이 프세볼로도비치가 떠나고 알렉세이 예고로비치마저 집을 비우는 바람에 저택에는 대여섯 명의 거주자만 남게 되었는데, 말하자면 불구나 다름없는 성격의 사람이었다. 어쨌든 이 고립된 거주자 중 누가 살려 달라는 울부짖음이나 비명을 듣는다고 해도 공포심만 일으킬 뿐, 그들 중 누구 하나도 따뜻한 난로와 데워진 잠자리를 내팽개치고 도움을 주기 위해 움직일 리 만무하다는 건 거의 확실히 짐작할 수 있는 일이다.

6시 20분, 샤토프를 데려오라는 명령을 받은 에르켈을 제외하면 거의 모두가 벌써 모여 있었다. 표트르 스테파노비치는 이번에는 늦지 않았다. 그는 톨카첸코와 함께 왔다. 톨카첸코는 얼굴을 찌푸린 채 근심 어린 표정을 짓고 있었다. 완전히 허영 덩어리에 뻔뻔스럽고 자만하는 듯한 결의는 사라지고 없었다. 그는 표트르 스테파노비치를 떠나는 일이 거의 없고, 갑자기 그에게 한없이 헌신하는 것 같았다. 종종 번잡스럽게 그에게 뭐라고 속닥대기도 했다. 그러나 상대편은 대답해 주는 일이 거의 없거나 그를 떼 내려고 짜증스럽게 뭐라고 중얼거렸다.

시갈료프와 비르긴스키는 표트르 스테파노비치보다 좀 일찍 나타났는데, 그가 나타나자마자 당장 다소 멀리 떨어진 저쪽으로 가서 미리 생각해 둔 것이 분명한 깊은 침묵에 잠겼다. 표트르 스테파노비치는 등불을 들어 올리더니 아무 거리낌 없이 깔아뭉개듯 빤히 그들을 둘러보았다. '할 말들이 있는 모양이군.' 그의 머릿속에서 이런 생각이 번뜩 스쳐 지나갔다.

"람신은 안 왔소?" 그는 비르긴스키에게 물었다. "그가 아프다고 말한 건 누구요?"

"난 여기 있어요." 람신이 갑자기 나무 뒤에서 나오면서 대답했다. 그는 따뜻한 외투에 모직 숄을 친친 휘감고 있었고, 그 때문에 등불을 들이대도 모습을 제대로 알아보기 힘들었다.

"그렇다면 리푸틴만 안 온 거요?"

그러자 리푸틴이 말없이 동굴에서 나왔다. 표트르 스테파노비치는 다시 등불을 들어 올렸다.

"아니, 왜 거기 숨어 있었던 거요, 왜 나오지 않았소?"

"내 생각에 우리는 모두 자유권을 보유하고…… 우리의 활동에 있어서……." 리푸틴은 이렇게 중얼거리기 시작했지만,

자신이 무엇을 표현하고 싶은지 제대로 알지는 못하는 것이 분명했다.

"여러분." 표트르 스테파노비치는 반쯤 속삭이는 지금까지의 어조를 깨고 처음으로 언성을 높였는데 그것이 상당한 효과를 가져왔다. "내 생각으로는, 이제 와서 우물쭈물할 건 전혀 없음을 여러분도 이해할 거요. 어제 모든 것이 말해졌고 반추되었고 단호히 결정되었습니다. 그러나 여러분의 표정을 보아하니 뭔가 선언을 하고 싶은 사람이 있는 것 같소. 그럼 부디 어서 빨리 해 줘요. 젠장, 시간이 얼마 없어요, 에르켈이 지금이라도 그를 데려올 수도……."

"틀림없이 데려올 겁니다." 톨카첸코가 무엇 때문인지 끼어들었다.

"내가 오해하는 게 아니라면 우선은 인쇄기 양도가 있을 테죠?" 리푸틴은 이번에도 자기가 무엇 때문에 질문하는지 모르겠다는 듯 물어보았다.

"뭐, 당연하죠, 물건을 잃어버리면 안 되니까." 표트르 스테파노비치는 그의 얼굴 쪽으로 등불을 들어 올렸다. "그러나 진짜로 접수할 필요까지는 없다는 점에 대해선 어제 모두 합의를 보았죠. 그는 그저 여기서 묻어 놓은 정확한 지점을 가르쳐 주면 돼요. 그다음에는 우리가 직접 파낼 거요. 나는 그것이 이 동굴의 어느 모퉁이에서 열 걸음 떨어진 어딘가에 있다는 건 아는데…… 그런데 젠장, 어떻게 그런 걸 잊어버린 거요, 리푸틴? 당신 혼자 그를 만나고 그런 다음에 우리가 나오는 걸로 합의해 놓고서는……. 그렇게 질문하다니 이상한데, 혹시 그냥 그래 보는 거요?"

리푸틴은 음울하게 침묵을 고수했다. 모두 침묵했다. 바람이 소나무 끝을 흔들었다.

"여러분, 어쨌든 나는 각자가 자신의 의무를 잘 수행하길 바랍니다." 표트르 스테파노비치가 초조하게 불쑥 내뱉었다.

"나는 샤토프에게 아내가 돌아왔고 아이를 낳았다는 걸 압니다." 비르긴스키는 말을 거의 제대로 하지 못하고 흥분에 들뜬 채 서둘러 손짓 발짓하며 말을 꺼냈다. "인지상정의 도리로…… 지금 그가 밀고하지 않으리라는 건 확신할 수 있고…… 그는 행복에 겨워 있으니까……. 그래서 내가 아까 여러분 모두의 집을 찾아갔는데 아무도 없어서…… 그래서 어쩌면 지금은 아무것도 할 필요가 없는지도……."

그는 하던 말을 멈추었다. 숨이 탁 막혔다.

"만약, 비르긴스키 씨, 당신이 갑자기 행복해졌다면," 하고 표트르 스테파노비치가 그에게 한 걸음 다가갔다. "그렇다면 밀고는 말할 것도 없거니와 — 어떤 위험한 시민적 위업마저 연기하겠소? 당신이 행복보다 우선시했으며 어떤 위험에도, 행복의 상실에도 불구하고 자신의 임무로, 의무로 여긴 그 위업을?"

"아니, 연기하지 않을 겁니다! 어떤 일이 있어도 연기하지 않을 거요!" 비르긴스키는 어쩐지 끔찍이도 터무니없이 열을 올리며 말했는데, 완전히 수그러들었다.

"당신은 비열한이 되느니 차라리 다시 불행한 사람이 되고 싶다는 거죠?"

"그래요, 그래……. 난 완전히 정반대로…… 완전한 비열한이 되었으면 싶지만…… 즉, 아니…… 전혀 비열한이 아니라도 오히려 비열한보다는 완전히 불행한 사람이 되었으면 싶어요."

"그럼 분명히 알아 둬야 할 것이, 샤토프는 이 밀고를 자신의 시민적 위업으로, 가장 고귀한 신념으로 여긴다는 점, 그 증거인즉 — 그 자신이 정부 앞에 일정 부분 위험을 무릅쓰고 있다는 점, 물론 밀고하면 많은 것을 용서받으리라는 점이오. 이런 놈은 이제 무슨 일이 있어도 단념하지 않을 거요. 어떤 행복도 이걸 압도하진 못할 거고요. 하루만 지나면 정신이 번쩍 들어 자신을 책망하면서 곧장 가서 실행에 옮길 테죠. 게다가 나로서는 아내가 삼 년이나 지난 다음 스타브로긴의 아이를 낳기 위해서 그에게 왔다는 사실에서 어떤 행복도 보이지 않는군요."

"그러나 사실 누구도 밀고장을 보지 않았잖아요." 시갈료프가 갑자기 집요하게 말했다.

"밀고장은 내가 봤어요." 표트르 스테파노비치가 소리쳤다. "있다니까요, 이 모든 것이 끔찍이도 멍청하군요, 여러분!"

"그래도 나는," 하고 비르긴스키가 갑자기 펄펄 끓어올랐다. "난 반대합니다…… 있는 힘껏 반대……. 내가 원하는 건 이렇습니다. 내가 원하는 건, 그가 오면 우리 모두 나가서 모두 그에게 물어보자는 겁니다. 사실이라면 그에게서 사죄를 받아 내고 밀고하지 않겠다고 맹세하면 풀어 주자는 거죠. 어쨌든 심판입니다. 심판에 따라 해야 합니다. 모두 숨어 있다가 그다음에 덮치는 게 아니라요."

"맹세 따위로 공동의 과업을 위태롭게 하다니, 멍청하기 이를 데 없는 짓이오! 젠장, 정말 멍청한 짓이오, 여러분, 이제 와서! 이렇게 위험한 순간에 여러분은 도대체 어떤 역할을 떠맡으려는 거요?"

"난 반대, 반대합니다." 비르긴스키는 계속 같은 말을 되뇌었다.

"적어도 소리라도 좀 지르지 말아요, 신호를 못 듣잖소. 샤토프는, 여러분……. (젠장, 이제 와서 이 무슨 멍청한 짓이람!) 난 벌써 여러분에게 샤토프가 슬라브주의자, 즉 가장 멍청한 인간 중 하나라고 말했는데요……. 그나저나, 젠장, 이건 아무래도 상관없어, 정말 지랄이군! 여러분 때문에 내가 지금 정신이 나갈 지경이오……! 샤토프는, 여러분, 독한 인간이고, 원했든 아니든 어쨌든 조합에 속해 있었기 때문에 나는 공동의 과업을 위해 그를 이용할 수 있으리라는, 독한 인간으로서 쓸모가 있으리라는 희망을 최후의 순간까지 갖고 있었소. 그래서 나는 아주 정확한 지시를 받았음에도 그를 계속 지켜 주고 봐주었어요……. 그의 값어치보다 백배는 더 많이 봐주었다고요! 그러나 그는 밀고로써 은혜를 갚았단 말이오. 에잇, 젠장, 침이나 뱉으라지……! 이런 마당에 누구든 슬쩍 발을 한번 빼 보시지! 여러분 중 단 한 명도 과업을 내팽개칠 권리는 없어요! 원한다면 그와 입을 맞출 수도 있지만 그놈의 맹세를 위해 공동의 과업을 배반할 권리는 없다는 거요! 정부에 매수당한 돼지 새끼들이나 그런 짓을 하는 법이지!"

"대체 여기 누가 정부에 매수당한 자라는 거요?" 리푸틴은 다시 검사라도 하는 투였다.

“당신일 수도 있죠. 입을 다물고 있는 게 좋을 거요, 리푸틴, 습관에 따라 그냥 지껄일 뿐이니. 매수당한 자들이란, 여러분, 위험한 순간에 겁을 먹은 사람 전부를 말해요. 공포에 질린 나머지, 최후의 순간에 도망을 치면서 ‘아, 나를 용서해 주세요, 모든 놈을 다 팔아넘기겠어요!’라고 외치는 바보 녀석은 언제나 있는 법이니까. 그러나 명심해 두시오, 여러분, 이미 이제는 어떤 밀고를 할지라도 여러분을 용서하지 않을 거요. 법적으로 두 단계를 거친다면 어쨌든 각자 시베리아로 가든가, 그 밖에도, 다른 검을 피하지 못할 거요. 한데 그 다른 검이란 정부의 그것보다 좀 더 날카롭거든요.”

표트르 스테파노비치는 미쳐 날뛰며 쓸데없는 말을 너무 많이 해 버렸다. 시갈료프가 그를 향해 단호하게 세 걸음을 내디뎠다.

“어제 저녁부터 나는 이 일을 곰곰이 생각해 봤습니다.” 그가 언제나 그렇듯 확신에 찬 조리 있는 어조로 시작했다.(그리고 내 생각에도 그는 자기가 딛고 서 있는 땅이 꺼진다고 해도, 그 때도 언성을 높이지 않을 것이며 예의 그 조리 있는 진술 방식을 조금도 변화시키지 않을 것 같다.) “사태를 곰곰이 생각해 본 결과, 지금 계획 중인 살인이 훨씬 더 본질적이고 시급하게 활용할 수 있는 귀중한 시간의 낭비일뿐더러 더욱이 정상 궤도로부터의 치명적인 일탈이라는 결론에 도달했는데, 이런 것은 언제나 과업에 지대한 해악을 끼쳤고 순수한 사회주의자들 대신 경솔하고 특히 정치적인 인간들의 영향력에 종속되면서 과업의 성공을 수십 년이나 지연시켰습니다. 내가 여기에 나타난 건 오로지 공동의 건설을 위해 지금 계획 중인 이 일에 반대하기 위해서이고 그런 다음, 지금 당신이, 왠지 모르겠지만, 소위 당신의 그 위험한 순간이라고 부르는 그 현재의 순간으로부터 몸을 피하기 위해서입니다. 내가 떠나는 건 이 위험의 공포 때문도, 나로선 입을 맞추고 싶은 생각도 전혀 없는 샤토프에 대한 축축한 감상성 때문도 아니며, 오로지 이 모든 것이 처음부터 끝까지 나의 프로그램과 문자 그대로 모순되기 때문입니다. 내 쪽에서 밀고하거나 정부에 매수당할 가능성에 관한 한, 전적으로 안심하셔도 됩니다. 밀고는 없을 테니까요."

그는 몸을 돌려서 걸었다.

"젠장, 그는 그들과 마주치면 샤토프에게 미리 알려 줄 거야!" 표트르 스테파노비치는 이렇게 외치며 권총을 꺼내 들었다. 젖혀진 공이치기가 찰칵 소리를 냈다.

"이건 확신해도 되는데요." 시갈료프가 다시 몸을 돌렸다. "길을 가다가 샤토프를 만나도 인사는 하겠지만 미리 알려 주지는 않겠습니다."

"그럼 당신이 이 일에 대가를 치르게 되라는 점은 알고 있소, 푸리에 양반?"

"분명히 지적하건대, 나는 푸리에가 아닙니다. 나를 그 달착지근하고 추상적인 머저리와 혼동함으로써 당신은, 나의 원고가 당신 손아귀에 들어 있음에도, 그 내용을 전혀 모른다는 점을 증명할 뿐이군요. 당신의 복수에 관한 한, 당신이 공이치기를 젖힌 것은 괜한 짓이라고 말하겠습니다. 이 순간에 그건 당신에게 전적으로 해가 됩니다. 만약 당신이 내일이나 모레까지 두고 보자고 나를 위협한다고 해도 쓸데없는 잡일만 늘 뿐, 나를 쏘아 죽인다고 한들 어차피 아무 승산도 없을 겁니다. 나를 죽여도 이르든 늦든 어쨌거나 당신은 나의 체계에 도달할 테니까요. 그럼 안녕히 계시오."

그 순간 200걸음 좀 떨어진 공원의 연못 쪽에서 휘파람 소리가 들려왔다. 리푸틴은 어제의 약정에 따라 역시 휘파람으로 곧바로 응답해 주었다.(그러기 위해서 그는 이가 많이 빠진 자신의 입이 미덥지 않아서 벌써 아침에 시장에서 1코페이카를 주고 어린이용 점토 호루라기를 사 두었다.) 에르켈이 도중에 휘파람 소리가 들릴 것이라고 미리 알려 주었고 그 때문에 샤토프는 아무런 의심도 하지 않았다

"염려 마시오, 내가 저들을 피해 저쪽으로 지나가면 그들은 나를 전혀 못 볼 테니까요." 시갈료프는 의미심장하게 속삭이며 미리 일러 준 다음 서두르지도, 걸음을 재촉하지도 않으며 어두운 공원을 가로질러 결국 집 쪽으로 방향을 잡았다.

이제는 이 끔찍한 사건이 어떻게 일어났는지 아주 상세한 부분까지 완전히 다 알려져 있다. 우선은 리푸틴이 에르켈과 샤토프를 동굴 바로 옆에서 맞이했다 샤토프는 그들에게 인사도 하지 않고 손도 내밀지 않은 채 대뜸 서두르며 큰 소리로 말했다.

"자, 당신들의 삽은 어디 있는 거요, 불은 하나 더 없고? 두려워하지 말아요, 여기에는 정말 아무도 없고 지금 여기서 대포를 쏴도 스크보레시니키에서는 들리지 않을 테니까. 그건

바로 여기, 바로 저기, 바로 이곳에……."

그리고 그는 동굴의 뒤쪽 구석에서 숲 저편으로 열 걸음쯤 떨어진 곳을 한 발로 툭툭 쳤다. 그 순간 나무 뒤에서 톨카첸코가 튀어나와 뒤에서 그를 덮쳤고 에르켈이 뒤에서 그의 팔꿈치를 잡았다. 리푸틴이 앞에서 돌진했다. 이 셋이 당장 그의 발을 걸어 넘어뜨리고 땅바닥에 눌러 버렸다. 그 순간, 표트르 스테파노비치가 권총을 들고 뛰어나왔다. 사람들 얘기로는 샤토프가 그를 향해 고개를 돌렸기 때문에 그의 얼굴을 알아보고 누구인지 알 수 있었다는 것이다. 세 등불이 이 장면을 비추었다. 샤토프는 갑자기 짧고도 절망적인 비명을 질렀다. 그러나 마냥 지르고 있도록 내버려 두지는 않았다. 표트르 스테파노비치는 꼼꼼하고 단호하게 권총을 바로 그의 이마로 가져가 총구를 바싹 붙이고 공이치기를 내렸다. 총소리는 별로 크지 않았던 것 같고, 적어도 스크보레시니키에서는 아무것도 들리지 않았다. 시갈료프는 미처 300걸음도 가지 못했으므로 당연히 들었지만, 비명도 총소리도 들었지만, 훗날 그 자신의 증언에 따르면, 몸을 돌리지도, 멈추지도 않았다고 한다. 죽음은 거의 한순간에 일어났다. 완벽한 처리 능력이 — 냉담했다고는 생각하지 않는다 — 남아 있는 자는 오직 표트르 스테파노비치 하나뿐이었다. 그는 웅크리고 앉아 다급하지만 단호한 손놀림으로 살해된 자의 호주머니를 뒤졌다. 돈은 없었다.(지갑은 마리야 이그나티예브나의 베개 밑에 두고 왔다.) 종이쪽 두세 장이 있었지만 하찮은 것이었다. 사무용 쪽지 한 장, 어떤 책의 목차, 무엇 때문에 이 년이나 호주머니 안에 있었는지

도저히 알 수 없는 외국 술집의 오래된 계산서 등이었다. 종이 쪽은 표트르 스테파노비치가 자기 호주머니에 집어넣었는데, 갑자기 그는 모두 말뚝처럼 멍하니 서서 시체를 보기만 할뿐, 아무것도 하지 않는 것을 알아채고는 표독스럽고 무례하게 욕설을 퍼부으며 그들을 재촉하기 시작했다. 톨카첸코와 에르켈은 정신이 번쩍 들자 달려가서 눈 깜짝할 사이에, 아침부터 동굴에 쟁여 둔 돌덩어리 두 개를 가져왔는데, 각각 20푼트는 되는 것으로서 벌써 준비를 해 둔, 즉 단단하고 튼튼하게 밧줄을 동여매 놓은 것이었다. 시체는 가장 가까운 (세 번째) 연못으로 가져가 거기에 빠뜨리기로 되어 있었기 때문에, 시체의 두 발과 목에 이 돌덩어리를 묶기 시작했다.

묶는 사람은 표트르 스테파노비치였고, 톨카첸코와 에르켈은 그저 순서대로 잡고 있다가 건네주기만 했다. 에르켈이 먼저 건네주고 표트르 스테파노비치가 투덜투덜 욕하며 밧줄로 시체의 발을 묶어 첫 번째 돌덩어리를 매다는 동안, 톨카첸코는 요구가 있으면 조금도 지체하지 않고 즉시 돌덩어리를 건네주기 위해 몸 전체를 심히, 거의 공손하게 앞으로 기울인 채 한참 동안 수직으로 품에 안고 서 있었는데, 자신의 짐을 잠깐이라도 땅바닥에 내려놓을 생각은 단 한 번도 하지 않았다. 마침내 두 돌덩어리가 다 매달렸고 표트르 스테파노비치가 일동의 표정을 들여다보기 위해 땅바닥에서 몸을 일으켰을 때, 그때 갑자기 거의 모두를 깜짝 놀라게 만든, 전혀 뜻밖의 이상한 일이 하나 일어났다.

벌써 얘기했듯, 일정 부분 톨카첸코와 에르켈을 제외하면 거의 모두 가만히 선 채 아무 일도 하지 않았다. 비르긴스키는 모두가 샤토프에게 달려들었을 때 함께 달려들긴 했지만 샤토프를 잡지도, 또 그를 붙들고 있는 것을 도와주지도 못했다. 럄신은 총이 발사된 이후에야 무리 속에 들어와 있었다. 그런 다음, 시체와의 씨름이 계속되는 대략 십 분 동안, 모두 의식의 일부분을 잃어버린 것 같았다. 그들은 무리 지어 주위에 서 있었는데, 온갖 불안이나 전율에 앞서 오직 단 하나 놀람만 느끼는 것 같았다. 리푸틴은 앞쪽 시체 바로 옆에 서 있었다. 비르긴스키는 그의 뒤, 어깨 너머로 제삼자 같은 어떤 특별한 호기심을 갖고서, 심지어 더 잘 보기 위해 발뒤꿈치까지 들고 있었다. 럄신은 비르긴스키 뒤로 몸을 숨긴 채 그저 간간이, 조마조마하며 그의 뒤에서 훔쳐보다가 곧 다시 몸을 숨겼다. 돌덩어리를 다 묶고 표트르 스테파노비치가 몸을 일으키자 비르긴스키는 갑자기 온몸을 발발 떨며 손뼉을 탁 치더니 목청껏 고통스럽게 고함을 질렀다.

"이건 아니야, 이건 아니야! 아니, 정말 이건 아니야!"

그가 자신의 너무 늦은 고함에 몇 마디 덧붙였을지도 모르겠지만, 럄신이 말을 끝내도록 내버려 두지 않았다. 뒤쪽에서 갑자기 있는 힘껏 그를 움켜쥐더니 꽉 눌러 버렸고 믿어지지 않는 어떤 날카로운 비명을 질렀다. 강렬한 경악의 순간들, 가령 인간이 갑자기 자기 목소리가 아닌, 이전에는 그에게서 전혀 상상도 할 수 없었던 그런 목소리로 소리를 지르는 경악의 순간이 있는 법인데, 가끔은 심지어 매우 섬뜩하다. 럄신은 인간의 목소리가 아니라 무슨 짐승과 같은 목소리로 소리를 질렸다. 뒤에서 비르긴스키의 두 손을 점점 더 세게, 발작이 난 듯 경련하며 꽉 누르고 쉴 새 없이, 끊임없이 모두에게 눈을 부라리고 입을 굉장히 쩍 벌린 채 날카로운 비명을 질렀고 빠른 속도로 북을 두들기듯 두 발로 땅바닥을 동동 굴렀다. 비르긴스키도 너무 놀라서 미친 사람처럼 비명을 질렀고, 그가 이럴 수 있으리라고는 상상도 할 수 없을 만큼 어떤 광포한 분노에 사로잡혀 있었는데, 뒤쪽으로 손이 닿는 한 열심히 럄신을 할퀴고 쥐어뜯고 그의 손아귀에서 벗어나려고 몸부림쳤다. 마침내 에르켈의 도움으로 그는 럄신에게서 떨어져 나왔다. 그러나 공포에 질린 비르긴스키가 열 걸음쯤 저쪽으로 떨어져 나갔을 때 럄신은 갑자기 표트르 스테파노비치를 발견하고 다시 울부짖으면서 벌써 그를 향해 돌진했다. 그러다 그만 시체에 걸려 시체를 뛰어넘다시피 하여 표트르 스테파노비치에게로 넘어졌는데, 벌써 그를 품에 꽉 껴안고 그의 머리를 가슴팍에 바싹 갖다 댔기 때문에 표트르 스테파노비치도, 톨카첸코도, 리푸틴도 첫 순간에는 거의 아무것도 할 수 없었다. 표트르 스테파노비치는 소리를 지르고 욕을 퍼붓고 주먹으로 그의 머리를 때렸다. 마침내 어떻게 간신히 몸을 빼낸 다음에는 권총을 거머쥐고 여전히 울부짖는 럄신의 쩍 벌어진 입을 곧장 겨냥했고, 톨카첸코, 에르켈, 리푸틴이 이미 럄신의 두 손을 꽉 쥐고 있었다. 럄신은 권총에도 불구하고 계속 날카로운 소리를 질러 댔다. 마침내 에르켈이 자신의 얇은 명주 손수건을 마구 구겨서 요령 있게 그의 입에 처박아 넣었고 비명은 그런 식으로 멎게 되었다. 톨카첸코는 그사이 남아 있는 밧줄

끄트머리로 그의 손을 묶었다.

“이건 참 이상하군.” 표트르 스테파노비치는 불안스러운 놀라움을 느끼며 미친 인간을 뜯어보고 말했다.

그는 분명히 충격을 받은 것 같았다.

“이 사람이 이럴 줄은 전혀 생각도 못 했어.” 그는 생각에 잠겨서 이렇게 덧붙였다.

그에게는 잠시 에르켈을 붙여 두었다. 서둘러서 망자를 처리해야 했다. 비명이 너무 커서 어디서든 들을 수 있었다. 톨카첸코와 표트르 스테파노비치가 등불을 들어 올린 채 시체의 머리를 받쳐 들었다. 리푸틴과 비르긴스키는 다리를 잡고 들고 갔다. 돌덩어리가 두 개나 달린 짐은 굉장히 무거웠고 거리는 200걸음 이상 떨어져 있었다. 제일 강한 사람은 톨카첸코였다. 그가 발을 맞추자고 제안했지만 아무도 대답하지 않고 되는대로 걸어갔다. 표트르 스테파노비치는 몸을 완전히 굽혀 어깨에 송장의 머리를 얹은 채, 왼손으로 밑에서 돌덩어리를 받치고 오른쪽에서 걸었다. 길을 절반이나 지나왔을 때도 톨카첸코가 돌덩어리 드는 것을 도와줄 생각도 하지 않자 표트르 스테파노비치는 기어코 욕을 퍼부으며 소리를 질렀다. 돌발적이고도 외로운 소리였다. 사실, 모두 말없이 시체를 나를 뿐, 연못 바로 옆에 다다랐을 때에야 비로소 비르긴스키가 짐을 짊어진 채 몸을 구부리고 짐의 무게 때문에 완전히 지쳤다는 듯 갑자기 다시 아까처럼 울부짖는 듯한 큰 소리로 고함을 질렀다.

“이건 아니야, 아니, 아니, 이건 정말 아니야!”

상당히 큰 세 번째 연못이 끝나는 스크보레시니키의 이 장소, 살해된 자를 메고 온 이 장소는 가장 황량하고 인적이 드문 곳 중 하나로서 한 해가 저물 때는 특히 더 그랬다.

이쪽 편 연못가에는 잡초만 무성하게 자라고 있었다. 등불을 세워 두고 시체를 흔들어 물속으로 집어 던졌다. 귀가 먹먹할 만큼 둔탁한 소리가 길게 울려 퍼졌다. 표트르 스테파노비치가 등불을 들어 올렸고, 그의 뒤에서 모두가 몸을 앞으로 내밀고 망자가 물속에 잠기는 장면을 호기심 어린 시선으로 들여다보았다. 그러나 이미 아무것도 보이지 않았다. 돌덩어리 두 개를 매단 시체는 곧바로 가라앉았다. 수면 위로 퍼진 강렬한 파장은 빠른 속도로 잠잠해졌다. 과업은 끝났다.

"여러분," 표트르 스테파노비치가 모두에게 말했다. "이제 우리 헤어집시다. 의심할 바 없이 여러분은 이 자유로운 의무의 수행이 동반하는 저 자유로운 자부심을 느껴야만 합니다. 지금은 유감스럽게도 이 같은 감정을 느끼기에 너무 흥분해 있을지라도, 내일이면 의심할 바 없이 느끼게 될 것이고 그때도 못 느낀다면 부끄러워해야 할 노릇입니다. 럄신의 너무 수치스러운 흥분에 대해서는 미망으로 여기도록 하겠고, 더욱이 그는 사실 아침부터 아팠다고 했으니까요. 그리고 비르긴스키, 당신이 한순간만 자유롭게 숙고해 보면 공공의 과업이라는 이해관계를 고려할 때 맹세 따위를 믿고 행동할 것이 아니라 바로 우리가 지금 한 것처럼 해야 한다는 것을 알 수 있을 겁니다. 앞으로의 결과는 밀고가 있었음을 보여 줄 겁니다. 난 당신의 고함은 잊어버리도록 하겠습니다. 위험이라면 그 어떤 것도 미리 알아채지 못할 겁니다. 아무도 우리 중 누구에게든 혐의를 둘 생각은 하지 못할 겁니다, 특히 여러분이 제대로 처신할 줄만 안다면. 그러므로 핵심적인 일은 어쨌든 여러분과 완전한 확신에 달려 있는데, 내일이면 여러분도 그것을 확신하게 되길 바랍니다. 그건 그렇고, 여러분이 같은 의견을 가진 사람으로 구성된 이 자유로운 모임의 개별적인 조직 속에서 단결했던 목적은, 공동의 과업에 있어 주어진 순간에 서로의 에너지를 공유하고 필요하다면 서로 감시하고 주의를 주는 데 있습니다. 여러분은 각자 고귀한 보고를 해야 할 의무가 있습니다. 여러분은 정체(停滯)에서 비롯되는 악취 나고 썩어 빠진 모든 것을 갱신해야 할 소명을 띠게 되었습니다. 용기를 북돋우기 위해 언제나 이 점을 염두에 두시오. 여러분의 발걸음은 당분간 오직 모든 것이, 즉 정부와 정부의 도덕성이 와해하도록 하는 데 있습니다. 오직, 권력을 접수하기로 미리 예정된 우리만 남게 될 겁니다. 현명한 자들은 우리에게 합류시키고, 멍청한 자들이라면 그 위에 올라타고 갑시다. 이 점을 곤혹스러워해서는 안 됩니다. 우리 세대를 자유에 걸맞도록 재교육해야 합니다. 앞으로 수천 명의 샤토프들이 더 나타날 겁니다. 우리는 기선을 제압하기 위해 조직을 가다듬습니다. 하릴없이 드러누워 우리를 향해 입을 헤벌리고 있는 것을 손으로 거머쥐지 않으면, 부끄러운 일이죠. 지금 나는 키릴로프에게 가는데, 아침이면 그가 죽으면서 정부에게 해명하는 형식으로 모든 책임을 떠맡는 서류가 나올 겁니다. 이 결합보다 더 믿을 만한 것은 어디에도 없습니다. 첫째, 그는 샤토프와 반목해 왔습니다. 아메리카에서 함께 살았고, 따라서 다툴 시간이 있었죠. 샤토프의 신념이 변한 건 널리 알려진 사실입니다. 그러니까 그들에게는 신념과 밀고의 두려움으로 인한 적의가, 가장 용서할 수 없는 적의가 생겨났습니다. 모든 것이 그렇게 쓰일 겁니다. 끝으로, 그가 사는 필리포프 집에 페디카가 얹혀살았다는 점이 언급될 겁니다. 이런 식으로, 이 모든 것이 여러분으로부터 온갖 혐의를 치워 줄 텐데, 이 닭대가리들은 전부 정신이 나가 갈팡질팡할 테니까요. 내일이면, 여러분, 우리는 더 이상 만나지 않을 겁니다. 나는 아주 잠깐 군(郡)에 가 있을 테니까요. 그러나 모레면 나의 전언을 받게 될 겁니다. 나는 여러분에게 내일은 쭉 집에 있도록 권하는 바입니다. 이제 우리 모두 두 사람씩 제각기 다른 길로 출발합시다. 톨카첸코, 럄신을 맡아서 집까지 데려다주도록 부탁하는 바요. 당신은 그에게 영향력을 행사할 수 있고, 무엇보다도, 그렇게 옹졸하게 굴면 럄신 자신이 제일 먼저 극도의 손상을 입으리라는 점을 설명해 줄 수 있으니까요. 당신의 친척인 시갈료프에 관해선, 비르긴스키 씨, 난 여러분에 관해서처럼 의심하고 싶은 생각은 조금도 없습니다. 그는 밀고하지 않을 겁니다. 그저 그의 행동을 안쓰러워하면 되는 거죠. 어쨌든 그는 아직 조직을 떠난다고 선언하지는 않았고 그러니 그를 매장하기는 일러요. 자, 어서 빨리 갑시다, 여러분. 저놈들이 닭대가리이긴 해도 어쨌든 조심해서 해로울 건 없으니까……."

비르긴스키는 에르켈과 함께 떠났다. 에르켈은 럄신을 톨카첸코에게 넘겨줄 때 표트르 스테파노비치에게로 데리고 가서 이 사람이 정신을 차렸고 자기 죄를 뉘우치고 용서를 빌고 있고 자기에게 무슨 일이 일어났는지조차 기억하지 못한다는 사실을 알려 줄 수 있었다. 표트르 스테파노비치는 혼자 공원을 빙 둘러 연못 쪽으로 떠났다. 그쪽이 제일 멀리 돌아가는 길이었다. 깜짝 놀랍게도, 절반도 채 가기 전에 리푸틴이 그를 쫓아왔다.

"표트르 스테파노비치, 럄신은 밀고할 겁니다!"

"아니요, 그는 정신을 차리면, 밀고할 경우 자기가 제일 먼저 시베리아로 가게 되리란 걸 깨달을 거요. 이제 누구도 밀고하지 못할 거요. 당신도 밀고하지 못할 테고."

"그럼 당신은?"

"나는 틀림없이 당신들을 모두 숨겨 줄 것이고, 당신들이 배신하려고 몸을 달싹이기만 해도 어떻게 될지 당신이 더 잘 알 거요. 그러나 당신은 배신하지 못할 거요. 이 말을 하려고 나를 쫓아 2베르스타를 달려온 거요?"

"표트르 스테파노비치, 표트르 스테파노비치, 우리는 절대로 만나지 못할 테죠!"

"무슨 근거로 그런 소리를 하는 거요?"

"나한테 딱 하나만 말해 줘요."

"자, 뭐요? 어쨌든 난 당신이 썩 꺼져 줬으면 좋겠는데."

"딱 하나만, 하지만 정확하게 대답해 줘요. 우리가 이 세상의 유일한 5인조인가요, 아니면 정말로 수백 개의 5인조가 있는 건가요? 고상한 의미에서 물어보는 겁니다, 표트르 스테파노비치."

"당신이 미친 듯 흥분한 걸 보니 알 만하네. 당신이 람신보다 더 위험한 존재라는 걸 알고 있소, 리푸틴?"

"알아요, 알지만 대답을, 당신의 대답을!"

"정말 멍청한 인간이로군! 정말이지 이제 와서는 아무래도 상관없을 텐데, 하나든 수천 개든."

"그러니까 하나로군! 내 이럴 줄 알았어!" 리푸틴이 소리쳤다. "하나라는 것을 계속 알고 있었어, 이 순간까지도……."

그는 다른 대답은 듣지도 않고 재빨리 몸을 돌려 어둠 속으로 사라졌다.

표트르 스테파노비치는 짐짓 생각에 잠겼다.

"아니야, 아무도 밀고하지 않을 거야." 그는 단호하게 말했다. "그러나 무리는 무리로 남아 복종해야 해, 안 그러면 내 이놈들을……. 어쨌든 걸레짝 같은 족속이야!"

2

그는 우선 집에 들러서 서두르지 않고 꼼꼼하게 트렁크를 꾸렸다. 급행열차는 새벽 6시에 출발했다. 이렇게 이른 급행열차는 일주일에 한 번밖에 없고 그나마도 아주 최근에 시험 운행의 형태로 신설된 것이었다. 표트르 스테파노비치는 우리 편에게 잠깐 군(郡)에 가 있을 것 같다고 미리 알려 주었지만, 뒤에야 밝혀진바, 그의 속셈은 완전히 다른 것이었다. 트렁크를 다 챙긴 다음 그는 미리 귀띔해 둔 여주인과 계산을 끝내고 마차를 타고 역 근처에 사는 에르켈에게 갔다. 그런 다음 이미 자정을 훌쩍 넘긴 시각에 키릴로프의 집으로 향했는데, 이번에도 페디카의 비밀 통로로 들어갔다.

표트르 스테파노비치의 기분 상태는 끔찍할 정도였다. 그로서는 굉장히 중요한 다른 불만(여전히 스타브로긴에 대해 알아낸 것이 전혀 없었다.) 말고도 아마 — 나로선 아무것도 확실히 단언할 수 없으니까 — 그 하루 동안 어디선가(페테르부르크일 가능성이 가장 크다.) 이른 시간 내에 그에게 모종의 위험이 닥칠 것을 알리는 어떤 비밀스러운 통지를 받은 것 같았다. 물론 이 시간을 두고 우리 도시에서는 지금도 매우 많은 전설이 떠돈다. 그러나 뭐든 믿을 만한 것이 알려졌다면, 응당 그것을 알아 마땅한 사람을 통해서였을 것이다. 순전히 내 개인적인 견해지만, 표트르 스테파노비치에게는 어디든 우리 도시 말고도 다른 일이 있었을 수 있고 그 때문에 정말로 통지를 받았을 수도 있었으리라 가정해 볼 뿐이다. 나는 심지어 리푸틴의 냉소적이고 절망적인 의심과는 반대로 정말로 우리 5인조 외에도 가령 수도 같은 곳에 두세 개의 5인조가 더 있었을 수 있다고 확신한다. 설령 5인조는 아닐지라도 결사나 연락책이 — 어쩌면 굉장히 괴상한 것들도 있으리라. 그가 떠나고 사흘도 지나기 전에 즉시 그를 체포하라는 명령이 수도에서 우리 도시로 내려왔는데, 대체 무슨 일 때문인지, 우리 도시의 일 때문인지, 다른 일 때문인지는 잘 모르겠다. 때마침 내려온 이 명령은 그 당시 비밀스럽고 상당히 의미심장한 대학생 샤토프 살인 사건 — 우리 도시에서 일어난 온갖 어처구니없는 사건의 절정을 이룬 살인 사건 — 이 발각됨으로써, 그리고 이 사건을 동반한 굉장히 수수께끼 같은 상황들 때문에 우리의 행정 관청과 지금까지 집요하도록 경솔했던 사교계를 갑자기 장악한 거의 신비주의에 가까운 공포의 오싹한 분위기를 더욱 강화하고 말았다. 그러나 명령은 너무 늦게 내려온 셈이었다. 표트르 스테파노비치는 그 당시 벌써 다른 이름으로 페테르부르크에 가 있었으며, 무슨 일이 벌어지는지 냄새를 맡고서 눈 깜짝할 새에 해외로 내뺐던 것이다……. 그나저나 얘기를 너무 앞질렀다.

그는 여차하면 폭발할 것처럼 성난 표정으로 키릴로프 방에 들어왔다. 주된 용건 외에 개인적으로도 키릴로프에게 뭔가 화풀이를 하고 울화통을 터뜨리고 싶은 눈치였다. 키릴로프는 그가 온 것이 기쁜 것 같았다. 끔찍이도 오랫동안 거의 병적인 초조함을 안고 그를 기다려 온 것이 분명했다. 그의 얼굴은 여느 때보다 창백하고 검은 눈의 시선은 무겁고 움직이지도 않았다.

"나는 당신이 오지 않을 줄 알았소." 그는 소파 구석에서 힘겹게 말했지만, 그를 맞이하는 몸짓은 전혀 보이지 않았다. 표트르 스테파노비치는 그 앞에 섰고 무슨 말을 하기에 앞서 그의 얼굴을 뚫어져라 들여다보았다.

"모든 것이 질서 정연하다는 소리니까, 우리는 우리의 계획을 번복하지 않을 테죠, 훌륭하군요!" 그는 자기가 무슨 보호자라도 되는 양 모욕적인 미소를 지었다. "자, 그럼," 비루한 농담을 곁들여 그는 덧붙였다. "내가 혹시 지각했다고 해도 당신으로서는 불평할 게 하나도 없을 테죠. 당신에게 세 시간을 선물한 셈이니까요."

"나는 당신에게서 여분의 시간을 선물받고 싶은 생각은 조금도 없고, 게다가 네놈은 나한테 선물을 줄 수도 없지…… 이 바보 같은 놈!"

"뭐라고요?" 표트르 스테파노비치는 몸이 부르르 떨렸지만 금방 자신을 억눌렀다. "참나, 발끈하는 성미하곤! 에잇, 아니, 우리 모두 격분하고 있는 건가요?" 그 와중에도 여전히 모욕적인 교만한 표정을 고수하며 단어에 또박또박 강세를 찍었다. "이런 순간에는 어서 빨리 안정을 되찾을 필요가 있어요. 무엇보다도 이제는 자신을 콜럼버스로 생각하고 나를 생쥐로 보는 게 나을 거예요, 그래도 난 언짢지 않으니까. 이 점은 어제도 권고했는데."

"난 네놈을 생쥐로 보고 싶지도 않아."

"이건 그럼 칭찬인가요? 그나저나 차가 싸늘한데, 뭔가 뒤죽박죽이라는 소리군요. 아니, 여기서 뭔가 상서롭지 못한 일이 일어나는 모양이네요. 아하! 저기 창문에, 접시 위에 뭔가 보이는군요.(그는 창가로 다가갔다.) 얼씨구, 쌀을 넣은 삶은 닭이로군요……! 왜 지금까지 손을 안 댄 거죠? 그러니까 우리 기분 상태가 이렇다 보니까 닭을 먹기도 참……."

"난 먹었고, 당신이 상관할 문제가 아니니 입 다무시오!"

"오, 물론, 게다가 어차피 아무래도 좋으니까요. 그러나 나에게 지금 이건 아무래도 좋은 것이 아니랍니다. 생각해 봐요, 거의 아무것도 못 먹었고 내 생각에 이 고기가 이미 필요 없어진 거라면…… 예?”

“드시오, 그럴 수 있다면.”

“이렇게 고마울 수가, 그다음에는 차를 좀.”

그는 눈 깜짝할 사이에 식탁 앞 소파의 다른 쪽 끝에 자리를 잡았고 먹거리를 향해 굉장히 게걸스럽게 덤벼들었다. 그러나 동시에 자신의 희생물에 대한 감시를 한순간도 늦추지 않았다. 키릴로프는 역겹다는 듯 악에 받친 눈빛으로 꼼짝도 하지 않고 그를 쳐다보았는데, 그에게서 떨어져 나갈 힘이 없는 것 같았다.

“그나저나,” 표트르 스테파노비치는 줄기차게 먹어 대며 갑자기 말을 꺼냈다. “그나저나 그 일은? 우리는 그러니까 물러서지 않을 거죠, 예? 그런데 종이는?”

“오늘 밤 나는 아무래도 좋다고 규정지었소. 쓰겠어요. 격문에 대해서도?”

“맞아요, 격문에 대해서도. 그래도 내가 불러 주겠습니다. 당신은 아무래도 좋을 테니까요. 설마 이런 순간에 내용이 거슬릴 리는 없겠죠?”

“네놈이 상관할 바 아냐.”

“물론, 내 일이 아니죠. 그래도 몇 줄은 써 줘야죠. 샤토프와 함께 격문을 뿌렸다, 겸사겸사 당신 집에 숨어 있던 페디카의 도움도 받았다 등. 페디카와 당신의 집 관련 마지막 사항이야말로 극히 중요한 것, 심지어 가장 중요한 것입니다. 거봐요, 당신한테 전적으로 다 털어놓잖아요.”

“샤토프라고? 대체 왜 샤토프를? 샤토프 얘기라면 절대 안 돼.”

"어라, 당신에게 무슨 상관이죠? 이미 그에게 해를 입힐 수도 없는걸요."

"그에게 아내가 왔어요. 그녀가 잠에서 깨서 나에게 사람을 보냈더군요. 그는 어디에 있는 거요?"

"그가 어디 있는지 알아보려고 당신한테 사람을 보냈다고요? 음, 이거 좋지 않군요. 다시 보낼 테니까요. 내가 여기 있는 것을 아무도 알아서는 안 되는데……."

표트르 스테파노비치는 슬슬 걱정이 되었다.

"그녀는 모를 거요, 다시 자고 있으니까. 그녀에게는 산파가, 아리나 비르긴스카야가 와 있소."

"그야 그런데…… 들리지는 않겠죠, 아마도? 이봐요, 현관문을 잠갔으면 하는데."

"아무 소리도 안 들릴 거요. 만약 샤토프가 오면 당신을 저 방에 숨겨 주겠소."

"샤토프는 오지 않을 겁니다. 당신은 변절과 밀고 때문에 다투었다고 쓸 텐데…… 지금 저녁에…… 그의 죽음의 원인이라고."

"그가 죽었다고!" 키릴로프가 소파에서 벌떡 일어나며 소리쳤다.

"오늘 저녁 7시가 지나, 아니, 어제 저녁 7시가 지나가 더 맞겠네요, 이제 벌써 자정이 지났으니까요."

"바로 네놈이 그를 죽였구나……! 어제부터 그런 예감이 들었어!"

"예감하지 않았을 리가! 바로 이 권총으로(그는 보아하니 그냥 과시용으로 권총을 꺼냈지만 더 이상은 감추지도 않고 언제나 준비된 듯 계속 오른손에 쥐고 있었다.) 해치웠죠. 당신은 어쨌든 이상한 사람이로군요, 키릴로프, 당신도 이렇게 이 멍청한 인간과 끝을 봐야 한다는 것을 알았잖아요. 이런 상황에서 뭘 더 예감해요? 내가 당신에게 몇 번이나 되새겨 주었죠. 샤토프는 밀고할 준비를 했어요. 내가 감시했다니까요. 도무지 그냥 내버려 둘 수가 없었어요. 그래서 당신에게도 감시하라는 지시가 떨어졌어요. 당신이 직접 나한테 삼 주쯤 전에 알려 주었잖아요."

"입 닥쳐! 네놈은 그가 제네바에서 네놈의 낯짝에 침을 뱉은 일 때문에 그런 거야!"

"그 때문이기도 하고 다른 일 때문이기도 하죠. 다른 많은 일 때문에. 그래도 적의라고는 손톱만큼도 없었어요. 뭐 하러 날뛰는 거예요? 뭐 하러 그렇게 무게를 잡아요? 어라! 어쩌다 우리가 이렇게까지……!"

그는 벌떡 일어나 자기 앞의 권총을 집어 들었다. 문제는 키릴로프가 갑자기 아침부터 준비해 둔 장전된 권총을 창문에서 낚아챈 데 있었다. 표트르 스테파노비치는 자세를 갖추고 무기로 키릴로프 쪽을 겨냥했다. 상대편은 분노에 찬 웃음을 터뜨렸다.

"자백해라, 이 비열한 놈, 네놈은 내가 네놈을 쏠까 봐 권총을 잡았겠지만……. 그러나 난 네놈은 쏘지 않아…… 비록…… 비록……."

그러고서 그는 권총을 표트르 스테파노비치에게로 겨누었

는데, 마치 조준하듯, 그를 쏘는 장면을 상상하는 쾌감을 도저히 거절하지 못하겠다는 투였다. 표트르 스테파노비치는 줄곧 자세를 취하되 방아쇠를 당기지는 않고 자기가 먼저 이마에 총알을 맞을 수 있는 위험마저 감수하면서 최후의 순간까지 기다리고 또 기다렸다. '편집광'이니까 얼마든지 그럴 수 있었다. 그러나 '편집광'은 마침내 숨을 헐떡이고 몸을 떨면서 말할 힘도 없는 듯 손을 떨구었다.

"장난은 충분히 쳤겠죠." 표트르 스테파노비치도 무기를 떨구었다. "난 당신이 장난치는 줄 알았어요. 단, 당신이 큰 모험을 했다는 것만은 알아 둬요. 내가 방아쇠를 당길 수도 있었잖아요."

그리고 그는 상당히 평온하게 소파에 앉았지만, 그래도 다소 떨리는 손으로 직접 차를 따랐다. 키릴로프는 권총을 탁자 위에 올려놓고 앞뒤로 왔다 갔다 했다.

"난 샤토프를 죽였다고는 쓰지 않겠고…… 이제 아무것도 쓰지 않겠어. 유서 따윈 아예 없을 거야!"

"없을 거라고요?"

"없을 거야."

"참 비열하고 멍청하기 짝이 없군!" 표트르 스테파노비치는 분을 못 이겨 새파랗게 질렸다. "하지만 그런 예감이 들었어요. 명심해 둬요, 그런 돌발 행동으로 나를 휘어잡지는 못할 거요. 어쨌든 당신이 원하는 대로 해요. 만약 완력으로 강요할 수 있다면, 나는 그렇게 했을 겁니다. 어쨌든 당신은 비열한 놈이오." 표트르 스테파노비치는 더 이상, 더 이상 참을 수가 없었다. "당신은 그때 우리에게 돈을 부탁하고 이것저것 잔뜩 약속했어요……. 단, 나는 어쨌든 결과를 얻지 않으면 나가지 않을 거예요. 적어도 당신이 당신의 이마를 열어젖히는 걸 보고야 말겠어요."

"난 네놈이 당장 나가 줬으면 싶은데." 키릴로프는 그의 맞은편에 단호하게 멈추어 섰다.

"아니, 이건 도무지……." 표트르 스테파노비치는 다시 권총을 잡았다. "이제 당신은 적의에 차서, 또 겁에 질려서 모든 것을 연기한 다음 이번에도 돈을 좀 얻기 위해서 내일 밀고하러 갈 생각을 할지도 모르겠군요. 그 대가로 돈을 줄 테니까요. 젠장, 당신 같은 인간들이 무슨 짓인들 못 하겠어! 단, 염려하지 말아요, 난 모든 것을 예견했거든. 이 권총으로 비열한 샤토프 같은 당신의 두개골을 열어젖히지 않고는 절대 떠나지 않겠소, 당신이 겁을 먹고 계획을 연기한다면, 에잇, 제기랄!"

"네놈은 꼭 내 피까지 봐야지 성이 차겠어?"

"내가 적의에서 이러는 건 아니라는 점, 명심해요. 나는 아무래도 상관없어요. 나는 우리 과업에 대해 안심하기 위해 이러는 거예요. 인간에게는 기대를 걸 수 없고, 당신도 더 잘 알 겁니다. 난 자신을 죽이려는 당신의 그 환상이 대체 무엇인지 전혀 몰라요. 내가 당신한테 이런 생각을 불어넣어 준 것도 아니고, 벌써 당신이 나보다 먼저 이 일을 선언했고, 더욱이 나한테가 아니라 외국의 회원들한테 선언한 것 아닙니까. 명심해요, 그들 중 누구도 당신에게서 뭘 캐내려 하지 않았고, 그들 중 누구도 당신을 알지도 못하는 상황에서 당신이 직접 감정에 겨워 모두 털어놓기 위해 제 발로 왔음을. 그러나 뭘 어쩌겠어요, 이제는 이미 도저히 바꿀 수도 없는 이곳 활동에 관한 모종의 계획은 당신의 동의와 제안(이 점을 명심해요, 제안이었죠!)에서 비롯되어 그것에 근거한 것인데 말입니다. 당신은 지금 쓸데없는 것을 이미 너무 많이 아는 그런 처지에 놓이게 되었어요. 만약 당신이 정신 줄을 놓고 내일 밀고하러 간다면, 정말이지 우리에게 해가 될 뿐인데, 어떻게 생각해요? 아니, 당신은 의무가 있고 약속했고 돈을 받았어요. 이 사실은 어떻게 해도 부정하지 못할 테죠……."

표트르 스테파노비치는 굉장히 열을 받았지만, 키릴로프는 오래전부터 듣지 않았다. 그는 다시 생각에 잠겨 방을 이리저리 오갔다.

"난 샤토프가 안됐어." 그는 다시 표트르 스테파노비치 앞에서 걸음을 멈추고 말했다.

"그래요, 나 역시 그가 안됐긴 하지만, 뭐 그래도……."

"입 닥쳐, 이 비열한 놈아!" 키릴로프는 이렇게 울부짖으며 모호한 다른 뜻은 전혀 없는 섬뜩한 몸짓을 취했다. "죽여 버리겠어!"

"자, 자, 자, 거짓말, 거짓말이었어요, 안 될 것도 없죠. 자, 됐어요, 됐다니까요!" 표트르 스테파노비치는 위험을 느낀 듯 벌떡 일어나서 손을 앞으로 내밀었다.

키릴로프는 갑자기 잠잠해졌고 다시 걷기 시작했다.

"난 연기하지 않을 거야. 바로 지금 나 자신을 죽이고 싶어. 모두 비열한 놈이야!"

"옳거니, 그거야말로 멋진 생각이군요. 물론, 모두 비열한 놈인데, 훌륭한 사람이라면 세상 살기가 추잡스러울 테니까……."

"이 바보야, 나도 네놈처럼, 아니 모든 놈처럼 비열한 놈이야, 훌륭한 사람이 아니라고. 훌륭한 사람은 어디에도 없었어."

"마침내 깨달았군요. 아니, 이렇게 머리가 좋은 양반이 지금까지 몰랐단 말인가요, 키릴로프, 다들 똑같다, 더 좋은 놈도 더 나쁜 놈도 없다, 오직 더 똑똑한 놈과 더 멍청한 놈이 있을 뿐이다, 모두 비열한 놈이라면(어쨌든 헛소리지만) 그러니까 비열하지 않은 놈이 되지 말아야 한다는 걸?"

"아! 정말로 비웃는 건 아니겠지?" 키릴로프는 다소 놀란 듯 쳐다보았다. "네놈은 열의도 있고 소박하게……. 너 같은 놈한테도 신념이 있는 거냐?"

"키릴로프, 난 절대로 당신이 무엇 때문에 자살하려는지 이해할 수 없었어요. 내가 아는 건 그저 신념 때문에…… 확고한 신념 때문이라는 것뿐이에요. 그러나 만약 당신이 말하자면 자신을 토로하고 싶은 욕구를 느낀다면 기꺼이 받아 주겠어요……. 단, 시간을 고려해야지요……."

"몇 시지?"

"어라, 정각 2시군요." 표트르 스테파노비치는 시계를 보며 궐련에 불을 붙였다.

'아직은 더 말을 해 볼 수 있을 것 같군.' 그는 속으로 생각했다.

"난 네놈한테 할 말이 전혀 없어." 키릴로프가 중얼거렸다.

"내 기억으로, 여기에는 뭔가 신에 대한 문제가…… 당신이 내게 한 번 설명해 주었죠. 심지어 두 번이었나. 당신이 자살한다면 당신은 신이 될 것이다, 그랬던 것 같은데?"

"그래, 난 신이 될 거야."

표트르 스테파노비치는 심지어 웃지도 못했다. 그는 기다렸다. 키릴로프는 미묘한 시선으로 그를 쳐다보았다.

"당신은 정치적인 기만자에 음모꾼으로서 나를 철학과 황홀경으로 이끌고 가, 화해를 끌어내 분노를 쫓아내고, 내가 화해하면, 내가 샤토프를 죽였다는 유서를 간청하고 싶겠지."

표트르 스테파노비치는 거의 자연스러운 천진난만한 태도로 대답했다.

"뭐, 내가 그런 비열한이라고 한들 최후의 순간에 당신으로서는 아무래도 좋은 거 아닌가요, 키릴로프? 우리가 왜 싸우는 거죠, 어디 한번 말해 봐요. 당신은 그렇고 그런 인간이고, 난 또 나름대로 그렇고 그런 인간이고, 그래서 뭐요? 게다가 둘 다……."

"비열한 놈들이지."

"그래, 비열한 놈들이라고 합시다. 이건 말에 지나지 않는다는 점을 당신이 더 잘 알면서."

"난 평생 이것이 말에 지나지 않는 것이 아니길 바랐어. 줄곧 그러지 않길 바라며 살아왔지. 지금도 매일 말에 지나지 않길 바라고."

"어쩌겠어요, 모두가 좀 더 좋은 곳을 추구하는걸요. 물고기는…… 즉 누구나 일종의 안락을 추구하죠. 그게 전부입니다. 굉장히 오래전부터 알려진 일이죠."

"안락이라고 말한 거냐?"

"뭐, 말 때문에 논쟁해야 한다니."

"아니야, 말 한번 잘했다. 안락이라고 해 두지. 신은 필수 불가결해, 필수 불가결하고 그 때문에 존재해야 하지."

"그래, 멋지군요."

"그러나 난 신이 있지도 않으며 있을 수도 없다는 걸 알아."

"그쪽이 더 그럴듯하네요."

"정말로 네놈은 이런 두 사상을 가진 인간은 계속 살아갈 수 없다는 걸 모르겠어?"

"자살해야 한다, 이건가요?"

"정말로 오직 이것 때문에 자살할 수 있다는 것을 이해하지 못한단 말이냐? 수십억이나 되는 네놈 같은 인간 중 단 한 사람이라도 그렇게 살기를 원하지 않고 참을 수도 없는 그런 사람이 있을 수 있다는 것을 네놈은 이해하지 못하는 거야."

"내가 이해하는 건 오직 당신이 주저하는 것 같다는 사실뿐이오……. 그건 매우 추악한 일이죠."

"스타브로긴도 역시 관념이 먹어 치운 거야." 키릴로프는 상대방의 지적은 아랑곳하지 않고 음울하게 방 안을 이리저리 걸었다.

"뭐라고요?" 표트르 스테파노비치는 귀를 바싹 세웠다. "무슨 관념이오? 그가 직접 뭐라고 얘기한 것이 있나요?"

"아니, 나 스스로 추측한 거야. 스타브로긴은 믿고 있다면, 자신이 믿고 있다는 그것을 믿지 않아. 만약 믿고 있지 않다면, 믿고 있지 않다는 그것을 믿지 않는 거야."

"뭐, 스타브로긴에게는 다른 것이, 그것보다는 더 현명한 것이 있죠……." 표트르 스테파노비치는 퉁명스럽게 중얼거리며 대화의 흐름과 창백한 키릴로프를 불안하게 예의 주시했다.

'젠장, 쏘지 않겠군.' 그는 생각했다. '언제나 예감했지. 머리통이나 빙빙 돌릴 뿐, 더는 아무것도 아니야. 에잇, 허섭스레기 같은 족속!'

"네놈은 나와 함께하는 마지막 인간이야. 놈과 고약한 식으로 헤어지고 싶지는 않아." 키릴로프가 갑자기 선물을 선사했다.

표트르 스테파노비치는 당장은 대답하지 않았다. '젠장, 이건 또 무슨 소리야?' 그는 다시 생각해 보았다.

"믿어 줘요, 키릴로프, 난 당신이라는 인간에 대해 어떤 반감도 없고, 언제나……."

"네놈은 비열한이고 기만적인 머리에 지나지 않아. 나도 네놈 같지만, 난 자살하고 네놈은 계속 살겠지."

"즉, 내가 계속 살 만큼 저열하다고 말하고 싶은 거로군요."

그는 이런 순간에 이런 대화를 계속하는 것이 유용한지 해로운지 아직 결정할 수 없었기 때문에 그냥 '상황에 맡기기로' 마음먹었다. 그러나 우월감과 언제나 감추려 들지 않는 경멸감이 담긴 키릴로프의 어조가 이전에도 언제나 그의 짜증을 돋우었지만, 지금은 왠지 이전보다 훨씬 더 심했다. 대략 한 시간쯤 후에 있을 죽음을 눈앞에 둔(어쨌든 표트르 스테파노비치는 이것을 염두에 두었다.) 키릴로프가 그에게는 왠지 벌써 반편이처럼, 그로서는 더 이상 교만함을 용납할 수 없는 그런 사람처럼 여겨졌기 때문인지도 모르겠다.

"내 앞에서 자살하겠노라고 자랑하는 건가요?"

"난 모든 사람이 계속 살 거라는 사실이 언제나 놀라웠어." 키릴로프 귀에는 그의 지적이 들리지도 않았다.

"음, 그렇다 칩시다, 이건 관념이지만……."

"원숭이 같은 놈, 네놈은 나를 복종시키려고 맞장구를 치는 거지. 입 닥쳐, 아무것도 이해하지 못할 주제에. 신이 없다면, 내가 신이야."

"내가 당신에게서 절대 이해할 수 없었던 것이 바로 그 지점입니다. 왜 당신이 신이 되는 거죠?"

"신이 있다면, 모든 것이 그의 의지이고 나는 그의 의지에서 벗어날 수 없어. 없다면, 모든 것이 나의 의지이고 나는 자유 의지를 천명할 의무가 있어."

"자유 의지라고요? 왜 그런 의무가 있는 거죠?"

"모든 것이 나의 의지가 되었으니까. 과연 이 지구상에서 신을 끝장내고 자유 의지에 대한 확신을 갖고서 가장 완전한 지점에서 자유 의지를 선언할 용기 있는 자가 아무도 없는 것일까? 이건 가난한 사람이 유산을 받고 깜짝 놀란 나머지 자기는 이런 것을 소유하기에는 너무 미약한 존재라고 생각하여 감히 자루 쪽에 다가가지도 못하는 것과 똑같아. 난 자유 의지를 선언하고 싶어. 혼자라도 좋아, 그러나 해낼 거야."

"그럼 해 봐요."

"난 자살할 의무가 있어, 내 자유 의지의 가장 완전한 지점이 — 바로 내 손으로 자살하는 것이기 때문이지."

“하지만 당신 하나만 자살하는 건 아니잖습니까. 자살자는 많아요.”

“그들은 이유가 있어. 그러나 어떤 이유도 없이, 오직 자유 의지를 위해서 하는 건 나 하나뿐이야.”

‘쏘지 않겠군.’ 표트르 스테파노비치의 머릿속으로 다시 이런 생각이 스쳤다.

“그런데 말이죠.” 그는 짜증스럽게 지적했다. “내가 자유 의지를 과시해야 할 당신의 입장이라면, 나는 나 자신이 아니라 누구든 다른 사람을 죽이겠어요. 그렇게 유용한 존재가 될 수 있을 테니까요. 당신이 놀라지만 않는다면 누구를 죽일지 내가 지정해 주겠죠. 그럼 오늘 자살하지 않아도 돼요. 타협해 볼 수 있는데.”

“다른 사람을 죽이는 것은 내 자유 의지의 가장 낮은 지점이 될 것이고, 여기에 네놈의 본질이 다 들어 있군. 난 네놈이 아니야. 난 가장 높은 지점을 원하고 나 자신을 죽일 거야.”

‘미쳐도 더럽게 미쳤군.’ 표트르 스테파노비치는 분을 못 이겨 투덜거렸다.

“나는 무신을 선언할 의무가 있어.” 키릴로프는 다시 방을 거닐었다. “나에게는 신이 없다는 것보다 더 높은 관념은 없다. 나를 위해서 인류의 역사가 존재한다, 인간은 자살하지 않은 채 살기 위해 신을 고안해 내는 일을 했을 뿐이다, 여기에 지금까지의 전 세계사가 모두 들어 있다, 나는 전 세계사를 통틀어 신을 고안해 내는 것을 처음으로 원하지 않은 유일한 사람이다, 모두 단번에, 영원토록 알게 될 것이다.”

'쏘지 않겠군.' 표트르 스테파노비치는 불안에 떨었다.

"누가 알게 된다는 거죠?" 그는 불을 붙였다. "여기에는 나와 당신밖에 없어요. 리푸틴이라도 알까요, 예?"

"모두가 알아야 해. 모두가 알게 될 거야. 명백해지지 않을 만큼 신비스러운 것은 절대로 없다. 이게 그가 말한 거야."

그리고 그는 열병에라도 걸린 듯 황홀경에 빠져 구세주의 성상을 가리켰는데, 그 앞에서는 램프가 타오르고 있었다. 표트르 스테파노비치는 완전히 열을 받고 말았다.

"그러니까 그를 아직도 믿고 있고 램프에 불을 붙였군요. '만일의 경우'를 위해서가 아니라?"

상대편은 침묵했다.

"글쎄, 내 생각에 당신은 신부보다 더 열심히 믿는 것 같은데요."

"누구를? 그를? 들어 봐." 키릴로프는 걸음을 멈추었고 미친 듯 흥분한 부동의 시선으로 자기 앞을 응시했다. "거대한 관념을 들어 보라고. 이 땅 위에 어느 하루가 있었고, 땅 한가운데에 십자가 세 개가 서 있었어. 십자가 위의 어떤 사람은 다른 사람에게 '너는 오늘 나와 함께 천국에 갈 것이다.'라고 말할 정도로 믿음이 두터웠어. 하루가 끝났고, 두 사람은 죽었고, 출발했고, 천국도, 부활도 발견하지 못했어. 말해진 것이 실현되지 않은 거야. 들어 봐. 이 사람은 이 땅을 통틀어 제일 높은 존재였고, 땅이 사는 목적이나 다름없었다. 이 행성 전체가, 그 위에 존재하는 모든 것과 더불어, 이 사람이 없다면 광기에 지나지 않는 것이다, 이전에도, 이후에도 그와 같은 존재는 결코 없었다, 기적이라 여겨질 만큼. 그런 사람이 없었고 앞으로도 절대 없으리라는 점이 기적인 거야. 만약 그렇다면, 자연의 법칙이 이것을 애석해하지 않고 심지어 자신의 기적도 애석해하지 않고 그에게도 거짓 속에서 살다가 거짓을 위해서 죽으라고 강요했다면 행성 전체가 거짓이요, 거짓과 어리석은 조소 위에 서 있는 것이지. 그러니까 행성의 법칙들 자체가 거짓이요, 악마의 보드빌인 거야. 대체 무엇을 위해서 살 것인가, 대답해 봐, 네놈이 인간이라면?"

"이거 사태의 흐름이 달라졌군요. 내 생각으론, 당신의 그 경우에는 두 개의 다른 원인이 뒤섞인 것 같은데요. 그건 매우 아슬아슬한 거죠. 그러나 실례지만, 당신이 신이라면? 거짓은 끝났고 모든 거짓이 이전의 신이 존재했던 것에서 비롯되었음을 깨달았다면?"

"마침내 네놈은 이해했어!" 키릴로프가 환희에 차서 소리쳤다. "그러니까 너 같은 놈도 이해했다면, 이해할 수 있는 거야! 모두를 위한 모든 구원이 모두에게 이 사상을 증명하는 것임을 이제는 이해하겠지. 누가 증명할 것인가? 나야! 나는 무신론자가 지금까지 신이 없음을 알면서도 어떻게 당장 자살하지 않을 수 있었는지 이해할 수가 없어. 신이 없음을 인정하되 동시에 자신이 신이 되었음을 인정하지 못하는 것은 터무니없는 일이고, 그렇지 않으면 꼭 스스로 자살하게 되거든. 만약 인정한다면, 넌 황제고 그때는 이미 스스로 자살하는 것이 아니라 가장 주된 영광 속에서 살아갈 테니까. 그러나 최초가 된 그, 그 한 명만은 꼭 스스로 자살해야 하는데, 그렇지 않다면 대체 누가 시작할 것이며 누가 증명할 것인가? 바로 내가 시작하고 증명하기 위해서 꼭 스스로 자살할 것이다. 난 어쩔 수 없이 신이 된 것에 불과하고 난 불행한데, 자유 의지를 선언해야 할 의무가 있으니까. 모두가 불행한 것은 모두 자유 의지를 선언하는 것을 두려워하기 때문이다. 인간이 지금까지 그토록 불행하고 가련했던 것은 자유 의지의 가장 주된 지점을 선언하는 것을 두려워했기 때문이고 어린 학생처럼 모서리에서 자유 의지를 행사했기 때문이다. 내가 끔찍이도 불행한 것은 끔찍이도 두렵기 때문이다. 공포는 인간의 저주다……. 그러나 난 자유 의지를 선언할 것이고 난 내가 믿지 않는다는 것을 믿어야 할 의무가 있다. 내가 시작할 것이고 내가 끝낼 것이고 내가 문을 열 것이다. 그리고 구원할 것이다. 오직 이것 하나만 모든 사람을 구원할 것이고 다음 세대에서 물리적으로 갱생시킬 것이다. 지금의 물리적 형태로는, 내가 생각하는 한, 인간은 이전의 신이 없으면 도저히 안 되기 때문이다. 나는 삼 년 동안 내 신성의 자질을 찾아 헤맨 결과 그것을 발견했다. 내 신성의 자질은 '자유 의지'다! 이것이야말로 내가 주된 지점에서 불복종과 나의 새롭고 섬뜩한 자유를 보여 줄 수 있는 모든 것이다. 자유는 매우 섬뜩한 것이기 때문이다. 나는 불복종과 나의 새롭고 끔찍한 자유를 보여 주기 위해 자살한다."

그의 얼굴은 부자연스러울 만큼 창백했고 시선은 참을 수 없을 만큼 무거웠다. 마치 열병에 걸린 것 같았다. 표트르 스테파노비치는 그가 지금 쓰러질 것 같은 생각마저 들었다.

"펜을 줘!" 키릴로프는 결정적인 영감을 받은 듯, 그야말로 뜻밖에 갑자기 소리를 질렀다. "자, 불러, 전부 서명할 테니. 샤토프를 죽였다는 것도 서명하겠어. 내가 웃긴 동안에 불러 봐. 오만방자한 노예들의 생각 따위는 두렵지 않아. 신비스러운 모든 것이 명백해지는 것을 직접 보게 될걸! 그리고 네놈은 완전히 뭉개질 거야……. 나는 믿는다! 믿어!"

표트르 스테파노비치는 자리에서 벌떡 일어나 눈 깜짝할 새에 잉크와 종이를 내놓았고 적절한 순간을 포착하며, 또 제대로 될지 노심초사하며 부르기 시작했다.

"나, 알렉세이 키릴로프는 공표하건대……."

"잠깐! 난 싫어! 누구한테 공표하는 거지?"

키릴로프는 열병에라도 걸린 듯 부르르 떨었다. 이 공표라는 것, 그것에 대한 어떤 특별하고 돌발적인 생각이 갑자기 키릴로프 전체를 삼켜 버린 것 같았는데, 그것은 기진맥진한 그의 정신이 한순간이나마 맹렬히 돌진했던 어떤 출구와도 같았다.

"누구에게 공표한담? 누구에게인지 내가 알고 싶다면?"

"아무나, 모두, 읽게 될 첫 번째 사람이죠. 뭐 하러 그런 걸 정해야 하는 거예요? 전 세계에!"

"전 세계라고? 브라보! 그리고 회개 따위는 필요 없어. 회개는 원하지 않거든. 당국에 쓰는 건 싫어!"

"그래요, 그럴 필요도 없어요, 당국 따윈 엿이나 먹으라죠! 진지하게 원한다면 써요……!" 표트르 스테파노비치는 히스테릭하게 외쳤다.

"잠깐! 난 혀를 쑥 빼고 낯짝을 높이 쳐든 걸 원한다."

"에잇, 헛소리!" 표트르 스테파노비치는 완전히 열을 받았다. "그림이 없어도, 어조 하나로도 이 모든 것을 표현할 수 있어요."

"어조로? 그거 좋군. 그래, 어조로, 어조로! 어조로 불러 봐."

"나, 알렉세이 키릴로프는," 표트르 스테파노비치는 키릴로프의 어깨 위로 몸을 숙이고 상대편이 너무 흥분한 나머지 부들부들 떨리는 손으로 적어 나가는 글자 하나하나를 예의 주시하면서 단호한 명령조로 불렀다. "나, 키릴로프는 공표하건대, 오늘…… 10월 저녁 7시가 지날 무렵 대학생 샤토프를 죽였다. 배신을 이유로 공원에서, 격문과 페디카에 대한 밀고를 이유로. 페디카는 우리 두 사람의 집, 즉 필리포프 집에 몰래 숨어 살며 열흘 밤을 보냈다. 내가 오늘 권총으로 스스로 자살하는 것은 회개하기 때문도, 당신들을 두려워하기 때문도 아니고, 그저 외국에 있을 때 내 삶을 중단할 의향이 있었기 때문이다."

"그것뿐인가?" 키릴로프는 깜짝 놀라다 못해 격분해서 외쳤다.

"한마디도 더 필요 없어요!" 표트르 스테파노비치는 그에게서 서류를 빼앗을 틈을 노리며 한 손을 내저었다.

"잠깐!" 키릴로프는 한 손을 종이 위에 텁석 얹었다. "잠깐, 헛소리야! 난 누구와 함께 죽였기를 원해. 대체 왜 페디카야? 화재는? 난 모든 것을 원해, 실컷 욕해 주고 싶다고, 어조로, 어조로!"

"됐어요, 키릴로프, 됐다고 분명히 말하잖아요!" 표트르 스테파노비치는 그가 종이를 찢어 버릴까 봐 노심초사하며 애원하다시피 했다. "믿도록 하려면, 가능한 한 흐리멍덩한 것이 좋아. 바로 그렇게, 그렇게 암시만 던져 주는 거죠. 진실의 귀퉁이만 보여 주면 돼요, 꼭 그놈들을 약 올릴 만큼만요. 그놈들은 언제나 우리를 속이는 것보다 자신을 더 속이니까, 물론 우리를 믿느니 차라리 자신을 더 많이 믿긴 할 텐데, 이게 더할 나위 없이 좋은 거죠, 더할 나위 없이! 이리 줘요. 이대로가 멋지군요. 이리 줘요, 달라고요!"

그러고서 종이를 빼앗으려고 안간힘을 썼다. 키릴로프는 두 눈을 부라리며 듣다가 생각을 정리하려고 애쓰는 듯했지만, 이해할 마음은 전혀 없는 것 같았다.

"에잇, 젠장!" 표트르 스테파노비치는 갑자기 격분하고 말았다. "이거 아직 서명도 안 했잖아! 아니, 뭐 하러 그렇게 눈은 부라려요, 어서 서명이나 해요!"

"실컷 욕해 주고 싶어서……." 키릴로프는 이렇게 중얼거리면서도 펜을 잡고 서명했다. "난 실컷 욕해 주고 싶어……."

"서명해요. 공화국 만세(Vive la république), 그러면 됐죠."

"브라보!" 키릴로프는 황홀감에 취해 거의 울부짖었다. "민주적이고 사회적이고 보편적인 공화국 만세, 아니면 죽음을……!(Vive la république démocratique, sociale et universelle ou la mort……!) 아니, 아니야, 그렇지 않아. 자유, 평등, 박애, 아니면 죽음을!(Liberté, égalité, fratemité ou la mort!) 그래, 이게 훨씬 낫군, 훨씬 나아." 그는 자신의 서명 밑에 모종의 희열을 느끼면서 그렇게 적었다.

"됐어요, 됐어." 표트르 스테파노비치는 줄곧 되뇌었다.

"잠깐, 조금만 더……. 난, 있잖아, 프랑스어로 다시 한번 서명해야겠어. '러시아의 신사이자 세계의 시민인 키릴로프로부터.(de Kiriloff, gentilhomrne russe et citoyen du monde.) 하-하-하!" 그는 껄껄 웃어 젖혔다. "아니, 아니, 아니야, 잠깐만, 제일 멋진 걸 발견했다, 유레카. 러시아의 신사이자 신학생이며 문명화된 세계의 시민!(gentilhomme-séminariste russe et citoyen du monde civilisé!) 바로 이게 제일 낫군……." 그는 소파에서 벌떡 일어났고 갑자기 재빠른 동작으로 창문에서 권총을 낚아채더니 그것을 든 채 다른 방으로 달려가 문을 쾅 닫았다. 표트르 스테파노비치는 문을 들여다보며 일 분쯤 생각에 잠긴 채 서 있었다.

'지금이라면 쏠지도 모르겠지만, 생각하기 시작하면 아무 일도 없을 테지.'

그는 일단 종잇장을 들고 앉았고 그것을 다시 훑어보았다. 공표의 표현 방식도 마음에 들었다.

'당분간 뭐가 필요하지? 잠깐 그놈들의 넋을 완전히 빼놓고 그걸로 주의를 딴 데로 돌려야 해. 공원은? 도시에는 공원이 없으니까 머리를 굴려서 스크보레시니키라는 것을 알아내겠지. 거기에 이르는 동안에 시간이 가고 찾는 동안에 또 시간이 지나가고 시체를 발견하면 그러니까 사실대로 쓰였다는 소리이다. 모든 것이 사실이다, 페디카 얘기도 사실이다, 라는 소리이다. 한데 페디카는 대체 뭔가? 페디카, 이놈은 곧 화재고 곧 레뱌드킨 오누이다. 그러니까 모든 것이 여기, 즉 필리포프 집에서 나왔다는 소리이고, 그놈들은 아무것도 못 보고 모든 것을 놓쳐 버렸다는 소리이고, 이거, 그놈들 머리가 핑핑 돌겠군! 우리 편에 대해서는 생각도 하지 못할 거야. 샤토프, 또 키릴로프, 또 페디카, 또 레뱌드킨. 이놈들은 대체 왜 서로를 죽였단 말인가, 이런 질문이 그들한테 던져지겠지. 에잇, 젠장, 총소리는 왜 안 들리는 거야……!'

그는 원고를 읽으며 편집 양식을 감상 중이었음에도 매 순간 고통스러울 만큼 불안하게 귀를 곤두세웠는데 — 갑자기 버럭 화가 났다. 그는 불안에 차 시계를 쳐다보았다. 꽤 늦었다. 저놈이 들어간 지 십 분은 족히 지났는데……. 그는 촛불을 들고 키릴로프가 틀어박힌 방의 문 쪽으로 갔다. 문 바로 옆, 마침 그의 머릿속으로, 이제 촛불도 끝나 간다, 이십 분쯤만 지나면 완전히 타 버릴 것이다, 다른 건 없다는 생각이 떠올랐다. 그는 자물쇠를 붙잡고 아주 작은 소리라도 들리지 않을까 주의 깊게 귀를 기울이다가 갑자기 문을 열고 촛불을 들어 올렸다. 뭔가가 울부짖으며 그에게 돌진했다. 그는 있는 힘껏 문을 쾅 닫고 다시 꽉 눌렀지만, 이미 모든 것이 잠잠해졌고 다시 죽음과도 같은 고요가 찾아왔다.

오랫동안 그는 촛불을 손에 든 채 주저하며 서 있었다. 문을 열었던 그 찰나, 알아볼 수 있는 것은 거의 없었지만, 그래도 방 깊은 곳 창문 옆에 서 있던 키릴로프의 얼굴이 번득였고, 키릴로프가 짐승 같은 격노를 보이며 갑자기 그에게로 달려들었다. 표트르 스테파노비치는 몸을 부르르 떨더니 촛불을 재빨리 탁자 위에 세워 두고 권총을 챙겨서 발뒤꿈치를 든 채 반대편 구석으로 뛰어갔는데, 그 때문에 키릴로프가 문을 열고 권총을 든 채 탁자 쪽으로 질주할지라도 그가 키릴로프보다 먼저 조준하고 방아쇠를 당길 수 있었으리라.

자살이라면 표트르 스테파노비치는 이제는 이미 전혀 믿지 않았다! '방 한가운데에 서서 머리를 굴리고 있는 거야.' 이런 생각이 표트르 스테파노비치의 머릿속에서 회오리처럼 지나갔다. '게다가 어둡고 섬뜩한 방이……. 저놈은 울부짖으며 달려들었어. 여기에는 두 가지 가능성이 있다. 저놈이 방아쇠를 당기는 찰나에 내가 저놈을 방해했든가, 아니면…… 저렇게 서서 나를 죽이면 어떨까 곰곰이 생각 중이었거나. 바로 이거야, 저놈은 곰곰이 생각 중이었어. 저놈은 자기가 겁을 먹으면 내가 자기를 꼭 죽이고서야 떠나리라는 것을 알고, 내가 자기를 죽이지 못하도록 자기 쪽에서 먼저 나를 죽여야 한다고 결론 내린 거야. 다시, 다시 저쪽이 조용하군! 심지어 무섭다. 갑자기 문을 열면……. 돼지 같은 일은 저놈이 신부보다 더 열심히 신을 믿는다는 사실이야……. 어떤 일이 있어도 쏘지 않을 걸……! '미쳐도 더럽게 미친' 자들이 요즘 들어 부쩍 많아졌단 말이지. 쓰레기들! 쳇, 젠장, 촛불, 촛불이! 십오 분 후면 틀림없이 다 탈 거야……. 끝내야 한다. 무슨 일이 있어도 끝내야 한다……. 어때, 이제는 죽여도 될 거야……. 이 종이만 있으면 아무도 내가 죽였다고는 생각하지 않을 테지. 저놈의 손에 한 번 쏜 권총을 쥐여 주고 잘 맞추어 놓으면 틀림없이 저놈이 직접 했으리라고 생각하겠지……. 아, 젠장, 어떻게 죽인담? 내가 문을 열면 저놈이 다시 덤벼들어 나보다 먼저 쏠 텐데. 에잇,

젠장, 당연히 빗나갈 거야!'

그는 심히 괴로웠는데, 계략의 불가피성 앞에서 망설이며 노심초사했다. 마침내 촛불을 들고 다시 문 쪽으로 다가가서 권총을 들어 올리고 준비 태세를 갖추었다. 촛불을 쥔 왼손으로 자물쇠의 손잡이를 꽉 잡았다. 그러나 어째 잘되지를 않았다. 손잡이가 튕겨 나가면서 소리가 나고 삐걱거렸다. '곧장 쏘겠지!' 이런 생각이 표트르 스테파노비치의 머릿속을 스치고 지나갔다. 그는 있는 힘껏 발로 문을 찬 뒤 촛불을 들어 올리며 권총을 내밀었다. 그러나 총소리도, 비명도 없었다……. 방 안에는 숫제 아무도 없었다.

그는 몸을 떨었다. 다른 방과 연결되지 않은, 꽉 막힌 방이어서 어디로도 도망칠 수 없었다. 그는 촛불을 더 높이 들어 올리고 주의 깊게 들여다보았다. 그야말로 아무도 없었다. 그는 반쯤 기어드는 목소리로 키릴로프를 불렀고, 그다음에는 좀 더 큰 소리로 한 번 더 불렀다. 아무도 대답하지 않았다.

'아니, 창문으로 도망쳤나?'

정말로 창문 하나는 통풍창이 열려 있었다. '말도 안 돼, 통풍창으로 도망쳤을 리는 없어.' 표트르 스테파노비치는 방 전체를 가로질러 곧장 창문 쪽으로 갔다. '절대 그랬을 리 없어.' 그는 갑자기 잽싸게 몸을 돌렸고, 뭔가 예사롭지 않은 것에 전율했다.

창문 맞은편 벽 쪽, 문의 오른쪽에 장롱이 있었다. 이 장롱의 오른쪽으로 벽과 장롱에 의해 형성된 틈새에 키릴로프가 서 있었는데, 그것도 끔찍이도 이상한 자세로 서 있었는데, 두 팔을 바지 솔기를 따라 늘어뜨리고 온몸을 꼿꼿이 펴고 머리를 쳐들고 목덜미를 틈새 바로 안쪽 벽에 바짝 붙이고 꼼짝도 하지 않는 것이 마치 오롯이 사라지려고, 숨으려고 하는 것 같았다. 모든 징후로 봐서 숨어 있는 것이었지만, 도무지 믿을 수가 없었다. 표트르 스테파노비치는 그 구석에서 비스듬히 서 있었기 때문에 형체 중 돌출된 부분만을 관찰할 수 있었다. 오른쪽으로 몸을 움직여 키릴로프의 전신을 확인하고 수수께끼를 풀어 볼 용단을 여전히 내리지 못하고 있었다. 그는 심장이 거세게 뛰기 시작했다……. 그러자 갑자기 그야말로 광란이 그를 휘어잡았다. 그는 자리를 박차고 소리를 지르며 두 발을 구르면서 그 섬뜩한 공간으로 맹렬히 돌진했다.

그러나 거의 다 와서 다시 그 자리에 붙박인 것처럼 정지했는데, 아무래도 공포에 사로잡힌 까닭이었다. 무엇보다도 충격적인 것은 그 형체가 그의 외침과 광포한 돌격에도 불구하고 심지어 움직이지도 않고 팔다리 하나 꿈쩍하지 않았다는 점인데, 꼭 화석이나 밀랍으로 만든 것 같았다. 그 얼굴의 창백함은 부자연스럽고 검은 눈은 전혀 꿈쩍도 하지 않고 공간 속의 어떤 점을 응시했다. 표트르 스테파노비치는 촛불을 위에서 아래로, 다시 위로 옮겼고 사방에서 빛을 비추며 이 얼굴을 뜯어보았다. 그는 갑자기 키릴로프가 자신의 앞 어딘가를 보고 있지만 자기를 비스듬히 보고 있고 심지어 관찰하고 있을지도 모른다는 사실을 알아차렸다. 그 순간, 불빛을 '이 추잡한 놈'의 얼굴로 곧장 가져가 보자는, 불을 붙여 이놈이 뭘 할지 보자는 생각이 들었다. 갑자기 키릴로프의 턱이 움찔하더니 입술 위로 냉소가 스치는 것처럼 보였는데, 꼭 그의 생각을 알아차린 것 같았다. 그는 부르르 떨면서 앞뒤를 잃고 키릴로프의 어깨를 꽉 움켜쥐었다.

그다음에는 뭔가 형상을 포착할 수 없을 만큼 재빠른 일이 일어났기 때문에 표트르 스테파노비치는 훗날 도무지 자신의 회상을 나름대로 질서 정연하게 다듬을 수 없었다. 그가 키릴로프를 건드리기가 무섭게 상대편은 재빨리 머리를 숙이고 그 머리로 그의 손에서 촛불을 떨어뜨렸다. 촛대는 소리를 내면서 마룻바닥으로 떨어졌고 촛불은 꺼졌다. 그 순간, 그는 자신의 왼손 새끼손가락에 끔찍한 통증을 느꼈다. 그는 소리쳤고 그가 기억하는 건 오직 자기 쪽으로 엎어져 손가락을 깨무는 키릴로프의 머리를 권총으로 세 번, 앞뒤를 잃고 있는 힘껏 때렸다는 사실뿐이다. 마침내 그는 손가락을 빼내고 어둠 속에서 길을 더듬으며 그 집을 쏜살같이 뛰쳐나왔다. 방에서는 섬뜩한 비명이 그의 뒤를 쫓으며 들려왔다.

"지금, 지금, 지금, 지금……."

열 번쯤. 그러나 그는 계속 달렸고 이미 현관까지 달려 나왔을 때 갑자기 커다란 총소리가 들렸다. 그러자 현관의 어둠 속에서 정지한 채 삼 분쯤 머리를 굴렸다. 마침내 다시 방으로 돌아왔다. 그러나 양초를 찾아야 했다. 장롱의 오른쪽, 그의 손에서 마룻바닥으로 떨어진 촛대를 찾기만 하면 되었다. 그러나 이 양초 토막에 무엇으로 불을 붙인담? 그의 머릿속에서 갑자기 한 가지 어슴푸레한 기억이 스쳐 갔다. 어제 그가 페디카에게 덤벼들기 위해 부엌으로 달려갔을 때 구석의 선반에서 크고 붉은 성냥갑을 얼핏 본 것 같은 기억이 난 것이다. 그는 손으로 더듬어 가며 왼쪽 부엌문으로 방향을 잡은 다음 문을 찾아 계단으로 내려갔다. 선반 위, 지금 막 떠오른 바로 그 장소에서 그는 완전히 캄캄한 와중에도 아직 뜯지도 않은 성냥갑을 더듬어 잡았다. 불을 붙이지 않은 채 서둘러 위층으로 되돌아와 장롱 근처, 그를 깨물던 키릴로프를 권총으로 때렸던 그 장소에 이르자 갑자기 물린 손가락이 생각났고 동시에 거기서 거의 참을 수 없는 통증을 느꼈다. 그는 이를 득득 갈며 타다 만 양초에 요령껏 불을 붙여 다시 촛대에 끼우고 주위를 둘러보았다. 통풍창이 활짝 열린 창문 옆에 키릴로프의 시체가 두 발을 방의 오른쪽 구석으로 향하고 누워 있었다. 일격은 우측 관자놀이에 가해졌으며 총알은 좌측 위쪽으로 빠져나가 두개골을 박살 냈다. 피와 뇌수가 거품처럼 튀어나온 것이 보였다. 권총은 마룻바닥에 늘어진 자살자의 손안에 남아 있었다. 죽음은 순식간에 일어난 것이 분명했다. 모든 것을 아주 꼼꼼히 살펴본 다음 표트르 스테파노비치는 몸을 일으켜 발뒤꿈치를 들고 나왔으며, 문을 닫고 촛불을 첫 번째 방의 탁자 위에 세워 두고 잠깐 생각을 하다가, 양초가 화재를 일으킬 리는 없으리라 여겨져 촛불을 끄지 않기로 결정했다. 다시 한번 탁자 위에 놓여 있는 서류를 들여다보며 기계적으로 씩 웃은 다음, 무엇 때문인지 모르지만 계속 발뒤꿈치를 든 채 집을 나왔다. 그는 다시 페디카의 통로로 기어 나왔고 빠져나온 다음에는 다시 그 통로를 꼼꼼히 막았다.

3

정확히 6시 십 분 전, 철도역에서는 상당히 길게 뻗은 객차 열을 따라 표트르 스테파노비치와 에르켈이 돌아다니고 있었다. 표트르 스테파노비치는 떠나려는 참이었고, 에르켈은 그와 작별 인사를 나누고 있었다. 짐은 이미 맡겼고 가방은 이등 객실에 잡아 둔 자리로 옮겼다. 첫 번째 종은 벌써 울렸고 두 번째 종을 기다리는 중이었다. 표트르 스테파노비치는 객실로 들어가는 승객들을 관찰하며 노골적으로 이리저리 살펴보았다. 그러나 가까운 지인은 보이지 않았다. 겨우 두 번쯤 고개를 끄덕일 일은 있었는데 — 간접적으로 좀 알던 어느 상인에게, 그다음에는 두 역을 지나 자신의 교구로 떠나는 젊은 시골 사제에게였다. 에르켈은 분명히 이 최후의 순간에 뭐든 좀 더 중대한 얘기를 하고 싶어 하는 — 그 자신도 정확히 무엇인지는 알지 못하는 것 같았지만 — 기색이 역력했다. 그러나 여전히 말을 꺼낼 용기는 내지 못했다. 계속 표트르 스테파노비치가 자기와 있는 것이 거추장스러운 듯 남은 종소리들을 초조하게 기다리는 것 같은 느낌이 들어서였다.

"그렇게 노골적으로 사람들을 쳐다보시면……." 미리 일러두고 싶은 듯 그는 다소 조심스럽게 지적했다.

"왜 안 된다는 거요? 난 아직 몸을 숨길 필요가 없소. 이르지. 염려 말아요. 내가 두려워하는 건 오직 악마가 리푸틴을 보내지나 않을까 하는 점이오. 냄새를 맡고 달려올 수도 있으니까."

"표트르 스테파노비치, 그들은 가망이 없습니다." 에르켈이 단호하게 말했다.

"리푸틴 말이오?"

"모두 그런 것 같습니다, 표트르 스테파노비치."

"헛소리요, 이제는 모두 어제의 일에 묶여 있거든. 단 한 사람도 변절하지 못할 거요. 이성을 잃지 않는 한, 누가 뻔히 보이는 파멸 속으로 뛰어들겠소?"

"표트르 스테파노비치, 사실 그들은 이성을 잃을 겁니다."

이 생각이 이미 표트르 스테파노비치의 머릿속에도 떠올랐기에, 에르켈의 지적에 더더욱 화가 났다.

"당신도 겁을 먹은 건 아니겠죠, 에르켈? 나는 그들 누구보다도 당신한테 더 많은 희망을 걸고 있소. 이제야 그 각각이 어떤 가치를 지니는지 알게 되었으니까. 그들에게 모든 일을 오늘 당장 구두로 전해 주되, 그들을 전적으로 당신에게 맡기겠소. 아침부터 그들 집에 일일이 들러 주시오. 문서 형식으로 전하는 나의 지시는 내일이나 모레쯤 다들 모인 자리에서 그들이 이미 들을 능력을 갖추었을 때 읽어 주되…… 그러나 확언하건대, 내일이면 그들도 들을 능력을 갖추게 될 거요, 왜냐하면 끔찍이도 겁을 먹고 밀랍 인형처럼 고분고분해져 있을 테니까……. 무엇보다도, 당신은 기운을 잃어서는 안 돼요."

"아, 표트르 스테파노비치, 당신이 떠나지 않으시면 더 좋으련만!"

"겨우 며칠 떠나 있는 거요. 금세 돌아와요."

"표트르 스테파노비치." 에르켈은 조심스럽지만 단호하게 말했다. "당신이 페테르부르크로 간다 할지라도 말입니다. 설마 당신이 공동의 과업을 위해 꼭 필요한 일을 하리라는 것을 제가 이해하지 못하겠습니까?"

"당신에게서 최소한 그 정도는 기대했소, 에르켈. 만약 당신이 내가 페테르부르크로 간다는 것을 알아차렸다면, 내가 어제 그 순간 그들을 놀래지 않기 위해서 그렇게 멀리 떠난다는 말을 할 수 없었다는 점도 이해할 수 있었겠죠. 당신은 그들이 어떠했는지 직접 봤소. 그러나 내가 과업을 위해, 주된 중대한 과업을 위해, 공동의 과업을 위해 떠난다는 것을, 리푸틴 같은 놈이 생각하듯 몰래 빠져나가는 것이 아니라는 것을 이해하겠죠."

"표트르 스테파노비치, 비록 외국으로 가신다고 해도 저는 이해할 겁니다. 당신이 신변을 지켜야 한다는 것을 이해할 겁니다, 당신은 모든 것이지만 우리는 아무것도 아니니까요. 저는 이해할 겁니다, 표트르 스테파노비치."

가련한 소년은 목소리까지 떨렸다.

"고맙소, 에르켈……. 아, 당신은 나의 아픈 손가락을 건드렸군요.(에르켈은 어색하게 그의 손을 잡았는데, 아픈 손가락은 검은 호박단 천으로 예쁘게 묶여 있었다.) 그러나 다시 한번 분명히 말하지만, 페테르부르크에서 나는 그저 냄새만 맡아 보려는 거니까 스물네 시간이면 충분할 테고 그러고 나면 곧장 이리로 다시 올 거요. 돌아온 다음에는 세상 이목을 생각해 가가노프의 시골집에 있을 거요. 만약 그들이 무슨 위험을 느낀다면 내가 제일 먼저 앞장서서 그것을 공유할 거요. 만약 페테르부르크에서 지체하게 되면 그때는 곧바로 당신에게…… 모종의 경로를 통해 알려 줄 테니 당신은 그들에게 알려 줘요."

두 번째 종이 울렸다.

"아, 이제 출발이 오 분밖에 남지 않았군. 알다시피, 난 이곳의 무리가 흩어지지 않길 바라오. 두려운 건 없으니 내 걱정은 말아요. 공통의 그물을 이루는 이 매듭들이라면 나로서는 충분히 있으니 이걸 특별히 아낄 이유는 없소. 그러나 매듭이 더 남아돌아도 방해될 건 없으니까요. 난 당신에 대해서는, 그나저나, 안심인데 당신을 거의 혼자 저런 불구들과 함께 남겨 두긴 하지만요. 염려 말아요, 그들은 밀고하지 않을 테니까, 그럴 용기가 없을 테니까……. 아, 당신도 오늘?" 갑자기 그는 완전히 다른, 명랑한 목소리로, 인사를 나누러 자기한테 명랑하게 다가온 매우 젊은 어떤 사람을 향해 외쳤다. "당신도 급행열차를 탈 줄은 몰랐군요. 어디, 모친에게 가는 거요?"

이 젊은이의 모친은 인근 도(道)의 아주 부유한 여지주였고 젊은이는 율리야 미하일로브나의 먼 친척으로서 우리 도시에 손님으로 이 주쯤 머물렀다.

"아니요, 난 좀 더 멀리, R……로 갑니다. 여덟 시간이나 객실 안에서 지내게 생겼어요. 페테르부르크에 갑니까?" 젊은이가 웃었다.

"왜 내가 어쨌든 페테르부르크에 간다고 가정했죠?" 표트르 스테파노비치는 더 노골적으로 웃었다.

젊은이는 장갑을 낀 채로 손가락을 흔들면서 그를 위협하는 시늉을 했다.

"뭐, 당신이 알아맞힌 거요." 표트르 스테파노비치는 그에게 은밀하게 귀띔을 하듯 속삭였다. "난 율리야 미하일로브나의 편지들을 갖고 거기서 서너 명의 어떤 인사를 만나야 하는데, 솔직히, 빌어먹을 놈들이죠. 엿 같은 의무랄까요!"

"자, 뭐죠, 말해 봐요, 부인이 그토록 겁을 집어먹었나요?" 젊은이도 속삭였다. "부인은 어제는 심지어 나도 집에 들이지 않더라고요. 내 생각으론, 남편 때문이라면 부인은 두려워할 게 전혀 없어요. 오히려 그는 화재 현장에서 말하자면 자신의 목숨까지 희생하며 보기 좋게 쓰러졌잖습니까."

"그건 말이죠." 표트르 스테파노비치는 웃음을 터뜨렸다. "부인이 두려운 건, 그러니까, 여기서 벌써 편지를 썼을까 봐…… 즉, 어떤 양반들이……. 한마디로, 이 경우 핵심은 스타브로긴입니다. 즉, K공작이……. 에잇, 이것도 얘기하자면 길어요. 가는 도중에 당신에게 좀 알려 줄 수도 있겠지만, 기사도가 허락하는 한도에서만……. 이쪽은 군(郡)에서 온 내 친척, 소위보 에르켈입니다."

에르켈을 힐끔 곁눈질하던 젊은이가 모자를 살짝 건드렸다. 에르켈은 거수경례를 했다.

"그런데 말이죠, 베르호벤스키, 객실 안에서 여덟 시간이란 끔찍한 운명이랍니다. 여기 일등칸을 타고 베레스토프가 우리와 함께 가는데, 정말로 웃기는 대령이고 같은 영지의 이웃입니다. 가린 집안(née de Garine)과 결혼했고, 알다시피, 점잖은 축에 드는 사람입니다. 심지어 나름의 사상도 갖고 있죠. 여기서는 겨우 이틀을 머물렀어요. 에랄라시라면 사족을 못 쓸

정도로 좋아하죠. 한번 해 보지 않으렵니까, 예? 난 벌써 네 번째 사람도 점찍어 두었는데, 프리푸흘로프라고, 우리 T시의 털보 상인으로 백만장자, 즉 진짜 백만장자예요, 장담합니다……. 내가 당신을 소개해 주죠, 참 재미있는 복주머니거든요, 신나게 웃어 봅시다."

"에랄라시라면 나도 대단히 좋아하고 객실에서라면 끔찍이도 좋아하지만, 난 이등칸인데요."

"에잇, 됐어요, 절대 안 돼요! 우리와 함께 앉으세요. 내가 지금 당신을 일등칸으로 옮기라고 명령하겠어요. 차장이 내 말을 잘 듣거든요. 당신 짐은 어떤 거죠, 이 가방? 담요?"

"멋지군요, 갑시다!"

표트르 스테파노비치는 가방, 담요, 책을 챙기고 당장 만반의 태세를 갖추어 일등칸으로 옮겨 갔다. 에르켈이 도와주었다. 세 번째 종이 울렸다.

"자, 에르켈." 표트르 스테파노비치는 벌써 객실로 올라간 다음 창문에서 분주한 표정을 지으며 마지막으로 손을 내밀었다. "자, 이렇게 앉아서 저들과 카드를 하게 생겼네."

"그러나 굳이 왜 저한테 그런 변명을 하시는 거죠, 표트르 스테파노비치, 저는 정말이지 이해, 모두 이해할 겁니다, 표트르 스테파노비치!"

"자, 그럼, 또 만날 때까지." 그는 젊은이의 부름에 갑자기 몸을 돌렸는데, 게임 상대들에게 소개해 주려고 부른 것이었다. 그리고 에르켈은 더 이상 자신의 표트르 스테파노비치를 보지 못했다!

그는 극히 슬픔에 잠긴 채 집에 돌아왔다. 표트르 스테파노비치가 그토록 갑자기 자기들을 버린 것이 두려워서가 아니라…… 그 젊은 멋쟁이가 그를 부르자마자 그토록 빨리 자신으로부터 몸을 획 돌려 버렸고…… 정말이지 그에게 '또 만날 때까지'가 아니라 뭐든 다른 말을 해 줄 수도 있었을 것이고…… 아니면 손이라도 꽉 잡아 주어야 했으리라.

이 마지막 사항이 핵심이었다. 뭔가 다른 것, 아직 그 자신도 이해하지 못한 뭔가가 그의 가련한 심장을 할퀴기 시작했다, 어제의 저녁과 연결된 뭔가가.

7장

스테판 트로피모비치의 최후의 방랑

1

나는 스테판 트로피모비치가 자신의 광적인 기획의 시일이 임박해 옴을 느끼면서 매우 두려워했을 것이라고 확신한다. 특히 전날 밤, 그 끔찍한 밤에는 너무 무서워서 매우 고통스러워했으리라고 확신한다. 나스타샤가 훗날 언급하길, 그는 늦은 시각이 되어서야 잠자리에 들었고 그렇게 잤다고 한다. 그러나 이건 아무것도 증명해 주지 못한다. 사형 선고를 받은 자들도 형 집행 전날 밤에 아주 푹 잔다고들 하지 않는가. 그가, 신경질적인 사람이라도 언제나 기운이 샘솟는 새벽녘(비르긴스키의 친척인 소령은 밤이 지나자마자 이내 신에 대한 믿음마저 잃었다고 하지 않는가.)이 되어서야 나왔다 할지라도, 이전에도 큰길 한가운데, 더욱이 그런 처지로 혼자 서 있는 자신의 모습을 상상할 때면 공포를 느끼지 않을 수 없었으리라고 확신한다. 물론, 그의 상념 속 어떤 절망적인 것 때문에 분명히 처음에는, 스타시와 이십 년 동안 정든 곳을 떠나자마자 그가 갑자기 맞닥뜨린 돌연한 고독이라는 저 무서운 감각의 온 힘이 수그러들었을 것이다. 그러나 아무래도 좋다. 그는 자기를 기다리는 온갖 공포를 선명하게 의식했음에도 큰길로 나섰을 것이며 그 길을 걸었으리라! 여기에는 모든 것에도 불구하고 그를 환희로 몰아가는 뭔가 오만한 것이 깃들어 있었다. 오, 그는 바르바라 페트로브나의 휘황찬란한 조건을 받아들여 '단순한 식객으로서(comme un)' 그녀의 자비 속에 머물 수도 있었으리라! 그러나 그는 자비를 받아들이지도, 그대로 머물지도 않았다. 이렇게 스스로 그녀를 버리고 '위대한 이념의 기치'를 높이 쳐들고 그것을 위해 죽으려고 큰길을 걷는 것이다! 이 일을 그는 바로 이렇게 느꼈음이 틀림없다. 그 자신의 행동도 바로 이렇게 여겼음이 틀림없다.

나에게는 여러 번 다음과 같은 질문이 떠오르곤 했다. 왜 그는 바로 그런 식으로 도망쳤을까? 즉 말을 타고 떠나지 않고 문자 그대로 두 발로 도망쳤을까? 처음에는 이것을 1850년대식의 비실제적인 측면, 그리고 강렬한 감정의 지배하에서 이념의 환상적인 일탈로 해석했다. 내 생각으론, 역마권과 (방울이 달린 것일지라도) 말에 대한 상념이 그에게는 틀림없이 너무 단순하고 산문적으로 여겨졌을 것이다. 반면 비록 우산을 들더라도 순례는 훨씬 더 아름답고 복수의 쾌감처럼 사랑스러운 느낌을 주었을 것이다. 그러나 이미 모든 것이 끝난 지금, 나는 이 모든 일이 그때는 훨씬 더 단순하게 이루어졌으리라고 추정한다. 첫째, 그는 말을 가져가는 것이 좀 무서웠는데, 바르바라 페트로브나가 눈치를 채고 완력으로 저지할 수도 있었을 테고, 그녀라면 분명히 그리했을 테고 그는 분명히 복종했을 것이기 때문이고, 그럼 위대한 이념은 영원토록 안녕이었다. 둘째, 역마권을 얻으려면 적어도 어디로 가는지는 알아야 했다. 그러나 그 순간 그것을 알아내는 것이 그의 가장 주된 고충이었다. 장소를 지정하고 그 지명을 부르는 것을 도저히 할 수 없었다. 그가 무슨 도시로 가겠노라고 결정하기만 하면 그의 기획은 금세 자기 눈으로도 터무니없고 불가능한 것이 될 것이기 때문이었다. 이 점을 그는 아주 잘 예감했다. 자, 정확히 그 도시에서 무엇을 할 것이며 또 왜 다른 도시는 안 된단 말인가? 그 상인(ce marchand)을 찾기 위해서인가? 그러나 어떤 상인(marchand)을? 그 순간, 다시 그 두 번째 문제, 이미 아주 섬뜩한 문제가 대두되었다. 본질상 그에게는 그 상인(ce marchand)보다 더 섬뜩한 것은 아무것도 없었는데, 자신이 그토록 느닷없이 상인을 찾아내겠노라며 쏜살같이 돌진한 이상 그 상인을 진짜로 찾아내면 어쩌나 내심 몹시 두려워했던 것은 당연하기 때문이다. 아니, 그저 큰길이 낫고, 그리로 나가서 생각하지 않아도 괜찮은 동안만은 아무 생각 없이 마냥 걷는 것이 낫다. 큰길은 — 이건 뭔가 길고도 긴 것, 그 끝이 보이지 않는 것인데 — 꼭 인간의 삶, 꼭 인간의 꿈과 같다. 큰길에는 관념이 들어 있다. 하지만 역마권에는 무슨 관념이 있는가? 역마권에는 관념의 끝이 있을 뿐……. 큰길 만세(Vive la grande route), 그때 가서 무슨 일이 있을지는 신의 뜻이다.

내가 벌써 묘사한 리자와의 돌발적이고 예기치 못한 만남 이후, 그는 훨씬 더 심한 망아지경에 빠진 채 나아갔다. 큰길은 스크보레시니키에서 0.5베르스타나 떨어져 있었는데 — 이상한 노릇이지만 — 그는 자기가 어떻게 그리로 접어들었는지 처음에는 눈치채지도 못했다. 근본적으로 따지거나 명확하게 의식하는 것이 그 순간의 그에게는 참을 수 없는 일이었다. 가랑비가 잠시 그쳤다가 다시 내리곤 했다. 그러나 그는 비의 존재를 인지하지 못했다. 가방을 어깨에 둘러멘 것도, 그 때문에 걸음걸이가 더 가벼워진 것도 인지하지 못했다. 필경, 그가 갑자기 걸음을 멈추고 주위를 둘러보았을 때는 그런 식으로 1베르스타나 1.5베르스타는 지나온 상태였을 것이다. 그의 앞으로 바큇자국이 움푹 팬 낡고 검은, 버드나무 길이 끝없는 실처럼 이어졌다. 오른쪽에는 벌써 옛날 옛적에 추수를 끝낸 벌거벗은 장소가 있었다. 왼쪽에는 관목 덤불이, 그 뒤로 더 멀리는 조그만 숲이 있었다. 그리고 멀리, 멀리 비스듬히 사라지는 철도의 선이 어렴풋이 보이고 그 위로 어떤 기차의 연기가 솟아올랐다. 그러나 이미 소리는 들리지 않았다. 스테판 트로피모비치는 약간 겁이 났지만 그것도 잠시였다. 그는 특별한 대상도 없이 한숨을 내쉬고 가방을 버드나무 옆에 내려놓고 좀 쉬려고 앉았다. 앉는 동작을 취하는 중에 몸에서 오한이 이는 것을 느끼고 담요로 몸을 감쌌다. 그 순간 비의 존재를 인지하고 우산을 폈다. 상당히 오랫동안 그는 간간이 입술을 실룩거리고 우산의 손잡이 부분을 손으로 꽉 잡은 채 앉아 있었다. 다양한 형상이 머릿속에서 재빨리 교체되면서 열병에 걸린 행렬처럼 그의 앞을 질주했다. '리즈, 리즈.' 그는 생각했다. '그녀 옆에는 그 모리스(ce Maurice)가 있으니까……. 이상한 사람들이야……. 그러나 저곳의 이상한 화재란 대체 무엇이었을까, 뭘 두고 하는 얘기였을까, 살해된 자들이란 또 뭘까……? 스타시는 여전히 아무것도 모른 채 여전히 커피를 들고 나를 기다릴 것 같은데……. 카드라고? 정말 내가 카드에서 져서 사람을 팔았던가? 음…… 우리 루시에 소위 농노 제도가 있던 시기에는…… 음…… 아, 맙소사, 그런데 페디카는?'

그는 깜짝 놀라 온몸을 퍼드득거리며 주위를 둘러보았다. '혹시 여기 어디든 저 관목 뒤에 그 페디카라는 놈이 앉아 있으면 어쩐담. 정말이지 말마따나 그놈이 여기 어딘가 큰길 위에 완전히 강도 무리를 만들어 놓은 건 아닐까? 오 맙소사, 그럼 나는…… 그럼 나는 모든 진실을 이야기해 줘야지, 내가 잘못했다고…… 그놈 생각에 나는 십 년이나 괴로워했다고, 그놈이 저기서 군인으로 있으며 받은 고통보다 훨씬 더 컸다고……. 그리고 그놈에게 지갑을 내주겠어. 음, 탈탈 털어도 40루블밖에 없는데, 그놈은 이 돈도 가져가고 어쨌든 나도 죽일 거야.(j'ai en tout quarante roubles; il prendra les roubles et il me tuera tout de même.)'

그는 너무 무서워서 까닭도 모른 채 우산을 접어 자기 옆에 놓았다. 멀리, 도시에서 시작되는 길에 어떤 짐마차가 보이자 불안스레 들여다보기 시작했다.

'천만다행으로(Grâce à Dieu) 짐마차군, 그것도 느릿느릿 오고 있어. 저런 게 위험할 리 없지. 이곳에서 실컷 부려 먹은 말들이야……. 나는 언제나 말의 혈통에 관해 얘기했지……. 아니 클럽에서 말의 혈통 얘기를 한 건 표트르 일리치고 나는 그때 그의 코를 납작하게 해 주었고 그다음엔(et puis), 저기 뒤쪽에는 뭔가…… 아낙네가 짐마차에 타고 있는 것 같군. 아낙네와 농군이라니 — 이거 슬슬 안심되는군.(cela commence à être rassurant.) 아낙네는 뒤에 있고 농군은 앞에 있고 — 아주 안심이야.(c'est très rassurant.) 그들의 짐마차 뒤쪽에는 암소의 뿔을 묶어 놨으니 정말 한시름 놓겠어.(c'est rassurant au plus haut degré.)'

짐마차가 옆까지 다가왔는데, 상당히 탄탄하고 무난한 농군용 짐마차였다. 아낙네는 뭔가를 잔뜩 채워 넣은 자루 위에, 농군은 스테판 트로피모비치 쪽으로 다리를 비스듬히 내린 채 마부석에 앉아 있었다. 뒤쪽에는 정말로 붉은 암소가 뿔을 묶인 채 간신히 걷고 있었다. 농군과 아낙네는 눈을 휘둥그렇게 뜬 채 스테판 트로피모비치를 바라보았고 스테판 트로피모비치 역시 그들을 본 것 같았지만, 그들이 벌써 그를 지나 스무 걸음쯤 갔을 때에야 갑자기 황급히 일어나서 그들을 따라잡으려고 걷기 시작했다. 짐마차와 나란히 있으면 자연스레 희망이 솟아날 것 같았지만 막상 따라잡고 나니 다시 곧 모든 것을 잊어버리고 다시 사상과 관념의 파편 속으로 침잠했다. 그는 걸음을 옮겼으며, 물론, 자신이 농군과 아낙네에게

이 순간 큰길에서 마주칠 수 있는 가장 수수께끼 같고 흥미진진한 대상이라는 점을 의심하지 않았다.

"저기 여쭈어보는 게 실례가 되지 않는다면, 뭐 하시는 분이세요?" 아낙네가 기어코 참지 못했는데, 스테판 트로피모비치가 갑자기 어리둥절한 모습으로 아낙네를 쳐다보았을 때였다. 스물일곱 살쯤 되어 보이는 아낙네는 탄탄한 몸에 눈썹이 검고 뺨에는 홍조가 가득하고 희고 고른 치아를 반짝이며 붉은 입술로 사랑스러운 미소를 짓고 있었다.

"당신은…… 저한테 물어보시는 겁니까?" 스테판 트로피모비치는 서글픈 놀라움을 보이며 중얼거렸다.

"틀림없이 상인일 테죠." 농군이 자신 있게 말했다. 그는 장대처럼 키가 큰 마흔 살쯤 된 남자였는데, 별로 멍청해 보이지 않는 넓적한 얼굴에는 불그스름한 턱수염이 빽빽하게 덮여 있었다.

"아니오, 난 상인이 아니라 난…… 난…… 전혀 다른 사람입니다.(moi, c'est autre chose.)" 스테판 트로피모비치는 그럭저럭 대꾸하고 만일의 경우를 생각해 짐마차 뒤쪽으로 살짝 뒤처졌기 때문에 벌써 암소와 나란히 걷고 있었다.

"틀림없이 양반 나리셔." 농군은 러시아어가 아닌 말을 듣고서 이런 결론을 내린 다음 말고삐를 당겼다.

"우리가 나리를 이렇게 보니까 꼭 산책을 나오신 것 같은데요?" 아낙네가 다시 호기심을 보였다.

"그건…… 그건 나한테 묻는 거요?"

"외지의 외국인들은 무슨 기차로 오는데, 나리는 구두도 여기 것 같지가 않고요……."

"군인용 구두야." 농군은 자기만족에 젖어 의미심장하게 끼어들었다.

"아니, 나는 군인이 아니라……."

'참 호기심 많은 아낙네군.' 스테판 트로피모비치는 속으로 잔뜩 화가 났다. '게다가 나를 요모조모 뜯어보는 모습이란……. 그러나 어쨌든(mais enfin) 한마디로, 이상하게도 꼭 내가 그들에게 죄를 지은 것 같지만 실은 아무 죄도 짓지 않았잖아.'

아낙네는 농군과 속닥거렸다.

"괜찮으시다면 우리가 태워 드릴 수 있는데요, 그저 그편이 편하시다면요."

스테판 트로피모비치는 갑자기 정신이 번쩍 들었다.

"그래, 그래요, 벗들이여, 기꺼이 그러겠소, 매우 지쳤거든요. 단, 어떻게 올라타죠?"

'이 얼마나 놀라운 일인가.' 그는 속으로 생각했다. '이렇게 오랫동안 이 암소와 나란히 걸으면서도 태워 달라고 부탁할 생각을 전혀 하지 않았으니…… 이 '현실의 삶'이란 극히 특징적인 뭔가를 내포하고 있어.'

그렇지만 농군은 아직도 말을 세우지 않았다.

"그래, 어디로 가십니까?" 그는 좀 믿어지지 않는다는 듯 물었다.

스테판 트로피모비치는 얼른 이해하지 못했다.

"틀림없이 하토보까지죠?"

"하토프에게라고요? 아니오, 하토프에게 가는 건 아니고……. 잘 알지도 못하는 사람인걸요. 들어 본 적은 있지만."

"하토보[27]는 마을이에요, 여기서 9베르스타 떨어진 마을이죠."

"마을이라고요? 거참 멋지군요.(C'est charrnant.) 나도 들은 얘기가 있는 것 같은데……."

스테판 트로피모비치는 계속 걸었는데, 그들은 여전히 태워 주지 않았다. 천재적인 추측이 그의 머릿속에서 번득였다.

"혹시 당신들 생각엔 내가…… 난 여권도 있고 또 교수고, 즉 정 그렇다면, 선생님인데…… 그러나 주임 선생님이지요. 그래요, 그렇게 번역할 수 있겠네요.(Oui, c'est comrne ça qu'on peut traduire.) 몹시 타고 싶은데, 그 대신 뭐든…… 그 대신 포도주 반병을 사 드리죠."

"50코페이카는 받아야지요, 나리, 길이 험해서요."

"안 그러시면 저희도 기분이 무척 찜찜할 테니까요." 아낙네가 끼어들었다.

"50코페이카라고요? 뭐, 좋아요, 50코페이카. 그편이 더 낫겠군요, 탈탈 털어야 40루블뿐이지만…….(C'est encore mieux, j'ai en tout quarante roubles, mais…….)"

농군은 말을 세운 다음 아내와 함께 힘을 써서 그를 끌어올려 짐마차 자루 위에 아낙네와 나란히 앉혔다. 상념의 회오리가 그를 떠나지 않았다. 가끔 그는 자기가 왠지 끔찍이도 넋

---

27) 마을 이름 '하토보'와 사람 이름 '하토프'는 어미의 격 변화가 같다.

이 나갔고 전혀 불필요한 것만 생각하고 있음을 감지하고는 그 사실에 깜짝 놀라기도 했다. 이렇듯 지력이 병적으로 쇠약해졌다는 의식이 순간순간 그에게 힘겹고 심지어 모욕적으로 다가왔다.

"이건…… 어떻게 암소가 뒤에 있는 거요?" 그가 갑자기 자기 쪽에서 아낙네에게 물었다.

"아니, 왜요, 나리, 꼭 한 번도 보신 적 없으신 것처럼." 아낙네가 웃음을 터뜨렸다.

"시내에서 샀답니다." 농군이 끼어들었다. "우리 가축은, 이랴, 벌써 봄에 죽었어요. 돌림병 때문이죠. 우리 근방의 모든 놈이 죽었어요. 아무리 발버둥 쳐도 모든 놈이 죽고 절반도 안 남았어요."

그는 바큇자국 속에 빠진 말을 다시 채찍질했다.

"그래요, 우리 루시에서는 그런 일이 자주 일어나고…… 대체로 우리 러시아인은…… 뭐 흔히들 그런데." 스테판 트로피모비치는 말을 다 끝맺지 못했다.

"선생님이시라면 하토보에는 무슨 일로 가세요? 아니면, 어디 더 멀리 가세요?"

"나는…… 더 멀리 가는 게 아니라……. 즉(C'est -à-dire), 나는 어느 상인에게 가는 길이오."

"틀림없이 스파소프로 가시겠죠?"

"그래요, 그래, 바로 스파소프로. 하지만 그건 아무래도 좋아요."

"스파소프라면, 그런 구두를 신고 걸어가시면 일주일은 족히 걸릴걸요.” 아낙네가 웃었다.

“그렇죠, 그래도 그건 아무래도 좋아요, 벗들이여(mes amis), 아무래도 좋지요.” 스테판 트로피모비치가 초조하게 불쑥 내뱉었다.

‘끔찍할 정도로 호기심이 많은 족속이야. 아낙네가 그래도 농군보다는 말을 잘하고, 2월 19일[28] 이래로 저들의 말투가 다소 바뀐 것이 보이고…… 내가 스파소프로 가든 스파소프 아닌 딴 곳으로 가든 무슨 상관이야? 그래도 나는 돈을 낼 테니까, 아니면 저들이 뭐 하러 들러붙겠는가.’

“스파소프에 가신다면 기선을 타셔야겠네요.” 농군은 물러서지 않았다.

“정말 그래야겠네요.” 아낙네가 활기를 띠며 끼어들었다. “말을 타고 해안을 따라가면 30베르스타는 족히 돌아가는 셈이거든요.”

“40베르스타는 될걸요.”

“내일 2시경에는 마침 우스티예보에서 기선을 타실 수 있을 텐데.” 아낙네가 못 박았다. 그러나 스테판 트로피모비치는 입을 꾹 다물고 있었다. 질문자들도 입을 다물었다. 농군이 말의 고삐를 잡아당겼다. 아낙네는 이따금, 짤막하게 그와 이런저런 얘기를 주고받았다. 스테판 트로피모비치는 꾸벅꾸벅 졸았다. 아낙네가 웃으며 그를 흔들어 깨웠을 때는 벌써 상당히 큰 마을, 창문이 세 개 달린 어느 오두막의 입구에 와 있는 자신을

28) 1861년 2월 19일(3월 3일). 농노 해방이 선포된 날을 말한다.

보고서 끔찍이도 놀랐다.

"깜박 조셨죠, 나리?"

"이게 뭐요? 내가 어디 있는 거요? 아, 뭐! 뭐…… 아무래도 좋아요." 스테판 트로피모비치는 한숨을 쉬면서 짐마차에서 내렸다.

그는 서글프게 주위를 둘러보았다. 시골 풍경이 이상한 뭔가, 또 끔찍이도 낯선 뭔가로 여겨졌다.

"참, 50코페이카, 깜박 잊었군요!" 그는 어쩐지 도가 지나칠 만큼 서두르는 동작을 취하며 농군에게로 몸을 돌렸다. 그들과 헤어지는 것을 진작부터 두려워하는 기색이 역력했다.

"방에서 계산하시죠." 농군이 권유했다.

"거기가 좋겠네요." 아낙네가 흥을 돋우었다.

스테판 트로피모비치는 삐걱거리는 현관의 계단으로 올라섰다.

'아니, 어떻게 이럴 수가 있담.' 그는 몹시 깊고 두려운 의혹에 빠져 중얼거리면서도 오두막으로 들어갔다. '그녀가 이걸 원했어.(Elle l'a voulu.)' 뭔가가 그의 심장을 찔렀고, 그는 다시 갑자기 모든 것을, 심지어 오두막 안으로 들어왔다는 사실조차 잊었다.

그곳은 밝고 상당히 깨끗한 농가 오두막으로 창문이 세 개, 방이 두 칸이었다. 여인숙은 아니지만 옛 관습대로 낯익은 과객들이 머물다 가는 일종의 주막이었다. 스테판 트로피모비치는 전혀 당황하지 않고 앞쪽 구석 자리로 갔고 인사하는 것도 잊은 채 그냥 자리에 앉아 생각에 잠겼다. 그러는 동안, 세 시간을 축축한 길거리에 보낸 이후 맛보는 온기, 그 굉장히 쾌적한 감각이 갑자기 그의 몸에 넘쳐났다. 신경이 유달리 예민한 사람이 열병에 걸리면 언제나 그렇듯, 냉기가 갑작스럽게 온기로 바뀌자 심지어 짧게, 단속적으로 그의 등을 훑고 가는 오한조차 갑자기 어쩐지 이상하도록 쾌적하게 느껴졌다. 고개를 들자, 페치카 옆에서 여주인이 만드는 뜨거운 블린의 달콤한 냄새가 그의 후각을 간질였다. 그는 어린애 같은 미소를 짓고 여주인에게 몸을 뻗쳐 갑자기 속삭였다.

"그게 뭐요? 블린이오? 그나저나…… 거참 근사하군요.(Mais…… c'est charmant.)"

"생각이 있으신가요, 나리?" 여주인이 곧바로 정중하게 제의해 왔다.

"있다마다요, 정말로 생각이 있고…… 차도 좀 부탁했으면 싶은데." 스테판 트로피모비치는 생기가 돌았다.

"사모바르를 올리라고요? 기꺼이 그렇게 해 드리지요."

푸른 덩굴무늬가 큼직하게 그려진 큰 접시 위에 블린을 담아 왔는데 — 익히 알려진 대로 뜨겁고 신선한 버터가 흘러내리는, 곡물이 반쯤 섞인 얇고 굉장히 맛있는 농민용 블린이었다. 스테판 트로피모비치는 쾌감을 느끼며 맛을 보았다.

"정말 기름지고 맛있군요! 그저 가능하다면, 보드카도 좀.(un doigt d'eau de vie.)"

"보드카 생각도 있으시다고요, 나리?"

"그럼요, 그렇고말고요, 조금, 아주 조금이면 돼요.(un tout petit rien.)"

"5코페이카어치를 말씀하시는 거죠?"

"5코페이카, 5코페이카, 5코페이카, 5코페이카어치, 아주 조금만요.(un tout petit rien.)" 스테판 트로피모비치는 지복의 미소를 지으면서 맞장구를 쳤다.

만약 평민에게 당신을 위해 뭘 좀 해 달라고 부탁하면 상대는 할 수 있고 마음이 내키면 열심히, 기꺼이 봉사할 것이다. 그런데 보드카를 좀 달라고 부탁하면 평소와 같은 평온한 기꺼움은 갑자기 왠지 부산스럽고도 즐거운 친절로 바뀌어, 당신이 거의 친척인 양 신경을 써 주는 것이다. 보드카를 가지러 가는 사람은 — 비록 술을 마시는 사람이 자기가 아니라 당신일 뿐일지라도, 이 점을 미리 알지라도 — 아무 상관없이 당신이 조만간 맛볼 만족을 일부라도 다소 맛보는 것이리라……. 삼사 분도 지나지 않아(술집은 엎어지면 코 닿을 데였다.) 스테판 트로피모비치 앞의 식탁 위에는 보드카 반병과 초록빛이 감도는 큰 술잔이 나타났다.

"이 모든 걸 나에게!" 그는 굉장히 놀랐다. "나에게는 언제나 보드카가 있었지만 5코페이카어치가 이렇게 많은 줄은 결코 몰랐답니다."

그는 술잔에 술을 따르고 일어나 다소 기고만장한 모습으로 방을 가로질러 다른 쪽 구석으로 건너갔는데, 거기엔 도중에 질문 공세로 그를 완전히 질리게 만든, 자루 위의 동행인 검은 눈썹의 아낙네가 자리하고 있었다. 아낙네는 당황했고 예의상 온갖 말을 하며 거절하려고 했지만, 결국에는 자리에서 일어나 여자들의 보통 방식대로 세 모금으로 나눠 공손하게 마시고 잔을 비웠고 얼굴에 굉장한 고통을 나타낸 다음 술잔을 내놓으며 스테판 트로피모비치에게 몸을 숙여 인사했다. 그도 정중하게 몸을 숙인 다음 의기양양한 표정을 지으며 식탁으로 돌아왔다.

이 모든 것이 그의 내부에서 어떤 영감에 따라 이루어졌다. 그 자신도 일 초 전만 해도 자기가 아낙네를 대접하게 될 줄은 몰랐으니 말이다.

'난 민중을 완전무결, 완전무결하게 대할 줄 아는 거야, 그 놈들에게도 언제나 이 얘기를 했지.' 그는 자기만족에 젖어 보드카 반병 속에 남아 있는 술을 따랐다. 한 잔 가득 차지는 않아도 술은 그를 생기롭게 데워 주었고 심지어 술기운이 머릿속까지 확 치솟았다.

'난 완전히 아픈 몸이지만 아픈 것도 마냥 나쁜 건 아니군.(Je suis malade tout à fait, mais ce n'est pas trop mauvais d'être malade.)'

"혹시, 이걸 사실 생각이 있을까요?" 그의 옆에서 조용한 여자 목소리가 울려 퍼졌다.

그가 눈을 들어서 보니 놀랍게도 자기 앞에 어느 귀부인이 보였는데 — 정말 귀부인처럼 보였다(une dame et elle en avait l'air) — 이미 서른 살은 넘은 것 같고 매우 수수한 외모에 도시 사람처럼 거무스름한 원피스를 입고 어깨에 큰 회색빛 숄을 두른 부인이었다. 그녀의 얼굴에는 즉각적으로 스테판 트로피모비치의 마음을 끄는 아주 상냥한 뭔가가 깃들어 있었다. 스테판 트로피모비치가 차지하고 있던 바로 그 자리 옆,

오두막의 벤치 위에 자신의 물건을 두고 나갔던 것 같은 그녀는 지금 막 오두막으로 돌아온 참이었는데, 그건 그렇고, 그는 오두막에 들어서면서 그리 크지 않은 손가방, 즉 방수용 자루를 호기심 어린 눈으로 쳐다보았던 기억이 났다. 그녀는 이 자루에서, 표지 위에 십자가가 새겨진, 아름다운 장정의 책 두 권을 꺼내서 스테판 트로피모비치에게 건넸다.

"에…… 그런데 내 생각에 이건 복음서인 것 같은데.(Eh…… mais je crois que c'est l'Evangile.) 기꺼이 사겠습니다……. 아, 이제 알겠군요……. 흔히 말하는(Vous êtes ce qu'on appelle) 서적상이로군요. 여러 번 읽은 적이 있지요……. 50코페이카입니까?"

"35코페이카씩이에요." 서적상이 대답했다.

"기꺼이……. 복음서에 관한 한 나쁜 감정은 전혀 없고…… (Je n'ai rien contre l'Evangile, et……) 벌써 오래전부터 다시 읽고 싶었습니다……."

그 순간 그는 자기가 적어도 이십 년쯤 복음서를 읽지 않았으며 겨우 칠 년쯤 전에 르낭의 책인 『예수의 생애(Vie de Jésus)』를 아주 조금 읽은 것이 전부라는 생각이 스쳐 지나갔다. 잔돈이 없어서 10루블짜리 지폐를 꺼내 놓았는데, 그게 전 재산이었다. 여주인이 돈을 바꾸기 시작했고, 그제야 비로소 그는 주변을 살펴보고서 오두막 안에 상당히 많은 사람이 몰려들었고 모두가 벌써 오래전부터 자기를 관찰하며 그에 대한 말을 주고받는다는 사실을 알아챘다. 도시의 화재에 대해서도 입방아를 찧었는데, 지금 막 도시에서 돌아온 탓에, 암소를 데려온 짐마차 주인이 제일 말이 많았다. 방화니 시피굴린 놈들이니 하는 말이 나왔다.

'나를 데려오는 동안에는 온갖 얘기를 다 하면서도 화재 얘기는 입도 벙긋하지 않더니.' 스테판 트로피모비치는 뭔가 짚이는 것이 있었다.

"선생님, 스테판 트로피모비치, 정말로 나리십니까? 아이고, 이럴 줄은 꿈에도 몰랐네……! 아니, 못 알아보시겠어요?" 자그마한 중년 남자가 소리쳤는데, 턱수염을 깨끗이 밀고 외투의 긴 깃을 활짝 열어젖힌 것이 외관상 옛 시절의 종복 같았다.

스테판 트로피모비치는 자기 이름을 듣고서 소스라치게 놀랐다.

"죄송합니다만." 그가 중얼거렸다. "나는 전혀 기억이 안 나는데……."

"까맣게 잊으셨군요! 아니심, 아니심 이바노프 아닙니까. 돌아가신 가가노프 나리 댁에서 일했는데, 나리, 이제는 돌아가신 아브도티야 세르게예브나 댁에서 바르바라 페트로브나 마님과 함께 계신 나리를 여러 번 뵈었지요. 마님 심부름으로 책을 들고 나리 댁에 간 적도 있고 나리께 페테르부르크의 과자를 가져다드린 적도 두어 번 있었는데요……."

"아, 그래, 기억나는군, 아니심." 스테판 트로피모비치는 미소를 지었다. "여기 사는가?"

"스파소프 옆 V수도원에, 아브도티야 세르게예브나의 여동생인 마르파 세르게예브나 댁에 있는데, 기억하실지요, 다리를 다치셔서, 무도회에 가던 길에 마차에서 떨어지셔서요. 지금은 수도원 근처에 사시고, 저는 그분들 댁에 있습니다. 지금은 보시다시피, 이렇게 도(道)로 가던 길이에요, 친척 집을 방문하려고요……."

"그래, 그렇군."

"나리를 뵈어서 기뻤습니다, 저에게 얼마나 잘해 주셨던지요." 아니심은 환희에 찬 미소를 지었다. "그런데, 나리, 어디 가시는 길입니까, 완전히 혼자 오신 것 같은데……. 혼자 다니시는 일이 절대 없으셨던 분 같은데요?"

스테판 트로피모비치는 흠칫 겁을 먹고 그를 쳐다보았다.

"혹시 우리 스파소프로 가시는 건 아닙니까?"

"그래, 스파소프로 가는 길일세. 온 세상이 스파소프로 가는 것 같군…….(Il me semble que tout le monde va à Spassof…….)"

"그럼, 혹시 표도르 마트베예비치 댁으로 가시는 건 아닙니까? 나리를 보시면 반가워하실 텐데요. 오래전부터 나리를 얼마나 존경했는지, 지금도 여러 번이나 회상하시는걸요……."

"그래, 그렇지, 표도르 마트베예비치 집에 가는 길일세."

"틀림없이 그러실 겁니다, 틀림없이. 여기 농군들은, 나리, 큰길을 걷는 나리를 본 것 같다며 깜짝 놀라고 있습니다. 아주 멍청한 족속이죠."

"난…… 난 그게……. 난, 알겠나, 아니심, 영국인들처럼 걸어서 도달하기로 내기를 했던 것이고 나는……."

그는 이마와 관자놀이에서 땀이 배어 나왔다.

"틀림없이 그러실 겁니다, 틀림없이." 아니심은 인정사정없는 호기심을 보이며 귀를 기울였다. 그러나 스테판 트로피모비치는 더는 참을 수 없었다. 너무 곤혹스러운 나머지 자리에서 일어나 오두막을 나가고 싶은 심정이었다. 그러나 사모바르가 나왔고 그 순간 어디론가 나갔던 서적상이 되돌아왔다. 그는 자신을 구하려는 사람의 몸짓을 취하며 그녀에게 차를 권했다. 아니심은 양보하고 물러갔다. 정말로 농군들 사이에서는 의혹이 일어났다.

'도대체 어떤 사람일까? 보니까 길을 걸어서 가고 학교 선생이라고 말하는데 차림새는 외국인 같고 게다가 머리는 어린 꼬마 수준이고 꼭 누구한테서 도망친 것처럼 앞뒤가 안 맞는 대답만 하는데 돈은 갖고 있어!' 관청에 알려야 된다는 생각이 일기 시작했다. '더욱이 읍내가 어수선하니까' 말이다. 그러나 이 순간 아니심이 끼어들어 모든 것을 무마했다. 그는 현관으로 나와 듣고 싶어 하는 모든 사람에게, 스테판 트로피모비치는 학교 선생 정도가 아니라 '대단한 학자로서 대단한 학문을 연구하시고 전에는 이곳의 지주셨고 벌써 이십이 년째 스타브로기나 장군 부인 댁에 사시면서 이 댁의 가장 중요한 분으로 대접받으시고 도시의 모든 사람에게서 굉장한 존경을 받는다, 지주 클럽에서 하룻저녁에 회색 지폐와 무지개 지폐를 내놓으시고 관직은 고문관이나 육군 중령과 다름없어, 관직만 따지자면 대령 한 칸 밑이다, 가진 돈에 관한 한, 스타브로기나 장군 부인을 통해 지불될 테니 셀 수도 없이 많은 셈이다' 등의 얘기를 전해 주었다.

'그런데 이분은 귀부인이고 정말 완벽해.(Mais c'est une dame, et très comme il faut.)' 아니심의 공습에서 해방된 스테판 트로피모비치는 휴식을 취하면서, 유쾌한 호기심을 갖고 자기 옆에 앉아 설탕을 갉아 먹으며 찻잔 받침 위에 놓인 차를 마시는 서적상을 관찰했다. '저 작은 설탕 조각, 저건 아무것도 아냐…….(Ce petit morceau de sucre ce n'est rien…….) 저 여자에겐 귀족적이고 독립적이면서도 동시에 고요한 뭔가가 있어. 더할 나위 없이 순결한 것이지만(Le comme il faut tout pur) 좀 다른 종류긴 하지.'

그는 곧 그녀의 이름이 소피야 마트베예브나 울리티나이며 원래 K댁에 살고 그곳에는 소시민 출신의 과부 언니가 있다는 사실을 그녀로부터 직접 들어 알게 되었다. 그녀도 역시 과부이고 그녀의 남편은 공을 세워서 소위가 된 상사인데 세바스토폴에서 전사했다고 한다.

"그런데 아직 참 젊으신데, 서른도 안 되셨겠습니다.(vous n'avez pas trente ans.)"

"서른네 살인데요." 소피야 마트베예브나는 미소를 지었다.

"저런, 프랑스어도 알아들으십니까?"

"약간요. 그 일이 있고 나서 사 년 동안 어느 귀족 댁에 살았는데 그 댁 아이들에게서 배웠어요."

남편을 잃었을 때 열여덟 살이었던 그녀는 얼마 동안 세바스토폴에서 '간호사'로 지낸 다음 여러 곳을 전전했고 지금은 이렇게 돌아다니며 복음서를 판다는 것이었다.

"하지만 맙소사(Mais mon Dieu), 설마 우리 도시에서 있었던 이상한, 정말 아주 이상한 사건의 주인공이 당신은 아니겠지요?"

그녀의 얼굴이 발개졌다. 바로 그녀였던 것이다.

"이 불한당들, 이 한심한 것들……!(Ces vauriens, ces malheureux……!)" 그는 너무 화가 난 나머지 떨리는 목소리로 말을 시작하려 했다. 병적이고도 증오스러운 회상이 그의 마음속에서 고통스럽게 메아리쳤다. 잠깐 정신이 나간 것도 같았다.

'어라, 그녀가 다시 나갔네.' 그녀가 이미 옆에 없다는 것을 알아채자 그는 정신이 번쩍 들었다. '자주 밖에 나가는데 뭔가 신경 쓰이는 일이 있는 거야. 심지어 불안에 떠는 것도 보이고……. 아, 난 이기주의자가 되고 있어…….(Bah, je deviens égoïste…….)'

그는 눈을 들어 올렸고 다시 아니심을 발견했지만, 이번에는 이미 아주 위협적인 상황이었다. 오두막 전체가 농군으로 가득 찼는데, 아니심이 그들 모두를 자기 옆으로 끌어모은 것이 분명했다. 거기에는 오두막 주인, 암소가 있는 농군, 그 밖에 어떤 농군 두 명(알고 보니 마부였다.), 또 농군처럼 차려입고 면도를 하긴 했으되 술 때문에 신세를 망친 하층민 몰골을 한, 반쯤 취한 작달막한 어떤 사람까지 있었는데 말은 제일 많았다. 그들은 모두 그, 즉 스테판 트로피모비치를 두고 입방아를 찧어 댔다. 암소가 있는 농군은, 해안으로 가면 40베르스타는 족히 둘러 가야 할 테니 반드시 기선을 타고 가야 한다고 주장하며 고집을 부렸다. 반쯤 취한 소시민과 주인은 열을 올리며 반박했다.

"왜냐하면, 여보게, 이 지체 높은 나리께서 물론 증기선을 타고 호수를 건너시면 더 가깝긴 하겠지, 그건 분명해. 하지만

요즘은 증기선이 그쪽으로는 얼씬도 하지 않아."

"끝까지 가요, 간다고요, 일주일은 족히 더 다닐걸요." 아니심이 제일 열을 올렸다.

"그래, 그야 그렇지! 하지만 정확하게 오는 게 아니잖아, 시간도 늦고. 자칫하면 우스티예보에서 사흘씩 기다릴 수도 있어."

"내일은 있을 거예요, 내일 2시경에는 정확하게 올 거라고요. 스파소프라면, 나리, 저녁이 되기 전에 정확하게 도착할 거예요." 아니심은 완전히 제정신이 아니었다.

'아니, 이 사람은 대관절 무슨 속셈이야?(Mais qu'est ce qu'il a cet homme?)' 스테판 트로피모비치는 공포에 질린 채 자신의 운명을 기다리며 웅얼거렸다.

마부들도 앞으로 나서서 흥정하기 시작했다. 우스티예보까지 3루블을 불렀다. 나머지 사람들은 원래 가격이 그렇다고, 우스티예보까지는 여름 내내 그 가격으로 운행되었으니 언짢아할 것 없다고 소리쳤다.

"그러나…… 여기도 좋군요……. 그리고 난 싫습니다." 스테판 트로피모비치가 말을 얼버무렸다.

"좋습니다, 나리, 나리 말씀이 옳지만, 지금 우리 스파소프는 더할 나위 없이 좋고, 표도르 마트베예비치도 나리를 보시면 반가워하실 텐데요."

"맙소사, 나의 벗들이여(Mon Dieu, mes amis), 이 모든 것이 나에게는 너무 예기치 못한 일이라서."

드디어 소피야 마트베예브나가 돌아왔다. 그러나 그녀는 완전히 초주검이 된 듯 서글픈 모습으로 벤치에 앉았다.

"난 스파소프에는 못 갈 팔자인가 봐요!" 그녀가 여주인에게 말했다.

"아니, 당신도 스파소프에 가는 겁니까?" 스테판 트로피모비치가 소스라치게 놀랐다.

알고 보니 나제주다 예고로브나 스베틀리치나라는 어느 여지주가 어제부터 그녀에게 하토보에서 자기를 기다리라고 분부했는데 그녀를 스파소프까지 데려다주겠노라고 약속한 것이다.

"이제 난 어떻게 하죠?" 소피야 마트베예브나가 되뇌었다.

"그러나 내 친애하는 새로운 벗이여(Mais ma chère et nouvelle amie), 나도 그 여지주처럼 당신을 그 뭐더라, 그 시골로 모셔다드릴 수 있는데요, 그곳에 가는 마차도 빌려 놓았고요, 내일이면, 자, 내일 우리 함께 스파소프로 갑시다."

"그럼 나리도 스파소프로 가시는 건가요?"

"하지만 어쩌겠어요, 나로서는 황홀한 일이죠!(Mais que faire, et je suis enchante!) 대단히 기쁜 마음으로 당신을 모셔다드리겠어요. 저기 저들도 원하고 난 벌써 마차를 빌려 놓았으니……. 내가 당신 중 누구의 마차를 빌렸더라?" 스테판 트로피모비치는 갑자기 스파소프에 가고 싶어 안달했다.

십오 분 뒤에는 벌써 반개(半開) 사륜마차에 타는 중이었다. 그는 생기가 철철 넘쳤고 완전히 만족한 상태였다. 그녀는 자루를 든 채 귀족적인 미소를 지으며 그의 옆에 앉았다. 아니심이 그들이 자리 잡는 것을 도왔다.

"안녕히 가십시오, 나리." 그는 마차 주변을 아주 열심히, 분주하게 돌아다녔다. "그분들께서 나리를 보시면 얼마나 기뻐하실까요!"

"잘 있게나, 잘 있어, 여보게, 잘 있게나."

"나리, 표도르 마트베이치를 뵙게 되시겠죠……."

"그럼, 여보게, 그렇고말고…… 표도르 페트로비치[29]를 만나야…… 그저, 잘 있게나."

2

"이봐요, 나의 벗이여, 내가 나 자신을 당신의 벗이라 칭해도 괜찮겠지요, 그렇죠?(n'est-ce pas?)" 스테판 트로피모비치는 마차가 움직이자마자 말을 건네기 시작했다. "이봐요, 난 민중을 사랑해요, 이건 꼭 필요한 일이지만 결코 민중을 가까이에서 본 적은 없는 것 같군요. 스타시…… 그녀도 민중 출신인 건 말할 필요도 없지만…… 진정한 민중은(J'aime le peuple, c'est indispensable, mais il me semble que je ne l'avais jamais vu de près. Stasie…… cela va sans dire qu'elle est aussi du peuple…… mais le vrais peuple), 즉 큰길에서 만난 저 진짜 민중은 오직 내가 정말로 어디로 가는지에만 관심이 있는 것 같고……. 그러나 이런 언짢은 일은 접어 둡시다. 좀 쓸데없이 지껄인 것 같지만 너무 서둘다 보니 그런 것 같습니다."

29) '표도르 마트베이치'를 실수로 잘못 말한 듯하다.

"건강이 좋지 않으신 것 같아요." 소피야 마트베예브나는 예리하되 공경의 시선으로 그를 들여다보았다.

"아니, 아니오, 그저 몸만 좀 감싸고 있으면 되고, 어째 바람이 대체로 선선하네요, 심지어 지나치게 선선하달까, 그러나 우리 이건 잊어버립시다. 무엇보다도, 내가 하고 싶었던 얘기는 그게 아니오. 친애하는 더할 나위 없이 훌륭한 벗이여(Chère et imcomparable amie), 난 거의 행복한 것 같고 그 원인은 바로 당신인 것 같습니다. 나에게 행복이란 이로울 게 없답니다, 그러면 서둘러 모든 적을 용서할 테니까요……."

"무슨 말씀을, 이건 아주 좋은 일인걸요."

"언제나 그런 건 아니지요, 친애하는 순결한 이여(chère innocente), 복음서란……(L'Evangile……) 이봐요, 이제부터 우리 함께 복음을 전하러 다닙시다.(Voyez, désormais nous le prêcherons ensemble.) 나는 기꺼이 당신의 아름다운 책들을 팔겠어요. 그래요, 이것이 어쩌면 아주 좋은 생각이라는, 뭔가 아주 새로운 종류의 것(quelque chose de très nouveau dans ce genre)이라는 느낌이 드는군요. 민중은 신앙심이 두텁지만, 이건 분명한 사실이지만(c'est admis) 민중은 아직 복음서를 몰라요. 난 민중에게 복음서를 풀어 주겠어요……. 입으로 설명하다 보면 응당 내가 언제나 굉장한 존경을 표할 준비가 되어 있는 이 뛰어난 책의 실수를 교정할 수도 있겠지요. 난 큰길에서도 쓸모가 있을 겁니다. 난 언제나 쓸모가 있었고, 난 언제나 저놈들과 저 친애하는 배은망덕한 여인에게……(et à cette chère ingrate……) 그렇게 얘기했지요……. 오, 용서, 용서합시다, 만사를 다 묻어 두고 언제나 모든 사람을 용서합시다……. 우리는 우리 자신도 용서받으리라 희망하게 될 겁니다. 그래요, 왜냐하면 모두, 또 각각이 다른 사람에게 죄를 지었기 때문이죠. 모두가 죄를 지은 겁니다……!"

"바로 그거예요, 매우 훌륭한 말씀을 하신 것 같군요."

"예, 예……. 내가 매우 훌륭하게 말하는 것이 느껴집니다. 난 그들에게 매우 훌륭하게 이야기하겠지만, 그런데, 그런데 내가 말하고 싶었던 핵심이 뭐였더라? 나는 언제나 갈피를 못 잡고 기억이 안 나는데……. 내가 당신과 헤어지지 않도록 해 주시겠습니까? 나는 당신의 시선이 느껴지고…… 심지어 당신의 몸가짐에도 놀랍니다. 꾸밈없으시고 슬로보-에르스[30]를 붙여서 말씀하시고 찻잔을 찻잔 받침 위에 엎기도 하시고…… 저 흉한 설탕 조각과 함께 말이죠. 하지만 당신의 내면에는 뭔가 매혹적인 것이 있어요, 당신의 얼굴선을 봐도 알아요. 오, 얼굴 붉히지도 말고 나를 남자로서 두려워하지도 말아요. 친애하는 더할 나위 없이 훌륭한 이여, 나에게 여자란 모든 것이랍니다.(Chère et imcomparable, pour moi une femme, c'est tout.) 난 여자 옆에서 살지 않을 수 없지만 다만 옆에서만……. 내가 끔찍이도, 끔찍이도 횡설수설하는군요……. 내가 무슨 말을 하고 싶었는지 도무지 기억이 안 나요. 오, 신이 언제나 여자를 보내 주는 사람은 복되고…… 나는 심지어 다소 황홀하다는 생각마저 드는군요. 그리고 큰길에는 언제나 고귀한 사

---

30) 어미에 붙이는 s로서 겸양의 의미가 있다.

상이 있습니다! 바로 — 바로 이것이 내가 말하고 싶었던 것입니다 — 사상에 대해서인데, 이제야 기억이 났군요, 지금까지는 계속 헛다리를 짚었지 뭡니까. 그런데 대체 왜 저들은 우리를 이렇게 멀리까지 데려왔을까요? 그곳도 좋았는데 이곳은 — 여기는 너무 추워지네요.(cela devient trop froid.) 그건 그렇고 나는 겨우 40루블뿐이에요, 이게 전부인데(A propos, j'ai en tout quarante roubles et voilà cet argent), 가져가요, 가져가구려, 제대로 간수하지도 못하고 잃어버리거나 빼앗길 거고……. 나는 잠이 오는 것 같아요. 머릿속이 왠지 빙빙 돌고요. 그렇게 빙빙, 빙빙, 빙빙 돌아요. 오, 당신은 얼마나 선량한지, 아니, 나를 무엇으로 덮어 주시는 겁니까?"

"분명히 심한 열병 같아요, 저는 나리를 제 담요로 덮어 주었고요, 다만 돈에 관해서라면 저는……."

"오, 부디, 그 얘기는 더 이상 하지 맙시다, 기분만 나빠지니까요(n'en parlons plus, parce que cela me fait mal), 오, 어찌나 선량한지!"

그는 어쩐지 재빨리 말을 중단하고 굉장히 곧 열병에 오한이 이는 잠 속으로 빠져들었다. 17베르스타나 이어진 오솔길은 평평한 편이 못 되었기 때문에 마차는 잔혹하리 만큼 심하게 덜커덩거렸다. 스테판 트로피모비치는 자주 잠에서 깨어 소피야 마트베예브나가 머리맡에 받쳐 준 작은 베개에서 재빨리 몸을 일으킨 다음 그녀의 손을 잡고 "여기 있죠?" 하고 물어보았다. 꼭 그녀가 자기를 떠날까 봐 무서워하는 것 같았다. 그는 또 그녀에게 주장하길, 꿈속에서 이를 훤히 드러내고 턱을 쩍 벌린 뭔가를 보았는데 그것이 매우 역겨웠다는 것이다. 소피야 마트베예브나는 그가 몹시 염려되었다.

마부들은 그들을 곧장 창문 네 개에 뜰에 사람이 사는 곁채가 딸린 큰 오두막으로 데려갔다. 잠에서 깬 스테판 트로피모비치는 서둘러 안으로 들어갔고 곧장 건물의 두 번째 방, 즉 가장 넓고 훌륭한 방으로 갔다. 졸음에 겨운 그의 얼굴에는 아주 분주한 기색이 역력했다. 곧장 그는 여주인인 마흔 살쯤 된 키가 크고 몸집이 탄탄하고 머리칼이 매우 검고 콧수염까지 난 아낙네에게 자신을 위해 방 한 칸을 전부 내달라고, 방을 잠근 다음 더 이상 아무도 들여보내지 말라고, 왜냐하면 우리는 할 얘기가 있기 때문(parce que nous avons à parler)이라고 말했다.

"그래요, 당신에게 할 얘기가 많아요, 친애하는 벗이여(Oui, j'ai beaucoup à vous dire, chère aime), 돈을 내겠어요, 돈을!" 그는 여주인에게 손을 내저었다.

마음은 급했지만 어째 혀가 잘 돌아가지 않았다. 여주인은 탐탁지 않은 듯 듣고 있었지만 어쨌든 동의의 표시로 입을 다물었는데, 거기서 뭔가 위협적인 것이 느껴졌다. 그는 이런 걸 전혀 눈치채지 못한 채 서둘러(엄청 서둘렀다.) 지금 당장 나가서 '조금도 지체하지 말고' 가능한 한 빨리 식사를 내오라고 요구했다.

그러자 콧수염 난 아낙네는 더 이상 참지 못했다.

"이곳은 당신을 위한 여인숙이 아니라서, 나리, 과객을 위해 식사를 준비하지는 않아요. 가재를 삶거나 사모바르를 올려놓는 것이 전부라고요. 신선한 생선은 내일이나 돼야 올 테고요."

그러나 스테판 트로피모비치는 격분해서 초조하게 "돈을 낸다니까요, 그저 빨리, 빨리만 갖다 줘요."라고 되뇌며 두 손을 마구 내저었다. 식사는 생선 수프와 삶은 닭고기로 결정되었다. 여주인은 온 시골을 다 돌아다녀도 닭은 못 구한다고 선언했음에도 찾으러 가 보겠다고 승낙했는데, 대단한 특혜라도 베푸는 표정이었다.

그녀가 나가자마자 스테판 트로피모비치는 눈 깜짝할 새에 소파에 앉아서 소피야 마트베예브나를 자기 옆에 앉혔다. 방 안에는 소파와 의자가 있었지만 끔찍한 상태였다. 상당히 넓은 방은(침대가 놓인 쪽에는 칸막이로 구분을 해 두었다.) 대체로 누렇고 낡고 너덜너덜한 벽지, 끔찍한 신화 석판화가 걸린 벽, 앞쪽 구석에 길게 늘어선 개폐 가능한 청동 성상, 이상한 것만 모아 놓은 가구 등 뭔가 도시적인 것과 태곳적 시골스러운 것을 볼썽사납게 뒤섞은 모습이었다. 그러나 그는 이 모든 것에는 눈길도 주지 않고 심지어 창문 너머, 오두막에서 10사젠[31]쯤 떨어진 곳에서 시작되는 큰 호수도 쳐다보지 않았다.

"드디어 우리만 따로 있게 되었으니 아무도 들여보내지 맙시다! 나는 당신에게 모두, 모두 아주 처음부터 이야기하고 싶어요."

그러나 소피야 마트베예브나는 아주 강한 불안마저 느끼면서 그를 저지했다.

---

31) 1사젠은 2.13미터.

"아시겠지만, 스테판 트로피모비치……."

"어떻게 내 이름을 벌써 아십니까?(Comment, vous savez déjà mon nom?)" 그는 기쁜 미소를 지었다.

"아까 아니심 이바노비치와 대화를 나누실 때 그분에게서 들었어요. 그나저나 제 편에서 감히 말씀드리고 싶은 게 있어서요……."

그리고 그녀는 누가 엿들을까 봐 잠긴 문을 힐끔힐끔 보면서 급히 속삭이길, — 이곳, 이 시골에 머무는 건 참 위험한 일이라는 것이었다. 이곳의 모든 농군이 어부라서 원래 그걸로 생계를 유지하고 해마다 여름이면 숙박인들에게서 어떻게 하면 돈을 많이 뜯어낼지 머리를 굴린다는 것이었다. 이 마을은 사람들이 지나다니는 곳이 아니라 외진 곳이며, 사람들이 여기 오는 것은 오직 여기서 기선이 서기 때문인데, 만약 날씨가 좀 궂거나 그냥 아무 이유도 없이 기선이 오지 않을 때면 — 사람들이 며칠씩 몰려들어 이 시골의 모든 오두막이 가득 차기 때문에 주인들은 오직 그것만 기다린다는 것이었다. 따라서 모든 값을 세 배나 높이 쳐서 받고, 이곳이 아주 부유한 동네인지라 이곳의 주인들은 매우 오만하고 거만하며 그물 하나만 해도 1000루블은 족히 나간다는 것이었다.

스테판 트로피모비치는 굉장히 활기에 찬 소피야 마트베예브나의 얼굴을 거의 나무라듯 바라보다가 몇 번씩이나 제지하려는 몸짓을 했다. 그러나 그녀는 고집스럽게 자기 할 말을 끝까지 다 했다. 그녀의 말에 따르면, 그녀는 여름에 이미 어느 '아주 귀족적인 부인'과 함께 도시에서 이곳에 온 적이 있고 역시나 기선이 도착할 때까지 꼬박 이틀을 묵었는데, 얼마나 괴로웠는지 생각만 해도 끔찍하다는 것이었다. "그런데 스테판 트로피모비치, 이 방을 혼자서 다 쓰게 해 달라고 부탁하셨는데요……. 전 그저 미리 알려 드리고 싶어서요……. 저쪽, 저 방에도 벌써 여행객들이 묵고 있는데, 나이 지긋한 사람 한 명과 젊은 사람 한 명, 또 아이들을 데리고 있는 어떤 부인인데, 내일 2시면 오두막 전체가 가득 찰 거예요, 기선이 이틀째 오지 않았으니 내일은 분명히 올 테니까요. 이런 상황에서 독방을 달라든가, 식사를 내오라든가 하면 다른 모든 여행객을 언짢게 한 대가로 수도에서도 들어 본 적 없는 굉장한 돈을 요구할 거예요."라는 것이었다.

그러나 그는 고통, 진정으로 고통스러웠다.

"됐어요, 내 아이여(Assez, mon enfant), 제발 부탁입니다. 우리는 돈이 있고 그 뒤 — 그 뒤에는 선량한 신이 있지요.(nous avons notre argent, et après — et après le bon Dieu.) 심지어 놀라울 따름인데, 당신처럼 숭고한 관념을 가지신 분이……. 됐어요, 됐어, 나를 괴롭히는군요.(Assez, assez, vous me tourmentez.)" 그는 히스테릭하게 말했다. "우리 앞으로 우리의 미래가 활짝 열려 있는데 당신은…… 그 미래를 가지고 나를 무섭게 하는군요……."

그는 당장 모든 이야기를 늘어놓았는데, 어찌나 덤벙대는지 처음에는 알아듣기도 힘들었다. 그것은 매우 오랫동안 계속되었다. 생선 수프도 나오고, 닭고기도 나오고, 드디어 사모바르도 나왔지만 그는 계속 말만 했다……. 좀 이상하고 병적인 꼴이었는데, 사실 아프기도 아팠다. 이건 지적인 힘이 돌발적으로 긴장한 것으로서 — 소피야 마트베예브나는 그가 이야기하는 내내 이 점을 예감하며 마음 아파했지만 — 물론 조만간 이미 흐트러진 그의 유기체 속에서 온갖 힘들의 굉장한 쇠진으로 응답할 것이 분명했다. 그는 '신선한 가슴으로 들판을 뛰어다니던' 어린 시절부터 시작했다. 한 시간 뒤에는 두 번의 결혼과 베를린 생활에 다다랐다. 그래도 나는 웃을 엄두를 못 내겠다. 여기에는 그로서는 정말로 고귀한 뭔가, 아주 새로운 언어로 말하자면 거의 생존 투쟁이 들어 있었다. 그는 이미 미래의 길을 함께 떠날 여인으로 선택한 사람을 보고 있었으며, 그녀에게 모든 것을 말하자면 고해바치기 위해 그토록 서둘렀다. 그의 천재성이 더 이상 그녀에게 비밀로 남아 있어서는 안 되었다……. 그가 소피야 마트베예브나를 과대평가한 것인지도 모르겠지만, 그는 이미 그녀를 선택했다. 그는 여자 없이는 살 수가 없었다. 그 스스로 그녀가 자기를 거의 이해하지 못한다는 것을, 심지어 가장 중요한 것마저 이해하지 못한다는 것을 그녀의 얼굴을 통해 분명히 알았다.

'이건 아무것도 아니야, 우리는 좀 기다리는 거야.(Ce n'est rien, nous attendrons.) 당분간 그녀는 예감으로 이해할 수 있을 거야…….'

"내 벗이여, 나는 오직 당신의 마음 하나만 있으면 됩니다!" 그는 이야기를 중단하면서 외쳤다. "이봐요, 지금 나를 바라보는 당신의 시선이 얼마나 사랑스럽고 매혹적인지. 오, 얼굴 붉힐 것 없어요! 벌써 당신에게 말했다시피……."

신세 한탄이 학위 논문 대목에, 즉 아무도, 또 결코 스테판 트로피모비치를 이해할 수 없었다는, '우리 러시아의 재능들이 파멸하고 있다'는 대목에 이르자, 어쩌다 걸려든 가련한 소피야 마트베예브나는 유난히 더 뿌연 안개 속을 헤매는 것만 같았다. '그렇게 매우 지적인 모든 것'이었노라고 그녀는 훗날 우울하게 전했다. 그녀는 눈까지 좀 부릅뜬 채 대놓고 고통스럽게 듣고 있었다. 스테판 트로피모비치가 갑자기 '주도권을 쥔 진보 인사들'에 대해 유머와 신랄하고 예리한 농담을 하자 괴로운 나머지, 그의 웃음에 대한 대답으로 두어 번 웃으려고도 해 보았지만 차라리 눈물보다 더 고약하게 됐고, 따라서 스테판 트로피모비치는 마침내 그 자신도 당혹스럽고 그 때문에 더한 열기와 적의를 보이며 허무주의자들과 '새로운 사람들'[32]을 공격했다. 그로써 그녀를 그야말로 경악하게 했을 뿐이고, 본질적으로 연애담이 시작되고서야 비로소 약간 숨을 돌릴 여유가 생겼지만 그마저도 아주 기만적이었다. 여자란 수녀일지라도 언제나 여자인 법이다. 그녀는 미소를 머금고 고개를 젓고 그러면서도 심히 얼굴을 붉히고 눈을 떨구었는데, 그 덕분에 스테판 트로피모비치는 완전한 환희와 영감에 빠졌고 그리하여 거짓말까지 잔뜩 늘어놓았다. 바르바라 페트로브나는 아주 매혹적인 갈색 머리였고(페테르부르크는 물론 유럽의 극히 많은 수도를 황홀하게 만든) 그녀의 남편은 '세바스토폴에서 총알을 맞고' 전사했으되 그 이유는 오로지 자기가 그녀의 사

32) 이른바 1860년대 세대로 불린 허무주의자, 사회주의자를 말한다.

랑을 받을 만한 가치가 없다고 느꼈기 때문에 연적, 즉 이 스테판 트로피모비치에게 모든 것을 양보하기 위해서였다는 것이다……. "당황하지 말아요, 나의 조용한 이여, 나의 크리스천이여!" 그는 자기가 이야기한 것을 스스로 거의 다 믿으며 소피야 마트베예브나에게 소리쳤다. "그것은 뭔가 고귀한 것, 뭔가 너무도 섬세한 것이었던 까닭에 우리 두 사람은 평생 단 한 번도 서로의 감정을 털어놓은 적이 없었답니다." 이미 다음 이야기에서 상황이 이렇게 된 원인은 금발 머리(다리야 파블로브나가 아니라면 그 순간 스테판 트로피모비치가 누구를 염두에 둔 것인지 나로선 도무지 알 수 없다.)였다. 이 금발 머리는 모든 점에 있어서 갈색 머리에게 묶인 몸, 먼 친척으로서 그녀의 집에서 성장했다. 갈색 머리는 마침내 스테판 트로피모비치를 향한 금발 머리의 사랑을 알아채고는 스스로 자기 속으로 침잠했다. 금발 머리 역시 자기 나름대로 스테판 트로피모비치를 향한 갈색 머리의 사랑을 알아채고 스스로 자기 속으로 침잠했다. 그리하여 이 셋은 상호적인 관대함에 기진맥진한 채 이런 식으로 이십 년 동안 자신 속에 침잠하며 침묵하고 있었다.

"오, 얼마나 대단한 열정이었는지, 그 얼마나 대단한 열정!" 그는 가장 진실한 황홀경에 빠져 흐느끼면서 외쳤다. "나는 그녀(갈색 머리)의 아름다움이 활짝 피어나는 것을 보았고 그녀가 매일 자신의 아름다움을 수줍어하듯 내 곁을 스쳐 가는 것을 '가슴이 미어터지는 심정으로' 보았어요."(한번은 '자신의 풍만한 몸매를 수줍어하듯'이라고 말하기도 했다.) 마침내 그는 이십 년 묵은 이 뜨거운 꿈을 내팽개치고 도망쳤다. '이십 년!(Vingt ans!)' 그리고 지금 그는 큰길에 서 있는 것이다…….
그다음엔 어쩐지 뇌염에 걸렸는지 소피야 마트베예브나에게 '이토록 우연적이고 이토록 숙명적인 그들의 만남을 영원히' 시작해야 한다고 설명하기 시작했다. 소피야 마트베예브나는 끔찍이도 곤혹스러워하며 기어코 소파에서 일어났다. 심지어 그가 그녀 앞에 무릎을 꿇으려고 시도했기 때문에 울음을 터뜨렸다. 어스름은 더욱더 깊어졌다. 둘은 벌써 몇 시간이나 문이 잠긴 방 안에 있었던 것이다…….

"아니에요, 차라리 저를 다른 방으로 보내 주세요." 그녀는 더듬거렸다. "안 그러면 정말이지 사람들이 이상하게 생각할 거예요."

그녀가 드디어 말을 내뱉었다. 그는 지금 잠자리에 들겠다고 약속하고서 그녀를 내보냈다. 작별 인사를 나누며 머리가 너무 아프다고 투정을 부리기도 했다. 소피야 마트베예브나는 들어올 때부터 가방과 물건을 첫 번째 방에 남겨 두었는데, 주인들과 함께 잘 생각에서였다. 그러나 휴식을 취할 수가 없었다.

한밤중에 스테판 트로피모비치는 나와 모든 친구가 그토록 잘 아는 의사 콜레라 발작을, 모든 신경의 긴장과 정신적인 충격의 일상적 결과인 발작을 일으켰다. 가련한 소피야 마트베예브나는 밤새 한숨도 자지 못했다. 환자를 돌보느라 주인의 방을 거쳐 오두막을 상당히 자주 들락날락해야 했는데, 그 때문에 거기서 자던 여행객들과 여주인은 투덜거렸고, 아침 무렵 그녀가 사모바르를 올리려 하자, 결국에는 욕설도 서슴지 않았다. 스테판 트로피모비치는 발작을 하는 내내 반쯤 의식을 잃은 상태였다. 가끔 그의 눈앞에서는 누가 사모바르를 올리고 뭔가(딸기즙이었다.)를 마시게 하고 뭔가로 그의 배와 가슴을 데워 주는 모습이 어른거리는 듯했다. 그러나 그는 거의 매 순간 '그녀'가 바로 여기 자기 곁에 있다는 것을 느꼈다. 즉, 이건 그녀가 다녀간 것이다, 자기를 침대에서 일으켰다가 다시 침대에 눕혀 준 것이다, 라는 것을. 새벽 3시경, 그는 좀 좋아졌다. 몸을 일으켜 침대 밑으로 다리를 떨구더니 아무 생각도 하지 않고 그녀 앞으로, 마룻바닥으로 나뒹굴었다. 이건 이미 아까처럼 무릎 꿇고 절하는 것이 아니라 그저 그녀의 발치 아래로 쓰러져 그녀의 원피스 자락에 입을 맞춘 것이었다…….

"그만하세요, 저는 이러실 가치가 전혀 없는 몸입니다." 그녀는 그를 침대 위로 올리려고 안간힘을 쓰면서 더듬거렸다.

"나의 구세주여." 그는 그녀 앞에서 경건하게 두 손을 모았다. "당신은 후작 부인처럼 고매합니다!(Vous êtes noble comme une marquise!) 나는, 나는 못된 놈이오! 오, 평생 정직하지 못했지요……."

"진정하세요." 소피야 마트베예브나가 간청했다.

"나는 방금 당신에게 거짓말만 잔뜩 늘어놓았어요. 그저 영예를 위해, 겉치장을 위해, 하릴없이 말이죠. 마지막 말까지 전부, 전부, 오, 못된 놈, 못된 놈!"

의사 콜레라는 이런 식으로 또 다른 발작, 히스테릭한 자기 단죄의 발작으로 옮아 갔다. 나는 이미 바르바라 페트로브나에게 보낸 그의 편지에 대해 말할 때 이런 발작에 대해 언급한

바 있다. 그는 갑자기 리즈를, 어제 아침의 만남을 회상했다. "이건 너무 끔찍했고 여기에는 분명히 불행한 사건이 있었겠지만 묻지도, 알아내지도 못했어요! 나는 오직 나 자신만 생각했던 겁니다! 오, 그녀에게 무슨 일이 일어난 것일까, 혹시 모르시나요, 그녀에게 무슨 일이 일어났는지?" 그는 소피야 마트베예브나에게 애걸복걸했다.

그런 다음에는 '변심하지 않을 것'이며 그녀에게(즉, 바르바라 페트로브나에게) 돌아갈 것이라고 맹세했다. "매일 그녀의 현관으로 다가가서(즉, 줄곧 소피야 마트베예브나와 함께) 그녀가 아침 산책을 하러 나가기 위해 마차를 탈 때 몰래 살펴봅시다……. 오, 나는 그녀가 나의 다른 쪽 뺨마저 때려 주길 원해요. 쾌감까지 느끼며 원한다고요! 당신의 책에서처럼(comme dans votre livre) 내 다른 쪽 뺨을 대 줄 겁니다! 나는 이제야, 이제야 다른 쪽…… '뺨'을 내준다는 것이 무슨 의미인지 깨달았어요. 전에는 결코 몰랐거든요!"

소피야 마트베예브나에게는 그녀 인생의 무서운 이틀이 닥쳐왔다. 지금도 그날들을 회상하면 전율을 금치 못할 정도이다. 스테판 트로피모비치가 너무 심하게 아픈 나머지, 이번엔 정확히 오후 2시에 나타난 기선도 탈 수 없었다. 그를 혼자 내버려 둘 수가 없어서 그녀 역시 스파소프에 가지 못했다. 그녀의 이야기에 따르면, 그는 기선이 떠나 버리자 심지어 몹시 기뻐했다고 한다.

"거참 다행이군요, 멋져요." 그는 침대에서 몸을 일으키며 중얼거렸다. "안 그래도 우리가 떠나야 할까 봐 무서웠거든요.

여기는 이렇게 좋은데, 여기가 제일 좋은데……. 당신은 나를 떠나지 않겠죠? 오, 나를 떠나지 않았어요!"

'여기'는 그렇지만 그렇게 좋은 곳이 결코 아니었다. 그는 그녀의 고충은 전혀 알려고 하지 않았다. 그의 머릿속은 오직 환상으로만 가득 차 있었다. 자신의 병을 그냥 지나가는 하찮은 뭔가로 여기고 따라서 그 생각은 전혀 하지도 않았고 오직 '이 책들'을 팔러 다닐 생각만 했다. 그는 그녀에게 복음서를 읽어 달라고 부탁했다.

"벌써 오래전부터 읽지 않았거든요……. 원본을 말이죠. 누가 물어보면 실수를 할 겁니다. 어쨌든 역시 준비는 해 둬야 해요."

그녀는 그의 옆에 앉아서 책을 폈다.

"참 멋지게 읽는군요." 그는 첫 줄부터 그녀의 말을 끊었다. "내가 실수하지 않았다는 것을 알겠어요, 알겠군요!" 그는 불분명하되 환희에 찬 어조로 덧붙였다. 대체로 그는 끊임없이 환희에 찬 상태였다. 그녀가 산상수훈을 다 읽었다.

"됐어요, 됐어, 나의 아이여.(Assez, assez, mon enfant.) 됐어요……. 아니, 이러고도 성에 차지 않는가 보군요!"

그리고 그는 무기력하게 눈을 감았다. 그는 매우 약해진 상태였지만 여전히 의식은 잃지 않고 있었다. 소피야 마트베예브나는 그가 잠들고 싶어 한다고 생각하고는 그만 일어나려고 했다. 그러나 그가 만류했다.

"내 벗이여, 나는 평생 거짓말을 해 왔어요. 진실을 말할 때조차도. 난 진리를 위해서 말한 적이 절대 없고 오직 나 자신을 위해서 그랬던 것이며, 전에도 이 점을 어렴풋이 알았지만 이제야 알겠군요……. 오, 내가 평생 내 우정으로써 모욕했던 그 친구들은 어디에 있는 걸까? 그 모든, 모든 친구들이! 알겠습니까(Savez-vous), 나는 지금도 거짓말을 하는지 몰라요. 분명히 지금도 거짓말하고 있는 거예요. 핵심은 거짓말할 때 나 자신이 그것을 믿는다는 겁니다. 인생에서 제일 어려운 일이 살면서 거짓말하지 않는 것이고…… 자신의 거짓말을 믿지 않는 것, 그래요, 그래, 바로 그거라니까요! 그러나 잠깐만요, 이건 모두 나중에……. 우리 함께, 함께!" 그는 아주 열광적으로 덧붙였다.

"스테판 트로피모비치." 소피야 마트베예브나가 조심스럽게 물어보았다. "의사를 부르러 '도(道)'로 사람을 보내면 안 될까요?"

그는 끔찍이도 충격을 받았다.

"왜요? 내가 정말 그렇게 아픈가요? 그러나 심각한 건 전혀 없어요.(Est-ce que je suis si malade? Mais rien de sérieux.) 우리에게 제삼자가 무슨 소용입니까? 그들이 알면, 그때는 어떻게 되겠어요? 안 돼요, 안 돼, 제삼자라면 누구도 안 돼요, 우리끼리만 함께, 함께 있어요!"

"이봐요." 그는 잠깐 입을 다물었다가 말했다. "내게 뭘 좀 더 읽어 줘요, 옳지, 눈에 띄는 대로 아무거나 골라서."

소피야 마트베예브나는 책을 펼치고 읽기 시작했다.

"펼쳐진 곳, 우연히 펼쳐진 곳을……." 그는 되뇌었다.

"라오디게이아 교회의 천사에게 이 글을 써서 보내어라."

"그건 뭡니까? 뭐죠? 어디서 나온 거죠?"

"이건 「요한의 묵시록」이에요."

"오, 기억나요, 그래요, 묵시록.(O, je m'en souviens, oui, l'Apocalypse.) 읽어요, 읽되(Lisez, lisez), 나는 책을 통해서 우리의 미래에 관한 수수께끼를 던졌는데, 어떻게 됐는지 알고 싶어요. 천사, 천사부터 읽어 봐요……."

"라오디게이아 교회의 천사에게 이 글을 써서 보내어라. 아멘이시며 진실하시고 참되신 증인이시며 하느님의 창조의 시작이신 분이 말씀하신다. '나는 네가 한 일을 잘 알고 있다. 너는 차지도 않고 뜨겁지도 않다. 차라리 네가 차든지, 아니면 뜨겁든지 하다면 얼마나 좋겠느냐! 그러나 너는 이렇게 뜨겁지도, 차지도 않고 미지근하기만 하니 나는 너를 입에서 뱉어 버리겠다. 너는 스스로 부자라고 하며 풍족하여 부족한 것이 조금도 없다고 말하지만 사실은 네 자신이 비참하고 불쌍하고 가난하고 눈멀고 벌거벗었다는 것을 깨닫지 못하고 있다.'"[33)]

"이건…… 이것도 당신 책에 있군요!" 그는 눈을 반짝이며 머리맡에서 몸을 일으키면서 외쳤다. "나는 이 위대한 부분을 결코 알지 못했어요! 들었지요, 미지근한 것, 미지근하기만 한 것보다는 차라리 차가운 것, 차가운 것을. 오, 난 증명할 겁니다. 그저 떠나지만, 나를 혼자 내버려 두고 떠나지만 말아 줘요! 우리 증명합시다, 증명하자고요."

"예, 저는 떠나지 않을 거예요, 스테판 트로피모비치, 절대

---

33) 「요한의 묵시록」 3장 14~17절.

로 떠나지 않을 거예요!" 그녀는 그의 두 손을 꽉 잡아 자기 가슴 쪽으로 가져가며 눈에 눈물을 글썽이면서 그를 쳐다보았다.("그 순간 저는 그분이 매우 가여웠어요."라고 전했다.) 그의 입술은 경련하듯 파르르 떨렸다.

"하지만, 스테판 트로피모비치, 어쨌든 우리는 어떻게 해야 하는 거죠? 아시는 분이나 친지분 중 누구에게 알려야 하지 않을까요?"

그러나 그 순간 그가 너무 경악했기 때문에 그녀는 한 번 더 상기시킨 자신이 내심 못마땅했다. 그는 몸을 부들부들 떨 만큼 불안해하며 아무도 부르지 말라고, 아무 일도 미리 계획하지 말라고 애원했다. 그녀의 약속을 받아 내자 "아무도, 아무도! 우리끼리, 오직 우리끼리만 함께 떠납시다.(nous partirons ensemble.)"라며 설득했다.

매우 고약한 일은 주인도 슬슬 걱정이 되자 투덜거리며 소피야 마트베예브나를 귀찮게 했다는 점이다. 그녀는 그들에게 돈을 냈고 또 돈이 충분히 있음을 보여 주려고 애썼다. 그로써 분위기는 잠시 누그러졌다. 그러나 주인은 스테판 트로피모비치의 '신분증'을 요구했다. 환자는 교만한 미소를 머금으며 조그만 자기 가방을 가리켰다. 소피야 마트베예브나는 그 안을 뒤져 퇴역 명령서라든가 한평생 그가 갖고 살았던 비슷한 종류의 어떤 것을 찾아냈다. 주인은 그래도 진정하지 않고 '이 분을 어디로든 보내야 한다, 우리 집은 병원이 아니다, 이러다 그냥 죽으면 어쩌겠는가, 성가신 일이 한둘이 아닐 거다'라고 말했다. 소피야 마트베예브나는 그와도 의사 문제를 상의해 보았지만, 사람을 써서 '도(道)'의 의사를 불러오려면 돈이 너무 많이 들 테니 의사는 아예 생각조차 하지 말아야 한다는 결론이 나왔다. 그녀는 괴로워하며 자기 환자에게로 돌아왔다. 스테판 트로피모비치는 점점 더 기운이 빠졌다.

"이제 한 부분만 더 읽어 주구려…… 돼지 떼 부분." 그가 갑자기 말했다.

"뭐라고요?" 소피야 마트베예브나는 그야말로 경악을 금치 못했다.

"돼지 떼 부분…… 그건 바로 거기…… 그 돼지 떼……(ces cochons……) 기억나요, 악령들이 돼지 떼 속으로 들어가서 모두 빠져 죽었어요. 그 부분을 꼭 읽어 줘요. 무엇을 위해서인지 나중에 얘기해 주리다. 문자 그대로 기억하고 싶어요. 문자 그대로여야 해요."

소피야 마트베예브나는 복음서를 잘 알았기 때문에, 내가 내 연대기의 제사로 내세운 그 부분을 「루가의 복음서」에서 곧장 찾아냈다. 여기서 다시 인용하도록 한다.

"마침 그곳 산기슭에는 놓아 기르는 돼지 떼가 우글거리고 있었는데 마귀들은 자기들을 그 돼지들 속으로나 들어가게 해 달라고 간청하였다. 예수께서 허락하시자 마귀들은 그 사람에게서 나와 돼지들 속으로 들어갔다. 그러자 돼지 떼는 비탈을 내리 달려 모두가 호수에 빠져 죽고 말았다. 돼지 치던 사람들이 이 일을 보고 읍내와 촌락으로 도망쳐 가서 사람들에게 알려 주었다. 사람들은 무슨 일이 일어났는가 하고 보러 나왔다가 예수께서 계신 곳에 이르러 마귀 들렸던 사람이 옷을 입고 멀쩡한 정신으로 예수 앞에 앉아 있는 것을 보고는 그만 겁이 났다. 이 일을 처음부터 지켜본 사람들이 마귀 들렸던 사람이 낫게 된 경위를 알려 주었다."[34]

"내 벗이여!" 스테판 트로피모비치는 대단히 흥분해서 말했다. "알겠습니까(Savez-vous), 이 경이롭고…… 비상한 부분이 내게는 평생 걸림돌이었어요……. 그 책에서……(dans ce livre……) 그래서 이 부분을 어린 시절부터 기억했지요. 지금 나는 한 가지 생각이, 한 가지 비유(une comparaison)가 떠올랐어요. 지금 나는 끔찍이도 많은 생각이 떠오른답니다. 봐요, 이건 꼭 우리 러시아와 같아요. 환자에게서 나와 돼지 떼 속으로 들어간 그 악령들 — 이건 모두 독이자 모두 전염병이자 하나같이 불결한 것, 위대하고 사랑스러운 우리 환자, 즉 우리 러시아에서 수세기, 수세기 동안 우글거린 온갖 악령과 악령 새끼들입니다! 그래요, 내가 언제나 사랑해 온 그 러시아라고요.(Oui, cette Russe, que j'aimais toujours.) 그러나 위대한 사상과 위대한 의지는 더 높은 곳에서부터, 저 광기 어린 악령 들린 자와 같은 러시아 위로 그늘을 드리우고, 그러면 이 모든 악령들이, 온갖 불결함과 표층부터 곪은 온갖 이 추잡한 것이 밖으로 나올 테고…… 그놈들이 직접 돼지 떼 속으로 들어가게 해 달라고 간청할 겁니다. 벌써 들어갔는지도 모르겠군요! 이건 우리이고, 우리는 바로 그들, 즉 페트루샤와 그놈과 함께

---

34) 「루가의 복음서」 8장 32~36절. 성경 구절 속의 '마귀'가 바로 '악령'과 같은 단어다.

한 다른 사람들(et les autres avec lui)이고, 어쩌면 내가 그 우두머리로서 선두에 있는지도 모르겠고, 무엇에 홀린 듯 미쳐 날뛰는 우리는 절벽에서 바다로 돌진하여 모두 빠져 죽을 테죠. 그곳이 우리의 길이거든요. 우리는 정말 그래도 싸니까요. 그러나 환자는 완치되어 '예수의 발 아래 앉아' 있을 것이고…… 그놈들은 계속 경외의 시선으로 바라볼 겁니다……. 사랑스러운 이여, 나중에야 이해하겠지만(Vous comprenez après) 지금은 이것이 나를 매우 흥분시키고…… 나중에는 이해할 테죠…….(Vous comprenez après…….) 우리 함께 이해할 겁니다.(Nous comprenons ensemble.)"

그는 미망이 시작되었고 마침내 의식을 잃었다. 다음 날 하루도 꼬박 이런 상태가 지속되었다. 소피야 마트베예브나는 그의 옆에 앉아 우느라고 벌써 사흘 밤을 거의 한숨도 못 잤고, 그녀의 예감으로는, 벌써 뭔가를 꾸미기 시작한 주인들의 눈앞에 얼씬거리지 않도록 조심했다. 구원은 사흘째 되는 날에야 비로소 찾아왔다. 다음 날 아침, 스테판 트로피모비치는 정신이 들자 그녀를 알아보고 한 손을 내밀었다. 그녀는 희망을 품고 성호를 그었다. 그는 창문이 보고 싶어졌다. "그래, 호수를.(Tiens, un lac.)" 그가 말했다. "아, 맙소사, 내가 아직 그걸 못 봤다니……." 그 순간, 오두막 현관에서 누군가의 마차가 덜커덩거리는 소리가 들렸고 집 안에 굉장한 소란이 일어났다.

3

그것은 바로 하인 두 명과 다리야 파블로브나를 대동하고 4인승 사두마차를 타고 온 바르바라 페트로브나였다. 기적은 단순하게 이루어졌다. 호기심 때문에 죽을 지경이 된 아니심은 시내에 도착한 다음 날 바르바라 페트로브나의 집에 들렀으며, 시골에서 혼자 있는 스테판 트로피모비치를 만났다, 농군들이 그 혼자 큰길을 걷는 것을 보았다, 그는 벌써 소피야 마트베예브나와 단둘이 스파소프로, 우스티예보로 떠났다고 하인에게 잔뜩 수다를 떨었다. 바르바라 페트로브나가 이미 자기 쪽에서 죽도록 불안해하며 백방으로 수소문하고 가출한 벗을 찾고 있던 터라, 아니심 얘기는 곧장 그녀에게 전해졌다. 그의 얘기를 듣자마자, 무엇보다 무슨 소피야 마트베예브나라는 여자와 한 마차에 타고 함께 우스티예보로 출발했다는 상세한 얘기를 듣자마자 눈 깜짝할 사이에 여장을 꾸리고 아직 식지도 않은 흔적을 따라 직접 우스티예보로 떠났다. 그의 병에 대해서는 아직 전혀 모르는 상태였다.

아랫사람에게 명령하듯 준엄한 그녀의 목소리가 울려 퍼졌다. 주인조차 겁을 먹었다. 그녀는 스테판 트로피모비치가 벌써 오래전에 스파소프로 갔으리라고 확신했기 때문에 그저 뭘 알아보고 물어보려고 정차한 것이었다. 그가 아픈 몸으로 여기 있음을 알게 되자 그녀는 흥분해서 오두막으로 들어섰다.

"자, 그는 여기 어디 있어요? 아, 네가 바로 그 여자구나!" 그녀는 그 순간에 때마침 두 번째 방 문지방에 모습을 드러낸 소피야 마트베예브나를 발견하고는 외쳤다. "너의 그 후안무치한 얼굴을 보고서 바로 그 여자라는 것을 알아챘다. 저리 가, 이 못된 년! 지금 이 집 안에 이 여자 냄새도 풍기지 않도록 해! 이 여자를 쫓아내, 안 그러면, 이봐, 난 너를 영원히 감옥에 가둬 버릴 거야. 당분간 이 여자를 다른 집에 두고 감시하도록. 벌써 도시에서도 한 번 감옥에 들어간 적이 있는 여잔데, 한 번 더 들어가야겠군. 이봐요, 주인장, 내가 여기 있는 동안 감히 누구도 들여보내지 말아요. 난 장군 부인 스타브로기나이고, 이 집 전체를 빌리겠어요. 그리고 얘야, 넌 나에게 모든 일을 보고하도록 해."

익숙한 목소리가 들리자 스테판 트로피모비치는 큰 충격을 받았다. 그는 벌벌 떨었다. 그러나 그녀는 벌써 칸막이 너머로 발을 내디딘 상태였다. 눈동자를 번득이며 그녀는 한 발로 의자를 당겨서 등받이에 몸을 털썩 기댄 다음 다샤에게 소리쳤다.

"저리 나가 있어, 주인 방에라도 잠시 가 있든지. 무슨 호기심이 그리 대단한 거냐? 나갈 때 문도 더 꽉 닫고."

얼마 동안 그녀는 말없이, 어딘가 맹수 같은 시선으로 경악한 그의 얼굴을 들여다보았다.

"자, 어때요, 스테판 트로피모비치? 산책은 어땠어요?" 그녀의 입에서 갑자기 분노의 아이러니가 섞인 말이 튀어나왔다.

"친애하는(Chère)," 하고 스테판 트로피모비치는 제정신이 아닌 채로 웅얼거렸다. "러시아의 실제 생활을 알게 되었어요……. 그리고 난 복음서를 팔 겁니다…….(Et je prêcherai l'Evangile…….)"

"오 후안무치한, 점잖지 못한 사람!" 그녀는 갑자기 손뼉을 치며 울부짖었다. "내 얼굴에 먹칠하는 것으로도 부족해서 저런 것과 어울리다니, 오, 늙어 빠진, 후안무치한 이 방탕한 인간!"

"친애하는…….(Chère…….)"

그는 목이 메서 아무 말도 못 하고 그저 공포에 질린 나머지 눈을 휘둥그레 뜨고 바라볼 뿐이었다.

"저 여자는 대체 누구예요?"

"그녀는 천사예요…….(C'est un ange…….) 나에게는 천사 이상이었지요.(C'était plus qu'un ange pour moi.) 그녀는 밤새도록…… 오, 소리 지르지 말아요, 그녀를 놀래지 말아요, 친애하는, 친애하는…….(chère, chère…….)"

바르바라 페트로브나는 갑자기 요란한 소리를 내며 의자에서 벌떡 일어났다. 경악한 그녀의 비명이 울려 퍼졌다. "물, 물!" 그가 곧 정신을 차렸음에도, 그녀는 줄곧 무서워 벌벌 떨면서 창백해진 채 그의 일그러진 얼굴을 쳐다보았다. 그제야 비로소, 처음으로 그의 병이 어느 정도인지 알아챈 것이다.

"다리야." 그녀는 갑자기 다리야 파블로브나에게 속삭였다. "당장 의사를, 잘츠피시를 불러와. 지금 당장 예고리치가 가도록 해. 여기서 말을 빌린 다음 도시에서 다른 말도 가져오라고 해. 밤 무렵에는 여기에 도착할 수 있도록."

다샤는 명령을 수행하러 돌진했다. 스테판 트로피모비치는 여전히 예의 그 깜짝 놀라 휘둥그레 뜬 눈으로 쳐다보고 있었다. 하얗게 질린 그의 입술이 파르르 떨렸다.

"잠깐, 스테판 트로피모비치, 잠깐만, 착하지!" 그녀는 그를 어린애 다루듯 얼렀다. "잠깐, 잠깐만, 이봐요, 다리야는 돌아올 거고, 아, 맙소사, 아줌마, 아줌마라도 와 줘요, 제발!"

초조함을 이기지 못한 그녀가 직접 여주인에게로 달려갔다.

"지금 당장 저 여자를 다시 불러요. 돌아오라고, 돌아오라고 해요!"

다행스럽게도 소피야 마트베예브나는 아직 집을 빠져나가지는 않았고 자신의 자루와 보따리를 든 채 막 대문을 나서던 참이었다. 그런 그녀를 다시 데리고 왔다. 그녀는 너무 경악한 나머지 손발을 벌벌 떨고 있었다. 바르바라 페트로브나는 매가 병아리를 낚아채듯 그녀의 손을 쥐고 저돌적으로 스테판 트로피모비치에게로 끌고 갔다

"자, 여기 대령했어요. 내가 이 여자를 잡아먹은 게 아니라고요. 내가 잡아먹은 줄 알았겠죠."

스테판 트로피모비치는 바르바라 페트로브나의 손을 잡아서 눈 쪽으로 가져가더니 눈물을 쏟아 냈고 이내 병적으로, 발작적으로 엉엉 울었다.

"자, 진정, 진정해요, 울지, 착하지, 이 양반아! 아, 맙소사, 진-정-하라니까요, 응!" 그녀는 광포하게 소리쳤다. "아, 사람 속만, 사람 속만 썩이는 사람, 영원히 내 속만 썩이는 사람!"

"사랑스러운……." 스테판 트로피모비치는 마침내 소피야 마트베예브나에게 중얼거렸다. "사랑스러운 이여, 잠깐만 저쪽으로 가 줘요, 여기서 뭔가 할 얘기가 있어서……."

소피야 마트베예브나는 당장 서둘러 나갔다.

"내 소중한, 소중한 이여…….(Chèrie, chère…….)" 그는 숨을 헐떡였다.

"잠깐만 말하지 말아요, 스테판 트로피모비치, 좀 기다려요, 일단 쉬라고요. 여기 물이에요. 기-다-리-라니까요, 엉!"

그녀는 다시 의자에 앉았다. 스테판 트로피모비치는 그녀의 손을 꽉 쥐었다. 그녀는 오랫동안 그에게 말을 하지 못하게 했다. 그는 그녀의 손을 입술로 가져가 입을 맞추었다. 그녀는 어디 구석을 쳐다보며 이를 갈았다.

"난 당신을 사랑했어요!(Je vous aimais!)" 드디어 그의 입에서 이 말이 불쑥 튀어나왔다. 그녀는 그에게서 이런 식의 말이 터져 나오는 것을 결코 들어 본 적이 없었다.

"음." 그녀는 대답이랍시고 신음을 냈다.

"난 평생 당신을 사랑했어요…… 이십 년 동안!(Je vous aimais toute ma vie…… vingt ans!)"

그녀는 줄곧 입을 다물었다, 이삼 분 정도.

"하지만 다샤에게 갈 때는 어떻게 준비를 했지, 향수까지 뿌리고……." 그녀는 갑자기 섬뜩한 속삭임으로 말했다. 스테판 트로피모비치는 그저 어안이 벙벙했다.

"새 넥타이까지 매고서……."

다시 이 분쯤 침묵.

"시가, 생각나요?"

"내 벗이여." 그는 공포에 질려 우물거렸다.

"시가, 저녁 창가에…… 달빛이 비치고…… 정자에서 만난 이후에…… 스크보레시니키에서? 기억, 기억날지." 그녀는 자리에서 벌떡 일어났는데, 그의 베개 양 귀퉁이를 움켜쥐고 베개와 그의 머리를 함께 흔들었다. "기억나는지, 속은 텅 빌 대로 다 비고 수치스럽고 옹졸하고 영원히, 영원히 속이 텅텅 빈 인간아!" 그녀는 비명이 튀어나올까 봐 자제하며 광포하게 속삭이고 씩씩거렸다. 마침내는 그를 내팽개치곤 쓰러지듯 의자 위에 주저앉아 두 손으로 얼굴을 가렸다. "됐어요!" 그녀는 몸을 바로잡으며 딱 잘라 말했다. "이십 년이 지나가 버렸어, 다시는 돌이킬 수 없지. 나도 바보였어."

"난 당신을 사랑했어요.(Je vous aimais.)" 그는 다시 두 손을 모았다.

"아니, 왜 계속 사랑했다(aimais), 또 사랑했다(aimais)라고 말하는 거야! 됐다니까!" 그녀는 다시 벌떡 일어났다. "만약 당신이 이제, 지금 잠들면, 난……. 당신은 안정이 필요해요. 자야, 지금 당장 자야 하니까 눈을 감아요. 아, 맙소사, 아침을 먹고 싶어 할지도 모르잖아! 뭘 좀 먹을래요? 이분은 뭘 드시죠? 아, 맙소사, 그 여자는 어디 있어? 어디 있어요?"

혼란이 시작되는 참이었다. 그러나 스테판 트로피모비치는 힘없는 목소리로 정말로 한 시간만(une heure) 잤으면 좋겠다고 중얼거렸고 그다음에 — 불리온에 차에…… 끝으로, 그는 너무 행복하도다.(un bouillon, un thé…… enfin, il est si heureux.) 그는 자리에 누웠고 정말로 잠든 듯했다.(분명히 그런 척하고 있었을 것이다.) 바르바라 페트로브나는 잠깐 기다렸다가 발뒤꿈치를 들고 칸막이에서 나왔다.

그녀는 여주인 방에 앉아 주인들을 몰아내고 다샤에게 '그 여자'를 불러오라고 했다. 진지한 심문이 시작되었다.

"이제 이야기해 봐, 이봐, 모두 자세히. 옆에 앉아서, 옳지. 자?"

"제가 스테판 트로피모비치를 만난 건……."

"잠깐, 입 다물어. 미리 일러 두지만, 거짓말하거나 뭘 숨기면 난 너를 땅 밑에서라도 파낼 거야. 자?"

"저는 스테판 트로피모비치와 함께…… 제가 하토보에 도착하자마자……." 소피야 마트베예브나는 거의 숨을 헐떡거렸다.

"잠깐, 입 다물고 기다려. 무슨 소리를 그렇게 뇌까리는 게냐? 우선, 대체 너는 어떤 여자더냐?"

소피야 마트베예브나는 간신히, 그래도 가장 간명한 말로 세바스토폴에서부터 시작해서 자기 얘기를 쭉 했다. 바르바라 페트로브나는 의자에 앉아 몸을 꼿꼿이 세운 채, 이야기하는 여자의 눈을 엄격하고 집요하게 직시하며 말없이 다 들었다.

"왜 그렇게 깜짝 놀란 거냐? 왜 땅을 보고 있지? 나는 나를 똑바로 보며 얘기하는 사람을 좋아해. 계속해 봐."

그녀는 만남, 책, 스테판 트로피모비치가 아낙네에게 보드카를 대접한 것을 마저 얘기했다…….

"그래, 그래, 아무리 사소한 것도 잊어버리지 말고." 바르바라 페트로바가 북돋워 주었다. 마침내 그들이 출발한 것, 스테판 트로피모비치가 '이미 아주 편찮으신 몸으로' 계속 말을 한 것, 여기서 몇 시간에 걸쳐 자신의 전 생애를 아주 처음부터 줄줄이 이야기한 것 등이 나왔다.

"생애를 이야기해 봐."

소피야 마트베예브나는 갑자기 우물쭈물하다가 완전히 궁지에 몰렸다.

"그건 아무 얘기도 못 하겠어요." 그녀는 거의 울먹이면서 말했다. "게다가 거의 아무것도 이해를 못 했거든요."

"거짓말이야. 전혀, 아무것도 이해하지 못했을 리가 없어."

"어느 흑발의 귀부인에 대해 오랫동안 이야기하셨습니다." 소피야 마트베예브나는 끔찍이도 얼굴을 붉혔는데, 바르바라 페트로브나의 머리칼이 금발이고 그 '갈색 머리'와는 전혀 닮지 않았음을 알아챈 것이다.

"흑발의 귀부인? 그게 도대체 뭐야? 어서 빨리!"

"그 귀부인께서는 아주 오래전부터 그분을 평생, 꼬박 이십 년 동안 몹시 사랑하셨대요. 그러나 계속 고백할 용기를 내지 못하시고 그분 앞에서 수줍어하셨는데, 그게 몸이 너무 풍만하셔서……."

"바보 같은 양반!" 바르바라 페트로브나는 생각에 잠긴 듯, 그러나 단호하게 딱 잘라 말했다.

소피야 마트베예브나는 진작부터 완전히 울고 있었다.

"그건 저는 어떤 얘기도 제대로 못 하겠어요, 제가 그분 때문에 심한 공포에 사로잡혀 있어서 제대로 이해하지 못했고 또 그분은 그토록 현명한 분이시니까……."

"그 사람의 지성은 너 같은 까마귀가 판단할 바가 아니야. 청혼하더냐?"

이야기하던 여자는 몸을 부르르 떨었다.

"너한테 반했더냐? 말해! 너한테 청혼했지?" 바르바라 페트로브나가 소리쳤다.

"거의 그랬어요." 그녀는 조금씩 훌쩍거렸다. "다만, 저는 이 모든 것을 대수롭잖게 여겼어요, 편찮으셔서 그러신 거라." 그녀는 눈을 치켜들며 강경하게 덧붙였다.

"이름은 뭐야, 이름하고 부칭이?"

"소피야 마트베예브나입니다."

"자, 소피야 마트베예브나, 분명히 알아 둬, 이 사람은 아주 걸레짝 같고 속이 텅 빈 인간에 불과해……. 맙소사, 맙소사! 나를 못된 여자라고 생각하느냐?"

상대편은 눈을 부릅떴다.

"못된 여자, 폭군이라고? 그의 인생을 파멸시킨 여자라고?"

"부인께서도 이렇게 우시는데, 어떻게 그럴 수 있겠어요?"

바르바라 페트로브나의 눈에서는 정말로 눈물이 흘러내렸다.

"자, 앉아, 앉으라니까, 그렇게 겁먹지 말고. 내 눈을 한 번 더 봐, 똑바로. 얼굴은 왜 붉히는 게냐? 다샤, 이리 와서 이 여자를 보렴. 네 생각은 어떠냐, 이 여자의 마음이 순수한 것 같으냐?"

그러고는 소피야 마트베예브나를 놀래다 못해 아마 더 심한 공포의 도가니로 몰아넣은 일이 일어났으니, 즉 갑자기 그녀의 뺨을 다정스레 톡톡 두드린 것이다.

"그저 바보라는 것이 좀 안됐을 뿐이지. 나이에 걸맞지 않은 바보야. 좋아, 이봐, 내가 너를 맡도록 하지. 이 모든 게 헛소리라는 것을 알겠어. 내가 집을 구해 줄 테니 당분간 곁에서 살도록 해, 내 이름으로 식사든 뭐든 나갈 테고…… 조만간 요청하마."

소피야 마트베예브나는 경악하며 갈 길이 급하다고 더듬거렸다.

"네가 급히 가야 할 데란 전혀 없어. 네 책은 모조리 내가 살 테고 너는 여기 앉아 있어. 입 다물어, 변명은 필요 없으니까. 정말이지 내가 오지 않았더라도 어쨌든 넌 그를 떠나지 않았을 게 아니더냐?"

"전 어떤 일이 있어도 떠나지 않았을 것입니다." 소피야 마트베예브나는 조용하고도 강경하게 말했다.

의사 잘츠피시를 데려온 것은 이미 밤이 깊어서였다. 그는 극히 공경받는 어르신이자 상당히 노련한 의사임에도 최근에 무슨 일로 건방지게 상관과 다툰 탓에 일자리를 잃었다. 바르바라 페트로브나는 그 순간 온 힘을 다해 그를 '보호'하기 시작했다. 그는 환자를 주의 깊게 진찰하고 이것저것 증세를 물어본 다음 '고초를 겪는 사람'의 상태는 질병의 합병증의 결과 극히 의심스러운 상태다, '심지어 최악의 경우'까지도 예상해야 한다고 바르바라 페트로브나에게 조심스럽게 일러 주었다. 이십 년 동안 스테판 트로피모비치의 신상과 관련된 모든 것에 있어, 진지하고 결정적인 뭔가는 아예 생각조차 하지 않았던 터라 바르바라 페트로브나는 깊은 충격을 받고 심지어 새하얗게 질렸다.

"정말 전혀 가망이 없나요?"

"가망이 전혀, 완전히, 아주 없다고 할 수는 없겠지만……."

그녀는 밤새 잠자리에 들지도 못한 채 아침을 맞았다. 환자가 눈을 뜨고 의식을 차리자(그는 시시각각 기운을 잃긴 했어도 당분간은 줄곧 의식이 있었다.) 그녀는 아주 단호한 표정으로 다가갔다.

"스테판 트로피모비치, 모든 걸 미리 알아 둬야 해요. 나는 사제를 부르러 사람을 보냈어요. 당신은 의무를 이행해야 하니까요……."

그의 신념을 알았기에 그녀는 그가 거절할까 봐 굉장히 두려워했다. 그는 놀란 표정으로 쳐다보았다.

"헛소리예요, 헛소리!" 그녀는 그가 벌써 거절한다고 생각하고는 울부짖었다. "이제는 어리광을 부릴 때가 아니라고요. 바보짓이라면 충분히 했잖아요."

"그러나…… 설마 내가 벌써 그렇게 아픈 건가요?"

그는 생각에 잠긴 채 그러자고 했다. 나는 훗날 바르바라 페트로브나로부터 그가 죽음에 전혀 경악하지 않았음을 알고 나서 그야말로 깜짝 놀랐다. 도무지 믿어지지 않아서 여전히 자신의 병을 하찮은 것쯤으로 생각했는지도 모르겠다.

그는 고해 성사를 하고 아주 기꺼이 성체를 모셨다. 소피야 마트베예브나에서 하인들까지 모두가 그가 성스러운 신비에 합류하게 된 것을 축하하러 왔다. 그들은 하나에서 열까지, 바싹 여위고 초췌해진 그의 얼굴과 핏기 하나 없이 하얗게 질린 채 파르르 떨리는 입술을 보고서 꾹 참았던 울음을 터뜨렸다.

"그래요, 내 벗들이여(Oui, mes amis), 그저 놀라울 따름인데, 여러분이 이렇게…… 법석을 떠시다니. 내일이면 나는 분명히 일어날 테고 우리는…… 떠날 겁니다……. 이 모든 의식은……

(Toute cette cérémonie……) 당연히, 응당 해야 할 바를 다하도록 하고…… 전에는…….”

“부탁드립니다, 신부님, 꼭 환자 곁에 계셔 주세요.” 바르바라 페트로브나는 벌써 법의를 벗은 사제를 재빨리 만류했다. “차를 돌리자마자, 이분이 내면의 믿음을 지탱할 수 있도록 즉시 성스러운 말씀을 시작해 주십사 부탁드립니다.”

사제가 말을 시작했다. 모두 앉거나 환자의 침대 주위에 서 있었다.

“우리 죄 많은 시대에는…….” 사제는 찻잔을 두 손으로 받친 채 유려하게 시작했다. “하느님에 대한 믿음이 의로운 자들에게 약속된 영원한 축복의 희열과 마찬가지로 삶의 온갖 비애와 시련에서도 인류의 유일한 피난처입니다…….”

스테판 트로피모비치는 온통 생기가 넘치는 것 같았다. 미묘한 조소가 그의 입술 위로 스쳤다.

“신부님, 저는 신부님에게 감사를 드리며 신부님은 아주 선량하십니다, 그러나…….(Mon père, je vous remercie, et vous êtes bien bon, mais…….)”

“그러나(mais) 따위는 전혀 필요 없어요, 그러나(mais)는 아예 필요 없다니까요!” 바르바라 페트로브나가 의자에서 벌떡 일어나며 소리쳤다. “신부님.” 그녀는 사제를 보았다. “이 사람은, 이 사람은 원래 이런 인간, 원래 이 모양이라서…… 한 시간 뒤에는 그의 고해 성사를 다시 들으셔야 할걸요! 정말 이 사람은 이 모양이라니까요!”

스테판 트로피모비치는 절제된 미소를 지었다.

“내 벗들이여.” 그가 말했다. “신은 영원히 사랑할 수 있는 유일한 존재이기에 이미 내게 불가피한 존재가 되었습니다…….”

그가 정말로 믿게 되었든지, 완벽한 성찬식의 장엄한 의식이 그에게 감동을 주어 그의 천성이 지닌 예술적인 감수성을 동요시켰든지 그는 감정을 듬뿍 담아 자기가 이전에 가졌던 신념에 전적으로 맞서는 말을 몇 마디 했다고들 한다.

“나의 불멸은 이미 불가피한데, 신이 거짓을 행하길 원하지 않고 내 가슴속에서 활활 타오른 그를 향한 사랑의 불꽃을 완전히 꺼 버리길 원치 않기 때문이지요. 사랑보다 소중한 게 어디 있습니까? 사랑은 존재보다 높은 것이고 사랑은 존재의 화관이니, 존재가 어찌 사랑 앞에서 무릎을 꿇지 않을 수 있겠습니까? 만약 내가 신을 사랑하기 시작했고 나의 사랑을 기뻐했다면 신이 나와 나의 기쁨을 꺼뜨려 우리를 무(無)로 되돌려 놓을 수 있을까요? 신이 존재한다면 나는 불멸할 것입니다! 이것이 나의 신앙 고백입니다.(Voilà ma profession de foi.)”

“신은 존재해요, 스테판 트로피모비치, 분명히 말하건대, 존재한다고요.” 바르바라 페트로브나가 애원했다. “제발 일생에 한 번이라도 당신의 그 어리석은 생각을 부정해 봐요, 버리라고요.”(그녀는 그의 신앙 고백(profession de foi)을 전혀 이해하지 못한 것 같았다.)

“내 벗이여,” 목소리가 자주 탁탁 끊겼음에도 그는 점점 더 생기로 가득 찼다. “내 벗이여, 내가 그 뺨을 내민다는 것을 이해했을 때 난…… 나는 그 순간 비로소 뭔가를 더 이해했던 겁니다……. 난 평생 거짓말을 해 왔어요(J’ai menti toute ma vie), 평생, 평생! 내가 하고 싶은 건…… 하긴, 내일이면……. 내일이면 우리 모두 떠날 테지요."

바르바라 페트로브나는 울기 시작했다. 그는 눈을 두리번거리며 누군가를 찾고 있었다.

"여기 있어요, 그 여자는 여기 있다고요!" 그녀는 소피야 마트베예브나의 손을 잡아 그에게로 데려왔다. 그는 감동적인 미소를 머금었다.

"오, 정말 다시 살 수 있으면 좋으련만!" 그는 굉장한 에너지가 솟구치는 가운데 소리쳤다. "삶의 매 일 분, 매 순간이 인간에겐 축복이 되어야 하고…… 꼭 그래, 그래야 합니다! 그렇게 되도록 하는 것이 바로 인간의 의무입니다. 그것이 인간의 율법, 숨어 있으되 엄연히 존재하는 율법이지요……. 오, 페트루샤를 보면 좋으련만…… 그들 모두를…… 그리고 샤토프도!"

지적하건대, 샤토프 건에 대해서는 아직 다리야 파블로브나도, 바르바라 페트로브나도, 심지어 맨 마지막으로 도시에서 온 잘츠피시도 전혀 아는 바가 없었다.

스테판 트로피모비치는 점점 더, 아주 병적으로 흥분하더니 기어코 감당할 수 없는 지경에 이르렀다.

"이미 나에 비하면 한없이 정의롭고 행복한 뭔가가 존재한다는 한 가지 생각이 언제나, 한없는 감동과 영광으로 나를 온통 가득 채웁니다, 오, 내가 누구든, 무엇을 했든! 기필코 인간은 무엇보다도 자기 자신의 행복을 알아야 하며, 매 순간 어딘가엔 모든 사람과 모든 것을 위한 완전하고 평온한 행복이 이미 존재함을 믿어야 합니다. 인간이라는 존재의 율법 자체는 오직, 인간이 언제나 한없이 위대한 존재 앞에서 경배할 수 있다는 것에 있습니다. 사람들에게서 한량없이 위대한 존재를 박탈한다면 그들은 살지 못하고 절망 속에서 죽고 말 겁니다. 한없고 무한한 존재는 인간이 발을 딛고 살아가는 이 조그만 행성만큼이나 인간에겐 필수적인 것입니다……. 내 벗들이여, 모두, 모두, 위대한 사상 만세! 영원하고도 한없는 사상이여! 인간은 어떤 인간이든 누구나 위대한 사상이 있다는 그 사실 앞에 꼭 경배해야 합니다. 심지어 아주 멍청한 인간에게도 뭐든 위대한 것은 꼭 필요하거든요. 페트루샤……. 오, 내가 그들 모두를 다시 볼 수 있다면! 그들은 몰라요, 그들의 내부에도 예의 그 영원한 위대한 사상이 들어 있음을 모른단 말입니다!"

의사 잘츠피시는 의식이 행해질 때 자리에 없었다. 느닷없이 안으로 들어온 그는 공포에 질렸고 환자를 흥분시켜선 안 된다고 주장하며 모인 사람들을 쫓아냈다.

스테판 트로피모비치는 사흘이 지나서 영면했지만 진작부터 의식을 완전히 잃은 상태였다. 그는 꼭 타 버린 촛불처럼 어쩐지 조용히 꺼져 버렸다. 바르바라 페트로브나는 그곳에서 장례식을 거행하고 가련한 친구의 시신을 스크보레시니키로 옮겨 왔다. 그의 무덤은 교회 묘지에 마련되었고 대리석 비석으로 덮였다. 비명을 쓰고 격자 울타리를 만드는 것은 봄까지 연기되었다.

바르바라 페트로브나는 여드레쯤 계속 도시를 떠나 있었다. 영원토록 그녀의 집에 정착한 듯한 소피야 마트베예브나도 그녀의 마차 안에 나란히 앉아 함께 도착했다. 지적해 두자면, 스테판 트로피모비치가 의식을 잃자마자(바로 그날 아침) 바르바라 페트로브나는 다시 소피야 마트베예브나를 멀리하고, 숫제 오두막에서 멀리 내보내고 끝까지 혼자서 직접 시중을 들었다. 그러나 그가 숨을 거두자 당장 그녀를 불러들였다. 아예 스크보레시니키에서 살라는 제안(더 정확히는 명령)에 끔찍이도 경악한 그녀의 반박은 숫제 들으려고도 하지 않았다.

"전부 헛소리야! 나도 너와 함께 복음서를 팔러 다닐 거야. 이제 나는 이 세상에 아무도 없어!"

"부인은, 하지만 아드님이 계시잖습니까?" 잘츠피시가 한마디 했다.

"나는 아들도 없어요!" 바르바라 페트로브나가 딱 잘라 말했는데, 예언이라도 한 것 같았다.

8장

결말

1

이미 저질러진 모든 악행과 범죄는 굉장히 빨리, 표트르 스테파노비치가 생각했던 것보다 훨씬 더 빨리 드러나고 말았다. 그것은 마리야 이그나티예브나가 남편이 살해된 날 밤, 날이 새기도 전에 잠에서 깨어나 남편이 자기 옆에 없음을 알아차리고 정신없이 찾다가 말로 표현할 수 없을 만큼 흥분한 것에서부터 시작되었다. 그때 아리나 프로호로브나가 고용한 하녀가 마침 그녀와 함께 밤을 보내고 있었다. 그 하녀는 어떻게 해도 그녀를 진정시킬 수 없자 날이 밝기가 무섭게, 아리나 프로호로브나라면 당신 남편이 어디에 있는지, 남편이 언제 돌아올지 알 것이라고 산모를 설득한 다음 그녀를 부르러 달려갔다. 그러는 동안 아리나 프로호로브나도 다소 신경 쓰이는 일이 있었다. 그녀는 진작부터 남편을 통해 스크보레시니키에서 있을 야밤의 위업에 대해 알고 있었다. 그는 밤 10시가 넘어서야 끔찍한 몰골에 끔찍한 표정을 하고서 집으로 돌아왔다. 두 손을 싹싹 비비면서 침대로 몸을 던져 엎드리더니 경련처럼 흐느끼며 몸을 벌벌 떨고 줄곧 이렇게 되뇌는 것이었다. "이건 아니야, 이게 아니야. 이건 정말 아니야!" 그가 자신에게로 다가온 아리나 프로호로브나에게 모든 것을 기어코 고백하고 만 것은 당연하지만, 그래도 집 안을 통틀어서 오직 그녀 한 명에게만이었다. 그녀는 "훌쩍거리고 싶으면 소리가 들리지 않도록 베개에다 울부짖는 게 좋을 거예요. 내일 무슨 티를 내면 정말 바보가 될 거예요."라고 엄격하게 주의를 준 다음 그를 침대 위에 내버려 두고 나왔다. 그래도 잠깐 생각에 골몰하더니 만일의 경우에 대비해 곧장 주변을 정비하기 시작했다. 즉 쓸데없는 종잇장, 책, 심지어 격문도 숨기거나 완전히 없애고 말았다. 이것만으로 그녀 자신은 물론이거니와 자기 언니, 이모, 여대생, 귀가 긴 오빠까지도 별로 두려워할 것이 없으리라고 판단했다. 아침 무렵, 간병인이 그녀를 부르러 달려왔을 때는 깊은 생각도 하지 않고 마리야 이그나티예브나에게로 갔다. 그녀는 그런데, 어제 남편이 겁에 질린 미치광이처럼 미망에 들뜬 듯 속삭이며 알려 준바, 공동의 이익이라는 미명하에 키릴로프를 겨냥한 표트르 스테파노비치의 계략이 정말 믿을 만한 것인지 어서 빨리 알고 싶어서 미칠 지경이었다.

그러나 그녀가 마리야 이그나티예브나에게 왔을 때는 이미 늦었다. 하녀를 떠나보내고 혼자 남은 그녀는 더 이상 참지 못하고 침대에서 일어나 손에 잡히는 대로 아무 옷이나, 아마 계절에 전혀 맞지 않는 매우 얇은 옷을 걸치고 직접 키릴로프의 곁채로 갔는데, 그라면 남편에 대해 그 누구보다도 정확한 정보를 알려 주리라 생각한 까닭이다. 그곳에서 본 장면이 이 산모에게 어떤 영향을 끼쳤을지는 충분히 상상할 수 있으리라. 주목할 만한 점은 그녀가 눈에 잘 띄도록 탁자 위에 놓인 키릴로프의 유서를, 물론 경악하며 슬쩍 훑어보긴 했어도 읽지는 않았다는 것이다. 그녀는 자기 방으로 뛰어 들어와 갓난애를 안고 집에서 거리로 나갔다. 축축한 아침이었고 안개가 자욱했다. 이토록 인적이 드문 거리에서 마주치는 행인도 거의 없었다. 그녀는 줄곧 숨을 헐떡이며 싸늘하고 질퍽질퍽한 진흙탕 위를 뛰어다니다가 마침내 집마다 문을 두드리기 시작했다. 어떤 집에서는 아예 열어 주지 않았고 어떤 집에서는 오랫동안 열어 줄까 말까 주저했다. 너무 초조해진 그녀는 세 번째 집의 문을 두드리기 시작했다. 그곳은 우리네 상인 티토프의 집이었다. 여기서 그녀는 큰 소란을 일으켰고 울부짖으며 무턱대고 '자신의 남편이 살해됐다'고 주장했다.

티토프 집안은 샤토프와 그의 사연을 다소 알고 있었다. 그녀의 말에 따르면 고작 스물네 시간 전에 해산한 몸인 데다가 제대로 싸지도 않은 갓난아이를 품에 안고 이런 날씨에 이런 옷차림으로 길거리를 헤매고 있다는 사실에 그들은 끔찍이도 충격을 받았다. 처음에는 미망에 들뜬 것이라고 생각했는데,

더욱이 누가 살해되었다는 건지 통 설명하지 못했다. 키릴로프인가, 그녀의 남편인가? 그녀는 그들이 자기 말을 안 믿는다고 생각하곤 더 멀리 달려갈 태세였지만 완력에 의해 저지당했는데, 그들 말에 의하면, 무서울 만큼 비명을 지르며 몸부림쳤다고 한다. 그들은 필리포프 집으로 출발했고 두 시간 뒤에는 키릴로프의 자살과 그의 유서가 도시 전체에 알려졌다. 경찰이 아직은 의식이 있는 산모부터 조사했다. 그제야 비로소 그녀가 키릴로프의 유서를 읽지 않았음이 밝혀졌는데, 그럼 어떻게 남편도 살해되었다는 결론을 내렸느냐에 대해서는 그녀에게서 아무것도 알아낼 수 없었다. 그녀는 그저 "만약 키릴로프가 죽었다면 남편도 죽었어요, 그들은 함께였으니까!"라고 외칠 뿐이었다. 정오 무렵, 그녀는 완전히 의식을 잃고 영원히 의식을 되찾지 못한 채 사흘쯤 뒤에 운명했다. 감기에 걸린 갓난아이는 그녀보다도 먼저 죽었다. 아리나 프로호로브나는 마리야 이그나티예브나와 갓난아이가 자리에 없는 것을 발견하고, 사태가 고약하다는 것을 알아챈 다음 집으로 달려가고도 싶었지만 대문 옆에서 걸음을 멈추고 '결채의 나리에게 혹시 마리야 이그나티예브나가 거기 있는지, 혹시 그녀에 대해 아는 것이 있는지 물어보라'며 간병인을 보냈다. 이 심부름꾼이 온 거리가 떠나가라 광포한 비명을 지르며 되돌아왔다. 그녀는 '천벌 받는다'라는 흔해 빠진 논법으로 비명도 지르지 말고 누구에게도 알리지 말라고 신신당부한 다음 뜰을 빠져나왔다.

당연히도, 그날 아침 그녀는 산모의 산파로서 성가신 일을 당했지만, 얻어 낸 것은 별로 없었다. 그녀는 자기가 샤토프 집에서 보고 들은 것을 모두 매우 사무적이고 냉담하게 이야기하면서도 지금 발생한 사건에 대해선 전혀 아는 바도, 이해하는 바도 전혀 없다고 딱 잡아뗐다.

도시 전체에서 어떤 혼란이 일어났는지 상상할 수 있으리라. 새로운 '사건'이, 또다시 살인이! 그러나 이건 이미 완전히 다른 것이었다. 정말로 은밀한 살인, 방화자, 혁명가, 폭도 조직이 있음이 분명해졌다. 리자의 끔찍한 죽음, 스타브로긴 아내의 피살, 당사자인 스타브로긴, 방화, 여성 가정 교사를 위한 무도회, 율리야 미하일로브나 주변의 방탕…… 심지어 스테판 트로피모비치의 실종에서도 기어코 수수께끼를 보겠다고 안달이었다. 니콜라이 프세볼로도비치에 대해서는 매우, 매우 숙덕거렸다. 그날이 저물어 갈 무렵 표트르 스테파노비치가 없어진 사실도 알려졌지만, 이상하게도 그에 대해서는 별말이 없었다. 오히려 그날 말이 제일 많았던 것은 '원로원' 얘기였다. 필리포프의 집에는 거의 아침 내내 군중이 들끓었다. 정말로 당국은 키릴로프의 유서 때문에 교착 상태에 빠졌다. 키릴로프가 샤토프를 죽였고 '살인자'가 자살했다는 말도 믿었다. 하지만 당국이 아무리 얼이 빠졌기로서니 완전히 그런 건 아니었다. 키릴로프의 유서에 그토록 모호하게 들어가 있는 '공원'이라는 단어는, 표트르 스테파노비치의 계산대로 아무도 헷갈리게 하지 않았다. 경찰은 당장 스크보레시니키로 돌진했는데, 우리 도시의 다른 곳 어디에도 없는 공원이 그곳에 있다는 이유 때문만이 아니라, 최근에 일어난 온갖 끔찍한 일이 직접적이든 부분적이든 스크보레시니키와 관련되었던 터라 어떤 본능마저 작동했던 것이다. 적어도 나는 그렇게 짐작한다.(지적하건대, 바르바라 페트로브나는 아무것도 모른 채 아침 일찍 스테판 트로피모비치의 명복을 빌러 나갔다.) 시신은 몇몇 흔적으로 보아 바로 그날 저녁쯤 연못에서 발견되었다. 살인 현장에서 샤토프의 모자가 발견되었는데, 굉장히 경솔하게도 살인자들이 깜박 잊은 것이었다. 시신의 검안과 검시를 통해 처음부터 나온 몇 가지 추측의 결과, 키릴로프에게 동지들이 없었을 리 없다는 의혹이 일었다. 격문과 관련된, 샤토프와 키릴로프의 비밀 조직이 존재함이 밝혀진 것이다. 이 동지들이란 대체 누구인가? 그러나 우리 편에 관한 한, 그날 그 누구에 대해서든 아예 생각조차 하지 못했다. 키릴로프가 은둔자처럼 산 것도 알려졌는데, 얼마나 고립되었으면 유서에서 선언된바, 곳곳에서 찾아 헤맨 페디카가 그토록 많은 날을 그의 집에서 살 수 있을 정도였다……. 모두를 괴롭힌 핵심인즉, 혼란스럽게 뒤얽힌 이 모든 정황 속에서 조리가 닿는 공통항을 전혀 도출할 수 없다는 점이었다. 만약 다음 날 람신 덕분에 모든 것이 갑자기 한꺼번에 밝혀지지 않았더라면, 공황 상태에 이를 만큼 겁을 집어먹은 우리 사교계가 기어코 어떤 종말을 맞았을지, 어떤 생각의 수렁에 빠졌을지 상상하기도 어렵다.

그는 결국 견디지 못했다. 막바지에 이르러 표트르 스테파노비치조차 예감했던 일이 일어나고야 말았다. 톨카첸코, 그다음에는 에르켈에게 맡겨진 그는 다음 날 내내 벽 쪽으로 몸을 돌린 채 한마디도 하지 않고 누가 말을 걸면 거의 아무런 대답도 하지 않고 겉보기에는 얌전하게 침대에 누워 있었다. 그랬기에 도시에서 일어난 사건에 대해서는 하루 종일 아무것도 모르는 상태였다. 그러나 그 사건을 너무나 잘 알았던 톨카첸코는 저녁 무렵 표트르 스테파노비치가 부여한, 럄신을 감시하라는 역할마저 내팽개치고 도시를 떠나 군(郡)에 가 있어야겠다는, 간단히 도망쳐야겠다는 생각을 떠올렸다. 에르켈의 예언대로, 그들 모두는 진짜로 완전히 의식을 잃고 말았다. 겸사겸사 지적하자면, 리푸틴도 바로 그날, 더욱이 정오가 되기 전에 도시에서 사라졌다. 그러나 어쩌다 보니 당국에서도 그의 실종 사실을 다음 날 저녁이 되어서야 알게 되었는데, 그의 부재에 겁을 집어먹었으되 너무 무서워 입을 꾹 다물고 있던 그의 가족을 곧장 심문한 결과였다. 럄신 얘기를 계속하겠다. 그는 혼자 남게 되자마자(에르켈은 톨카첸코를 믿고 훨씬 전에 자기 집으로 떠났다.) 당장 집을 뛰쳐나갔고 당연히 매우 금방 일의 정황을 알게 되었다. 심지어 집에도 들르지 않고 역시나 눈이 닿는 대로 도망치기 시작했다. 그러나 밤이 너무 깊은 데다 자신의 계획이 너무 무섭고 또 험난한 것인지라 두세 거리를 지나서 그냥 집으로 돌아온 다음 밤새도록 틀어박혀 있었다. 아침 무렵에는 자살을 시도했던 것 같으나 잘되지 않았다. 그는 그러고도 거의 정오까지 틀어박혀 있다가 갑자기 경찰서로 달려갔다. 그는 무릎을 꿇은 채 설설 기고 흐느끼고 꽥꽥 비명을 지르고 마룻바닥에 입을 맞추고 심지어 자기 앞에 서 있는 고관들의 장화에 입을 맞출 가치도 없는 놈이라고 소리쳤다고 한다. 다들 그를 진정시키는 것으로도 모자라 심지어 어루만져 주었다. 심문은 세 시간쯤 이어졌다고 한다. 그는 죄다, 죄다 일러바치고 자기가 아는 모든 것을 미주알고주알 아주 상세하게 이야기했으며 혼자 너무 앞질러 가기도 하고 고백하느라 정신없이 서두르다 보니 묻지도 않은 불필요한 것까지 일러 주었다. 알고 보니, 그는 사건을 상당히 잘 알고 또 상당히 잘 진술했다. 샤토프와 키릴로프의 비극, 화재, 레뱌드킨 오누이의 죽음 등은 부차적인 차원으로 밀려났다. 제1차원으로 부각된 것은 표트르 스테파노비치, 비밀 조합, 조직체, 그물망이었다. 무엇을 위해서 그토록 많은 살인과 스캔들과 추잡한 짓을 저질렀는가 하는 질문에 대해서는 극도로 허둥대며 다음처럼 대답했다. '사회 기반을 조직적으로 뒤흔들고 그 모든 토대를 조직적으로 해체하기 위해서다, 모두의 사기를 떨어뜨리고 있는 힘껏 혼돈을 조장한 다음 그런 식으로 흔들리고 병들고 쉬어 터지고 냉소적이고 불신이 가득한, 그럼에도 무슨 주도적인 사상과 자기 보존을 향한 끊임없는 욕망만은 간직한 사회를 갑자기 손아귀에 거머쥐고 반역의 기치를 올리고 그 와중에도 활동 중인, 실제적인 모든 수법과 움켜쥘 수 있는 모든 맹점을 수집하고 수색해 온 5인조들의 온전한 그물망에 의존하기 위해서'라고. 그의 결론인즉, 여기 우리 도시에서 표트르 스테파노비치가 조직한 사건은 저 조직적인 무질서를 위한, 말하자면 앞으로의 활동 프로그램을 위한 첫 시도에 지나지 않고 심지어 모든 5인조도 그렇다는 것이었는데, 이건 순전히 그(람신)만의 생각, 그만의 추측에 지나지 않고 '자기가 이 모든 것을 진술했음을, 이 정도로 솔직히, 착실히 사건을 밝히고 있음을, 당국의 업무에 앞으로도 매우 유용한 인물이 될 수 있음을 꼭 명심해 주십사' 한다는 것이었다. 5인조가 많이 있는가, 라는 결정적인 질문에는 셀 수 없을 만큼 많다, 전 러시아가 그물망으로 덮여 있다고 대답했는데, 증거는 제시하지 못했음에도 완전히 진심으로 대답했으리라 생각된다. 그가 제시한 것이라고는 겨우, 해외에서 인쇄된 조직의 프로그램, 휘갈겨 쓴 것임에도 표트르 스테파노비치의 친필로 쓰인, 앞으로의 활동 체계의 전개에 대한 기획안뿐이었다. 알고 보니 '기반의 동요'라는 말은 럄신이 이 종잇장에서 마침표와 쉼표조차 잊지 않고 문자 그대로 인용한 것이었음에도, 그는 그것이 그저 자신의 생각일 뿐이라고 주장했다. 율리야 미하일로브나에 대해서는 묻지도 않는데 놀라울 정도로 웃기게 자기가 먼저 앞질러 가며 '부인은 아무런 잘못도 없다, 그저 우리가 그녀를 우롱한 것에 지나지 않는다'라고 표현했다. 그런데 주목할 만한 점이 있는데, 니콜라이 스타브로긴은 비밀조합에 전혀 관여하지 않았고 표트르 스테파노비치와도 전혀 공모하지 않았다며 그를 완전히 변호해 주었다.(표트르 스테파노비치가 스타브로긴에게 품고 있던, 성스럽고도 극히 웃긴 희망에 대해서 럄신은 전혀 개념이 없었다.) 레뱌드킨 오누이의 죽음은, 그의 말에 따르면, 니콜라이 프세볼로도비치는 전혀 개입하지 않은 가운데 오직 표트르 스테파노비치 한 사람이, 그것도 니콜라이 프세볼로도비치를 범죄에 끌어들인 다음 자기 손으로 좌지우지하려는 간교한 목적에서 저지른 것이었다. 그러나 표트르 스테파노비치는 애당초 자신이 조금도 의심하지 않고 속편하게 기대했던 감사를 받기는커녕 '귀족적인' 니콜라이 프세볼로도비치에게 오직 완전한 분노만, 심지어 절망만 불러일으키고 말았다는 것이다. 역시나 묻지도 않았는데 혼자 서둘러 대고 분명히 고의적인 암시처럼 던지며 스타브로긴에 대해 끝맺음한 말인즉, 스타브로긴은 굉장히 중요한 인물이나 다름없다, 그러나 여기에는 어떤 비밀이 숨어 있다는 것이었다. 그는 우리 도시에서 말하자면 눈에 띄지 않게(incognito) 살았다, 그는 어떤 위임을 받은 몸이다, 또다시 페테르부르크에서 우리를 방문해 줄 것이다(럄신은 스타브로긴이 페테르부르크에 있다고 확신했다.), 그러나 다만 완전히 다른 모습으로, 완전히 다른 정황에서 유명 인사들을 대동한 채일 것이다, 우리 도시에서도 곧 그분 얘기를 듣게 될 것이다, 이 얘기는 모두 '니콜라이 프세볼로도비치의 은밀한 숙적'인 표트르 스테파노비치에게서 들었다, 라는 것이었다.

한 가지 지적해 둘 것이 있다. 두 달이 지나서 럄신은 그 당시 스타브로긴의 보호를 바라고서, 즉 그가 페테르부르크에서 신경을 써서 형을 두 단계쯤 감해 줄 수 있을 것이며 유형을 떠날 때 돈과 소개장을 마련해 줄 수 있으리라는 희망에서 일부러 스타브로긴을 변호해 주었음을 인정했다. 이 고백만 봐도 그가 니콜라이 스타브로긴에 대해 정말로 굉장히 과장된 개념을 갖고 있었음을 분명히 알 수 있다.

바로 그날, 당연히 비르긴스키도 체포되었고 흥분한 참에 온 집안이 체포되었다.(아리나 프로호로브나, 그녀의 여동생, 아줌마, 그리고 여대생까지도 이제는 벌써 오래전에 자유의 몸이 되었다. 심지어 시갈료프도 어떤 마땅한 죄목을 적용할 수 없어서 아주 가까운 시일 내에 석방될 것 같다는 말이 있다. 어디까지나 소문에 지나지 않지만 말이다.) 비르긴스키는 당장 모든 것을 자백했다. 체포됐을 때 그는 아픈 몸으로 고열에 시달리며 누워 있었다. 거의 기뻐했다는 말도 있고 '마음이 홀가분해졌다'라는 말도 했다는 것 같다. 그에 대해 들리는 바로는, 그는 지금 노골적으로 증거를 제시하면서도 심지어 다소 거들먹거리고 자신의 '밝은 희망'에서 단 일보도 후퇴하지 않음과 동시에 '회오리처럼 휘몰아친 상황들' 때문에 그토록 우연히, 또 경솔하게 (사회주의의 길과는 반대되는) 정치적인 길로 이끌렸음을 저주한다고 한다. 살인을 저지를 당시 그의 태도로 봐서 어느 정도는 정상 참작이 될 것이며 그도 자신의 운명이 어느 정도는 경감될 수 있으리라고 계산하는지 모르겠다. 적어도 우리 도시에서는 그렇게 주장한다.

그러나 에르켈의 운명은 거의 완화될 수 없으리라. 그는 체포 당시부터 줄곧 침묵하거나 가능한 한 사실을 왜곡한다. 지금까지도 그에게서는 어떤 회개의 말도 얻어 내지 못했다. 그렇지만 그는 심지어 가장 혹독한 운명 속에서도 모종의 동정을 불러일으켰는데 바로 그 젊음, 의지할 데 없는 처지, 그가 그저 정치적인 유혹자의 열광적인 희생양에 지나지 않는다는 명백한 증거 때문이다. 무엇보다도, 그가 변변찮은 봉급의 거의 절반을 꼬박꼬박 어머니에게 보내 준 행동이 드러난 까닭이다. 그의 어머니는 지금 우리 도시에 와 있다. 허약하고 몸이 편치 않은 여인으로서 나이에 맞지 않게 노파의 행색을 하고 있다. 그녀는 사람들의 발치에서 울고불고하며 문자 그대로 온몸을 구르면서 아들을 풀어 달라고 간청하고 있다. 뭔가 있을지도 모르겠지만, 어쨌든 우리 도시의 많은 사람이 에르켈을 안쓰러워한다.

리푸틴은 이미 페테르부르크에서 체포되었는데, 그곳에서 꼬박 이 주를 산 것이었다. 그에겐 거의 믿어지지 않는 일, 심지어 설명하기도 어려운 일이 일어났다. 그는 타인 명의의 여권을 갖고 있었기에 얼마든지 외국으로 빠져나갈 수 있었고 아주 상당한 금액이 있었음에도 페테르부르크에 머문 채 아무 데도 가지 않았다고 한다. 얼마 동안은 스타브로긴과 표트르 스테파노비치를 찾아 헤매다가 갑자기 술을 입에 대더니 온갖 상식과 자신의 처지에 대한 개념을 깡그리 잊은 사람처럼 정도를 넘어 방탕을 일삼기 시작했다. 페테르부르크의 어느 유곽에서 체포되었을 때도 그는 취해 있었다. 지금도 전혀 기운을 잃지 않고 증언할 때도 거짓말할뿐더러 모종의 기고만장한 태도에 희망(?)까지 품고 임박한 재판을 준비한다는 소문이 돈다. 그는 심지어 재판에서도 말을 좀 더 해 볼 요량이다. 도망친 다음 열흘쯤 지나서 어느 군(郡)에서 체포된 톨카첸코는 비할 데 없이 공손하고 거짓말도 하지 않으며 어쭙잖은 잔꾀를 부리지도 않고 자기가 아는 것을 전부 이야기하면서 자신을 변호하려고도 하지 않고 아주 얌전하게 죄를 인정하지만, 역시나 겉치장을 하려는 경향을 보인다. 기꺼이 많은 얘기를 하지만 화제가 민중과 혁명적인(?) 요소에 관한 지식에 이르자 심지어 폼을 잡고 모종의 효과를 불러일으키려고 안달이다. 그도 재판에서 얘기를 좀 더 해 볼 요량이라는 소리가 들렸다. 대체로 그와 리푸틴은 그다지 경악하지도 않았고 이 점이 심지어 이상하기도 했다.

반복하건대, 이 사건은 아직 끝나지 않았다. 석 달이 지난 지금, 우리 사교계는 한숨을 돌렸고 제자리를 찾았고 실컷 재미를 보았기 때문에 나름대로 소신이 있는데, 심지어 어떤 사람들은 표트르 스테파노비치를 거의 천재로, 적어도 '천재적인 수완'을 지닌 사람으로 간주할 정도이다. 클럽에서는 손가락을 위로 들어 올리면서 "그 조직이란!"이라고 말한다. 하긴 이 모든 것이 매우 순진무구한 이야기고 그나마 이렇게 말하는 사람은 소수에 지나지 않는다. 다른 사람들은 오히려 그의 예리한 수완은 부정하지 않지만 현실을 너무 모르는 데다가 무섭도록 추상적이고 지적 발달이 기형적이고 너무 외곬으로 치우친 탓에 굉장히 경솔하다고 말한다. 그의 도덕적인 측면에 관해서는 모두 동의한다. 이 점은 누구든 논쟁의 여지가 없다.

사실, 나는 누군가를 빼먹지 않으려면 누구를 더 언급해야 할지 모르겠다. 마브리키 니콜라예비치는 아예 어딘가로 떠났다. 드로즈도바 노파[35]는 어린애가 되고 말았다……. 그러고도 매우 음울한 이야기를 하나 더 해야겠다. 그저 사실에만 한정하기로 한다.

바르바라 페트로브나는 돌아온 다음 시내의 자기 집에 머

---

35) 리자의 어머니인 프라스코비야를 말한다.

물렀다. 차곡차곡 쌓여 있던 온갖 소식이 한꺼번에 그녀 위로 쏟아졌기 때문에 끔찍이도 동요하고 말았다. 그녀는 혼자 집 안에 틀어박혔다. 저녁이었다. 모두 지쳤기에 일찍 잠자리에 들었다.

아침 무렵 하녀가 다리야 파블로브나에게 은밀한 표정으로 편지를 전해 주었다. 그녀의 말에 따르면, 이 편지가 도착한 건 어제지만 벌써 모두가 잠든 늦은 시각이어서 감히 잠을 깨울 엄두가 나지 않았다는 것이다. 편지는 우편이 아니라 모르는 사람을 통해서 스크보레시니키의 알렉세이 예고리치에게로 왔다. 알렉세이 예고리치는 어제 저녁에 직접 와서 하녀의 손에 쥐여 주고는 즉시 다시 스크보레시니키로 떠났다.

다리야 파블로브나는 가슴이 두근거리는 가운데 오랫동안 편지를 바라볼 뿐, 감히 뜯을 엄두를 내지 못했다. 그녀는 누구에게서 온 편지인지 이미 알았다. 바로 니콜라이 프세볼로도비치가 쓴 것이었다. 그녀는 봉투에 쓰인 이름을 보았다. "알렉세이 예고리치에게, 다리야 파블로브나에게 비밀리에 전해 줄 것."

여기에 그 편지가 있는데, 줄곧 유럽식 교육을 받아 왔음에도 러시아 문법은 완전히 터득하지 못한 러시아 도련님의 문장에서 보이는 아주 하찮은 실수조차 교정하지 않고 토씨 하나 바꾸지 않았다.

사랑스러운 다리야 파블로브나,

당신은 언젠가 나의 '간병인'이 되고 싶다고 했으며 필요할 때면 당신을 부르러 사람을 보내라는 약속을 받아 냈습니다. 나는 이틀 뒤에 떠나서 돌아오지 않을 겁니다. 나와 함께하겠습니까?

작년에 나는 게르첸처럼 우리[36]의 시민으로 등록했는데, 이 사실은 아무도 모릅니다. 그곳에 이미 작은 집을 한 채 사 두었습니다. 그러고도 나는 1만 2000루블이 더 있습니다. 우리 그곳에 가서 영원히 살아갑시다. 나는 결코, 어디로도 떠나고 싶지 않거든요.

매우 지루한 곳이죠, 산간벽지니까. 산들이 시야와 사색을 밀어낸답니다. 매우 음울하죠. 조그만 집이 하나 났길래 그랬어요. 당신 마음에 들지 않는다면 팔고 다른 곳에 다른 집을 사겠습니다.

나는 건강이 좋지 않지만, 그곳 공기를 쐬면 환각에서 벗어날 수 있으리라 기대합니다. 물리적으로 그렇다는 겁니다. 정신적인 것이라면 당신도 전부 알고 있습니다. 단, 과연 전부였을까요?

나는 당신에게 내 인생의 많은 것을 얘기해 주었습니다. 그러나 전부는 아니었습니다. 심지어 당신에게도 전부는 아니었다는 말씀! 겸사겸사 확증하건대, 나는 아내의 죽음에 대해 양심상 죄가 있습니다. 그 후 당신을 만나지 못했기 때문에 이렇게 확증해 주는 겁니다. 리자베타 니콜라예브나에게도 죄가 있습니다. 그러나 이 점은 당신도 알고 있겠죠. 이건 거의 다 당신 예언대로 되었으니까요.

---

36) Uri. 스위스 중부에 있는 주.

차라리 오지 않는 편이 낫겠습니다. 내가 당신을 부르는 것은 끔찍이도 저열한 짓이니까요. 게다가 대체 왜 당신이 당신의 인생을 나와 함께 매장해야 합니까? 나는 당신이 사랑스럽고, 나는 우수에 잠긴 채로도 당신 곁에 있으면 좋아요. 오직 당신, 당신 한 사람 앞에서만 나는 큰 소리로 내 얘기를 할 수 있었습니다. 그래 봐야 아무것도 나오지 않지만요. 당신이 스스로를 '간병인'이라고 정의했고, 이건 당신의 표현이죠. 무엇 때문에 그토록 대단한 희생을 자처하는 겁니까? 내가 이렇게 당신을 부른다면 당신을 가엾어하지 않는다는 의미고 이렇게 기다린다면 존경하지 않는다는 의미라는 점도 새겨 둬요. 그런데도 나는 부르고 기다립니다. 어쨌든 당신의 대답이 필요한데, 매우 빨리 떠나야 하거든요. 그럴 경우에는 혼자 떠나겠습니다.

나는 우리에서 아무것도 기대하지 않습니다. 그냥 떠나는 거죠. 내가 일부러 음산한 장소를 선택한 것도 아닙니다. 러시아에서 난 아무것에도 매여 있지 않았고 그곳의 모든 것이 다른 모든 곳처럼 한결같이 낯설기만 합니다. 사실, 다른 어떤 곳보다도 그곳에서 사는 것이 싫었습니다. 그러나 그곳에서조차 아무것도 증오할 수 없었습니다!

나는 곳곳에서 나의 힘을 시험해 봤습니다. 당신은 '자신을 알아보기 위해서'라면서 나에게 그러라고 권했지요. 나 자신을 위한, 또 과시하기 위한 시험에서 그 힘은 이전처럼 내 평생 무한한 것으로 밝혀졌습니다. 당신의 눈앞에서 나는 당신 오빠의 따귀를 참아 냈습니다. 결혼 사실을 공개적으로 인정하기도 했습니다. 그러나 이 힘을 어디에 쓸 것인가? 바로 이것만은 결코 알지 못했고 지금도 알지 못합니다, 스위스에서 당신의 격려를 그토록 믿었음에도. 나는, 이전에도 언제나 그랬듯, 여전히 선한 일을 하고 싶어 할 수 있으며 그로 인해 만족감을 느낍니다. 동시에 악한 일도 하고 싶어 할 수 있으며 역시 만족감을 느낍니다. 그러나 이 느낌도 저 느낌도 예전처럼 너무 미미한 것이며 그나마도 아주, 결코 일어나지 않습니다. 나의 소망들은 너무 무기력한 것이라, 조절이 잘 안 되나 봅니다. 통나무배로는 강을 건너갈 수 있어도 나무토막으로는 안 되죠. 이러는 건 당신이 내가 무슨 희망을 품고 우리로 간다고 생각하지 않도록 하기 위해서입니다.

난 예전처럼 아무도 탓하지 않습니다. 나는 거대한 방탕을 시험했고 그 속에서 내 힘을 완전히 소모했습니다. 당신은 최근에 나를 예의 주시했지요. 내가 부정(否定)을 일삼는 그 우리 일당을 심지어 적의에 찬 시선으로 바라보았음을, 저들의 희망에 대한 질투 때문에 그랬음을 알고 있죠? 그러나 당신은 괜히 두려워한 겁니다. 나는 이 경우 동지가 될 수 없었거든요, 아무것도 공유하지 않았으니까. 그저 웃자고, 적의 때문에도 그럴 수 없었는데, 웃긴 것을 두려워했기 때문이 아니라 — 나는 웃긴 것에 경악할 수 없습니다 — 어쨌든 내가 점잖은 사람의 습관을 갖고 있기에 혐오감이 들었던 까닭입니다. 그러나 그들에 대해 더 많은 적의와 질투를 품었더라면 그들과 함께 갔을 수도 있을 겁니다. 심판해 봐요, 모든 것이 나에게는 어느 정도로 쉬웠으며 또 내가 얼마나 몸부림쳤는지!

사랑스러운 벗, 내가 점찍은 상냥하고 관대한 창조물이여!

아마 당신은 그토록 많은 사랑을 내게 주고 당신의 아름다운 영혼으로부터 그토록 아름다운 것을 나에게 쏟아 주길 꿈꾸니, 바로 그로써 마침내 내 앞에 어떤 목적을 제시하려는 희망을 품은 것일 테죠? 아니, 좀 더 주의하는 편이 나을 겁니다. 나의 사랑은 나라는 존재처럼 너무나 미미한 것이며 당신은 불행합니다. 당신의 오빠는 나에게 자신의 대지와의 관계를 상실한 자는 자신의 신들도, 즉 자신의 모든 목적도 상실한다고 말하더군요. 이 모든 것에 대해 끝없이 논쟁할 수 있겠지만, 나에게서는 오직 어떤 관대함도 없이, 어떤 힘도 없이 부정 하나만 흘러나왔을 뿐입니다. 부정조차 흘러나오지 못했지요. 모든 것이 언제나 미미하고 시들합니다. 관대한 키릴로프는 관념을 견뎌 내지 못했고, 자살했습니다. 그러나 나는 그가 건전한 판단력을 갖지 못했기 때문에 그토록 관대했다는 걸 압니다. 나는 절대, 절대로 판단력을 잃을 수도 없고, 절대로 그 사람처럼 그 정도로 관념을 믿을 수도 없습니다. 심지어 그 정도로 관념에 몰두할 수도 없습니다. 절대, 절대로 나는 자살할 수 없습니다!

나는 내가 자살해야 한다는 것을, 비열한 벌레와 같은 나 자신을 이 땅에서 쓸어 내야 한다는 것을 압니다. 그러나 자살이 두려워요, 관대함을 보이는 것이 두려우니까요. 나는 이것 역시도 기만이 될 것임을, 무한한 기만의 대열에서 마지막 기만이 될 것임을 압니다. 오직 관대함을 얻기 위해서라면 자신을 기만하는 것이 무슨 소용이 있겠습니까? 내 안에는 격분과 수치심이란 절대 있을 수 없습니다. 따라서 절망도 있을 수 없지요.

이렇게 장황하게 쓰다니 양해해 줘요. 정신이 번쩍 들었는데, 어쩌다 그만 그런 겁니다. 이런 식으로는 100장도 모자라고 또 열 줄도 충분할 겁니다. 당신을 '간병인'으로 부르는 데는 열 줄이면 충분할 테니까.

나는 떠나온 이후로 여섯 번째 역의 역참 집에 살고 있습니다. 오 년 전 페테르부르크에서 방탕을 일삼던 시절 어울렸던 사람이지요. 내가 그곳에 산다는 것은 아무도 모릅니다. 편지는 그의 이름으로 써 줘요. 주소를 첨부합니다.

니콜라이 스타브로긴.

다리야 파블로브나는 즉시 바르바라 페트로브나에게로 가서 편지를 보여 주었다. 그녀는 다 읽고 나자 혼자서 한 번 더 읽어야겠으니 다샤에게 나가 달라고 부탁했다. 그러나 왠지 아주 빨리 다시 그녀를 불러들였다.

"갈 거냐?" 그녀는 거의 겁을 먹은 듯 물었다.

"가겠습니다." 다샤가 대답했다.

"채비해라! 함께 가자꾸나!"

다샤는 의문스러운 듯 쳐다보았다.

"이제 내가 여기서 뭘 하겠느냐? 아무래도 좋은 거 아니냐? 나도 우리 시민으로 등록하고 산간벽지에서 살겠다……. 염려하지 마라, 방해하지는 않을 테니."

정오에 출발하는 기차에 대기 위해 서둘러 채비를 시작했다. 그러나 삼십 분도 지나지 않아 스크보레시니키에서 알렉세이 예고리치가 찾아왔다. 그는 니콜라이 프세볼로도비치가 이른 시각의 기차를 타고 오전에 '갑자기' 도착했고 스크보레시니키에 와 있지만 '질문에 대답하실 형편은 통 아니시고 온 방을 쭉 지나쳐 도련님의 방에 틀어박히셨다……'라고 아뢰었다.

"도련님의 분부를 거역하고 이리로 와서 아뢰기로 한 것입니다." 알렉세이 예고리치는 매우 인상적인 표정으로 덧붙였다.

바르바라 페트로브나는 그를 꿰뚫을 듯 쳐다보았지만 캐물으려 들지는 않았다. 순식간에 마차를 대령했다. 그녀는 다샤와 함께 떠났다. 달리는 동안 그녀는 자주 성호를 그었다고 한다.

'도련님의 방'은 모든 문이 열려 있고 니콜라이 프세볼로도비치는 어디에도 있지 않았다.

"혹시 다락에 있는 건 아닐까요?" 포무시카가 조심스럽게 말을 꺼냈다.

주목할 만한 점이 있는데, 바르바라 페트로브나의 뒤를 쫓아 몇 명의 하인이 '도련님의 방'으로 들어갔다. 나머지 하인들은 전부 홀에서 기다리고 있었다. 이전 같으면 그들이 이토록 무례하게 예의범절을 깨뜨리는 것은 엄두도 못 냈을 것이다. 바르바라 페트로브나는 보고도 입을 꾹 다물었다.

그들은 다락까지도 올라갔다. 그곳에는 방이 세 칸 있었다. 그러나 어디서도, 아무도 발견할 수 없었다.

"그럼 혹시 저리로 가신 건 아닐까요?" 누군가가 밝고 작은 고미다락방의 문을 가리켰다. 정말로, 언제나 닫혀 있던 고미다락방의 문이 지금은 열려 있을뿐더러 아예 활짝 젖혀져 있었다. 아주 좁고 경사가 끔찍이도 가파른 긴 목조 계단을 따라 거의 지붕 밑으로 해서 힘겹게 올라가야 했다. 거기에도 어떤 자그마한 방이 있었다.

"난 저리로는 가지 않겠다. 그 애가 무슨 까닭으로 저리로 기어가겠느냐?" 바르바라 페트로브나는 끔찍이도 창백해진 얼굴로 하인들을 둘러보았다. 그들은 그녀를 쳐다보며 입을 꾹 다물었다. 다샤는 몸을 떨었다. 바르바라 페트로브나는 곧 계단을 올라갔다. 다샤도 그녀의 뒤를 따랐다. 그러나 고미다락 방에 들어서자마자 비명을 지르며 모든 감각을 잃고 기절했다.

우리 주(州)의 시민이 바로 그곳, 문 뒤에 매달려 있었다. 조그만 탁자 위에는 연필로 몇 마디를 적어 놓은 종이쪽지가 놓여 있었다. "아무도 탓하지 말라, 나 스스로 한 일이다." 바로 그곳, 조그만 탁자 위에는 망치, 비누 조각, 예비로 마련해 둔 것이 분명한 대못이 놓여 있었다. 니콜라이 프세볼로도비치가 목을 맨 튼튼한 비단 끈은 미리 골라서 마련해 둔 것이 분명했는데, 비누가 잔뜩 문질러져 있었다. 모든 것이 미리 계획된 일이고 최후의 순간까지 의식이 있었음을 의미했다.

우리 의료진은 시신을 부검한 다음 광기의 가능성을 전적으로, 완강하게 부인했다.

9장

티혼의 암자에서[37)]

1

니콜라이 프세볼로도비치는 이날 밤 한숨도 자지 못하고 밤새도록 장롱 옆 구석의 점 하나에 시선을 고정한 채 소파에 앉아 있었다. 그의 방에서는 밤새도록 램프가 타오르고 있

37) 원래 도스토옙스키는 「티혼의 암자에서」(「스타브로긴의 고백」으로 알려져 있다.)를 2부 9장으로 의도했지만 《러시아 통보》의 편집자 카트코프의 권유로 싣지 않았고 이후 단행본을 낼 때도 뺐다. 현존하는 원고는 작가의 아내가 갖고 있다가 페테르부르크의 푸시킨 연구소에 소장된 판본(페테르부르크 판본 「티혼의 암자에서」)과 모스크바의 글라바르히보에 보관된 판본(모스크바 판본 「스타브로긴의 고백」) 등 두 가지다. 이 책에서는 아카데미판 전집에 근거하여 익명의 편집자들의 손을 거치지 않은 「티혼의 암자에서」를 번역 대본으로 택했다.

었다. 아침 7시쯤 앉은 채 잠들었었고, 알렉세이 예고로비치가 한 번에 영원히 정해진 습관에 따라 정확히 9시 30분에 아침 커피 한 잔을 들고 들어왔는데 그런 출현으로 그를 깨우자 눈을 떴고 이렇게 오래 자 버린 것에, 이미 너무 늦은 것에 불쾌할 정도로 깜짝 놀란 것 같았다. 그는 서둘러 커피를 마시고 서둘러 옷을 입고 다급히 집을 나섰다. "별다른 분부는 없으실까요?"라는 알렉세이 예고로비치의 조심스러운 질문에는 아무 대답도 하지 않았다. 길을 걸으면서 땅바닥만 내려다보며 깊은 생각에 잠겼고 그저 간간이 고개를 들어 갑자기 가끔 뭔가 애매하지만 강렬한 불안을 내비치곤 했다. 아직은 집에서 멀지 않은 어느 교차로에서 길을 지나는 농군 무리가, 즉 50명 이상쯤 되는 사람들이 그의 길을 가로막았다. 그들은 점잖게, 거의 말없이, 일부러 질서를 유지하며 걷고 있었다. 그는 상점 옆에서 일 분쯤 기다려야 했는데, 누군가가 이들이 '시피굴린 직공들'이라고 말해 주었다. 그는 그들에게 거의 주의를 기울이지 않았다. 드디어 10시 30분쯤, 우리 도시의 끝, 강가에 자리한 스파소-예피미옙스키 보고로드스키 수도원의 대문 앞에 다다랐다. 그 순간 비로소 갑자기 뭔가 떠올랐는지 걸음을 멈추고 서둘러, 불안하게 옆 주머니 속의 뭔가를 더듬어 만지더니 씩 웃었다. 텃밭 안으로 들어서자 제일 먼저 마주친 부사제(副司祭)에게 수도원의 대주교 티혼에게 가려면 어떻게 해야 하는지 물었다. 부사제는 몸을 숙여 인사한 다음 곧장 그를 데려갔다. 긴 이층짜리 수도원의 몸체 끝, 현관 층계에서 그들과 마주친 뚱뚱한 백발의 수도사가 권위적이고 기민하게 부사제에게서 그를 낚아채 길고 좁은 복도로 데려갔는데, 역시나 계속 몸을 숙이면서(비록 몸이 뚱뚱해서 낮게 숙일 수는 없는 까닭에 그저 머리를 자주, 단속적으로 당기는 것일 뿐이었지만) 안 그래도 스타브로긴이 잘 따라가고 있었음에도 계속 어서 오시라며 호들갑을 떨었다. 수도사는 계속 무슨 질문을 늘어놓기도 하고 승원 관장 신부 얘기를 하기도 했다. 그러나 아무 대답도 얻지 못하자 점점 더 공손해졌다. 스타브로긴은, 자기가 기억하는 한 어린 시절에만 와 봤을 뿐임에도, 이곳에서 자기를 알고 있다는 사실을 알아차렸다. 복도의 제일 끝, 문 앞에 다다랐을 때 수도사는 권위적인 듯한 손놀림으로 문을 열었고 막 튀어나온 암자의 수도승에게 들어가도 되느냐고 허물없는 태도로 물어보더니 대답도 기다리지 않고 문을 활짝 열어젖히며 몸을 숙인 채 '귀중한' 방문객을 자기 옆으로 들여보냈다. 그러고는 감사의 말을 듣자마자 꼭 도망치듯 잽싸게 몸을 숨겼다. 니콜라이 프세볼로도비치는 크지 않은 방으로 들어섰고, 거의 그 순간 옆방 문간에 쉰 살쯤 된, 키가 크고 여윈 사람이 모습을 드러냈는데, 그는 소박한 실내용 사제복을 입은 채 겉보기에는 몸이 다소 불편한 듯했으며 모호한 미소를 머금고 다소곳한 듯한 이상한 시선을 보내고 있었다. 바로 티혼이었는데, 니콜라이 프세볼로도비치는 샤토프에게서 그의 얘기를 처음 들었고 그때 이후 그에 관한 이런저런 정보를 수집할 수 있었다.

다양하고 모순되는 정보였지만 뭔가 공통된 것도 있었는데, 바로 티혼을 좋아하든 싫어하든(이런 사람들도 있었다.) 모두 그에 대해서는 왠지 입을 다물었다는 점이고, 싫어하는 사람들은 분명히 멸시하느라 그러했고 신봉자들, 심지어 열렬한 쪽들도 어떤 겸손함에서 그에 대해 어떤 약점이나 유로지브이 성향 같은 뭔가를 감추려는 것 같았다. 니콜라이 프세볼로도비치가 알게 된바, 그는 벌써 육 년째 수도원에 살고 있으며 그를 찾아오는 사람 중에는 아주 소박한 민중도 있고 아주 저명한 인사도 있었다. 심지어 멀리 떨어진 페테르부르크에도 그를 열렬히 존경하는 사람들이 있고 특히 그런 여자들이 많았다. 대신, 지체 높은 우리네 어느 '클럽'의 노친네, 즉 신앙심이 두터운 노친네에게서 "이 티혼이라는 작자는 광인이나 다름없고 적어도 재능이란 전혀 없는 존재이고 틀림없이 술도 마신다."라는 얘기도 들었다. 앞질러 가서 내 쪽에서 덧붙이자면 마지막 얘기는 단연코 헛소리이고 그저 다리에 고질적인 류머티즘을 앓느라 이따금 어떤 신경 발작을 일으키는 것일 뿐이었다. 니콜라이 프세볼로도비치도 알게 된바, 승방에 살던 대주교는 유약한 성격 탓인지 혹은 '지위에 맞지 않는, 용서될 수 없는 멍함' 때문인지 이 수도원에서 특별한 존경을 불러일으키지 못했다. 승원 관장 신부는 자신의 수도원장 의무에 관한 한 냉혹하고 엄격하며 더욱이 학식으로 널리 알려진 자로서 그에게는 심지어 다소간의 적개심마저 품고서 그의 방만한 생활과 거의 이교도적인 측면을 (눈앞에서는 아니고 간접적으로) 비난하기도 했다. 수도원의 형제들도 편찮은 고위 성직자를 아주 막 대하기보다는 말하자면 허물없이 대했다.

티혼의 암자를 이루는 방 두 칸도 어쩐지 이상하게 정리되어 있었다. 닳아빠진 가죽을 씌운 고풍스러운 참나무 가구와 나란히 우아한 물건이 서너 개 있었다. 아주 화려한 안락의자, 훌륭한 솜씨로 만들어진 큰 책상, 우아하게 조각된 책장, 작은 탁자들, 선반들 등 — 모든 것이 선물받은 것이었다. 값비싼 부하라산(産) 양탄자가 있고 그것과 나란히 돗자리가 있었다. '속세의' 내용을 그렸거나 신화 시대를 담은 석판화가 있고 바로 그 구석에 금빛과 은빛을 내며 반짝반짝 빛나는 성상이 든 큰 성상갑이 있었는데, 그중에는 성자의 유해가 든 태고 시절의 것도 하나 있었다. 장서도 너무 천차만별에 모순투성이라고들 말했다. 기독교의 위대한 성직자, 고행 수도사의 저작과 나란히 극장에나 나올 법한 저작들이, '아마 그보다 훨씬 더 못한 것'이 놓여 있는 것이었다.

왠지 쌍방 모두 명백히 어색하게, 심지어 영문을 모르겠다는 듯 서둘러 첫인사를 나눈 다음, 티혼은 손님을 자신의 방으로 데려가 탁자 앞 소파에 앉히고 그 자신은 그 옆, 왕골로 짠 등받이 의자에 자리를 잡았다. 니콜라이 프세볼로도비치는 여전히 자신을 짓누르는 어떤 내적인 흥분 때문에 계속 심히 멍한 상태였다. 그는 뭔가 굉장하고 논쟁의 여지가 없으면서도 동시에 그로서는 거의 불가능한 것을 결심한 것처럼 보였다. 일 분쯤 서재 안을 둘러보았지만 정작 살펴보는 대상의 존재를 인지하지도 못한 것이 분명했다. 생각은 하되 물론 무엇에 대한 것인지는 자신도 알지 못했다. 적막이 그를 깨웠고, 갑자기 티혼이 부끄러운 듯, 심지어 불필요하고 웃긴 어떤 미소까지 머금으며 눈을 내리까는 것처럼 여겨졌다. 이것이 순간적으로 그에게 혐오감을 불러일으켰다. 일어나서 그냥 나가고 싶었고, 더욱이 그의 생각으로는 티혼이 단연코 취해 있었다. 그러나 상대편이 갑자기 눈을 들어 올려 상념에 가득 찬 단호한 시선으로, 그와 더불어 너무 뜻밖의 수수께끼 같은 표정으로 그를 쳐다보았기 때문에 그는 거의 몸을 부르르 떨고 말았다. 무엇 때문인지 티혼이 자기가 왜 왔는지를 벌써 아는 것처럼, 미리 들은 얘기가 있는 것처럼 여겨졌고(이 세계를 통틀어 아무도 그 이유는 알 수 없었겠지만) 그가 먼저 말을 꺼내지 않는다면 그건 상대편이 굴욕감을 느낄까 봐 염려되어 배려하는 것처럼 여겨졌다.

"저를 아십니까?" 그는 갑자기 단속적으로 물었다. "들어올 때 제 소개를 했던가요, 안 했던가요? 정신이 너무 멍해서……."

"자기소개는 하지 않으셨지만, 저는 벌써 사 년쯤 전 어느 날 영광스럽게도 당신을 볼 수 있었는데요, 여기 수도원에서…… 우연히 말입니다."

티혼은 단어를 분명하고 또박또박 발음하면서 아주 차분하고 고르게 부드러운 목소리로 말했다.

"저는 사 년 전에 이 수도원에 온 적이 없는데요." 니콜라이 프세볼로도비치는 심지어 어쩐지 무례하게 반박했다. "어렸을 때나 여기에 왔는데, 신부님께서 아직 이곳에 안 계실 때였습니다."

"혹시 잊으셨을까요?" 티혼이 조심스럽게 지적했는데, 별로 고집을 부리지는 않았다.

"아니, 잊지 않았습니다. 제가 기억을 못 한다면 웃긴 일이죠." 스타브로긴은 왠지 도가 지나칠 만큼 집요하게 굴었다. "아마 신부님께서는 제 얘기를 들으시고 이런저런 개념을 구성해 놓으셨을 뿐인데, 직접 본 것인 양 헷갈렸을 수도 있지요."

티혼은 입을 다물었다. 그때 니콜라이 프세볼로도비치는 그의 얼굴에 가끔 해묵은 신경 쇠약의 징후인 신경 경련이 일고 있음을 알아챘다.

"아무래도 오늘은 신부님께서 몸이 좋지 않으신 것 같습니다." 그가 말했다. "그만 가는 것이 좋을 듯합니다."

그는 심지어 자리에서 일어나려고 했다.

"그래요, 저는 오늘과 어제 다리에 심한 통증을 느끼고 있고 밤에는 잠을 설쳤지요……."

티혼은 말을 멈추었다. 그의 손님은 새로이, 또 느닷없이 다시 좀 전의 그 모호한 깊은 생각 속에 잠겼다. 침묵은 오래, 이 분쯤 이어졌다.

"저를 관찰하셨습니까?" 그는 갑자기 불안하고 미심쩍은 듯 물었다.

"당신을 바라보며 모친의 얼굴선을 기억해 내고 있었습니다. 외적으로는 닮지 않았음에도 내적으로는, 정신적으로는 많이 닮았군요."

"전혀 닮지 않았습니다, 특히 정신적으로는. 심지어 전-혀, 조금도!" 니콜라이 프세볼로도비치는 다시 스스로 영문도 모른 채 필요 이상으로, 도가 지나칠 만큼 고집을 부리며 불안해했다. "신부님께서 그렇게 말씀하시는 것이…… 저의 처지에 대한 동정 때문이라면 그건 헛소리입니다." 그가 갑자기 뇌까렸다. "아하! 설마 어머니께서 신부님을 찾아오십니까?"

"예, 그렇습니다."

"몰랐군요. 어머니에게선 결코 들은 적이 없어요. 자주 오십니까?"

"거의 매달, 그보다 더 자주겠네요."

"결코, 결코 들어 본 적이 없어요. 듣지 못했다고요. 그럼 어머니에게서, 물론, 제가 미치광이라는 얘기도 들으셨겠군요." 그가 갑자기 덧붙였다.

"아니요, 미치광이 얘기 같은 건 아니었습니다. 하긴 비슷한 생각을 들은 적은 있는데, 다른 사람한테서 들은 겁니다."

"그렇다면, 그렇게 쓸데없는 것까지 기억하시니, 기억력이 참 좋으십니다. 따귀 얘기도 들으셨겠네요?"

"뭔가 들은 것이 있습니다."

"즉, 전부로군요. 시간이 그야말로 철철 남아도시는 모양입니다. 결투 얘기도요?"

"예, 그것도요."

"여기서도 아주 많은 얘기를 들으셨군요. 이러니 여기는 신문도 필요 없는 곳이라니까요. 샤토프가 신부님께 제 얘기를 미리 알려 주었죠? 예?"

"아니요. 하긴 난 샤토프 씨를 알긴 하지만 그를 보지 못한 지 벌써 오래되었습니다."

"음……. 저쪽 신부님 방에 있는 저 지도는 뭡니까? 아하, 최근의 전쟁 지도군요! 신부님께 저런 것이 대체 왜?"

"이 지도를 텍스트와 대조하고 있었습니다. 아주 흥미진진한 기록이지요."

"보여 주십시오. 그렇군요, 꽤 괜찮은 저술이군요. 신부님께서 읽기에는 이상한 독본이지만요."

그는 책을 자기 쪽으로 끌어당겨 슬쩍 쳐다보았다. 최근 전쟁의 상황을 방대하고 능수능란하게 저술한 것이었지만, 전쟁의 관점보다는 순수 문학적인 관점에서였다. 책을 잠깐 뒤적이던 그가 갑자기 초조하게 책을 집어 던졌다.

"결단코 모르겠는데, 대체 제가 여기에 왜 왔을까요?" 그는 대답을 기다리는 듯 티혼의 눈을 똑바로 바라보며 꺼림칙한 듯 말했다.

"당신도 몸이 좋지 않으신 것 같은데요?"

"그래요, 좋지 않습니다."

그러고는 갑자기 어떤 것은 이해하기도 힘들 만큼 아주 짤막하고 단속적인 단어로 이야기하길, 자기는 일종의 환각에 시달린다, 특히 밤이면 더 그렇다, 가끔 자기 옆에 심술궂고 조소에 찬 어떤 '이성적인' 존재를 보거나 느낀다, '얼굴도 다양하고 성격도 다양하지만 언제나 똑같은 녀석이고 나는 언제나 골이 난다……'는 것이었다.

이 고백은 해괴망측하고 앞뒤가 맞지 않아 정말로 미치광이한테서 흘러나오는 것 같았다. 그러면서도 니콜라이 프세볼로도비치는 예전의 그에게서는 결코 볼 수 없던 이상할 만큼 노골적인 태도로, 또 그에게 전혀 어울리지 않을 만큼 순진무구한 태도로 말했고, 그 때문에 갑자기, 또 우연히 예전의 그 사람은 그의 내부에서 완전히 사라진 것 같았다. 자신의 환영 얘기를 할 때는 공포감을 드러내는 것을 조금도 부끄러워하지 않았다. 그러나 이 모든 것이 나타났을 때처럼 너무 갑자기, 순간적으로 사라졌다.

"이건 모두 헛소리입니다." 그는 정신이 번쩍 들자 재빨리, 그리고 어정쩡하게 신경질을 부리며 말했다. "저는 의사한테 가 보려고 합니다."

"꼭 그렇게 하시지요." 티혼이 북돋워 주었다.

"신부님께서는 그토록 자신 있게 말씀하시는데…… 그런 환영에 시달리는 저 같은 사람들을 보신 적이 있습니까?"

"보긴 했어도 아주 드문 일이었지요. 제 인생을 통틀어 그런 사람이 한 명 기억나는데, 육군 장교였던 그는 무엇과도 바꿀 수 없는 인생의 벗인 아내를 잃은 후였답니다. 다른 사람의 경우는 얘기만 들었어요. 두 사람 다 외국에서 완치되었다던가…… 그것에 시달리신 지 오래됐습니까?"

"일 년쯤 되었지만, 이건 모두 헛소리입니다. 의사에게 가 보려고요. 이건 모두 헛소리, 끔찍한 헛소리거든요. 이건 저 자신이 다양한 모습으로 나타나는 것일 뿐, 더는 아무것도 아닙니다. 제가 지금 이런…… 어구를 덧붙였으니 분명히 제가 여전히 의심하고 있고 이건 그저 나 자신에 불과할 뿐, 진짜로 악령도 아니라는 점을 확신하지 못한다고 생각하실 테죠?"

티혼은 의문이 담긴 시선으로 쳐다보았다.

"그럼…… 정말로 그것이 보입니까?" 이렇게 물었는데, 즉 그는 이것이 틀림없이 기만적이고 병적인 환각이라는 사실에 대한 어떤 의심도 멀리하는 것이었다. "사실인즉 무슨 형상이 보이는 겁니까?"

"보인다고 신부님께 벌써 말씀드렸는데도 그 점에 대해 집요하시니 이상하군요." 스타브로긴은 단어 하나를 내뱉을 때마다 다시 짜증을 냈다. "당연히 보이죠, 지금 신부님처럼 그렇게 보이고…… 가끔은 보이는데도, 보고 있음에도 보고 있다는 확신이 없고…… 가끔은 내가 본다는 것도 확신이 없고, 무엇이 사실인지, 나 자신인지 그놈인지도 모르겠어요……. 이건 모두 다 헛소리예요. 그런데 신부님께서는 그것이 진짜로 악령이라고 가정하실 수는 도저히 없는 겁니까?" 이렇게 덧붙인 다음 그는 웃음을 터뜨리더니 너무 과격하게 냉소적인 어조로 옮아 갔다. "이것이 신부님의 직업에는 더 잘 어울릴 텐데요?"

"질환이라고 보는 편이 더 맞겠지요, 비록……."

"비록 뭐죠?"

"악령은 틀림없이 존재하지만, 악령에 대한 이해는 극히 다양할 수 있습니다."

"신부님께서 지금 다시 시선을 떨구신 것은," 하고 스타브로긴은 짜증스러운 듯 냉소를 머금으며 말을 받았다. "저로 인해 부끄러워지셨기 때문일 텐데, 내가 악령을 믿으면서도 믿지 않는 것처럼 굴고 간사하게도 악령은 진짜로 있는 거냐, 없는 거냐 하는 질문을 던지니까요."

티혼은 모호한 미소를 지었다.

"그나저나 눈을 내리까는 건 신부님께 전혀 어울리지 않습니다. 부자연스럽고 웃기고 어색하지만 거칠게 구는 신부님을 만족시키기 위해 진지하고 뻔뻔하게 말씀드리겠습니다. 전 악령을 믿고, 더욱이 정전처럼, 알레고리가 아니라 인격체로서 믿고 있습니다. 난 아무에게도, 아무것도 시험해 볼 필요가 없고, 신부님께 드릴 말씀은 이게 전부입니다. 신부님께서는 틀림없이 끔찍이도 기뻐하실 테죠……."

그는 신경질적이고 부자연스러운 웃음을 터뜨렸다. 티혼은 호기심에 차 부드럽고 다소 겁먹은 듯한 시선으로 그를 바라보았다.

"신을 믿으십니까?" 갑자기 스타브로긴이 뇌까렸다.

"믿습니다."

"그대가 믿고 산을 향해 움직이라고 명령하면 산이 움직이리라고 말씀하셨거늘…… 하긴 헛소리입니다. 어쨌든 그래도 호기심이 발동하는군요. 신부님께서는 산을 움직이실 수 있습니까, 없습니까?"

"하느님께서 명령하시면 움직일 수 있습니다." 티혼은 다시 슬그머니 눈을 내리깔며 조용히 자신을 억누르듯 말했다.

"뭐, 그건 신이 직접 움직이는 것이나 다를 바 없잖습니까. 아니, 신부님, 신부님께서 신에 대한 믿음의 보답으로써 말입니다."

"아마 움직이지 못할 겁니다."

"'아마?' 그것 참 나쁘지 않군요. 왜 의심하십니까?"

"완전히 믿지는 않으니까요."

"뭐라고요? 신부님께서 완전히 믿지는 않는다고요? 전적으로 그렇지는 않다고요?"

"그래요? 아마 완벽하지는 못할 겁니다."

"저런! 적어도 어쨌든 신의 도움을 받더라도 움직일 수 있으리라고 믿으시니, 그것만도 적은 건 아니군요. 어쨌든 역시 대주교였지만 사실상 검의 위협을 받던 어떤 사람의 아주 조금(très peu)보다는 많은 것이거든요. 신부님께서는 물론 기독교인이겠지요?"

"주님의 십자가를, 주여, 부끄럽게 여기지 않도록 하소서." 티혼은 이렇게 웅얼거렸는데, 어쩐지 열정적으로 속삭이듯 말하며 고개를 더욱더 수그렸다. 갑자기 그의 입술 언저리가 신경질적으로 재빨리 움직였다.

"신을 완전히 믿지도 않으면서 악령을 믿을 수 있을까요?" 스타브로긴이 웃기 시작했다.

"오, 정말 그럴 수 있지요, 그것도 끊임없이." 티혼은 눈을 들어 올리고 역시나 미소를 지었다.

"확신하건대, 신부님께서는 완전한 불신보다는 어쨌든 그런 믿음이 더 공경할 만한 것이라고 생각하시는군요…… 오, 신부님!" 스타브로긴이 껄껄 웃기 시작했다. 티혼은 그에게 다시 미소를 지었다.

"정반대로, 완전한 무신론이 세속적인 무관심보다는 더 공경할 만한 것이지요." 그는 명랑하고 순박하게 덧붙였다.

"어라, 그렇게 생각하시는군요."

"완벽한 무신론자는 완벽한 믿음에 이르는 계단 중 마지막 계단의 바로 아래 계단에 서 있는 것이지만(그곳에서 계단을 올라서든 아니든) 무심한 자는 고약한 공포를 제외하면 어떤 믿음도 없습니다."

"그런데 신부님께서는…… 묵시록을 읽으셨습니까?"

"읽었지요."

"'라오디게이아 교회의 천사에게 이 글을 써서 보내어라……', 기억하십니까?"

"기억합니다. 근사한 구절이지요."

"근사하다고요? 대사제가 쓰기에는 이상한 표현이군요, 대체로 신부님은 괴짜입니다……. 신부님의 책은 어디 있습니까?" 스타브로긴은 어쩐지 이상할 만큼 서두르고 불안해하며 눈으로 탁자 위의 책을 찾고 있었다. "제가 신부님께 읽어 드리고 싶은데…… 러시아어 번역본이 있습니까?"

"내가 알고 있습니다, 그 부분을 알아요, 아주 잘 기억하지요." 티혼이 말했다.

"외우십니까? 암송해 보십시오……!"

그는 급히 눈을 내리깔며 두 손바닥으로 무릎을 누른 채 초조하게 들을 준비를 했다. 티혼은 토씨 하나 틀리지 않고 기억하며 암송했다. "라오디게이아 교회의 천사에게 이 글을 써서 보내어라. 아멘이시며 진실하시고 참되신 증인이시며 하느님의 창조의 시작이신 분이 말씀하신다. '너는 네가 한 일을 잘 알고 있다. 너는 차지도 않고 뜨겁지도 않다. 차라리 네가 차든지, 아니면 뜨겁든지 하다면 얼마나 좋겠느냐! 그러나 너는 이렇게 뜨겁지도, 차지도 않고 미지근하기만 하니 나는 너를 입에서 뱉어 버리겠다. 너는 스스로 부자라고 하며 풍족하여 부족한 것이 조금도 없다고 말하지만 사실은 네 자신이 비참하고 불쌍하고 가난하고 눈멀고 벌거벗었다는 것을 깨닫지 못하고 있다…….'"

"됐습니다." 스타브로긴이 말을 끊었다. "이건 골수분자를 위한 것, 이건 무심한 자들을 위한 것입니다, 그렇지 않습니까? 있잖습니까, 저는 신부님이 매우 좋아요."

"나도 당신이 좋아요." 티혼이 반쯤 속삭이는 듯한 목소리로 대답했다.

스타브로긴은 입을 다물더니 갑자기 아까처럼 깊은 상념 속으로 빠져들었다. 무슨 발작처럼 일어난 일인데, 벌써 세 번째였다. 게다가 티혼에게 '좋아요.'라고 말한 것 역시 무슨 발작 같은 것, 적어도 그 자신도 전혀 예기치 못한 말이었다. 일 분 이상의 시간이 지났다.

"화내지 말아요." 티혼은 이렇게 속삭이며 손가락으로 그의 팔꿈치를 살짝 건드렸는데 그 자신도 겁먹은 듯했다. 상대방은 몸을 부르르 떨고 격분한 듯 양미간을 찌푸렸다.

"제가 화났다는 건 어떻게 아셨습니까?" 그가 빨리 말했다. 티혼은 뭔가 말하고 싶은 눈치였지만, 상대방은 갑자기 설명할 수 없는 불안에 휩싸여 그를 가로막았다.

"신부님께서는 어떻게 제가 틀림없이 격분했으리라고 가정하신 겁니까? 예, 저는 화가 났고 신부님 말씀이 옳은데, 바로 신부님께 '좋아요.'라고 말했기 때문이죠. 신부님 말씀이 옳지만, 신부님께서는 거친 냉소주의자에 불과합니다, 인간의 본성에 대해 굴욕적인 생각을 갖고 계시니까요. 분노란 있을 수도 없었습니다, 그저 제가 아닌 다른 사람이라면 모를까…….

하긴 문제는 인간이 아니라 저에 관한 것입니다. 어쨌든 신부님께서는 괴짜에 유로지브이군요……" 그는 점점 더 심하게 짜증을 냈고, 이상하게도, 전혀 말을 가리지 않았다.

"신부님, 전 간첩과 심리학자라면, 적어도 제 영혼 속을 기어드는 자들이라면 질색입니다. 저는 그 누구도 제 영혼 속으로 부르지 않아요, 그 누구도 필요치 않거니와 저 스스로 살아갈 재간이 있어요. 제가 신부님을 두려워한다고 생각하십니까?" 그는 언성을 높이며 도전하듯 얼굴을 쳐들었다. "제가 신부님께 어떤 '무서운' 비밀을 고백하러 왔다고 전적으로 확신하시고, 나름 또 일가견이 있는 예의 그 수도사다운 호기심을 갖고 그것을 기다리시는 거죠? 자, 그럼, 제가 신부님께는 아무것도, 어떤 비밀도 고백하지 않을 것이라는 점, 알아 두세요, 신부님 따위는 전혀 필요 없거든요."

티혼은 단호하게 그를 바라보았다.

"'하느님의 어린양'이 그저, 마냥 미지근한 것보다는 차가운 것을 더 좋아한다는 사실에 충격을 받으셨군요." 그가 말했다. "당신은 미지근하기만 한 것이 되기는 싫은 겁니다. 굉장한, 아마 끔찍한 계획이 당신을 사로잡고 있다는 예감이 드는군요. 만약 그렇다면, 부디 자신을 괴롭히지 마시고 여기 들고 오신 것을 모두 얘기하세요."

"그러니까 제가 뭔가 들고 왔다고 확신하시는 거로군요?"

"나는…… 얼굴을 보고서 그렇게 짐작했습니다." 티혼은 눈을 내리깔면서 속삭였다.

니콜라이 프세볼로도비치는 약간 창백해졌고 손이 조금 파르르 떨렸다. 몇 초 동안 미동도 없이, 말없이 최종적인 결심을 하듯 티혼을 바라보았다. 드디어 프록코트의 옆 주머니에서 뭔가가 쓰인 종잇장들을 꺼내더니 탁자 위에 올려놓았다.

"여기 널리 퍼질 예정인 종잇장들이 있습니다." 그는 다소 탁탁 끊기는 목소리로 말했다. "만약 한 명이라도 읽게 된다면, 저는 이미 이것들을 숨기지 않고 모든 사람이 읽게 하리라는 것을 알아 두십시오. 그렇게 결정되었습니다. 신부님은 전혀 필요 없어요, 나 스스로 모든 걸 결정했으니까. 그러나 읽어 보십시오……. 읽으실 동안에는 아무 말씀도 하지 마시고 다 읽으신 다음 — 전부 말씀해 주십시오……."

"읽을까요?" 티혼이 주저하며 물었다.

"읽으십시오. 전 오래전부터 평온하니까요."

"아니, 안경이 없어서 알아볼 수가 없군요, 외국에서 인쇄된 것이고 글씨도 잘고."

"여기 안경 있습니다." 스타브로긴은 탁자 위에 있는 안경을 건네주고 소파의 등받이로 몸을 젖혔다. 티혼은 읽기에 몰두했다.

2

그것은 정말로 외국에서 인쇄된 것으로서 작은 양식의 평범한 우편 용지로 사용되는 종이 석 장에 인쇄한 다음 대충 제본한 것이었다. 분명히 외국에 있는 어느 러시아 인쇄소에서 몰래 찍은 것이며 척 보기에도 종잇장은 격문과 매우 비슷했다. 제목 자리에는 '스타브로긴으로부터'라고 쓰여 있었다.

나는 이 서류를 내 연대기에 있는 그대로 삽입하겠다. 이 서류가 이제는 이미 많은 사람에게 알려져 있음을 생각해야 한다. 나는 그저 철자법 실수만 몇 개 교정했는데, 어쨌든 작가가 교육받은 사람이고 독서량이 상당히 많은(물론, 상대적으로 판단해서) 사람이었던 탓에, 실수가 상당히 많아서 심지어 약간은 놀라고 말았다. 문체에 관한 한, 부정확하고 심지어 불분명하지만 조금도 바꾸지 않았다. 어떤 경우든 이 작가가 무엇보다도 전혀 문학가가 아니라는 사실은 명백하다.

스타브로긴으로부터

나, 퇴역 장교인 니콜라이 스타브로긴은 186○년 페테르부르크에서 방탕에 빠져 살았지만 거기서는 만족감을 찾을 수 없었다. 그 당시 나는 어느 기간 동안 집이 세 군데였다. '그곳들' 중 한 곳에서는 식사와 하녀까지 제공되는 방을 얻어 여관처럼 살고 있었는데, 현재 나의 합법적인 아내 마리야 레뱌드키나가 당시 그곳에 있었다. 한편 다른 두 집은 당시 어떤 음모를 위해 빌린 월세방이었다. 그중 한 집에는 나를 사랑하는 어떤 부인을, 다른 집에는 그녀의 하녀를 들였고, 한동안 주인마님과 하녀가 나의 친구들과 남편이 동석해 있을 때 나의 집에서 마주치도록, 두 여자를 그렇게 몰아가려는 계략에 매우 몰두해 있었다. 둘의 성격을 잘 아는 터라 이 멍청한 장난을 통해 큰 만족감을 얻으리라고 내심 기대했던 것이다.

이 만남을 살짝살짝 준비하면서 나는 이 집 중 고로호바야 거리의 저택에 딸린 집을 제일 자주 방문해야 했는데, 그 하녀가 여기로 왔기 때문이다. 그곳에서는 러시아 태생 평민들이 사는 집 4층에서 단칸방 하나만 달랑 빌려 썼다. 그들 자신은 옆의 또 다른 방에 살았는데, 얼마나 비좁은지 두 방을 갈라놓은 문을 언제나 활짝 열어 놓았고 이는 내가 원하는 바이기도 했다. 남편은 누군가의 사무실에 가 있느라 아침부터 밤까지 집을 비웠다. 아내인 마흔 살가량의 아줌마는 뭔가를 자르고 낡은 것을 기워 새것으로 만들곤 했는데, 역시나 바느질한 것을 갖다 주기 위해 집을 비우는 일이 잦았다. 나는 열네 살쯤으로 생각되는, 겉보기에는 완전히 어린애나 다름없는 그들의 딸과 단둘이 남아 있곤 했다. 아이의 이름은 마트료샤였다. 어머니는 아이를 사랑했지만, 그들의 습관상 때리고 아줌마답게 끔찍이도 고함을 치곤 했다. 이 소녀는 내 시중을 들기도 하고 병풍 뒤쪽을 청소해 주기도 했다. 공언하건대, 그 집의 호수를 잊어버렸다. 지금 조사해서 알게 된 바로는 낡은 건물은 허물어지고 대지는 팔리고 예전에 건물 두세 채가 있던 자리에는 아주 큰 새 건물이 한 채 서 있다. 그 평민들의 이름도 잊었다.(당시에도 몰랐을 것이다.) 내 기억으로, 평민 부인의 이름은 스테파니다 미하일로브나였던 것 같다. 그의 이름은 기억도 안 난다. 그들이 어느 가문 출신인지, 어디서 와서 어디로 갔는지 전혀 모르겠다. 그들을 꼭 찾고 싶어서 페테르부르크 경찰서에서 가능한 모든 조회를 해 본다면 족적을 찾을 수도 있으리라 생각된다. 집은 마당의 한구석에 있었다. 모든 일이 6월에 일어났다.

건물의 색은 밝은 푸른빛이었다.

어느 날 나는 아무 쓸모도 없어져 책상 위에서 그냥 되는대로 굴러다니던 펜 나이프를 잃어버렸다. 여주인에게 이야기했는데 딸을 호되게 때리리라고는 전혀 생각하지도 못했다. 그러나 여주인은 다짜고짜 무슨 헝겊 조각이 없어졌다고, 어린애가 가져갔다고 의심하며 고함을 지르고(나는 소박하게 살았고 그들도 나에게 거리낌이 없었다.) 심지어 머리채를 잡아당기기도 했다. 문제의 그 헝겊 조각이 식탁보 밑에서 발견되었을 때 소녀는 단 한마디도 대들려 하지 않고 그저 말없이 쳐다보기만 했다. 나는 이 점을 인지했고 그 순간, 그 이전까지는 그저 어른거리는 정도였던 어린애의 얼굴도 처음으로 잘 인지했다. 아이는 머리카락과 눈썹이 금발이고 주근깨가 있는 평범한 얼굴이었지만 어린애답고 조용한, 굉장히 조용한 느낌이 넘쳤다. 어머니는 괜히 얻어맞은 것을 책망하지 않는 것이 또 못마땅해서 주먹을 휘둘러 댔지만 때리지는 않았다. 그때 마침 내 나이프 사건이 터졌다. 정말로 우리 셋을 빼고 아무도 없었고 나의 병풍 뒤로 들어왔던 사람은 오직 그 소녀뿐이었다. 아줌마는 처음에 아이를 때린 것이 옳지 못했기 때문에 격분했고, 빗자루로 돌진하더니 거기서 나뭇가지를 뜯어내 내가 보는 앞에서 상처가 날 때까지 두들겨 팼다. 마트료샤는 매를 맞으면서도 비명 한번 지르지 않았지만, 매질이 가해질 때마다 어쩐지 이상하게 훌쩍거렸다. 그리고 그다음에는 아주 심하게 훌쩍거렸다, 꼬박 한 시간을.

그러나 그 일 직전에 이런 일이 있었다. 여주인이 회초리를 잡아 빼기 위해 빗자루로 돌진하던 그 순간, 나는 나의 침대 위에서 어쩌다가 책상에서 떨어진 나이프를 발견했다. 당장 내 머릿속에서는 아이가 얻어맞도록 이걸 알려 주지 말자는 생각이 떠올랐다. 순간적으로 결정한 것이다. 이런 순간이면 나는 숨이 탁 막히곤 한다. 그러나 나는 숨기는 것이 더 이상 하나도 남지 않도록 모든 것을 더 확고한 말로 이야기해 볼 작정이다.

내 인생에서 처해 본 굉장히 치욕적이고 무한정 굴욕적이고 비열하고, 무엇보다도 웃긴 상황이라면 뭐든 언제나 내게서 한량없는 격노와 더불어 무궁무진한 쾌감을 불러일으켰다. 범죄의 순간처럼, 목숨이 위태로운 순간처럼 말이다. 만약 뭘 훔쳤다면 나는 훔치는 동안 내 저열함의 깊이를 의식하는 데서 비롯되는 환희를 느꼈을 것이다. 내가 좋아한 것은 이 저열함이 아니라(그 순간에도 나의 의식은 전적으로 온전했다.) 저열함에 대한 고통스러운 의식에서 나오는 환희가 내 마음에 들었다. 결투선에 서서 적수의 일발을 기다릴 때도 매번 꼭 그처럼 치욕적이고 광포한 감각을 느꼈는데, 어느 날은 그 느낌이 굉장히 강했다. 자인하건대, 그것이 나에게는 이런 종류의 그 어떤 것보다도 더 강렬했기 때문에 내 쪽에서 추구했다. 따귀를 맞을 때면(따귀를 맞은 적이 인생에 두 번 있다.) 그 순간에는 끔찍한 격노에도 불구하고 꼭 그랬다. 그러나 그때 그 격노를 억누르기만 하면 쾌감은 상상할 수 있는 모든 것을 초월할 정도였다. 이런 얘기는 결코 아무에게도 한 적이 없고 심지어 암시도 한 적 없이 수치와 치욕인 양 감추어 왔다. 그러나 페테르부르크의 술집에서 한 번 심하게 얻어맞고 머리카락을 잡힌 채 질질 끌려다녔을 때는 그 감각을 느끼지 못했고 오직 한량없는 격노만 느꼈을 따름인데, 술에 취하지 않은 채로 싸움질만 했을 뿐이다. 그러나 그 프랑스인이, 즉 내 빰을 때리고 그 때문에 내가 그의 아래턱을 총알로 박살 낸 그 남작이 외국에서 내 머리카락을 움켜쥐고 나를 꺾었다면 환희를 느꼈지, 격노를 느끼지는 않았을 것이다. 당시 내게는 그렇게 여겨졌다.

이 모든 것은 이런 감각이 나라는 존재를 온전히 정복한 적은 결코 없었음을, 언제나 의식이, 그것도 가장 완전한 의식(모든 것이 이 의식에 근거한 것 아닌가!)이 남아 있었음을 누구나 알도록 하기 위해서다. 비록 감각이 이성을 잃을 만큼 나를 점령하기도 했지만 망아지경에 이른 적은 결코 없었다. 내 내부의 완벽한 불꽃에 이르면, 동시에 그것을 완전히 점령할 수도, 심지어 최정점에서 정지할 수도 있었다. 단, 나 스스로 정지하고 싶은 일이 결코 없었을 따름이다. 나는 천부적으로 짐승 같은 정욕을 타고났으며 언제나 그것을 도발할 수 있었음에도 평생을 수도사처럼 살 수도 있으리라고 확신한다. 열여섯 살까지 이례적인 무절제를 뽐내며 장자크 루소가 고백한 저 죄악에 몸을 내맡겼는데, 열일곱 살에 내 마음이 내켰던 그 순간에 중단했다. 나는 내가 원하기만 한다면 언제나 나 자신의 주인이다. 그러니 내가 환경이나 병 따위에서 면죄부를 찾고 싶은 마음은 조금도 없다는 사실을 알아 두시라.

체벌이 끝나자 나는 나이프를 조끼 주머니에 넣고 밖으로 나온 다음 아무도 절대 알지 못하도록 집에서 멀리 떨어진 거리에다 내버렸다. 그다음 이틀을 기다렸다. 소녀는 좀 울고 나더니 말수가 훨씬 더 줄어들었다. 그렇다고 나에게 분한 감정을 품지는 않았으리라고 확신한다. 분명히, 내가 보는 앞에서 그런 모습으로 벌을 받았다는 것, 즉 물론 내가 그 자리에 서서 다 보았기 때문에 매질을 당하면서 비명도 못 지르고 그저 훌쩍거릴 수밖에 없었던 것에 어떤 수치심을 느끼기는 했겠지만 말이다. 그러나 이 수치심에 대해서도 어린애답게 분명히 오직 자기 하나만 탓했을 것이다. 지금까지도 그저 나를 두려워했을 뿐인데, 개인적인 감정이 있어서가 아니라 하숙인이자 타인으로서 그런 것이고 매우 겁을 먹은 것 같았다.

바로 그때 요 이틀 동안 나는 생각 중인 이 계획을 그만두고 떠날 수 있을까, 하는 질문을 나 자신에게 던져 보기도 했는데, 할 수 있다, 언제라도, 당장이라도 할 수 있다는 느낌이 들었다. 그 무렵 무심함이라는 병 때문에 자살이라도 하고 싶었다. 무엇 때문인지는 모르겠지만 말이다. 요 이삼 일 동안(반드시 소녀가 모든 것을 잊을 때까지 기다려야 했다.) 나는 아마 나 자신을 끊임없는 몽상으로부터 떼 내기 위해, 혹은 그저 웃음거리로 만들 작정으로 방에서 절도를 범했다. 내 인생에서 유일한 절도였다.

이 집에는 많은 사람이 둥지를 틀고 있었다. 그런데 가족이 딸린 어느 관리가 가구가 갖춰진 두 칸의 방에서 살고 있었다. 마흔 살쯤 되었고 별로 어리석은 사람도 아니고 용모도 점잖았지만 가난했다. 나는 그와 어울리지도 않았고, 그는 그때 나를 에워싼 친구들을 두려워했다. 그는 그때 막 봉급 35루블을 받은 상태였다. 나를 무엇보다도 충동질한 것은 그 순간 정말로 돈이 필요했다는 점(비록 나흘 뒤에 송금받긴 했지만)이고 그 때문에 장난질이 아니라 꼭 필요해서 훔친 셈이 되었다. 일은 뻔뻔하고 노골적으로 행해졌다. 나는 그가 아내, 아이들과 다른 골방에서 식사하고 있을 때 그냥 그의 방으로 들어갔다. 그때 문 옆의 의자 위에 제복을 개 놓았다. 나에겐 벌써 복도에 있을 때부터 이 생각이 갑자기 떠올랐다. 나는 호주머니 속에 손을 넣어 지갑을 꺼냈다. 그러나 관리가 사각거리는 소리를 듣고 골방에서 힐끔 쳐다보았다. 적어도 심지어 뭐든 보았는지도 모르겠지만, 전부는 아니었을 테니까 물론 제 눈을 믿지 못했을 것이다. 나는 복도를 지나가다 그의 벽시계로 시간을 보기 위해 들렀다고 말했다. "멎었는걸요." 그가 대답했고 나는 나왔다.

그때 나는 많이 마셨고 내 방에는 일개 중대가 모여 있었는데 레뱌드킨도 끼어 있었다. 잔돈이 든 지갑은 내던졌고 지폐는 남겨 두었다. 32루블, 즉 붉은 지폐 석 장과 노란 지폐 두 장이었다. 당장 붉은 지폐를 헐어 샴페인을 사 오라며 사람을 보냈다. 그다음에는 다시 붉은 지폐를, 이어서 또 지폐를 보냈다. 네 시간쯤 뒤 벌써 저녁이 되었을 때 관리는 복도에서 나를 기다리고 있었다.

"니콜라이 프세볼로도비치, 아까 들르셨을 때 혹시 어쩌다 의자에서 제복을 떨어뜨리셨는지요…… 문 옆에 있었는데요?"

"아뇨, 기억이 없군요. 그런데 당신 댁에 제복이 놓여 있었습니까?"

"예, 그랬습니다."

"마룻바닥에요?"

"처음에는 의자에, 그다음에는 마룻바닥에요."

"아니, 그래서 집어 올렸습니까?"

"그랬지요."

"그럼 더 이상 뭐가 문제입니까?"

"그러시다면, 아무것도 아닙니다……." 그는 감히 말을 다 끝내지도 못했고, 게다가 내 방의 그 누구에게도 말을 걸 엄두조차 내지 못했으니 이 사람들은 그토록 겁이 많았던 것이다. 하긴 이 집의 모두가 나를 끔찍이도 두려워하고 또 존경했다. 나중에 나는 복도에서 두어 번쯤 그와 눈을 마주치는 것이 좋았다. 곧 지루해졌다.

사흘이 지나자마자 나는 고로호바야로 돌아왔다. 어머니가 보따리를 들고 어디론가 나가는 참이었다. 그 평민은 당연히 없었다. 나와 마트료샤만 남게 되었다. 창문은 활짝 열려 있었다. 집에는 여전히 직공들이 살고 있었고 하루 종일 모든 층에서 망치 소리나 노랫소리가 들렸다. 우리는 벌써 한 시간째 그러고 있었다. 마트료샤는 나에게서 등을 돌린 채 골방의 의자에 앉아 바늘과 씨름하고 있었다. 드디어 갑자기 조용히, 아주 조용히 노래를 부르기 시작했다. 그 아이에게는 가끔 있는 일이었다. 나는 시계를 꺼내서 몇 시인지 보았는데, 2시였다. 심장이 뛰기 시작했다. 그러나 그때 나는 갑자기, 또다시 자신에게 질문을 던졌다. 멈출 수 있을까? 그 즉시 할 수 있다고 대답했다. 나는 일어나서 아이에게 살며시 다가갔다. 그 방의 창가에는 제라늄이 많았고 태양이 끔찍이도 환히 빛났다. 나는 조용히 마룻바닥에 나란히 앉았다. 아이는 몸을 부르르 떨었고 처음에는 한없이 경악하며 벌떡 일어났다. 나는 아이의 손을 잡고 조용히 입을 맞추었으며 의자에 앉은 아이의 몸을 살짝 구부려 눈을 들여다보기 시작했다. 내가 아이의 손에 입을 맞춘 것이 갑자기 그 아이를 아기처럼 웃겨 버렸지만 겨우 한순간일 뿐, 다음번에는 아이가 저돌적으로, 벌써 얼굴에 경련이 일 만큼 경악하며 벌떡 일어났던 것이다.

아이는 꼼짝도 하지 않는 시선으로 나를 무섭도록 쳐다보며 울음을 터뜨릴 듯이 입술을 씰룩거렸지만 소리는 지르지 않았다. 나는 다시 아이의 손에 입을 맞추기 시작했고 아이를 내 무릎 위로 끌어다 앉힌 다음 얼굴과 다리에 입을 맞추었다. 내가 다리에 입을 맞추자 아이는 온몸을 뒤로 빼면서 부끄럽다는 듯이 미소를 지었지만 어딘가 삐뚜름한 미소였다. 부끄러운 나머지 얼굴이 온통 달아올랐다. 나는 아이에게 계속 뭔가를 속삭였다. 마침내, 갑자기 결코 잊지 못할, 나를 놀라게 할 만큼 이상한 일이 일어났다. 즉, 소녀가 두 팔로 내 목을 껴안고 갑자기 스스로 마구잡이로 키스를 퍼붓기 시작했다. 아이의 얼굴은 완전한 환희를 표현했다. 나는 너무 가여워서 — 이런 조막만 한 어린아이에게 이런 것이 있음이 그토록 불쾌했던 까닭에 — 하마터면 일어나 그냥 가 버릴 뻔했다. 그러나 나는 나의 돌발적인 공포심을 이겨 냈고 그냥 남아 있었다.

모든 것이 끝나자 아이는 당혹스러워했다. 나는 그런 느낌을 없애 주려고 하지도 않고 더 이상 애무해 주지도 않았다. 아이는 나를 쳐다보며 조심스럽게 미소를 지었다. 아이의 얼굴이 나에게는 갑자기 멍청해 보였다. 당혹감은 매 순간 급속도로, 점점 더 거세게 아이를 점령했다. 마침내는 두 손으로 얼굴을 가렸고 얼굴을 구석의 벽에 댄 채 서서 꼼짝하지 않았다. 나는 아이가 아까처럼 다시 깜짝 놀랄까 봐 두려워 말없이 집을 나왔다.

이 모든 사건을 아이는 종국에는 무한히 추한 짓으로 여기고 죽음 같은 공포를 느꼈음이 분명하리라고 생각된다. 기저귀 차던 시절부터 들어 왔음이 분명한 러시아의 욕설과 온갖 이상한 대화에도 불구하고, 나는 아이가 여전히 아무것도 이해하지 못했노라고 전적으로 확신한다. 결국에는 분명히 무한정 죄를 범했으며 그 일에 있어 죽도록 잘못이 있다고, '하느님을 죽였다'라고 생각했으리라.

그날 밤 나는 잠깐 언급한 그 술집에서 바로 그 싸움을 했다. 그러나 아침 무렵에는 내 방에서 잠을 깼는데, 레뱌드킨이 데려다준 것이었다. 깬 직후에 제일 먼저 든 생각은 그 아이가 말을 했을까 안 했을까 하는 것이었다. 비록 그다지 강렬한 건 아니었지만 그래도 진정한 공포의 순간이었다. 그날 아침 나는 매우 즐거웠으며 모두에게 끔찍이도 친절했으며 중대 전체가 나에게 매우 만족했다. 그러나 나는 그들 모두를 버려두고 고로호바야로 갔다. 나는 현관 아래쪽에서 아이와 마주쳤다. 치커리 심부름을 나왔다가 상점에서 나오는 길이었다. 나를 보자 아이는 끔찍한 공포에 휩싸여 계단을 따라 위쪽으로 질주했다. 내가 들어갔을 때 어머니는 아이가 '쏜살같이' 집에 뛰어들어 왔다며 벌써 두 번이나 뺨을 찰싹찰싹 때렸고, 그 때문에 아이가 진짜 경악한 이유는 숨겨졌다. 그리하여 당분간은 모든 것이 평온했다. 아이는 어딘가에 틀어박혔고 내가 있는 동안에는 줄곧 들어오지 않았다. 나는 한 시간쯤 있다가 나왔다.

저녁 무렵 나는 다시 공포를 느꼈지만 이미 비할 데 없이 강렬한 공포였다. 물론 발뺌할 수도 있지만, 죄가 발각될 수도 있었다. 눈앞에서는 감옥이 어른거렸다. 이 경우를 제외하면 나는 이전에도 내 인생에서 절대 공포를 느낀 적이 없고 이후에도 아무것도 두렵지 않았다. 특히 시베리아조차 두렵지 않았는데, 그리로 유형을 떠날 뻔한 적도 한두 번이 아니다. 그러나 이번에는 경악했으며 내 평생 처음으로 정말로 이유를 알지 못한 채 공포를 — 아주 고통스러운 감각을 느꼈다. 그 밖에도, 저녁에 내 방에서 그 아이가 너무 증오스러워져 죽일 결심을 할 정도였다. 아이의 미소가 떠오를 때면 무엇보다도 증오스러웠다. 나의 내부에서는 모든 일 이후에 아이가 구석으로 달려가 두 손으로 얼굴을 가린 것 때문에 한량없는 흉측함이 담긴 경멸이 생겨났고 해명할 길 없는 광란에 사로잡혔고 이어 오한이 엄습했다. 아침 무렵 열이 나자 다시 공포에 사로잡혔지만 이미 너무도 강렬해서 이보다 더 강렬한 괴로움은 전혀 알 수 없을 정도였다. 그러나 난 이미 더 이상 이 소녀를 증오하지 않았다. 적어도 저녁 무렵과 같은 발작에는 이르지 않았다. 나는 강렬한 공포가 증오와 복수심을 완전히 쫓아내고 있음을 알아차렸다.

정오 무렵 잠에서 깼을 때는 몸이 가뿐했고 심지어 어제의 감각 중 어떤 것에는 심지어 놀라기까지 했다. 나는, 그렇지만,

기분이 고약해서, 온갖 혐오에도 불구하고, 또다시 고로호바야에 가지 않을 수 없었다. 그 순간 누구든 싸움을 걸고 싶어 안달이 났던 기억이 나는데, 단, 진지한 싸움이어야 했다. 그러나 고로호바야에 갔더니 갑자기 내 방에서 니나 사벨리예브나라는 하녀가 벌써 한 시간째 나를 기다리고 있음을 알게 되었다. 이 처녀를 나는 전혀 사랑하지 않았고, 그 때문에 부르지도 않았는데 찾아왔다고 내가 화를 낼까 봐 그녀 쪽에서 약간의 공포마저 느끼면서 찾아온 것이었다. 그러나 갑자기 그녀가 매우 반가웠다. 그녀는 예쁘장하고 몸가짐도 얌전하고 평민들이 좋아하는 예의범절도 갖추고 있어, 우리 여주인 아줌마는 벌써 오래전부터 그녀를 매우 칭찬한 터였다. 내가 도착했을 때 그 두 여자는 커피를 마시는 중이었고 여주인은 유쾌한 대화에 굉장히 만족했다. 그들의 골방 구석에서 나는 마트료샤를 알아보았다. 아이는 어머니와 손님을 꼼짝도 않고 바라보며 서 있었다. 내가 들어서자 그때처럼 몸을 숨기지도, 달아나지도 않았다. 그저 아이가 매우 여위었고 열이 좀 있는 것 같은 생각이 들었다. 나는 니나를 애무하고 여주인 방으로 통하는 문을 잠갔는데 오래전부터 없던 일이라 니나는 나갈 때 완전히 기쁨에 차 있었다. 내가 직접 그녀를 데리고 나왔고 이틀 동안 나도 고로호바야로 돌아가지 않았다. 나는 벌써 지겨워졌다.

나는 모든 것을 끝내고 집도 정리하고 아예 페테르부르크를 떠나기로 마음먹었다. 그러나 내가 집을 정리하러 왔을 때 보니 여주인이 불안과 고뇌에 휩싸여 있었다. 마트료샤가 벌써 사흘째 앓고 있는데 매일 밤 열에 들떠 누워 있고 밤에는 미망에 들떠 헛소리를 한다는 것이었다. 응당, 아이가 무슨 헛소리를 하느냐고 물어보았다.(우리는 내 방에서 속삭이듯 말하고 있었다.) 그녀는 "무서워 죽겠어요."라고, "나는 하느님을 죽였어요."라고 헛소리를 한다고 속닥댔다. 내 돈으로 의사를 데려오겠다고 제안했지만 그녀가 원하지 않았다. "하느님께서 알아서 낫게 해 주시겠지요, 계속 누워 있지는 않거든요, 낮에는 밖에 나가기도 해요, 방금도 상점에 다녀온걸요." 나는 마트료샤가 혼자 있을 때 오기로 마음먹었는데, 여주인이 5시쯤 페테르부르크스카야에 다녀와야 한다고 말했기 때문에 저녁에 다시 와 보기로 했다.

나는 술집에서 식사했다. 정확히 5시 15분에 다시 왔다. 나는 언제나 내 열쇠를 갖고 드나들었다. 마트료샤 말고는 아무도 없었다. 아이는 골방의 병풍 너머 어머니 침대에 누워 있었는데, 아이가 나를 쳐다보는 것을 보았다. 그러나 알아채지 못한 척했다. 창문은 전부 열려 있었다. 공기는 따뜻하다 못해 푹푹 쪘다. 나는 방을 거닐다가 소파에 앉았다. 최후의 순간까지 전부 기억난다. 마트료샤에게 말을 걸지 않는 것이 나에게는 단연코 만족감을 주었다. 꼬박 한 시간을 기다리며 앉아 있었는데, 갑자기 아이가 병풍 너머에서 벌떡 일어났다. 아이가 침대에서 벌떡 일어날 때 두 발이 마룻바닥을 때리는 소리가, 그 다음 상당히 빠른 발소리가 들렸고, 아이는 어느덧 내 방의 문지방에 서 있었다. 아이는 말없이 나를 쳐다보았다. 그때 이후요 나흘 혹은 닷새 동안 아이를 가까이서 본 적이 단 한 번도 없었는데, 정말로 매우 여위어 있었다. 아이의 얼굴은 바싹 말라 버린 듯했고 머리는 분명히 뜨거웠으리라. 눈은 커다래져 있었고, 처음에 느낀 바로는 둔한 호기심에 차서 꼼짝도 않고 나를 쳐다보는 듯했다. 나도 소파의 구석에 앉아 꼼짝도 않고 아이를 쳐다보았다. 그 순간, 나는 갑자기 다시 증오를 느꼈다. 그러나 곧바로 아이가 나를 무서워하는 것이 전혀 아니고 차라리 미망에 들떠 있는지도 모른다는 사실을 알아챘다. 그러나 아이는 미망에 들뜬 것이 아니었다. 갑자기 매우 책망할 때처럼 내게 빈번하게 고개를 까딱거렸고 갑자기 나를 향해 조그만 주먹을 들어 올리더니 그 자리에서 나를 위협하기 시작했다. 첫 순간에는 우습게 여겨진 행동이었지만, 더 이상은 참을 수 없었다. 나는 일어나서 아이에게 다가갔다. 아이의 얼굴에는 어린애의 얼굴에서는 볼 수 없는 절망이 어려 있었다. 아이는 줄곧 나를 향해 위협적으로 조그만 주먹을 흔들고 책망하듯 계속 고개를 까딱거렸다. 나는 가까이 다가가 조심스럽게 말을 걸었지만 아이가 이해하지 못하는 것이 보였다. 그다음 아이는 갑자기 그때처럼 두 손으로 얼굴을 가리고 저돌적으로 창가로 달려가더니 나에게 등을 돌린 채 섰다. 나는 아이를 내버려 두고 내 방으로 돌아와 역시나 창가에 앉았다. 그때 내가 왜 가 버리지 않고 뭔가를 기다리는 것처럼 남아 있었는지 도무지 이해하지 못하겠다. 곧이어 다시 아이의 서두르는 발소리가 들렸는데, 아이는 아래로 이어지는 계단이 딸린 목조 복도의 문으로 나갔고, 나는 즉시 내 문 쪽으로 달려가 문을 살짝 열고서 마트료샤가 다른 장소와 나란히 붙은, 닭장처럼 생긴 조그마한 헛간으로 들어가는 것을 엿볼 수 있었다. 이상한 생각이 내 머릿속에서 번득였다. 나는 문을 살짝 닫고 — 창가로 갔다. 응당, 아직은 번득인 상념을 믿을 수가 없었다. "하지만 그래도……." (나는 모든 것을 기억한다.)

일 분 뒤 나는 시계를 보았고 시간을 새겨 두었다. 저녁이 엄습했다. 파리 한 마리가 내 위에서 윙윙거리며 계속 내 얼굴에 앉곤 했다. 나는 파리를 잡아서 손가락 안에 좀 쥐고 있다가 창문 너머로 풀어 주었다. 아래쪽에서는 어떤 짐마차가 매우 큰 소리를 내며 뜰 안으로 들어왔다. 뜰의 구석 창문에서는 (벌써 오래전부터) 재봉사인 직공 한 명이 매우 큰 소리로 노래를 부르고 있었다. 그는 작업 중이었고, 나는 그의 모습을 보았다. 내가 대문으로 들어와서 계단을 올라올 때 아무도 마주치지 않았으니까, 내가 잠깐 아래로 내려갔다 올 지금도 마주치는 사람이 있어서는 안 된다는 생각이 머릿속을 스쳤고, 나는 의자를 창문에서 떼어 놓았다. 그다음에는 책을 집어 들었지만 이내 내팽개치고 제라늄 잎에 앉은 조그맣고 불그죽죽한 거미를 보다가 완전히 망아지경에 빠졌다. 최후의 순간까지 모든 것이 기억난다.

나는 갑자기 시계를 꺼냈다. 아이가 나간 이후로 이십 분이 지났다. 짐작이 제대로 들어맞은 듯했다. 그러나 나는 십오 분쯤 더 기다리기로 결심했다. 아이가 되돌아온 건 아닐까, 혹시 내가 듣지 못했을 수도 있겠다는 생각도 들었다. 그러나 있을 수 없는 일이었다. 죽음처럼 고요했던 까닭에 파리 새끼가 윙윙대는 소리도 들을 수 있었으리라. 갑자기 심장이 뛰기 시작했다. 나는 시계를 꺼냈다. 삼 분이 더 남아 있었다. 심장이 아플 정도로 뛰었지만 죽치고 앉아 있었다. 이제 일어났고 모자를 푹 내려쓰고 외투 단추를 채운 다음 전부 제자리에 있는지, 내가 다녀간 흔적이 남아 있지는 않은지 방 안을 둘러보았다. 의자는 좀 전처럼 창문 쪽으로 더 옮겨 놓았다. 마침내, 조용히 문을 열고 내 열쇠로 잠근 다음 헛간으로 갔다. 그곳은 닫혀 있지만 잠겨 있지는 않았다. 나는 그것이 잠겨 있지 않음을 알았지만 열고 싶지 않아서 발뒤꿈치를 든 채 틈새를 들여다보았다. 그 순간, 발뒤꿈치를 들면서, 창문 옆에 앉아 붉은 거미 새끼를 보고 망아지경에 이르렀을 때 내가 발뒤꿈치를 든 채 한쪽 눈으로 이 틈새를 들여다보리라고 생각했던 사실을 기억해 냈다. 여기에 이토록 사소한 것까지 삽입시킴으로써 내가 어느 정도로 분명히 지적 능력을 갖추고 있었는지 꼭 증명하고 싶다. 틈새를 오랫동안 들여다보았는데, 그곳은 어두웠지만 완전히 그렇지는 않았다. 마침내 나는 어쨌든 완전히 확인하고 싶었던, 꼭 그래야 했던 것을 알아보았다…….

나는 마침내 가도 되겠다고 결정하고 계단을 내려갔다. 그 누구와도 마주치지 않았다. 세 시간쯤 뒤 우리는 모두 프록코트도 입지 않은 채 방에서 차를 마시며 구식 카드놀이를 했고 레뱌드킨은 시를 읊조렸다. 많은 얘기가 오갔고 일부러인 양 모든 것이 척척 맞아떨어지고 웃겼지만, 여느 때처럼 그렇게 멍청하지는 않았다. 키릴로프도 있었다. 럼주 병이 있었지만 아무도 마시지 않았고 그저 레뱌드킨 혼자만 조금씩 홀짝거렸다. 프로호르 말로프는 "니콜라이 프세볼로도비치께서 흡족하시고 우울하지 않으실 때면 우리 편은 모두 즐겁고 재치 있는 말을 하지요."라고 말했다. 그때 나는 이 말도 새겨 두었다.

그러나 이미 11시쯤 되었을 때, 여주인이 보낸 문지기의 딸아이가 고로호바야에서 마트료샤가 목매달았다는 소식을 갖고 내게로 달려왔다. 그 딸아이와 함께 가서 보니, 여주인 자신도 무엇 때문에 나를 불러오라고 했는지 모르고 있었다. 그녀는 울부짖으며 몸부림을 쳤고 북새통에 사람이 많이 몰려들고 경찰들도 있었다. 나는 현관에 좀 서 있다가 나왔다.

성가신 일은 별로 없었지만 그래도 으레 있는 심문은 받았다. 그러나 소녀가 최근에 아팠고 헛소리를 할 정도였기 때문에 내 돈으로 의사를 불러 주겠다고 제안한 것 말고는 단연코 아무것도 증언할 수 없었다. 나이프에 대해서도 심문을 받았다. 여주인이 때리긴 했지만 아무 일도 아니었다고 말했다. 내가 저녁에 다녀간 사실은 아무도 알지 못했다. 의학적인 검증의 결과에 대해서는 아무것도 들은 바가 없다.

일주일 정도 나는 그곳에 가지 않았다. 장례식을 치른 지 한참 지났을 때 방을 빼려고 들렀다. 여주인은 이전처럼 천 조각이며 바느질감을 잡고 씨름 중이었지만 여전히 계속 울었다. "이건 제가 나리의 나이프 건으로 그 애의 마음을 상하게 했기 때문이에요." 나에게 이렇게 말했지만 딱히 원망하는 건 아니었다. 나는 이 집에서는 이제 더 이상 니나 사벨리예브나를 만날 수 없다는 핑계를 대고 셈을 끝냈다. 그녀는 작별 인사를 나눌 때도 다시 한번 니나 사벨리예브나를 칭찬했다. 떠날 때 나는 방세에 5루블을 더 얹어 주었다.

나는 대체로 그 무렵 사는 것이 머리가 멍해질 만큼 몹시나

지겨웠다. 위험이 지나자 고로호바야 사건도, 내가 겁을 집어먹었음을 회상하며 계속 분해하지 않았더라면, 당시의 모든 일처럼 완전히 잊어버렸을 것이다. 나는 아무에게나 분풀이했다. 그 무렵에는 아무 이유도 없이 어떻게든 삶을 불구로 만들자, 단, 가능한 한 훨씬 더 역겹게 만들자는 생각이 떠올랐다. 벌써 일 년째 권총으로 자살할 생각을 했다. 뭔가 더 좋은 것이 나타났다. 한번은 빈민굴에서 잔시중을 좀 들기도 한 절름발이 마리야 티모페예브나 레뱌드키나를, 당시에는 아직 돌아 버린 건 아니고 나에게 남몰래 푹 빠져서(우리 패거리도 감지했다.) 그저 환희에 찬 백치 여자를 보고서 갑자기 그녀와 결혼하기로 마음먹었다. 스타브로긴이 그야말로 이런 밑바닥 존재와 결혼한다는 생각에 나의 신경이 꿈틀거렸다. 이보다 더 추악한 것은 상상할 수도 없었다. 그러나 내 결단 속에 무의식적으로나마(당연히 무의식적으로!) 마트료샤의 일 이후 나를 사로잡은 저열한 비겁함에 대한 분노가 개입된 것은 아닐까 하는 의문을 해결하려고 하지는 않겠다. 사실 그러리라고는 생각하지 않는다. 그러나 어쨌든 그저 '술판 식사 이후 술 내기'를 했다는 이유 하나 때문에만 결혼식을 올린 것은 아니었다. 결혼식 증인들은 키릴로프, 당시 페테르부르크에 있던 표트르 베르호벤스키, 끝으로 레뱌드킨 자신과 프로호르 말로프(지금은 죽었다.)였다. 더 이상 누구도 결코 알지 못했고, 그들은 침묵을 지키겠다고 약속했다. 이 침묵은 나에게 언제나 뭔가 흉측한 것처럼 여겨졌지만, 내가 공표할 계획이 있었음에도 지금까지 깨지지 않았다. 이제는 내가 단독으로 공표하는 바다.

결혼식을 올린 다음 나는 그때 어머니가 있는 도(道)로 떠났다. 참을 수가 없었기 때문에 기분 전환을 위해서 간 것이다. 우리 도시에서는 내가 미쳤다는 생각을 — 지금까지도 근절되지 않은, 틀림없이 나에게 해로운 그 생각을 — 그냥 남겨 두고 떠났는데, 이 점은 나중에 설명하겠다. 그다음 외국으로 떠났고 사 년간 머물렀다.

나는 동방에 갔고 아테네에서는 여덟 시간 동안 저녁 기도를 올렸고 이집트에도 있었고 스위스에서도 살았고 아이슬란드에도 있었다. 괴팅겐에서는 꼬박 일 년간 수업을 들었다. 마지막 해에는 파리에서 어느 명망 있는 러시아 가족과, 스위스에서는 러시아 아가씨 두 명과 매우 친하게 지냈다. 이 년쯤 전에 프랑크푸르트에서 종이 상점 옆을 지나가다가 판매용 사진들 틈에서 작은 소녀 사진 한 장을 봤는데, 세련된 아동복을 입고 있었음에도 마트료샤와 매우 닮은 모습이었다. 나는 당장 그 엽서를 샀고, 호텔에 온 다음 벽난로 위에 올려 두었다. 그것은 거기에 일주일쯤 손도 대지 않은 채 놓여 있었는데, 단 한 번도 쳐다보지 않았고 프랑크푸르트를 떠날 때는 챙기는 것조차 잊어버렸다.

이런 것을 써 넣는 것은 바로 내가 어느 정도로 내 기억을 지배할 수 있고 또 그것에 무감각해졌는지를 증명하기 위해서다. 나는 그 모든 것을 한꺼번에 덩어리 속에 내던졌고 내가 원하기만 하면 그 덩어리는 매번 통째로 순순히 사라져 주었다. 과거를 회상하는 것이 언제나 지루했고, 거의 모두가 그렇듯 결코 과거에 대해 이러쿵저러쿵 논할 수 없었다. 마트료샤에 관한 한, 심지어 그 엽서조차 벽난로 위에 두고 잊어버렸다.

일 년쯤 전 봄에 독일을 지나는 길에 멍하니 있다가 그만 내가 들어서야 할 길의 역을 놓치고 다른 지선으로 들어간 적이 있었다. 나는 다음 역에서 내렸다. 오후 2시가 지났고 맑은 날이었다. 그곳은 독일의 조그마한 소도시였다. 여관이 어디 있는지 가르쳐 주었다. 한참을 기다려야 했다. 다음 기차는 밤 11시에 지나갔다. 나는 어디로 서둘러 가는 것이 아니었기 때문에 이 뜻밖의 사건에 심지어 만족했다. 여관은 지저분하고 작았지만, 온통 녹음이고 주변에는 꽃밭이 가득했다. 비좁은 방을 받았다. 나는 훌륭한 식사를 했고 밤새도록 길 위에 있었던 탓에 식후 오후 4시쯤 멋지게 잠들었다.

나로서는 전혀 예기치 못한 꿈을 꾸었는데, 이런 종류의 꿈을 꾼 적이 전혀 없었던 탓이다. 드레스덴의 화랑에는 클로드 로랭의 그림이 있고 카탈로그에 의하면 「아시스와 갈라테아」[38]인 것 같지만 왠지는 모른 채 나는 언제나 '황금시대'라고 불렀다. 전에도 본 적은 있지만 이번에 사흘쯤 전 지나는 길에 다시 한번 인지한 것이었다. 꿈에서 이 그림을 보았는데 그림으로서가 아니라 흡사 실제 있었던 어떤 일로서였다.

그곳은 그리스 다도해의 조붓한 구석이었다. 상냥한 푸른 파도, 섬과 절벽 들, 꽃이 만발한 해안, 먼 곳의 마법 같은 파노라마, 누군가를 부르는 듯한 석양 등 말로는 전달할 수 없으리라.

---

38) 프랑스 화가 클로드 로랭(Claude Lorrain, 1600~1682)의 그림. 이 부분은 「미성년」에서도 베르실로프의 입을 통해 거의 그대로 반복된다.

여기서 유럽인은 자신의 요람을 상기했으니 이곳이 신화 속의 첫 장면들이자 지상 낙원인 것이라……. 여기에 아름다운 사람들이 살았다! 그들은 행복하고 순수한 상태로 일어나고 또 잠들었다. 숲은 그들의 즐거운 노래로 가득 찼고 잉태되지 않은 힘들이 위대하게 넘쳐나며 사랑으로, 천진난만한 기쁨으로 흘러들었다. 태양은 자신의 아름다운 아이들을 보며 기쁨을 느끼고 이 섬들과 바다 위로 햇살을 뿌려 주었다. 기적 같은 꿈, 드높은 방황이여! 과거에 존재한 모든 몽상 중 가장 있을 법하지 않은 몽상, 인류 전체는 평생 자신의 모든 힘을 그 몽상에 바쳤고 그것을 위해 모든 것을 희생했으며 예언자들도 그것을 위해 십자가 위에서 죽기도 하고 살해되기도 했으니, 그것이 없다면 민족들은 살기를 원하지도 않고 심지어 죽을 수도 없으리라. 이 모든 감각을 나는 이 꿈속에서 살아낸 것 같았다. 내가 정확히 무슨 꿈을 꾸었는지는 모르겠지만 절벽, 바다, 석양의 비스듬한 햇살 등 이 모든 것이, 잠에서 깨서 인생에서 처음 문자 그대로 눈물에 젖은 채 눈을 떴을 때, 보이는 것 같았다. 내가 아직 모르는 행복의 감각이 아플 정도로 내 심장을 꿰뚫고 지나갔다. 이미 완전한 저녁이었다. 석양의 밝고 비스듬한 햇살이 내 작은 방의 창문으로, 창가에 놓인 초록빛 화초들을 뚫고 꽃다발처럼 파고들어 나를 햇빛으로 적셔 놓았다. 나는 지나 버린 꿈으로 돌아가길 갈망하는 듯 재빨리 다시 눈을 감았지만, 갑자기 밝디밝은 빛 한가운데서 뭔가 조그마한 점이 보이는 것 같았다. 그것은 어떤 형상을 갖추었는데, 갑자기 내 앞에 조그맣고 불그죽죽한 거미가 또렷이 나타났다. 그 즉시 석

양의 비스듬한 햇살이 그토록 쏟아질 때 제라늄 잎 위에 앉아 있던 그 녀석이 떠올랐다. 뭔가가 나를 쿡 찌르는 것 같았고 나는 몸을 일으켜 침대 위에 앉았다…….(이 모든 것이 그때 일어난 일이다!)

나는 내 앞에서 보았다.(오, 실제로 본 것은 아니다! 만약, 만약 이것이 정말로 환영이었다면!) 바싹 여위고 열병에 걸린 것 같은 눈을 한 마트료샤를, 내 방 문지방에 서서 나에게 고개를 까딱거리며 나를 향해 그 조그만 주먹을 들어 올리던 그때와 똑같은 모습의 마트료샤를 보았다. 그토록 고통스러운 것은 나에게 결코 어떤 것도 없었다! 아직 영글지 않은 판단력으로 나를 위협하지만(대체 무엇으로? 그래 본들 나에게 무엇을 할 수 있었겠는가?) 물론 오직 자신 하나만 탓한, 의지할 데 없는 열 살짜리[39] 존재의 애처로운 절망! 나에게 지금까지 그와 같은 일은 결코, 전혀 없었다. 나는 움직이지도 않고 시간도 잊은 채 밤까지 앉아 있었다. 이것이 양심의 가책이나 참회라고 불리는 것일까? 모르겠고 지금까지도 말할 수 없을 것 같다. 심지어 그때까지도 그 짓에 대한 기억이 역겹지는 않았던 모양이다. 이 기억에는 심지어 지금도 나의 열정에 있어 뭔가 유쾌한 것이 담겨 있는지도 모르겠다. 아니, 내가 참을 수 없는 것은 오직 단 하나, 그 형상, 바로 문지방에서 나를 위협하듯 주먹을 들어 올린 모습, 오직 그때 그 아이의 모습, 오직 그때 그 순간, 오직 그 까딱이던 고갯짓뿐이다. 바로 이것을 참을 수 없는데, 그때 이

39) 앞에서는 열네 살쯤이라고 되어 있다.

후로 거의 매일 나타나기 때문이다. 저절로 나타나는 것이 아니라 내가 직접 불러내는 것이며 비록 그것과 더불어 살 수는 없을지라도 불러내지 않을 수가 없다. 오, 만약 언제든 그 아이를 실제로 본다면, 비록 환각 속에서라도!

나에게는 또 다른 오래된 기억들이 있는데 이보다는 더 나은 것이리라. 어느 여성에게 이보다 더 나쁜 짓을 했고 그 때문에 그녀가 죽었다. 결투에서 나에게 아무런 잘못도 저지르지 않은 두 사람의 목숨을 빼앗은 적도 있다. 한번은 죽도록 모욕을 받았음에도 그 적수에게 복수하지 않았다. 어느 독살 사건에도 책임이 있는데 — 미리 계획하고 성공한, 아무에게도 알려지지 않은 사건이다.(필요하다면 모든 것을 알려 주겠다.)

그러나 왜, 이 기억 중 나의 내부에서 이와 같은 감정을 불러일으키는 것은 단 하나도 없는 것일까? 증오, 그것도 지금의 정황에 의해 소환된 그 증오를 예전 같으면 냉담하게 잊어버리고 밀쳐 두었으리라.

그 이후 나는 그 한 해 동안 거의 내내 떠돌아다녔고 뭔가에 전념하려고 애썼다. 지금도 내가 원하기만 하면 그 소녀를 멀리 떨쳐 낼 수 있음을 알고 있다. 나는 예전처럼 나의 의지를 전적으로 지배할 수 있다. 그러나 모든 문제는 결코 그러고 싶지 않았다는 것에, 그러고 싶지도 않고 앞으로도 그러지 않으리라는 것에 있다. 나는 이 점을 알고 있다. 그리고 내가 완전히 미치기 직전까지 그럴 것이다.

두 달 뒤 나는 스위스에서 어느 아가씨에게 반할 수 있었고, 더 정확히 말해서, 언젠가 꼭 한 번 최초로 있었던 듯한 광포한 격정 중 하나를 내포한 그런 열정의 발작을 느꼈다. 새로운 범죄, 즉 이중 결혼을 성사시키려는(나는 이미 결혼한 몸이니까) 끔찍한 유혹을 예감했다. 그러나 내가 거의 모든 것을 털어놓은 또 다른 아가씨의 충고로 도망쳤다. 게다가 이 새로운 범죄는 나를 마트료샤로부터 조금도 구원해 주지 못했으리라.

이런 식으로 나는 이 종잇장들을 인쇄하여 300부를 러시아로 들고 가기로 마음먹었다. 때가 되면 경찰서와 지방 관청으로 발송할 것이다. 동시에 공개해 달라는 청원을 담아 모든 신문의 편집부로 보낼 것이고 페테르부르크와 러시아에서 나를 아는 다수의 인물에게도 보낼 것이다. 마찬가지로, 번역의 형태로 외국에도 선보일 것이다. 법적으로는 아마 내가 곤욕을 치르지 않을 것을, 적어도 크게 문제 될 것은 없음을 안다. 나 혼자만 나 자신을 고발하며 공표할 뿐, 어떤 고소인도 없다. 그 밖에도, 증거가 전혀 없거나 아니면 굉장히 조금밖에 없다. 끝으로, 나의 판단력에 이상이 있다는 뿌리박힌 생각이, 또 분명히 이 생각을 이용하여 나에게 불리한 온갖 법적 심리를 잠재우려는 내 친척들의 노력이 있다. 그런데 이 점을 나는 내 정신이 온전하며 나의 상황을 이해하고 있음을 증명하기 위해서 선언하는 바다. 그러나 나에게는 모든 것을 알고 나를 쳐다볼 사람들이 남게 될 것이며, 나는 그들을 쳐다볼 것이다. 그들이 많으면 많을수록 좋겠다. 이것이 나에게 위안이 될지는 잘 모르겠다. 최후의 수단으로서 호소하는 것뿐이다.

다시 한번. 만약 페테르부르크의 경찰에서 열심히 수색한다면 뭐라도 발견될지도 모르겠다. 그 평민 가족은 지금도 페테르부르크에 있을 것이다. 집은, 물론, 기억해 낼 것이다. 그것은 밝은 파란색이었다. 나는 어디에도 가지 않을 것이고 얼마간은(일 년 혹은 이 년쯤) 언제나 어머니의 영지인 스크보레시니키에 있을 것이다. 만약 요구가 있다면 어디든 출두하겠다.

니콜라이 스타브로긴.

읽는 데 한 시간쯤 흘렀다. 티혼은 천천히 읽었고 어떤 부분은 두 번씩 다시 읽는 것 같았다. 그 시간 동안 스타브로긴은 줄곧 말없이, 꼼짝도 하지 않고 앉아 있었다. 오늘 아침 내내 그의 얼굴을 떠나지 않던 초조하고 멍한, 미망에 들뜬 듯한 느낌은 거의 사라지고 그 자리를 평온함과 어떤 진실함 같은 것이 대체했는데, 덕분에 그에게는 거의 위엄마저 느껴졌다. 티혼은 안경을 벗고 다소 조심스럽게 먼저 말을 시작했다.

"이 기록물을 좀 교정하면 안 될까요?"

"대체 왜요? 저는 진심으로 썼습니다." 스타브로긴이 대답했다.

"문장이라도 약간."

"신부님의 말씀이 모두 쓸데없으리라고 미리 일러 두는 것을 잊었군요. 저는 제 계획을 연기하지 않을 겁니다. 수고스럽게 설득하지 마십시오."

"당신은 내가 읽기 전에, 그러니까 아까 그 점을 미리 일러 두는 것을 잊지 않았어요."

"아무래도 좋고요, 다시 반복하겠습니다. 신부님의 반박이 아무리 거세도 저는 계획을 포기하지 않을 겁니다. 명심하십시오, 제가 서투르든 기민하든 좋을 대로 생각하시고요, 아무튼 이런 어구를 써서, 신부님께서 오히려 저에게 반박하시고 간청하시라고 요구하는 건 절대 아닙니다." 그는 더 이상 못 참겠다는 듯 덧붙이고는 갑자기 다시, 한순간 아까의 어조로 되돌아갔지만, 이내 자신의 말에 서글픈 미소를 머금었다.

"난 당신에게 반박할 수도, 당신의 계획을 버리시라고 간청할 수도 없습니다. 이 사상은 위대한 사상이고, 기독교 사상이 이보다 더 완전하게 표현될 수는 없습니다. 당신이 도모하셨던 저 같은 놀라운 위업보다 더 멀리 나아갈 수 있는 참회란 있을 수 없지만, 다만……."

"다만, 뭡니까?"

"이것이 정말로 참회고 정말로 기독교 사상이라면 그렇지요."

"그건 미묘한 문제인 것 같군요. 아무렴 어떻습니까? 저는 진심으로 쓴 겁니다."

"일부러 당신의 마음이 원하는 것보다 더 조악하게 자신을 내보이고 싶어 하시는데……." 티혼은 점점 더 용감해졌다. '기록'이 그에게 강한 인상을 준 것은 분명했다.

"'내보인다'고요? 반복하지만, 저는 '자신을 내보이지'도 않았고 특별히 '망가지지'도 않았습니다."

티혼은 재빨리 눈을 내리깔았다.

"이 기록은 죽도록 상처 입은 마음의 요구로부터 곧바로 나오는 것입니다, 이렇게 이해해도 될까요?" 그는 집요하게, 이례적인 열의를 보이며 말을 이어 갔다. "그렇습니다, 이것은 참회고 그것을 향한 자연스러운 욕구가 당신을 정복한 것이며, 당신은 위대한 길로, 들어 보지도 못한 길로 들어섰습니다. 그러나 앞으로 여기 쓰인 것을 읽게 될 모든 사람을 벌써 증오하면서 싸움을 거실 태세로군요. 범죄를 고백하는 것은 부끄러워하지 않으시면서 참회는 대체 왜 부끄러워하십니까? 나를 쳐다보라지, 라고 말씀하시는데요. 그럼 당신은 그들을 어떻게 쳐다보시겠습니까? 당신의 진술 중 어떤 곳은 강한 문장으로 되어 있습니다. 자신의 심리 분석을 즐기는 듯 사소한 것에 일일이 집착하는 것이 그저 당신의 내부에 있지도 않은 무감각함으로써 독자들을 놀래려는 것 같군요. 재판관을 향한 죄인의 오만한 도전이 아니고 뭡니까?"

"어디에 도전이 있다는 겁니까? 제 입장에서의 온갖 판단은 배제했는데요."

티혼은 입을 다물었다. 심지어 그의 창백한 뺨이 홍조로 뒤덮였다.

"이건 그만둡시다." 스타브로긴이 과격하게 중단했다. "실례지만, 이제 제 쪽에서 질문을 드리겠습니다. 우리가 이것 이후(그는 종잇장들을 향해 고갯짓했다.) 벌써 오 분째 얘기를 나누는데, 신부님에게서 흉측스러워하거나 수치스러워하는 표정은 전혀 보이지 않으니…… 꺼림칙하지도 않으신 모양이군요……!"

그는 말을 끝내지도 못하고 피식 웃었다.

"즉, 제가 당신에게 차라리 경멸을 표시했으면 하셨군요." 티혼이 단호하게 말을 매듭지었다. "저는 당신 앞에서 아무것도 숨기지 않습니다. 저를 두렵게 한 것은 고의로 추잡해져 버린, 위대한 무위의 힘입니다.[40] 범죄 자체에 관한 한, 많은 사람이 그런 죄를 범하지만 평화롭고 안정된 양심을 가진 채 살아가고 젊은 시절의 불가피한 과실로 여기기도 하지요. 그런 죄를 범하고도 심지어 위안으로 삼고 장난기 있게 살아가는 어르신들도 있습니다. 전 세계가 이 모든 공포로 가득 차 있습니다. 당신은 그 심연을 오롯이 느끼셨는데, 그 정도에 이르는 것은 매우 드문 일입니다."

"설마 이 종잇장들 이후에 저를 존경하게 되신 건 아니죠?" 스타브로긴이 삐뚜름한 미소를 지었다.

"그 점은 직설적으로 대답하지 않겠습니다. 그러나 당신이 그 미성년자를 상대로 저지른 일보다 더 대단하고 섬뜩한 범죄는, 응당, 있지도 않고 있을 수도 없습니다."

"제멋대로 재단하지는 맙시다. 다른 사람들이나 이와 같은 범죄의 평범함에 대한 신부님의 평가에 저는 조금도 놀라지 않습니다. 어쩌면 저는 여기에 쓴 것처럼 괴로워하는 것이 전혀 아니고 정말로 저 자신을 지나치게 비방했는지도 모르겠습니다." 그는 뜻밖에도 이렇게 덧붙였다.

티혼은 다시 한번 입을 다물었다. 스타브로긴은 갈 생각도 하지 않고 오히려 다시 순간적으로 깊은 상념에 빠져들었다.

"그리고 그 아가씨 말인데요." 티혼은 매우 조심스럽게 다시 말을 시작했다. "스위스에서 관계를 끊었다는 그 아가씨는, 감히 물어봐도 된다면, 지금 어디에 있습니까?"

---

40) 원문에는 줄을 바꾸었는데 실수인 듯하여 여기서는 줄을 바꾸지 않았다.

"여기에 있습니다."

다시 침묵.

"어쩌면 저 자신을 지나치게 비방했는지도 모르겠습니다." 스타브로긴은 다시 한번 집요하게 되풀이했다. "하긴, 제가 조잡한 고백을 통해 그들에게 도전장을 던진다고 한들 무슨 상관입니까, 신부님께서 그렇게 도전이라고 지적하신다면요? 전 그들에게 저를 훨씬 더 증오하라고 할 겁니다. 그뿐입니다. 그 편이 저로서는 더 편할 테니까요."

"즉, 그들의 증오가 당신에게 증오를 불러일으킨다는 것이고, 그들에게서 동정을 받느니 차라리 증오하는 것이 마음이 훨씬 편하다는 것이군요?"

"신부님 말씀대로입니다. 그런데," 하고 그는 갑자기 웃었다. "제가 예수회 교도나 위선적인 광신도라고 불릴지도 모르겠군요, 하하하. 그렇지 않겠습니까?"

"물론, 그런 평가도 있겠지요. 그런데 그 계획을 서둘러 이행할 생각입니까?"

"오늘일지 내일일지 모레일지 저라고 어떻게 알겠습니까? 단, 아주 빨리. 신부님 말씀이 맞습니다. 정말로 꼭 그들을 제일 많이 증오하게 될 어떤 복수와 증오의 순간에 돌발적으로 공표해야 할 것이라는 생각이 듭니다."

"질문에 대답해 주시되, 저 한 명, 오직 저에게만이라도 진심으로요. 만약 누가 당신의 이 일(티혼은 종잇장을 가리켰다.)을 용서해 준다면, 그러니까 당신이 존경하거나 두려워하는 그들이 아니라 당신이 결코 알지 못할 미지의 인간이 말없이 속으로 당신의 이 섬뜩한 고백을 읽고서 그래 준다면, 이런 생각만으로도 마음이 좀 편해지겠습니까, 아니면 아무래도 상관없겠습니까?"

"편해지겠죠." 스타브로긴은 눈을 내리깔며 반쯤 기어드는 목소리로 대답했다. "만약 신부님께서 저를 용서해 주신다면 저는 훨씬 더 편할 겁니다." 그는 뜻밖에도 반쯤 속삭이듯 이렇게 덧붙였다.

"당신도 또한 나를 용서해 준다면!" 티혼은 뭔가 꿰뚫는 듯한 목소리로 말했다.

"뭘 말입니까? 신부님께서 제게 무슨 일을 하셨길래? 아, 그래, 이게 수도원의 공식이로군요?"

"일부러 한 것이든 어쩔 수 없이 한 것이든, 죄를 지음으로써 사람은 누구나 이미 모두에 반해 죄를 지은 것이며 사람은 누구나 무엇으로든 타인의 죄에 있어 유죄입니다. 단일한 죄란 있을 수 없습니다. 저는 큰 죄인,[41] 어쩌면 당신보다 더 큰 죄인입니다."

"신부님께 모두 사실대로 말씀드리겠습니다. 신부님께서 저를 용서해 주시길, 신부님과 더불어 다른 사람도, 또 다른 사람도 그러길 바라지만 모두, 모두가 차라리 증오해 주는 편이 낫겠어요. 그러나 저 자신이 겸허히 견딜 수 있길 바랄 뿐……."

---

41) 기존에는 일반적으로 '위대한 죄인'으로 번역된 어구다. 도스토옙스키는 「위대한 죄인의 생애」라는 작품을 구상한 바 있다.

"그럼 당신에 대한 공통된 동정이라면 그처럼 겸허하게 견디실 수 없을까요?"

"없을 것 같아요. 말을 참 미묘하게 받아치시는군요. 그러나…… 왜 그렇게 하시는 거죠?"

"당신의 진실함의 정도를 느끼며, 사람들에게 다가갈 재주가 없으니 저도 죄가 많은 것이지요. 이 점에 있어서 언제나 저 자신이 대단히 부족하다고 느꼈습니다." 티혼은 스타브로긴의 눈을 직시하며 진심으로 성심성의껏 말했다. "제가 이러는 것은 당신 때문에 무서워서입니다." 그가 덧붙였다. "당신 앞에는 거의 건너지 못할 심연이 놓여 있습니다."

"제가 무엇을 참지 못할까요? 그들의 증오를 겸허히 참아내지 못할까요?"

"증오 하나만이 아닙니다."

"또 뭐가 있죠?"

"그들의 웃음이죠." 티혼의 입에서는 이런 말이 힘겨운 듯 간신히, 반쯤 속삭이듯 튀어나왔다.

스타브로긴은 당황했다. 그의 얼굴에는 불안이 역력했다.

"이러리라는 예감이 들었습니다." 그가 말했다. "그러니까 저의 '기록'을 읽으실 때, 그 모든 비극에도 불구하고, 제가 아주 희극적인 인물로 생각되셨다는 거로군요? 염려하지도, 당황하지도 마시고…… 정말이지 저 자신이 먼저 예감했다니까요."

"공포는 어디에나 있을 것이고, 물론, 그것은 진실한 것이기보다는 거짓된 것이겠지요. 사람들은 자신들의 개인적인 이해관계를 직접적으로 위협하는 것 앞에서만 겁을 먹습니다. 순결한 영혼을 얘기하는 것이 아닙니다. 이 사람들은 공포에 사로잡혀 자신을 탓하겠지만, 그들은 눈에 띄지 않을 것입니다. 하지만 웃음은 공통된 것일 테지요."

"그리고 타인의 재앙 속에는 언제나 우리에게 유쾌한 뭔가가 있다는 사상가의 지적도 덧붙이시죠."

"맞는 생각입니다."

"그렇지만 신부님…… 신부님께서도……. 전 신부님께서 사람들에 대해 그렇게 고약하게, 흉측스럽게 생각하시다니 놀라울 따름입니다." 스타브로긴은 다소간 독기 어린 표정을 지으며 말했다.

"하지만 믿어 주십시오, 저는 사람들이 아니라 차라리 나 자신에 따라 판단해서 말한 것입니다!" 티혼이 소리를 질렀다.

"정말로요? 그럼 신부님의 영혼에는 여기 저의 재앙 속에서 신부님을 즐겁게 해 주는 뭐라도 들어 있는 겁니까?"

"누가 알겠습니까, 있을 수도 있지요. 오, 있을 수도 있고말고요!"

"됐어요. 지적이나 해 주시죠, 대체 제 원고에서 저의 정확히 어떤 점이 웃깁니까? 어떤 점인지 저도 알지만, 신부님의 손가락으로 지적해 주셨으면 좋겠습니다. 보다 냉소적으로, 하실 수 있는 한 최대한 진실하게 말씀해 주십시오. 거듭 반복하지만, 신부님께서는 끔찍한 괴짜십니다."

"심지어 가장 위대한 참회의 형식 속에도 이미 뭔가 웃긴 것이 들어 있습니다. 오, 압도하지 못하리라고 생각하지 마십시오!" 그는 갑자기 거의 황홀에 들떠 외쳤다. "심지어 이 형식조차(그는 종잇장을 가리켰다.) 압도할 텐데, 단, 당신이 따귀와 침을 진실로 받아들인다면요. 극히 치욕적인 십자가도, 위업의 겸허함이 진실하기만 했다면, 언제나 위대한 영광과 위대한 힘이 되었습니다. 심지어 살아 있는 동안에 이미 위안을 얻으실 겁니다……!"

"그렇다면 오직 형식, 문장에서만 웃긴 점을 발견하시는 겁니까?" 스타브로긴은 고집을 부렸다.

"그 본질도 그렇습니다. 아름답지 못한 것이 죽일 겁니다." 티혼은 눈을 내리깔며 속삭였다.

"뭐라고요? 아름답지 못한 것이라고요? 뭐가 아름답지 못하다는 겁니까?"

"범죄입니다. 진실로 아름답지 못한 범죄가 있습니다. 범죄는, 그것이 어떤 것이든, 피가 많을수록, 공포가 많을수록 더 인상적인 법, 말하자면 더 생생한 법입니다. 그러나 온갖 공포를 제쳐 두고라도 수치스럽고 치욕스러운 범죄가 있는 법입니다. 말하자면 너무 세련되지 못한 범죄가……."

티혼은 말을 끝맺지 못했다.

"그 말씀인즉," 스타브로긴은 흥분에 겨워 말을 받았다. "신부님께서는 진흙투성이 계집애의 다리에 입을 맞추는 제 모습을 아주 웃긴 것으로 생각하시고…… 저의 기질에 저의 모든 얘기와…… 그 밖의 모든 것을…… 알겠습니다. 신부님 말씀을 잘 알겠습니다. 신부님께서 저로 인해 절망하시는 것은 바로 아름답지 못하기 때문, 흉측하기 때문, 아니, 흉측하기 때문이 아니라 수치스럽고 웃기기 때문이고, 바로 이 점을 제가 제일 견뎌 내지 못하리라고 생각하시는 거고요?"

티혼은 침묵했다.

"그럼 이런 사람들을 아시는지, 즉 제가, 다름 아닌 제가 견뎌 내지 못할 그런 사람을……. 신부님께서 왜 스위스의 그 아가씨 얘기를 물으셨는지 알겠군요."

"준비가 되어 있지 않군요, 덜 달구어졌습니다." 티혼은 눈을 내리깔며 조심스럽게 속삭였다.

"들어 보십시오, 티혼 신부님. 전 저 자신을 용서하고 싶고, 이것이 바로 저의 주된 목적, 모든 목적입니다!" 스타브로긴은 두 눈에 음울한 환희를 머금으며 갑자기 말했다. "저는 그제야 비로소 환영이 사라지리라는 것을 압니다. 바로 그 때문에 한없는 고통을 찾고 있습니다. 제가 나서서 찾고 있는 겁니다. 저를 놀라게 하지 마십시오."

"만약 직접 자신을 용서하고 이 세계에서 그 용서를 성취할 수 있다고 믿으신다면, 모든 것을 믿고 계시는 겁니다!" 티혼은 환희에 차서 소리쳤다. "그런데도 어떻게 하느님을 믿지 않노라고 말씀하셨던 겁니까?"

스타브로긴은 대답하지 않았다.

"하느님께서는 당신의 불신을 용서하실 겁니다. 성령이 무엇인지도 모른 채 그것을 존중하니까요."

"그럼 그리스도는 용서해 주지 않을까요?" 하고 스타브로긴이 물었는데, 질문의 어조에서는 아이러니의 느낌이 가볍게 배어 나왔다. "이 책에도 쓰여 있잖습니까. '이 보잘것없는 사람 가운데 누구 하나라도 죄짓게 하는 사람은'[42] — 기억하십니까? 복음서에 따르면 범죄는 더 이상 없고 '있을' 수도 없습니다. 바로 이 책에!"

그는 복음서를 가리켰다.

"제가 그 보답으로 즐거운 소식을 말해 드리죠." 티혼은 감동에 젖어 말했다. "그리스도께서도, 당신이 자신을 용서하는 것을 성취하시기만 하면, 용서해 주실 겁니다……. 오, 천만에, 천만에, 믿지 마십시오, 제가 거짓말을 했군요. 당신이 화해도, 자신에 대한 용서도 성취하지 못해도, 그때조차 '그분'께서는 당신의 의도와 위대한 고통을 봐서 용서해 주실 것인데…… 인간의 언어에는 '어린양'의 모든 길과 동기를 표현하기 위한 단어도, 사상도 없고 '지금까지 그의 길들은 우리에게 분명히 열리지 않을 것'이니까요. 누가 무궁무진한 그분을 포옹하겠습니까, 누가 이 무한한 모든 것을 이해하겠습니까!"

그의 입술 양 끝이 아까처럼 씰룩거렸고 눈에 뜨일 듯 말 듯한 전율이 다시 그의 얼굴을 훑고 지나갔다. 그는 순간적으로 몸을 다잡았지만 더는 참지 못하고 재빨리 눈을 내리깔았다.

스타브로긴은 소파에서 모자를 집어 들었다.

"언제 또 찾아오겠습니다." 그는 기진맥진한 표정으로 말했다. "저는 신부님과…… 대화를 나눈 것에 대단히 만족하며 이런 명예를…… 또 신부님의 감정을 너무나 높이 평가합니다. 정말로, 어떤 사람들이 신부님을 왜 그렇게 좋아하는지 알

---

42) 「루가의 복음서」 17장 2절.

겠습니다. 신부님께서 그토록 좋아하시는 '저분'께 신부님의 기도를 부탁드리겠습니다……."

"벌써 가시려고요?" 티혼도 빨리 일어났는데, 이렇게 일찍 작별 인사를 할 줄은 몰랐다는 투였다. "하지만 저는……" 그는 앞뒤를 잃은 것 같았다. "한 가지 부탁드릴 것이 있습니다만…… 어떻게 해야 할지 모르겠고…… 지금은 두렵군요."

"아, 어서 말씀하시지요." 스타브로긴은 모자를 손에 쥔 채 즉시 자리에 앉았다. 티혼은 그 모자를, 그 포즈를, 갑자기 사교적으로 변한, 너무 흥분해서 반쯤 미친, 일을 매듭짓기 위해 자기에게 오 분을 내주는 사람의 포즈를 보고서 훨씬 더 당황했다.

"저의 부탁이란 그저 당신이…… 당신도 벌써 인정하시다시피, 니콜라이 프세볼로도비치(당신의 이름과 부칭이 이랬던 것 같은데요?), 만약 당신의 종잇장들을 공표하신다면 당신의 운명을 망치시는 것이고…… 가령 출셋길도 그렇고…… 나머지 모든 일에 있어서도……."

"출셋길이라고요?" 니콜라이 프세볼로도비치는 불쾌한 듯 얼굴을 찌푸렸다.

"무엇을 위해 망치려 드십니까? 무엇을 위해 그렇게 고집을 부리십니까?" 티혼은 자신의 서투름을 분명하게 의식하며 거의 애원조로 말을 끝맺었다. 니콜라이 프세볼로도비치의 얼굴에는 병적인 기색이 역력했다.

"신부님께 벌써 부탁드렸지만, 다시 한번 부탁드립니다. 신부님의 모든 말은 쓸데없는 것이며…… 게다가 신부님의 모든 설명이 참기 힘들어지는군요."

그는 의자에 앉은 채로 의미심장하게 몸을 돌렸다.

"제 말을 이해하지 못하시다니, 들어 보십시오, 짜증 내지 마시고요. 당신은 나의 견해를 아십니다. 당신의 위업은, 그것이 겸허의 산물이라면, 또 당신이 참으실 수 있다면, 극히 위대한 기독교적 위업이 될 겁니다. 설령 참으실 수 없다 해도 어쨌든 주님은 당신의 최초의 희생을 고려하실 겁니다. 모든 것이 고려될 겁니다. 단어 하나, 영혼의 움직임 하나, 반쯤 시작된 생각 하나도 헛되이 사라지지 않을 겁니다. 그러나 나는 이 위업 대신 이보다 훨씬 더 위대한 다른 것을, 이미 틀림없이 위대한 뭔가를 제안하는 겁니다……."

니콜라이 프세볼로도비치는 침묵했다.

"고통받고 자신을 희생하려는 욕망이 당신을 이겨 내고 있어요. 당신의 이 욕망에 복종하십시오, 종잇장과 당신의 계획은 제쳐 두시고요, 그때는 이미 모든 것을 이겨 낼 겁니다. 자신의 모든 오만함과 당신의 악령에게 먹칠하십시오! 승리로 마감하시고 자유를 성취하시는 거죠……"

그의 눈이 불타올랐다. 그는 애원하듯 자기 앞으로 두 손을 모았다.

"그저 스캔들을 별로 보고 싶지 않으니까 저에게 올가미를 씌우시는군요, 선량한 티혼 신부님." 스타브로긴은 자리에서 일어서려고 하면서 귀찮은 듯, 짜증 나는 듯 우물거렸다. "간단히 말해, 신부님께서는 제가 제대로 사람 구실도 하고 아마 결혼도 하고 축제 때마다 신부님의 수도원을 방문하고 이곳 클럽의 회원으로서 인생을 마감하길 원하시는군요. 뭐, 일종의 보속이랄까요! 하긴 신부님께서는 인간의 영혼을 꿰뚫는 자로서 틀림없이 그렇게 되리라고 예감하시겠고, 모든 문제는 체면상 지금 저를 잘 설득하는 것일 테고, 저도 오직 그것만 갈망하니까요, 그렇지 않습니까?"

그는 일그러진 웃음을 지었다.

"아닙니다, 그런 보속이 아니고요, 저는 다른 것을 준비하고 있습니다!" 티혼은 스타브로긴의 조소와 지적에는 일말의 주의도 기울이지 않고 열렬히 계속했다. "이곳은 아니지만 그래도 여기서 멀지 않은 곳에 사는 어느 어르신을, 은자이자 고행자이신 분을 알고 있는데, 기독교의 지혜를 너무 많이 지니고 계시기 때문에 당신과 저는 이해하지도 못할 정도입니다. 그분께서는 저의 청을 들어주실 겁니다. 그분께 당신에 대한 모든 것을 말씀드리겠습니다. 그분께로 가서 그분의 원칙에 따라 당신 스스로 필요하다고 생각되시는 기간을 오 년이든 칠 년이든 복종하십시오. 스스로 맹세하시고 그 위대한 희생으로써, 당신이 갈망하시는 것과 기대하시지도 못한 것을 얻으십시오, 왜냐하면 지금 당신이 무엇을 얻을지 이해하지 못할 수도 있으니까요!"

스타브로긴은 매우 열심히, 심지어 매우 진지하게 그의 마지막 제안을 경청했다.

"그저, 그 수도원의 수도사로 들어가라고 권하시는 거로군요? 제가 신부님을 아무리 존경한다 해도, 정말로 이 정도는 예상했어야 하는데. 자, 그럼, 신부님께 심지어, 마음이 옹졸해진 순간에 저의 내부에서는 이미 한 가지 생각이 번득였음을 고백합니다. 그러니까 이 종잇장들을 일단 만천하에 공표한 다음 잠깐이라도 사람들을 피해 수도원에 잠적해 버리자는 생각 말입니다. 그러나 바로 그 순간 그 저열함 때문에 얼굴을 붉혔습니다. 그러나 머리 깎고 수도사가 된다는 건, 이건 가장 옹졸한 공포가 엄습하는 순간에도 머릿속에 떠오른 적이 없는 생각입니다."

"수도원에 가실 필요도, 머리를 깎으실 필요도 없고 그저 드러나지 않는 은밀한 발심자(發心者)가 되시면, 완전히 이 속세에 살면서도 그러실 수 있지요……."

"그만하십시오, 티혼 신부님." 스타브로긴은 꺼림칙한 듯 말을 가로막으며 의자에서 일어났다. 티혼도 그랬다.

"무슨 일이십니까?" 그는 이렇게 소리쳤는데, 갑자기 거의 경악하며 티혼을 들여다보았다. 상대방은 두 손바닥을 자신의 몸 앞에 모은 채 그의 앞에 서 있었고, 대단히 경악한 탓인 것 같았는데, 병적인 전율이 일순간 그의 얼굴을 훑고 지나갔다.

"무슨 일이십니까? 무슨 일이냐고요?" 스타브로긴은 그를 부축하기 위해 몸을 내던지며 되풀이했다. 상대방이 쓰러질 것처럼 보였다.

"저는 보입니다…… 실제인 양 보여요." 티혼은 영혼을 꿰뚫는 목소리에 아주 강한 고뇌를 담아 소리쳤다. "당신이, 파멸한 이 가련한 청년이 가장 끔찍한 범죄를 향해 이 순간처럼 가깝게 다가선 적이 없었음이!"

"진정하십시오!" 스타브로긴은 그로 인해 불안에 떨면서 되뇌었다. “아직은 연기할지도 모르겠습니다……. 신부님 말씀이 맞고, 저는 어쩌면 참지 못하고 분노에 차서 새로운 범죄를 저지르게 될 것이고…… 이 모든 것이 그렇게…… 신부님 말씀이 맞고, 저는 연기할 겁니다.”

“아니, 종잇장들의 공표 이후가 아니라 공표 이전에 하루 전, 한 시간 전, 어쩌면 위대한 발걸음을 내딛기 직전에 흡사 출구를 찾듯 새로운 범죄에 몸을 내던질 겁니다, 오직 종잇장의 공표를 피하기 위해서!”

스타브로긴은 심지어 너무 분해서, 거의 경악하며 몸을 부르르 떨었다.

“망할 놈의 심리학자!” 그는 갑자기 광란에 휩싸여 이렇게 내뱉은 다음 뒤도 돌아보지 않고 암자를 나왔다.

작품 해설

희화된 '소설-비극' 『악령』

1 작가 전기: 가난, 유형, 간질, 도박

표도르 미하일로비치 도스토옙스키는 1821년 10월 30일(신력 11월 11일) 모스크바에서 태어나 1881년 1월 28일(신력 2월 9일)에 죽었다. 거의 육십 년에 이르는 그의 생애는 그의 소설만큼이나 극적인 사건들로 가득 차 있다. 그중 네 가지를 뽑아 보자.

첫째, 가난 혹은 돈이다. 첫 작품 『가난한 사람들』(1846)에서 보이듯, 도스토옙스키가 가장 큰 관심을 가진 문제는 사람들, 즉 '인간'의 속성으로서의 '가난'이다. 그의 아버지는 마린스키 자선 병원의 군의관이었는데, 모스크바 근처에 조그만 영지가 있긴 했지만 소지주에 불과했다. 이 점에서 도스토옙스키는 방대한 규모의 영지를 소유했던 귀족 작가 톨스토이, 투르게네프와 출발점부터가 달랐다. 밑천이라곤 자신의 머리밖에 없는 '지식인 프롤레타리아', 즉 '잡계급' 출신이었으니 말이다. 애초 그는 당시로선 명문 축에 들었던 페테르부르크 공병 학교를 졸업하고서 공병단의 제도국에 편입되었다.(최종 계급은 소위였다.) 하지만 학창 시절부터 그를 사로잡았던 문학을 직업으로 선택하기에 이른다. 전업 작가가 된 순간부터 가난은 그에게 필연이 되었다. 소설 속의 단어 하나하나는 곧 돈이었다. 가난과 신분 콤플렉스는 그다지 매력적이지 않은 외모(『악령』의 샤토프는 작가의 직접적인 분신이다.), 열등감과 자만심을 오가는 극단적인 성격, 인간을 향한 병적일 만큼 강렬한 연민 못지않게 작가를 힘들게 했다. 원고료도 여타 귀족 작가들보다 적었던 것으로 알려져 있다.

둘째, 팔 년에 걸친 유형 생활이다. 도스토옙스키가 사회주의적 경향을 띤 페트라솁스키 모임('금요일' 모임)에 출입하다가 사형 선고를 받은 것은 스물여덟 살 때였다. 가장 큰 죄목은 고골에게 보내는 벨린스키의 '불온한' 편지를 낭독했다는 것이었다. 비록 「분신」, 「여주인」 등이 평단의 냉대에 부딪혔지만, 어떻든 그 무렵 그는 전도유망한 신예 작가로서 많은 중단편 소설을 써냈다. 심지어 상당한 규모의 장편 소설(『네토치카 네즈바노바』)도 발표하기 시작했지만 갑작스러운 체포로 작업이 중단되었다. 그러나 다행스럽게도, 애초부터 '경고형'으로 계획됐던 사형 집행은 극적인 순간에 취소되었다. 이후 그는 사 년을 옴스크 감옥에서, 나머지 사 년을 사병 신분으로 시베리아 지역의 세미팔라친스크 부대에서 보낸다. 감옥에서 그가 읽을 수 있었던 유일한 책이 『성경』이었음은 익히 알려진 사실이다. 1859년 자유의 몸이 되었을 때 도스토옙스키는 그야말로 극우 보수주의자(슬라브주의자)가 되어 있었다. 이때부터 초기작에는 거의 보이지 않던 신(혹은 그리스도)이 소설의 화두로 등장한다.

셋째, 뇌전증을 간과할 수 없다. 첫 발작 시기에 대해서는 의견이 분분하지만, 여하튼 작가가 된 이후 도스토옙스키는 평생 주기적으로 발작에 시달렸다. 『백치』의 미시킨 공작, 『악령』의 키릴로프에 이어 『카라마조프가의 형제들』의 스메르쟈코프를 통해 묘사되는 간질 발작이 몹시 생생한 것은 이 때문이다. 뇌전증이 도스토옙스키에게 선사한 것은 말하자면 '순간의 미학' 혹은 '문턱의 시간'이다. 발작이 시작되고 의식이 완전히 명멸하기 직전의 순간을 작가는 세계의 모든 비밀을 꿰뚫을 수 있는 순간이라고 말했다. 이 절대적인 황홀경의 체험은 동시에 죽음의 체험이기도 하다. 한 인간으로서도 무척이나 귀중했을 삼십 대를 감옥에서 보내게 한 공상적 사회주의, 더 근원적으로 유토피아를 향한 꿈이야말로 뇌전증 발작의 절정과 같은 것이 아니겠는가. 이는 또한 그의 소설 속에 등장하는 가난뱅이들, 주정뱅이들의 광기에 가까운 몽상과도 일맥상통한다. 진리의 깨달음이든 일확천금의 획득이든 천년왕국의 도래든 그것은 찰나적인 한순간에 신기루처럼 반짝하다가 곧 사라진다.

끝으로, 도박에 대한 열정을 지적해야겠다. 『노름꾼』에 직접 표현된바, 도박은 돈 자체보다도 자신의 운명에 대한 시험 및 도전의 동의어다. 승부가 나기 직전, 도박자는 사형대에 묶여 있는 순간이나 뇌전증 발작 직전의 순간처럼 은유적인 죽음을, 예의 그 황홀경 및 파국의 순간을 체험한다. 도스토옙스키의 장편 소설이 늘 모종의 절정을 겨냥하는 것도, 주인공들이 모든 측면에서 극단을 달리며 파열 일보 직전인 것도 이와 무관하지 않다. 그의 도박벽은 실제 생활에도 적잖은 영향을 미쳤다. 하지만 생활인으로서의 도스토옙스키는, 일반인들의 편협한 오해나 억측과는 달리, 마냥 허랑방탕한 한량 내지는 신경증 환자가 결코 아니었다. 유형 이후 이십여 년간 그가 쓴 글은 엄청난 양의 에세이나 칼럼을 제외하고 소설만 쳐도 우리의 원고지 매수로 대략 환산해서 4만 매에 육박한다. 이 정도의 일 욕심을 지닌 사람치곤 남편으로서도, 아버지로서도 평균을 충분히 웃도는 편이었다. 그럼에도 그는 분명히 타고나길 현실 감각과 재무 능력이 없었다. 말년에 페테르부르크 한 귀퉁이에 비좁은 아파트라도 한 채 장만할 수 있었던 것은 거의 전적으로 아내의 노력 덕분이었다. 안나 그리고리예브나는 십사 년간의 결혼 생활 동안 남편이 창작에만 전념할 수 있도록 알뜰한 살림꾼이자 뛰어난 조력자가 되어 주었다. 그의 도박벽조차도 아내와 아이들이 함께해 준 일상의 테두리를 심하게 벗어나지는 않았던 것이다.

대체로 전기적인 사실들만 보면 작가로서의 도스토옙스키는 제법 천운을 타고난 편이다. 하지만 가난, 사형 선고 및 유형 생활, 뇌전증, 도박벽은 그 자체로는 개인사의 불행 내지는 결함에 지나지 않는다. 그것들이 의미심장한 사건으로 변모되는 것은 그가 그 토대 위에서 소설을 썼기 때문이다. 문학이 인간을 '구원'하고 '불멸'로 이끄는 것도 바로 이 지점이다. 하지만 촉망받는 신예 작가가 러시아의 대표 작가로 군림하는 과정은 뇌전증 발작처럼 찰나적인 것이 아니었다. 당시로서는 서유럽에 비해 후진국이었던 러시아의 '촌뜨기' 작가가 세계 문학의 정상에 우뚝 설 거목으로 자라난 것 역시도 마찬가지다. 실상 그의 첫 작품은 가난한 사람들의 일상과 심리를 휴머니즘적인 관점에서 사실적으로 그려 냄으로써 1840년대 러시아 문단을 뒤흔들었지만 그 자체로 러시아 문학의 패러다임을 바꿔 놓을 수는 없었다. 발자크와 같은 대가가 되겠다는 당찬 야망을 빼면 그다지 뛰어날 게 없었던 가난한 문청이 문학사를 훌쩍 뛰어넘는 위업을 이룩하기까지는 기나긴 시간이 필요했다. 도스토옙스키의 작가 인생을 조망할 때 『지하로부터의 수기』(1864)가 변태와 탈각의 순간을 보여 준다면 『죄와 벌』(1866)은 그 이후의 모습이 진면목을 드러낸 첫 소설이다. 차기작인 『백치』(1868)와 『악령』(1871)은 세기의 걸작 『카라마조프가의 형제들』(1880)로 가는 과도기적 작품이자 그 자체로 혼돈과 무질서로 점철된 '묵시록'이기도 하다. 『백치』의 기본 서사가 '열정-수난'이라면 『악령』은 정치적인 맥락에서 시작된다.

2 희화된 '소설-비극' 『악령』

1) 정치 소설로서의 『악령』: 허무주의 vs. 반(反)허무주의

『악령』은 '극우-보수' 작가인 도스토옙스키가 '예술'보다는 '이데올로기'라는 식의 기치를 내걸고 네차예프 사건을 소재로 쓴 정치 소설, 심지어 정치 팸플릿이다. 1860년대 러시아의 급진 사상을 일컫는 허무주의(니힐리즘), 나아가 혁명을 통한 유토피아 건설의 꿈은 또한 필연적으로 '신과의 투쟁'(무신론)과 닿아 있다. 이 맥락에서 쓰이고 읽힌 투르게네프의 『아버지와 아들』(1862)이나 체르니셉스키의 『무엇을 할 것인가』(1863) 같은 '반(反)허무주의 소설'은 『악령』에 비하면 오히려 온건한 소설이다. 젊은 날 사형 선고까지 받은 이력이 있는 사상범이었던 만큼, 도스토옙스키에게 있어 허무주의는 단순히 젊은 급진 세력의 전유물이 아니다. '불온한' 사상에 대한 과도한 불안은 사실 통렬한 자기반성의 산물이며, 임종을 앞둔 스테판 베르호벤스키의 말은 작가의 '참회'로 읽어도 무방하겠다. 작품의 제목과 제사를 제공한 '게라사(가다라)의 마귀(besy)'를 거칠게 해석하면, 『악령』의 거의 모든 인물, 심지어 러시아 전체가 '악령(besy)'에 들린 '돼지 떼'다. 그런데 악령은 말 그대로 실체가 없기에 살아 있는 육체에 빙의(憑依)되어야만 하는 존재고 이 단어에 붙은 복수의 표식은 악령과 희생양, 폭력과 성스러움의 내밀한 근친 관계(지라르)를 암시한다. 도스토옙스키는 악령을 니힐리즘의 은유로 취하되 그 복잡다단한 양상을 크게 현실 층위와 관념 층위에서 형상화한다.

먼저 현실 층위의 정치-혁명에 관한 한, 시갈료프와 표트르 베르호벤스키는 혁명가의 두 양상(이론과 실제)을 보여 준다. 시갈료프의 세계 체제론은 간단히 10분의 1(무한한 자유와 전제주의)과 10분의 9(절대 복종)의 변증법에 근거한 지상 낙원 건설 기획이다. '우리 편(nashi)'의 모임에서 시시껄렁한 소일거리로 소비되는 이 이론이 표트르의 칼과 결합하는 순간 거사-과업으로 바뀐다. 바쿠닌식 무정부주의를 구현하는 혁명가('열광자')로서 그는 스타브로긴에게 '이반 왕자-신'의 역할을 맡기고 동시에 공통의 피-줫값(샤토프 살해)으로 민중(5인조)을 올가미처럼 묶으려고 한다. 그 과정에서 발생하는 속된 불협화음과 '웃음', 무엇보다도 표트르의 이기주의와 부도덕성 때문에 혁명은 야비한 정치 협잡으로 전락한다. 그가 하필 샤토프를 지목한 것에 개인적인 원한(샤토프가 제네바에서 그의 뺨에 침을 뱉었다.)이 개입되어 있다는 사실도 중요하다. 그는 어딜 가든 배신과 밀고를 일삼고 '유령' 5인조를 만들어 내며 승승장구할 것이다. 그러면서도 자신의 피는 한 방울도 흘리지 않기에(키릴로프에게 손가락을 깨물려 상처를 동여맨 게 전부다!) 더더욱 도스토옙스키의 소설 텍스트에서 가장 참혹한 죽음인 '미학적 죽음'을 선고받는다.

한편, 권력의 상징인 신임 도지사 안드레이 안토노비치 폰 렘브케 역시 다분히 괴상한 인물로 그려진다. 자폐적인 성격이나 독특한 취미(종이접기, 소설 창작 등)는 차치하더라도 계속 마뜩잖은 정치 행보를 보인다. '좌익' 스테판의 집을 수색하고 물품을 차압한 것은 부하 직원(블륨)의 착오라고 쳐도 시피굴린 공장 사태는 질박한 민중과 얼빠진 권력의 우스꽝스러운 충돌 그 자체다. 율리야 렘브케의 파국도 그녀의 허영심과 공명심, 오랜 세월 미혼의 굴욕을 견뎌야 했던 보상 심리의 산물인 양 묘사된다. 표트르의 혁명에 동참한 5인조(럄신, 리푸틴, 비르긴스키, 톨카첸코, 시갈료프)와 그 밖의 인물(레뱌드킨, 에르켈)도 혁명의 희화를 위해 창조된 것처럼 보인다. 여기에 진보 진영의 감상적 퇴물 스테판과 중도 성향의 온건파 속물 작가 카르마지노프가 얼떨결에 합세한다. 저속한 호기심에 사로잡혀 매 순간 스캔들을 갈망하는 대중의 존재(율리야 렘브케 패거리)도 간과해서는 안 된다. 화자(안톤 라브렌치예비치 G-v) 역시 시피굴린 사건의 진상을 파악하기 위해 수사관처럼 주변을 수소문하고 현장 답사까지 나간다. 여기서 연대기 작가의 성실성이 강조되기도 하지만, '알 권리'를 내세워 타인의 인권을 짓밟는 근대 저널리즘의 맹점이 드러나기도 한다.

전반적으로 『악령』이 위대한 것은 정치적 층위와 더불어 형이상학적 층위, 종교-신학적 층위를 아우르기 때문이다. 정치 혁명을 통한 지상 낙원이, 참으로 역설인데, 지상에서 불가능하다면, 또 다른 가능성은 광기에 사로잡힌 인물들의 몽상 속에서 점쳐 볼 수밖에 없다.

2) 샤토프의 '토끼'와 키릴로프 '인신(人神)'

해방된 농노이자 대학생 혁명가였던 샤토프(「빛나는 인물」)

는 소설 속에 메시아의 도래를 꿈꾸는 슬라브주의자로 등장한다. 이 전향에 스타브로긴이 개입된 것으로 얘기된다. '토끼 소스'를 만들기 위해서는 '토끼(=신)'가 필요하다는 식의 대화에서 암시되듯, 샤토프에게는 '믿음'의 과제가 부여되었다. 러시아와 러시아 정교를 믿는다고 외치는 그가 정작, 신을 믿느냐는 스타브로긴의 추궁에는 유보적인 답밖에 내놓지 못한다. "나는…… 나는 신을 믿게 될 겁니다."(2권, 88쪽) 그리고 샤토프의 사상 자체도 맹목적인 국수주의와 선민의식의 극단적인 표현에 가깝다. 실상 혁명의 관념을 신의 관념으로 대체했다고 해서 본질이 달라지는 것은 아니다. 그것은 전혀 다른 차원, 즉 '관념'의 대립 쌍인 '삶' 속에서, 또 '관념인'이 아닌 그저 한 '인간' 샤토프에게 일어난다.

대체로 샤토프는 스타브로긴에게 관념적 층위의 논의에 앞서 신분적, 물리적 주종 관계로 묶여 있다. 마리(마리야 샤토바)의 임신 및 출산은 분신이 원상에게 자신의 가장 소중한 것을 갖다 바치는 희생 제의로 읽히기도 한다. 그렇다면 진정한 기적과 구원이란 그리스도가 러시아 땅에 재림하는 것이 아니라 사랑하는 아내가 돌아와 (주인 나리 스타브로긴의!) 아이를 낳는 일일 것이다. 샤토프의 운명에서 핵심은 작가가 희극적으로 과장해 놓은 외모(땅딸막한 몸집, 못생긴 얼굴, 어설픈 행동거지)가 동정이라면 모를까 어떤 카리스마도 불러일으키지 못한다는 점이다. 덧붙여 작가는 그를 성스러움이 거세된 무의미한 폭력의 희생양으로 만듦으로써 애절한 휴먼 드라마라면 모를까 숭고한 비극의 가능성을 차단한다. 말하자면 '관념'(혁명, 신)도 죽고 '인간'도 죽은 것이다.

키릴로프에 관한 한 작가는 '관념'을 살리기 위해 '인간'의 생물학적, 사회학적 속성을 최소화한다. 가령, 샤토프와 같은 스물예닐곱이라는 나이는 깡그리 잊힐 만큼 무의미하고 건축기사라는 직업은 스테판의 유쾌한 농담대로 그의 사상에 대한 아이러니일 뿐이다. 자살에 관한 책을 집필한다고 하지만 소문만 무성하다. 식사도 거의 하지 않고 차만 마시며 밤새도록 깨어 있다가 동틀 녘에야 잠자리에 든다. 이런 황폐한 무위 상태야말로 가히 관념인의 탄생을(그리고 뇌전증 발병을) 위한 질 좋은 토양인 셈이다. 간단히, 키릴로프는 도스토옙스키의 많은 백수 중 단연코 으뜸, 진정 '종이로 만든 인간'이다. 한편, 그의 '인신(人神)'은 기독교의 근간인 '신인(神人)'의 변형이며 그 자신은 과거의 샤토프보다 더 메시아에 가깝다. 자살을 통해 신의 부재를 증명하고 그로써 그 자신은 최초의 인신이 된다는 것이 인신 사상의 요지다. 그 자체로는 대단히 양가적인 이 궤변이 논리적, 미학적 정당성을 얻기 위해서 꼭 필요한 전제 조건이 이 인물의 도덕성과 믿음의 깊이다. 즉, 표트르가 치사한 행동분자여야 하는 것처럼, 스타브로긴이 미남의 부유한 귀족이어야 하는 것처럼, 또 샤토프가 불쌍하고 못생긴 농노여야 하는 것처럼 키릴로프는 절대적으로 선한 인물이어야 한다.

키릴로프는 매 순간 '좋음'을 느끼기에, 자살의 관념에 탐닉하는 만큼이나 삶을 사랑하고 즐긴다. 죽을 날을 세면서도 건강을 위해 공놀이와 맨손체조를 한다. 완전히 고립된 채 살지만 누구와도(샤토프, 페디카, 옆집 갓난아이) 조화로운 공존을 영위할 수 있다. 극도로 궁핍한 형편에 값비싼 권총을 수집하는 것도 굳이 자살을 위해서라기보다는 그냥 그 자체를 즐기는 듯싶다. 그가 관념을 먹어 치웠든 관념이 그를 먹어 치웠든, 어쨌든 진정한 니힐리스트는 '니힐-무(無)'를 꿈꾸지만 그렇기에 더더욱 이 순간의 삶을 사랑하는 사람이라는 것을 키릴로프가 몸소 보여 주는 것이다. 이 미묘한 역설이야말로 훗날 카뮈를 비롯한 실존주의자를 매혹시킨 핵심적인 요소였으리라. 윤리적인 완성은, 비루한 현실과 각종 부조리에 대한 반항을 포함하여, 사유하고 행동하는 인간이 꿈꾸는 궁극의 지점이기 때문이다.

하지만 도스토옙스키는 키릴로프의 '형이상학적 욕망'(지라르)을 잔혹하게 단죄한다. 최후의 순간을 '사도'가 아니라 '원숭이' 표트르와 함께하게 한 것은 오히려 사소한 장치다. 보다 본질적인 것은 표트르와의 우스꽝스러운 드잡이에서 드러나는, 키릴로프의 목숨에 대한 집착이다. 그의 자살은 그가 평온한 오만함을 자랑하며 꿈꾼 것과는 달리, 또한 독자들이 속편하게 환상을 만드는 것과는 달리 절대로 원칙의 실현이 아니었다. 지리멸렬한 유예 끝에 행해진 자살은 관념의 실현이 아니라 마지못해 끝낸 면피용 숙제에 가깝다. 그리고 그는 자살을 통해 최초의 인신이 된 것이 아니라 그냥 시체가 됐다. 말하자면 '관념의 육화'는커녕 얻은 것은 아무것도 없고, 잃은 것은 삶 자체, '햇살과 잎사귀'다.

3) 스타브로긴: 인간의 가면 vs. 신-악마의 가면

『악령』의 모든 논의는 이 소설의 알파이자 오메가인 스타브로긴으로 귀결될 수밖에 없다. 신화적인 도식을 따르면, 분신들의 희생은 주인공-영웅의 삶-부활을 담보하고 이를 통해서 성스러움이 확보된다. 하지만 분신들의 파국에 이어 주인공마저 자살함으로써 『악령』은 '신성한 희극(Divine Comedy(신곡))'도, '소설-비극'(이바노프)도 아닌 희화와 그로테스크로 점철된 희비극이 된다. 스타브로긴은 신적인 존재임에도 희뿌옇고 신비스러운 아우라가 아니라 엄연히 살과 피를 가진 소설 속 인물로 창조되었다. 그의 유물론적 토대를 제거 혹은 은폐하는 방식은, 키릴로프의 경우와는 정반대로, 젊음과 미모, 체력, 부와 세속적 지위 등 모든 것을 주는 것이다. 그로써 1860년대 러시아 귀족 사회가 낳은 패륜적 돌연변이라는 사회적 동기화가 이루어진다. 그의 존재를 규정하는 핵심어 '부정(否定)'(다리야에게 보내는 편지)은 상태나 정황이라기보다는 무한한 운동성('힘')을 말하며 부정의 순환은 곧 그를 '부정(不定)'으로 몰아간다. 아마 그 기저에 깔린 것은 어린 시절 가정 교사 스테판이 심어 준 '우수'의 감각이었으리라. 그것을 채우기 위해 그는 신의 인간 창조를 변주하며 특정 대상에게 자신의 '관념'을 집어넣고 '형상(obraz: 성상이라는 뜻도 있다.)'을 고착시킨다. 그럴수록 정작 그 자신은 아예 형상이 없는(bezóraznyj), 고로 추한(bezoráznyj) 존재가 된다. 전부이면서 동시에 아무것도 아닌 '신-관념'이 지상에 왕림할 때는 어쨌든 형상과 이름을 빌려야 하고, 그 때문에 그는 '가면'을 쓴 자, 요컨대 '참칭자 드미트리'(마리야 레뱌드키나의 폭로)가 될 수밖에 없다. 스타브로긴의 다른 시험(리자 투시나(파괴적인 열정의 시험), 마리야 레뱌드키나(원시적 구원 가능성의 시험), 다리야 샤토바(영원한 안정의 시험 등))도 그 자신의 내면에 도사린 심연의 깊이를 확인시킬 따름이다. 자살이라는 결말 역시 '인간의 가면을 쓴 신-악마'라는 신비스러운 정체성을 보존하는 데 이바지한다. 이를 위해 작가는 (이미 편집자의 강압이 없음에도) 그토록 공들여 쓴 한 장(章)을 『악령』에 포함시키지 않았던 것으로 보인다.

1922년까지 묻혀 있던 원고 「티혼의 암자에서」는 '스타브로긴의 고백'이라는 제목으로 더 널리 알려졌다. 여기서 스타브로긴은 고해를 들어주는 자(confesser-confessor)가 아니라 고해하는 자(confesser)이며 '인간의 가면을 쓴 신-악마'에서 '신-악마의 가면을 쓴 인간'으로 내려선다. 물론 그의 '서류'는 명백히 고해 성사에 대한 신랄한 패러디지만, 여기에 그의 원죄이자 십자가('스타브로긴'의 그리스어 어원은 '십자가'를 뜻한다.)가 들어 있기도 하다. '위대한(크나큰) 죄'(특히, 마트료샤를 상대로 한 범행)를 범한 자로서 악령에 들렸다 치유된 환자처럼 신의 은총을 바라는 것, 동시에 악령의 수장으로서 돼지 떼와 더불어 파멸하기를 바라는 것, 둘 다 진실이며 또한 거짓이다. 중요한 것은 구원의 욕망과 그것을 거부하는 척력의 충돌, 형식적으론 '고백'과 '반(反)고백'의 긴장이다. 이런 내적 분열이 밖으로 표출될 때는 자연스레 '웃음'이 발생한다. 티혼 앞에서 스타브로긴이 보이는 신경질적인 태도뿐만 아니라 서류를 둘러싼 정황이 모두 우스꽝스럽다. 문건을 작성한 것은 일정 부분 자기 징벌이라고 쳐도 그것을 300부나 인쇄하고 번역해서 외국으로 보내겠다는 생각은 어처구니없다. 신실한 참회와 위악적인 노출증 사이의 경계는 실로 애매하다. 과연 그는 무위와 권태에 허덕이며 '저질'의 범죄나 저지르는 스물여덟 살의 귀족 청년일 따름인가.

티혼의 예측대로 스타브로긴은 또다시 출구를 찾듯 새로운 죄악 속으로 뛰어든다. 그의 모든 범행은 작위의 죄와 부작위의 죄 사이의 경계에서 아슬아슬하고 점잖게 행해진다. "아무도 탓하지 말라, 나 스스로 한 일이다."(제 3권, 380쪽) 자살 이후 남겨진 유서는 강렬한 반면, 독자의 상상의 몫으로 남겨진 그의 최후(다락방에서 목을 매달 비단 노끈에 열심히 비누칠하고 망치로 벽에 못을 박는 모습)는 희극적이다. 그것까지 포함하여 그는 "나는 그를 나의 심장에서 꺼냈다."라는 도스토옙스키의 고백에 충분히 부합하는 인물로, 작가 자신의 십자가로 남는다. 이는 『악령』의 숙명이기도 한데, 이 소설은 묵시록적 파토스의 균열과 희화를 고스란히 품은 채 새로운 신화의 영역을 연다.

*

도스토옙스키의 『악령』은 나의 첫 번역서다. 1990년대 후반 석사 과정생이었던 나는 모 출판사에서 기획한 도스토옙스키 전집 출간 작업에 원문 대조 교열 인력으로 참여했다. 그러다가 우여곡절 끝에 2000년 초여름 『악령』의 번역자로 이름 석 자를 올리는 영광을 누리게 됐다. 그때 이미 나는 두 권의 소설집을 낸 소설가이기도 했다. 이십 대의 나는 물론 사십 대의 내가 번역가보다는 소설가로 더 성장해 있길 바랐지만, 보다시피 인생은 그렇게 풀리지 않았다. 그래도 그동안 많은 독자가 내 번역으로써 도스토옙스키를 만나고 나 역시 '인세 생활자'로서 그 덕분에 먹고산다. 이십 년 만에 대대적인 개역 작업을 하며 제일 놀란 것은 분량이 줄어들어서다. 도스토옙스키의 『악령』은 변함없지만 나의 번역본은 더 맛깔스러워졌다. 이 압축의 능력이 번역가-소설가 이십 년 인생의 성취랄 수 있겠다. 이만하면 존재의 알리바이로는 충분하다.

『악령』 하면 1993년부터 인생의 한 시절을 함께한 친구가 떠오른다. 그 친구는 당시 내 눈에는 세계 문학 고전을 다 꿰고 한국 문학도 최근 작품까지 안 읽은 것이 없었다. 도스토옙스키도 대표작뿐만 아니라 저 고릿적 정음사판 전집을 섭렵한 친구였다. 가진 밑천이라곤 문학책 좀 읽은 것밖에 없었던 나는 그 친구 앞에서 늘 주눅이 들곤 했다. 그 친구가 제일 좋아한 소설이 『백치』와 더불어 『악령』이었다. 특히 키릴로프를 참 좋아했다. 학업을 계속 이어 갔더라면, 이 소설만은 그 친구가 나보다 잘 번역할 수 있었으리라 생각한다. 『악령』은 여러모로 '지옥에서 보낸 한 철'(랭보) 같은 책이다. '자살-관념'에 탐닉하느라 우리 자신이 저 '햇살과 잎사귀' 같은 존재임을 그때는 몰랐다. 감히 모를 수 있었던 것도 청춘의 특권이다.

『악령』은 자살(키릴로프, 스타브로긴), 피살(샤토프, 레뱌드킨 남매, 페디카), 자연사, 병사와 사고사(스테판, 마리와 신생아) 등 39명 중 13명이 죽는, 그야말로 선혈이 낭자한 소설이다. 저들의 푸른 무덤 위에서 여러분 삶의 꽃을 피우시라. 여러분, 아니, 우리 모두의 아름다운 한 시절을 축복한다.

2021년 6월
김연경

작가 연보

1821년	10월 30일(신력으로 11월 11일) 모스크바 마린스키 빈민병원의 군의관 미하일 안드레예비치 도스토옙스키의 둘째 아들로 태어났다.
1833~1837년	모스크바 기숙학교에서 수학했다.
1837년	1월 29일, 푸시킨이 단테스와의 결투에서 사망하자 몹시 흥분했다. 2월 27일, 어머니 마리야 표도로브나 도스토옙스카야(네차예바)가 사망했다.
1838년	1월 16일, 페테르부르크 공병학교에 입학했다.
1839년	6월 8일, 아버지가 다로보예 영지의 농노들에 의해 피살됐다.
1843년	8월 12일, 장교 수업 과정을 끝내고 공병국 제도실에서 근무하기 시작했다.

1844년	6~7월, 발자크의 『외제니 그랑데』 번역, 발표. 10월 19일 소위로 제대했다.
1845년	5월, 『가난한 사람들』 완성. 비평가 벨린스키, 시인 네크라소프를 비롯한 문학인들과 친교했다. 가을, 벨린스키 클럽에 출입하기 시작했다.
1846년	1월 15일, 『가난한 사람들』이 《페테르부르크 모음집》에 발표되었다. 2월에 「분신」이, 10월에 「프로하르친 씨」가 《조국 수기》에 발표되었다.
1847년	연초에 벨린스키와 사상적, 감정적 이유로 절연. 봄부터 페트라솁스키의 '금요일' 모임에 출입했다. 4~6월, 에세이 「페테르부르크 연대기」(전 4편)를 신문 《상트-페테르부르크 통보》에, 10~12월, 소설 「여주인」을 《조국 수기》에 발표했다.
1848년	5월, 벨린스키가 사망했다. 「약한 마음」, 「폴준코프」, 「정직한 도둑」, 「크리스마스트리와 결혼식」, 「백야」, 「남의 아내와 침대 밑의 남편」 등의 단편을 《조국 수기》에 발표했다.
1849년	1~2월, 미완의 장편 『네토치카 네즈바노바』의 일부를 《조국 수기》에 발표했다. 4월 15일, 페트라솁스키 모임에서 고골에게 보내는 벨린스키의 편지를 낭독했다. 4월 23일, 당국에 의해 체포되어 페트로파블로프스크 요새에 감금되었다.

9월 30일, 재판 시작, 11월 13일, 상기 편지 낭독 죄로 사형을 언도받았다.

12월 22일, 세묘놉스키 연병장에서 사형이 집행되기 직전, 황제 니콜라이 1세의 칙령에 의해 사형 집행이 중지되고 강제 노동형으로 감형됐다.

1850년 1월, 토볼스크 체류 중 12월 당원(제카브리스트)의 부인들의 방문을 받고, 이 중 폰비지나 부인에게서 성경을 건네 받았다.

1월 23일, 옴스크의 요새의 형장에 도착. 이후 1854년 2월까지 복역했다.

1854년 3월, 사병으로 강등되어 세미팔라친스크에 배치됨. 이곳의 세무관 이사예프와 안면을 트고 그의 아내 마리야 드미트리예브나 이사예바를 사랑하게 됐다.

1855년 2월 18일, 니콜라이 1세가 사망했다.

8월 4일, 이사예프가 사망했다.

1857년 2월 6일, 미망인이 된 마리야 드미트리예브나와 결혼했다.

8월, 페트로파블로프스크 요새에서 구상, 일부 집필했던 「꼬마 영웅」을 《조국 수기》에 발표했다.

시베리아 유형의 경험을 기록하기 시작했다.

1859년 3월 18일, 퇴역했다.

7월 2일 세미팔라친스크를 떠나 8월 19일 트베리에 도착, 가을을 보냈다.

11월, 페테르부르크 거주 허가를 얻고 12월, 십 년 만에 페테르부르크로 돌아왔다.

3월, 『아저씨의 꿈』을, 11~12월, 『스체판치코보 마을 사람들』을 각각 《러시아의 말》과 《조국 수기》에 발표했다.

1860년 9월, 신문 《러시아 세계》에 『죽음의 집의 기록』 초반부를 발표했다.

모스크바에서 첫 작품집(전 2권)이 출간됐다.

1861년 1월, 형 미하일과 함께 잡지 《시대》 창간, 첫 호 발간. 여기에 『상처받은 사람들』 발표. 이때부터 1865년까지 아폴리나리야 수슬로바와 친교, 서신 교환 및 여행을 했다.

1862년 1월, 《시대》에 『죽음의 집의 기록』 후반부를 발표했다.

6월, 첫 유럽 여행. 베를린, 드레스덴, 프랑크푸르트, 쾰른, 파리 등을 돌고, 런던에서 1846년부터 알고 있던 사상가 겸 작가 게르첸, 무정부주의자 바쿠닌 등을 만났다.

12월, 《시대》에 「악몽 같은 이야기」를 발표했다.

1863년 2~3월, 《시대》에 「여름 인상에 대한 겨울 메모」를 연재했다.

5월, 《시대》가 정치적 이유로 발행 정지 조치를 받았다.

8월부터 10월까지 유럽 여행. 바덴바덴, 함부르크

등에서 도박으로 많은 돈을 잃었다.

1864년 1월, 형 미하일과 함께 두 번째 잡지《세기》창간 허가를 받았다.

3월 21일,《세기》첫 호에『지하 생활자의 수기』를 발표했다.

4월 15일, 아내 마리야 드미트리예브나 사망. 7월 10일, 형 미하일 사망. 9월 25일, 문우인 아폴론 그리고리예프 사망. 잇따른 불행으로 인해 심리적, 경제적 어려움에 시달렸다.

1865년 6월,《세기》2호에 고골의「코」를 모델로 한 단편「악어」발표. 거의 직후,《세기》가 재정난으로 발행이 중단되었다.(통권 13호.)

여름, 출판업자 스첼롭스키와 1866년 11월 1일까지 특정 분량의 새 소설을 탈고하고 모든 작품을 양도하며 이를 어길 시 이후 모든 작품의 저작권을 넘긴다는 굴욕적인 계약을 체결. 그의 출판사에서 그동안의 작품을 모은 작품집이 나왔다.

7월부터 10월까지 독일의 비스바덴으로 세 번째 유럽 여행을 떠났다.

11월, 수슬로바에게 청혼하지만 거절당했다.

1866년 1월,《러시아 통보》에『죄와 벌』연재 시작, 12월에 완결. 모스크바와 그 근교 류블리노에 체류했다.

10월 4일부터 29일까지, 원고 마감일에 대기 위해 속기사 안나 그리고리예브나 스니트키나를 고용하여 『노름꾼』 전부와 『죄와 벌』 마지막 부분을 속기하게 했다.

1867년 2월 15일, 안나 그리고리예브나와 결혼했다.

4월 14일, 유럽으로 떠나 각국을 돌며 이후 사 년간 머무름. 그동안 드레스덴 미술관에서 라파엘로의 「시스티나의 성모」, 바젤 미술관에서 한스 홀바인의 「무덤 속 그리스도의 주검」을 보고 큰 감명을 받음. 끊임없이 도박에 손을 대서 경제 사정이 매우 악화됨. 『백치』 집필 시작. 리가 방문, 바쿠닌의 강연을 들었다.

1868년 2월 22일, 딸 소피야 출생, 석 달 후 사망.

가을, 밀라노를 거쳐 피렌체로 갔다.

《러시아 통보》에 『백치』를 발표했다.

1869년 7월, 드레스덴으로 돌아왔다.

9월 14일, 딸 류보비 출생.

11월, 모스크바에서 '네차예프 사건' 발생, 『악령』의 소재가 되었다.

1870년 《서광》에 초기작 「남의 아내와 침대 밑의 남편」을 토대로 한 『영원한 남편』을 발표했다.

1871년 1월, 《러시아 통보》에 『악령』 연재 시작, 1872년에 완결 되었다.

7월, 가족과 함께 드레스덴에서 페테르부르크로 돌아왔다.

7월 16일, 아들 표도르 출생.

1872년	5월, 가족과 함께 페테르부르크 근교의 스타라야 루사로 떠나, 이곳에서 여름을 보냈다.
1873년	메셰르스키 공작의 잡지 《시민》의 편집장이 됨과 동시에 「작가 일기」라는 지면을 마련하여 각종 시사 칼럼, 에세이, 단편 소설 등을 싣기 시작했다.
1874년	봄, 메셰르스키 공작과의 마찰 및 건강상의 이유로 《시민》 편집 일을 그만뒀다.
	4월, 《조국 수기》에 실을 장편 소설을 부탁하기 위해 네크라소프가 도스토옙스키를 방문했다.
	6월, 건강 악화로 요양차 독일의 엠스로 떠났다.(1875년, 1876년, 1879년에도 한 차례씩 방문.)
	8월, 스타라야 루사로 돌아와 겨울 동안 『미성년』을 집필했다.
1875년	1월, 『미성년』을 《조국 수기》에 발표하기 시작했다.
	8월, 아들 알렉세이 출생.
1876년	1월, 《작가 일기》를 단행본 형태의 월간 잡지로 출간, 대성공을 거뒀다.
	《작가 일기》 11월 호에 단편 「온순한 여자」를 발표했다.
1877년	《작가 일기》 4월 호에 단편 「우스운 인간의 꿈」을 발표했다.
	12월 2일, 러시아 과학아카데미의 어문학 분과 위원으로 선출되었다.
	12월 27일, 네크라소프 사망, 30일, 그의 장례식에

서 추도문을 낭독했다.

1878년 5월, 아들 알렉세이가 갑작스러운 간질 발작으로 사망했다.

철학자 블라지미르 솔로비요프와 함께 옵치나 푸스트인 수도원을 방문했다.

1879년 《러시아 통보》에 『카라마조프가의 형제들』을 발표하기 시작했다.

1880년 5월 23일, 푸시킨 동상 제막식 행사 참석차 모스크바에 도착했다.

6월 8일, 상기 행사 관련 모임에서 이른바 「푸시킨론」 낭독, 열광적인 반응을 얻었다.

11월, 『카라마조프가의 형제들』이 완결됐다.

1881년 1월, 《작가 일기》 1881년 첫 호를 집필하기 시작했다.

1월 26일, 여동생이 찾아와 상속 문제로 다투고 간 뒤 각혈했다.

1월 28일 저녁 8시 38분, 폐동맥 파열로 사망했다.

2월 1일, 페테르부르크의 알렉산드르-네프스카야 대수도원 묘지에 묻혔다.

세계문학전집 386

악령 3

1판 1쇄 펴냄 2021년 6월 30일
1판 5쇄 펴냄 2024년 10월 29일

지은이 표도르 도스토옙스키
옮긴이 김연경
발행인 박근섭, 박상준
펴낸곳 (주)민음사

출판등록 1966. 5. 19. (제 16-490호)
서울특별시 강남구 도산대로1길 62(신사동) 강남출판문화센터 5층 (우편번호 06027)
대표전화 02-515-2000 팩시밀리 02-515-2007
www.minumsa.com

ISBN 978-89-374-6386-0 04800
ISBN 978-89-374-6000-5 (세트)

세계문학전집 목록

1·2 **변신 이야기** 오비디우스·이윤기 옮김 서울대 권장도서 100선
3 **햄릿** 셰익스피어·최종철 옮김 서울대 권장도서 100선 | 미국대학위원회 선정 SAT 추천도서
4 **변신·시골의사** 카프카·전영애 옮김 서울대 권장도서 100선
5 **동물농장** 오웰·도정일 옮김 미국대학위원회 선정 SAT 추천도서 | 《타임》 선정 현대 100대 영문소설
6 **허클베리 핀의 모험** 트웨인·김욱동 옮김 《뉴스위크》 선정 100대 명저
7 **암흑의 핵심** 콘래드·이상옥 옮김 미국대학위원회 선정 SAT 추천도서 | 《뉴스위크》 선정 10대 명저
8 **토니오 크뢰거·트리스탄·베네치아에서의 죽음** 토마스 만·안삼환 외 옮김 노벨 문학상 수상 작가
9 **문학이란 무엇인가** 사르트르·정명환 옮김
10 **한국단편문학선 1** 김동인 외·이남호 엮음 국립중앙도서관 선정 청소년 권장도서
11·12 **인간의 굴레에서** 서머싯 몸·송무 옮김
13 **이반 데니소비치, 수용소의 하루** 솔제니친·이영의 옮김 노벨 문학상 수상 작가
14 **너새니얼 호손 단편선** 호손·천승걸 옮김
15 **나의 미카엘** 오즈·최창모 옮김
16·17 **중국신화전설** 위앤커·전인초, 김선자 옮김
18 **고리오 영감** 발자크·박영근 옮김
19 **파리대왕** 골딩·유종호 옮김 노벨 문학상 수상 작가 | 《타임》 선정 현대 100대 영문소설
20 **한국단편문학선 2** 김동리 외·이남호 엮음
21·22 **파우스트** 괴테·정서웅 옮김 서울대 권장도서 100선 | 미국대학위원회 선정 SAT 추천도서
23·24 **빌헬름 마이스터의 수업시대** 괴테·안삼환 옮김
25 **젊은 베르테르의 슬픔** 괴테·박찬기 옮김 논술 및 수능에 출제된 책(1998~2005)
26 **이피게니에·스텔라** 괴테·박찬기 외 옮김
27 **다섯째 아이** 레싱·정덕애 옮김 노벨 문학상 수상 작가
28 **삶의 한가운데** 린저·박찬일 옮김
29 **농담** 쿤데라·방미경 옮김
30 **야성의 부름** 런던·권택영 옮김
31 **아메리칸** 제임스·최경도 옮김
32·33 **양철북** 그라스·장희창 옮김 노벨 문학상 수상 작가 | 서울대 권장도서 100선
34·35 **백년의 고독** 마르케스·조구호 옮김 노벨 문학상 수상 작가 | 서울대 권장도서 100선
36 **마담 보바리** 플로베르·김화영 옮김 서울대 권장도서 100선
37 **거미여인의 키스** 푸익·송병선 옮김
38 **달과 6펜스** 서머싯 몸·송무 옮김
39 **폴란드의 풍차** 지오노·박인철 옮김
40·41 **독일어 시간** 렌츠·정서웅 옮김
42 **말테의 수기** 릴케·문현미 옮김
43 **고도를 기다리며** 베케트·오증자 옮김 노벨 문학상 수상 작가 | 서울대 권장도서 100선
44 **데미안** 헤세·전영애 옮김 노벨 문학상 수상 작가
45 **젊은 예술가의 초상** 조이스·이상옥 옮김 서울대 권장도서 100선
46 **카탈로니아 찬가** 오웰·정영목 옮김
47 **호밀밭의 파수꾼** 샐린저·정영목 옮김 《타임》 선정 현대 100대 영문소설 | 미국대학위원회 선정 SAT 추천도서 | 《뉴스위크》 선정 100대 명저 | BBC 선정 꼭 읽어야 할 책
48·49 **파르마의 수도원** 스탕달·원윤수, 임미경 옮김
50 **수레바퀴 아래서** 헤세·김이섭 옮김 노벨 문학상 수상 작가 | 국립중앙도서관 선정 청소년 권장도서

51·52 **내 이름은 빨강** 파묵 · 이난아 옮김 노벨 문학상 수상 작가
53 **오셀로** 셰익스피어 · 최종철 옮김 서울대 권장도서 100선
54 **조서** 르 클레지오 · 김윤진 옮김 노벨 문학상 수상 작가
55 **모래의 여자** 아베 코보 · 김난주 옮김
56·57 **부덴브로크 가의 사람들** 토마스 만 · 홍성광 옮김 노벨 문학상 수상 작가
58 **싯다르타** 헤세 · 박병덕 옮김 노벨 문학상 수상 작가
59·60 **아들과 연인** 로렌스 · 정상준 옮김 《뉴스위크》 선정 100대 명저
61 **설국** 가와바타 야스나리 · 유숙자 옮김 노벨 문학상 수상 작가 | 서울대 권장도서 100선
62 **벨킨 이야기 · 스페이드 여왕** 푸슈킨 · 최선 옮김
63·64 **넙치** 그라스 · 김재혁 옮김 노벨 문학상 수상 작가
65 **소망 없는 불행** 한트케 · 윤용호 옮김 노벨 문학상 수상 작가
66 **나르치스와 골드문트** 헤세 · 임홍배 옮김 노벨 문학상 수상 작가
67 **황야의 이리** 헤세 · 김누리 옮김 노벨 문학상 수상 작가
68 **페테르부르크 이야기** 고골 · 조주관 옮김
69 **밤으로의 긴 여로** 오닐 · 민승남 옮김 노벨 문학상 수상 작가 | 미국대학위원회 선정 SAT 추천도서
70 **체호프 단편선** 체호프 · 박현섭 옮김
71 **버스 정류장** 가오싱젠 · 오수경 옮김 노벨 문학상 수상 작가
72 **구운몽** 김만중 · 송성욱 옮김 서울대 권장도서 100선 | 국립중앙도서관 선정 청소년 권장도서
73 **대머리 여가수** 이오네스코 · 오세곤 옮김
74 **이솝 우화집** 이솝 · 유종호 옮김 논술 및 수능에 출제된 책(1998~2005)
75 **위대한 개츠비** 피츠제럴드 · 김욱동 옮김 《타임》 선정 현대 100대 영문소설
76 **푸른 꽃** 노발리스 · 김재혁 옮김
77 **1984** 오웰 · 정회성 옮김 《타임》 선정 현대 100대 영문소설 | 《뉴스위크》 선정 100대 명저
78·79 **영혼의 집** 아옌데 · 권미선 옮김
80 **첫사랑** 투르게네프 · 이항재 옮김
81 **내가 죽어 누워 있을 때** 포크너 · 김명주 옮김 노벨 문학상 수상 작가
82 **런던 스케치** 레싱 · 서숙 옮김 노벨 문학상 수상 작가
83 **팡세** 파스칼 · 이환 옮김
84 **질투** 로브그리예 · 박이문, 박희원 옮김
85·86 **채털리 부인의 연인** 로렌스 · 이인규 옮김
87 **그 후** 나쓰메 소세키 · 윤상인 옮김
88 **오만과 편견** 오스틴 · 윤지관, 전승희 옮김 미국대학위원회 선정 SAT 추천도서
89·90 **부활** 톨스토이 · 연진희 옮김 논술 및 수능에 출제된 책(1998~2005)
91 **방드르디, 태평양의 끝** 투르니에 · 김화영 옮김
92 **미겔 스트리트** 나이폴 · 이상옥 옮김 노벨 문학상 수상 작가
93 **페드로 파라모** 룰포 · 정창 옮김
94 **차라투스트라는 이렇게 말했다** 니체 · 장희창 옮김 국립중앙도서관 선정 청소년 권장도서
95·96 **적과 흑** 스탕달 · 이동렬 옮김 국립중앙도서관 선정 청소년 권장도서
97·98 **콜레라 시대의 사랑** 마르케스 · 송병선 옮김 노벨 문학상 수상 작가 | BBC 선정 꼭 읽어야 할 책
99 **맥베스** 셰익스피어 · 최종철 옮김 서울대 권장도서 100선 | 미국대학위원회 선정 SAT 추천도서
100 **춘향전** 작자 미상 · 송성욱 풀어 옮김 서울대 권장도서 100선
101 **페르디두르케** 곰브로비치 · 윤진 옮김
102 **포르노그라피아** 곰브로비치 · 임미경 옮김
103 **인간 실격** 다자이 오사무 · 김춘미 옮김
104 **네루다의 우편배달부** 스카르메타 · 우석균 옮김

105·106 이탈리아 기행 괴테 · 박찬기 외 옮김
107 나무 위의 남작 칼비노 · 이현경 옮김
108 달콤 쌉싸름한 초콜릿 에스키벨 · 권미선 옮김
109·110 제인 에어 C. 브론테 · 유종호 옮김 BBC 선정 꼭 읽어야 할 책
111 크눌프 헤세 · 이노은 옮김 노벨 문학상 수상 작가
112 시계태엽 오렌지 버지스 · 박시영 옮김 《타임》 선정 현대 100대 영문소설 | 《뉴스위크》 선정 100대 명저
113·114 파리의 노트르담 위고 · 정기수 옮김 미국대학위원회 선정 SAT 추천도서
115 새로운 인생 단테 · 박우수 옮김
116·117 로드 짐 콘래드 · 이상옥 옮김 《뉴스위크》 선정 100대 명저
118 폭풍의 언덕 E. 브론테 · 김종길 옮김 미국대학위원회 선정 SAT 추천도서
119 텔크테에서의 만남 그라스 · 안삼환 옮김 노벨 문학상 수상 작가
120 검찰관 고골 · 조주관 옮김
121 안개 우나무노 · 조민현 옮김
122 나사의 회전 제임스 · 최경도 옮김 미국대학위원회 선정 SAT 추천도서
123 피츠제럴드 단편선 1 피츠제럴드 · 김욱동 옮김
124 목화밭의 고독 속에서 콜테스 · 임수현 옮김
125 돼지꿈 황석영
126 라셀라스 존슨 · 이인규 옮김
127 리어 왕 셰익스피어 · 최종철 옮김 서울대 권장도서 100선 | 《뉴스위크》 선정 100대 명저
128·129 쿠오 바디스 시엔키에비츠 · 최성은 옮김 노벨 문학상 수상 작가
130 자기만의 방 · 3기니 울프 · 이미애 옮김
131 시르트의 바닷가 그라크 · 송진석 옮김
132 이성과 감성 오스틴 · 윤지관 옮김
133 바덴바덴에서의 여름 치프킨 · 이장욱 옮김
134 새로운 인생 파묵 · 이난아 옮김 노벨 문학상 수상 작가
135·136 무지개 로렌스 · 김정매 옮김
137 인생의 베일 서머싯 몸 · 황소연 옮김
138 보이지 않는 도시들 칼비노 · 이현경 옮김
139·140·141 연초 도매상 바스 · 이운경 옮김 《타임》 선정 현대 100대 영문소설
142·143 플로스 강의 물방앗간 엘리엇 · 한애경, 이봉지 옮김 미국대학위원회 선정 SAT 추천도서
144 연인 뒤라스 · 김인환 옮김
145·146 이름 없는 주드 하디 · 정종화 옮김
147 제49호 품목의 경매 핀천 · 김성곤 옮김 《타임》 선정 현대 100대 영문소설
148 성역 포크너 · 이진준 옮김 노벨 문학상 수상 작가 | 퓰리처상 수상 작가
149 무진기행 김승옥
150·151·152 신곡(지옥편 · 연옥편 · 천국편) 단테 · 박상진 옮김 《뉴스위크》 선정 100대 명저
153 구덩이 플라토노프 · 정보라 옮김
154·155·156 카라마조프가의 형제들 도스토옙스키 · 김연경 옮김
157 지상의 양식 지드 · 김화영 옮김 노벨 문학상 수상 작가
158 밤의 군대들 메일러 · 권택영 옮김 퓰리처상 수상 작가
159 주홍 글자 호손 · 김욱동 옮김 서울대 권장도서 100선 | 미국대학위원회 선정 SAT 추천도서
160 깊은 강 엔도 슈사쿠 · 유숙자 옮김
161 욕망이라는 이름의 전차 윌리엄스 · 김소임 옮김
162 마사 퀘스트 레싱 · 나영균 옮김 노벨 문학상 수상 작가
163·164 운명의 딸 아옌데 · 권미선 옮김

165 **모렐의 발명** 비오이 카사레스·송병선 옮김
166 **삼국유사** 일연·김원중 옮김 서울대 권장도서 100선
167 **풀잎은 노래한다** 레싱·이태동 옮김 노벨 문학상 수상 작가
168 **파리의 우울** 보들레르·윤영애 옮김
169 **포스트맨은 벨을 두 번 울린다** 케인·이만식 옮김
170 **썩은 잎** 마르케스·송병선 옮김 노벨 문학상 수상 작가
171 **모든 것이 산산이 부서지다** 아체베·조규형 옮김 《타임》 선정 현대 100대 영문소설
172 **한여름 밤의 꿈** 셰익스피어·최종철 옮김 미국대학위원회 선정 SAT 추천도서
173 **로미오와 줄리엣** 셰익스피어·최종철 옮김 미국대학위원회 선정 SAT 추천도서
174·175 **분노의 포도** 스타인벡·김승욱 옮김 노벨 문학상 수상 작가 | 《타임》 선정 현대 100대 영문소설
176·177 **괴테와의 대화** 에커만·장희창 옮김
178 **그물을 헤치고** 머독·유종호 옮김 《타임》 선정 현대 100대 영문소설
179 **브람스를 좋아하세요...** 사강·김남주 옮김
180 **카타리나 블룸의 잃어버린 명예** 하인리히 뵐·김연수 옮김 노벨 문학상 수상 작가
181·182 **에덴의 동쪽** 스타인벡·정회성 옮김 노벨 문학상 수상 작가
183 **순수의 시대** 워튼·송은주 옮김 《뉴스위크》 선정 100대 명저 | 퓰리처상 수상작
184 **도둑 일기** 주네·박형섭 옮김
185 **나자** 브르통·오생근 옮김
186·187 **캐치-22** 헬러·안정효 옮김 《타임》 선정 현대 100대 영문소설
188 **숄로호프 단편선** 숄로호프·이항재 옮김 노벨 문학상 수상 작가
189 **말** 사르트르·정명환 옮김
190·191 **보이지 않는 인간** 엘리슨·조영환 옮김 《타임》 선정 현대 100대 영문소설
192 **왑샷 가문 연대기** 치버·김승욱 옮김 퓰리처상 수상 작가
193 **왑샷 가문 몰락기** 치버·김승욱 옮김 퓰리처상 수상 작가
194 **필립과 다른 사람들** 노터봄·지명숙 옮김
195·196 **하드리아누스 황제의 회상록** 유르스나르·곽광수 옮김
197·198 **소피의 선택** 스타이런·한정아 옮김 퓰리처상 수상 작가
199 **피츠제럴드 단편선 2** 피츠제럴드·한은경 옮김
200 **홍길동전** 허균·김탁환 옮김
201 **요술 부지깽이** 쿠버·양윤희 옮김
202 **북호텔** 다비·원윤수 옮김
203 **톰 소여의 모험** 트웨인·김욱동 옮김
204 **금오신화** 김시습·이지하 옮김
205·206 **테스** 하디·정종화 옮김 미국대학위원회 선정 SAT 추천도서 | BBC 선정 꼭 읽어야 할 책
207 **브루스터플레이스의 여자들** 네일러·이소영 옮김
208 **더 이상 평안은 없다** 아체베·이소영 옮김
209 **그레인지 코플랜드의 세 번째 인생** 워커·김시현 옮김 퓰리처상 수상 작가
210 **어느 시골 신부의 일기** 베르나노스·정영란 옮김
211 **타라스 불바** 고골·조주관 옮김
212·213 **위대한 유산** 디킨스·이인규 옮김 서울대 권장도서 100선 | BBC 선정 꼭 읽어야 할 책
214 **면도날** 서머싯 몸·안진환 옮김
215·216 **성채** 크로닌·이은정 옮김
217 **오이디푸스 왕** 소포클레스·강대진 옮김 서울대 권장도서 100선
218 **세일즈맨의 죽음** 밀러·강유나 옮김
219·220·221 **안나 카레니나** 톨스토이·연진희 옮김 서울대 권장도서 100선

222 오스카 와일드 작품선 와일드 · 정영목 옮김
223 벨아미 모파상 · 송덕호 옮김
224 파스쿠알 두아르테 가족 호세 셀라 · 정동섭 옮김 노벨 문학상 수상 작가
225 시칠리아에서의 대화 비토리니 · 김운찬 옮김
226·227 길 위에서 케루악 · 이만식 옮김 《타임》 선정 현대 100대 영문소설 | 《뉴스위크》 선정 100대 명저
228 우리 시대의 영웅 레르몬토프 · 오정미 옮김
229 아우라 푸엔테스 · 송상기 옮김
230 클링조어의 마지막 여름 헤세 · 황승환 옮김 노벨 문학상 수상 작가
231 리스본의 겨울 무뇨스 몰리나 · 나송주 옮김
232 뻐꾸기 둥지 위로 날아간 새 키지 · 정회성 옮김 《타임》 선정 현대 100대 영문소설
233 페널티킥 앞에 선 골키퍼의 불안 한트케 · 윤용호 옮김 노벨 문학상 수상 작가
234 참을 수 없는 존재의 가벼움 쿤데라 · 이재룡 옮김
235·236 바다여, 바다여 머독 · 최옥영 옮김
237 한 줌의 먼지 에벌린 워 · 안진환 옮김 《타임》 선정 현대 100대 영문소설
238 뜨거운 양철 지붕 위의 고양이 · 유리 동물원 윌리엄스 · 김소임 옮김 퓰리처상 수상작
239 지하로부터의 수기 도스토옙스키 · 김연경 옮김
240 키메라 바스 · 이운경 옮김
241 반쪼가리 자작 칼비노 · 이현경 옮김
242 벌집 호세 셀라 · 남진희 옮김 노벨 문학상 수상 작가
243 불멸 쿤데라 · 김병욱 옮김
244·245 파우스트 박사 토마스 만 · 임홍배, 박병덕 옮김 노벨 문학상 수상 작가
246 사랑할 때와 죽을 때 레마르크 · 장희창 옮김
247 누가 버지니아 울프를 두려워하랴? 올비 · 강유나 옮김
248 인형의 집 입센 · 안미란 옮김
249 위폐범들 지드 · 원윤수 옮김 노벨 문학상 수상 작가
250 무정 이광수 · 정영훈 책임 편집 서울대 권장도서 100선
251·252 의지와 운명 푸엔테스 · 김현철 옮김
253 폭력적인 삶 파솔리니 · 이승수 옮김
254 거장과 마르가리타 불가코프 · 정보라 옮김
255·256 경이로운 도시 멘도사 · 김현철 옮김
257 야콥을 둘러싼 추측들 욘존 · 손대영 옮김
258 왕자와 거지 트웨인 · 김욱동 옮김
259 존재하지 않는 기사 칼비노 · 이현경 옮김
260·261 눈먼 암살자 애트우드 · 차은정 옮김 《타임》 선정 현대 100대 영문소설
262 베니스의 상인 셰익스피어 · 최종철 옮김
263 말리나 바흐만 · 남정애 옮김
264 사볼타 사건의 진실 멘도사 · 권미선 옮김
265 뒤렌마트 희곡선 뒤렌마트 · 김혜숙 옮김
266 이방인 카뮈 · 김화영 옮김 노벨 문학상 수상 작가 | 미국대학위원회 선정 SAT 추천도서
267 페스트 카뮈 · 김화영 옮김 노벨 문학상 수상 작가 | 국립중앙도서관 선정 청소년 권장도서
268 검은 튤립 뒤마 · 송진석 옮김
269·270 베를린 알렉산더 광장 되블린 · 김재혁 옮김
271 하얀 성 파묵 · 이난아 옮김 노벨 문학상 수상 작가
272 푸슈킨 선집 푸슈킨 · 최선 옮김
273·274 유리알 유희 헤세 · 이영임 옮김 노벨 문학상 수상 작가

275 픽션들 보르헤스 · 송병선 옮김 서울대 권장도서 100선
276 신의 화살 아체베 · 이소영 옮김
277 빌헬름 텔 · 간계와 사랑 실러 · 홍성광 옮김
278 노인과 바다 헤밍웨이 · 김욱동 옮김 노벨 문학상 수상 작가 | 퓰리처상 수상작
279 무기여 잘 있어라 헤밍웨이 · 김욱동 옮김 미국대학위원회 선정 SAT 추천도서
280 태양은 다시 떠오른다 헤밍웨이 · 김욱동 옮김 《타임》 선정 현대 100대 영문 소설
281 알레프 보르헤스 · 송병선 옮김
282 일곱 박공의 집 호손 · 정소영 옮김
283 에마 오스틴 · 윤지관, 김영희 옮김
284·285 죄와 벌 도스토옙스키 · 김연경 옮김 미국대학위원회 선정 SAT 추천도서
286 시련 밀러 · 최영 옮김
287 모두가 나의 아들 밀러 · 최영 옮김
288·289 누구를 위하여 종은 울리나 헤밍웨이 · 김욱동 옮김 노벨 문학상 수상 작가
290 구르브 연락 없다 멘도사 · 정창 옮김
291·292·293 데카메론 보카치오 · 박상진 옮김
294 나누어진 하늘 볼프 · 전영애 옮김
295·296 제브데트 씨와 아들들 파묵 · 이난아 옮김 노벨 문학상 수상 작가
297·298 여인의 초상 제임스 · 최경도 옮김 미국대학위원회 선정 SAT 추천도서
299 압살롬, 압살롬! 포크너 · 이태동 옮김 노벨 문학상 수상 작가
300 이상 소설 전집 이상 · 권영민 책임 편집
301·302·303·304·305 레 미제라블 위고 · 정기수 옮김
306 관객모독 한트케 · 윤용호 옮김 노벨 문학상 수상 작가
307 더블린 사람들 조이스 · 이종일 옮김
308 에드거 앨런 포 단편선 앨런 포 · 전승희 옮김 미국대학위원회 선정 SAT 추천도서
309 보이체크 · 당통의 죽음 뷔히너 · 홍성광 옮김
310 노르웨이의 숲 무라카미 하루키 · 양억관 옮김
311 운명론자 자크와 그의 주인 디드로 · 김희영 옮김
312·313 헤밍웨이 단편선 헤밍웨이 · 김욱동 옮김 노벨 문학상 수상 작가
314 피라미드 골딩 · 안지현 옮김 노벨 문학상 수상 작가
315 닫힌 방 · 악마와 선한 신 사르트르 · 지영래 옮김
316 등대로 울프 · 이미애 옮김 《타임》 선정 현대 100대 영문소설 | 《뉴스위크》 선정 100대 명저
317·318 한국 희곡선 송영 외 · 양승국 엮음
319 여자의 일생 모파상 · 이동렬 옮김
320 의식 노터봄 · 김영중 옮김
321 육체의 악마 라디게 · 원윤수 옮김
322·323 감정 교육 플로베르 · 지영화 옮김
324 불타는 평원 룰포 · 정창 옮김
325 위대한 몬느 알랭푸르니에 · 박영근 옮김
326 라쇼몬 아쿠타가와 류노스케 · 서은혜 옮김
327 반바지 당나귀 보스코 · 정영란 옮김
328 정복자들 말로 · 최윤주 옮김
329·330 우리 동네 아이들 마흐푸즈 · 배혜경 옮김 노벨 문학상 수상 작가
331·332 개선문 레마르크 · 장희창 옮김
333 사바나의 개미 언덕 아체베 · 이소영 옮김
334 게걸음으로 그라스 · 장희창 옮김 노벨 문학상 수상 작가

395 **월든** 소로 · 정회성 옮김
396 **모래 사나이** E. T. A. 호프만 · 신동화 옮김
397·398 **검은 책** 오르한 파묵 · 이난아 옮김 노벨 문학상 수상 작가
399 **방랑자들** 올가 토카르추크 · 최성은 옮김 노벨 문학상 수상 작가
400 **시여, 침을 뱉어라** 김수영 · 이영준 엮음
401·402 **환락의 집** 이디스 워튼 · 전승희 옮김
403 **달려라 메로스** 다자이 오사무 · 유숙자 옮김
404 **아버지와 자식** 투르게네프 · 연진희 옮김
405 **청부 살인자의 성모** 바예호 · 송병선 옮김
406 **세피아빛 초상** 아옌데 · 조영실 옮김
407·408·409·410 **사기 열전** 사마천 · 김원중 옮김 서울대 권장도서 100선
411 **이상 시 전집** 이상 · 권영민 책임 편집
412 **어둠 속의 사건** 발자크 · 이동렬 옮김
413 **태평천하** 채만식 · 권영민 책임 편집
414·415 **노스트로모** 콘래드 · 이미애 옮김
416·417 **제르미날** 졸라 · 강충권 옮김
418 **명인** 가와바타 야스나리 · 유숙자 옮김 노벨 문학상 수상 작가
419 **핀처 마틴** 골딩 · 백지민 옮김 노벨 문학상 수상 작가
420 **사라진 · 샤베르 대령** 발자크 · 선영아 옮김
421 **빅 서** 케루악 · 김재성 옮김
422 **코뿔소** 이오네스코 · 박형섭 옮김
423 **블랙박스** 오즈 · 윤성덕, 김영화 옮김
424·425 **고양이 눈** 애트우드 · 차은정 옮김
426·427 **도둑 신부** 애트우드 · 이은선 옮김
428 **슈니츨러 작품선** 슈니츨러 · 신동화 옮김
429·430 **세계의 끝과 하드보일드 원더랜드** 무라카미 하루키 · 김난주 옮김
431 **멜랑콜리아 I-II** 욘 포세 · 손화수 옮김 노벨 문학상 수상 작가
432 **도적들** 실러 · 홍성광 옮김
433 **예브게니 오네긴 · 대위의 딸** 푸시킨 · 최선 옮김
434·435 **초대받은 여자** 보부아르 · 강초롱 옮김
436·437 **미들마치** 엘리엇 · 이미애 옮김
438 **이반 일리치의 죽음** 톨스토이 · 김연경 옮김
439·440 **캔터베리 이야기** 초서 · 이동일, 이동춘 옮김
441·442 **아소무아르** 졸라 · 윤진 옮김
443 **가난한 사람들** 도스토옙스키 · 이항재 옮김
444·445 **마차오 사전** 한사오궁 · 심규호, 유소영 옮김
446 **집으로 날아가다** 랠프 엘리슨 · 왕은철 옮김
447 **집으로부터 멀리** 피터 케리 · 황가한 옮김
448 **바스커빌가의 사냥개** 코넌 도일 · 박산호 옮김
449 **사냥꾼의 수기** 투르게네프 · 연진희 옮김
450 **필경사 바틀비 · 선원 빌리 버드** 멜빌 · 이삼출 옮김
451 **8월은 악마의 달** 에드나 오브라이언 · 임슬애 옮김

세계문학전집은 계속 간행됩니다.